ie KÖNIGIN
ELHEIT.

ie
ein LEBEN.

CALLIE HART

BRIMSTONE

KÖNIGIN DER FINSTERNIS
KRIEGER DER WÖLFE

ROMAN

Aus dem Englischen von Franca Fritz, Heinrich Koop, Birgit Herbst, Angela Stein und Kerstin Fricke

PENGUIN VERLAG

Die Originalausgabe erscheint 2025
unter dem Titel *Brimstone*
bei Forever, New York.

FSC
www.fsc.org
MIX
Papier | Fördert
gute Waldnutzung
FSC® C014496

Penguin Random House Verlagsgruppe FSC® N001967

2. Auflage

Penguin Random House Verlagsgruppe GmbH,
Neumarkter Straße 28, 81673 München
produktsicherheit@penguinrandomhouse.de
(Vorstehende Angaben sind zugleich
Pflichtinformationen nach GPSR.)

Redaktion: Jara Dressler
Karten: © Sveta Dorosheva
Umschlaggestaltung: bürosüd nach einer Vorlage von
© Will Staehle und © Hillary Bardin
Satz: Uhl + Massopust, Aalen
Druck und Bindung: GGP Media GmbH, Pößneck
Printed in Germany
ISBN 978-3-328-60429-7

www.penguin-verlag.de

»Die Hölle ist leer, alle Teufel sind hier.«

Der Sturm, William Shakespeare

N
W
O
S
AJUN-
HIMMEL
DAS
MITTER-
NACHTS-
AUGE
WILDER
WALD
DER WINTERPALAST
YVELLA
CAHLISH
OMNAMERRIN
GRAVE'S
POINT
IRRÍN
WESTERN
DOW
TARRAN ROSS
(INSEL)
AMMONTRAÍETH
SANASROTH

DIE BRESCHE
NEVERCROSS
LÄNDEREIEN DES
BALQUHIDDER-CLANS
GILARIA
SHALLOW-
GEBIRGE
ARN (FLUSS)
BALLARD
GILLETHRYE
INISHTAR
DER SCHILD
LÌSSIA

AUSSPRACHEHILFE

PERSONEN

Saeris	–	Säh-ris
Rusarius	–	Ru-sar-i-us
Omnamshacry	–	Om-nam-scha-krei
Iseabail	–	I-scha-bhal
Belikon	–	Bell-i-kon
Oshellith	–	Oh-schel-lith
Taladaius	–	Tal-ah-dä-us
Daianthus	–	Dä-an-thus
Lorreth	–	Lor-eth
Balquhidder-Clan	–	Bal-kid-der (Clan)
Te Léna	–	Te Le-nah
Danya	–	Dan-jah

ORTE

Zilvaren	–	Sil-wa-ren
Yvelia	–	I-wehl-i-ah
Cahlish	–	Kah-lisch
Sanasroth	–	Sa-nas-rot
Gilaria	–	Gi-lah-ri-a
Lìssia	–	Liss-i-a
Ammontraíeth	–	Ah-mon-trä-eth
Omnamerrin	–	Om-na-mer-rin

PROLOG

KINGFISHER

Ein Wolf ist eine vielseitige Kreatur.

Anpassungsfähig.

Gehört er zu einem Rudel, ist er Teil von etwas, das größer ist als er selbst. Er hat eine bestimmte Rolle zu spielen und seinen Platz einzunehmen. Ein Rudel bietet Sicherheit.

Aber ein Wolf kann auch allein überleben.

Im tiefsten mitternächtlichen Wald, auf allen Seiten von Raubtieren umzingelt, kann ein Wolf wie ein Schatten durch die Bäume schlüpfen. Er kann Zuflucht in dunklen Ecken finden und dort seiner Beute auflauern.

Er kann den Angriff seiner Feinde abwarten und dann zurückschlagen …

Besonders wenn er ein Götterschwert in den Händen hält.

Als der Vampir kam, war ich bereit. Er war mir wie ein Geist durch die hallenden Gänge von Ammontraíeth gefolgt, seit ich

Saeris' Zimmer verlassen hatte. Ich hatte ihn dort draußen gespürt, wie er fieberte. Wartete.

Es war keine große Kunst, die Lebenden zu lesen. Unter ihnen gab es solche, die Jahrhunderte auf die Verbesserung ihrer Fähigkeiten verwendet hatten, ihre Gefühle zu kontrollieren. Als Fae zahlte es sich aus, dafür zu sorgen, dass die eigenen Gedanken und Gefühle Privatsache bleiben. Aber egal, wie geübt eine Person darin ist, ihre Gefühle zu verbergen, ihr Körper verrät sie letzten Endes immer. Es ist unvermeidbar.

Emotionen färben das Blut.

Freude.

Wut.

Kummer.

Begierde.

Jede verströmt ihre ganz eigene Energie. Eine Art Vibration, wenn man so will. Und genauso hat auch jede Person ihren eigenen Duft. Es gab subtile Hinweise auf ihre Gefühlslage, welche die Fae verrieten, auch wenn sie es noch so gut verbergen konnten, was sie empfanden.

Die Düfte, die Menschen verströmten, konnten zuweilen überwältigend sein. Menschen waren *nicht* gut darin, ihre Gefühle im Zaum zu halten. Sie fühlten alles so grob und stellten es offen zur Schau, ohne sich bewusst zu sein, wie sich ihre Reaktionen auf jene mit feineren Sinnen auswirken mochten.

Bei den Toten verhielt es sich anders. Ohne ein schlagendes Herz glich das Blut in ihren Adern einem unfruchtbaren schwarzen Schlamm. Mitglieder des Hofes von Sanasroth gaben überhaupt nur dann einen Duft ab, wenn sie Nahrung aufgenommen hatten und der letzte Lebensfunke im Blut ihrer Opfer noch von den Emotionen nachklang, die *diese* empfunden hatten, als sie starben. Wie die schwache Spur von Parfüm nach einer Umarmung.

Noch vor einer Stunde war mein Kopf vom Duft des Regens erfüllt gewesen, als ich neben meiner Seelengefährtin saß und dem Klang ihrer Stimme lauschte, während sie Tal mit Fragen über den Bluthof bombardierte. Seit sie aufgewacht war, hatte sie beharrlich versucht zu verstehen, was auf sie zukommen würde, um sich zu wappnen und darauf vorzubereiten. Die Grundlagen für unseren Plan waren gelegt, und Saeris wusste, welche Rolle sie bei dessen Ausführung zu spielen hatte … aber sie war nervös. Wenn man bedachte, dass sie noch vor wenigen Tagen ein Mensch gewesen war, gelang es ihr jetzt schon wesentlich besser, ihre Gefühle zu verbergen, aber meine Nase war feiner als die der meisten. Ich spürte ihr Zögern. Es war wie der Duft von heißem Stein nach dem Regen.

Ich hatte sie eingeatmet, war in sie eingetaucht, als ich den *anderen* Geruch entdeckt hatte.

Der Vampir musste sich an einer ordentlichen Menge Blut gütlich getan haben, bevor er sich in der Dunkelheit draußen vor Saeris' Zimmern in sein Versteck gehockt hatte.

Ich hatte mich entschuldigt und war hinaus auf den Gang getreten, um mich auf die Suche nach dem Blutsauger zu machen.

Zwei Stockwerke tiefer, auf dem Weg in die Eingeweide des Schwarzen Palastes, spürte ich ihn schließlich mit der Spitze meines Schwerts auf.

Der Vampir war wunderschön. Er hatte ein Gesicht, das im Leben gewöhnlich gewesen sein mochte, die Art von Haut, die irgendwann grau und schlaff geworden wäre. Aber im Tod war er konserviert worden. Perfekt. Hohe Wangenknochen. Eine vornehme, leicht gebogene Nase. Seine Augen waren vermutlich einmal blau gewesen, aber jetzt funkelten sie wie gespenstische Opale. Seine Lippen waren zurückgezogen und entblößten elfenbeinfarbene, bösartige Eckzähne. Sein Mund formte sich zu einem überraschten *O*, bevor er einen Laut von sich geben konnte. Als er nach unten sah, stellte er verblüfft fest, dass Nimerelle bis zum Heft in seiner Brust steckte.

»Du hast … den Samt ruiniert«, krächzte er.

Es stimmte. Die Klinge des Götterschwerts hatte einen fast zehn Zentimeter langen Schlitz in seine schwarze Samtweste gerissen. Ich schenkte ihm ein entschuldigendes Schulterzucken. »Ärgerliche Begleiterscheinung des Tötens«, sagte ich seufzend. »Die Kleider deiner Gegner überleben den Vorgang häufig auch nicht. Aber damit kennst du dich ja aus, nicht wahr?«

Eine tintenschwarze Todesblume erblühte quer über der Vorderseite seines Hemds. Der Mistkerl besaß die Frechheit, beleidigt zu wirken, als er zu mir aufblickte. »Ich bin … mit diesem Problem vertraut, ja«, murmelte er heiser.

»Darum brauchst du dir jetzt keine Sorgen mehr zu machen«, beruhigte ich ihn.

Schon bevor er aus dem Schatten gehuscht war, hatte ich gewusst, dass er nicht auf einen Kampf aus war. Angesichts der Tatsache, dass der Rest des Schwarzen Palastes noch schlief, hätte er gar nicht wach sein dürfen. Dieser Vampir in seinem Sonntagsstaat, den Bauch voll mit unschuldigem Blut, war auf der Suche nach etwas, das er nicht verdiente. Etwas, das nur *ich* ihm geben konnte.

Er rang um sein Gleichgewicht und versuchte, sich an mir festzuhalten, aber seine Hände zerfielen bereits zu Asche. Als er sprach, waren seine Worte so trocken wie ein Wüstenwind. »Es tut mir leid. Ich traute mich einfach nicht … in …«

Die Sonne?

Das Feuer?

Feuer war nicht so leicht zu finden an diesem Ort. Ein Vampir würde in den Flammen sofort wie ein Haufen trockenes Anzündholz verbrennen. In Ammontraíeth brannten die Herdfeuer mit Equinox-Licht. Ebenso die Fackeln an den Wänden. Dieser erbärmliche Mistkerl hätte hier wahrscheinlich nicht einmal ein Streichholz finden können. Und wer hätte auch einen solch endgültigen Tod gewollt? Es war nicht leicht, auf diese Art zu gehen. So schmerzhaft. So dramatisch.

Die Asche war besser.

Sie war eine Gnade.

»Du hast mich vor dem gerettet, was … aus mir … geworden ist«, keuchte er. In seinen Augen lag Dankbarkeit. Erleichterung.

Ich beugte mich zu ihm vor, während er austrocknete, damit er jedes Wort verstand, wenn er in seinen endgültigen Tod sank. »Ich tue es nicht für dich. Ich tue es für alle, an denen du dich gütlich getan hast. Viel Spaß in der Hölle, Zecke.«

Welche Hoffnung auf Erlösung auch immer er in mich gesetzt haben mochte – jetzt verschwand sie aus seinen Augen. »Sie werden sie … *vernichten,* verstehst du? Es ist schon … vorgekommen. Dieser Hof wird … fallen … und sie mit ihm.« Seine Lippen verzogen sich, ob zu einem Grinsen der Erleichterung oder der Verachtung, konnte ich nicht sagen.

»Saeris ist in Sicherheit«, fauchte ich. »Ich werde nicht zulassen, dass ihr etwas geschieht.«

Aber der Vampir lachte nur. Ein krächzendes, abgehacktes und bellendes Lachen. Sein Kinn verwandelte sich zu Asche. Dann seine Wangen. Seine Stimme splitterte und knackte, als sich seine Kehle verabschiedete. Als sich die Eckzähne aus seinem Schädel lösten und aus seinem Mund fielen, lachte er nicht mehr.

Der Vampir fiel in sich zusammen, war nicht länger ein Vampir. Seine Zähne landeten auf dem Boden – *plink, plink!* – und hüpften davon die Treppe hinunter, die tiefer in die Eingeweide von Ammontraíeth führte.

Plink …

Plink …

Plink …

Der Schwarze Palast war riesig. Ich hatte den Überblick verloren, wie viele Hochadel-Vampire ich erledigt hatte, seit ich hier war. Zuerst hatten mir mindestens eines oder zwei von Malcolms Kindern in jedem Obsidiankorridor dort unten aufgelauert, angezogen von der Hitze meines Bluts. Aber die Mitglieder des Bluthofes hatten schon bald begriffen, dass sie dem Götterschwert und dem Mann, der es führte, nicht gewachsen waren. Sie schliefen noch, aber gleich würden sie aufwachen. Und dann würden sie sich *verstecken,* wenn sie wussten, was gut für sie war.

»Ahh! Da … bist du!«

Die rothaarige Gestalt stand am Fuß der Treppe, keuchend und außer Atem. Der Mann sah nach unten und zog eine Augenbraue beim Anblick der Zähne hoch, die vor seinen Füßen haltgemacht hatten, aber er erwähnte sie nicht. Er richtete seine Aufmerksamkeit auf mich. »Du musst … kommen. Schnell.«

»Du solltest deine Räume nicht verlassen, Carrion.«

Klang bewegte sich seltsam hier. Die Luft war dick, und in ihr lag ein unhörbarer Ton, der auf der Haut surrte. Meine Worte waren gedämpft, wurden aber so übertragen, dass der Schmuggler sie verstand. Er stieß ein verzweifeltes Schnauben aus, als er die Treppe hinauflief, aber ich entfernte mich bereits und ging den Weg zurück, den ich gekommen war.

»Ich würde mich jetzt … *liebend* gern in meinen Gemächern verstecken, aber … der Abend dämmert bereits. Der Palast wacht auf.«

»Genau.«

»Kannst du bitte endlich *stehen bleiben*? Hör zu. Ich blickte vorhin aus … meinem Fenster und … sah etwas …«

»Man nennt es Sonnenuntergang, Swift. Wenn du am Leben bleiben willst, um noch weitere zu sehen, kann ich dich jederzeit zurück nach Cahlish begleiten. Von dort kannst du den Sonnenaufgang *und* den -untergang genießen.« Ich konnte nur hoffen.

Wiederholt hatte ich angeboten, den Schmuggler von Ammontraíeth fortzubringen – auch fort von Irrín –, aber der Mann wurde immer dickköpfiger.

»Ein verlockendes Angebot, aber es geht mir gut, danke.« Er war die Treppe hinaufgesprintet, um mich einzuholen, und hielt jetzt mit mir Schritt.

»Darf ich noch einmal fragen, *warum* du darauf bestehst, in Ammontraíeth herumzuhängen wie ein schlechter Geruch?«, erkundigte ich mich ungehalten. »Dieser Ort ist ein Albtraum.«

Carrion antwortete ausweichend: »Oh, ich habe meine Gründe, weißt du?«

Und er konnte seine Gründe *haben*, solange keiner davon irgendwie mit der Hoffnung verbunden war, dass Saeris ihm ihre unsterbliche Liebe gestehen würde. *Das* würde nicht passieren.

»Fisher, bei allen Göttern! Jetzt geh verdammt noch eins nicht so schnell! Es ist wichtig!«

Ich schnaubte gequält und drehte mich zu ihm um. »Ist es *wirklich* wichtig, oder *glaubst* du nur, dass es das ist?« Carrion hielt alle möglichen lächerlichen Dinge für bedeutungsvoll, die es aber nicht waren.

Seine Augenbrauen wanderten nach oben, als er mich finster ansah. »Ich weiß nicht. Hältst du das Glück deiner Gefährtin für wichtig?«

Ich blitzte ihn eindringlich an. »Sprich. Sofort!«

Er schüttelte den Kopf. »Wir brauchen … ein Fenster.«

Wenn Sonnenlicht töten konnte, dann konnten Fenster ein Todesurteil sein; sie waren entsprechend rar gesät. Ein Stockwerk weiter oben entdeckten wir aber schließlich eins. Es war nur gut dreißig Zentimeter hoch und ebenso breit, die Scheiben waren verrußt, um die Sonnenstrahlen auszusperren.

Der Ausblick, den es bot, hätte leicht zu klein sein können, um die Quelle von Swifts Besorgnis erkennen zu können, aber zum Glück war das nicht der Fall. Ich suchte den schmalen Streifen des Horizonts ab und ließ meinen Blick über das verbrannte Land schweifen, das sich zwischen Ammontraíeth und dem Fluss erstreckte, ohne dass ich …

Oh, *bei den Göttern*!

»Zuerst hielt ich es für eine Schneeverwehung«, berichtete Swift.

Mir blieb das Herz stehen.

»Dann sah ich, dass es sich bewegte. Es rannte. Schnell.« Carrion keuchte.

Aus dem Stand sprintete ich los, sauste an Carrion vorbei und flog die Treppe hinunter. Der Schmuggler lief mir hinterher. »Ich bin so schnell wie möglich zu dir gekommen! Ich wusste nicht, ob … ich es ihr sagen sollte, oder …«

»Halt einfach den Mund und lauf!«

»Was … was hast du vor?«, fragte er schnaufend.

»Was *glaubst* du wohl, was ich vorhabe?«, zischte ich. »Den verdammten Fuchs retten!«

Ich hatte ihn in Cahlish zurückgelassen.

Nicht in Irrín.

In Cahlish. *Auf der anderen Seite der Berge.*

Das Omnamerrin-Gebirge gehörte zu den tückischsten und tödlichsten Bergketten in ganz Yvelia. Seine Hänge waren steil und für einen Fae nahezu unmöglich zu erklimmen. Ich wusste, dass es nur eine Handvoll Krieger gab, die den zerklüfteten Gipfel erreicht und überlebt hatten, um davon zu berichten. Onyx war in Schnee und Eis geboren, aber selbst er hätte die Überquerung nicht überleben sollen. Es wären Lawinen abgegangen, die ihn unter sich begraben hätten, immer und immer wieder. Er hätte sich einen Weg nach draußen graben müssen. Ohne etwas zu fressen. Ohne Schutz vor dem schneidenden Wind.

Er hatte die Sicherheit von Cahlish verlassen. Für *sie*.

Er hatte den Berg erklommen. Für *sie*.

Er war durch Irrín geschlichen und hatte den Fluss überquert. Für *sie*.

Und jetzt wurde er von einer Horde von Fressern über die toten Felder von Sanasroth gejagt. Er musste erschöpft sein und bereit aufzugeben, aber er lief weiter. Für *sie*.

Und *ich* würde diesen kleinen Fuchs nicht sterben lassen.

Ich sprintete durch den Palast nach unten und dann durch die Zahnräder – die mehrstöckige Ansiedlung, die im Laufe der Jahre rund um die Mauern des Palastes entstanden war. Die Kopfsteinpflasterstraßen waren noch leer, aber nicht mehr lange.

Bill.

Ich musste zu *Bill* gelangen.

Die Pferde verabscheuten Ammontraíeth. Sie konnten nicht in den Stallungen des Palastes untergebracht werden. Die Hochadligen hielten dort ihr totes Inventar, und ein hungriger Fresser würde mit bloßen Händen eine Mauer niederreißen, um an warmes Pferdefleisch zu kommen. Bill, Aida und zwei andere braune Stuten standen in einem Wirtschaftsgebäude etwa hundertfünfzig Meter vom Haupthof entfernt, direkt hinter der hohen Mauer, welche die unterste Ebene der Zahnräder umgab. Fast hätte ich die Metalltür des Gebäudes aus den Angeln gerissen, um zu meinem Pferd zu gelangen.

Ich hielt mich nicht mit Trense oder Zaumzeug auf, sondern stieg direkt auf Bills bloßen Rücken und trieb ihn mit den Fersen aus seiner Box. Mein treuer Freund musste nicht zweimal aufgefordert werden. Carrion hatte es noch nicht einmal über den Hof geschafft, als wir durch das offene Tor preschten.

»Geh wieder rein!«, brüllte ich.

»Nein!«

»Bei allen Göttern und Sündern!« Ich beschimpfte ihn in der

alten Fae-Sprache, als ich an ihm vorbeigaloppierte und den rechten Arm nach unten ausstreckte. Der Idiot klammerte sich an meinen Unterarm und sprang hinter mir auf Bills Rücken.

»Willst du mich nicht fragen, wo ich das gelernt habe?«, rief der Schmuggler.

»Nein«, fauchte ich.

»Lorreth hat es mir beigebracht!«

Wenn er beglückwünscht werden wollte, würde er warten müssen. Eine Meile aus knöcheltiefer Asche und losem Schiefer lag zwischen uns und dem Fuchs. Normalerweise mussten die Pferde sich vorsichtig einen Weg über den wackligen, staubigen Boden bahnen, aber dafür war jetzt keine Zeit. Bill schnaubte und prustete, als er auf die nahenden Fresser zugaloppierte; er zuckte nicht einmal.

»So ist es gut. Weiter«, flüsterte ich ihm zu. »Danke. *Danke.*«

Ich hätte dafür sorgen sollen, dass Carrion zurückblieb. Dem Fuchs jagten mehr Fresser nach, als ich auf den ersten Blick erkannt hatte. Vielleicht zwanzig? Dreißig? Jedenfalls mehr, als ich auf dieser Seite des Darn ohne Zugang zu Magie bezwingen konnte, und der Mann war ein Schmuggler, kein Fae-Krieger. Aber die Sonne war hinter dem Horizont versunken. Und wenn das Licht schwach genug war für die Fresser, dann würde es nicht mehr lange dauern, bis auch die Hochadel-Vampire von Sanasroth erwacht waren. Ohne dass ihn jemand zurück durch den Palast begleitete, würde die Nervensäge innerhalb von Sekunden tot sein …

Wir gewannen an Boden.

Aber das taten auch die Fresser.

Sie waren immer hungrig, und es war vermutlich schon eine Ewigkeit her, seit sich eine lebende Kreatur in sanasrothische Lande hineingewagt hatte. Die hirnlosen Fußsoldaten würden sich eine solche Gelegenheit um keinen Preis entgehen lassen.

Ich konnte Onyx jetzt richtig sehen.

Die Ohren mit den schwarzen Spitzen flach an seinen Kopf gelegt, rannte er um sein Leben. Er sprang von einem Felsvorsprung ab und flog durch die Luft, ein weißer Streifen in der zunehmenden Dunkelheit. Dann landeten seine Pfoten wieder auf festem Boden, und er zog eine Spur von aufgewirbelter Asche hinter sich her, als er weitersprintete.

»Komm schon«, zischte ich mit zusammengebissenen Zähnen. »Komm schon. *Lauf.*«

Weniger als eine Meile noch. Die Lücke zwischen uns schloss sich …, aber so verhielt es sich auch mit der Lücke zwischen den Fressern und dem Fuchs. Er war müde, das konnte ich sehen. Die Zunge hing ihm aus dem Maul und flatterte wie ein Banner. Das Weiße in seinen Augen trat deutlich hervor. Der kleine Fuchs hatte schrecklich, schrecklich Angst.

Ich hatte nicht bemerkt, dass sich Carrion hinter mir an meine Rüstung klammerte. Ohne einen Sattel, an dem er sich festhalten konnte, blieb ihm auch keine andere Wahl. Ich verkniff mir einen genervten Fluch, beugte mich nach vorn und trieb Bill an. Und er lief schneller, immer schneller, ohne nachzulassen. Nicht ein einziges Mal geriet er aus dem Takt.

»Wir sind fast da!«, brüllte Carrion.

Ich biss die Zähne so fest zusammen, dass mein Kiefer knackte. »Lass nicht los!«

Es gab kein Halten mehr. Wenn wir stehen blieben, würden wir sterben. Ich griff mit einer Hand in Bills Mähne und betete bereits zum zweiten Mal in weniger als einer Woche zu den Göttern, die ich hasste.

Rettet den Fuchs.

Rettet Bill.

Rettet den Fuchs.

Rettet Bill.

Bitte …

Weißer Schaum bildete sich vor den Mündern der Fresser. Ihr stumpfsinniges Blöken erfüllte die Luft, als wir näher und immer näher an sie herankamen.

Rettet den Fuchs.

Rettet Bill.

Sie waren jetzt direkt über Onyx. Nur noch eine Haaresbreite entfernt. Der Schnellste unter ihnen, ein Mann in einem dreckigen, zerrissenen Hemd, stürzte sich mit ausgestreckten Armen auf seine Beute. Bill wich zurück, stieg hoch und wieherte panisch. Seine Hufe rutschten auf dem vulkanischen Glas aus, als er versuchte, sich von der nahenden Bedrohung abzuwenden. Die scharfen Krallen der Fresser streiften das Fell des kleinen Fuchses, und der Fuchs *sprang …*

Carrion fing ihn auf.

… und fiel dann prompt von Bill herunter, rutschte rückwärts über dessen Kruppe.

Bei allen Göttern und *verdammten* Märtyrern! »Steh auf, Swift!«, brüllte ich. Der rothaarige Prinz drückte Onyx fest an sich und rappelte sich hoch. Er bewegte sich schnell, aber nicht schnell genug. Ich riss Bill in einem engen Kreis herum, richtete ihn auf die Fresser aus und sprang von ihm ab.

»Ganz ruhig, mein Freund. Whoa! Warte hier auf mich«, flüsterte ich ihm ins Ohr. Dann zog ich Nimerelle, und das Töten begann. Das Götterschwert blutete schwarzen Rauch, als es wie eine Sense durch die Luft schnitt. Und als ich es schwang, zerteilte es abgestorbenes Fleisch und spröde Knochen wie nasses Papier.

»Zieh deine Waffe, Swift!«, schrie ich über meine Schulter hinweg.

Carrion war auf den Füßen und hatte Simon, sein Götterschwert, in der Hand. Onyx war von seinem Arm heruntergesprungen und versteckte sich jetzt zwischen Bills Beinen, was nicht gerade dazu beitrug, das Pferd zu beruhigen. Aber Bill wich nicht von der Stelle, stampfte mit den Hufen, schnaubte und verdrehte die Augen – ängstlich, aber er wollte gehorchen. Die Flut der Fresser würde uns jede Sekunde erfassen. »Schlag ihnen die Köpfe ab«, befahl ich. »Vermassel es nicht, Carrion!«

»Das werde ich nicht!« Er ging rechts von mir in Position und machte sich für den Angriff bereit, was mich kurz in Erstaunen versetzte. Die Beinarbeit stimmte – fast. Und als die gierigen Fresser über uns herfielen, starb er nicht auf der Stelle. *Schockierend.*

Silber und Fae-Stahl sausten durch die Luft und mähten die Dreckskerle nieder. Ich erlegte die meisten von ihnen. Die wenigen, die mir entwischten und Carrion angriffen, gingen ebenfalls zu Boden. Die meisten von ihnen hatten noch ihre Köpfe und versuchten, den Schmuggler zu töten, aber zumindest streckte er sie nieder. Hinter uns schrie Onyx vor Angst …

Sieben Fresser.

Acht …

Zu den drei, die Carrion zu Fall gebracht hatte, gesellte sich ein vierter.

Nur wenige Meter trennten uns von der nächsten Fresserwelle. Ich packte Carrion am Genick und schob ihn auf Bill zu. Bis jetzt hatten wir Glück gehabt, aber das würde nicht ewig so bleiben. Ich hob Onyx vom Boden auf, sprang auf Bills Rücken und zog dann Swift hinter mich nach oben.

Ammontraíeth ragte vor uns auf wie eine geballte Faust, die Türme als Knöchel, die aus dem Nebel in den Himmel stießen. Kein Palast, sondern eine *Festung*.

Ich packte Bills Mähne, schickte ein letztes Gebet zu den Göttern, und dann ritten wir so schnell wie der Wind.

Die Hölle war losgebrochen und knirschte mit den Zähnen, als wir die Zahnräder erreichten. Hochrangige und niederrangige Vampire gafften über die Obsidianmauern, welche die kleine Stadt am Fuß von Ammontraíeth schützten. Verurteilung und Hunger standen in ihren monströsen Augen, als Bill widerstrebend zurück zu den Wirtschaftsgebäuden trottete. Lorreth war da und wartete auf uns, die Arme vor der Brust verschränkt, eine finstere Miene tief in sein Gesicht gezeichnet. »Bei den Göttern! Du verlässt einen Raum und sagst, du seist gleich zurück. Dann sehe ich dich über die toten Felder galoppieren, direkt auf die Untoten zu!«

Carrion stöhnte, als er von Bills Rücken hinunterrutschte.

»Und *du*? Hast du deinen götterverdammten Verstand verloren?«, fauchte Lorreth. Er starrte den Schmuggler aus zusammengekniffenen Augen an, als könne er das Dumme an ihm förmlich *sehen*.

»Keine Ursache. Ich habe nur vier Fresser getötet und Fisher das Leben gerettet.« Carrion sprach in seinem üblichen unbekümmerten Ton, der jetzt jedoch einen Beiklang von echter Angst hatte. Unsere Begegnung mit dem Tod hatte offenbar eine nachhaltige Wirkung auf ihn.

Ich hätte ihn am liebsten umgebracht. »Du hast sie bestenfalls verstümmelt«, fauchte ich. »Und an dem Tag, an dem du *mich* auf dem Schlachtfeld rettest, ziehe ich ein Kleid an und tanze einen verdammten Jig.« Er hätte uns beide umbringen können, als er mir nach hier unten gefolgt war. Er war hingefallen. Wenn ihm etwas passiert wäre, was dann? Saeris wäre *stinksauer* auf mich gewesen.

Aber …

Onyx fiepte.

Er zitterte an meiner Brust, hatte sich zu einem Knäuel zusammengerollt, und seine glasigen Augen waren noch immer voller Angst. Sein Fell war schmutzig und am rechten Hinterbein von

Blut verfärbt. Er jaulte auf vor Schmerz, als ich mit den Händen über die Verletzung strich.

Später war auch noch Zeit, Carrion Swift zurechtzuweisen.

»Komm«, befahl ich. »Lass uns reingehen, bevor diese Arschlöcher auf die Idee kommen, aus einem von uns ein Stück herauszubeißen.« Ich sah zu meinem Freund. »Irgendeine Spur von ihm?«, fragte ich leise.

Lorreths Nasenflügel weiteten sich, und in seinem Unterkiefer zuckte ein Muskel. »Nein. Ich habe überall nach ihm gesucht. Wenn Foley hier ist, könnte ich dir nicht sagen, wo.«

Leider. Wir brauchten Foley. Ich seufzte und schluckte meine Enttäuschung hinunter. »In Ordnung. Nun, such weiter. Ich habe das Gefühl, dass wir noch nicht aufgeben sollten.«

»Wer ist Foley?«, fragte Carrion.

Lorreth öffnete den Mund und wollte schon antworten, zögerte aber dann und sah mich an.

Das Universum konnte untergehen, und Carrion Swift würden die Fragen nicht ausgehen. Aber an seiner Stelle hätte ich wahrscheinlich genauso empfunden. Ich legte den Kopf schräg und sah zur Seite, als Lorreth antwortete.

»Er war ein Freund. Ist noch immer ein Freund. Einer von uns. Wir verloren ihn bei Ajun.«

Saeris sagte, Lorreth hätte eine Ballade über das Ajun-Tor und die Schlacht gesungen, die dort stattgefunden hatte, aber das Quicksilver hätte das Lied als Gegenleistung für die Erlaubnis verlangt, Avisiéth, Lorreths Schwert, erneut schmieden zu dürfen. Seitdem hatte Carrion Fragen über das Ajun-Tor gestellt. Während wir alle darauf gewartet hatten, dass Saeris nach dem Mitternachtskuss aufwachte, hatte Lorreth dem Schmuggler viel von unseren Heldentaten erzählt. Er hatte von dem Freund berichtet, den wir an den Drachen verloren hatten. Allerdings hatte er ihm nicht die ganze Geschichte erzählt.

»Wenn ihr ihn bei Ajun verloren habt, wie …« Carrion runzelte die Stirn, als er allmählich begriff. »Oh! Ihr habt ihn *verloren.* Aber er lebt. Hier?«, fragte er und sah hinauf zu den rasiermesserscharfen Mauern des Schwarzen Palastes, der über uns aufragte.

»Ja«, antwortete Lorreth. Es war erstaunlich, wie ein einziges Wort so viel Spannung bergen konnte. Der Krieger räusperte sich. »Ich werde den Laden auseinandernehmen, wenn es sein muss, Fisher. Keine Sorge. Ich schaffe das. Und jetzt geh. Geh hinein. Saeris hat sich nichts anmerken lassen, als ich sie verließ, aber sie war panisch. Ich reibe Bill ab und sorge dafür, dass er abkühlt.« Noch während er sprach, streichelte er mit der Hand Bills schweißglänzenden Hals und klopfte ihm auf die Schulter. Ich stieg ab und achtete darauf, Onyx nicht zu ruckartig zu bewegen, als meine Stiefel auf dem Boden aufsetzten.

Ich landete sanft, aber er fiepte trotzdem. Ich konnte die Knochen unter seinem Pelz fühlen. Mir wurde schwer ums Herz, als ich feststellte, dass seine Pfoten aufgerissen waren und bluteten.

»Du musst ihn halten«, wies ich Carrion an, als wir zurück in Richtung der Zahnräder gingen.

»Was? Ich kann ihn nicht halten. Er mag mich *nicht.*«

Rasch zog ich Nimerelle und ließ das Schwert über meinem Kopf kreisen, damit Carrion es sah. »Willst du lieber das hier tragen?«, fragte ich ihn. »Du wirst beide Götterschwerter benötigen, wenn *du* uns einen Weg durch die Zahnräder zurück in den Palast bahnen willst.«

Der Schmuggler wurde blass, als er das Schwert taxierte. Bestenfalls erlitt man schwere Verbrennungen, wenn man das Götterschwert eines anderen Kriegers berührte. Im schlimmsten Fall verlor man eine Hand. Oder sein Leben.

»Ich nehme den Fuchs«, entschied er und warf Nimerelle einen misstrauischen Blick zu.

Es dauerte länger, als mir lieb war, hinauf zu Saeris' Zimmern zu gelangen. Dabei hinterließen wir eine Spur von Zähnen. Eckzähne hüpften über das Kopfsteinpflaster der Gassen und rutschten dann über polierte Fußböden, als wir die Stockwerke erklommen. Als wir endlich in Sicherheit hinter geschlossenen Türen in Saeris' Zimmer waren, hatte ich den Überblick verloren, wie viele Vampire ich erledigt hatte; schwarzes Blut färbte Carrions Kleider, und Onyx war vor Erschöpfung ohnmächtig geworden.

Saeris war an der Tür. Tränen liefen über ihr blasses, wunderschönes Gesicht. Sie trug ein schweres schwarzes Gewand mit kunstvollen goldenen Stickereien auf den Taschen. Ihr Gesicht bekam einen besorgten Ausdruck, als sie Onyx sah. »Bei den Göttern! Ist mit ihm alles in Ordnung?« Sie flüsterte, als traue sie sich nicht, die Frage zu stellen, aus Angst vor der Antwort.

»Es wird ihm bald wieder gut gehen«, versicherte ich ihr. Bei den Heiligen, ich wollte sie in die Arme schließen und festhalten. Ich kannte die Neigung ihrer Schultern so gut. Die Art, wie sich die feinen Härchen an ihren Schläfen kräuselten. Ich kannte den unnachgiebigen Trotz, den sie wie einen Schutzschild trug, aber ich hatte bis jetzt noch nicht ihren Kummer kennengelernt. Er war ein unerwünschter Fremder, den ich so schnell wie möglich vertreiben wollte; seine Anwesenheit im Raum versetzte mir einen Stich in die Brust.

Trotz seiner Verletzungen wand sich der kleine Fuchs in Carrions Armen, entschlossen, endlich sein Ziel zu erreichen. Erst als er in Sicherheit und an Saeris' Brust gedrückt war, schien die Anspannung aus seinem Körper zu weichen.

Er zitterte und hechelte, als er zu Saeris hinaufblickte. Sie hatte meinen Namen verflucht und, seit ich sie kannte, jeder Bedrohung, mit der sie konfrontiert war, die Zähne gezeigt. Selbst als ich sie auf den Stufen im Spiegelsaal gefunden hatte, wo sie den Verletzungen, die Harron ihr zugefügt hatte, zu erliegen drohte, war sie voller Trotz gewesen. Und jetzt weinte sie, als sie den Fuchs in den Armen wiegte, und ich konnte es verdammt noch eins nicht ertragen.

Ich streckte die Hände nach ihm aus. »Komm, gib ihn mir«, sagte ich.

Saeris' Augen waren vom blassen Blau einer winterlichen Morgendämmerung über den Bergen. Ihre Unterlippe zitterte, und sie betrachtete mich fragend, ohne etwas zu sagen. Dann schluckte sie, holte tief Luft und überreichte mir Onyx.

Carrion war gegangen. Ausnahmsweise hatte der Dieb die Situation einmal richtig erkannt und sich aus dem Staub gemacht. Saeris folgte mir mit großen Augen, und das Herz hämmerte in ihrer Brust, als sie zusah, wie ich den Fuchs hinüber zu der Tür trug, die hinaus auf Saeris' Balkon führte.

Als der erste aller Vampire und König des Bluthofes hatte Malcolm diese Räume einst für sich beansprucht, wie es sein Recht war, aber er hatte nicht viel Zeit hier verbracht. Tal zufolge hatte er in dem Turm über uns genächtigt, denn seine Paranoia hatte ihn dazu getrieben, sich hinter mehreren dicken Eisentüren einzuschließen, wenn er schlief. Ich konnte mir nicht vorstellen, wie er auf diesem Balkon stand, draußen im Freien, über ihm der sternenfunkelnde Nachthimmel. Er hätte sich hier zu sehr vor seinem eigenen Schatten gefürchtet …

Saeris war strahlend schön im Mondlicht. Ihre Haare wehten wie ein Banner in der kalten Brise. »Nur …« Tränen schillerten in ihren Augen. »Wenn du es tun musst, dann sorg wenigstens dafür, dass es schnell geht.«

Ein Ring aus Eisen schnürte meine Brust ein. Sie dachte, ich würde die arme Kreatur von ihrem Leiden erlösen. Und dennoch hatte sie mir das Tier übergeben. Sie hatte mir vertraut, dass ich tat, was getan werden musste, um ihrem Gefährten die Schmerzen zu ersparen …

Ich schüttelte den Kopf und lächelte sanft. »Ich habe dir doch gesagt, dass es ihm wieder besser gehen wird, Osha. Ich verspreche es.« Ich sank auf die Knie und legte das Knäuel aus blutbeflecktem weißem Pelz in meinen Schoß. Ein paar große Augen, so schwarz und glänzend wie Pech, blickten mich zutraulich an.

»Heilen ist eine niedere Magie für mich«, flüsterte ich ihm zu. »Ich glaube, wir beide haben Glück, dass du so klein bist.« Ich wartete darauf, dass der Magiestrom meine Hände wärmte. Ich hatte ihn als Faeling genutzt, um Verletzungen zu heilen, hatte ihn eingesetzt, um einen gebrochenen Daumen zu richten, und dabei fast meine gesamten Reserven an Heilenergie aufgebraucht. Als ich jung war, hatte ich mich bei meiner Mutter darüber beklagt, dass meine Heilkräfte so schwach waren, aber sie hatte nur gelacht und mir das Haar zerzaust.

»Zweifle nie an deinen Kräften, mein Schatz«, hatte sie zu mir gesagt. *»Jede Einzelne von ihnen ist ein Geschenk. Jede einzelne wird sich als genau ausreichend erweisen, wenn du sie brauchst. Glaube an dich selbst. Du wirst* immer *genug sein.«*

Ich betete, sie möge recht haben, als ich meine Hände über den verletzten Hinterlauf des Fuchses legte. Zuerst spürte ich Widerstand – eine Barriere, die nicht so leicht weichen wollte wie diejenige, die zwischen mir und meinen Schatten stand. Aber schließlich gab sie nach, und eine Welle des Schmerzes erfasste mich. Ich zuckte zusammen …

»Was ist?«, fragte Saeris. »Was geschieht da? Was tust du?« Onyx winselte. Sein Kopf lag auf meinem Bein, und Erschöpfung sickerte durch die Verbindung, die ich gerade zwischen uns hergestellt hatte. Er war bis auf die Knochen abgemagert, und sein Bein pulsierte vor Schmerz. Zum Glück war es nicht gebrochen, sondern nur angebrochen. Er war *so* lange damit gelaufen.

»Fisher!«

»Einen Moment, Osha«, bat ich. »Vertrau mir. Es dauert nicht lange.«

Ich schloss die Augen und *zog*. Nicht alle Fae hatten Zugang zu niederer Magie. Sie gehörte nicht zum Geburtsrecht von Fae-Frauen und Fae-Männern, wie etwa meine Schatten. Sie war eine wesentlich kleinere Energiequelle – eine schwache Affinität, die eine Person zu einer bestimmten Magielinie haben konnte. Anders als Geburtsrecht-Magie war niedere Magie eine endliche Ressource.

Meine Hände zitterten, als ich tief grub auf der Suche nach allen Resten der Heilmagie, die noch in mir waren. Sobald ich sie dort in der Mitte meiner Brust visualisiert hatte, ließ ich sie komplett in Onyx hineinfließen.

Der Fuchs zitterte, und innerhalb von Sekunden beruhigte sich sein schneller Atem allmählich. Die Schmerzen, die von ihm ausstrahlten, ebbten ab, bis sie nur noch ein dumpfes Pochen in seinem Bein waren. Seine Pfoten waren geheilt. Der angebrochene Knochen wieder zusammengewachsen … aber nicht vollständig. Meine Heilmagie hatte nicht *ganz* gereicht, um ihn vollkommen wiederherzustellen, aber es war genug. Den Rest schaffte er allein.

Der kleine Fuchs gähnte und trat dann um sich, um von mir freizukommen. Sein Fell war jetzt wieder sauber, die Blutflecke waren verschwunden. Sein Humpeln fiel kaum auf, als er zu seinem Frauchen zurücklief.

Staunen und Erleichterung standen in Saeris' Augen, als sie sich bückte, um ihn hochzuheben. »Was? Aber … wie?« Sie lachte, als der Fuchs sich an ihren Hals schmiegte und ihr die Wange ableckte. »Ich wusste nicht, dass du heilen kannst!«

Ich zuckte die Schultern. »Jetzt kann ich es auch nicht mehr. Es war nicht viel, aber ich habe ihm gegeben, was ich hatte.«

Ihre Freude verblasste ein wenig. »Aber … wenn du über Heilmagie verfügst, sollte sie sich dann nicht regenerieren? So wie bei Te Léna?«

Zerknirscht schüttelte ich den Kopf. »Manche Zauber funktionieren nicht auf diese Art, Osha.« Ich würde es ihr ein anderes Mal erklären. Es gab immer noch erschreckend viel, was sie nicht über dieses Reich, seine Leute und seine Magie wusste. Aber das konnte warten. Onyx ging es wesentlich besser, und sie hatte aufgehört zu weinen. Für den Augenblick war das alles, was zählte.

»Dann hast du diese Magie also geopfert? Um ihm zu helfen?«, fragte Saeris. Bei den Göttern, sie war so verdammt schön! Das Mondlicht ließ ihre Haut silbern schimmern, und es sah aus, als würde sie leuchten.

Ich nickte.

Sie schien nicht zu wissen, was sie sagen sollte. Für einen Moment vergrub sie ihr Gesicht in Onyx' Fell und atmete seinen Geruch ein. Als sie den Kopf hob, um mich wieder anzusehen, zog sie eine Augenbraue hoch. »Warum?«, fragte sie. »Warum bringst du dieses Opfer?«

Zuvor hätte ich ihr nicht geantwortet. Ich wäre nicht imstande gewesen zu lügen, und deshalb hätte ich den Mund gehalten. Aber inzwischen war so viel geschehen. So vieles hatte sich zwischen uns verändert. Die Wahrheit entfuhr mir mit Leichtigkeit. »Weißt du es denn nicht? Es gibt nicht viel, was ich nicht opfern würde, um dich glücklich zu machen, Osha. Ein wenig Heilmagie ist noch das Geringste.«

Vor Gillethrye waren wir wochenlang um die Spannung, die zwischen uns herrschte, herumgetanzt. Jetzt zierten Götterbindungen ihre Hände und ihre Handgelenke. Sie schlangen sich auch um meine Handgelenke. Wir waren ein Teil vom anderen, miteinander verbunden auf eine Art, die sich gleichzeitig seltsam und aufregend anfühlte.

Es gab so viel mehr zu sagen.

Es hing wie ein schweres Gewicht zwischen uns … aber die Frau, in die ich mich zu verlieben so sehr gefürchtet hatte, nickte nur und versuchte, nicht zu lächeln. »Ich verstehe. Und ich dachte schon, du hättest deine Meinung über Onyx geändert.«

Auch ich versuchte, nicht zu lächeln. Ich konnte die Augen nicht von ihr lassen. »O nein«, murmelte ich leise. »Ich glaube noch immer, dass er einen tollen Hut abgeben würde.«

1

DIE ZÄHNE DER HÖLLE

SAERIS

Das Kleid war für die Sünde gemacht.

Schwarz.

Trägerlos.

Hauchdünn.

Der Schlitz war so hoch angesetzt, dass es unmöglich war, Unterwäsche zu tragen. Der Stoff schmiegte sich wie eine zweite Haut an mich und schillerte im Licht, als sei er direkt aus dem Nachthimmel gewebt. Lange Handschuhe aus dem gleichen Material bedeckten meine Arme, als hätte ich sie bis über die Ellbogen in schimmernde Tinte getaucht. Das hier hatte nicht im Entferntesten etwas mit den Ensembles zu tun, in die Everlayne mich gesteckt hatte, als ich zum ersten Mal in den Winterpalast gekommen war. Es war elegant. Atemberaubend. So sexy, dass es *wehtat.*

Ich erkannte die Frau in dem Ganzkörperspiegel meines Ankleidezimmers nicht … und dafür gab es einen Grund. Das seltsame Wesen, das mir da aus dem Spiegel entgegensah, war keine Frau. Nicht mehr. Sie war vielleicht einmal eine gewesen, aber jetzt war sie eine Mischung aus Fae und Vampir, von den Göttern berührt.

Ich war dieselbe, die ich immer gewesen war, und doch war ich es nicht. Unsterblichkeit mochte anderen das Fleisch von den Knochen geschält und sie gertenschlank gemacht haben. Bei *mir* hatte sie die Körperteile gefüllt, die Zilvaren ausgehungert hatte. Meine Wangenknochen waren jetzt runder, meine Lippen voller. Hüften, Brüste, Hintern: All das hatte ich auch schon vorher gehabt, aber jetzt hatte ich es wirklich.

Wie jedes Mal, wenn ich mich in den vergangenen achtundvierzig Stunden im Spiegel gesehen hatte, blieb meine Aufmerksamkeit an meinen oben spitz zulaufenden Ohren hängen, die durch die dunklen Wellen meines Haars hervorlugten. Die Realität schien sich zu verzerren und wieder einzurasten, wann immer ich sie sah. Letzten Endes war ich exakt so, wie Fishers Mutter mich gezeichnet hatte.

Das hier war real.

Ich war eine *Fae*.

Ich war ein *Vampir*.

Ein vernehmliches Räuspern am hinteren Ende des Zimmers durchbrach die Stille.

»Nun, wenn anscheinend niemand anders es sagen will, dann tue *ich* es eben. Du siehst ausgesprochen fickbar aus, Saeris Fane.«

Ich drehte mich um und runzelte verärgert die Stirn, weil ich mich schon auf die Ausfälligkeiten gefasst machte, die auf diesen Kommentar folgen würden.

Drei Männer befanden sich in einem großen Ankleidezimmer mit mir, und jeder von ihnen verströmte so viel Testosteron, dass die Luft davon triefte.

Die letzten Sonnenstrahlen, die durch das große Fenster fielen, ließen Taladaius' silbernes Haar glänzen und verliehen seinen Gesichtszügen goldene Konturen. Ich konnte jetzt seine Emotionen spüren. Ich war auf eine Art mit ihm verbunden, die mich nicht erfreute. Manchmal, bei Einbruch der Dämmerung, fühlte ich, wie er auf der anderen Seite des Palastes erwachte, und seine Traurigkeit nahm mir den Atem. Mein Ahnherr blickte empört zu dem Mann auf der anderen Seite des Raums, der sich auf einer Chaiselongue ausgestreckt hatte, als gehöre ihm der Laden. »Hast du den Verstand verloren?«, fragte er. »Ich kenne nicht eine einzige Person, die so dumm wäre, eine frisch verbundene Frau anzubaggern, ganz zu schweigen von einer *göttergebundenen* Frau. Und noch dazu direkt vor ihrem Seelengefährten? Vor *ihm*?«, fügte er hinzu und reckte das Kinn in Richtung des dritten Mannes, der neben der Tür an der Wand lehnte.

Ich hielt kurz inne, bevor ich mir gestattete, zu *ihm* zu schauen.

Hielt inne, bevor ich mir gestattete, seinen Namen überhaupt zu denken.

Kingfisher.

Mein Seelengefährte.

Fishers dunkles lockiges Haar fiel ihm ins Gesicht und über die Ohren. In den letzten paar Tagen war es irgendwie gewachsen. Er kam mir auch größer vor. Breiter, seine Präsenz noch imposanter. Er war bis an die Zähne bewaffnet, trug eine Lederrüstung, und die Halsberge, die er nie ablegte, blitzte im Sonnenlicht. Schattenranken und glitzernder schwarzer Sand schlängelten sich zwischen seinen Fingern und um seine Handgelenke. Sie wanden sich seine Beine hinunter und ergossen sich wie jagende Schlangen auf den Plüschteppich, die Chaiselongue im Visier.

Sie erreichten das Liegesofa und wanden sich dessen Beine hinauf zu Carrion, als ich einen Seufzer ausstieß und die Arme über der Brust verschränkte. *»Fisher.«*

Seine Augen wurden lebendig beim Klang meiner Stimme. »Hmm?«

»Stopp.«

Seine Nasenflügel weiteten sich, sein Kiefer arbeitete. »*Ich* kann nichts dafür, wenn er nicht leben will.«

Carrion richtete sich auf und verschüttete dabei fast seinen Drink. Er war bei seinem vierten Whisky, was man ihm aber überhaupt nicht anmerkte. Jetzt ergab alles Sinn – die vielen Male, die er die anderen Gäste im Haus der Kala unter den Tisch getrunken hatte. Die Fae konnten sich bis zur Besinnungslosigkeit betrinken, wenn sie es wollten; sie brauchten es nur zu beschließen, und mit dem nächsten Atemzug waren sie wieder stocknüchtern. Solange ich ihn kannte, hatte Carrion seine Abstammung verheimlicht. Die besondere Magie, die Kingfishers Vater auf ihn als Baby angewandt hatte, hatte Carrions ganzes Leben lang angehalten und sein wahres Aussehen verborgen. Fairerweise musste man zugeben, dass er schon immer groß gewesen war. Aber seine Ohren waren abgerundet, seine Gesichtszüge weniger scharf und kantig gewesen, seine Statur nicht ganz so breit. An seine *Realität* musste man sich erst gewöhnen. Dank seiner Auseinandersetzung mit Malcolm in dem Labyrinth war die Wirkung der Magie des Vaters jetzt verschwunden, und Carrion war endlich sein natürliches, wahres Selbst.

»Und *ich* kann nichts dafür, wenn du dich nicht überschlägst, um deiner Freundin ein Kompliment zu machen«, konterte Carrion und prostete Kingfisher zu.

Oh, bei den Göttern! *Das* würde schlimm werden.

Die Fäden aus Schatten und Sand wurden zu Seilen. Sie schossen an der Chaiselongue hinauf, wickelten sich wie Peitschen um Carrions Kehle und Handgelenke und rissen ihn zurück auf die zerdrückten Samtpolster hinter ihm. Sein Whisky flog durch die Luft. Fisher tat nichts, um das Glas zu retten, das jetzt auf dem

Teppich landete, aufprallte und seinen Inhalt überall verteilte, als es über den Boden rollte.

Nicht zufrieden damit, Carrion nur mit seiner Magie zu attackieren, hatte Fisher kampfbereit die Fäuste erhoben, und Mordlust stand in seinen wunderschönen grünen Augen, als er sich entschlossen durch das Ankleidezimmer bewegte.

Meine Brust wurde eng. *»Fisher!«*

Zum Glück griff Taladaius ein und stellte sich meinem Gefährten in den Weg, bevor er den Schmuggler erreichte. Die beiden Männer waren gleich groß. Gleich breit. Gleich furchterregend. Sie glichen sich in vielerlei Hinsicht. Aber während mein Gefährte Dunkelheit verströmte und nachdenklich wirkte, war Taladaius hell, seine Stimmung oft unbeschwerter, als sie es hätte sein sollen. Vielleicht waren sie Gegengewichte. Verschiedene Seiten derselben Medaille? Aber es waren auch verschiedene Währungen.

Vampir.

Fae.

Ahnherr.

Seelengefährte.

Der Vampir legte eine Hand auf Kingfishers Schulter und schenkte ihm ein knappes Lächeln. »Unter meinesgleichen mag ich als aufgeschlossen gelten, Fisher. Aber die anderen, die sich heute Nacht hier versammelt haben …« Er machte eine Kunstpause und zog eine Augenbraue hoch. »… sind es *nicht*. Wenn du lebendiges Blut vergießt, selbst hier in Saeris' Zimmer, beschwörst du eine Welt voller Schmerzen herauf. Es ist auch so schon schwer genug, deine Sicherheit hier zu garantieren.«

Fishers Miene war ausdruckslos. Er schien auch nicht im Entferntesten von Taladaius' Warnung beunruhigt zu sein. Langsam blickte er zu Taladaius' Hand auf seiner Schulter hinab, als würde der Punkt, an dem sich die beiden berührten, gleich in Flammen aufgehen. »Du *garantierst* überhaupt nichts«, sagte er leise. »Ich bin nicht dank der Gnade von irgendjemand hier. Ich bin hier, weil meine Seelengefährtin hier ist. Wo sie hingeht, gehe auch ich hin. Und sollte es noch anderen deiner Brüder einfallen, auf mich loszugehen, dann bin ich *mehr* als bereit, glaub mir. Ich habe eine Ewigkeit darauf gewartet, mit diesen hochnäsigen Arschlöchern im selben Raum zu sein.«

Taladaius biss die Zähne zusammen und atmete lange aus, bevor er wieder sprach. »Weißt du, was diese hochnäsigen Arschlöcher noch besser wittern können als Blut?«

Kingfisher schlug Taladaius' Hand fort und fauchte leise: »Ich habe keine *Angst*, Tal.«

»Angst *wird* dir dort draußen zum Verhängnis werden«, entgegnete der Vampir. »Wenn du dir wegen ihr Sorgen machst, und sei es auch nur für eine Sekunde, *werden* sie es merken und diese Gelegenheit nutzen, um dich deswegen niederzumachen. Sie werden ihren Anspruch entkräften. Sie verstoßen …«

»Uhhh?« Ein Gurgeln war von der Chaiselongue hinter ihnen zu hören, wo Fishers Schatten noch immer Carrion würgten. *»Hilfe?«*

»Heilige Götter und Märtyrer, hört mit diesem Gehabe auf, ihr alle! Fisher, lass Carrion los. Taladaius …« Ich atmete entnervt aus. »Wie viel Zeit haben wir noch, bevor wir da hinausmüssen?«

Taladaius glättete seine wunderschöne, maßgeschneiderte schwarze Jacke und beruhigte sich, aber seine funkelnden Augen waren weiterhin auf meinen Gefährten gerichtet. »Die Sonne ist untergegangen. Sie haben sich bereits versammelt. Wenn wir nicht bald gehen, werden sie sagen, dass du deinen Anspruch aufgegeben hast.«

»Das würden sie tun?«

»Es sind Bürokraten«, antwortete er.

Endlich entließ Kingfisher Carrion aus seinem magischen Würgegriff. »Es sind *Monster*«, entgegnete er.

»Das sind sie«, pflichtete Taladaius ihm bei. »Und das ist der Grund, warum wir so viele Regeln und Gesetze haben und warum wir uns so entschlossen an sie halten. Ohne sie würde an unserem Hof ein einziges Gemetzel herrschen. Die Tradition muss gewahrt werden. Die Gesetze der fünf müssen befolgt werden. Selbst von *Königinnen*«, betonte er. »Erst wenn sie diesen Kronreif auf ihrem Kopf hat, wird sie in einer Position sein, Veränderungen zu bewirken. Veränderungen, die *ganz* Yvelia zugutekommen.«

Da war sie also. Die Krux an der Sache.

Damals in diesem Labyrinth hatte ich Malcolm nicht wegen seiner Krone getötet. Ich hatte es getan, um mich selbst zu retten. Aus Vergeltung. Für meinen Seelengefährten. Ich hatte nicht darum gebeten, Königin dieses verhassten Hofes zu werden. Wenn es nach mir ginge, wären wir längst wieder in Cahlish und würden die Tatsache feiern, dass der König der Vampire tot war. Aber wohin würde uns das führen? Ein anderer Vampirlord würde an die Macht kommen, und Yvelia wäre vermutlich noch schlimmer dran als ohnehin schon.

In den vergangenen achtundvierzig Stunden hatte ich einen Crashkurs in der Politik des Vampirhofes absolviert. Und anders als bei den Vorträgen, die ich damals in der Bibliothek des Winterpalastes über mich ergehen lassen musste, hatte ich dieses Mal zugehört.

Fünf Vampirlords herrschten unter dem Vampirkönig – die Lords der Mitternacht –, und Taladaius war einer von ihnen. Ungeachtet ihres Geschlechts wurden sie schon immer Lords genannt, und offenbar sollte sich das auch so bald nicht ändern. Die anderen Lords hatte ich bis jetzt noch nicht kennengelernt, und ehrlich gesagt hatte ich auch nicht das Verlangen, sie kennenzulernen. Soweit ich gehört hatte, waren sie Wilde, skrupellos und machthungrig, und jeder Einzelne von ihnen würde mir den Kopf abreißen, um die Krone zu bekommen. Allerdings waren sie an das Gesetz des Aufstiegs gebunden. Sie *mussten* mich zuerst anerkennen, bevor sie versuchen konnten, meinen Thron zu stehlen. Und wenn sie mich anerkannten, mussten sie mir gehorchen. Zumindest eine Zeit lang.

Das bedeutete, dass es ein Fenster gab. Eine Möglichkeit. Eine Chance, den Krieg zu beenden, der seit Jahren wütete. Dem Töten ein Ende zu bereiten. Den Thron zu beanspruchen, war der schnellste Weg, um dafür zu sorgen, dass der Albtraum ein Ende hatte, ohne dass Blut das Land von den Bergen bis zum Meer rot färben würde.

Ich stammte nicht von hier. Ich war nicht hier geboren. Yvelia war nicht meine Heimat, aber ich wusste, was Leid bedeutete, und der sinnlose Tod, der den Schwachen und Schutzlosen stets an den Fersen haftete, war mir nicht fremd. Wenn es etwas gab, das dazu beitrug, dem Blutvergießen hier ein Ende zu setzen, dann würde ich es tun. Ich musste es zumindest *versuchen.* Und man mochte es Wunschdenken nennen, aber ich hatte noch immer *Hoffnung* für die Mitglieder des Bluthofes. Hoffnung, dass sie erlöst werden konnten.

»Kann sonst noch jemand das hören?« Carrions Stimme war rau von dem Würgegriff, in dem er sich bis jetzt wegen seiner Frechheit befunden hatte. »Entweder pocht mir noch immer das Blut in den Ohren, oder die Horde stürmt in unsere Richtung.« Bis auf eine schwache Rötung an seinem Hals war er offenbar unbeschadet. Er zuckte nicht einmal, als Fisher mit großen Schritten an ihm vorbei zur Tür ging und seine Stiefel schwer auf den Teppich donnerten.

»Sie rufen da draußen nach ihr«, sagte er verwirrt.

»Dann ist es so weit. Wir müssen gehen«, sagte Taladaius.

Aber Fisher kam zurück und blieb vor mir stehen, ignorierte meinen Ahnherrn. Seine große Gestalt füllte mein Blickfeld aus. Dunkle Haare, kräftiger Kiefer und wunderschöne Tätowierungen. Vor nicht allzu langer Zeit hatte ich davon geträumt, dass er so nah vor mir stehen würde. Mein törichtes Herz hatte sich mehr nach ihm gesehnt, als meine Lunge sich nach Luft gesehnt hatte … und jetzt, da ich ihm und er mir gehörte, war mein Verlangen nach ihm nur noch stärker geworden. Er hatte Onyx für mich gerettet. Er hatte sein Leben für mich aufs Spiel gesetzt, und seinem Gesichtsausdruck nach zu urteilen, würde er auch jetzt nicht mit der Wimper zucken, wenn er es wieder tun musste. Die Tätowierungen auf seiner Haut bewegten sich, als er schluckte und die Muskeln an seinem Hals arbeiteten. »Du musst das nicht tun«, flüsterte er. »Es gibt andere Wege, unsere Ziele zu erreichen.«

Sie ist hier. Hier. Hier …

Ich ignorierte das Flüstern, das in meinen Ohren rauschte, weigerte mich, ihm meine Aufmerksamkeit zu schenken. Nicht hier und nicht jetzt. Es war nicht das erste Mal, dass ich das Quicksilver hörte, seit ich nach meiner Verwandlung im Palast aufgewacht war. Ich wusste, dass es nicht das letzte Mal sein würde.

Ich schenkte meine Aufmerksamkeit stattdessen meinem Gefährten und legte meine behandschuhten Finger an seine Wange. Was hätte ich nicht dafür gegeben, seine rauen Bartstoppeln an meinen Handflächen zu spüren! Bei allen Göttern! Dass ich ihn überhaupt auf diese Art *berühren* durfte … Dass er überhaupt der *Meine* war … »Diese anderen Wege bringen Blut und Tod und Feuer mit sich.« Ich sprach leise, denn meine Antwort war nur für ihn bestimmt. Die anderen konnten sie natürlich trotzdem verstehen, taten aber aus Höflichkeit so, als würden sie nichts hören.

Fisher presste den Kopf in meine Handfläche und schloss für einen Moment die Augen. »Ich glaube allerdings, es wäre eine gute Sache, diese Mistkerle bluten zu lassen«, flüsterte er.

»Ich weiß. Aber was ist mit den Verlusten, die wir auf diese Art vermeiden? Was ist mit unseren Freunden? Und mit den Bewohnern von Cahlish? Wie können sie in ihre Häuser zurückkehren, wenn es in Sanasroth auf der anderen Seite des Flusses noch immer brodelt?«

Damit hatte ich ihn. Fisher liebte sein Volk. Er hasste die Tatsache, dass die Leute Cahlish verlassen hatten, als Malcolm ihn in diesem götterverdammten Labyrinth in eine Falle gelockt hatte. Wenn Fisher wollte, dass sie nach Hause kamen, dann brauchten sie einen sicheren Ort, an den sie zurückkehren konnten. Er atmete angespannt aus, aber nickte. »Gut. Aber sobald du nicht mehr hier sein willst …«

»… sage ich es dir, ich verspreche es.«

Er neigte den Kopf und unterbrach den Blickkontakt mit mir, als er sich umdrehte, zum Spiegel ging und das Schwert von der Kommode holte, wo ich es vorhin beim Umziehen abgelegt hatte. Solace war ein sehr altes Schwert – eines der wenigen verbliebenen Götterschwerter, die vor Jahrtausenden einst von Magie durchdrungen gewesen waren. Es hatte Fishers Vater gehört. Die Klinge, die das Quicksilver für eine Ewigkeit zum Schweigen gebracht hatte. Das Schwert, das ich herausgezogen hatte, um mich zu schützen, und dabei die Passagen zwischen den Welten geöffnet hatte.

Jetzt war es mit mir verbunden. Die Götterschwerter waren loyale, territoriale Dinge. Solace hätte Fisher die Hände genommen, wenn er es berührte, hätte er nicht ein Stück Seide benutzt, um es aufzuheben. Er hielt es voller Ehrfurcht, als er es mir brachte.

»Das kann nicht dein Ernst sein. Es wird ihr Outfit *vollkommen* ruinieren«, sagte Carrion entsetzt.

»Er hat recht.« Taladaius stand inzwischen an der Tür, die Hand unruhig auf den Knauf gelegt. »Sie kann nicht mit Solace um die Hüften dort erscheinen. Sie muss majestätisch auftreten. Es darf nicht so aussehen, als würde sie sich Sorgen um ihre Sicherheit machen.«

Der Blick, den Kingfisher dem Vampir und dem Schmuggler zuwarf, brachte eindeutig zum Ausdruck, dass er beide für dumm hielt. »Es ist mir egal, wie sie *aussieht.* Mir ist daran gelegen, dass sie sich selbst verteidigen kann.«

»Dann gib ihr etwas anderes. Etwas Subtileres. Etwas, das sie verbergen kann. Um aller Götter willen, beeil dich!«

BUMM!

BUMM!

BUMM!

BUMM!

Das Geräusch wurde lauter, schneller, ungeduldiger. Fisher zögerte, aber dann seufzte er und legte Solace auf die Chaiselongue. »In Ordnung.« Mit geschickten Fingern griff er in einen kleinen Beutel an seinem Gürtel und zog eine feingliedrige Silberkette heraus. Er schlang sie um meine Taille und formte sie an meinen Hüften zu einer Schlaufe, deren Enden fast bis zu meinen Knien hinabhingen.

»Sie braucht keine Garrotte«, wandte Taladaius ein.

»Es ist keine Garrotte. Es ist ein Gürtel«, erwiderte Fisher freundlich. In meinem Kopf sagte er: *Es ist eine Garrotte.*

Ich versuchte, nicht zu grinsen.

Er zog einen seiner eigenen Dolche aus der Scheide an der Taille und fiel dann vor mir auf die Knie. Er blickte auf und sah mir wieder in die Augen. In seinem Blick lagen Myriaden von Emotionen, als er langsam … vorsichtig … den Stoff des Kleides entlang des Schlitzes teilte und mein nacktes Bein entblößte.

Taladaius warf die Hände in die Luft. »Dafür ist jetzt keine Zeit!«

»Oh, ich weiß nicht. Ich glaube, wir könnten eine *Minute* erübrigen«, meinte Carrion.

Ich sah Fishers Verärgerung aufblitzen, aber er reagierte nicht. Seine Berührung hinterließ eine Spur brennenden Feuers, als er mit der Hand an meinem Oberschenkel nach oben fuhr. Mit seiner anderen Hand presste er den Dolch gegen mein Fleisch. Die Magie, die unter der Oberfläche meiner Haut simmerte, registrierte dies genauso, wie sie die Kette um meine Taille wahrnahm. Die Waffe bestand aus purem Silber, aber sie verbrannte mich nicht, wie sie Taladaius oder jeden anderen Vampir verbrannt hätte. Wir hatten bereits entdeckt, dass ich immun war gegen die Wirkung von Silber *und* von Eisen. Vielleicht lag es daran, dass ich nicht vollständig nur eine Sache war – weder ganz Vampir noch ganz Fae. Vielleicht, weil ich noch dazu eine Alchemistin war und noch immer eine Affinität zu Metallen gehabt hatte. So oder so, ich war dankbar für diesen Vorteil.

Fisher hatte keine Tasche oder Scheide für den Dolch, aber er brauchte auch keine. Schwarze Rauchfäden materialisierten sich und glitten über meine Haut. Sie waren kalt *und* warm, und ich bekam eine Gänsehaut, als ich das Prickeln seiner Energie spürte. Fisher war hier des größten Teils seiner Magie beraubt – er konnte kein Portal öffnen und seine Macht gewiss nicht dazu nutzen, den Bewohnern des Bluthofes auf ihrem eigenen Territorium zu schaden –, aber das hier *konnte* er tun. Innerhalb einer Sekunde umgab ein kunstvolles Gitterwerk aus Schatten und schimmerndem schwarzem Sand meinen Oberschenkel, das den Dolch bündig an meinem Bein festhielt. Es war wie Spitze schön und zart wie Spinnweben, überzogen mit Morgentautropfen. Seine Hände lagen dort auf meinem Schenkel, stark und schwielig und …

Er atmete scharf ein, schüttelte den Kopf und stand dann auf. Die Pupillen waren stark geweitet, als er auf mich herabschaute. »Wenn dich einer von ihnen auch nur komisch von der Seite ansieht, rammst du ihm das Ding direkt in die Brust.«

»Ich weiß, was man mit einem Dolch macht, Fisher.« Die meisten Paare flirteten, indem sie einander Blicke zuwarfen oder sich gegenseitig Komplimente über ihr Outfit machten. Wir taten es, indem wir darüber sprachen, wie wir unsere Feinde am besten umbrachten. Ein Lächeln hing schmerzlich in meinen Mundwinkeln und flehte darum, freigelassen zu werden …

BUMM!

BUMM, BUMM, BUMM!

Fisher reichte mir die Hand. »Gehen wir.«

»Warte. Ich …« Bei den Göttern! Es gab so viel, was ich sagen wollte, aber ich hatte seit einer Ewigkeit nicht einen Moment mit ihm allein gehabt. Er war hier in Gefahr. Dank der archaischen Traditionen des Bluthofes, allen voran der Aufstiegsritus der Thronbesteigung, war *ich* in Sicherheit. Aber Fisher hatte Malcolm nicht getötet. Die Gesetze des Bluthofes verlangten nicht, dass *er* unbehelligt zur Macht aufsteigen durfte. Er war ein Todfeind des Bluthofes. Tausende von Hochadel-Vampiren lebten innerhalb der Mauern von Ammontraíeth; sie alle waren Kinder von Malcolm, und sie alle hassten meinen Gefährten mit unvergleichlicher Inbrunst. Wenn er die falsche Person hier auch nur schräg ansah, würde dies Ärger bedeuten. Daran wollte ich ihn jetzt erinnern, aber natürlich wusste er es bereits, und wir hatten keine Zeit mehr.

»Kannst du – hör zu, kannst du dich da draußen einfach benehmen?«, murmelte ich leise.

Er wirkte amüsiert, und die winzige Andeutung eines Grübchens bildete sich in seiner rechten Wange. »Das kann ich«, antwortete er. »Aber ich kann nicht versprechen, dass ich es auch *tue*.«

Als wir an ihm vorbei aus dem Zimmer gingen, riet Taladaius: »Du solltest Nimerelle hierlassen. Wenn sie sehen, dass *du* eine Waffe trägst, werden sie es als Akt der Aggression auffassen.«

»Gut.« Die Miene meines Gefährten verfinsterte sich bei der Verheißung von Gewalt. »Das *ist* es auch.«

***

»Heilige Scheiße.« Carrion pfiff leise durch die Zähne. »Von außen sieht es aus wie ein Gefängnis. Wer hätte gedacht, dass sich etwas so Pompöses darin verbirgt?«

Man nannte ihn den Tränensaal.

Gemeißelte Gesichter, groteske Grimassen, beobachteten uns von den Obsidiansäulen aus, welche die Gewölbedecken der Kathedrale stützten. In den Wandhalterungen brannten Fackeln. Das unheimlich stille Equinox-Licht – so anders als normales Feuer – überzog die Wände mit einem eigenartigen weißgrünen Schimmer. Vorhänge aus Goldbrokat hingen an den riesigen Fenstern am anderen Ende des Saals; der schwere Stoff war mit Szenen von Ausschweifungen und Darstellungen aller Arten von Sünden bestickt. Hier waren mehr Vampire, als ich zählen konnte; sie hatten sich in Reihen auf dem linken und rechten Flügel des Saals versammelt. Keine Fresser. Nur Männer und Frauen in wunderschönen Gewändern und Gehröcken. Eine magere Intelligenz leuchtete aus ihren Augen, als sie ihre hungrigen Blicke auf mich richteten.

In der Mitte eines erhöhten Podiums am Kopfende des Saals stand ein prunkvoller Thron aus schwarzem Stein. Davor befand sich eine große Plattform aus poliertem Obsidian, verziert mit einem Mosaik aus blassen Steinen in der Form eines fünfzackigen Sterns. Ein Lord der Mitternacht wartete bereits an je einer der vier Spitzen, jeder von ihnen in vollem Ornat, blickten sie zur Mitte des Sterns. Die fünfte Spitze war unbesetzt ... bis Taladaius den langen Mittelgang durchquerte und seinen Platz unter seinesgleichen einnahm.

Mein Ahnherr hatte von irgendwo einen lackierten Stab herbeigeholt. Er stellte sich zu den anderen und schlug mit der Spitze im Rhythmus des kakofonen *BUMM! BUMM! BUMM!*, das durch den Saal donnerte, auf den Boden. Das Geräusch wurde immer lauter und hämmerte in meinen Ohren.

Und dann, ohne jegliche Vorwarnung, hörte es auf.

Die fünf Gestalten drehten sich zu mir um, und die Mienen der vier Fremden wurden zu Granit, als sie sahen, dass ich am oberen Ende der breiten Treppe, die zu ihnen hinabführte, nicht allein war.

Zwei der Lords waren männlich.

Zwei weiblich.

Einer war etwas völlig anderes.

Natürlich war Taladaius da. Neben ihm ein hochgewachsener, dunkelhaariger Mann mit einer Hakennase und Augen so schwarz wie Kohlen. Diesem gegenüber stand eine noch größere, langgliedrige Gestalt – eine blasse, seltsame Kreatur, die eindeutig nicht zu den Fae gehörte. Sie trug ein makelloses weißes Gewand. Ihre Augen glichen schwarzen Kugeln, ihre Haut war durchsichtig. Ein unnatürlich breiter Schlitz diente ihr als Mund, der mit winzigen gezackten Zähnen gespickt war. Schwarze Adern bildeten ein Netz aus Spinnweben auf den Rücken ihrer übergroßen, mit Schwimmhäuten versehenen Hände.

Die Frauen waren weniger befremdlich. Die erste trug ein leuchtend grünes Kleid. Ihre Haare glänzten wie gesponnenes Gold und waren zu Zöpfen geflochten, die in Strängen über ihren Rücken fielen. Mein Bruder hätte sich auf der Stelle in sie verliebt. Sie war genau der Typ der hübschen, zierlichen, toxischen Schönheit, die ihm ins Auge gesprungen wäre. Aber er hätte keine Chance gehabt. In ihren unergründlichen blauen Augen brannte ein Hass, der in mir den Wunsch weckte, zu dem Dolch zu greifen, den Kingfisher vorhin an meinen Oberschenkel gebunden hatte. Ich erschauerte, als ich zu der letzten Frau sah, und war froh, dass ich den Augenkontakt unterbrochen hatte. Der letzte der Lords der Mitternacht war ein kleines Ding. Eine dichte Matte aus grauem Haar fiel ihr ins Gesicht und verdeckte ihre Züge, aber an ihren nackten Unterarmen, den zerbrechlichen Handgelenken und den knotigen Händen konnte ich erkennen, dass sie alt war.

»Was für ein Irrsinn ist das?«, fragte der blonde Vampir. Als sie sprach, hörte das Geschnatter im Saal augenblicklich auf. Sie hatte ihre Stimme nicht erhoben, aber ihre Worte schallten zwischen den Wänden und hallten in den Dachsparren wider. Dann hob sie ihren Stab und zeigte damit auf mich, sodass ich den glänzenden goldenen Kopf der zischenden Schlange an der Spitze sehen konnte. »*Das* ist nicht die Kreatur, die meinen Vater zu Fall gebracht hat«, sagte sie. »Der mächtige Malcolm, der über den gesamten Kontinent herrschte und einen weiteren in Schutt und Asche gelegt hat? Malcolm, der Könige stürzte, Königinnen beischlief und dem Tod trotzte, damit wir alle in seine Fußstapfen treten können? Niedergestreckt von *diesem Kind*? Ich glaube nicht.«

Fishers Wärme war eine beruhigende Hand auf meinem Rücken. Links von mir schwebte Carrion in meinem Gesichtsfeld. Ich sah keinen von beiden an, als ich mein Kinn senkte und den Kopf hochhielt, um den langen Abstieg über die Treppe hinunter zu den Vampiren von Sanasroth zu beginnen. »Dein Vater wurde von seiner eigenen Überheblichkeit zu Fall gebracht. Er war zu arrogant. Er hielt sich für unbesiegbar, und ich hatte das Vergnügen, ihn eines Besseren zu belehren. Ein Götterschwert macht Wurmfutter aus jedem von uns, egal wer es führt. Aber wie dem auch sei«, rief ich mit klarer Stimme. »Ich bin kein Kind. Mein Name ist Saeris Fane, und ich *bin* eure Königin.«

2

SAAL DER TRÄNEN

SAERIS

»Sie ist keine von uns. Wie kann sie unsere Königin sein, wenn ich ihr Herz von hier aus schlagen hören kann?«

Der Thron war kalt wie Eis. Kein Kissen polsterte seinen Sitz, und die eisige Temperatur des harten Steins drang in meinen Rücken und in meinen Hintern. Ich wand mich unbehaglich, als der schöne Vampir mit den goldenen Zöpfen laut und vernehmlich durch den Saal rief.

»Unser Hof mag der jüngste in diesem Reich sein, aber Sanasroth ist immer stolz auf seine Traditionen gewesen. Tausend Jahre herrschte der *erste* Vampir über uns. Ein brillanter Mann, der eine Heimat und eine Zukunft für seine Kinder schuf und uns allen das Recht sicherte dazuzugehören. Er war mehr als nur ein König. Er war ein Gott unter den Lebenden und den Toten dieses

Reichs, und dieses … dieses *Mädchen*«, fauchte sie, »war vor ein paar Tagen noch ein Mensch. So schwach, dass einer von uns ihr das Leben retten musste.« Sie warf einen Blick unverhüllter Bosheit in Taladaius' Richtung. »Wie sollen wir den Ahnherrn unserer gesamten Spezies durch *das da* ersetzen?«

Sie war eine hervorragende Schauspielerin. Ihre Worte quollen über vor Emotion, als sie um den Stern herumging und die Zacken der einzelnen Lords der Mitternacht abschritt. Die meisten ließen sich wohl durch den besonderen Tonfall ihrer Stimme täuschen, als sie vom Verlust Malcolms sprach, aber ich hörte die Lüge.

Ihr Herz war nicht gebrochen, weil sie kein Herz besaß. Ich spürte die boshafte Energie, die von ihr ausging, so deutlich, wie ich die Hitze der beiden Sonnen im dritten Bezirk gespürt hatte: Was für eine Art Seele sie einst besessen haben mochte, sie hatte die Hülle ihres Körpers schon vor langer Zeit verlassen. Jetzt hockte ein dunkles, grausames Ding in ihrem Inneren, glotzte durch ihre großen, schönen Augen und benutzte ihre Stimme, um zu sprechen.

»Laden andere Höfe etwa die Hühner und Kälber ein, sich in extravaganten Kleidern auf ihren Thron zu setzen und über *sie* zu herrschen?«, rief sie.

Eine ansteigende Welle wütender Rufe brandete durch den Saal. Einige der Vampire auf den Bänken sprangen auf die Füße und schrien lauter als der Rest.

»Nein!«

»Das würden sie niemals tun!«

»Perversion!«

»Ein Fluch!«

»Warum krönen *wir* dann eine Kreatur, die noch vor wenigen Tagen Nahrung für uns gewesen wäre, und geben ihr die Macht, über uns zu herrschen? Warum *blamieren* wir uns wie …«

Das ist Zovena, sagte Kingfisher. Der Klang seiner tiefen Stimme in meinem Kopf erschreckte mich; ich konnte die Überraschung auf meinem Gesicht kaum verbergen. *Aber das hast du dir inzwischen wahrscheinlich schon zusammengereimt. Tal hat dir ja die Namen von allen genannt.*

Ja, antwortete ich. *Sie ist die Hüterin der Botschaften.*

Ich spürte Fishers Zustimmung in meinem Hinterkopf. *Ja. Siehst du den Ring an ihrer Hand? Den dicken Goldring mit dem lila Stein? Er weist sie als Lord aus. Alle fünf besitzen einen Ring. Er ist eine Machtquelle, die ihnen von Malcolm verliehen wurde. Jeder Ring enthält angeblich die gleiche Menge Magie, obwohl man munkelt, der von Tal sei der mächtigste. Zovena gehörte einst zu den Lìssia-Fae, genauso wie Tal. Er liebte sie. Und ich glaube, sie liebte ihn auch. Aber das war vor langer,* langer *Zeit.*

Ich sah, wie zornig Zovena jetzt meinen Ahnherrn anstarrte, und konnte keinerlei Liebe und Zuneigung in ihren Augen erkennen. »Du hättest sie dort sterben lassen sollen, Taladaius«, zürnte sie. »Bei der Gelegenheit hättest du auch dem Tod von Gillethrye die Kehle aufschlitzen können. Aber nein. Wir alle wissen ja, wie viel dir an deinem geliebten Kingfisher vom Ajun-Tor liegt, nicht wahr? Und jetzt bringst du die beiden hier zu uns, Hand in Hand, Seelengefährten, und versuchst nicht nur, ein Halbblutmädchen zur Königin zu machen, sondern mit ihm auch einen Vollblut-Fae zu seinem Gemahl! Und nicht irgendein Fae. Einer, der unsere Leute seit Jahrhunderten drangsaliert und ermordet! Hast du vergessen, dass wir uns im *Krieg* mit ihm befinden?«

Ich wartete darauf, dass Kingfisher etwas sagte, aber es kam keine Antwort. Als ich nach rechts schielte, wo er neben mir stand, sah ich, dass er gähnte.

Ich sprach wieder in seinem Geist. *Jetzt trägst du aber ein bisschen dick auf, meinst du nicht?*

Sein linkes Auge zuckte. *Nein, nicht wirklich. Zovena und ich sind nicht gerade die besten Freunde. Ich habe das alles schon gehört.*

Der schlaksige Mann mit der Hakennase trat von seinem Punkt auf dem Stern nach vorn, die Stirn in tiefe Falten gelegt. Er sah aus wie Mitte dreißig, aber nur die Götter kannten sein wirkliches Alter. »Das reicht, Zovena. Einen Wutanfall zu bekommen, ändert gar nichts. Taladaius hat das Mädchen gerettet. Es ist jetzt von unserem Blut. Es hat Malcolm getötet. Deshalb muss es aufsteigen. So wird es bei uns gehandhabt. Das wissen wir alle. Mit Hysterie löst man keine Probleme.«

»Das ist keine Hysterie«, entgegnete Zovena. »Das ist Empörung! Im Namen meiner Brüder und Schwestern!« Sie deutete auf die übrigen Mitglieder des sanasrothischen Hofes in den Bankreihen, die sich bis in die Dunkelheit hinein nach hinten erstreckten. Sie brüllten zustimmend, denn sie schenkten ihrer Rhetorik Glauben. »Sie verdienen etwas Besseres. Eine starke Hand. Eine Königin, die …«

»Oh, dann stellst du dir also noch immer eine *Königin* auf dem Thron vor? Eine Frau wie du vielleicht?«, fragte der hakennasige Mann.

Während die beiden sich weiter stritten, sprach ich wieder zu Fisher. *Das ist Ereth, nehme ich an? Hüter des Equinox-Lichts?*

Fisher antwortete sofort. *Ja. Er und seine Anhänger sind religiöse Fanatiker. Sie beten einen der Dämonengötter an. Wenn es nach ihm ginge, würde jedes lebende Wesen in Yvelia seine Magie verlieren und zum Sklaven gemacht. Jeder Kontinent würde zu einem Ödlandparadies für Vampire, wo sie alles jagen und töten können, was zum Spaß am Leben gelassen wurde.*

Klingt reizend, entgegnete ich.

Der andere ist das Hazrax. Das Letzte seiner Art. Es ist doppelt so alt wie alles andere, was in Yvelia Atem schöpft.

Taladaius war seltsam vage geblieben, als er über das Hazrax gesprochen hatte. Es war kein Fae, aber es war auch kein Vampir. Es war vor Jahrhunderten zu Malcolm gekommen, als der Vampirkönig noch damit beschäftigt war, sein Imperium aufzubauen, und hatte dem König seine Dienste angeboten. Als Malcolm es fragte, ob es im Gegenzug ewiges Leben wolle, hatte das Hazrax geschworen, ihn zu vernichten, sollte er versuchen, es zu beißen, und Malcolm hatte ihm jedes Wort geglaubt. Als der König es dann fragte, was es stattdessen für seine Treue zu Sanasroth wolle, sagte das Hazrax, es wolle »zusehen«. Fortan wurde das Hazrax zum Hüter der Stille.

Erst am Tag zuvor hatte ich Taladaius gefragt, warum der Vampirkönig dieser Kreatur gestattet hatte, an seinem Hof zu bleiben, wenn er wirklich glaubte, sie könne ihn vernichten. Taladaius hatte nur die Schultern gezuckt. »Die Magie des Hazrax ist sagenumwoben. Niemand hier weiß, wozu es fähig ist … aber welche Magie oder Kraft es Malcolm auch gezeigt haben mag, sie jagte dem König solche Angst ein, dass er ihm erlaubte zu bleiben.«

Wir wussten, dass das Hazrax vor vielen Jahren nach Ammontraíeth gekommen war, sagte Kingfisher in meinem Kopf. *Wir haben nicht gehört, dass es das Land jemals wieder verlassen hat. Es gibt Gerüchte, es hätte nicht einmal diesen Saal je verlassen. Es isst und schläft nicht. Es sieht nur zu.*

Das Aussehen der Kreatur war auch so schon furchterregend genug, ohne dass man sich fragte, wie es hier als konstante, beunruhigende Präsenz überhaupt existieren konnte. Als könne er mein Unbehagen spüren, fuhr Kingfisher fort. *Die alte Frau ist Algat, Hüterin der Aufzeichnungen. Sie war einst eine Hexe. Wurde von ihrem eigenen Clan verstoßen, weil sie mit schwarzer Magie herumdokterte. Sie mag aussehen wie der Älteste der Lords, aber tatsächlich ist sie der Jüngste. Ich hatte ein- oder zweimal mit ihr zu tun, bevor sie sich verwandelte. Das pure Böse strömt durch ihre Adern, kleine Osha. Unterschätze sie nicht.*

Noch als er dies sagte, legte sich der Kopf der alten Frau in einem unnatürlichen Winkel schräg und drehte sich zu Kingfisher, als könne sie die Unterhaltung zwischen uns hören. Wegen der dicken grauen Haare, die ihr ins Gesicht hingen, konnte ich nicht viel von ihren Zügen erkennen, aber ich sah ihr abscheuliches Grinsen. Es entblößte faule gelbe Zähne, so lang wie die einer Ratte. Vor allem ihre Eckzähne waren so lang, dass sie ihre Unterlippe durchbohrten; ihr Kinn war mit Blut beschmiert.

Ihre trüben Augen stellten Kontakt mit meinen her und …

Ich war im dritten Bezirk.

Ich habe mit Hayden gestritten.

Ich war in Madras Palast und kämpfte, um meine Hände zu befreien, als Harron kam, um mich zu töten.

Ich war in Kingfishers Bett in Ballard, sicher in seinen Armen.

Er war in mir, und meine Seele war voller Feuer und …

»Meinst du, ich kann hier drin rauchen?«

Ich wäre vor Schreck fast umgefallen, als ich Carrions Stimme hörte.

Ich hatte die alte Frau angestarrt. Sie hatte mich angestarrt. Wie lange hatte ich …

Eine eiskalte Empfindung strömte durch meinen Kopf. Es fühlte sich an, als hätte mich jemand durchsucht. Aus dem Augenwinkel schielte ich zu Fisher, aber er starrte an die Decke, tat so, als sei er gelangweilt, und hatte offenbar nicht bemerkt, dass gerade etwas Ungewöhnliches passiert war. Als ich mich zu Carrion wandte und ihn gerade bitten wollte, seine Frage zu wiederholen, sah ich, dass der Idiot einen Zigarillo im Mund hatte und in seiner Hosentasche nach seiner Feuersteinschachtel kramte.

»Was bei allen fünf Höllen *tust* du da?«, zischte ich. »Zünde den *nicht* an.«

Fisher knurrte, als er endlich bemerkte, was der wahre Erbe des Winterhofes vorhatte. Er trat hinter den Thron, riss Carrion den Zigarillo aus dem Mund und warf ihn auf den Boden.

»Halten wir Euch von irgendetwas ab, Eure Hoheit?« Die Stimme zerriss die Luft wie ein Peitschenhieb.

Ereth stand in der Mitte des fünfzackigen Sterns, seinen Umhang über die Schulter zurückgeworfen, als habe er sich hastig umgedreht. Zovena war reglos wie eine Statue, genauso wie die anderen, aber ich sah, dass sie innerlich triumphierte.

Vor langer Zeit war ich nicht das einzige Lehrmädchen in der berüchtigtsten Schmiede des dritten Bezirks gewesen. Elroy hatte mich erwischt, wie ich mit einem seiner anderen Lehrlinge getuschelt hatte, und war wütend gewesen, weil ich nicht aufgepasst hatte, als er poetisch über die verschiedenen Stile der Glashärtung dozierte. Dieser Moment jetzt fühlte sich *sehr* ähnlich an.

Ich war zwei Sekunden davon entfernt, wie ein unartiges Kind ausgeschimpft zu werden. Das wäre *nicht* gut. Die Lords mussten unter Kontrolle gebracht und nicht dazu ermutigt werden, mich zu tadeln. Ich musste die Situation herumreißen und das Geschehen bestimmen. Mein erster Impuls war es, mich für die Unterbrechung zu entschuldigen, aber eine Königin entschuldigte sich *nicht*.

Ich reckte das Kinn nach vorn und blickte Ereth eindringlich an, füllte meine Adern mit Eis. »Ja, Ereth. Da du endlich zu fragen geruhst, ich habe tatsächlich etwas Besseres zu tun, als euch zuzuhören, wenn ihr euch alle aufführt wie zankende Kinder. Man sagte mir, dies soll eine Krönung sein, also lasst uns mit dem Prozedere fortfahren.«

Angespannte Stille senkte sich über den Saal. Erst jetzt, als alle anwesenden Vampire verblüfft schwiegen, begriff ich, warum er Saal der Tränen genannt wurde: Irgendwo dort draußen in der Dunkelheit weinte jemand. Ein trauriges Wehklagen hallte von den Säulen wider und prallte von den eingelassenen Nischen ab – ein Geräusch bar jeder Hoffnung. Ein Schauer lief mir über den Rücken, als ich ein weiteres Schluchzen hörte, und dann noch eins und noch eins. Draußen, jenseits der Menge und des eigenartigen weißgrünen Leuchtens der Fackeln, litten Menschen.

»Meine aufrichtige Entschuldigung, Eure Hoheit.« Ereth hatte sich tief verbeugt und eine blasse Hand auf seine Brust gelegt. Er hob den Kopf, und als er mich unter dunklen Brauen hinweg betrachtete, sah ich den Spott in seinen Augen. »Ihr habt *vollkommen* recht. Wie dumm von mir! Die Nacht vergeht, und es ist noch so viel zu tun.«

»Das Mädchen muss trinken, bevor es gekrönt wird.« Es war Algat, die diese Feststellung kundtat. Ihre brüchige Stimme erinnerte mich an den gnadenlosen Wind, der über die Dünen heulte und der Silberstadt so sehr zusetzte: trocken und zornig. »Wie kann sie darauf hoffen zu herrschen, wenn sie nicht mit dem Blut verbunden wird?«

Taladaius hatte versprochen, bei der Zeremonie am Abend, so gut er konnte, den Mund zu halten. Er war Malcolms Lieblingssohn gewesen – sein Hüter der Geheimnisse –, und das bedeutete, dass er bei den anderen vier *kein* Favorit war. Er hatte nichts sagen oder tun wollen, was das Handeln der anderen beeinflusst hätte, aber nach Algats Kommentar trat er rasch nach vorn. »Sie muss nicht trinken«, sagte er. »Keine Regel und kein Gesetz schreibt es vor.«

»Kein Gesetz und keine Regel, vielleicht, aber was ist mit gesundem Menschenverstand?«, fragte die alte Frau mit einem listigen Krächzen. »Komm schon, Taladaius. Das Mädchen ist eine Jungfrau …«

»Entschuldigung?« Ich konnte mich nicht beherrschen. Die Empörung platzte aus mir heraus, bevor ich sie zurückhalten konnte. »Ich versichere euch, dass ich das *nicht* bin.«

Algat sah mich mitleidig an. »Nicht, was den Körper betriff, Kind.« Ihr Kopf schnellte wieder zu Fisher; angesichts der Geschwindigkeit und des Winkels der Bewegung drehte sich mir der

Magen um. »Wir riechen den Sex an Euch und Eurem Gefährten sehr wohl, das versichere ich Euch. Nein, Ihr seid eine Jungfrau des Bluts. Ihr habt noch nicht von der Lebensquelle der Lebenden getrunken …«

»Sie ist noch immer eine von ihnen«, fiel ihr Zovena mit offensichtlicher Verachtung ins Wort. »Ich habe es euch gesagt, und niemand wollte sich dazu äußern. Aber wie kann ein Mitglied der Lebenden von den Lebenden *trinken*? Noch einmal: Wie kann sie hoffen zu herrschen …« Sie verstummte allmählich; ihre Augen weiteten sich, als sie mich ansah.

Ich war aufgestanden.

Und mein Herz hatte aufgehört zu schlagen.

Es hatte nicht lange gedauert, bis ich diesen Trick beherrschte. Taladaius hatte gewusst, dass die anderen Lords an dieser Sache Anstoß nehmen würden, und deshalb hatte er mir beigebracht, wie ich den Muskel in meiner Brust lähmen konnte. Es war ziemlich einfach gewesen. Ich musste mir nur vorstellen, dass mein Herz sich ausruhte, eine Pause machte, und genau das tat es jetzt auch.

Mein Blut hörte auf zu pumpen. Alles in mir fuhr herunter. Mir war nie aufgefallen, dass ich das Rauschen meines Bluts hören konnte, wenn ich es versuchte, aber ich konnte es. Und jetzt, da es in meinen Adern schlummerte, war es, als sei meine innere Welt aus dem Gleichgewicht geraten. Es war, als würde ich unter Wasser atmen; ich hätte nicht in der Lage sein sollen, das zu tun.

»Sie kann also *wählen,* wann sie wie wir sein will«, murmelte Zovena leise. »Aber das macht sie nicht zu einer von uns.«

»Wenn sie trinkt, wird sie es sein«, drängte Algat, offensichtlich unzufrieden damit, dass ich nicht auf die Diskussion reagiert hatte. »Der ganze Hof hier weiß, dass Ihr nichts zu Euch genommen habt, seit Ihr von dem Mitternachtskuss erwacht seid, Mädchen. Trinkt von jemand, und alles ist gut. Wir setzen Euch den

Kronreif auf, ertränken uns dann bis Sonnenaufgang in Wein und feiern Euch als unsere neue Königin, wenn Ihr es tut.«

»Und wenn nicht?«

Taladaius hatte die Plattform halb überquert und steuerte auf mich zu. »Saeris.«

»Hört nur«, spottete Zovena. »*Saeris.* Er nennt sie bei ihrem Namen! Und warum auch nicht? Er hat sie schließlich verwandelt. Sie ist *ihm* verpflichtet. Er treibt sie wie seine Marionette vorwärts und steuert sie aus dem Schatten. Wenn ihr sie akzeptiert, dann auf eure Verantwortung. Aber wisst, dass ihr eine Stellvertreterin akzeptiert. Wisst, vor wem ihr euch wirklich verbeugt und rumschleimt, wenn ihr Treue schwört.«

In Zilvaren gab es Wanderbühnen, die gemordet hätten, um sich Zovena als eine ihrer Hauptdarstellerinnen zu sichern; die Frau ging mir langsam wirklich auf die Nerven. Zum Glück schien Taladaius gegen ihre Theatralik immun zu sein. »Du musst gar nichts, Saeris. Es ist kein Gesetz.«

»Es ist kein Gesetz, weil es nie eines sein musste«, zischte Zovena. »Der Herrscher des Vampirhofes sollte ein *Vampir* sein. Sich vom Blut der Lebenden zu ernähren, sollte das größte Vergnügen sein, das unsere Regenten sich vorstellen können. Sie sollten ihre niederste Natur ausleben, ohne überzeugt werden zu müssen.«

Trotz all seiner Vorbereitungen in den vergangenen Tagen hatte Taladaius das nicht kommen sehen. Vielleicht hätte er es tun sollen. Es ergab Sinn, dass diese Monster Zusicherungen wollten. Ich war ein Eindringling, der sich in ihrem Palast niederließ. Ich war eine Halb-Fae. Es war nur natürlich, dass sie mir mit Misstrauen begegneten. Nur die Märtyrer wussten, warum sie sicher waren, dass ich nicht getrunken hatte. Aber es stimmte. Ich hatte nicht gewollt. Ich hatte nicht *gemusst.*

»Meine Schwestern haben recht, Hoheit«, warf Ereth ein.

»Wenn Ihr ein Krönungsgeschenk von uns akzeptieren würdet, würden sich unsere Gemüter vielleicht beruhigen. Ein Schlückchen von einer schönen jungen Frau vielleicht?« Seine kohlschwarzen Augen huschten zu Kingfisher. »Oder … vielleicht gibt es eine einfachere Lösung für dieses Dilemma?«

»Nein«, antwortete ich gereizt. »Wenn es nicht gesetzlich verankert ist, dann versucht nicht, mich bloßzustellen.«

Inmitten dieser ganzen Diskussion drehte sich der Kopf des Hazrax von links nach rechts und beobachtete alles. Es sagte nichts, nur seine seltsamen Kiemen weiteten sich. Die Hände in den Ärmeln seines elfenbeinfarbenen Gewands gefaltet, nahm es alles in sich auf, ohne ein Wort zu sprechen. Aber jetzt drehte es seinen Körper zu mir und richtete seine Aufmerksamkeit auf mich … und meinen Seelengefährten. Kingfisher war nach vorn getreten und hatte der Versammlung den Rücken gekehrt – ein unvorstellbarer Akt der Respektlosigkeit. Aber ich kannte Fisher, und es war ihm scheißegal, ob er den sanasrothischen Hof respektierte oder nicht. Er wollte mir in die Augen sehen, wenn er mit mir sprach.

»Tu es einfach, Osha.«

»Was?«

»Beiß mich. Trink. Schluck zweimal, und dann hast du es hinter dir. Sie werden weiterhin versuchen, deine Macht zu untergraben, weil sie sicher sind, dass du es nicht tun wirst. Aber scheiß auf sie. Es ist leicht. Wir erledigen es, und dann können wir diesen Saal verlassen.« In meinem Kopf sagte er: *Wir können zurück nach Cahlish gehen. Zurück zu Ren und Lorreth und Layne.*

»Da hat er recht«, meinte Carrion.

»Du solltest gar nicht hier sein, Swift«, knurrte Fisher gereizt. »Behalte deine Meinung für dich.«

Die Augen von tausend Vampiren bohrten sich in mich, als ich um Fisher herum auf den versammelten Hof schaute. Was würden sie tun, wenn ich mich noch immer weigerte? Viele von ihnen waren mit Magie in ihren Adern gestorben; sie war verdorben und zusammen mit ihrem Blut schwarz geworden. Einige von ihnen waren wirklich mächtig. Das Einzige, was sie davon abhielt, uns in Stücke zu reißen, war das Gesetz des Aufstiegs und Taladaius' Erlass. Aber Gesetze wurden ständig gebrochen, und ich wollte nicht ausgerechnet *hier* sterben.

Bei den Göttern!

Ich holte tief Luft.

»In Ordnung. Ich trinke von dir«, flüsterte ich.

Außer sich vor Freude klatschte Ereth in die Hände. »Wunderbar!« Natürlich hatte er mich gehört. »Wunderbar, wunderbar!«

Ein verärgertes Knurren drang aus Fishers Kehle, aber er hielt den Blick unbeirrt auf mich gerichtet. Er begann, die Lederriemen seines rechten Armschutzes aufzuknoten, und löste dann diesen Teil seiner Rüstung. »Blende sie aus. Schenk ihnen keine Beachtung. Es geht nur um dich und mich, okay?«

Ich dankte den Göttern, den Sternen und allen vier Winden, denn zur Abwechslung hielt Carrion Swift endlich einmal den Mund. Hätte er irgendeine spöttische Bemerkung darüber gemacht, dass *er* jetzt hier stand, direkt neben uns, hätte er vermutlich seine Vorderzähne verloren.

Ich konzentrierte mich auf meinen Gefährten, entschlossen, das hier nicht zu vermasseln. Wir hatten nur einen Versuch. Eine einzige Chance, das Blatt in diesem Krieg zu wenden. Wenn das unser Spiel sein sollte, dann war es so. Ich würde eine ruhige Hand bewahren, aber bei den Göttern, es würde schwer werden. *So … habe ich mir das nicht vorgestellt,* sagte ich in Gedanken zu Fisher.

Als er seinen Armschutz abstreifte, fanden seine Augen die meinen. Sie brannten vor Intensität. Ein langsames, neugieriges Lächeln umspielte seine Mundwinkel. *Oh? Dann hast du es dir also vorgestellt, kleine Osha?*

Das Blut in meinen Adern begann zu kochen. Der anzügliche Ton in seiner Stimme, die ich in meinem Kopf hörte, hätte selbst die Mädchen, die im Haus der Kala arbeiteten, zum Erröten gebracht. *Nein.* Aber es war zu spät. Meine Wangen glühten, und Fisher gluckste leise, als er den Ärmel seines Hemds aufrollte.

Du kannst deine Fantasien ruhig mit mir teilen, kleine Osha. Es gibt nichts in diesem oder dem nächsten Reich, was ich dir nicht geben würde, wenn du es verlangst. Du musst nur fragen.

Jetzt war nicht die richtige Zeit. Und schon gar nicht der richtige Ort.

Aber … Heilige Götter!

Atme, Saeris.

»Seht sie euch an, sie steht einfach nur da. Sie schindet Zeit«, maulte Zovena unten auf der Plattform. Ich blickte hinter Fisher, und sämtliche Nerven in meinem Magen zogen sich zusammen, aber Fisher nahm sanft mein Kinn und drehte mein Gesicht so, dass ich wieder zu ihm aufblickte. Die Tinte an seinem Hals spielte verrückt; ich sah, wie die schwarzen Linien sich veränderten und über seine Halsberge hinausragten. In seinem Auge war jetzt nicht mehr viel Quicksilver übrig, aber das bisschen, das noch da war, bewegte sich ebenfalls und bildete geometrische Formen und Muster in dem lebhaften Grün seiner Iris. »Sieh nicht zu ihr, sondern zu mir. Mit dir ist alles in Ordnung.«

Und das war es.

Als Fisher mein Kinn losließ, die Hand drehte und mir das Handgelenk hinhielt, dachte ich nicht nach. Es geschah instinktiv. Die Wärme, die hinten in meiner Kehle lebte, wurde nun zu einem tosenden Inferno. Ich ergriff seinen Arm und empfand bereits ein schmerzhaftes, pulsierendes Verlangen im Mund, als ich die Eckzähne in sein Fleisch schlug.

Tief.

So tief.

Ich hatte nicht vorgehabt …

Ich erstarrte, begriff den übermächtigen Drang zu warten nicht …

»Trink, Saeris«, murmelte Fisher ungeduldig keuchend.

Nein.

Nein, ich musste warten.

»Um der Götter willen, trink, verdammt noch mal«, flehte er.

In diesen langen, berauschenden Momenten hatte ich nicht erkannt, dass ich nichts von ihm nahm. Im Gegenteil, ich *gab* ihm etwas.

Ich blinzelte, als die schwarze Tinte sich unter Fishers Haut bewegte und dann wie Wasser seinen Arm hinunterlief. Sie wand sich um sein Handgelenk und verschwand dann, übertrug sich auf mich. Ich spürte, wie sie sich mit einem kühlen Prickeln genau in die Mitte meiner Brust legte, direkt unterhalb meines Schlüsselbeins, aber ich beachtete die neue Tätowierung nicht.

Ich interessierte mich nur für meinen Seelengefährten.

Und das *Blut*.

Als ich zum ersten Mal von Fisher trank und sein Handgelenk zu mir zog, spürte ich die Umkehrung eines Stroms zwischen uns. Einen Gezeitenwechsel. Sobald sein Blut meine Zunge berührte, kam es zu einer Explosion von Farben und Geräuschen in meinem Kopf, als würde ein gewaltiges Feuerwerk gezündet. Feuer jagte durch meine Adern. Verlangen floss zwischen meinen Beinen und sandte eine Welle der Lust durch meinen ganzen Körper, die so stark war, dass ich fast geschrien hätte. Aber ich konnte nicht. Ich hätte aufhören müssen, von ihm zu trinken, um das zu tun, und …

»Fuck, Saeris.« Atemlos. Blind. Verzweifelt. Fishers Stimme war erfüllt von seinem eigenen Verlangen. Seine nächsten Worte liefen allem zuwider, wonach mein Körper schrie. »Stopp, Osha. Genug.«

Plötzlich waren wir im Tränensaal.

Ich riss den Mund von Fishers Handgelenk und keuchte, als hätte man mich mit einem Eimer kalten Wassers übergossen.

Der Saal der Tränen …

Tausend Sanasrothier waren aufgestanden und jubelten über meinen Hunger …

Mein Puls raste, wollte nicht hören, weigerte sich zu schweigen.

Ich blickte zu Kingfisher, die Lippen leicht geöffnet, und eine weitere Welle der Hitze und der Lust erschütterte mich bis in die Zehenspitzen, als ich sah, wie sehr seine Wangen unter den Bartstoppeln gerötet waren. Seine Pupillen hatten die Iriden komplett verschluckt und sowohl das Grün als *auch* das Quicksilver verdrängt. Er atmete schwer, und seine Brust hob und senkte sich rasend schnell. Er sah mich aus dem Augenwinkel an, und der ungezähmte Hunger, den ich in seinem Blick entdeckte, traf mich wie ein körperlicher Schlag. Er hatte sich kaum unter Kontrolle. Wenn ich ihn jetzt berühren würde …

»Denk nicht mal dran, oder ich nehme dich direkt hier«, keuchte er.

Heilige.

Verdammte.

Götter.

»Gut gemacht! Gut gemacht!« Ereth stand wieder in Position auf seiner Spitze des Sterns. Sein Applaus schallte über das raue Jubelgeschrei, das durch den Saal brandete. Ich schenkte dem Hüter des Equinox-Lichts jedoch keine Beachtung, denn ich konnte die Augen nicht von Fisher abwenden. Und er konnte den Blick nicht von mir abwenden. Mein Seelengefährte und ich starrten einander an, keuchend und die Körper so straff gespannt wie doppelte Bogensehnen. Das Gefühl, das mich durchströmte, war mit nichts zu vergleichen, was ich je erlebt hatte. Es war weit mehr als Verlangen. Es gab keine Worte, um es zu beschreiben.

Seit ich erwacht war, hatten wir noch nicht miteinander geschlafen. Ich hatte mich noch immer nicht von der Verwandlung und von den Verletzungen erholt, die ich im Labyrinth von Gillethrye erlitten hatte. Aber jetzt …

Jetzt.

Fuck, ich brauchte ihn *jetzt.*

»Es ist vollbracht! Sie hat getrunken!« Wie ein prophezeiender Messias wandte sich Ereth mit erhobenen Händen zur Menge. »Sie ist durch das Blut gebunden. Sie ist ihm verpflichtet wie wir alle. Jetzt steht ihrer Verbindung mit unserem Volk nichts mehr im Weg.«

Wovon zur *Hölle* redete er da?

Kingfisher streckte die Hand aus und strich vorsichtig mit seinem Daumen über mein Kinn; er war rot gefärbt, als er ihn wieder wegzog. Fishers Brust hob und senkte sich noch immer so schnell. Er hatte noch nicht wieder gesprochen.

»Krönt sie! *Krönt* sie!«, skandierte die Menge.

Ich war trunken. Als würde ich schwimmen, sinken, ertrinken. Ich musste mich hinlegen. Plötzlich stand jemand vor mir. Ich riss meine Augen von Fisher los und keuchte laut auf, als ich den Tränensaal wieder erblickte. Ich betrachtete ihn tatsächlich, als würde ich ihn zum ersten Mal sehen. Die Figuren, mit denen die Wandteppiche bestickt waren, drehten sich, hüpften und schimmerten im Schein der Fackeln. Goldene und silberne Punkte tanzten in der Luft. Die Dunkelheit war verschwunden, und ich sah kostbare Möbel, kunstvolle Gemälde an den Wänden und große Vasen mit Zweigen von Nachtblühern überall im Saal.

Mit einem Mal war der Saal der Tränen schön geworden.

3

DOSIS

KINGFISHER

Da war eine neue Tätowierung auf ihrer Brust: eine dünne schwarze Linie, die sich von einer Schulter zur anderen zog, direkt unterhalb ihres Schlüsselbeins. Nur eine einfache Linie, aber irgendwie auffällig. Saeris war atemberaubend, als sie sich umdrehte und in den Saal blickte, ihre Augen erfüllt von einer funkelnden Galaxie von Sternen. Sie war der Mittelpunkt dieser Galaxie. Ich war ohnehin von ihr angezogen. Aber nach dem, was sie gerade getan hatte – sie hatte keine *Ahnung*, was sie eigentlich getan hatte –, war mein Schwanz so hart wie nie zuvor, und ich konnte kaum klar denken.

Bei den Göttern, dieses verdammte *Kleid* …

Als Ereth die Treppen des Podiums hinaufstieg und sich ihr näherte, sah ich, wie Saeris ihre Umgebung mit großen Augen in sich aufnahm, und wusste, was sie fühlte. Die Euphorie strömte auch durch meine Adern. Ich hätte vorsichtiger sein sollen, als ich ihr sagte, sie solle trinken. Sie konnte nicht wissen, was geschehen würde, wenn sie mit ihren Eckzähnen in mir erstarren, aber nicht trinken würde. Es war mein eigener verdammter Fehler. Ich hätte es ihr erklären sollen. Mein Schwanz pochte unerbittlich, als ich mich zu der Menge im Saal umdrehte.

Ereth kam oben an der Treppe an und verbeugte sich tief und ehrerbietig vor meiner Seelengefährtin. Saeris bemerkte kaum, dass er da war. Meine arme kleine Osha war ganz benommen von der Wirkung des Bisses, aber ich war es nicht. Ich hatte ihr viele Jahre voraus und wusste, wie ich das Hochgefühl beiseiteschieben konnte. Aber ich tat es nur ungern, denn es wäre schön gewesen, mich auf diesem Meer purer Glückseligkeit mit ihr treiben zu lassen. Ereth hatte sie jedoch aus einem bestimmten Grund ermutigt, mich zu beißen. Wahrscheinlich hatte er gehofft, die Erfahrung würde sie aus der Bahn werfen. Und er hatte vermutlich auch gehofft, dass es meine Sinne trüben würde und mich unachtsam werden ließ, wenn sie von mir getrunken hatte … aber Ereth kannte mich nicht. Er war mir nie auf dem Schlachtfeld gegenübergetreten. Hatte mich nie besucht, als ich in Malcolms Labyrinth gefangen gewesen war. Er hatte keine Ahnung, wer ich war und wozu ich fähig war, und daher wusste er auch nicht, welche abscheulichen Verbrechen ich begehen würde, um für die Sicherheit meiner Gefährtin zu sorgen.

Der hakennasige Mistkerl hob das goldene Diadem hoch, das er in den Händen hielt, und setzte es Saeris behutsam auf den Kopf. Ihre Lider flatterten, als sie wieder zu sich kam, und meine Realität war geschärft wie eine Messerspitze. Sie war verletzlich, weil er so nah vor ihr stand. Zu nah. Zu verletzlich. Zorn packte mich, meine Fingerspitzen prickelten.

Geduld, flüsterte das Quicksilver.

Seitdem Te Léna sich mit Iseabail zusammengetan hatte, um das Quicksilver aus mir herauszulocken, war das Flüstern in meinem Kopf weniger hektisch geworden. Es war jetzt schärfer. Besser zu verstehen. Zusammen hatten die Heilerin und die Hexe erreicht, was keine von ihnen allein geschafft hätte. Der Quicksilver-Rest, der noch in mir war, gab mir nicht länger das Gefühl, dass mein Verstand an einem seidenen Faden hing. Zum ersten Mal, seit es mich in meiner Jugend infiziert hatte, nahm ich das Quicksilver eher als Segen denn als Fluch wahr. Jetzt, da ich Ereth beobachtete wie ein Falke, mahnte es zur Vorsicht. *Warte. Warte. Hab Geduld …*

Geduld war nie meine Stärke gewesen. Das Labyrinth hatte das geändert. Ich hielt meine Position und gab Ereth einen Vertrauensvorschuss. Ich wusste sehr wenig über ihn. Es war unwahrscheinlich, dass er etwas unternehmen würde, so kurz nach …

Nein.

Ich hatte recht.

Verflucht, ich *wusste* es.

Um den Griff der Klinge, die in der Hand des Lords erschien, war ein Lederriemen gewickelt; er musste ihm die ganze Zeit große Unannehmlichkeiten bereitet haben. Die Waffe war unter seinem Mantel verborgen, wo sich der Griff in seine Seite gebohrt hatte. Die Klinge war übel, spitz wie eine Nadel, und blitzte silberhell: die perfekte Waffe für einen in der Kunst des Fechtens nicht bewanderten adligen Vampir, um sie durch das Trommelfell eines Feindes und direkt in dessen Gehirn zu stoßen.

Ereth bewegte sich schnell.

Ich bewegte mich schneller.

Saeris reagierte ebenfalls. Der benommene Glanz verschwand aus ihren Augen, und sie griff nach ihrem Dolch. Aber ich war bereits da und krachte in den Lord.

Ereth stieß einen kehligen Laut aus. *Guhhhhh!* Die Luft wich aus ihm, als er auf die Stufen des Podiums knallte. Er hob seine Klinge und wollte sie auf mich schleudern, aber …

Ich griff über meine Schulter.

Meine Hand schloss sich um Nimerelles Heft.

Im Bruchteil einer Sekunde war das Schwert verschwunden.

Ich schleuderte es mit aller Kraft.

Das fein geschliffene Metall durchschnitt die Luft, überschlug sich und beschrieb in letzter Sekunde einen Bogen, um dann Ereths Torso diagonal in zwei Hälften zu spalten.

Nimerelle landete mit der Spitze nach vorn und grub sich über zehn Zentimeter tief in das Obsidianpodium.

Klonk.

Klonk.

Ereths Körper war weitaus weniger anmutig, als *er* auf dem Boden landete. Sein Inneres war schwarz, seine Organe waren nekrotisch, und das dickflüssige Sekret, das aus ihm herausquoll, stank nach Teer. Der Tod hatte so lange auf der Schulter dieses Monsters gehockt, dass er jetzt nicht mehr viel Zeit verschwendete und es sich endlich holte. Nimerelle *war* ein gutes Schwert – gehärtet mit Silber und der Magie der Götter. Ich mochte Ereth zwar nicht enthauptet haben, aber der Mistkerl lag in zwei Hälften am Boden. Dieser Hieb *würde* ihn töten.

Auf der Treppe links von mir wanden sich drei Hochadlige in schwarzen Wappenröcken, die mit blutroten Drachen verziert waren. Sie waren anscheinend ihrem Anführer zu Hilfe geeilt, nur um dann durch die Hand eines *anderen* niedergestreckt zu werden. Taladaius stand mit ausdrucksloser Miene am Fuß des Podiums, die Hand ausgestreckt, und ließ seine Magie auf die Vampire los. Es gab einen Grund, warum der vorherige König dieses Hofes Tal zu seinem Stellvertreter gemacht hatte. Er stellte seine Magie nie zur Schau, aber der Mann war mächtig. Bereits vor seiner Verwandlung war Taladaius in der Lage gewesen, die meisten Flüssigkeiten zu manipulieren. Eigentlich sogar alle bis auf Quicksilver. *Blut* war eine Flüssigkeit … und jetzt brachte er das Blut in den Adern der Hochadel-Vampire zum Kochen.

Dampf strömte aus ihren offenen Mündern, und ihre Schreie waren stumm, als sie starben. Tal beobachtete ihr Dahinscheiden mit einem Ausdruck meisterlich inszenierter Langeweile. Schockiertes Murmeln ging durch den Saal – eine solche tabuisierte Magie gegen Mitglieder des eigenen Hofes anzuwenden, war in der Tat selten, wenn auch nicht völlig unbekannt. Gerüchten zufolge hatte Malcolm es genossen, seine Untertanen dampfen zu sehen, wenn sie aus der Reihe getanzt waren. Saeris hatte Tal jedoch nicht befohlen zu handeln. Er hatte es aus eigenem Antrieb getan. Das Ganze würde mit Sicherheit Konsequenzen haben, aber das war nicht meine Angelegenheit.

Saeris stand hinter mir.

Es dauerte nur eine Sekunde, um festzustellen, ob sie verletzt war. Sie schien unbeschadet zu sein, aber ich traute meinen Augen nicht. Ich musste hören, dass sie es sagte. *Alles in Ordnung?*, fragte ich sie.

Ja. Es … es geht mir gut.

Meine Erleichterung war grenzenlos. *Bleib hier. Warte auf mich. Niemand sonst wird diese Stufen hinaufkommen.* Inmitten der Entsetzensschreie und der Panik, die im Saal ausbrach, trat ich langsam von dem Podium auf die Plattform hinab und ging zu der Stelle, wo die beiden Teile von Ereths gespaltenem Körper lagen.

»Ich wette, du bereust *das*«, knurrte ich.

Eine dünne schwarze Flüssigkeit blubberte aus dem Mund des Lords hervor und lief ihm über seine Lippen und sein Kinn. »Sie ist … verflucht«, röchelte er. »Die G… Götter verurteilen … sie.«

»Wirklich?« Ich hockte mich neben ihn. »Ist das so?« Ich hatte noch immer nicht meinen Armschutz wieder angelegt. Ich hob die rechte Hand, um ihm zu zeigen, was meine Rüstung und

Saeris' Handschuhe verborgen hatten: die komplexen Tätowierungen, die uns – und unsere Einheit – als göttliche Verbindung markierten. Ereth war einst ein Fae gewesen. Er kannte die Geschichten. Gewiss hatte er von Paaren gehört, die göttergebunden waren. Seine Augen wurden größer, als er die Tätowierungen rund um mein Handgelenk sah. Sie waren im Labyrinth entstanden, als Saeris durch das Quicksilver und in das Reich der Götter selbst gezogen worden war. »Sie haben sie nicht verurteilt. Sie haben sie beschützt.« Und vielleicht stimmte das nicht. Göttergebundene Paarungen endeten häufig im Tod. Aber Saeris war schon einmal gestorben, und ich hatte damals im Labyrinth mehr als genug Erfahrung im Sterben gesammelt. Der Tod hatte sein Recht von uns gefordert. Ich *musste* die Tätowierungen als einen Segen ansehen.

Lachen drang wie ein nasses Rasseln aus Ereths Mund. »Du N… Narr. W… wir haben *andere* Götter.«

Und dann war er hinüber.

Im nächsten Augenblick zerfiel der Körper des Monsters zu Asche.

Ein wütender Schrei drang durch die Luft, und dann stürzte Zovena sich nicht auf mich, sondern auf das Schwert, das noch immer in der Mitte des fünfzackigen Mosaiksterns im Boden der Plattform steckte.

Ich sprang auf und bleckte die Zähne. »Berühre es, Zovena. Mach schon, *wag* es.«

Das Miststück blieb stehen, aber nicht, weil sie zur Besinnung gekommen wäre; ein silberner Streifen kräuselte sich durch mein Blickfeld, und dann war Tal da und riss den Vampir zu Boden.

»Stopp!«

Saeris' Ruf schmetterte durch den Tränensaal, und auf ihren Befehl hin waren die übrigen Lords, Tal und Zovena sowie die Hochadel-Vampire, die auf ihren Plätzen randalierten, plötzlich *still.*

»Ich bin die Herrscherin dieses Hofes, und ich *werde* gehört!«

Sie stand am Rand des Podiums, schön und schrecklich wie ein Sturm, die Luft um sie herum knisterte und rauschte. Ich war zwar kein Mitglied des sanasrothischen Hofes, aber selbst in meinen Ohren dröhnte ihre Autorität. Sie brachte etliche der anderen Hochadligen in den vorderen Reihen auf die Knie. »Von nun an werdet ihr mich, wann immer ihr euch in meiner Gegenwart befindet, so begrüßen: auf den *Knien*! Allen Untertanen des Bluthofes von Sanasroth ist es verboten, mir zu schaden, mich zu behindern und mich, meinen Seelengefährten oder irgendeinen meiner Freunde zu töten. Von nun an darf außerdem kein Fresser, der einem Hochadel-Vampir dieses Hofes hörig ist, zum Zweck der Kriegsführung, Heimtücke oder Zerstörung eingesetzt werden. Ich habe gesprochen. Das war alles!«

Eine Schockwelle der Energie brandete durch den Saal, riss an den Kleidern der Anwesenden und veranlasste sie, schützend die Hände vor ihre Augen zu halten.

Saeris hatte ihre eigenen Erlasse verkündet. Die ersten Gesetze einer neuen Monarchin, eingeführt mit Gewalt. Es war geschafft. Die ersten Schritte unseres Plans waren umgesetzt.

Die Vampire von Sanasroth hatten keine andere Wahl, als zu gehorchen.

***

»Sie hat dir eine *Dosis* verpasst? Vor dem versammelten Hof von Sanasroth?«

Ich trottete durch den Schlamm und schüttelte den Kopf über die Belustigung in Renfis' Stimme. Er amüsierte sich viel zu sehr darüber. »Ich glaube, du verstehst nicht, worum es geht. Ich habe einen Lord der Mitternacht getötet. Die Krönungsfeierlichkeiten wurden abgesagt. Ich musste Ammontraíeth verlassen, bevor es zu Ausschreitungen kam.«

Mein Freund nickte und rieb sich das Kinn. »Ja. Richtig. Okay. *So* hatten wir uns den Ablauf der Zeremonie eigentlich nicht vorgestellt. Aber mal ehrlich, wer interessiert sich schon für Ereth? Es wird ein Quorum geben, und man wird den Mistkerl ersetzen. Ich möchte wissen, wie es dazu kam, dass du eine Dosis bekommen hast. Hast du ihr vor allen Anwesenden die Kleider vom Leib gerissen?«

Mein Kiefer spannte sich an, und ich atmete heftig aus. »Nein, ich habe ihr nicht die Kleider vom Leib gerissen. Sie hat mich ja kaum erwischt. Sobald ich begriff, was sie da tat, sagte ich ihr, sie solle trinken, und dann …« Aber ich erinnerte mich an die Hitze ihres Gifts in meinen Adern, und in meinem Kopf drehte sich wieder alles. »Hör zu, konzentrieren wir uns auf das Wesentliche. Ich musste Ammontraíeth mit dem Pferd verlassen und dann erst in die Mitte des zugefrorenen Darn rutschen, bevor ich Zugang zu meiner Magie hatte. Wie soll ich sie anständig beschützen, wenn ich kein götterverdammtes Portal schaffen kann?«

Ren hatte ein wenig Farbe im Gesicht. Das war gut zu sehen. Seit wir Layne in den Ostflügel von Cahlish gebracht hatten, war seine Stimmung ein wenig optimistischer. Meine Schwester hatte gestern ihre Augen geöffnet; ein kleiner Fortschritt, aber immerhin ein Fortschritt. Ren hatte meiner Halbschwester gegenüber immer einen starken Beschützerinstinkt gehabt. Schon als wir noch jünger waren und sie ihn immer gnadenlos gepiesackt hatte. Er schien es sich zur Aufgabe gemacht zu haben, dafür zu sorgen, dass Everlayne so vollständig wie möglich wiederhergestellt wurde. Nun zog er den Kopf ein, als er mir in das Kommandozelt folgte.

»Hört sich für mich so an, als sei Saeris eines der mächtigsten Wesen diesseits des Jenseits. Sie haben sie gekrönt. Sie hat gesagt, was sie will, und hat ihren Willen zum Gesetz gemacht.«

Ich grunzte unglücklich.

»Sie müssen ihr folgen, Bruder. Das gehört zum Fluch ihres

Hofes. Dafür kannst du dich bei Malcolms Paranoia bedanken. Jeder Vampir aus seinem Geschlecht *muss* der sanasrothischen Krone gehorchen. Jetzt, da die Krone auf Saeris' Kopf sitzt und sie ihnen verboten hat, ihr zu schaden, ist sie im Prinzip unantastbar. Sie *braucht* keinen Schutz. Ihre Untertanen müssen ihre Erlasse befolgen. Sie können sie nicht verletzen. Sie können dich nicht verletzen. Und nicht nur das, sie hat die verdammte Horde ausgemustert, Fisher.«

Er hatte recht. Was er sagte, ergab Sinn. Aber warum hielt sich dann dieses nagende, flaue Gefühl in meinem Magen so hartnäckig? »Sie werden wahrscheinlich gerade jetzt nach Möglichkeiten suchen, das Ganze zu umgehen. Zovena ist außer sich vor Wut …«

»Scheiß auf *Zovena*«, brummte Ren.

»… und Algat hat gegrinst wie ein kleiner Dämon, als sie aus der Halle stapfte. Nur die Götter wissen, was *sie* vorhat.«

»Sieh an, sieh an! Wen haben wir denn da? Der Wanderer ist zurückgekehrt.« Im Kommandozelt war niemand bis auf eine einzige Person, die auf einem Hocker am Feuer saß und einen Wetzstein über die Schneide seines Schwerts zog. Avisiéth hatte einst Celeandor geheißen und einem anderen Mitglied der Lupo Proelia gehört, aber Saeris hatte es neu geschmiedet und in Lorreths Hände gegeben – das erste Götterschwert seit einer Ära, das Magie leitete.

»Du wirst diese Klinge noch wegpolieren, wenn du nicht aufpasst«, sagte Ren und setzte sich neben ihn.

»Sie schmollt, wenn ich sie nicht jeden Abend reinige.« In Lorreths Ton schwang Verzweiflung mit. Er grinste uns beide zur Begrüßung an. »Das verdammte Ding hat schlimmere Stimmungsschwankungen als ein Faeling, dem bald die Eier abfallen.«

Ren lachte und nickte mir zu. »Lustig, dass du Eier erwähnst. Frag *ihn* mal, wie es *seinen* geht.«

Ich seufzte und lehnte mich an den Tisch in der Mitte des Raums. »Bei den Göttern, willst du es jetzt allen erzählen?«

Lorreth runzelte die Stirn. Er bückte sich und nahm einen Bierkrug, der zu seinen Füßen auf dem Boden stand. »Was soll er erzählen? Was stimmt nicht mit deinen Eiern?« Er trank einen Schluck.

»Er hat Saeris eine neue Tätowierung verpasst. Sie musste von ihm trinken, bevor sie sie krönen konnten«, erklärte Renfis. »Und *sie* hat ihm versehentlich eine Dosis verpasst.«

Lorreth prustete das Bier heraus. *»Was?«* Er sah perplex zu mir hoch. »Vor dem versammelten Hof?«

Ich nickte geschlagen und seufzte wieder. Am besten, ich ließ sie gewähren und brachte es schnell hinter mich. »Vor dem versammelten Hof.«

»Wie hast du das bloß ausgehalten? Warst du nicht ...« Er blickte direkt auf meinen Schritt. »Du weißt schon ...«

»Ja, ich war härter als der verdammte Stahl in deinen Händen. Ist es das, was du hören wolltest?«

»Bei den Göttern, es tut mir so leid«, murmelte Lorreth. Aber er lachte, womit er sehr deutlich zum Ausdruck brachte, dass es ihm überhaupt nicht leidtat, und vermutlich war dieser Klatsch tatsächlich das Lustigste, was er je gehört hatte.

Ich lachte nicht. Vor allem, weil ich seit der Krönung keine Chance gehabt hatte, mit Saeris allein zu sein, aber auch wegen der Situation, in der ich mich jetzt befand. Ich war in Irrín. Meine Seelengefährtin nicht. Wenn es nach mir gegangen wäre, hätten wir inzwischen schon jedes einzelne Miststück am Hof in Sanasroth umgebracht, und Saeris wäre jetzt hier an meiner Seite. Ausnahmsweise wollte ich einmal egoistisch sein. Wollte *Scheißdrauf* sagen und mein Glück und das meiner Gefährtin an erste Stelle setzen. Aber Egoismus war nicht mein Los in diesem Leben. Als wollte sie mich an meine Bestimmung erinnern, kribbelte die Tätowierung an der Innenseite meines linken Unterarms, und die Tinte unter meiner Haut zitterte. *Opfer bringen.* Sie pochte oft, brannte sogar von Zeit zu Zeit, als wäre die Tinte noch frisch. Aber sie veränderte sich nie. Buchstabierte nie eine andere, weniger schmerzhafte Zukunft.

Der Plan, den wir seit Saeris' Erwachen ausgeheckt hatten, kam mir vor wie Flickwerk, das jede Sekunde zusammenbrechen würde. Und die Konsequenzen, die es haben würde, wenn wir scheiterten, raubten mir seit Tagen den Schlaf.

Wenn Tal seinen Teil der Abmachung nicht einhielt und sie nicht beschützte …

Wenn Saeris' Erlass nicht standhielt, oder wenn die sanasrothischen Blutegel einen Weg fanden, ihn zu umgehen, und sie in ihrem Bett ermordeten …

Wenn Saeris die Informationen, die wir so dringend benötigten, in den Bibliotheken von Sanasroth nicht fand …

Wenn der verdammte Carrion Swift sich irgendwie in die Scheiße ritt und die Liebe meines elenden Lebens mit hineinzog …

Wenn.

Es gab zu viele Wenn, um sie alle zu erfassen. Sie bombardierten mich, erdrückten mich unter einem Sperrfeuer nur allzu realer Möglichkeiten, während ich mich verzweifelt an mein Versprechen klammerte, *Vertrauen* zu haben. Aber Vertrauen zu haben, war wie der Versuch, mich an eine Sprache zu erinnern, die ich einmal als Kind gelernt hatte. Nein, es war schlimmer. Es war, als würde ich versuchen, mit gebrochenen Beinen zu gehen. Meine Beine konnten mich nicht tragen, und so schleppte ich mich auf Händen und Knien dahin, das Wort Vertrauen wie einen Stiefel im Genick, der mich in den Dreck drückte.

Ren und Lorreth lachten noch immer.

»Zumindest bist du bereit zu kämpfen, wenn du so erregt bist«, sinnierte Lorreth, die dunklen Augen neckend.

Ein Teil von mir wollte sich darüber ärgern, dass sie bei alldem noch immer so unbeschwert sein konnten. Es war der gleiche Teil von mir, der über ein Jahrtausend in Malcolms Labyrinth gefangen gewesen war und nach und nach die Hoffnung verloren hatte. Ich war immer gerannt. Hatte gelitten. Wurde aufgefressen, verbrannt und verfolgt von den verkohlten Leichen einer ganzen Stadt, die *ich* in Brand gesteckt hatte. Der gleiche Teil von mir, der noch immer dort war und durch die Gänge dieses dunklen Albtraums rannte. Der Teil von mir, der *niemals* frei sein würde von diesem verfluchten Labyrinth.

Aber der Rest von mir war erleichtert, dass meine Freunde noch immer ein Lachen in ihrer Seele hatten. Auch sie hatten gelitten. Auch ihre Verluste waren immens. Sie hatten jeden Tag mit ansehen müssen, wie unsere Leute verrohten, wie sie gefressen wurden und sich verwandelten. Und wenn meine Freunde es noch in sich hatten zu lachen, dann war ich froh darüber. Es bedeutete, dass es vielleicht auch für mich noch Hoffnung gab.

Ich zog den Kopf ein und lächelte sanft, als ich auf meine Hände hinabsah. Wenn man darüber nachdachte, war es wirklich ziemlich lustig.

»Ehrlich gesagt, ich glaube, ich könnte teilweise auch dafür verantwortlich sein«, meinte Lorreth und wandte sich wieder seinem Schwert zu; das Metall gab einen anhaltenden, hellen Summton von sich, als er den Wetzstein über die Klinge zog. »Sie fragte mich vor nicht allzu langer Zeit in der Schenke nach dem Bluttausch. Ich erklärte es ihr so, wie ich es für angemessen hielt. Im Nachhinein denke ich, dass ich ihr aber nur die Hälfte der Informationen gegeben habe, die sie vermutlich gebraucht hätte. Aber woher sollte *ich* denn auch wissen, dass sie plötzlich verwandelt und in einer Position ist, *dich* zu beißen? Ich ging davon aus, dass du ihr alles erklären würdest, wenn der richtige Zeitpunkt gekommen war, und dass du wolltest …«

»Sei still.« Es war vollkommen unangemessen – das plötzliche Verlangen, meine Hände um Lorreths Hals zu legen und so lange zuzudrücken, bis er aufhörte zu atmen. Aber ein gebundener Fae mochte es nicht, wenn ein anderer Mann selbst in normalen Zeiten über seine Seelengefährtin sprach. Und ich war frisch gebunden. Zu hören, dass er überhaupt mit Saeris über den Bluttausch gesprochen hatte, machte mich fuchsteufelswild, und ich hätte am liebsten das verdammte Kommandozelt in Brand gesteckt.

Lorreth gluckste, offenbar unbeeindruckt davon, wie ich ihn angeblafft hatte. Er schüttelte nur den Kopf und schliff weiter sein Schwert. *Schhhhick. Hummmmmm. Schhhhick. Hummmmmm.* Klugerweise wechselte er jedoch das Thema.

»Ich habe ihn noch immer nicht gefunden«, sagte er plötzlich ernst.

Rens Lächeln verblasste ebenfalls. Er pulte an seinen Fingernägeln herum und starrte ins Feuer, als er sprach. »Wir wissen nicht einmal, ob er da drin ist.«

Ich wusste, von wem sie sprachen, auch wenn keiner von beiden seinen Namen erwähnte. Unser Freund. Unser Bruder. Foley war bei uns gewesen, als wir den Drachen erklommen hatten. Der alte 'Shacry hatte ihn abgeschüttelt und in die Dunkelheit geschleudert. Der Sturz hatte seinen Körper zertrümmert, aber es waren die Fresser, die ihn getötet hatten. Sie hatten ihn leer getrunken und im Schnee zurückgelassen. Es hatte Stunden gedauert, bis wir ihn fanden. Ich war aus dem Maul des Drachen freigekommen, und der Morgen brach an, als wir ihn entdeckten; keuchend und mit Blut beschmiert, hatten wir uns am Eingang einer Höhle vor dem Morgengrauen versteckt.

Er hätte zu einem Fresser werden sollen. Malcolm war der Einzige seiner Art, der in der Lage war, andere Vampire zu erschaffen und deren Persönlichkeit und Geist intakt zu lassen. Zumindest glaubten wir das damals. Wir hielten es für ein Wunder. Jahre später fand ich die Wahrheit heraus: Taladaius war in jener Nacht dort gewesen und hatte den Angriff auf dem Berg überwacht.

Danach gefragt, hatte er gesagt, er habe mir eine Gefälligkeit erweisen wollen. Dass er Foley sein Blut zu trinken gegeben und ihn dann ausgesaugt hatte, nur damit er die *Wahl* hatte, ob er leben oder sterben wollte.

Foley war wütend gewesen. Verwirrt. Wir waren bei ihm geblieben. Unser Freund hatte stundenlang geschrien, nachdem er die Verwandlung vollzogen hatte. Er hatte getrunken, bevor wir ihn fanden, und er konnte nicht aufhören, jene zu beweinen, die er getötet hatte. Es schien, als würde ihn sein Entsetzen über das, was er geworden war, umbringen. Aber als die Dunkelheit einbrach, verließ er uns, floh hinaus in die Nacht den Berg hinunter und verschwand.

Später erfuhren wir, dass er nach Ammontraíeth geflüchtet war. Über die Jahre hatten wir viele Male versucht, mit ihm Kontakt aufzunehmen, aber all unsere Briefe blieben unbeantwortet.

»Er ist dort«, versicherte ich ihm leise. »Er wäre sicher nicht fortgegangen. Er hätte sich selbst nicht getraut unter den Lebenden.«

Eine Zeit lang sprach keiner von uns.

Schhhhick. Hummmmmm.

Schhhhick. Hummmmmm.

Auch wenn er still dasaß und versonnen ins Feuer starrte, nahm die Spannung, die pulsierend von Renfis ausstrahlte, immer mehr zu, bis sie zu einer vierten Präsenz wurde, die alle Wärme für sich beanspruchte. »Willst du reden, oder willst du schmollen?«, fragte ich schließlich.

Er sog scharf die Luft ein, als erwache er aus einem Traum. »Ich habe nichts Neues zu der Sache zu sagen.«

Lorreth legte Avisiéth endlich ab, lehnte sich zurück und stellte den Bierkrug oben auf seinen flachen Bauch. »Dann sag, was du bereits gesagt hast, und wir hören dir wieder zu.«

Für einen Augenblick hatte es den Anschein, als würde Ren den Mund halten, aber dann begann er zu sprechen. »Es ist Hunderte von Jahren her. Fast eine Ära. Wir kannten ihn einst, aber Foley ist inzwischen schon länger Vampir, als er Fae war. Wer weiß, ob er überhaupt noch Ähnlichkeit mit der Person hat, an deren Seite wir damals gekämpft haben?«

Er hatte recht. Es war so viel Zeit vergangen. Aber da war wieder dieses Wort. *Vertrauen.* Von Zeit zu Zeit ließ es mich lange genug aus dem Dreck aufstehen, um Luft zu holen. »Er war durch das Blut mit uns verbunden und wir mit ihm. Er schwor, unsere Leute und all die Kreaturen von Yvelia zu beschützen. Wenn du an seiner Stelle wärst, würdest *du* deinen Eid brechen, Ren?«

Renfis war nicht nur als Befehlshaber der Lupo Proelia eingesprungen, als ich im Labyrinth gefangen gehalten wurde. Er war General einer Armee geworden. Er hatte bereitwillig eine Verantwortung übernommen, welche die meisten anderen Krieger erdrückt hätte, wie sie fast auch mich erdrückt hatte. Ich kannte ihn durch und durch. Er war ehrlich, treu und gut. Aber trotzdem war er dumm genug, seinen verdammten Kopf zu schütteln. »Ich weiß es wirklich nicht, Bruder.«

»Nun, ich schon. Es kommt nicht infrage, sich von einem Versprechen abzuwenden. Ich glaube, dass auch Foley das nicht getan hat.«

Ich hatte ihn stundenlang gesucht, nachdem ich mich vergewissert hatte, dass mit Saeris alles in Ordnung war. Ebenso Lorreth. Taladaius hatte sich geweigert, mir zu sagen, wo er war, was die Wut, die *ich* noch immer auf ihn hatte, nicht gerade schmälerte. Aber irgendwie hatte ich es auch verstanden.

Foley musste sich in Ammontraíeth eine neue Existenz aufbauen. Irgendwann hatte er wohl sein neues Leben akzeptiert und weitergemacht. Er hatte keinen der Briefe beantwortet, die ich oder einer der anderen ihm geschickt hatten, und dafür musste es einen Grund geben. Und wenn Foley nicht mit uns sprechen wollte, dann konnte man wohl davon ausgehen, dass er auch keinen von uns *sehen* wollte.

Vor langer Zeit wäre er für mich gestorben und ich für ihn. Ich hätte noch immer mein Leben für ihn gegeben, wenn es ihn auf irgendeine Art gerettet hätte. Aber es war zu spät, und ausgerechnet *Tal* schien der Einzige zu sein, der das respektieren konnte.

»Selbst wenn er irgendwo ist, wer kann schon sagen, ob er überhaupt ein Interesse daran hat, Saeris zu helfen?«, fragte Lorreth. »Er hat keine Verbindung zu ihr. Überhaupt keinen Grund, ihr gegenüber loyal zu sein.«

»Abgesehen davon, dass sie meine Seelengefährtin ist?«

Lorreth trank einen Schluck von seinem Bier. »Mal ehrlich, deshalb könnte er sogar noch *weniger* geneigt sein, ihr zu helfen.«

Ich zuckte die Schultern. »Wir müssen hoffen. Wir *brauchen* ihn. Sein Großvater war einer der letzten Alchemisten. Foley weiß mehr als jeder andere über alchemistische Magie und alchemistische Verfahren. Belikon hat alle Alchemisten-Texte verbrannt, als er die Krone an sich riss. Die wenigen Bücher, die mein Vater in der Bibliothek in Cahlish zusammentrug, erklären nicht sonderlich viel. Damit bleibt also nur das Wissen, das in Foleys Kopf ist. Wenn er es nicht mit ihr teilen will …«

»… dann wird Saeris nie ihr volles Potenzial entfalten können. Wir werden niemals in der Lage sein, Ammontraíeth endgültig zu zerstören. Und wir werden Belikon nicht ein für alle Mal beseitigen und Carrion Swift auf den Thron setzen können«, räumte Ren finster ein. »Wir sollten also alle besser hoffen und beten, dass Foley seine Meinung ändert und gefunden werden will. Denn zumindest ich würde in meinem Leben *sehr* gern Frieden erleben.«

Ha!

Frieden.

Wie würde der überhaupt aussehen? Würde irgendeiner von

uns dann überhaupt etwas mit sich anzufangen wissen? Ich bezweifelte es. Überraschend fiel mir auf, dass ich noch immer nicht meinen Armschutz wieder angelegt hatte, nachdem Saeris mich gebissen hatte. Ich fuhr mit den Fingern über die zwei kleinen Einstichstellen an meinem Handgelenk; sie heilten schnell und würden bis zum Morgen verschwunden sein. Seufzend nahm ich den anderen Armschutz ab und legte ihn auf den Tisch, bevor ich auch meine Halsberge löste und mich von ihrem Gewicht befreite. Ich krempelte die Ärmel meines Hemds hoch, als ich bemerkte, dass meine Brüder mich anstarrten.

»Was?« Aber ich wusste bereits, worauf sie starrten. Ich hatte sorgfältig darauf geachtet, die ineinander verschlungenen Runen zu verbergen, die meine Handrücken bedeckten und meine Handgelenke umschlossen, seit Saeris mich als ihren Seelengefährten akzeptiert hatte. Meine Hände waren schon immer tätowiert gewesen. Die Runen für Vergeltung und Gerechtigkeit waren schon vor sehr langer Zeit in meine Haut geritzt worden … aber jetzt wurden sie von anderen Runen überlagert. Es waren so viele, dass sie unmöglich voneinander zu unterscheiden waren. Die Runen und die Kalligrafie, die meine Arme bedeckten – die gleichen Götterbindungen, die auch Saeris hatte –, waren schön und erschreckend, selbst für mich.

Ich blickte auf all die Tätowierungen auf meiner Haut und lächelte reumütig. »Ja. Es sind *viele.*«

»Wir wussten es ja«, sagte Ren atemlos. »Aber wissen ist eine Sache. Es selbst zu sehen …«

»Es selbst zu sehen, ist *irre*«, stimmte Lorreth zu. »Bedeutet das, dass ihr beiden vorhabt … du weißt schon.« Er schien Mühe zu haben, das Wort auszusprechen. »Werdet ihr jetzt die Riten ausführen? Werdet ihr heiraten?«

Ein Adrenalinschub schoss durch mich hindurch. Ich stieß mich vom Tisch ab und krempelte rasch meinen Ärmel wieder hinunter, um die Tätowierungen zu bedecken. »Nein. Das werden wir nicht«, sagte ich knapp. »Sie ist nicht …«

Die Klappe des Kommandozelts flog auf, und Danya stürmte in den Raum. »Ren! Oh, du bist hier!« Ihr Blick landete auf mir. Panik stand in ihren Augen. »Ihr müsst sofort kommen. Alle drei. Irgendetwas stimmt nicht.«

Ren war bereits auf den Füßen. »Fresser am Fluss?« Auch in seiner Frage lag Panik; nach Saeris' Erlass waren alle Fresser nach Ammontraíeth zurückgerufen worden. Sie sollten eine Meile vom Schwarzen Palast entfernt stationiert werden, weit weg von der Grenze zwischen Sanasroth und Cahlish.

»Nein«, antwortete Danya. »Ja. Ich … ich weiß nicht, was los ist. Ich kann es nicht erklären. Am besten kommt ihr mit und seht selbst. Beeilt euch.«

4

EINHUNDERTVIERZEHN

KINGFISHER

Acht von ihnen standen in einer Reihe am Ufer.

Sie waren so reglos wie die Toten – die *wirklichen* Toten, nicht die *Un*toten. Sie fauchten die Fae nicht an, die auf der anderen Seite des Flusses standen und sie beobachteten. Sie waren wie verwesende Statuen, so still, dass ich mich eine Sekunde lang fragte, ob jemand sie dort aufgestellt hatte.

»Was sehen wir uns da an?«, fragte ich.

Die Dinge, die Danya im Laufe der Jahre miterlebt hatte, machten sie genauso unerschütterlich wie den Rest von uns, aber ihr Gesicht war totenbleich, als sie mit dem Kinn in Richtung der Fresser deutete. »Seht einfach zu.«

Eine Minute verging.

Noch eine.

Und gerade als ich kurz davor war, die Geduld zu verlieren und Danya schon bitten wollte, zu erklären, was das sollte, bewegten sie sich.

Sie kletterten alle zusammen die Uferböschung hinunter, wobei sie sich unnatürlich synchron bewegten. Linker Fuß zuerst. Dann der rechte. Alle acht rutschten nach unten und verloren den Halt im Matsch. Sie fielen nach vorn, auf alle viere, warfen die Köpfe zurück und kreischten.

Das Geräusch sorgte dafür, dass sich sämtliche Haare an meinem Körper aufstellten.

Wie ein Wesen bewegten sie sich weiter nach vorn, der kriechende Tod auf Händen und Knien. »Sollen wir das Eis aufbrechen?«, fragte Danya gepresst.

»Nein. Wir warten.« Wenn der Fluss sie davontrug, würden wir sie nicht untersuchen können, sobald sie tot waren. Diese Kreaturen waren anders, und wir mussten erfahren, warum. Als hätte er meine Gedanken gelesen, aktivierte Ren seine Magie und ließ einen blauweißen Energieball in seinen Händen entstehen. Meine Schatten schlängelten sich um meine Füße, sammelten sich und warteten darauf, losgelassen zu werden.

»Sobald sie in der Mitte sind …«, flüsterte Ren.

Lorreth hatte bereits Avisiéth in den Händen. Ich ließ Nimerelle noch in der Scheide auf meinem Rücken. Meine Schatten würden für das hier ausreichen. Die Fresser krochen hinaus aufs Eis. Weiter. Die Hände und Füße aller acht berührten gleichzeitig die gefrorene Oberfläche: linke Hand, rechtes Knie, linke Hand, rechter Fuß.

Lorreth drehte das Schwert in seiner Hand. »Ich habe *kein* gutes Gefühl.«

So ging es mir auch. Etwas Faules hing in der Luft. Toxisch. Der Geruch von Lagerfeuern und Essen, das gekocht wurde, stieg mir in die Nase. Aber da war noch etwas anderes. Es war geruchlos, und trotzdem spürte ich, wie es sich meine Nasenlöcher hinaufwand und hinunter in meine Lunge vortastete. Was auch immer es war, es war nichts Gu…

Die Fresser sprangen hoch.

Alle acht schnellten wie Sprungfedern in die Luft. Sie rannten auf die Mitte des Flusses und den Punkt zu, an dem unsere Magie wirksam werden würde, um dann, ohne zu zögern, direkt über die unsichtbare Grenze zu laufen. In diesem Augenblick setzte Renfis seine Magie frei, ich entfesselte meine Schatten, und Rauch und Licht strömten über den Darn. Rens Energie schlug zuerst ein. Die Kugel traf zwei der Fresser frontal. Sie lenkte meine Schatten nach rechts zu den anderen Fressern ab, aber …

Rens Magie knisterte nicht und verebbte dann, um Leichen in ihrem Kielsog zu hinterlassen, wie sie es normalerweise tat. Sie flackerte auf, erleuchtete die Dunkelheit und wurde dann in die beiden Fresser hineingesaugt, die sie getroffen hatte. Sie waren männlich. Trugen kein Hemd. Und wo die Magiekugel in ihre Brust eingedrungen war, breitete sich ein Netz leuchtend weißer Magie aus und drang über ihre Rippen nach außen. Die beiden Fresser zitterten, und plötzlich war bei allen acht die gleiche weiße Energiekonzentration zu erkennen.

Das Licht pulsierte und glühte, die Fresser schwankten wieder, und ihre Wirbelsäulen krümmten sich.

»Bei allen Göttern! Was ist das?«, flüsterte Ren.

Ich sandte meine Schatten in alle Richtungen aus, acht schmale schwarze Ranken, in denen meine eigene Magie schimmerte. *Schlagt hart zu*, dachte ich. *Setzt dem Spuk ein Ende.* Aber als sie ihr Ziel erreichten und wie Speere in die glühenden Male in ihrer Brust eindrangen, wo Rens Magie jetzt eingefangen zu sein schien, wurde meine Magie ebenfalls in sie hineingesaugt. Bei den Göttern, und wie ich es spürte! Es war, als würde ich Eiswasser einatmen. Die Kälte traf mich mit aller Wucht und raubte mir den

Atem. Sie traf die Einsamkeit. Die Trauer. Sie rollte sich in meiner Brust zusammen und schlang sich so fest um mein Herz, dass ich glaubte, es würde brechen. In über hundert Jahren, die ich in Malcolms Labyrinth gefangen gewesen war, hatte ich mich nie so verlassen gefühlt wie in diesem Moment.

Ich wollte, dass es aufhörte. Es war, als würde der Kern des Elends in meiner Seele Wurzeln schlagen. Ich konnte kaum atmen, als hätte ich vergessen, wie es geht. Ich keuchte, sog endlich eine Lunge voll Luft ein, aber sie schmeckte völlig falsch.

Ich versuchte, meine Schatten zurückzuziehen, aber ich konnte nicht. Die Fresser nahmen sie gierig in sich auf und hielten sie fest. Ein metallischer schwarzer Schimmer wirbelte in der Mitte ihrer Brust und vermischte sich mit der weißen Energie, die sie von Renfis eingesaugt hatten.

Ich blickte zu Ren. Er war bleich, und blankes Entsetzen stand in seinem Gesicht. Fühlte er das Gleiche wie ich? Es sah verdammt danach aus. »Sie haben unsere Magie *gefressen*«, flüsterte er.

Es war so viel schlimmer, als gebissen zu werden. Schlimmer, als wenn sie unser Blut tranken. Blut war heilig, aber unsere Magie? Ich hätte mich fast übergeben. Im Großen und Ganzen hatte keiner von uns viel von seiner Energie verbraucht, aber ich konnte ihn noch spüren – diesen kleinen Teil von mir, den ich in die Welt hinausgeschickt hatte und nicht mehr zurückbekommen würde.

Die Fresser zitterten wieder, hatten die Augen halb geschlossen; sie sahen aus, als seien sie in Ekstase. Alle acht stöhnten, fuhren sich mit verstümmelten Zungen über ihre zerfetzten Lippen … und dann nahmen sie ruckartig wieder Haltung an.

»Sie kommen!«, schrie Danya.

Sie rannten torkelnd und mit unnatürlich großen Schritten, angetrieben von der gestohlenen Energie.

Sie hatten fast das Ufer erreicht.

Lorreth stand kampfbereit im Schlamm und hob Avisiéth mit beiden Händen vors Gesicht, die Schwertspitze nach vorn abgewinkelt. »Ich werde sie alle mit Engelsatem niederstrecken«, knurrte er entschlossen. »Das überleben sie nicht.«

»Nein!«, riefen Ren und ich gleichzeitig.

»Tu das nicht!«, keuchte ich. »Sie zapfen uns an. Wenn sie den Engelsatem aufnehmen …« Es war gar nicht auszudenken. Würde es sie noch stärker machen? Würden … würden sie in der Lage sein, den Energiestrahl gegen uns zu richten? Fuck, in meinem Kopf drehte sich alles. Weitere Krieger aus Irrín kamen zu uns ans Ufer. »Keiner benutzt Magie!«, brüllte ich, und dicke Nebelschwaden verschleierten meine Sicht. »Nur Silber. Schwerter und Dolche. Sie kommen!«

Sie verteilten sich, als sie auf uns zukamen. Waren sie vorher gemeinsam vorgerückt, handelten sie jetzt unabhängig voneinander, die trüben, blutunterlaufenen Augen auf Einzelne von uns gerichtet, als sie angriffen.

Hatte Lorreth gehört, was ich gesagt hatte? Ich hoffte es inständig. Keine zuckenden Blitze von Engelsatem zerrissen die Nacht.

Einer der Fresser – ein großer, untersetzter Mistkerl mit geschorenem Kopf, die Arme mit Runen bedeckt – fletschte seine maroden Zähne, als er auf mich zurannte. Ich griff nach dem Dolch an meiner Hüfte, und meine Hand schloss sich um nichts. Fuck! Ich hatte Saeris diesen Dolch gegeben. Es blieb keine Zeit zum Nachdenken. Ich packte Nimerelle, zog das Schwert und holte weit aus, als der Fresser angriff.

Keine Magie. Keine Energie, flehte ich währenddessen die Klinge an. *Trenne nur seinen verdammten Kopf ab.*

Das Schwert verstand und gehorchte. Als seine rasiermesserscharfe Klinge in das Fleisch des Fressers eindrang, setzte es dabei keine Rauchschwaden und keine Magie frei. Das Eisen schnitt mit Leichtigkeit durch verwesendes Fleisch und gallertartige Muskeln, vorbei an brüchigen Knochen. Aber dabei kristallisierte sich eine dicke schwarze Substanz wie Frost an Nimerelles Klinge.

»Was zum …«

Nimerelle *schrie.*

Ich hörte es in meinem Geist, ohrenbetäubend und schmerzerfüllt. Das Schwert zitterte so heftig, dass die Vibrationen meine Arme hinaufschossen und die Zähne zum Klappern brachten. Der Fresser bemerkte nicht einmal, dass ich ihn aufgespießt hatte. Er ging einfach weiter, fletschte die Zähne und zog sich an der Klinge nach vorn, um zu mir zu gelangen.

Selbst ohne Magie hätte Nimerelle dem Fresser enorme Schmerzen bereiten müssen. Die Klinge bestand aus Silber und aus Eisen. *Ich* konnte sie nur führen wegen dem, was in Ajun geschehen war. Der Teil des Fressers, der einst Fae gewesen war, hätte jedoch vor dem Eisen zurückweichen müssen. Der Teil, der Vampir war, hätte auf das Silber reagieren müssen. Aber so war es nicht.

Ich hob ein Bein und rutschte fast im Schlamm aus, als ich dem Fresser mit dem Stiefel in den Magen trat, um ihn von der Klinge herunterzuschieben. Das Monster taumelte drei Schritte zurück und rutschte dann die Uferböschung hinunter, was mir genug Zeit verschaffte, um mich zu sammeln. Ich konnte das Schwert nicht mehr einsetzen. Nimerelle hatte Schmerzen erlitten. Ich schob es zurück in die Scheide auf meinem Rücken und zog einen anderen Dolch aus dem Schaft meines Stiefels. Ich war bereit, als der Fresser sich wieder auf mich stürzte.

Rufe und Schreie durchdrangen die Nacht.

Inzwischen lagen überall Leichen – weitere Krieger aus dem Lager waren herbeigeeilt, um sich in die Schlacht zu stürzen. Der Fresser machte einen Satz nach vorn und sprang in die Luft. Ein Pfeil mit Silberspitze blieb in seinem Hals stecken, als er herunterkam, aber die Waffe hatte keine Wirkung. Als er landete, brach ich den Pfeil ab und trieb den gesplitterten Schaft in sein Auge, aber selbst dadurch war der Fresser nicht aufzuhalten. Er stürzte nach vorn, die krallenbewehrten Hände nach mir ausgestreckt. Dort, wo einst die Finger des Mannes gewesen waren, befanden sich jetzt hakenförmige scharfe Krallen, von denen schwarzes Sekret triefte. Wenn er mich auch nur kratzte … Ich würde zwar nicht sterben, aber es wären verdammt schlechte Nachrichten.

Ich wich aus, entfernte mich rasch aus seiner Reichweite. Ich konnte weder meine Magie noch mein Schwert einsetzen, aber ich war immer noch schneller als der Fresser. Er knurrte frustriert, als er wieder zum Sprung ansetzte …

»Das Eis!«, rief jemand. »Sie brechen es!«

Ein flaues Gefühl in meinem Magen sagte mir, dass das schnell fließende Wasser unter der gefrorenen Oberfläche des Darn keine Wirkung mehr auf diese Fresser haben würde. Diese Monster und die Dämonen, mit denen wir es normalerweise zu tun hatten, hatten nur zwei Gemeinsamkeiten: Sie waren tot, und sie waren hungrig. Davon abgesehen waren diese *Dinger* eine vollkommen andere Art.

Als das Eis unterhalb des Ufers brach und einer der anderen Fresser ins Wasser kippte, gab er keinen Laut von sich. Er rollte sich unter der Wasserlinie zusammen, komprimierte seinen Körper in dem tintenschwarzen Wasser, um dann unter der kräuselnden Oberfläche hervorzuschnellen und sich auf Renfis zu stürzen.

»Ren!« Der Schrei hallte über das Meer aus Kriegern. Irgendwo hörte sich Lorreth so an, als kämpfe er um sein Leben, und doch rief er besorgt nach unserem Bruder.

Der Fresser schlich nach vorn. Die Zunge hing ihm über seine abgebrochenen Zähne aus dem Mund. Ich wirbelte herum und sprang, so schnell ich konnte, rechts neben ihn, um den Dolch seitlich in seinen Schädel zu rammen.

Ich musste seinen Kopf abtrennen, aber das würde mir nicht gelingen, ohne dass er mit diesen verdammten Krallen nach mir schlug. »Feuer!«, schrie ich. »Zündet sie an!« Uns gingen die Optionen aus. Wenn Feuer nicht funktionierte, waren wir im Arsch.

Meine Krieger reagierten auf meinen Befehl. Innerhalb von Sekunden warfen leuchtend orange Flammen monströse Schatten auf die Ufer des Flusses. Hunderte von glühend heißen Funken und Glut sprühenden Fackeln erschienen. Ein normaler Fresser wäre beim Anblick von offenem Feuer zurückgeschreckt, aber dieser hier ging unbeirrt weiter auf mich zu.

»Tretet zurück, Kommandant«, rief ein großer Krieger mit dunklem Haar. Eine Fackel in der Hand, ging er gebückt um mich herum, und ich machte ihm Platz, als er die Fackel auf den Fresser schleuderte. Angst wisperte in meinen Ohren, oder vielleicht waren es auch die Reste des Quicksilvers …

Es wirkt nicht. Wirkt nicht, wirkt nicht …

Aber das Monster ging in Flammen auf wie knochentrockenes Holz, sobald das Feuer sein verfaulendes Fleisch berührte.

Der Fresser gab keinen Laut von sich, als er von den Flammen verschlungen wurde. Nicht den geringsten Pieps.

Er schlug nicht um sich oder rannte davon. Er hockte einfach nur da und brannte. Alles geschah wie in Zeitlupe, als der Fresser sich um die eigene Achse drehte, durch die Luft flog und auf dem Krieger landete, der ihn in Brand gesteckt hatte.

»Nein!« Ich rannte, so schnell ich konnte, aber wie sich herausstellte, war ich *nicht* so schnell wie die verdammte Kreatur. Ich war zu spät. Der Fresser packte den Krieger, versenkte seine Krallen in dessen Schädel und zerquetschte ihn, als er seinen Kopf zur Seite riss und die abgebrochenen Zähne in seinen Hals schlug.

Der Kampf war schon nach kurzer Zeit vorbei. Dem Krieger, der mir zu Hilfe geeilt war, hatte ein Angreifer in Sekundenschnelle den Kopf eingedrückt und das Blut bis auf den letzten Tropfen ausgesaugt. Der Fresser war jetzt eine Fackel. Er schien den Schmerz nicht zu spüren und auch nicht zu bemerken, dass er langsam verbrannte. Er stürzte sich in die versammelte Menge und fiel andere Krieger an, unbeeindruckt von den Dolchen und Schwertern, die sie in seine Brust und seinen Hals rammten. Ich sah meine Männer fallen, als er wütete.

»Wir flankieren ihn!«, rief jemand. Danya. Sie war auf der anderen Seite des Tumults und kam schnell in meine Richtung gerannt. Auch ich rannte, und dann stürzten wir uns gleichzeitig auf den Fresser, packten ihn und rangen ihn nieder. Wir hielten ihn fest, als er verbrannte. Die Flammen züngelten an unseren Armen hinauf und begannen zu tanzen, als sie unsere Kleider erfassten. Die Hitze war unvorstellbar.

»Schlagt ihn ab!«, brüllte ich. *»Schlagt ihm den verdammten Kopf ab!«*

Ich hatte keine Ahnung, wessen Axt den Befehl ausführte. Sobald der Kopf des Fressers nicht mehr auf dessen Schultern saß, zogen mich unzählige Hände von der brennenden Leiche zurück. Der Himmel über uns war übersät von Lichtstreifen. Der Boden war knöcheltief mit aufgewühltem Schlamm und stinkendem Sekret bedeckt. Tausend Messer sanken tief in meine Brust, als ich rückwärts in den Darn geschleudert wurde.

***

Niedergestochen zu werden, war schmerzhaft. Vom Gift eines Fressers vergiftet zu werden ebenfalls. Aber bei lebendigem Leib zu verbrennen? Das tat *wirklich* verdammt weh.

Ich sog scharf die Luft ein, als Te Léna im Kommandozelt eine kühlende Salbe auf meine Hände auftrug. Sie tat für mich, was sie konnte, aber sie hatte ihren Vorrat an Heilmagie bei Danya aufgebraucht. Heilen war jedoch ihre Geburtsrecht-Magie, und im Gegensatz zu meiner Heilkraft würde sich ihre schon bald regeneriert haben. Sie hatte versucht, mir zu helfen, nachdem man mich im Eiltempo ins Zelt gebracht hatte, aber ich hatte darauf bestanden, dass sie Danya zuerst behandelte. Ich hatte ziemlich schnell gebrannt, aber Danya war in Flammen aufgegangen wie eine lebende Fackel. Ihre Verletzungen waren schwer gewesen und hätten sie umgebracht, hätte die Heilerin sich nicht sofort um sie gekümmert. Ihre mit Brandblasen bedeckte Haut hatte sich in rohes Fleisch verwandelt, ihr Gesicht war stark verbrannt. Und ihre Haare? Te Léna hatte ihr Bestes gegeben, um die schlimmen Verbrennungen an Danyas gesamtem Körper zu lindern, aber von ihrem langen blonden Haar waren nur noch versengte Stoppeln geblieben.

»In ein paar Stunden kann ich mir deine Haut ansehen«, murmelte Te Léna in beruhigendem Tonfall und trug sanft eine weitere Schicht des Breis auf, den sie aus ihrem Vorrat an medizinischen Heilkräutern hergestellt hatte. Ich biss die Zähne zusammen und schenkte ihr ein schiefes Lächeln.

»Schon gut. Ich spüre so gut wie nichts.«

»Lügner«, schimpfte sie. Ihre Augen schimmerten hell von nicht vergossenen Tränen. »Ich weiß, wie schmerzhaft das sein muss. Du tust keinem einen Gefallen, wenn du es leugnest.«

»Okay. Dann werde ich also deswegen heulen. Soll ich?« Ich zwinkerte ihr spielerisch zu und ließ sie wissen, dass ich nur Spaß machte.

Sie sagte nichts dazu, lächelte mich nur mitleidig an, während sie sich um die anderen offenen Wunden an meinen Händen und Armen kümmerte. »Noch ein paar Stunden«, sagte sie erneut, als sie fertig war. »Sobald ich wieder …«

Ich schloss die Hand um ihre, zischte ein wenig, als die Haut dabei aufriss. »Schon gut, Te Léna. Ich kann es aushalten.« Sie würde es nie erfahren – den Göttern sei Dank –, aber ich hatte viel, viel Schlimmeres ertragen.

Renfis und Lorreth gingen an der Heilerin vorbei, als sie das

Kommandozelt betraten. Ihre Gesichter waren rußgeschwärzt, ihre Rüstungen mit Sekret beschmiert. Sie hatten lange dafür gebraucht, die restlichen Fresser zu erledigen. Man hatte mir berichtet, sie hätten sie mit Seilen angebunden und festgehalten, als sie ihnen die Köpfe absägten.

»Wir haben ihre Körper an einen Baum gebunden«, bestätigte Renfis entnervt und warf seine Handschuhe auf den Stuhl am Feuer. Erst vor ein paar Stunden hatten wir hier gesessen, hatten uns über mein Missgeschick amüsiert und über die neuen Tätowierungen gesprochen. Es kam mir vor, als sei seitdem eine Ewigkeit vergangen. »Sie wollen trotzdem einfach nicht *sterben.*«

»Wir haben ihre Köpfe unten am Fluss in einen Sack gesteckt. Sie versuchen gerade, das Leinen durchzubeißen und sich zu befreien.« Lorreth wirkte bis auf die Knochen erschöpft. Er sank in die Hocke, den Rücken an die Wand gelehnt; er legte für einen Moment den Kopf in die Hände, und sein Atem klang gehetzt, als er durch die Finger ein- und ausatmete. Er hatte Mühe, die richtigen Worte zu finden, als er wieder aufblickte. »Was zum Teufel und allen fünf Höllen war das? Wir sind seit Jahrhunderten hier stationiert. Nur einmal haben sie bis jetzt diese Seite des Flusses erreicht. Das war nicht ideal, aber zumindest konnten wir sie schnell erledigen. Jetzt liegt das halbe Lager wegen acht Fressern in Schutt und Asche. *Acht.* Und es ist uns immer noch nicht offiziell gelungen, sie zu töten.«

»Mir ist schlecht«, murmelte Ren leise. »In meiner Magengrube. Ich fühle mich mit ihnen verbunden, als … hätte die Magie, die sie genommen haben, mich an sie gefesselt. Ich kann spüren, wie sie daran zerren und versuchen, noch mehr abzuzapfen. Fühlst du dich auch so?«, fragte er mich.

Ich hatte nicht darüber nachdenken wollen, aber es stimmte. So fühlte es sich an. Ich nickte. »Wir müssen herausfinden, wer sie gesteuert hat.«

»Glaubst du, dass es überhaupt jemand war?«, fragte Lorreth. »Sie kamen mir wild vor. Ungezähmt.« Er schauerte.

»Am Ende vielleicht. Aber zu Anfang …« Die Art, wie sie sich gemeinsam bewegten, irgendwie gleichgeschaltet, deutete darauf hin, dass sie kontrolliert wurden. Aber selbst Malcolm hatte diese Art von Magie nicht auf seine Fresser anwenden können. Es hätte einer unvorstellbaren Menge an Energie bedurft.

»Ihr wisst, wer es war«, konstatierte Ren. »Es gibt nur eine Person, die zu so etwas in der Lage ist.«

Ich schüttelte den Kopf. »Tal hat keine Fresser erschaffen.«

»Und das glaubst du, nur weil er es dir gesagt hat?« In Rens Stimme lag eine unüberhörbare Schärfe.

»Warum sollte er lügen, Ren?« Bei den Göttern, ich war müde. Mein ganzer Körper fühlte sich an, als sei er an ein Pferd gekettet und drei Meilen über felsigen Boden geschleift worden.

»Weil er das ist: ein Lügner. Er ist nie ehrlich zu uns gewesen. Wegen ihm ist Foley dort, wo er jetzt ist. Und er war da in dieser Nacht. Mit Everlayne. Er führte sie an einer verdammten *Leine*, Fisher.«

»Malcolm befahl es ihm …«

»Warum verteidigst du ihn immer?« Ren schlug mit der Faust auf den Tisch, und seine Worte hallten von den Wänden des Kommandozelts wider. Seine Blässe hatte sich von aschfarben in ein wütendes Rot verwandelt. »Immer wieder leugnest du, was dir direkt ins Gesicht springt. Er hat dich im Stich gelassen. Er hat dich schon vor über tausend Jahren verlassen. Er hat sich bereitwillig dafür entschieden, uns alle zu verlassen und sich Malcolm anzuschließen. Was glaubst du, wieso er noch immer existieren kann, hmm? Er ist nur deshalb noch da und uns allen ein Dorn im Auge, weil er sich von den Lebenden ernährt. Er ist alles, was wir verachten, aber jedes Mal, wenn so etwas wie heute passiert, nimmst du ihn in Schutz.«

Ich wartete, bis sich sein Atem beruhigt hatte und seine Rage verpufft war. Es hatte keinen Sinn, etwas zu sagen, bevor diese Wut, die an ihm nagte, nicht nachgelassen hatte. Ihn so zu sehen – wie schnell sich seine Schultern auf und ab bewegten, wie finster er mich musterte –, erinnerte mich daran, dass ich Renfis nur ein einziges Mal wütend erlebt hatte, und zwar wegen Taladaius. In gewisser Hinsicht hatte er recht, was Tal betraf. Aber wenn es um die Dinge ging, die wirklich zählten, irrte er sich.

»Es tut mir leid«, sagte ich zu ihm. »Ich weiß, dass es zwischen dir und ihm immer nur böses Blut geben kann. Aber du bist nie durch einen Fluch gebunden gewesen, Bruder. Du bist nie gezwungen gewesen, gegen deinen Willen zu handeln. Und du warst nie so verliebt in jemand, dass du deine Seele an die Dämonen verkauft hättest, um die Person zu beschützen. Ich bete, dass du, wenn du deinen Seelengefährten findest und dich verliebst, nichts als ewigen Frieden mit ihm oder ihr erfahren wirst. Aber für andere«, fügte ich traurig hinzu, »ist es nicht so einfach.«

Stunden später, als Te Léna zurückgekehrt war, um mich zu behandeln, und die Sonne über dem Kamm des schwarzen Horizonts jenseits von Sanasroth aufgegangen war, wagten wir uns hinaus, um uns den Schaden anzusehen, der in der Nacht entstanden war. Der am nächsten beim Fluss gelegene Abschnitt des Lagers war zerstört worden. Die Zelte waren ruiniert, ihre Planen zerrissen, und über den aufgewühlten Boden verteilt lagen überall Vorräte. Die Toten waren am Flussufer aufgebahrt, Blüten von Witwenfluch auf den geschlossenen Augen.

Ich war bis ins Mark erstarrt. »Wie viele haben wir verloren?«

»Hundertvierzehn«, antwortete Lorreth.

Die Zahl ergab keinen Sinn. So viele hatten wir nie in Irrín verloren. In einer offenen Schlacht waren höhere Verluste zu erwarten. Aber nicht hier an unserem Außenposten. Und nicht durch *acht* Fresser. »Wir werden sie in Cahlish bestatten«, sagte ich leise.

»Ich werde ein Portal öffnen, und dann bringen wir sie einen nach dem anderen hindurch.«

Meine Brüder sagten nichts. Von Ren strahlte noch immer Frustration aus, als wir am Ufer entlang zu der großen Eiche gingen, aber er blieb ruhig. Wir würden wieder reden, er und ich, wenn die Stimmung nicht mehr so geladen war. So war es immer zwischen uns gewesen, wenn wir uneins waren.

Die Eiche stand dort, seit ich denken konnte, groß und stolz, trotz der Kälte. Jetzt war ihr Stamm verschrumpelt, und die Borke schälte sich in dicken Platten ab. Von ihren Wurzeln bis zu den Astspitzen wucherten schleimige Pilze. Die verkohlten, kopflosen Körper der Fresser zerrten an ihren Fesseln und versuchten, sich zu befreien, aber zum Glück hielten die Stricke.

»Diese fürchterlichen Kreaturen stammen nicht aus Yvelia«, sagte Lorreth in gedämpftem Ton. »Nichts in *unserer* Welt könnte ein derartiges Übel erzeugen.«

Aber das hatten wir einst auch von den Vampiren angenommen. Und Macht war eine süchtig machende Droge. Nie überraschte es mich, zu welch schrecklichen Dingen eine korrupte Seele in der Lage war, um mehr davon zu erlangen.

5

TOTES INVENTAR

SAERIS

Der Sack landete mit einem dumpfen Aufprall auf dem Boden.

Der Gestank, den er verströmte, brachte mich fast zum Würgen.

»Riecht wie deine alte Bude über dem Mirage«, meinte Carrion gut gelaunt. Er schnitt ein Stück von dem Apfel ab, den er in der Hand hielt, und aß es direkt von der Klinge seines Messers.

Ich warf ihm, in Versuchung, den Köder zu schlucken, einen bösen Blick zu. Er wollte, dass ich ihn fragte, woher genau er wissen konnte, wie es auf dem Dachboden, den ich mir mit meinem jüngeren Bruder über der Schenke geteilt hatte, roch, aber es war keine Zeit, sich auf triviale Sticheleien einzulassen.

Kingfisher und Lorreth waren zurückgekehrt, und sie hatten einen Sack voller abgetrennter Köpfe mitgebracht. Es verstand sich von selbst, dass meine Aufmerksamkeit dem *Sack mit Köpfen* hätte gelten sollen, aber offenbar war ich eine schreckliche Person, denn das Einzige, was mich interessierte, war er. *Fisher.* Mein Seelengefährte war hier, und es war, als könnte ich endlich wieder atmen.

Er sah so gut aus wie immer, hatte die dunklen, lockigen Haare aus dem Gesicht gestrichen. Der Raum war spannungsgeladen, sobald er ihn betrat. Ich wurde von ihm angezogen wie eine Motte vom Licht. Als versuchte mein Körper nach Hause in seine Arme zu finden. Nach dem *Zwischenfall* mit Ereth, wie wir es nannten, waren die Krönungsfeierlichkeiten abgesagt worden, und Fisher hatte Ammontraíeth verlassen, um nach Ren und den anderen zu sehen. Taladaius hatte dazu geraten, dass sich Fisher zumindest für ein paar Tage von der Festung fernhielt, damit sich die hochadligen Vampire ein wenig beruhigen konnten, aber er hatte sich nicht im Geringsten überrascht gezeigt, als mein Gefährte mit Lorreth und dem Sack sofort bei Einbruch der Dunkelheit hier erschienen war.

Fisher warf Carrion einen vernichtenden Blick zu. »Hallo, Swift. Meinst du, wir könnten ein wenig unter uns sein?«

»Bittest du mich zu gehen?«

»Ja.«

Carrion zeigte mit seinem Messer auf Lorreth. »Darf er bleiben?«

»Zeig damit nicht auf mich, Junge«, warnte der Krieger mit den dunklen Zöpfen. »Nicht, wenn du ihn behalten willst. Ich sammle hübsche Dolche.«

»Ja, er bleibt«, sagte Fisher geradeheraus.

Carrion senkte kleinlaut die Klinge. »Dann liegt es auf der Hand, dass ich ebenfalls bleibe. Ich bin der Erbe des yvelianischen Throns. Wenn es Entwicklungen gibt, die Yvelia betreffen, sollte ich unbedingt zugegen sein, wenn darüber gesprochen wird.«

»Hast du Erfahrungen in Kriegsführung?«, fragte Fisher.

»Nein, nicht wirklich.«

»Irgendwelche Erfahrungen in Nekromantie?«

»Nein.«

»Mit Untoten?«

»Nein.«

»Blutflüchen?«

»Was glaubst *du* denn?«

»Dann bist du für uns nicht von Nutzen. Geh.«

In diesem Moment kam Taladaius durch die Flügeltür in den Raum. Im Gegensatz zu allen anderen Mitgliedern des Bluthofes kniete er nicht vor mir nieder. Ich hatte es ihm ausdrücklich verboten, obwohl er darauf hingewiesen hatte, dass dies keine gute Idee wäre. Zielstrebig schritt er durch die Ratskammer, die Absätze seiner Stiefel schlugen laut auf den taubengrauen Marmor. Seine Miene war kontrolliert, sogar mild. Aber die Traurigkeit, die er durch die Verbindung ausstrahlte, die wir miteinander teilten, war heute stärker denn je. Sie hinterließ einen Geschmack von Bitterkeit und Reue auf meiner Zunge.

»Nach der Nummer, die du gestern abgezogen hast, Fisher«, sagte er, »wird er vermutlich entführt und in die Sklaverei verkauft, wenn er diesen Raum allein verlässt.«

»Und wir wollen *nicht*, dass das passiert?«, entgegnete Fisher, als wolle er sicherstellen, dass er richtig verstanden hatte.

»Fisher.« Dieser kleine Schlagabtausch, den sie sich ständig lieferten, wurde allmählich grenzwertig.

Mein Gefährte sah mich an, als könne er kein Wässerchen trüben. »Er hat wiederholt gesagt, dass er kein Interesse hat, um seinen Sitz im Winterpalast zu kämpfen. Und er hat es gerade eben selbst zugegeben. Keinerlei taktische Erfahrung. Keine Ahnung von dem hier.« Er stupste den Sack auf dem Boden mit der Spitze seines Stiefels an. »Also, wozu taugt er?«

Ich blickte ihn mit zusammengekniffen Augen an. »*Du* bist derjenige, der ihn hergebracht hat. Jetzt musst du auch seine Anwesenheit ertragen.«

»Vielleicht ist es dann an der Zeit, dass ich ihn nach Yvelia zurückbringe?«, entgegnete Fisher hoffnungsvoll.

Mein Ahnherr schnaubte. Taladaius trug ein einfaches weißes Hemd mit weiten Ärmeln, eine schwarze Hose und schwarze Stiefel. Mit seinem silbernen Haar und der blassen Haut war er ein Muster an Kontrasten. Er fuhr sich mit einer beringten Hand durch die Haare, als er in die Hocke ging und den Sack aufriss, um dessen Inhalt zu inspizieren.

Mir drehte sich der Magen um, als *ich* sah, was darin war. In Zilvaren hatte ich eine Menge Verwesung gesehen. Wenn man in einem Quarantänesektor lebte, in dem täglich Menschen verhungerten oder verdursteten, war der Anblick von Toten nicht sonderlich schockierend. Aber wenn nur noch ein Kopf von ihnen übrig war, die Wangen schwarz verbrannt waren und sich von den Knochen ablösten … und wenn sie dich mit trüben roten Augen *anblinzelten*, lag die Sache ein wenig anders.

Der Geruch war jetzt, da der Sack geöffnet war, noch viel schlimmer. Taladaius wippte auf seinen Hacken zurück, einen nachdenklichen Ausdruck im Gesicht.

Lorreth sprach, bevor er es tat. »Sag uns, dass du das nicht warst.«

Der Kopf meines Ahnherrn schoss nach oben. Er fixierte Lorreth und starrte ihn verblüfft an. »Ich? Ich …« Er fasste sich. »Nein. Das war ich nicht. Ich habe keine Leibeigenen oder Sklaven. Und das hier …« Er verstummte und schüttelte den Kopf. »Das ist mir unerklärlich. Auf diese Weise enthauptet, sollten sie nicht mehr lebendig sein.«

»Oh, glaub mir. *Das* wissen wir.« Lorreth lachte verbittert. »Wie sollen wir sie also töten?«

Taladaius betrachtete die Köpfe in dem Sack genauer und rümpfte die Nase. »Ehrlich gesagt, ich weiß es nicht. Ich habe so etwas bis jetzt weder gesehen noch davon gehört.«

Du kommst mit mir zurück nach Cahlish, kleine Osha.

Ob ich mich wohl jemals daran gewöhnen würde, Fisher in meinem Kopf sprechen zu hören? Seine Stimme war so nah, als würde er mir direkt ins Ohr flüstern. Ich bekam augenblicklich eine Gänsehaut.

Oh? Ich dachte, ich müsste hierbleiben?, antwortete ich.

Ein winziges Stirnrunzeln bildete sich in Kingfishers schönem Gesicht. *Niemand wird erfahren, dass du fort bist. Wir sagen Tal, er soll allen erzählen, dass du den ganzen Tag Blutorgien feierst. Das wird sie davon überzeugen, dass du darum bemüht bist, dich einzufügen.*

Ich hörte, dass Lorreth Taladaius erklärte, wie die Fresser Rens Energie absorbierten. *Und* die von Kingfisher.

Überrascht sah ich zu ihm, aber bevor ich etwas sagen konnte, besänftigte er meine Besorgnis. *Es ist in Ordnung. Wir fühlten uns beide komisch, aber dann haben wir eine Weile geschlafen, und Te Léna hat uns behandelt. Es geht uns wieder gut.*

Das war schwer zu ertragen, denn ich liebte ihn. Ich hatte den ganzen Tag kaum ein Auge zugemacht vor lauter Sorge um ihn. Ein starkes Gefühl innerer Unruhe hatte mir gesagt, dass etwas in Irrín nicht stimmte. Damals in Zilvaren hatte ich keine romantischen Interessen verfolgt, obwohl ich reichlich Gelegenheit dazu gehabt hätte. Ich hatte Verantwortung gehabt. Zum einen war es ein Vollzeitjob gewesen, Hayden vor Schwierigkeiten zu bewahren, und zum anderen hatte ich immer dafür sorgen müssen, dass genug Essen auf dem Tisch und Wasser in unseren Mägen war. Eine Beziehung zu jemand aufzubauen, wäre ein sinnloses Unterfangen gewesen, das mich vom Überleben abgelenkt hätte.

Aber das hier war damit nicht zu vergleichen. Das hier …

waren zwei kollidierende Sterne. Gleichzeitig das Ende und der Anfang von allem. Die Vorstellung, mit jemand in Zilvaren eine Beziehung einzugehen, war dagegen völlig trivial. Fisher war *alles*. Ich war auf ihn eingestimmt. Ich konnte die Veränderungen seiner Stimmungen spüren wie Ebbe und Flut der Gezeiten, über die ich so viel gelesen hatte, und wenn wir getrennt waren, war ich so sehr in Sorge um ihn, dass es mich fast wahnsinnig machte.

Ich musste zugeben, dass die Vorstellung, ihn nach Cahlish statt nach Irrín zu begleiten, wo wir in einem warmen Bett schlafen und ein wenig Privatsphäre haben konnten, sehr verlockend war. Es würde meine rasenden Gedanken zum Stillstand bringen, wenn auch nur für eine Nacht.

Okay. Ich glaube dir. Und ja, ich komme heute Nacht mit. Aber unter einer Bedingung.

Kingfisher zog fragend eine Augenbraue hoch. *Oh? Wir stellen Ansprüche, Eure Hoheit?*

Er neckte mich, wenn er mich so nannte, aber ich mochte es nicht. Ich wollte nicht, dass die Kluft zwischen uns noch größer wurde, und die Tatsache, dass ich jetzt ein Halbvampir war, verursachte bereits genug Probleme. Ich konnte es aushalten, im Licht des frühen Morgens draußen auf der Terrasse zu sein, aber nicht lange. Sobald die Sonne hoch am Himmel stand, war ich bis zur Übelkeit erschöpft, und ich ertrug das direkte Licht auf meiner Haut nicht. Ich konnte noch essen, aber mein Appetit auf Lebensmittel war sehr zurückgegangen, was ich hasste. Und ich konnte es so sehr leugnen, wie ich wollte: Ich *musste* mich, um zu überleben, nicht so ernähren, wie es Taladaius und die anderen Mitglieder des sanasrothischen Hofes taten … aber ich *wollte* es. Seit ich erwacht war, hatte eine vage Neugier in mir geschlummert, und jetzt, da ich von Fisher getrunken hatte, schien sie stärker zu werden und ihre Fühler auszustrecken. Selbst jetzt hatte ich ein Kratzen im Hals, als würde ich eine Erkältung bekommen.

Im Prinzip verkörperte ich alles, was Fisher verabscheute … und jetzt war ich auch noch eine Königin. Die Verachtung meines Seelengefährten für das Königtum war verständlich. Meine Heimat wurde von einer tyrannischen Königin regiert. Zilvaren litt jeden Tag unter Madra, aber auch Fisher hatte Leid durch sie erfahren. Madra hatte die Quicksilver-Portale geschlossen und ihm seinen Vater genommen. Ganz zu schweigen davon, dass der yvelianische Thron von König Belikon gestohlen worden war, der Fisher sein ganzes Leben gequält hatte; und dann war Malcolm, der Herrscher des Bluthofes, aufgetaucht und hatte ihn in das Labyrinth geworfen. Es war also nicht verwunderlich, dass er die Worte *Eure Hoheit* mit einer deutlichen Schärfe in der Stimme aussprach. Aber diese Schärfe zu hören, wenn er mit mir sprach, schmerzte mehr, als ich zugeben wollte.

Ich tat mein Bestes, um das nagende Gefühl in meiner Magengegend beiseitezuschieben. *Ich nehme an, das tue ich,* sagte ich zu ihm. *Keine Sorge. Ich verlange nichts Unzumutbares. Zumindest hoffe ich das.*

Sprich weiter.

Ich möchte richtig trainieren. Mit dir. Unsere Zeit am Bluthof ist endlich. Ich bin nicht ihre wahre *Königin. Ich habe kein Interesse, in Ammontraíeth umherzustolzieren und so zu tun, als würde ich über meine ablehnenden Untertanen herrschen. Ich muss fit bleiben, und ich muss immer noch lernen, Solace richtig zu führen. Das Schwert ist so schwer, dass ich es kaum halten kann.*

Fisher blinzelte nicht einmal. *Abgemacht. Obwohl du vielleicht besser mit Lorreth trainierst, wenn du wirklich lernen willst.*

Warum nicht mit dir?

Er warf mir einen leicht tadelnden Blick zu, als sollte ich die Antwort auf diese Frage eigentlich kennen. *Ich kann Drills mit dir machen, Osha. Ich kann ein Schwert erheben und Hiebe und Stöße demonstrieren. Ich kann dir die Beinarbeit zeigen und dir etwas über Kriegsführung beibringen. Aber ich kann dich* nicht *angreifen, als wäre es real. Und das ist das, was du brauchst, wenn du wirklich lernen willst, mit einem Schwert zu kämpfen. Du brauchst echte Herausforderungen, damit du lernst, wie du unter Druck denken und reagieren musst. Und ich werde dich niemals mit voller Kraft angreifen. Du bist meine Gefährtin. Ich liebe dich. Ich könnte es nicht, selbst wenn ich wollte. Was ich,* fügte er sanft hinzu, *nicht tue.*

»Hört ihr überhaupt – argh! Sie hören nicht einmal zu.« Carrion stand über den Sack mit Köpfen gebeugt. Lorreth beobachtete ihn amüsiert und hatte offensichtlich Mühe, nicht zu lachen. Taladaius hatte einen der Köpfe aus dem Sack gerollt und inspizierte ihn aus der Nähe, während er Carrion geflissentlich ignorierte. Wie er das schaffte, blieb mir ein Rätsel. Es war, als könnte er ihn vollständig ausblenden.

Ich spürte, wie in Fisher Verärgerung rasch aufstieg, obwohl er sie nach außen hin nicht zeigte, als er zu dem Schmuggler sprach. »Entschuldige, Swift. Du hast unsere ungeteilte Aufmerksamkeit. Was ist das Problem?«

»Ich wollte nur darauf hinweisen, dass an diesen Fressern noch etwas anderes auffällig ist«, entgegnete dieser nun eingeschnappt. »Aber wenn es keinen interessiert, was das ist …«

»Spuck's schon aus«, befahl Fisher.

»Na ja, ich habe mich nicht besonders lange mit Fressern beschäftigt, aber …« Er schob sich wieder einen Apfelschnitz in den Mund, als er sich über die verwesenden Köpfe beugte und sie mit zusammengekniffenen Augen betrachtete. Zumindest kaute er erst zu Ende, bevor er seinen Satz fortsetzte. »Soweit ich mich erinnere, kommen sie doch normalerweise aus Yvelia, richtig?«

»Ja, natürlich«, bestätigte Lorreth.

»Nun, diese hier stammen aus Zilvaren.«

»*Was?*« Unwillkürlich machte ich einen Schritt nach vorn. »Wovon redest du da?«

»Werden die Fresser hier immer markiert? Mit Tätowierungen und so?«, fragte Carrion.

Taladaius sah auf und richtete seinen stoischen Blick auf Carrion. »Ja, einige Sklaven bekommen ein Brandzeichen, wenn sie verwandelt werden, aber die meisten Mitglieder des Hofes machen sich nicht die Mühe. Fresser sind immer an die Hochadligen gebunden, die sie erschaffen haben. Sie gehorchen nur ihren Gebietern. Runen und Eigentumsmarken sind nicht erforderlich, da totes Inventar nicht gestohlen werden kann.«

Fresser. Hochadel. Totes Inventar.

In dieser Erklärung steckte so viel, und es war so wenig Zeit, dies zu entwirren. Taladaius fuhr fort: »Warum? Was ist dir aufgefallen?«

Carrion zuckte die Schultern, ging in die Hocke und summte nachdenklich, als er den Kopf betrachtete, der halb aus dem Sack hervorlugte. Schon bald frustriert, nahm er den Sack und schüttete ihn aus, sodass alle acht Köpfe herausfielen und dann über den Boden rollten.

Er ging zuerst zu dem weiblichen Kopf – dem, der aus dem Sack hervorgeragt hatte –, schnitt sich ein weiteres Stück Apfel ab, steckte es in den Mund und kaute geräuschvoll. »Zwei Dinge: Das erste ist genau da«, sagte er und deutete mit einem Nicken auf den Kopf. »Am Hals. Sieht für mich aus wie eine ziemlich vorsätzliche Markierung. Saeris, komm und sag mir, was du da siehst.«

Einer der abgetrennten Köpfe öffnete den Mund; dickflüssiges schwarzes Sekret lief über die abgebrochenen Zähne und ergoss sich auf den Boden. Die blutunterlaufenen Augen rollten wild in den Höhlen. Widerlich. »Ich kann von hier aus sehr gut sehen, danke.«

Carrion verdrehte die Augen. Er schnaubte verächtlich, als er die Ratskammer durchquerte und die Hand nach meinem Handgelenk ausstreckte …

Plötzlich war Kingfisher da und stellte sich halb vor mich. Überraschenderweise war sein Gesicht ausdruckslos. »Hast du gern Fingernägel, Carrion?«, fragte er höflich.

»Ich …« Carrion starrte ihn an. »Ja, tatsächlich.«

»Das dachte ich mir.« Sonst sagte mein Gefährte nichts mehr.

Carrion hob eine Augenbraue, verzog das Gesicht und riss die Augen auf, als er mich aus dem Augenwinkel ansah. »In Ordnung. Ich nehme an, das soll heißen, dass ich *nicht* versuchen soll, deine Freundin anzufassen?«

»Oh, bei allen Sündern!«, fluchte Lorreth leise.

»Sie ist nicht meine Freundin. Sie ist meine Seelengefährtin«, erwiderte Fisher ziemlich unfreundlich. »Und wenn irgendein Teil deines Körpers, egal *welcher*, mit ihrem in Berührung kommt, werde ich ihn entfernen.«

Carrion dachte darüber nach. »Was, wenn sie mit einer Hand an einer Klippe hängt und sich nicht länger festhalten kann? Darf ich sie dann anfassen?«

»Und wo bin ich in diesem *unwahrscheinlichen* Szenario?«

»Wahrscheinlich tot.«

Fisher schenkte ihm nur ein knappes Lächeln. »Wenn *ich* tot bin, dann …«

»Argh! Das ist doch lächerlich! Ich stochere lieber in einem abgeschnittenen Kopf herum, als mir *das* weiter anzuhören. Es reicht!« Ich schob sie beiseite und ging durch den Raum zu den götterverdammten Köpfen. Lorreth bückte sich, packte den Kopf der Fresserin an den Haaren und hob ihn hoch, damit ich ihn mir ansehen konnte.

Wie Carrion gesagt hatte, war an ihrem Hals eine deutliche Markierung zu erkennen. Mein Magen sackte mir in die Kniekehlen, als ich sie sah. Carrion hatte *genau* gewusst, was es war. »Oh«, flüsterte ich.

Das Zeichen, ein *X* hinter dem Ohrläppchen der Frau, war

einst eine einfache Tätowierung gewesen, aber jetzt bestand es aus knotigen Adern, die unter ihrer Haut hervortraten. Sie sahen nekrotisch aus, hallten nach von der Erinnerung eines Herzschlags, der sie nicht mehr versorgte.

Meine Hand hob sich aus eigenem Antrieb und bewegte sich zu meinem Hals und dem kleinen schwarzen Kreuz, das sich unter den Haaren verbarg.

Ich konnte die Worte nicht aussprechen. Fisher tat es, wenn auch ein wenig atemlos. »Dein Sterilisationszeichen? Ist es das, was …« Er deutete mit dem Kinn auf den Kopf, den Lorreth noch immer hochhielt. *»Hat sie es auch?«*

Ich nickte.

»Der *zweite* Hinweis, dass diese Fresser nicht aus Yvelia stammen, starrt dir direkt ins Gesicht«, meinte Carrion nun.

Jetzt drehte sich mein Magen durch das schwerelose Gefühl der Übelkeit, das in ihm aufstieg. »Ihre Ohren.«

»Bei allen Göttern«, stöhnte Taladaius. »Wieso ist es keinem von uns aufgefallen? Sie sind rund! Ihre verdammten Ohren sind rund. Sie sind *menschlich.*«

»Sie könnten noch von vorher hier gewesen sein«, sagte ich. »Yvelia war einst voll von Menschen, vor dem Blutfluch, nicht wahr?«

Aber mein Ahnherr schüttelte den Kopf. »Totes Inventar hat eine begrenzte Lebensdauer. Die dunkle Magie, die dafür sorgt, dass sie wiederauferstehen, reanimiert sie zwar, aber nur vorübergehend. Ihre Körper verwesen trotzdem. Schließlich fallen sie auseinander und gehen wieder in die Erde ein. Fünf Jahre, vielleicht zehn. Diese Fresser sind eher Wochen als Monate tot. Sie haben noch ihre Haare. Manche von ihnen haben auch noch ihre Zunge …«

»Schon gut. Schon gut. Ich … verstehe.« Ich hatte plötzlich das dringende Bedürfnis, mich hinzusetzen. »Was hat es zu bedeuten? Leute springen in das Quicksilver-Becken in Zilvaren, wann immer *wir* die Tore öffnen? Sie kommen in Cahlish heraus und … werden *dort* angegriffen?«

»Nein.« Fisher war aufgewühlt. Seine Lederrüstung knarzte, als er auf und ab ging und versuchte, sich einen Reim auf das Ganze zu machen. »Sie können nicht in Cahlish herausgekommen sein. Sie wären sofort entdeckt worden. Und außerdem müssten sie eigens wegen des Quicksilvers kommen *wollen*, damit es sie hierherbringt. Verzeiht mir, wenn ich falschliege, aber die Leute in Zilvaren wissen nichts von diesem Ort.«

»Stimmt.« Carrion nickte.

»Davon abgesehen ist es unmöglich, dass sich jemand einfach in Madras Palast schleicht und sich im Spiegelsaal versteckt auf die vage Aussicht hin, dass das Quicksilver erwacht. Nein …« Fisher schüttelte den Kopf. »Das hier ist Absicht. Es ist *Madras* Werk. So … ist die Fäulnis überhaupt erst hierhergelangt.«

»Du glaubst, *sie* hat sie damit infiziert?«, fragte Lorreth. »Wir haben diese Art von Kriegsführung schon einmal erlebt. Fae, die irgendeine Krankheit hatten, wurden in Militärlager geschickt, um dort sämtliche Krieger abzuschlachten.«

Fisher sagte nichts; sein Gesicht glich einer Maske wütender Konzentration. Das Geräusch seiner Schritte hallte durch den Raum, als er wie ein gefangenes Tier auf und ab ging.

Sie hört …

Das Quicksilver lachte irgendwo hinten in meinem Kopf, als würde es die Antwort auf diese Fragen kennen, die wir zu klären versuchten, aber dabei völlig im Dunkeln tappten. Sein Flüstern quälte mich schon seit Tagen, und es wurde lauter. Es war perfektes Timing, dass es mich ausgerechnet *jetzt* drangsalierte.

Ich schloss die Augen, meine Hände zitterten. Ich konnte nicht klar denken. Konnte nicht *atmen*. Ein stechender Schmerz fuhr meinen Arm hinauf, als das Flüstern jetzt noch lauter wurde, die Runen auf meinem rechten Handrücken pochten …

Sie hört uns. O ja, sie hört uns. Sie wird kommen. Bald. Bald. Bald.

Schließlich hatte ich genug. Ich riss die Augen auf. »Hier gibt es ein *Becken*, stimmt's? Es ist klein, aber ich kann es fühlen.«

Fisher blieb stehen. Er sah mich fragend an und richtete seinen finsteren Blick dann auf Taladaius, dessen graue Augen für einen Moment wie Spiegel zu reflektieren schienen. Mein Ahnherr holte tief und ungehalten Luft und nickte dann. »Ja«, bestätigte er meinen Verdacht. »In Ammontraíeth hat es *immer* ein Becken gegeben.«

6

TITEL

SAERIS

Eine Grabkammer.

Der Bluthof bewahrte sein Quicksilver in einer *verdammten Grabkammer* in einem der unteren Stockwerke des Palastes auf. Ich hatte die dunkle Nekropole inspiziert und versucht, nicht in die leeren Augenhöhlen der gestapelten Schädel zu starren. Dabei hatte ich mich bestätigt gefühlt, aber gleichzeitig war mir speiübel gewesen. Das dumpfe Geplapper in meinem Hinterkopf ergab jetzt Sinn. Ich hatte es mir nicht ausgedacht. Aber das Wissen, dass sich das Becken – es *war* klein, das stimmte – hier befand, bedeutete, dass ich keine Ruhe mehr vor ihm haben würde. Aber wie es schien, würde ich dem elenden Pochen des Schmerzes, das hinter meinen Runen schlug, ebenfalls nicht entkommen.

Fisher hatte nicht so beunruhigt gewirkt, wie ich es erwartet hätte. »Weißt du, *das* ist gar nicht so schlecht«, hatte er gesagt.

»Nein?«

»Nein, Osha. Ich meinte es vorhin in der Ratskammer ernst. Du kommst heute Nacht mit mir zurück nach Cahlish. Das bedeutet lediglich, dass unsere Reise sehr viel einfacher sein wird. Wir müssen nicht mehr über die toten Felder reiten.« Es dauerte Stunden, diese Einöde zu durchqueren. Wilde Fresser lebten dort in Erdhöhlen, die sie tief in die Asche und verkohlte Erde gegraben hatten. Tagsüber versteckten sie sich in den Höhlen vor der Sonne, aber sobald die Abenddämmerung einsetzte, tauchten sie aus ihren Schlupflöchern auf und wollten Nahrung. Sie würden mich nicht angreifen, aber sie stellten eine Gefahr für die Pferde dar. Ebenso für Kingfisher und Lorreth. Da Fishers Magie auf dieser Seite des Darn außer Kraft gesetzt war, konnten wir seine Schattentore nicht benutzen, aber jetzt brauchten wir das auch nicht mehr.

Wir haben Zugang zu einem Becken.

Also hatte ich Reliquien aus einer Kette angefertigt, freundlicherweise beigesteuert von Taladaius, aus einem Siegelring von Lorreth und aus einem kleinen Talisman von einem der Götter, den Fisher an einem Halsband für Onyx befestigt hatte. Keine Stunde später hatten wir von der unerwarteten Ressource Gebrauch gemacht, und jetzt waren wir hier, zurück in Cahlish, gänzlich unbeschadet von der Erfahrung.

Ein atemberaubendes Kleid aus jagdgrünem Samt hatte auf mich gewartet, bereitgelegt auf Fishers Bett, nachdem ich mich frisch gemacht hatte. Winzige Edelsteine – Smaragde nahm ich an – zierten den tiefen Ausschnitt. Die Ärmel waren mit subtilen und kaum sichtbaren grünen Stickereien in einem Muster bedeckt, das bei genauerem Hinsehen kleine springende Füchse darstellte.

Zweifellos ein wunderschönes Kleid.

Ich hatte mit der Hand über den weichen Stoff gestrichen, und direkt hinter meinem Solarplexus hatte sich etwas zusammengezogen.

Es würde mir perfekt passen. Offenbar war es für mich *gemacht* worden. Aber …

Ich hatte noch immer meine Lederrüstung getragen, als ich Fisher auf der Treppe begegnet war. Mein Gefährte hatte mich angestrahlt, offenbar unbeeindruckt davon, dass ich mich nicht dafür entschieden hatte, das Kleid anzuziehen, aber ein Samenkorn der Schuld hatte sich in meiner Brust eingenistet. Ich hatte nach wie vor ein etwas schlechtes Gewissen wegen meiner Entscheidung, als wir zusammen den Speisesaal betraten.

»Bist du sicher, dass du dafür bereit bist?«, fragte Fisher und legte die Hand auf den Türknauf.

»Ja, ich bin sicher.«

»Wirklich?«

»Seit wann bist *du* so besorgt?« Ich grinste ihn an. »Ich verspreche, dass ich bereit bin. Nachdem diese Fresser den Fluss überquert haben? Nachdem ich diese Markierung gesehen habe? Wir brauchen einen Moment. Es wird für uns *alle* gut sein.« Ich sprach die Worte. Ich sollte sie sagen. Ich lächelte, weil ich auch das tun sollte, aber die Gedanken in meinem Kopf rasten trotzdem unerbittlich weiter:

Hatte Madra die infizierten Fresser geschickt?

Wie waren sie von Zilvaren hierhergekommen?

Wie bei allen fünf Höllen sollten wir sie töten?

Würden noch *mehr* kommen?

Ich wusste, dass Fisher die gleichen Sorgen plagten. Aber er konnte es hervorragend überspielen. Ein Teil von mir hasste es, dass wir so taten, als sei alles in Ordnung, aber was ich gerade gesagt hatte, stimmte trotzdem. Wir brauchten wirklich eine Verschnaufpause.

»In Ordnung. Wenn du sicher bist …«

»Fisher!« Ich lachte. »Öffne einfach die Tür!«

Er verbarg ein Schmunzeln, als er den Knauf drehte und schwungvoll die Tür zum Speisesaal für mich öffnete. Ich fing das Bild ein und ergriff rasch davon Besitz; ein Lächeln des Gebieters von Cahlish war etwas Seltenes. Ich hatte jeden Moment, in dem es erschien, auf einem imaginären Pergament festgehalten, die Erinnerungen in meinem Kopf abgespeichert, um sie für immer zu bewahren. Der Anblick seiner hochgezogenen Mundwinkel und das zaghafte Lächeln in seinen Augen waren eine schöne Ergänzung meiner Sammlung.

»Ich habe ihnen gesagt, dass du kommst«, gestand er schüchtern. Hatte ich ihn je so gesehen? Nein. Es war unglaublich süß. Es blieb jedoch keine Zeit, diese neue Seite von Fisher auszukosten, denn sobald die Tür aufschwang, brach im Speisesaal eine Welle der Begeisterung und des Jubels aus.

Renfis stand auf und erhob sein Whiskyglas.

Te Léna und ein attraktiver Mann mit dunkler Haut – ihr Gefährte, wie ich annahm – grinsten und hießen uns lautstark willkommen.

Lorreth und Archer, Danya und Iseabail stimmten in ihre Rufe ein …

… und über der warmen Begrüßung war das aufgeregte Quieken eines kleinen weißen Fuchses zu hören.

»Onyx!«

Kaum waren wir wieder in Cahlish angekommen, war der Fuchs davongesaust – vermutlich, um zu jagen –, aber offenbar hatte er sich vor uns in den Speisesaal geschlichen und wieder mit unseren Freunden vertraut gemacht. Er sprang von Iseabails Schoß und schoss wie ein weiß-schwarzer Blitz durch den Saal. Ich hatte kaum Zeit, die Hände auszustrecken, als er mir auch schon in die Arme sprang und mir Gesicht und Hals ableckte.

»Oh … oh, du meine Güte! Hey, Kumpel. Hi, hi, hi. Ja, ich freue mich auch, dich zu sehen.« Er zitterte und zappelte wie verrückt. Man hätte meinen können, er hätte mich seit einem Jahr nicht mehr gesehen.

Fisher tat betont mürrisch deswegen, aber da war wieder dieser Schatten eines Lächelns, der seine Mundwinkel umspielte, als sich der kleine Fuchs in meinen Armen vor Freude überschlug, die auch Fisher galt.

»Ich sollte ihn wohl besser nach Ballard bringen«, meinte Fisher. »Wendy könnte sich um ihn kümmern. Nur so lange, bis sich das alles hier gelegt hat.«

Ich tat so, als würde ich ihn böse ansehen. »Das wagst du nicht.«

Fisher blinzelte verstohlen, um mich wissen zu lassen, dass er nur Spaß machte.

»Es liegt mir fern, mich zwischen eine Frau und ihren Fuchs zu stellen.«

Es war erst ein paar Tage her, dass er den Gebirgszug überquert hatte und von Fressern gejagt worden war, aber Onyx schien nach diesen Strapazen vollständig wiederhergestellt zu sein. Seine Pfoten waren verheilt. Sein Fell war dicht, voll und makellos weiß. Das Humpeln, das ihn gequält hatte, war ebenfalls verschwunden. Ich vergrub mein Gesicht in seinem Pelz und atmete tief ein, womit ich die Tatsache verbergen konnte, dass ich den Moment nutzte, um mich zu sammeln.

Es war wirklich viel. Ich hatte nicht erwartet, dass ich so überwältigt sein würde. Ich blickte auf und strahlte meinen Seelengefährten an. »Mir war nicht klar, dass es so ein offizielles Treffen ist.«

»Natürlich ist es das!«, rief Ren. »Das letzte Mal haben die meisten von uns dich gesehen, als wir dich in der Bibliothek in ein Schattentor bugsiert haben. Dich in einem Stück wieder hier in Cahlish zu haben, muss gefeiert werden!«

In ihren Gesichtern stand keinerlei Feindseligkeit, aber ich spürte einen unangenehmen Druck in meiner Brust. »In einem Stück« war etwas weit hergeholt. Ich war nicht mehr dieselbe Person wie damals, als mich Ren und Lorreth durch dieses Schattentor geschoben hatten. Nicht einmal annähernd. Was war ich jetzt für sie? Ihre Freundin. Ihre *Feindin*?

Fisher liebte mich noch immer, aber unsere Seelen waren von den Göttern verbunden worden. Was auch geschehen mochte, wir waren dazu bestimmt, zusammen zu sein. Es gab keine unsichtbaren Verbindungen zwischen mir und irgendeiner der Personen vor mir. Lorreth, Ren und Danya hatten Jahrhunderte damit verbracht, gegen Malcolms Horde zu kämpfen. Sie hatten unzählige Leute bei dem Versuch verloren, Yvelia vor dem Bösen zu beschützen, das Sanasroth bevölkerte. Leute, die sie geliebt hatten. Und hier war ich, halb Vampir, halb das, was sie am meisten auf der Welt hassten, und sie waren gekommen, um mich zu begrüßen.

In Zilvaren hatte ich keine Freunde gehabt. Freunde waren teuer. Letzten Endes kosten sie dich immer etwas. Essen. Geld. Sicherheit. Dein *Leben*. Verbindungen mit anderen strapazierten deine Ressourcen an einem Ort wie dem dritten Bezirk, und ich besaß ohnehin nie von irgendetwas genug. Als ich in Ammontraíeth aufgewacht war und entdeckt hatte, zu was ich geworden war, hatte ich mir gesagt, dass es mir nichts ausmachen würde, wenn ich die Leute in diesem Raum deswegen verlor. Aber jetzt, da sie mich alle freundlich anlächelten und nach vorn traten, um mich zu umarmen, bekam ein Teil in meinem Inneren Risse und zerbrach.

Es hätte mir etwas ausgemacht.

Es hätte mir *eine Menge* ausgemacht.

Ren war der Erste, der mich umarmte. Wegen seiner Reaktion war ich am meisten besorgt gewesen.

Er hatte mich nicht in Sanasroth besucht, wie Lorreth es getan hatte. Als ich Fisher gefragt hatte, ob ich ihn erwarten sollte, hatte er gesagt, er habe ihm das Kommando über Irrín übertragen und er könne das Lager nicht verlassen, aber ich hatte seine Erklärung durchschaut. Ich hatte sie als das erkannt, was sie war: eine Ausrede. Aber ich hatte nicht nachgehakt, hatte nicht gewollt, dass mein Verdacht bestätigt wurde. Im Gesicht des Generals standen jedoch weder Abneigung noch Angst, als er mich jetzt fest an sich drückte. »Ich kann dir nicht sagen, wie sehr ich mich freue, dich zu sehen«, sagte er in mein Haar.

»In Ordnung, das reicht«, knurrte Fisher.

Renfis zog sich lachend zurück. »Ich werde es nicht offen aussprechen, aber du weißt schon, wie du dich benimmst, nicht wahr?«, sagte er.

Fisher tat so, als würde er finster dreinblicken, aber er schubste seinen Freund spielerisch fort. Lorreth legte mir einen Arm um die Schultern, was Fisher auch nicht gerade glücklicher zu machen schien, aber er ertrug es zumindest mit *einigem* Anstand, dass seine Brüder mir ihre Zuneigung zeigten. Lorreths Grinsen verschwand, als Iseabail, die rothaarige Hexe, nach vorn trat, um mich zu begrüßen. Er murmelte etwas von verräterischem Blut, und als sie die Hand nach meiner ausstreckte, gab er einen verächtlichen Laut von sich, nahm seinen Arm von meiner Schulter und stapfte zu seinem Platz an der Tafel.

»Es ist schön, sich unter weniger stressigen Umständen wiederzutreffen«, sagte sie in ihrem typischen singenden Tonfall. Jetzt, da ich darüber nachdachte, war ihr Akzent recht ähnlich wie der von Renfis. Ich würde ihn fragen müssen, ob sie aus dem gleichen Teil von Yvelia stammten. Die Hexe sah umwerfend aus in ihrer weiten dunkelblauen Bluse, um die Taille einen Ledergürtel, ein langer, fließender schwarzer Rock, der um ihre hochhackigen Stiefel wirbelte. Ihr dickes gewelltes Haar war nicht zusammengebunden und so rot wie ein flammender Sonnenuntergang. »Ich hoffe, es macht dir nichts aus, dass ich in deine Willkommensfeier marschiert bin? Te Léna hat mich eingeladen. Ich wäre schon vor einer Woche nach Hause zurückgekehrt, aber es gab hier Arbeit für mich. Ich stelle überrascht fest, dass ich es genieße, eine Zeit lang vom Clan entfernt zu sein.«

Sie redete, als würde sie die Gastfreundschaft in meinem Zuhause überstrapazieren. Cahlish war *Kingfishers* Stammsitz. Seit ihrer Errichtung befand sich die Festung im Besitz seiner Familie. Es war komisch, wenn sich jemand so benahm, als gehöre sie mir. Das war nicht der Fall. Oder ... bei allen Sündern, vielleicht ja jetzt doch? Nur ein bisschen. Es war alles so verwirrend. Fuck, ich hatte nicht *annähernd* genug Zeit gehabt, mich mit alldem zu beschäftigen.

»Wage es bloß nicht, dich dafür zu entschuldigen, dass du noch geblieben bist. Wir hätten Everlayne verloren, wenn du nicht gewesen wärst. Und du hast Te Léna geholfen, das Quicksilver aus Kingfisher zu ziehen. Es gibt hier niemand, der etwas gegen deine Anwesenheit hat.«

Iseabail strahlte, und ihre Augen tanzten, als sie lachte. Sie drückte meine Hand und hob die Augenbrauen, als sie den Kopf drehte und über ihre Schulter blickte. »Das weiß ich wirklich zu schätzen. Aber ich glaube, es gibt zumindest eine Person, der es lieber wäre, ich würde tot in einem Graben liegen, als hier zu sein und die Gänge von Cahlish mit meinem Hexenblut zu verpesten.«

Lorreths Gehör war ebenso gut wie das aller anderen Fae im Raum. Er verstand jedes Wort, das Iseabail sagte, und seiner grollenden Miene nach zu urteilen, war er nicht glücklich. Iseabail schien es jedoch nicht zu kümmern. »Keine Sorge. *Ich* stehe nicht auf Drama, auch wenn andere anscheinend darauf aus sind, eins zu veranstalten.«

Vom Tisch war ein lautes Scheppern zu hören; Lorreth hatte

sein Ale umgeworfen und versuchte gerade wutentbrannt, es mit einer Serviette aufzuwischen.

Iseabail schnaubte.

»Warum hasst er deinesgleichen so sehr?« Ich kannte Lorreth als lustig, liebenswürdig und rücksichtsvoll. Zu sehen, dass er sich gegenüber einer Frau, die uns allen so sehr geholfen hatte, so verhielt, war wirklich verwirrend.

Iseabails Lächeln verblasste. »Ach, das soll er dir am besten selbst erzählen.«

Te Léna und ihr Gefährte Maynir trugen Partnerlook in Gold und Taupe. Sie flossen über vor Glück, als sie mit Fisher und mir sprachen und uns alles erzählten, was in den vergangenen Tagen in Cahlish passiert war. Das Licht, das Te Léna verströmte, wurde nur schwächer, als ich sie nach Everlaynes Fortschritten fragte und sie zugeben musste, dass Kingfishers Schwester noch immer schlief und scheinbar nicht aufwachte. Aber ihre Miene hellte sich rasch wieder auf. »Ich bringe dich morgen früh zu ihr, wenn du möchtest. Wenn sie deine Stimme hört, gibt ihr das vielleicht den letzten Impuls, den sie braucht, um zurückzukehren.«

»Ja, das wäre schön.« Ich hatte nur ein paar Tage mit Layne im Winterpalast verbracht, bevor Fisher mich in die Nacht entführt hatte. Mit Ausnahme von Iseabail und Te Léna kannte sie jeden hier im Speisesaal wesentlich besser als mich. Es war unwahrscheinlich, dass *ich* diejenige sein sollte, die Everlayne aus ihrer Erstarrung aufweckte, aber ich war bereit, es zu versuchen.

Danya war die Letzte, die mich begrüßte. Als ich sie das letzte Mal gesehen hatte, waren ihr die Haare bis in die Mitte ihres Rückens gefallen, aber jetzt waren sie kurz, auf der linken Seite bis zum Kinn abgeschnitten, auf der rechten kahl geschoren. Sie trug ihre Lederrüstung und eine patinierte silberne Brustplatte mit dem eingravierten Kopf eines heulenden Wolfes. Sie war steif wie ein Brett, als sie sich vor mich stellte.

»Alchemistin«, sagte sie knapp.

»Danya«, antwortete ich.

»Wo ist der Rothaarige?«

»Wer?«

»Der nervige Typ mit den witzigen Retourkutschen.«

»Du findest *Carrion* lustig?«

Danya rollte mit den Augen. »Schon gut.«

»Er wird bald hier sein«, beeilte ich mich zu sagen. »Er wollte ins Badehaus. Er brauchte länger als erwartet, also sind wir schon vorgegangen.«

»Okay. Ich gehe ihn suchen«, entschied sie achselzuckend.

»Nein! Nein … äh … tu das nicht.« Er hatte zwar nichts gesagt, aber ich hatte den leisen Verdacht, dass Carrion auf mehr aus gewesen war als ein Bad. Die Wassernymphen, mit denen er sich kürzlich *angefreundet* hatte, verbrachten offenbar den Großteil ihrer Zeit unten in den Bädern, und ich wollte nicht, dass Danya ihn in einer kompromittierenden Situation mit einer – oder allen – von ihnen überraschte. Warum, wusste ich auch nicht. Carrion und Danya zusammen wären die Art von Hölle auf Erden, die ich nicht aus nächster Nähe miterleben wollte. Aber er *war* mein Freund, und Freunde hielten einander den Rücken frei. »Er muss jeden Moment kommen, und ich … ich wollte dich noch nach deiner neuen Frisur fragen. Was hat dich zu dem dramatischen Schnitt veranlasst?«

Sie starrte mich ausdruckslos an. »Eine brennende Leiche hat mich angezündet.«

Bei allen verfluchten Göttern, super! »Oh. Okay. Ich dachte, es wäre irgendeine neue, originelle Form der Selbstdarstellung.«

»Die Länge der Haare eines Kriegers ist direkt mit seinem Geschick im Kampf verbunden. Meine waren länger als die von Ren und Lorreth zusammen. Ich hätte sie niemals abgeschnitten, um … *originell* auszusehen.«

Puh! Hier kam ich *überhaupt* nicht weiter. »Ich hörte, dass du im Kampf verletzt wurdest. Konnte Te Léna deine Haare nicht erneuern, als sie dich geheilt hat?«

Die Frau sah mich an, als würde sie nicht das Geringste von dem verstehen, was ich sagte. »Es gibt keine Abkürzungen zum Ruhm, Alchemistin. Um meines Bruders willen bin ich froh, dass du nicht in Gillethrye gestorben bist. Er hat schon genug Leute an diese verfluchte Stadt verloren. Was mich betrifft, so bin ich froh, dass du nicht gestorben bist, weil eine Alchemistin etwas Seltenes ist.« Sie richtete rasch den Blick auf den Boden und neigte den Kopf in einer flüchtigen Respektbezeugung. »Wenn du mich jetzt entschuldigen würdest …«

Sie nahm gegenüber von Lorreth an der Tafel Platz. Auch seine Gegenwart schien sie nicht sonderlich zu beeindrucken. Seit ich ihr Schwert in Hunderte von Splittern zerlegt, es neu geschmiedet und dann versehentlich Lorreth geschenkt hatte, hatte sie sich alles andere als höflich gegenüber dem anderen Mitglied der Lupo Proelia verhalten. Allerdings hatte ich auch noch nie gesehen, dass sie überhaupt für irgendjemand ein freundliches Wort übrig gehabt hätte.

Vom anderen Ende des Speisesaals spürte ich das Gewicht von Fishers Blick auf mir. Er stand bei Ren, den Kopf geneigt, als er seinem Freund zuhörte, aber sein Fokus lag allein auf mir. Er war in Kriegsrüstung nach Ammontraíeth gekommen, aber hier, in seinem Heim, im engen Familienkreis, trug er nur ein weites schwarzes Hemd und eine schwarze Hose. Das Feuer hinter den beiden Männern warf einen orangenen Schimmer auf ihre Gesichter und hellte die Locken von Fishers dichtem Haar zu einem warmen, tiefen Braunton auf.

Bei den Göttern, er war perfekt.

Die Wangen waren von der Hitze des Feuers gerötet, sein Kinn war mit dunklen Bartstoppeln bedeckt, und die vollen Lippen hatte er leicht geöffnet. Er nickte, schenkte Ren hin und wieder einen kurzen Seitenblick und sah dann wieder zu mir. Die brennenden Augen landeten mit einer Wucht auf mir, die mich in die Knie gezwungen hätte, wären wir nicht unter Freunden gewesen.

Ich kann dich von hier aus hören. Fishers tiefes Brummen streifte meinen Geist wie Samt.

Was? Ich habe doch kein Wort gesagt. Ich habe nicht einmal etwas gedacht.

Sein linker Mundwinkel kräuselte sich ein wenig. *Das musstest du auch nicht. Dein Blick spricht Bände.*

Fuck!

Alles in Ordnung, kleine Osha? Du bist rot geworden.

Mir geht's gut. Ich bin hier drüben und kümmere mich um meine eigenen Angelegenheiten. Geht es dir *gut? Du solltest deinem Freund zuhören, statt* mir *etwas zu unterstellen.*

Oh, ich höre ihm zu. Er senkte den Blick und sah auf seine Füße. Ein Gefühl der Schwerelosigkeit erfasste meinen Magen, als er unter tintenschwarzen Wimpern wieder zu mir aufblickte. *Es ist nicht leicht, sich auf Lagerlogistik zu konzentrieren, wenn ich dich durch den ganzen Raum riechen kann, Osha.*

Ich wäre fast gestorben vor Verlegenheit. *Das kannst du nicht.*

Auf der anderen Seite des Raums sah ich gefährlich scharfe Eckzähne aufblitzen, als ein anzügliches Lächeln Fishers Lippen teilte. *Gib dich keinen Illusionen hin, kleine Osha. Du bist* alles, *was ich riechen kann.*

Er übertrieb. Aber konnte er denn übertreiben? War eine Betonung der Wahrheit für die Fae das Gleiche wie eine Lüge? Ich nahm mir vor, das nachzuschlagen. Im Augenblick war ich immer mehr davon überzeugt, dass er die Wahrheit sagte. Denn ich konnte *ihn* ebenfalls riechen.

Zermahlene Kräuter.

Zitrus.

Rauch.

Leder.

Kiefern und kalte Bergluft.

Und unter alldem der aufreizende Duft von ihm – der Duft, der ihn einzigartig machte und dafür sorgte, dass *ich* die verdammten Wände hochging. Ein Hauch von Pheromonen, der Elektrizität meine gesamte Wirbelsäule hochschnellen ließ und …

»Das Essen wird gleich serviert, Gebieterin.«

Oh.

Archer stand direkt vor mir. Der Kopf des Feuerkobolds reichte mir kaum bis zum Bauch. Er hatte nicht wirklich Haare. Seine Haut bestand aus schwarzer Kohle, und über Stirn und Wangen schlängelten sich feine Risse wie Glutfäden, die in ihrem Inneren zu brennen schienen. Ich hatte ihn bis jetzt noch nie in Kleidern gesehen, aber heute Abend trug er ein dickes jagdgrünes Wams mit goldener Knopfleiste, die den größten Teil seines rundlichen Bäuchleins bedeckte.

»Wow! Du siehst heute Abend sehr schick aus, Archer!« Ich trat demonstrativ einen Schritt zurück, um ihn zu betrachten.

Archer strahlte vor Stolz. »Danke, Gebieterin. Normalerweise brauchen wir keine Kleider, aber zu besonderen Anlässen ziehen wir uns manchmal schön an.« Er zog unten an dem Wams und reckte stolz die Brust. »Und wir alle betrachten Eure Rückkehr nach Cahlish als einen sehr besonderen Anlass!«

»Vielen Dank, Archer. Das ist ganz reizend.«

Der Feuerkobold streckte die Hände aus und bedeutete mir, ihm zu folgen, als er den Speisesaal durchquerte. Als ich zum ersten Mal in diesem Saal zu Abend gegessen hatte, hatte Archer fast einen Herzinfarkt bekommen, als er mich auf dem Platz zu Fishers Linken am Tisch entdeckt hatte – aber genau dort führte er mich jetzt hin.

»Kommt, kommt, Ihr müsst Euch hinsetzen. Es ist so Brauch,

Gebieterin. Die Herrin des Hauses sollte Platz genommen haben, bevor das Essen aufgetragen wird.«

»Oh. Oh, ich glaube nicht – du brauchst mich nicht Gebieterin zu nennen, Archer. Ich bin nicht die Herrin des Hauses.«

»Doch, das seid Ihr.«

Die Worte durchfuhren mich wie ein Blitz und versetzten mich in Panik. Fisher war hinter mir und hatte jedes Wort gehört.

»Niemand sonst wird diesen Platz je beanspruchen.« Er sagte es ganz nüchtern, zog den betreffenden Stuhl heraus und bedeutete mir, mich hinzusetzen. »Von nun an *bist* du die Gebieterin von Cahlish.«

Archer quiekte leise vor Aufregung und hielt sich die Hand vor den Mund; die Flammen in seinen ansonsten schwarzen Augen flackerten hell.

Scheiße! Ich setzte mich hin. Welche Wahl hatte ich denn? Wenn ich es nicht tat, würden meine Beine nachgeben, und ich würde trotzdem auf dem Stuhl landen. *Meinst du nicht, dass ich fürs Erste genug Titel habe?*

Was meinst du? Fisher nahm seinen Platz am Ende der Tafel neben mir ein, seine Miene sorgfältig kontrolliert, als er den Blick über die schweifen ließ, die sich auf ihren Plätzen um ihn versammelt hatten.

Seelengefährtin. Königin von Sanasroth. Königsmörderin …

Anspannung zeichnete sich zwischen Fishers Brauen ab. *So nennen sie dich?*

Ja, das tun sie. Und jetzt möchtest du dem Ganzen auch noch Gebieterin von Cahlish hinzufügen? Es war nicht so, dass ich nicht in allem seine Partnerin sein wollte. Im Gegenteil. Aber die letzten Wochen waren surreal gewesen. Ich hatte mich mit ihm verbunden, war gezwungen zu gehorchen, wenn er einen Befehl erteilte, ernährt und gekleidet nur durch die Gunst anderer. Und jetzt war ich eine Königin, die über unbekannte Ressourcen verfügte. Auch wenn die Spannungen in Ammontraíeth groß waren, so war ich doch immer noch Regentin, und als solche brauchte es mir an nichts zu fehlen. Es war einfach unfassbar: Ich, eine Straßenratte aus dem dritten Bezirk, hatte Zofen, die mir beim Baden und Ankleiden halfen, und Schneiderinnen, die sich überschlugen, um die Erste zu sein, die mir ein Kleid nähte. Aber all das fühlte sich an, als würde es mich mir selbst entreißen. Ich brauchte kein feines Essen und keine seltenen Weine. Ich wollte keine vornehmen Kleider und Leute, die so viel Aufhebens um mich machten.

Ich war noch immer eine Pestratte aus dem dritten Bezirk. Sauberes Wasser und einfache Kost waren alles, was ich brauchte. Eine zweite Garnitur robuster Kleidung und ein bequemer Platz zum Schlafen waren noch immer ein unermesslicher Luxus für mich, und Fisher verstand das. Dessen war ich mir sicher. Er hatte viel länger und unter viel schlimmeren Bedingungen gelitten als ich. Der dritte Bezirk war in besten Zeiten übel gewesen, aber nichts im Vergleich zum Labyrinth. Trotzdem … die Aristokratie war ihm nicht fremd. Er war in ein Adelshaus geboren und dort aufgewachsen, sodass es ihm leichtfiel, dorthin zurückzukehren. Ich war noch immer dabei, mich zurechtzufinden.

Kingfisher legte eine Hand auf mein Bein unter dem Tisch. Er sagte nichts mehr zu der Angelegenheit, und das musste er auch nicht. Eine wohltuende Ruhe überkam mich und löste die Spannung in meinen Knochen. Er wollte nicht, dass ich mir Sorgen machte oder mich unwohl fühlte, besonders nicht vor allen anderen. Es würde später noch Zeit sein, über die Frage meines Titels zu sprechen.

Das Essen wurde auf Servierplatten hereingetragen. Gebratenes Schweinefleisch und gefülltes Geflügel. Verschiedene Käse und bunte Früchte. Gemüse und herzhafte Pasteten mit dampfenden Krusten. Süße und pikante Düfte erfüllten die Luft, ergänzten einander und brachten den ein oder anderen Magen rund um den

Tisch zum Knurren. Die vielen Feuerkobolde, die unser Abendessen servierten, waren nicht überrascht, als Fisher einen niedrigen, langen Steintisch mit Hockern direkt neben unserem erscheinen ließ und sie bat, mit uns zu speisen; so etwas war offenbar schon vorher passiert. Archer setzte sich an den Kopf des Koboldtisches, streckte die kurzen Beine darunter aus und machte sich freudestrahlend zusammen mit seinen Freunden über ihr Essen her.

Kobolde waren unordentliche Esser. Ein großer Teil der Speisen fiel auf den Boden, bevor er in ihren Mündern landete, was ihren Tisch bei Onyx wesentlich beliebter machte als unseren. Der Fuchs wuselte zwischen den Hockern und den Tischbeinen umher und verschlang kleine Stücke von Huhn und Pasteten, als fürchte er, nie mehr etwas zu fressen zu bekommen.

Während wir aßen, herrschte ein unbeschwerter Friede, den ich bisher nicht kannte. Lorreth und Ren warfen sich spielerisch gegenseitig Beleidigungen an den Kopf. Danya unterhielt sich gestelzt, aber höflich mit Maynir. Te Léna und Iseabail plauderten mit Fisher und mir, und obwohl es sehr viele ernste Dinge zu besprechen gab, wurde die Unterhaltung so leicht wie möglich gehalten.

Ein Abend der Familie und der Ruhe.

Es gab noch immer so viele Ungewissheiten, aber heute atmeten wir alle zusammen einmal durch, und das war ein gutes Gefühl.

Als der Hauptgang sich dem Ende näherte, schwang die Flügeltür auf, und Carrion rauschte herein, gekleidet in ein weites, bis zur Hälfte der Brust aufgeknöpftes weißes Hemd und eine schwarze Hose. Seine vom Bad noch nassen Haare waren aus dem Gesicht gestrichen, und die sonst goldenen und kupferfarbenen dicken Strähnen hatten vorübergehend einen Bronzeton angenommen. Seine Haut strahlte rosig, entweder von der Hitze der Bäder oder von einer abartigen Aktivität, über die ich lieber nicht nachdenken wollte. Er grinste verwegen in die Runde, als er den

Saal durchquerte und sich auf den leeren Stuhl neben mir setzte, den Iseabail für ihn freigehalten hatte.

»Guten Abend allerseits. Verzeiht das späte Erscheinen. Ich musste vor dem Essen erst noch meinen Appetit anregen.« Bevor irgendjemand eine Chance hatte zu antworten, beugte er sich zu mir vor und flüsterte mir ins Ohr: »Ich hörte von Lorreth, dass du bei deiner Krönung ein neues Sex-Tattoo bekommen hast. Kann ich es sehen?«

Bei allen Heiligen und Sündern! Er war gerade einmal drei Sekunden im Raum, und ich hätte ihn am liebsten schon umgebracht. Es war schlimm genug gewesen, dass ich vor dem versammelten Bluthof von Fisher hatte trinken müssen. Ich mochte meine neue Tätowierung, die währenddessen entstanden war, aber sie auf diese Art zu bekommen, in Anwesenheit aller, war beschämend gewesen. »Ich gebe dir zwanzig Münzen, wenn du dich auf der Stelle verpisst«, knurrte ich zurück.

Carrion tat das Angebot mit einem Lachen ab, und sein Geruch drang mir tief in die Nase – nicht unbedingt anstößig, aber sehr, *sehr* eindeutig. Er war beißend wie Wein und schwer wie Parfüm. Die Art, wie die anderen plötzlich anfingen, höflich durch den Mund zu atmen, verriet mir, dass sie ihn ebenfalls wahrnahmen.

Das hatten sie also immer an mir gerochen, wenn Fisher und ich zusammen gewesen waren? Bei den Göttern, wie peinlich!

»Riecht so, als hättest du hart arbeiten müssen für diesen Appetit«, sagte Danya gedehnt und spießte ein Stück Fisch mit ihrer Gabel auf. Ich sah, dass sie nicht durch den Mund atmete. Seltsamerweise schien sie die Einzige zu sein, die tief durch die Nase einatmete. Krass. Sie beugte sich über den Tisch, streckte sich in Carrions Richtung. »Deinem Geruch nach zu urteilen, musst du einen Mordshunger haben.«

O nein. Nein, nein, nein, nein. Das passierte nicht. *Flirtete* sie etwa mit ihm? Wusste sie, dass er eben Sex mit *mindestens* einer anderen Person gehabt hatte? Das war … genau Carrions Ding. Argh! Kingfisher stöhnte leise neben mir, ebenso beunruhigt wie ich wegen dem, was da gerade passierte.

»Wenn sie sich fortpflanzen, verbanne ich sie aus Cahlish. Eine Kombination aus diesen *beiden* würde wahrscheinlich irgendein Höllentor aufreißen und das gesamte Anwesen hineinsaugen.«

»Das habe ich gehört«, knurrte Carrion, steckte sich aber gut gelaunt ein Stück geröstete Möhre in den Mund.

»Das solltest du auch. Komm bloß nicht auf dumme Gedanken«, brummte Fisher. »Es ist dir nicht erlaubt, ein Mitglied der Lupo Proelia zu ficken.«

Danya lehnte sich lässig in ihrem Stuhl zurück und beobachtete Carrion mit einem raubtierhaften Funkeln in den Augen, das mich ein wenig Angst um ihn haben ließ. »Und was ist mit mir? Darf ein Mitglied der Lupo Proelia ein frischgebackenes Mitglied der Fae ficken?«

Fisher war ein Mitglied der Lupo Proelia, und er fickte ein neu gesalbtes Mitglied der Fae. Oder zumindest hoffte ich, dass er das bald tun würde. Da er Danyas Frage nicht mit Nein beantworten konnte, entschied er sich taktvoll dafür, zu schweigen.

Carrion wackelte vielsagend mit den Augenbrauen, als er mich ansah. »Keine Sorge, Sonnenschein. Ich bin sicher, dass sie mich nicht heiraten will.«

Danya schnaubte und inspizierte ihre Fingernägel. »Definitiv nicht.«

»Siehst du?« Der Schmuggler wirkte erfreut. »Es ist nichts daran auszusetzen, ab und an ein wenig Dampf abzulassen, wie *du* wohl weißt.« Er belud seinen Teller mit einem dicken Stück Pastete. »Es ist ja nicht so, als würde ich in nächster Zeit eine Hochzeit planen. Ich werde *deine* nicht überschatten.«

Ich verschluckte mich an meinem Wein. »Was verdammt noch mal soll das?«

Archer unterbrach die Unterhaltung mit seinen Freunden und holte tief Luft. Im Bruchteil einer Sekunde war er auf seinen Hocker gesprungen und hatte sich aufgerichtet. Er zitterte vor Aufregung. Flammen brachen an seiner rechten Schulter aus, aber er war so abgelenkt, dass er nicht einmal versuchte, sie zu löschen. »O ja. *Ja!* Ich habe mit den Hochzeitsvorbereitungen noch gewartet. Wird es Zeit?«

Te Léna und Iseabail lachten über den Enthusiasmus des Kobolds. Aber Ren und Lorreth blickten verlegen auf ihre Teller.

Eine Hochzeit? Niemand hatte etwas von einer *Hochzeit* gesagt. Fisher hatte mich nie ausdrücklich gefragt, ob ich ihn heiraten wollte. War es bei den Fae überhaupt üblich, auf die Knie zu fallen und einen Antrag zu machen?

Vielleicht war die Zustimmung zu einer Seelenverbindung gleichbedeutend mit der Zustimmung, jemand zu heiraten. Ich war so jämmerlich ungebildet, wenn es um Fae-Traditionen ging. Kalter Schweiß bedeckte meine Haut, als ich mich zu Fisher wandte …

… und keinerlei Emotion in seinem Gesicht fand. »Es wird keine Hochzeit geben«, sagte er.

Te Lénas breites Lächeln verblasste. Sie sank zurück in ihren Stuhl. »Sei nicht albern. Natürlich wird es das.« Sie blinzelte, als sie versuchte zu verstehen, was sie da gerade gehört hatte. »Du kannst mir nicht erzählen, dass du nicht heiraten *willst*?«

»Wir brauchen keine Zeremonie, um vereint zu sein, Te Léna.« Er lachte, aber es hörte sich aufgesetzt an. Irgendwie falsch. »Wir sind göttergebunden. Ich würde sagen, das übertrifft eine Heirat, meinst du nicht auch?«

»Ja, schon. Die Art, wie ihr beiden verbunden seid, ist bemerkenswert.« Ihre warmen braunen Augen wanderten über unsere tätowierten Arme, noch während sie dies sagte. »Aber … die Zeremonie ist … sie ist wunderschön, und …« Sie sah aus, als würde sie gleich weinen.

»Ich brauche keine Zeremonie«, entgegnete Fisher in einem etwas sanfteren Ton. Seine jadegrünen Augen durchbohrten mich, als sie auf mir landeten. »Brauchst du das, Osha? Ein Saal voller Leute, die du nicht kennst und die dich herumstoßen und bedrängen? Alle starren uns an? Alle beobachten uns?«

Erleichterung durchströmte mich. Bei den Göttern, ich hätte ihn geheiratet, natürlich hätte ich das, aber es war auch nichts, was ich in irgendeiner Form *brauchte*. Und nach der Krönungszeremonie in Ammontraíeth war es das Letzte, was ich jetzt wollte, dass man noch einmal ein solches Spektakel wegen mir veranstaltete. »Nein. Nein, das brauche ich nicht.« Ich antwortete rasch, entschieden. Und es war die Antwort, die Fisher erwartete, weshalb der erleichterte Ausdruck auf seinem Gesicht Sinn ergab …, aber nicht das Aufflackern von Enttäuschung, das danach kam.

Archer wirkte, als würde *er* gleich anfangen zu heulen.

Langsam sank der kleine Feuerkobold wieder auf seinen Hocker.

7

ZU HAUSE

SAERIS

Es war spät, als sich das Dinner dem Ende zuneigte. Alle gähnten und beklagten sich, sie hätten zu viel gegessen. Alle bis auf mich.

Ich war hellwach und hatte das Essen auf meinem Teller kaum angerührt. Mein Magen hatte nur noch ein Viertel seiner bisherigen Größe, und er war aufgrund meiner Kindheit im dritten Bezirk ohnehin schon klein gewesen.

Kingfisher führte mich durch die Gänge von Cahlish, zurück zu seinen Räumlichkeiten, die Hand auf meinem unteren Rücken.

Seit meiner Verwandlung waren wir kaum allein gewesen, und jetzt … na ja, es fühlte sich ein wenig merkwürdig an. Es hatte immer eine Spannung zwischen uns geherrscht, aber das hier war anders. Ich kannte ihn inzwischen besser. Es war eigenartig, aber es war, als würde ich *mich selbst* besser kennen. Ich hatte zweifellos eine große Veränderung durchgemacht. Aber ich suchte weiterhin nach Dingen, die anders an mir waren, auch wenn ich immer nur solche fand, die gleich geblieben waren. Die Dinge, die wirklich zählten, hatten sich nicht verändert, und das war beruhigend.

Ich war unabhängig. Ich hatte noch immer ein hitziges Temperament. Mein Humor war noch immer trocken. Noch immer liebte ich den Duft von Kaffee und des dicken Blätterteiggebäcks, das ich zum ersten Mal in Ballard gegessen hatte.

Und noch immer liebte ich den Mann, der neben mir ging.

Ich hatte so lange gegen meine Gefühle für ihn angekämpft, dass sie mir jetzt, da ich ihnen Raum zum Atmen gegeben hatte, ein wenig Angst machten.

Da ich jetzt fühlen konnte, wie Fishers Emotionen in mich strömten, so mussten meine auch in ihn strömen. Als wir vor seinem Schlafzimmer ankamen, ging er nicht sofort hinein. Stattdessen wirbelte er mich herum, die Hände an meiner Taille, und presste mich mit dem Rücken gegen die geschnitzte Eichentür. Beugte sich zu mir herunter, bis seine Brust auf gleicher Höhe wie meine war. Sein riesiger Körper verdeckte meinen. Eine Wand aus Muskeln traf meine Handflächen, als ich sie an seine Brust legte.

»Du weißt, dass ich dich heiraten würde«, platzte er heraus. »Das musst du wissen. Ich *will* es.«

Blut stieg mir in die Wangen. »Oh. Also …« Ich hatte nicht die geringste Ahnung, was ich sagen sollte. »Das ist in Ordnung. Wirklich. Wenn du nicht der Typ zum Heiraten bist …«

»Das bin ich nicht.« Seine Augen *brannten*. »Der Typ zum Heiraten. Das bin ich nie gewesen. Vorher hätte ich allein schon bei dem Gedanken die Flucht ergriffen. Ich … ich konnte mir einfach nie die Art von Liebe vorstellen, die ich empfinden müsste, um diesen Weg für mich zu wählen. Aber jetzt brauche ich mir nichts mehr vorzustellen. Jetzt weiß ich nicht, was ich mir mehr wünsche. Heiraten wäre …« Er schüttelte den Kopf, und seine Augen wanderten prüfend über mein Gesicht.

»*Warum* hast du dann …?« Ich flüsterte. »Vorhin beim Essen hast du gesagt …« Ich runzelte die Stirn und versuchte, mich an seine genauen Worte zu erinnern.

»Ich habe nicht gelogen. Das kann ich noch immer nicht«, erklärte er und strich mir sanft eine Haarsträhne hinters Ohr. »Ich sagte, es würde keine Hochzeit geben. Weil es keine geben *kann*, Saeris.«

»Es … es tut mir leid, ich … verstehe nicht.«

Er stieß einen langen, traurigen Seufzer aus. »Eine Hochzeitszeremonie bei den Fae ist etwas sehr Heiliges. Es ist die größte Verpflichtung, die zwei Liebende in Yvelia eingehen können. Nicht, weil sie geloben, einander zu lieben und zu achten bis ans Ende ihrer Tage. Und auch nicht, weil sie einander ihr Herz schenken. Sie ist heilig, weil sie einander ihre Namen geben. Ihre *wahren* Namen. Und ich kann dir alles andere geben, Osha. Aber das kann ich dir nicht geben.«

Er hatte es mir einmal erklärt. Der wahre Name einer Person besaß Macht. Mit ihm konnte eine Person eine andere kontrollieren. Sie konnte ihr befehlen, zu tun, was immer sie wollte.

»Es ist in Ordnung, Fisher. Du musst mir das nicht geben. Ich …« Ich zuckte die Schultern, denn ich wusste nicht, was ich sagen sollte. »Ich verstehe. Wenn es nicht möglich ist, mir deinen wahren Namen zu sagen, dann …«

»Ich kenne ihn nicht«, flüsterte er. »Ich habe ihn nie gekannt. Normalerweise erhalten wir unseren wahren Namen an unserem vierzehnten Geburtstag, und meine Mutter …« Er blinzelte. »Nun, sie starb, bevor ich vierzehn wurde. Und mein Vater war bereits nicht mehr da. Deshalb …«

Ich hatte noch nie erlebt, dass ihm etwas so unangenehm war. Er senkte den Kopf, sah mir nicht in die Augen. »Keiner weiß es.

Es wäre nicht gut, wenn sie es wüssten. Ich habe ihre Aufzeichnungen durchforstet. Ihre Bücher. Ich hatte immer gehofft, sie hätte ihn vielleicht in einem privaten Tagebuch aufgeschrieben, aber ich habe nichts gefunden. Ihre Notizbücher waren voll mit Zeichnungen, überwiegend von mir. Und von kleinen Vögeln mit leuchtend blauen Flügeln. Aber sie hat auch dich oft gezeichnet.« Er lachte leise in sich hinein. »Dich hat sie wirklich besonders gern gezeichnet. Aber verstehst du, deswegen habe ich bis jetzt nicht offen darüber gesprochen. Wir können nicht heiraten, weil ich keinen wahren Namen habe, den ich tauschen kann.«

Ich blickte ihn an und wartete. Als er den Kopf nicht hob, brach ich in Lachen aus. Er schreckte auf. »Was? Was ist so komisch?«

»Ich habe auch keinen wahren Namen, den ich tauschen kann, Fisher. Ich bin nur Saeris. Du kannst auch einfach nur Kingfisher sein.«

Ich erwartete, dass er ebenfalls lachen würde. Sicher war er ohne Grund traurig, aber er nahm sanft meine Hand und führte sie langsam an seine Lippen. Er küsste mich, sein warmer Atem strömte über meine Haut. »So funktioniert das nicht, Osha. Es ist egal, dass du keinen wahren Namen bekommen hast. Ich habe einen bekommen, und wenn ich ihn nicht mit dir teile, ist die Zeremonie wirkungslos. Daran lässt sich nichts ändern. Also … ich verstehe es. Wenn eine Hochzeit für dich wichtig ist, dann …«

»Bitte sei still«, hauchte ich. »Ich glaube, du bist gerade dabei, etwas Dummes zu sagen, und ich habe es dir bereits beim Essen versichert. Ich brauche nicht zu heiraten. Du hattest recht. Wir sind göttergebunden. Das ist so viel bedeutsamer als eine Hochzeitszeremonie. Wir leben unser Leben zusammen und sind glücklich, komme, was wolle.«

Ich konnte ihn nicht lesen. Sein Gesichtsausdruck war so wachsam. Es fühlte sich an, als versuche er, in meine Seele zu blicken.

Er biss die Zähne zusammen und atmete durch die Nase aus. »Bist du sicher?«

»Ja, bin ich!« Ich lachte, wurde dann aber rasch wieder ernst angesichts dessen, was ich ihm sagen würde. »Ich liebe dich, Fisher.« Es war das erste Mal, dass ich es sagte. »Ich liebe dich, und das ist alles, was zählt. Wo immer *du* bist, da will auch ich sein, darum bitte ich alle Götter und das Schicksal«, flüsterte ich.

Eine schmale Schattenranke strich über die Konturen meiner Wangenknochen und streichelte meine Haut sanft wie der Flügel eines Schmetterlings, als Kingfishers Augen aufblitzten. »Gut«, sagte er mit tiefer Stimme. Und dann waren meine Füße nicht mehr auf dem Boden, seine Hände waren unter meinen Oberschenkeln und hoben mich hoch. Ich reagierte, schlang die Beine um seine Taille und die Arme um seinen Hals, als er die Schlafzimmertür auftrat und mich endlich hineintrug.

»Sag es noch einmal«, brummte er.

Meine Wangen glühten. »Was soll ich sagen?«

»Spiel nicht mit mir.«

»Aber ich …«

»Bitte.«

Ich lehnte mich zurück, damit ich ihn richtig ansehen konnte; die rauen Emotionen in seinem Gesicht ließen mein Lächeln verschwinden. Die Hoffnung in seinen Augen machte mich fertig.

Als würde es eine Möglichkeit geben, dass es nicht stimmen konnte. Als würde irgendein Reich oder irgendeine Realität existieren, in der ich ihn nicht liebte, aber er betete, dass ich es tat. Er war völlig von Sinnen. »Ich liebe dich, Fisher. *Natürlich.* Immer. Für alle Zeit.«

Sein Mund stürzte auf meinen. Der Kuss war reines Feuer und Erleichterung und eine Kulmination all der unbeantworteten Spannung, die sich in den letzten Tagen immer mehr zwischen uns aufgebaut hatte. Er schmeckte mich, seine Zunge erforschte meinen Mund, und sein Herz raste gegen meine Brust, als er die Finger in meinen Haaren vergrub.

Als er sich zurückzog, hatte das Quicksilver in seinen Augen eine feine Korona um seine Iris gebildet. »Es gibt zu viele gespitzte Ohren in diesem götterverfluchten Anwesen«, sagte er. »Es wird ihnen nicht gefallen, was sie in den nächsten Stunden zu hören bekommen.«

Bei diesen Worten fuhr mir ein Schauder in die Knochen. Er hatte vor, *Stunden* mit mir zusammen zu sein – in mir. Er hatte vor, mich zum Schreien zu bringen. Bei den Göttern …

Als er mich wieder küsste und meinen Hinterkopf mit einer Hand umschloss, verschob sich etwas in mir. Wie ein Stift, der im Zylinder eines Schlosses einrastete. Plötzlich konnte ich die Luft im Raum *fühlen.* Die Art, wie sie um die Möbel herumwirbelte und dann aufstieg, um an den Dachsparren zu streifen. Ich wusste nicht, wieso ich es konnte, aber ich spürte, wie die Luft dicker wurde. Die Moleküle, die mit der Stimmung des Raums schwankten, hielten an, verstummten, und plötzlich fühlte es sich an, als seien meine Ohren voll Watte.

Fisher bemerkte es auch, als es passierte. Er blieb stehen, trug mich nicht weiter zum Bett. Seine Wirbelsäule versteifte sich, und seine Haltung änderte sich schlagartig. »Was war das gerade?«, fragte er leise. »Irgendwas …«

»Ich weiß es nicht. Ich habe einfach … Ich wollte nicht, dass uns jemand hört. Ich habe Kontakt aufgenommen, und dann war es so.«

Er wandte mir wieder seine Aufmerksamkeit zu, und die dunklen lockigen Haare fielen ihm in die Augen, als er mit dem Nasenrücken meine Kinnlinie entlangfuhr. »Das ist ein hübscher Trick, kleine Osha. Eine Affinität zu einer niederen Magie vielleicht. Ich frage mich, wie viele du noch in der Hinterhand hast.« Seine Stimme war ein tiefes Grollen, das irgendwo unten in den

Stiefeln begann. »Ich kann es nicht erwarten, dass du es mir zeigst.«

Sein Vertrauen in mich war fast größer als das, das ich in den letzten Tagen in mich selbst gehabt hatte. Die Markierungen auf meinen Händen bewegten sich unter meiner Haut nicht so, wie seine es manchmal taten. Sie waren starr, die Linien wunderschön und miteinander verwoben. Ich hatte keine Ahnung, was sie bedeuteten oder wozu ich durch sie fähig war.

Fishers Hände strichen über meine nackten Arme; seine Fingerspitzen fuhren über die Schriftzeichen, die sich um meine Handgelenke schlängelten, als würde er über das Gleiche nachdenken – aber er sagte nichts weiter zu der Verbindung. Eine Welle der Euphorie erfasste mich, als er den Kopf senkte und mit dem Nasenrücken zum zweiten Mal meine Kinnlinie entlangfuhr.

Es war schwer gewesen nach dem Tod meiner Mutter. Hayden war damals eine noch größere Herausforderung als jetzt. Ein paar Monate ging ich immer, wenn ich sichergestellt hatte, dass mein Bruder völlig weggetreten war und tief und fest schlief, hinaus aufs Dach, legte mich auf die zerbrochenen Ziegel und rauchte bis zur Besinnungslosigkeit. Mich zuzudröhnen, war nicht die Lösung. Das wusste ich schon, während ich es tat. Aber für eine kurze Zeit war high zu sein eine Krücke, die mir half, durch den Tag zu kommen. Ich hatte aufgehört, als ich allmählich merkte, dass ich es eher brauchte, als dass ich es wollte.

Das Hochgefühl, das mich jedes Mal überkam, wenn Fisher mich ansah, war so viel besser als jede Glückseligkeit, die ich auf den Dächern über dem dritten Bezirk gefunden hatte. Es war nicht aufzuhalten. Und warum sollte ich es auch aufhalten wollen? Er war mehr als eine Sucht. Er war das Leben schlechthin. Wir waren die beiden schlagenden Kammern desselben Herzens.

Mir wurde schwindelig, als er das Gesicht in meiner Halsbeuge vergrub und tief einatmete. Er tat das jetzt so oft, besonders wenn er glaubte, dass es niemand mitbekam. Gänsehaut überzog meinen Körper, als er mir mit der Nase über die Haut fuhr und die Luft einsog. Ich war weich wie Butter. Willenlos. Ich konnte nicht einmal den Kopf hochhalten, da er so nah vor mir stand. »Rieche ich noch wie sonst?«, flüsterte ich.

Fisher wiegte meinen Hinterkopf in der Hand, stützte sein Gewicht, als er zurückwich und auf mich herabsah. »Ja«, antwortete er knapp. Und dann, im selben Atemzug: »Nein. Vorher hast du wie zerstoßene Blätter und die Bergluft vor einem Kälteeinbruch gerochen. Eine subtile Andeutung von Gewürzen und Zitrus und dem Rauch von Feuer.«

Ich starrte auf seinen Mund, sah ihm wie hypnotisiert beim Sprechen zu. »Und … jetzt?«

»Jetzt sind die Düfte tausendfach verstärkt. Du riechst nach Erregung. Du riechst nach Lachen. Und Frieden. Und Liebe.«

»Diese Dinge haben also Gerüche?«, fragte ich, ihn sanft neckend.

Er sog seine Unterlippe in den Mund und nickte. »Mm-hmm. Erinnerungen und Düfte sind für mich immer stark miteinander verknüpft. Ich rieche etwas, und sofort habe ich eine Assoziation dazu.«

»Dann bin ich überrascht, dass du mich nicht mit dem Geruch von schmelzendem Zucker in Verbindung gebracht hast. Oder mit der Wärme der Sonne. Oder …« Es war so schwer, richtig zu atmen, wenn er mich so eindringlich ansah.

»Du vergisst, dass ich ein Winterwesen bin, Saeris«, murmelte Fisher. »Ich sehne mich nicht nach der Aufmerksamkeit der Sonne. Die schneebedeckten Berge, der Wald, der gefrorene Fluss … diese Orte sind meine Heimat. *Du* bist meine Heimat.«

Er hielt mein Gesicht zwischen den Händen, streichelte meine Wangen sanft mit dem Daumen. Er studierte meine Züge, als sähe er in ihnen etwas, das nur er sehen konnte – und brachte es nicht fertig, den Blick abzuwenden. Es war aufregend, so eingehend betrachtet zu werden. Auch ein wenig beängstigend. Ich wartete immer auf den Moment, auf das leichte Zucken seiner Mundwinkel, den Schatten, der über seine Augen fiel, wenn er meine Makel entdecken und erkennen würde, dass ich nicht perfekt war. Es war, als würde ich darauf warten, dass eine Axt niederging … aber dieser Moment kam nie.

»Wunderschön«, flüsterte er.

»Fisher …«

Die Augen waren auf mein Kinn gerichtet gewesen. Jetzt schnellten sie hinauf zu meinen.

»Nein.« Er schüttelte den Kopf. »Lass es mich genießen. Ich kann bereits fühlen, was du denkst, und ich will nichts davon hören.«

»Aber …«

»Ich verachte die Götter, Saeris. Ich bin mit einem Eid gebunden an dieses Land und das Blut von Königen. Ich habe geschworen, nie wieder ein Wort des Dankes an sie zu richten, aber du *hast* einen Lügner aus mir gemacht. Du bist ein Geschenk, das nicht ignoriert werden kann. Mein Herz …« Er schluckte und schüttelte kaum merklich den Kopf. »Ich habe mehr Leute getötet, als ich zählen kann. Ich habe die Teile von mir selbst, die etwas anderes fühlen konnten als Schmerz und Kummer, vor Jahrhunderten verloren. Aber was auch geschehen mag, du hast mich ins Leben zurückgebracht.«

Sein Mund stürzte sich auf meinen. Ich hatte die Luft im Schlafzimmer beruhigt, aber Fisher beruhigte meine Seele. So fühlte sich Frieden an. Meine Brust brannte. Meine Kehle. Meine Ohren. Unter meinen Handflächen hämmerte Fishers Puls, als seine Zunge fordernd in meinen Mund vordrang.

Er presste eine Hand in meinen Rücken und zog mich an sich, atmete schwer durch die Nase aus. Er war hart. Überall. Alles an ihm. Seine Brust war mit Muskeln bepackt. Seine Arme, fest um mich geschlungen, waren wie Stahlbänder. Und sein Schwanz? Ich konnte spüren, wie hart *er* war, wie er gegen seine Hose drückte; die Spitze der Erektion bohrte sich in meinen Bauch, als er sich über mir aufbäumte und stöhnend die Hüften nach vorn stieß.

»Drei Nächte. So lange bin ich in diesem Zimmer auf und ab gegangen und habe davon fantasiert, dich wund zu ficken, Saeris Fane.«

Ich keuchte, als er den Kopf senkte, um mit der Zunge über meinen Hals zu fahren. Die Laute, die er mir entlockte, waren grenzwertig peinlich, aber ich war nicht in der Lage, mir deswegen jetzt Gedanken zu machen. »Nur … die letzten … drei?«

»Alle anderen habe ich gebetet, dass du noch lebst.«

Ich wollte nicht daran erinnert werden, dass ich fast gestorben wäre. Nicht jetzt, mit seinen starken Händen auf meinem Körper und dem Geräusch des Bluts in seinen Adern, das in meinen Ohren toste. »Ich will dich«, flüsterte ich. »Bitte …«

Nimm mich.

Beanspruche mich.

Fick mich.

Besitze mich.

Die Gedanken hämmerten wie eine Kriegstrommel in meinem Kopf. Sie waren alles, was ich denken konnte … und ich wusste, dass mein Gefährte sie auch hören konnte.

»Vorsicht, Osha«, knurrte er stürmisch und verteilte Küsse entlang meines Kiefers. Er hielt inne, als er mein Ohr erreichte, um mit den Zähnen an meinem Ohrläppchen zu ziehen. »Du könntest genau das bekommen, was du dir wünschst.«

Ohne nachzudenken, packte ich sein Hemd, wölbte meinen Rücken und verschmolz mit ihm. »Bitte. Bitte …« Ich stieß einen erstickten Laut aus, als ich seine Zähne wieder spürte, dieses Mal an meinem Hals. Das köstliche Pieksen der Eckzähne in meiner

Kehlgrube ließ mich *sehr* still werden. »Oh, fuck«, keuchte ich. »Fuck! Fisher …« Er biss mich nicht. Die scharfen Spitzen seiner Zähne hatten meine Haut angeritzt – ich konnte das Blut bereits riechen –, aber er ging nicht weiter. Er schwebte über mir, und seine Hitze machte mich schwindelig, sein Duft stürzte mein Inneres in ein Chaos, das sündige Lächeln um seinen Mund strich aufreizend über meine Haut.

Seine Zungenspitze bewegte sich über die beiden Punkte, wo seine Zähne meinen Hals punktiert hatten, und leckte langsam das Blut ab.

»Du schmeckst wie das Ende der verdammten Welt«, murmelte er. »Töte mich einfach, und dann ist es vorbei. Nichts wird je besser sein als das.«

Fuck!

Mein Körper hatte seinen eigenen Willen. Ich grub die Finger in Fishers dichtes Haar, versuchte verzweifelt, ihn an meinen Hals hinabzuziehen, aber er gluckste nur. Das Geräusch seines vollen, tiefen Lachens löste eine Explosion des Verlangens direkt hinter meinem Solarplexus aus.

»Du bist viel stärker als zuvor«, sinnierte er. »Aber ich bin immer noch stärker, kleine Osha.«

In einer Sekunde hatte er mich hochgehoben und auf das Bett geworfen, um meine Hände über meinem Kopf festzuhalten. Er setzte sich rittlings auf mich, die Beine an meine Hüften gepresst, und sein massiver Körper ragte über mir auf. Dunkle Locken hingen ihm ins Gesicht und warfen Schatten, als er anzüglich grinste. »Hängst du sehr an diesen Kleidern, Osha?«

»Ja!« Ich lachte und versuchte, die Hände zu befreien. Er hatte recht: Ich war jetzt stärker, aber er würde immer stärker sein als ich. Und er hatte die Schwerkraft auf seiner Seite.

»Dann tut es mir leid«, entgegnete er mit gespielter Zerknirschtheit. Ranken aus Rauch und Schatten wanden sich aus seinen Händen und der Brust, glitten wie Schlangen hinauf aus dem offenen Kragen seines weiten Hemds. Sie wickelten sich um meine Arme und hinterließen dabei eine Spur der Hitze, als sie über meinen Körper streiften. Partikel von Magie blitzten auf und fingen das Licht ein, wurden sichtbar, als Fishers Energie sich konzentrierte und in der Mitte meiner sich hebenden und senkenden Brust zusammenfloss, bevor sie unter meine Bluse glitt. Die Ranken verzweigten sich, teilten sich in hundert noch feinere Energiefäden und machten sich an die Arbeit. Mein Hemd hatte keine Chance.

Wo Fishers Schatten den Baumwollstoff berührten, löste er sich auf und verschwand spurlos, als hätte er nie existiert. Meine Haut wurde nach und nach freigelegt, bis ich unter ihm nackt war. Ein Feuer knisterte fröhlich im Kamin; mir war alles andere als kalt, aber trotzdem bekam ich eine Gänsehaut. Meine Nippel standen aufrecht, meine Brust hob und senkte sich rasch, als Kingfisher sich einen langen Moment Zeit ließ, um den Blick über meinen Körper wandern zu lassen.

»Du bist das Atemberaubendste, was ich je gesehen habe, Saeris.«

»Das … ist nicht … fair«, klagte ich keuchend. »Du bist komplett angezogen, und ich bin nackt wie am Tag meiner Geburt.«

Sein Lächeln wurde ein wenig schief. »Du besitzt die Art von Magie, die *mich* ausziehen könnte, da bin ich mir sicher. Möchtest du es mal versuchen?«

»Nein! Bei den Göttern, nein! Was, wenn – was, wenn ich dich in Brand stecke oder so? Oder … oder ich weiß nicht, dich aus Versehen zerstückele?«

Er lachte boshaft. Seine Augen wandten sich nicht von den meinen ab, als er langsam meinen rechten Nippel in den Mund nahm. *Das wirst du nicht.*

Er saugte und zog sanft an dieser Knospe, und ich reckte

die Brust nach oben. *Bei den Göttern,* das fühlte sich gut an. Er brachte mich um den Verstand. Ich würde gleich schreien, wenn er so weitermachte …

»Bei Magie geht es nur um die Absicht, kleine Osha. Du müsstest wollen, dass ich sterbe, um mich in Brand zu stecken. Und du müsstest mich wirklich sehr hassen, um die Art von Energie heraufzubeschwören, die Fleisch und Knochen durchtrennt.«

Vor nicht allzu langer Zeit hatte ich ihn so sehr gehasst. Aber jetzt …

Die Spitzen seiner Eckzähne waren zu sehen. Ich starrte wie gebannt darauf. Seine Lippen streiften meinen Nippel, als er sprach, und ein Schauer lief mir über den ganzen Körper.

Jetzt gab es absolut nichts, was ich nicht für diesen Mann tun würde. Er bewegte sich langsam meinen Körper hinab und bedeckte meine Haut dabei mit leichten Küssen. Die Unterseite meiner Brüste. Brustkorb. Bauch. Hüftknochen …

»Wo willst du hin?« Ich klang atemlos.

Kingfisher schnaubte und lächelte, als er mit seiner Nasenspitze über die Haut unterhalb meines Bauchnabels streifte. »Komm schon, Osha. Wo sonst würde ein Jünger knien, um seinen Gott anzubeten, wenn nicht an dessen Altar?«

Bei allen Göttern und Sündern! Die Hitze seiner Zunge trennte mein Fleisch, und ich verlor die Fähigkeit zu denken. Es … es stellte sich heraus, dass Fishers Altar das sensible Fleisch zwischen meinen Schenkeln war, und ich war … *ich* war sein Gott. »Heilige Scheiße! Das … das fühlt sich unglaublich an!«

Über hundert Jahre hatte Fisher in diesem Labyrinth nicht das Geringste gegessen. Malcolm hatte ihn in einem permanenten Zustand des Hungers gehalten, nie so, dass er vor Hunger gestorben wäre, aber auch nie gesättigt. Er hatte stets halb verhungert gewirkt, wenn er im Winterpalast gegessen hatte, und ich hatte nie verstanden, warum. Die Art, wie er jetzt *mich* aß, war genauso, als würde er noch immer hungern und könnte nicht satt werden.

Er knurrte in meine Mitte. »Fuck! Du schmeckst unglaublich.«

Sein Haar war so dicht; ich vergrub die Finger darin und zog seinen Kopf zu mir herunter. Tief knurrend fuhr Fisher mit der flachen Zunge zwischen meine feuchte Spalte, und ich begann mich aufzulösen.

Es war ein verwirrendes Gefühl, bei jemand alles loszulassen. Ich konnte es an einer Hand abzählen, wie oft ich beim Sex die Kontrolle abgegeben hatte, aber mit Fisher hatte ich keine andere Wahl. Er verlangte alles von mir, akzeptierte keine halben Sachen.

Sein Tempo wurde schneller. Sanft an meiner Klitoris saugend, schob er langsam einen Finger in mich, und ich ergab mich. Es war zu viel. Eine Welle der Lust rollte träge meinen Körper hinauf. Als der Wellenkamm meine Brust erreichte, bäumte ich mich auf und keuchte laut. »Fuck! O Götter!«

»Mm. Das gefällt mir …«, schnurrte Fisher. »Nein, hör nicht auf. Du kannst dich so heftig an meinem Mund reiben, wie du willst.«

Fuuuuuuck, ich würde gleich schreien. Fisher hakte mein Bein unter und drückte mich mit der Schulter an der Hüfte nach unten. Er ließ die Finger der anderen Hand in mich gleiten, bewegte sich schneller, als er an meinem Innersten leckte und saugte. Ich presste mich gegen ihn, spürte den Höhepunkt, der knapp außer Reichweite vor mir schwebte. Er war direkt vor mir. Jede Sekunde würde ich mit dem Gesicht voran über den Rand stürzen …

… und dann tat er das Unvorstellbare: Er hörte auf.

»Fisher! Was – *warum*?«

Er gluckste finster; sein Lachen war rau wie die Sünde. »Warte einen Moment, kleine Osha. Ich fürchte, es ist Zeit für eine kleine Revanche.«

»Was? Was soll das be… Ohhhhfffuck!« Ich schnellte so rasch von dem Bett hoch, dass meine Wirbelsäule knackte.

Weißes Licht erfüllte meinen Kopf.

Ein hohes Summen dröhnte in meinen Ohren.

Der intensive stechende Schmerz an der Innenseite meines Schenkels elektrisierte meine Nervenenden. Im nächsten Augenblick verwandelte sich der Schmerz in etwas anderes.

In Zilvaren hatten die Wüstenwinde manchmal so heftig geweht, dass sie Fleisch vom Knochen lösen konnten. Das hier fühlte sich ganz ähnlich an – wie auseinanderreißen, ein Fragment nach dem anderen, aber auf eine ungeheuer süchtig machende, atemberaubende Art.

Fisher hatte mich gebissen und begonnen zu trinken. Nur die Götter wussten, wie viel von seinem Gift er auf einmal in mich injiziert hatte, aber ich kam. Auf. Der. *Stelle.*

Kein Geräusch.

Kein Atem.

Kein Gedanke.

Nur ein blinder, den ganzen Körper erfassender Orgasmus, der sich anfühlte, als würde er Knochen brechen.

Wegen der Explosionen, die in meinem Kopf zündeten, hörte ich Fishers zufriedene, lang gezogene Worte kaum. »Daaaas ist es. Braves Mädchen. Reite den Sturm.«

Ich musste atmen.

Ha!

Keine Chance.

Winzige schwarze Punkte tanzten vor meinen Augen.

Mein Puls pochte langsam und hart an meinen Schläfen.

Dum.

Dum.

Dum!

Ich sog eine Lunge voll Luft ein, und der Raum rückte wieder in den Fokus. Mein Puls war wie gefangener Donner in meinen Adern. »O Scheiße! O Scheiße! Was … was zur Hölle …?«

»Ganz ruhig«, flüsterte Fisher. Er näherte sich langsam meinem Körper, die Pupillen stark geweitet. Dieses schmale silberne Band umschloss noch immer seine rechte Iris. »Ruhig. So ist es gut. Atme.« Wieder drehte sich alles in meinem Kopf, als er über mir schwebte, ohne dass sein Gewicht auf mir lastete, und sanft meinen Hals küsste.

Ich schluckte, zwang mich, zwischen den Ausschlägen der Ekstase zu sprechen, die mich noch immer schüttelten. »Was … zur Hölle ist gerade … *passiert*?«

»Du bist ohnmächtig geworden«, murmelte Fisher an meinen Hals.

»*Ohnmächtig?*«

»Nur kurz.« Er sagte dies, als sei das keine große Sache. Als würden ständig Frauen bei ihm in Ohnmacht fallen. »Nur für eine Sekunde.«

»Fisher!«

Er wich zurück, stützte sich ab und sah mich eindringlich an. »Ich habe einmal zu dir gesagt, dass ich enttäuscht sei, wie zerbrechlich Menschen sind. Erinnerst du dich?«

O ja, ich erinnerte mich.

»Du bist kein Mensch mehr, Saeris. Glaubst du, dass du jetzt mit mir mithalten kannst?«

Heilige Märtyrer! Dieses freche Grinsen … Dieser spöttische Glanz in den Augen, der zwischen Unfug und Chaos oszillierte … Er war so verdammt selbstsicher … und das machte mich *wahnsinnig* an.

Ich hatte mich noch nicht von dem Biss in die Innenseite meines Schenkels erholt. Tatsächlich fühlte ich mich high, und das köstliche Summen, das in mir herumschwebte, machte mich leichtsinnig. Ich wollte ihn so sehr.

»Ich kann es schon verkraften«, antwortete ich. »Bist du sicher, dass *du* mit *mir* fertigwirst?«

Er brach in Gelächter aus, und sein Klang streichelte meine Haut, ließ mich wieder am ganzen Körper zittern. Ich musste dagegen ankämpfen, dass meine Augen im Kopf zurückrollten. »Ehrlich gesagt, ich bin mir nicht sicher, Osha«, japste er. »Ich glaube, es gibt nur eine Möglichkeit, das herauszufinden.«

Ich zog ihm die Kleider aus, riss verzweifelt an dem Hemd und der Hose, wollte sie unbedingt loswerden. Er weigerte sich, mir zu helfen, und bestand darauf, dass ich versuchte, ihn mithilfe von Magie auszuziehen, aber ich wehrte mich dagegen. Ich konnte ihm nicht die Wahrheit sagen – dass ich meine neuen Kräfte zwar ausprobieren *wollte*, aber zu viel Angst hatte. Ich fühlte, wie die Magie unter meinem Solarplexus spiralförmig aufstieg und außer Kontrolle geriet. Auch in den Handflächen und an den Fingerspitzen tanzte sie. Ein Sturm tobte unter meiner Haut, und ich hatte keine Ahnung, wie ich ihn zähmen sollte. Ich hatte kein Recht, die Verantwortung für so viel Magie zu übernehmen, wenn ich nicht begriff, was das war, wie es funktionierte und wie ich es kontrollieren konnte. Und ich würde sie unter diesen Umständen nicht auf meinen Seelengefährten loslassen, wenn ich nicht einmal meinen *eigenen* Körper unter Kontrolle hatte.

Ich knurrte, schob Fisher zurück auf das Bett und zerrte ihm die Stiefel von den Füßen. Ich *musste* ihn haben, und er half mir nicht. Nein, er lachte.

»Du fühlst wohl ein bisschen wild, Osha?«

Ich warf einen seiner Stiefel durch den Raum. Er segelte durch die Schutzwand, die ich um uns herum errichtet hatte, und die Luft kräuselte sich, aber das Geräusch seines Aufpralls auf dem Boden auf der anderen Seite wurde von meiner unbeabsichtigten Magie ausgeblendet. »Es ist fast so, als *wolltest* du mich nicht vögeln«, knurrte ich wütend.

Weiteres Gelächter. Dieses Mal tiefer. Rauer. »Oh, glaub mir. Ich will dich vögeln. Brauchst du einen Beweis?«

Ich kniete mich ans Ende des Bettes und sah zu, wie er endlich nachgab und mir dabei half, ihn zu entkleiden, und langsam die Hose über die Hüften zog. Mein Mund war plötzlich trockener als die verdammten Dünen, als ich zusah, wie dieses gut definierte muskulöse *V*, das in seine Leistengegend eintauchte, zum Vorschein kam und sein Schwanz herausschnellte.

Er war eindeutig hart. Härter, als ich ihn je gesehen hatte. Er war so götterverdammt *groß*. Fisher streifte die Hose ab und warf sie auf den Boden; dann legte er die Hände aufeinander und umhüllte mit beiden seine vorwärtsdrängende Erektion.

Er starrte mich an, bewegte die Hände auf und ab, und als er zudrückte, perlte ein Lusttropfen aus der geschwollenen Eichel. »In dieser kleinen Blase, die du erzeugt hast, ist dein Duft eingefangen«, sagte er. »Dein Duft treibt mich in den Wahnsinn.«

Ich fuhr mit einer Hand zwischen die Beine, ließ die Finger an meinen Schamlippen vorbei in mich hineingleiten und sog scharf die Luft ein, als ich erkannte, wie heftig ich gekommen war, als er mich gebissen hatte.

Fisher sah mich mit verschleierten Augen an und bewegte die Hände noch immer an seinem Schwanz auf und ab. »Komm. Her. *Jetzt*«, stieß er hervor.

Ich gehorchte. Nicht, weil er mir keine andere Wahl ließ. Der Eid, der mich an ihn gebunden hatte, war gebrochen worden, als ich in Gillethrye gestorben war. Nein, ich tat es, weil ich es wollte.

»Gib mir deine Finger«, befahl er.

Ich wusste sehr wohl, was er damit meinte; ich war auch nicht im Entferntesten verlegen, als ich die Hand zu seinem Mund ausstreckte und seine Lippen mit meiner Lust bemalte. Er stöhnte, und seine Augen flackerten vor Verlangen, als ich Zeige- und Mittelfinger in seinen Mund schob.

»Saug«, befahl ich.

Seine Augen rollten zurück, und Kingfisher vom Ajun-Tor, Töter des letzten Drachen und Herr von Cahlish, gehorchte *mir.*

Heiße Luft blies über meinen Handrücken, als Fisher heftig durch die Nase ausatmete.

Versuchst du, mich umzubringen?, krächzte er in meinem Kopf.

Ich beugte mich über ihn, schob die Finger vor und zurück, schlug mit der Spitze meiner Zunge gegen seine Lippen, bevor ich sie in seinem Mund versenkte.

Ich werde dich nicht umbringen, entgegnete ich. *Aber vielleicht werde ich dich ein bisschen quälen, nach der Nummer, die du gerade abgezogen hast.*

Rasch setzte ich mich rittlings auf ihn, packte ihn bei den Handgelenken und zog ihm die Hände über seinen Kopf. Er hätte sich wehren können. Hätte es ablehnen können, sich so grob von mir behandeln zu lassen. Aber das tat er nicht. Sein Schwanz stieß hinauf gegen meine Mitte, aber ich glitt nicht auf ihn herunter. Noch nicht. Ich positionierte mich so, dass der Kopf seines Schwanzes direkt gegen meinen Eingang drückte, senkte das Becken nur um Haaresbreite … und zog dann die Hüften ein paar Zentimeter zurück, um mich daran zu ergötzen, wie er sich wand.

»Osha«, knurrte er warnend.

Ich ignorierte ihn, senkte die Brust und machte es *sehr* deutlich, dass er still sein und meinen Brüsten mehr Aufmerksamkeit widmen sollte, die jetzt *direkt* über seinem Gesicht waren.

Er hielt sich nicht zurück. Mit dem nächsten Atemzug war der rechte Nippel zwischen seinen Zähnen gefangen. Ich stieß einen zischenden Schmerzenslaut aus, als er zubiss – nicht fest genug, als dass es wirklich wehgetan hätte, aber doch ausreichend, um eine Schockwelle durch meine Nervenenden zu jagen. So schnell, wie er zugebissen hatte, ließ er wieder los und bewegte die Zunge ehrfurchtsvoll über die rosige Knospe, als wolle er das Unbehagen, das er mir bereitet hatte, wiedergutmachen.

Wenn ich ganz auf deinen Schwanz heruntersinke, darfst du mich nicht anfassen, ließ ich ihn wissen.

Ich bin nur ein Mann, antwortete er in gequältem Ton. *Ich habe noch nie in meinem Leben ein Wunder vollbracht. Was sagt dir … dass ich … jetzt damit anfangen könnte?*

Du sturer Bock. Ich senkte mich zwei Zentimeter tiefer herunter. *Wenn du mich berührst, habe ich gewonnen.*

Fuck, Saeris, knurrte er. Ich wiegte jetzt ganz leicht die Hüften, ließ die Spitze seines Schwanzes in mich eindringen und zog mich wieder zurück. »Hast du überhaupt eine Vorstellung davon, wie verdammt unglaublich du gerade aussiehst?« Er sprach diese Worte laut aus. Seine Stimme war roh. Voller Verlangen. Ihr Klang entzündete ein Feuer in mir, das für immer zu brennen versprach.

»Grausame, *grausame* Frau«, schalt er mich.

Oh, wenn er das für grausam hielt, dann würde er mich wahrscheinlich als durch und durch böse bezeichnen für das, was ich *gleich* tun würde. Ich bewegte mich gegen ihn, senkte mich noch ein wenig weiter ab, und als er durch zusammengebissene Zähne zischte, in Alt-Fae fluchte, stieß ich nach unten und schlug meine Eckzähne in seinen Hals.

In diesem Moment setzte ich mich ganz auf ihn … *bis hinunter zum Schaft.*

Ich trank nicht von ihm. Bewegte mich nicht. Ich verharrte dort, pulsierte von innen um ihn, lauschte seinem abgehackten Atem, als ich mein Gift in seine Adern strömen ließ.

Er erstarrte unter mir. »Saeris.« Die Warnung war ruhig, aber in diesem Wort lag Hitze. *Vorsichtig.*

Ich wimmerte ein wenig, als ich mich aufbäumte und meine Nippel seine tätowierte Brust streiften. *Ich bin es so leid, vorsich-*

tig zu sein, sagte ich in Gedanken zu ihm. Und dann trank ich. Ich verschränkte meine Finger mit seinen, grub die Nägel in seine Handrücken, rieb mich an ihm, winkelte die Hüften an und vögelte ihn, als ich ihn hinunterschluckte.

Es hatte mich verwirrt, ihn bei meiner Krönung dort oben auf dem Podium zu kosten. Ich war nicht darauf vorbereitet gewesen. Fishers Blut war ein ewiges Lied. Es trennte meine Seele von meinem Körper. Sein Geschmack war köstlicher als frisches, klares Wasser. Es war heilig, und ich trank, als müsste ich gerettet werden.

Seine Hände schlossen sich fest um meine. Die Adern an seinen Armen traten hervor, die Muskeln waren angespannt. Es brachte ihn um, mich nicht richtig anfassen zu dürfen. Aber die Tatsache, dass er dies zuließ, war unglaublich.

Es hatte etwas sehr Ermächtigendes, dass ein Mann wie Kingfisher die Kontrolle abgab und mir die Herrschaft über seinen Körper überließ. Es war ein Akt des Vertrauens, der Unterwerfung sogar. Und ein todbringendes Wesen, das seinen Hals für einen entblößte, war in der Tat etwas sehr Berauschendes.

Ich konnte fühlen, welche Wirkung das Gift auf ihn hatte, als es von seinem Geist in meinen hinüberschwebte. Seltsam. Ich wusste, dass dies sein Rausch war, aber trotzdem fühlte es sich an, als würde ich auf einer Wolke hinaus in den Äther getragen. Für eine Weile wechselten wir keine Worte oder direkten Gedanken. Aber ich spürte die tiefe Quelle der Liebe zwischen uns. Diese Empfindung war so gewaltig, dass ich glaubte, die schiere Größe des Ganzen könnte mich das Leben kosten. War es meine Liebe zu ihm? Seine Liebe zu mir? Die Grenzen waren so verschwommen, dass ich nicht wusste, wo seine Gefühle endeten und meine begannen. Letzten Endes war es nicht wirklich wichtig.

Ich hörte auf zu trinken. Mein Körper war erfüllt von einer fremden, ungewohnten Energie, die nicht mir gehörte. Fishers

Schwanz streckte sich, als er in mich stieß, und die Wände seines Schlafzimmers begannen zu schwanken.

Bei den Göttern, er war so tief! So verdammt perfekt. Ich konnte nicht aufhören, ihn anzustarren, als ich wieder auf seinen Schwanz hinabsank, wieder und wieder und wieder und …

»Sieh dich an«, brummte Fisher. »Du bist einfach überwältigend.«

Ich ließ seine Hände los, lehnte mich zurück, damit er eine bessere Sicht hatte. Ich war nie schüchtern im Bett gewesen. Aber mit Fisher fühlte sich mein Selbstvertrauen wie elektrisch an. Wie konnte ich mich nicht so fühlen, wenn ich seine Emotionen noch immer in seinem Blut spürte? Er meinte, was er sagte. Er glaubte wirklich, dass ich überwältigend war.

»Ich halte dich nicht mehr zurück«, sagte ich. »Du kannst deine Hä…« Ich kam nicht einmal dazu, den Satz zu beenden.

»Den verdammten Göttern sei Dank.« Er setzte sich auf, und seine Hände wanderten an meine Hüften. Ich stellte mich auf die Verlagerung des Schwergewichts und darauf ein, dass er mich auf den Rücken warf, aber Fisher hielt mich einfach, die Finger in meine Pobacken und Schenkel gebohrt, und stieß in mich hinein.

»Jetzt bin ich dran«, versprach er mit tiefer Stimme. Ich reagierte nicht einmal, als ich den scharfen Schmerz spürte. In der Sekunde, als seine Eckzähne in meine anschwellende Brust sanken, wusste ich, was kommen würde, und machte mich darauf gefasst. Dieses Mal war er behutsamer. Er verpasste mir eine deutlich geringere Dosis. Ein Stachel schwindelerregenden Vergnügens krachte auf mich herab, aber ich kam nicht und wurde auch nicht ohnmächtig. Seine Hände glitten an meinem Rücken hinauf, hakten sich über die Schultern ein, zogen mich zu ihm herab, und die köstliche Reibung zwischen unseren schweißglänzenden Körpern trieb mich weiter an eine unvermeidliche Klippe.

»Du fühlst dich so verdammt gut an«, stöhnte ich. »Ich will …

ich will spüren, wie du hart wirst. Ich will dich in mir spüren, wenn du kommst.«

Bei den Zähnen der Hölle, brummte er in meinem Kopf. *Ich werde dir geben, was du verlangst, kleine Osha, keine Sorge.*

Ich ritt ihn härter, fuhr mit den Fingern in sein Haar und zog ihn hinunter an meine Brust. Er trank mehr, leistete meiner Bitte Folge, und zu spüren, wie er in mir hart wie gehärteter Stahl wurde, raubte mir den götterverdammten Atem.

Ja. Gut. Komm für mich. Komm. Seine Ermutigung war alles, was ich brauchte. Ich löste mich in seinen Armen auf, die er um mich geschlungen hatte, während seine Zunge meinen Nippel bearbeitete.

Sein Schlafzimmer wurde schwarz wie die Nacht, mein Sehvermögen versagte. Aber … es hatte nicht versagt. Fishers Schatten schossen aus ihm heraus, als auch er seinen Höhepunkt erreichte. Sie breiteten sich um ihn herum aus, weit und groß nahmen sie die Form von hauchzarten Flügeln an, und dann verschlangen sie mich.

Seine Magie hüllte uns ein, wiegte unsere Körper, als wir zitterten und bebten. Wir brauchten nicht zu reden. Lange hielten wir uns eng umschlungen, trunken von Blut und Liebe.

Irgendwann veranlassten uns jedoch unsere knurrenden Mägen dazu, uns zu bewegen. Sein Blut zu teilen und längere Zeit im Bett eines Fae-Kriegers zu verbringen, machte wahnsinnig hungrig, wie sich herausstellte.

Fisher sah mir zu, wie ich mich anzog, und ein kleines Lächeln umspielte seine Mundwinkel.

Ich bewarf ihn mit einem seiner Socken und verzog das Gesicht. »Warum wirkst du so selbstzufrieden?«, fragte ich verstimmt.

Und Kingfisher lachte. »Weil ich mit mir selbst zufrieden *bin*. Weil ich der glücklichste Mistkerl der Welt bin. Und weil *du* so aussiehst, als seist du gerade ordentlich durchgevögelt worden.«

8

SCHLIESSE FRIEDEN

KINGFISHER

Ein anderes Kleid lag noch unberührt über der Stuhllehne. Ich hatte es gestern ausgesucht und aus einem der Kleidersäcke gezogen, die sicher hinten im Ankleidezimmer meiner Mutter verstaut waren. Aber sie hatten nicht meiner Mutter gehört; ich hatte sie dort gefunden, kurz nachdem ich Saeris das erste Mal mit nach Cahlish gebracht hatte. Sie entsprachen ganz und gar nicht dem Stil und den Farben meiner Mutter. Sie hatte einfach den Tag vorhergesehen, an dem Saeris kommen würde, und eine komplette Garderobe für sie hinterlassen – ein Geschenk für die geliebte Frau, die sie nie ihre Tochter nennen würde.

Das prachtvolle elfenbeinfarbene Satinkleid blitzte wie leuchtende Feenflügel. Die Röcke waren einfach. Dezent. Kein Tüll und keine Rüschen. Es gab wirklich keinerlei übertriebene Verzierungen. Der subtile rosa-blaue Schimmer, der hindurchschien, wenn der Stoff das Licht einfing, war genug.

Saeris' Duft hing schwer in der Luft rund um den Stuhl. Ich stellte mir vor, dass sie dort gestanden und das Kleid betrachtet, mit der Hand über das Korsett gestrichen hatte. Wieder einmal hatte sie sich dafür entschieden, ihre Lederrüstung und Stiefel anzuziehen, bevor sie verschwunden war, um den Tag anzugehen.

Ich grinste und schüttelte den Kopf, als ich mich zu dem Abdruck in dem Kissen neben mir umdrehte.

Sie war bereits fort.

Ha! Diesen denkwürdigen Tag musste ich mir rot im Kalender anstreichen. Wie viele Male war ich aus dem Bett einer Frau verschwunden, bevor sie aufgewacht war? Nicht so oft, ehrlich gesagt. Jedenfalls nicht so oft wie Lorreth, das stand fest. Die Frauen, mit denen ich ins Bett gegangen war, hatten immer gewusst, dass es kein Weg zu irgendetwas Bedeutungsvollem war, wenn sie mit mir vögelten. Sie hatten gewusst, dass es eine einmalige Angelegenheit sein würde, und die meiste Zeit waren sie zufrieden, sich mit diesem Wissen darauf einzulassen. Zumindest sagten sie das. Es hatte viele Frauen gegeben, die überrascht gewesen waren, als ich mich am nächsten Morgen verabschiedet hatte, schockiert, dass *sie* nicht diejenigen gewesen waren, die es geschafft hatten, mich zu ändern.

Und sie waren reizend gewesen.

Schön.

Atemberaubend sogar.

Aber es waren nicht *sie* gewesen. Und wenn man mit dem Wissen ausgerüstet oder gestraft war, dass eines Tages deine Seelengefährtin auftauchen und alles verändern würde, kam niemand je an sie heran. Daher hatte ich mich die meiste Zeit nicht mit der Zerstreuung durch Sex abgegeben. Meistens hatte ich mich dem

Geschäft des Tötens gewidmet. Und jetzt war sie da, meine kleine Osha, und sie war mehr, als ich mir hatte erhoffen können.

Und ihre Seite des Bettes war leer.

Ich konnte ihr keinen Vorwurf machen. Vampire schliefen, das stimmte. Wenn die Sonne hoch am Himmel stand, war es für die Neuverwandelten praktisch unmöglich, bei Bewusstsein zu bleiben. Die meisten von ihnen mussten sich dann ausruhen. Nicht so Saeris. Sie hatte versucht, es vor mir zu verbergen, aber soweit ich es beurteilen konnte, hatte sie *überhaupt* nicht geschlafen, seit sie in dieser seltsamen neuen Form aufgewacht war, die sie jetzt besaß. Die vergangenen drei Nächte war sie in ihren Räumen in Ammontraíeth unruhig auf und ab gegangen und hatte darauf gewartet, dass der Hof, über den sie herrschte, wieder zum Leben erwachte, hatte darauf gewartet, dass ich zu ihr zurückkehrte, aber sie hatte nicht geschlafen.

Sie wollte nicht, dass ich mir Sorgen machte. Das wusste ich. Die Götterbindung zwischen uns war noch so neu. Sie hatte noch nicht gelernt, dass sie mir alles sagen konnte und dass ich für sie da sein würde, was auch geschah. Es war jedoch nicht mein Job, alle ihre Probleme zu lösen oder sie vor dieser neuen Existenz zu beschützen. Es gab vieles, was sie selbst herausfinden musste. Und wenn die Zeit kam, würde ich bereit sein und warten, falls sie Hilfe brauchte.

In der Zwischenzeit konnte sie das Anwesen erkunden, auf dem ich die ersten Jahre meines Lebens verbracht hatte, und gleichzeitig entdecken, was dieses neue Leben ihr zu bieten hatte. Ich würde sie nicht aufhalten. Ich streckte mich, genoss für eine Sekunde ihren klaren Duft, der noch immer in den Kissen und den Laken hing, und stand dann auf, um mich auf die Suche nach etwas Essbarem zu machen.

***

»Welcher erwachsene Mann lässt sich den Speck entgehen und macht sich direkt über die Backwaren her? Du bist irgendwie nicht richtig im Kopf.«

Ich fand Renfis an dem Frühstücksbüfett, das Archer im Speisesaal arrangiert hatte. Ausnahmsweise trug Ren sein rotbraunes Haar einmal offen und nicht zu Kriegerzöpfen geflochten. Es fiel über seinen Rücken, noch nass von seinem morgendlichen Bad im See am Ufer des Obstgartens; die Strähnen durchnässten sein Hemd. Wir nahmen uns zwei, drei Sachen von den dampfenden Servierplatten, und dann öffnete ich ein Schattentor und teleportierte uns zurück ins Lager.

Wir hatten die Hälfte des Weges zu seinem Zelt zurückgelegt – und ich hatte die Hälfte eines Puddingtörtchens verspeist –, als er mit seiner Frotzelei begann. »Mir ist noch nie ein Krieger mit einer so großen Vorliebe für Süßes begegnet. Es ist ein Wunder, dass du überhaupt noch Zähne im Mund hast.«

Ich grinste ihn an und ließ dabei jeden einzelnen der fraglichen Zähne aufblitzen. »Das ist Everlaynes Schuld. Sie war diejenige, die mir immer ihre Süßigkeiten gegeben hat, als sie klein war.«

Wie immer sorgte die Erwähnung meiner Halbschwester dafür, dass sich der Rücken meines Freundes ein wenig straffte. Wie immer kommentierte ich seine Reaktion nicht.

Renfis rieb sich den Nacken und blickte über die steile Anhöhe, die noch immer zwischen uns und dem Lager aufragte. »Ah ja. Apropos deine Schwester. Ich habe heute Morgen kurz nach ihr gesehen. Als ich ging, traf ich zufällig Saeris. Sie sah ein bisschen … *zerzaust* aus.«

Ich wusste sehr genau, was er meinte, tat aber so, als hätte ich keine Ahnung. »Oh, wirklich? Sie muss wohl eine unruhige Nacht gehabt haben.«

Renfis schnaubte. »Eine *sehr* unruhige Nacht.«

Er hätte niemals die Tatsache erwähnt, dass sie gerochen haben musste wie ein Bordell. Er hatte auch nicht erwähnt, dass ich so roch. Das wäre nicht höflich gewesen.

»Wie läuft es denn zwischen euch beiden? Gut, nehme ich an.«

Ich zuckte die Schultern und gab mich zurückhaltend. »Na ja, du weißt schon. Ich mag sie ganz gern.«

»Ganz gern?« Eine Andeutung von Frustration schwang in seinem Ton mit. »Was meinst du mit ganz gern? Ihr beide seid götterverbunden. Bedeutet das nicht, dass … Also, seid ihr nicht – bei allen Göttern und Märtyrern, *lachst* du etwa?«

Er boxte mir so fest auf den Arm, dass ich den Rest meines Puddingtörtchens in den Schlamm fallen ließ. Ich blickte es eine Sekunde verdrießlich an, bevor ich weiterging. »Ja, Renfis«, sagte ich und gab schließlich nach. »Es läuft sehr gut. Mehr als gut. Es läuft fantastisch.«

»Und du bist in sie verliebt?«

Ich warf ihm einen finsteren Blick zu und verzog das Gesicht. »Ja«, gestand ich. Nicht dass ich die Gefühle, die ich für meine Gefährtin hegte, missbilligte. Ich hasste es nur, sie laut gegenüber jemandem zuzugeben, dem ich wiederholt geschworen hatte, dass ich mich nie mehr verlieben würde. Es war mehr als nur ein bisschen peinlich.

Renfis strahlte über das ganze Gesicht. »Ich wusste es!«

»Kein Wort mehr«, knurrte ich. »Ich werde nicht wie irgendein Schafhirte mit dir über mein Liebesleben tratschen.«

Er runzelte die Stirn. »Sind Schafhirten Tratschtanten?«

»Ja. Du wärst überrascht, in was für skandalöse Dinge gelangweilte Schafhirten eingeweiht sind. Besonders die im Vorland des Shallow-Gebirges.«

»Aha. Wer hätte das gedacht! Man lernt jeden Tag dazu. Also, du und Saeris, verliebt. Das ist aufregend.«

»Halt den Mund, Ren«, knurrte ich. »Warum reden wir nicht lieber über deinen kleinen Ausbruch wegen Tal?«

Das brachte ihn zum Schweigen. Ich wünschte *fast*, ich hätte es nicht erwähnt. Aber zwischen uns herrschte noch immer eine gewisse Spannung, trotz seiner scherzhaften Frotzeleien über Saeris, und einer von uns musste es irgendwann ansprechen. Je früher wir reinen Tisch machten, desto besser.

Mein Bruder ließ den Kopf hängen und dachte angestrengt nach, als wir den Hang hinaufstapften. In der Nacht hatte es geschneit, und eine frische pudrige Decke verbarg den gefrorenen Schlamm und die versengten Stellen, die den Boden wie Narben überzogen.

»Ich weiß, dass es bei mir einen wunden Punkt trifft, wenn es um ihn geht«, sagte er nach einer Weile. »Ich weiß, dass es für dich nicht so leicht ist, ihn zu hassen, wie für mich.«

»Nichts ist hier jemals leicht«, murmelte ich. »Und egal wie sehr wir uns auch wünschen, die Dinge wären schwarz und weiß, die meisten Situationen sind es nicht. Das hast *du* mir beigebracht.«

»Ich weiß, ich weiß.« Sein Atem bildete eine weiße Wolke um ihn herum, als er einen Weg durch den lockeren Schnee frei trat. »Die Gräueltaten, die er auf Malcolms Geheiß begangen hat …« Er schüttelte den Kopf, unfähig, seinen Frieden damit zu schließen.

»Du weißt, was ich dazu sage.«

»Ich weiß«, murmelte er. »Und ich *verstehe* es ja. Er hatte keine Wahl. Wenn Malcolm ihm befahl, etwas zu tun, musste er gehorchen. Aber er hätte gar nicht erst in diese Lage geraten dürfen, oder?«

Und das war es, worauf alles hinauslief: Die Nacht, in der Taladaius sich unserer Bruderschaft hätte anschließen sollen und stattdessen törichterweise den Tod gewählt hatte. Der Schmerz dieser Erinnerung nagte an mir, und es war ein unangenehmes Gefühl, plötzlich in die Vergangenheit zurückgeworfen zu werden.

»Hast du noch nie einen Fehler gemacht?«, fragte ich leise. »Ich schon. Zu viele, um sie zu zählen.«

Mein Bruder stieß ein unglückliches Geräusch aus und räusperte sich. Er hielt den Mund, aber ich kannte die Antwort auf diese Frage bereits. Es gab unzählige Entscheidungen, die er rückgängig gemacht hätte, wenn es möglich gewesen wäre. Viele harsche Worte, die er zurückgenommen hätte. Tausende von Gelegenheiten, bei denen er sein Vorgehen geändert hätte, wenn er gewusst hätte, welche Konsequenzen es später haben würde. Aber es war sinnlos, zurückzublicken und die Vergangenheit ändern zu wollen. Das war ein Zeitvertreib für Narren und Politiker. Ein Krieger konnte sich einen solchen Luxus nicht leisten.

»Beantworte mir eine Frage«, fuhr ich fort. »Abgesehen von seiner Entscheidung, sich Malcolm anzuschließen, was hättest du an seiner Stelle getan? In dieser Nacht vor den Toren von Ajun. Foley war einst auch sein Freund. Wenn du mich dort mit gebrochenem Genick im Schnee gefunden hättest, sterbend … was hättest du getan?«

Er schmollte einen Moment lang, aber nicht lange genug, um mich zu überzeugen, dass er wirklich darüber nachgedacht hatte. »Ich hätte dich gehen lassen. Wir sind Proelia, Fisher. Unsere alleinige Mission ist es, die Horde zu bekämpfen, und nicht, uns ihr anzuschließen.«

Ich ließ ihm seine Wut, als wir die Hügelkuppe erreichten. Dann fragte ich ihn ruhig: »Bist du dir da *sicher*?«

Ein scharfer Wind drang durch meine Lederrüstung und wirbelte meine Haare durcheinander. Ich sah zu Ren, in der Erwartung, er sei über meine hartnäckigen Fragen verärgert, aber stattdessen stand sein Mund offen vor Überraschung. Er blickte die andere Seite des Hangs hinunter auf das Lager …

… und die heillose Zerstörung, die vor uns lag.

Irrín war keine Stadt. Es war ein lebender Organismus. Beweglich. Es wuchs und veränderte sich. Wo an einem Tag noch keine Zelte gewesen waren, konnte am nächsten ein ganz neuer Bereich des Lagers aus dem Boden geschossen sein. Aber jetzt war kein einziges Zelt zu sehen. Das Lager lag in Schutt und Asche. Wo einst Irrín gestanden hatte, an die Ufer des Darn geschmiegt, erstreckte sich jetzt ein ausgebrannter schwarzer Krater, so weit das Auge reichte. Rauch stieg von den schwelenden Soden auf, wo die Glut eines Feuers zwischen den Trümmern noch rot schimmerte.

Verkohltes Holz.

Stofffetzen.

Zurückgelassene Schwerter, geschwärzt im Dreck.

Wir hatten den Rauch nicht gerochen. Es war zu kalt, um überhaupt etwas zu riechen, und außerdem hatten wir nicht darauf geachtet.

Wir hatten die Stille nicht bemerkt.

Das Lager war zerstört. Die Schenke war verschwunden. Die Waffenschmiede. Alles. Nur schwarze Asche und Knochen waren geblieben.

»Bei den Namen aller verdammten Götter, was ist hier passiert?«, flüsterte Ren.

Ich öffnete den Mund, aber es kam kein Laut heraus.

Elftausend Krieger hatten in diesem Lager gelebt. Wahrscheinlich mehr. Und jetzt gab es keine Spur mehr von ihnen. Da waren Tote, ja. Aber nicht genügend Knochen für alle, die Irrín als ihr Zuhause bezeichnet hatten. Es war nicht *möglich*.

Die karge Vegetation am Ufer war jetzt nur noch Asche. Einzig die gewaltige Eiche stand noch – der Baum, an den wir gestern die Fresser gebunden hatten, bevor ich nach Ammontraíeth aufgebrochen war, um Saeris und Tal die Köpfe zu zeigen, die wir ihnen abgetrennt hatten.

Ihre Körper waren noch immer an den Baum gefesselt, aber etwas hatte sich verändert. Die Gliedmaßen der Fresser hatten sich mit dem groben Stamm verbunden, Fleisch war zu Borke verschmolzen. Ihre Haut war grau und teigig, mit einem dünnen Netz schwarzer Ranken überzogen, die sich um die Eiche schlangen und sie erwürgten. Am Fuß des Baumes brachen geschwärzte Wurzeln so dick wie Kriegerarme aus dem Boden und schlängelten sich ungefähr zehn Meter über die aufgewühlte Erde, bevor sie wieder in den Boden eintauchten. Die Wurzeln hatten tiefe Kerben, als hätte sie jemand mit einer Axt bearbeitet, es aber nicht geschafft, sie zu durchtrennen.

»Was *ist* das?«, fragte ich und blickte mit zusammengekniffenen Augen hinunter auf die Zerstörung. Mein Magen ballte sich wie eine Faust um mein Frühstück. »Da unten? Was da aus den Wurzeln kommt?«

Mein Bruder sah ebenfalls hinab auf die Albtraumszenerie; sämtliche Farbe war aus seinem Gesicht gewichen. »Es sieht aus wie Blut«, antwortete er. »Schwarzes Blut, das aus den Kerben dringt, als wären es Wunden. Sieh nur.« Er zeigte auf einen Bereich unten am Fluss, der nicht von dem Feuer berührt worden war. »Es vergiftet den Boden.«

Und genau das tat es.

Wo sich der schwarze Modder ausbreitete, hinterließ er Fäulnis und Verwesung.

9

VERBORGEN

SAERIS

Sie war so schön wie immer.

Ihr dickes blondes Haar war wie ein Fächer auf dem Kissen unter ihrem Kopf ausgebreitet. Die Wangen so blass wie Porzellan, die Lippen zartrosa. Everlayne sah nicht so aus, als kämpfe sie noch immer gegen die Überreste von Malcolms Gift an. Aber ich wusste es besser. Entlang ihrer Kieferpartie verunzierten feine schwarze Giftranken ihre perfekte Haut. Sie hatte die Hände auf dem Bauch übereinandergelegt – eine friedliche Haltung –, aber ihre Fingernägel waren zu lang und schwarz gefärbt.

Onyx lag schlafend zu ihren Füßen. Ich hatte angenommen, er sei letzte Nacht davongesaust, um zu jagen, als Fisher mich in sein Zimmer getragen hatte, aber es war schön zu wissen, dass er hier bei Everlayne gelandet war. Sie verdiente es nicht, allein zu sein …

obwohl es nicht den Anschein hatte, als wäre Onyx der Einzige gewesen, der über die Schwester meines Gefährten gewacht hatte.

Der Stuhl, auf dem Ren gesessen hatte, als ich vorhin in Laynes Zimmer gekommen war, stand zurückgeschoben abseits des Bettes, verlassen. Der General hatte vermutlich ein eigenes Zimmer hier in Cahlish. Ich bezweifelte jedoch ernsthaft, dass er überhaupt dort geschlafen hatte, seit Everlayne durch dieses Schattentor gefallen und krachend auf dem Tisch in der Bibliothek gelandet war. Ich hatte das Gefühl, dass er etliche lange Nächte unbequem dösend in diesem Stuhl verbracht und darauf gewartet hatte, dass die Frau in dem Bett erwachte.

Der weiße Fuchs war sofort eingeschlafen, nachdem ich mich hingesetzt hatte, um Layne Gesellschaft zu leisten. Jetzt erfüllte sein leises Schnarchen den Raum. Er strampelte unruhig mit den Beinen; vermutlich rannte er im Traum.

Das Zimmer, das man für Everlaynes Genesung hergerichtet hatte, war wunderschön. Die Fenster zeigten auf ein weitläufiges verschneites Feld hinaus, das sich einen sanften Hügel hinab bis zum Rand eines ausgedehnten immergrünen Waldes erstreckte. Die Bäume waren weiß überzogen, und ihre Äste bogen sich unter der Last des Neuschnees. Hinter dem Wald kratzte der Gebirgskamm am Himmel. Der schlafende Riese, Omnamerrin, die steile Felswand nach Cahlish gerichtet, glitzerte, als das erste Licht der Morgendämmerung über seinen Gipfel kroch.

Ein leichtes Unbehagen überkam mich, als ebendiese schwachen Strahlen über die Wände von Everlaynes Schlafzimmer streiften und sie orange anstrichen. Das Licht barg so früh am Morgen keine Wärme, aber eine zunehmende Hitze stieg mir in die Hände, als ich zusah, wie es meine Haut färbte. Ich würde mich bald von hier zurückziehen müssen. Aber noch nicht.

»Ich muss mich bei dir entschuldigen«, begann ich leise und nahm Laynes Hand von ihrem Bauch. Ihre Haut fühlte sich kühl an – ein wenig zu kühl. »Ich wollte nicht gehen, ohne dir auf Wiedersehen zu sagen. Aber es gab mildernde Umstände«, erklärte ich trocken. »Es war nicht gerade leicht, mit deinem Bruder umzugehen. Mir wurde die Entscheidung abgenommen, fürchte ich. Das haben wir jetzt hinter uns gelassen, aber … trotzdem. Es fühlte sich nicht gut an zu gehen, ohne mich wenigstens bei dir zu bedanken. Du hast dich um mich gekümmert, Layne. Du hast auf mich aufgepasst. Wenn du nicht gewesen wärst – nur die Götter wissen, wen man damit beauftragt hätte, mich im Palast zu bewachen. Ich bin sicher, es wäre eine wesentlich beängstigendere Erfahr…«

Sie hört dich. Sie spürt dich. Öffne das Tor. Das Tor … Das Tor … Das Tor. Öffne es. Öffne das Tor.

Ruckartig wich ich auf meinem Stuhl zurück und legte den Kopf schief.

Das Wispern war sehr vertraut. Es war das Quicksilver. Ich kannte den Tonfall seiner Stimme. War inzwischen daran gewöhnt, von ihm herumkommandiert zu werden. Es hatte zu mir gesprochen … aber es war niemand bei mir. Ich hatte Solace nicht dabei. Ren *besaß* nicht einmal ein Götterschwert, und er hatte ohnehin nichts im Zimmer zurückgelassen. Nur ich und Everlayne waren da, und Layne hatte keine Waffe. Nichts, was Quicksilver enthalten konnte. Es war nicht so, dass ich …

Mein Verstand kam abrupt zum Stillstand.

Oh.

Bei den Göttern, aber sie *hatte* Quicksilver an ihrem Körper. Es war mir vorher nicht aufgefallen, aber ihre winzigen Ohrringe blitzten im Licht der nahenden Morgendämmerung auf, oder? Einfach. Schlicht. Das Metall war zur Form von Blumen gegossen, deren Blütenblätter wie winzige Dolche nach oben zeigten.

»*Ihr* solltet nicht hier sein.« Ich beugte mich nach vorn, um mir die Ohrringe genauer anzusehen.

Doch, sollten wir, sollten wir, sollten wir, kam die empörte Antwort des Quicksilvers. *Schon immer hier gewesen.*

»Und wie soll ich ein Tor öffnen, wenn es so wenig von euch gibt?«, wollte ich wissen.

Ich griff nach dem Metall an Laynes Ohrläppchen, aber sobald meine Finger es berührten, verflüssigte sich der Ohrring und tropfte auf meine Handfläche.

»Fuck!« Ich hatte nicht gewollt, dass es sich veränderte. Ich trug kein Relikt bei mir, und es berührte mich. Panik stieg in mir auf, es war kurz davor, auf mich herabzutriefen, aber bevor das geschehen konnte, landete ein Tröpfchen Quicksilver auf Laynes Schulter. Kaum hatte die Flüssigkeit ihre Haut berührt, riss Fishers Schwester die Augen auf und atmete keuchend ein.

Es ist vollbracht. Vollbracht, vollbracht, vollbracht, sang das Quicksilver aufgeregt. Nur dass die überlagerten Stimmen des Quicksilvers dieses Mal aus Everlaynes Mund kamen. Ihre Augen waren grün. Nicht fokussiert. Sie blinzelte, und als sie dann die Augen wieder öffnete, waren sie vollkommen weiß. Ihr Kopf schnellte nach links zu mir, ihr Kiefer bewegte sich hin und her.

»Endlich«, seufzte sie. »Du bist da.« Die Stimme glich sehr der von Everlayne, aber es war nicht ihre. Sie war tiefer, als sie hätte sein sollen. Voller. Ein zittriges Lächeln breitete sich in ihrem Gesicht aus, als sie mich aus diesen weißen Augen anstarrte. »Ich habe sehr, sehr lange darauf gewartet, mit dir zu sprechen, Saeris Fane.«

Ihre Hand schoss nach vorn und schloss sich mit unnatürlich festem Griff um mein Handgelenk.

»Everlayne?« Ihr Name kam mir als Frage über die Lippen, aber ich wusste bereits, dass das nicht Fishers Schwester war. Das Ding, das Laynes Körper bewohnte, blinzelte mich langsam an, als habe es vergessen, *wie* man blinzelt, und schüttelte den Kopf.

»Nein. Everlayne ist nicht hier, fürchte ich. Ich … ich weiß nicht, ob sie stark genug ist, um zurückzukommen.« Ich versuchte, meine Hand wegzuziehen, denn Angst stieg meine Wirbelsäule hinauf, aber das Ding in Laynes Körper hielt sie fest umklammert. »Aber, aber …« Laynes Zähne klapperten.

»Lass mich los!« Ich wollte Everlayne nicht die Finger brechen, aber ich würde es tun, wenn es sein musste.

Das Ding, das so aussah wie Layne, ließ mich los. »Endlich«, seufzte es. »Ich habe … so lange … gewartet. Ja… Ja… Jahrhunderte gewartet.«

Ich sprang auf. Der Stuhl kippte um und fiel krachend zu Boden, aber Onyx lag noch immer in einem Knäuel aus Decken zu Everlaynes Füßen und rührte sich nicht. Was für eine grausame Magie das auch sein mochte, sie gefiel mir ganz und gar nicht. »Wovon redest du?«, zischte ich. »Was bist du? Warum bist du hier?«

»Ed… Edina«, stammelte das Ding. »Edina. Edina. Ich bin Edina.«

Der Name war mir so vertraut. Ich hatte ihn erst kürzlich von jemandem gehört, oder? Hatte ihn irgendwo aufgeschrieben gesehen. »Was machst du mit Layne?«, verlangte ich zu erfahren. »Gib ihren Körper frei. Lass sie aufwachen.«

Das Ding – Edina – schloss langsam die Augen, und Tränen liefen über Everlaynes Wangen. »S… sie ist … unerreichbar für mich. Ich … halte sie nicht von diesem … Körper fern.«

»Wo ist sie dann?«

Edinas Antwort blieb in Everlaynes Hals stecken. Sie konnte ohnehin kaum sprechen, aber diese Worte schienen ihr besonders schwerzufallen. »Sie ist im Sch… Scha… Schatten. Ich kann nichts sehen.«

»Du machst mir Angst.«

»Angst ist nicht … real, Saeris Fane«, krächzte sie.

Ich wich einen großen Schritt vom Bett zurück. »Woher zum Teufel kennst du meinen Namen?«

»Du musst g… g… gehen.«

»Ja, du sagst es.«

»Die Bibliothek. Geh in die Bibliothek«, sagte sie, und ihre Zähne klapperten jetzt noch stärker. »Dort wirst du ein B… B… Buch fi… finden.«

»Bibliotheken sind voll mit Büchern«, flüsterte ich. Das hier war nicht richtig. Es war unnatürlich. Um ehrlich zu sein, machte es mir wahnsinnige Angst. Eine Stimme in meinem Hinterkopf mahnte mich jedoch, nicht wegzulaufen. Es war dieselbe Stimme, die mir gesagt hatte, ich solle den Panzerhandschuh des Wachmanns stehlen. Dieselbe, die mich veranlasst hatte, vor dem Mirage mit zwei von Madras Männern zu kämpfen und sie zu töten. Man konnte ihr nicht trauen, aber ich war ein Gewohnheitstier. »Was für ein Buch?«, fragte ich. »Und wozu brauche ich es?«

»Kl… klein«, keuchte sie. »Aber dick. Blau. Da ist ein Schmetterling …«

»Ein Schmetterling? Auf dem Einband?«

Edina konnte Laynes Gesichtszüge anscheinend nicht sonderlich gut manipulieren. Ihre blassen Augen waren voller Schmerz. Ich fühlte es, konnte ihre Verwirrung spüren, alles untermauert von einem Kummer, der mich fast zum Weinen brachte. »Er ist verborgen«, krächzte sie, »unter den Sternen.«

»Was bedeutet das?«

»Die *Sterne* …« Edinas Augen rollten in ihren Kopf zurück.

»Hey!«

»Hunderte und … Hunderte von … Sternen.«

»Edina!« Warum erstickte ich plötzlich fast vor Panik? Sie schnürte mir die Luft ab, schubste mich zurück zum Bett. Ich nahm Laynes Hand und umklammerte sie fest, während ich nach Luft rang. »Edina, was steht in dem Buch? Warum ist es so wichtig? Sag es mir!«

Eine unheimliche Stille senkte sich über den Besucher in Laynes Körper. Ihr blinder Blick fand den meinen, und für eine Sekunde verschwand ihre Verwirrung. »Sie haben dir davon erzählt. Von der Fäulnis«, sagte sie mit klarer Stimme. »Sie haben dir gesagt, dass sie kommen würde. Jetzt ist sie da. Du musst das Buch finden, um sie aufzuhalten. Sonst wird sich die Verwesung ausbreiten, bis sie dieses Reich und Millionen mit ihm verschluckt hat. Ich habe es gesehen, Saeris. Finde das Buch. Halte die Verbreitung auf. Es ist die einzige Möglichkeit.«

»Edina …«

Sie drückte meine Hand noch fester als fest. »Finde es. Aber sag ihm *nichts* davon. Ich meine es ernst. Es ist wichtig. Er darf nichts von dem Buch wissen, nur du. Verstehst du?«

Nein. Ich verstand überhaupt nichts, aber ich hörte die Verzweiflung in ihrem Ton, und die Lüge ging mir leicht über die Lippen. »Ja, ich verstehe.«

»Danke. Sorge dafür, dass er erfährt, wie sehr ich ihn geliebt habe, Saeris«, bat sie. »Am Ende muss er wissen, dass ich alles wieder tun würde. Sorge dafür.«

Was hatte *das* zu bedeuten? Die Frage war da, musste nur noch gestellt werden, aber sie kam mir nicht über die Lippen. Layne – *Edina* – drückte meine Hand noch fester, und es begann wehzutun. Nicht meine Hand. Sondern … die Tinte, die sie markierte. Die Runen auf meinen Fingern und meinen Handrücken, die meine Handgelenke umschlossen und sich meine Unterarme hinaufwanden – plötzlich fühlte es sich an, als würden die Runen in Flammen stehen. Leuchteten sie? Nein. Oh, bei den Göttern, sie brannten! Rauch stieg kräuselnd von meiner Haut auf, und Edina riss ihre milchweißen Augen auf. »Du hast sie nicht *versiegelt*?«, japste sie.

»Versiegelt? Was bedeutet das? Ich verstehe nicht.«

»Eine Alchemistin muss ihre Runen versiegeln«, sagte sie. »Du bist ein tiefer Brunnen. Als du mit deinen Runen markiert wurdest, hat ihre Magie begonnen, in dich zu strömen. Sie fließt und fließt. Sie wird nicht … aufhören …«

»Edina!« Sie driftete weg. Ihre Augen waren noch immer umwölkt, aber ich spürte, dass sie den Fokus verloren hatten. Die Schmerzen um meine Handgelenke und an meinen Armen waren stärker geworden, fast unerträglich. Ich zog meine Hand fort, bereit, mir die eigene Haut abzuziehen, wenn das Brennen dadurch aufhörte, aber plötzlich schien Edina zurückzukehren. Ihr Griff war nicht sehr kräftig, aber ich konnte ihre Hand *nicht* loslassen. »Versiegele sie, Saeris. Wenn du es nicht tust …«

»Was dann? Was passiert, wenn ich es nicht tue?« Der Schmerz war jetzt einfach zu viel. Beißender Rauch stieg von den Runen auf meinem rechten Handrücken auf. Mein Fleisch brannte. Entsetzt sah ich zu, wie die Markierungen wie Brandzeichen glühten und tiefer und tiefer in meine Haut einsanken. Blasen breiteten sich wütend über meinen Arm aus. Das hier war schlimmer als ein Schwert im Bauch. Es waren Höllenqualen. Tränen schossen mir in die Augen und strömten mir über die Wangen. »Edina! Was *tust* du?«

»Nicht ich, nicht ich. Ich habe getan, was ich konnte.« Sie seufzte bedauernd. »Der Rest … ist jetzt deine Sache.«

»Edina, *hilf* mir«

»Finde das Buch. Das Buch …« Das Weiße in ihren Augen wurde klarer, als würde sich Schlamm am Boden eines Kanisters absetzen und klares Wasser hinterlassen. Sie wurde schwächer.

»Edina? *Edina!*«

Die Schlafzimmertür flog krachend auf.

Der Schmerz verschwand. Meine Hand war … unversehrt. Die Runen bildeten keine rohen Brandmale mehr. Die Blasen waren weg. Meine Götterbindungen sahen normal aus.

»Osha?«

Ich ließ Laynes leblose Hand fallen und wirbelte herum zu meinem Seelengefährten. Fisher stand an der Tür, sein Gesicht war leichenblass, seine Lederrüstung mit Schlamm bespritzt.

Mit rauer Stimme fragte er: »Warum hast du den Namen meiner Mutter gerufen?«

10

FÄULNIS

SAERIS

»Bist du sicher, dass alles in Ordnung ist? Du bist so blass.«

In der letzten Stunde hatte Fisher sich aufgeführt wie eine Glucke. Er hatte gehört, wie ich Edinas Namen gerufen hatte. Den Namen seiner *Mutter*. Ich hatte überlegt, eine Ausrede zu benutzen, irgendeinen anderen Grund zu nennen, um zu erklären, warum ich nach ihr gerufen hatte – es erschien mir grausam, ihm zu erzählen, was passiert war, ohne richtig zu verstehen, *was* eigentlich passiert war –, aber dieser Gedanke hatte noch nicht einmal wirklich Gestalt angenommen, bevor ich ihn auch schon wieder verwarf. Fisher verdiente es, die Wahrheit zu erfahren.

Edina hatte mich ja ohnehin nur gebeten, ihm nichts von dem Buch zu erzählen. Ich achtete ihre Bitte und behielt es für mich. Ich interessierte mich nicht für irgendein geheimnisvolles Buch.

Wesentlich mehr war ich wegen dem besorgt, was sie über meine Runen gesagt hatte. Der Schmerz, den ich in Everlaynes Schlafzimmer erlebt hatte, war nicht normal gewesen. Es hatte sich angefühlt, als würde nicht nur mein Körper, sondern auch meine *Seele* brennen. Als habe der Fluss der Magie, die durch mich strömte, Feuer gefangen und würde mich vernichten. Es war entsetzlich gewesen … und ich wollte es nicht noch einmal erleben.

»Ja, ich bin sicher. Mir geht's gut. Nur ein bisschen aufgewühlt, sonst nichts.«

Wir hatten uns in der Bibliothek von Cahlish versammelt. Ren war noch in Irrín und wartete auf die restlichen yvelianischen Truppen, die vor der sich ausbreitenden Fäulnis geflüchtet waren, um an einem Treffpunkt weiter flussabwärts zusammenzukommen. Lorreth war zu ihm gestoßen, um ihm bei der Suche nach einem Zufluchtsort für die Krieger zu helfen, deren Häuser bei dem Angriff zerstört worden waren.

Te Léna, Maynir und Iseabail hatten an mir herumgezogen und -gedrückt, seit Fisher nach ihnen geschickt hatte. Carrion war bereits in der Bibliothek gewesen; auf ein Plüschsofa am Feuer gefläzt, las er in einem Buch, als wie hineinkamen. Er hatte sich nicht einen Zentimeter bewegt. Die symbolische Besorgnis, die er um mein Wohlbefinden gezeigt hatte, präsentierte sich in Form einer hochgezogenen Augenbraue, einem raschen Mustern von oben bis unten sowie zwei Fragen, die weder taktvoll noch nett waren: »Ist sie ansteckend?« und »Es wird ihr besser gehen, wenn sie etwas gegessen hat. Um wie viel Uhr gibt es Abendessen?«.

Seitdem war er in sein Buch vertieft.

»Ich wünschte, ich wüsste mehr über all das«, meinte Te Léna und rieb sich den Nasenrücken. »Ich war schon lange nicht mehr bei einem Thema so schrecklich unwissend. Sogar mit dem Quicksilver in Fishers Körper umzugehen, war einfacher als das. Es gibt viele dokumentierte Fälle von Quicksilver-Vergiftung und wie sie geheilt werden kann, aber Belikons Männer waren gründlich, als sie das Reich von Informationen über die Alchemisten und ihre Macht gesäubert haben. Hier in der Bibliothek gibt es nichts darüber. Auch in den Archiven im Winterpalast findet sich nichts zu dem Thema. Maynir hat Jahre damit verbracht, die Stapel dort durchzusehen, bevor wir uns kennenlernten. Er hat ein persönliches Interesse an Alchemisten und ihren Fähigkeiten. Die verlorenen Künste haben ihn schon immer fasziniert. Er sagte, ganze Kapitel würden aus Büchern fehlen, in denen das Wort *Alchemie* vermutlich nur erwähnt wurde.«

»Was ist mit dir, Iseabail? Weißt du etwas über die Versiegelung von Alchemisten-Runen?«, fragte Fisher mit angespannter Stimme. Er wirkte fahrig. »Belikon hat eure Länder nicht geplündert, als er Yvelia von allen alchemistischen Texten säuberte. Glaubst du, es könnte noch irgendetwas Brauchbares in Nevercross zu finden sein?«

Manchmal hasste ich es, so ahnungslos zu sein. »Was ist Nevercross?«

Iseabail selbst beantwortete die Frage. »Das ist unser politisches Zentrum«, erklärte sie mit ihrem sanften, melodiösen Akzent. »Eine Stadt wie keine andere. Unsere Gebäude stehen seit Jahrtausenden geschützt vor der Außenwelt. Dort unterrichten wir unsere Kinder und heilen die Kranken.«

»Und eure Geschichten werden dort aufbewahrt«, fügte Fisher hinzu. »In den Katakomben unter der Stadt.«

Die rothaarige Hexe schaute grimmig und deutete damit an, dass Kingfisher das nicht wissen sollte. »Unsere Geschichten sind genau das. *Unsere.* Es gibt keine Aufzeichnungen über die Alchemisten oder ihre Praktiken unterhalb von Nevercross. Und selbst wenn es welche gäbe«, fuhr sie fort und erhob einen Finger, um Fisher das Wort abzuschneiden, bevor er sie unterbrechen konnte. »Nur Hexen der Gilde haben Zutritt zu den Katakomben. Ich könnte euch nicht in diese Todeskammern bringen, selbst wenn ich wollte. Und ich will nicht. Es gibt Geheimnisse dort unten, die niemals ein Außenstehender erleben sollte.«

»Erleben?« Das war eine seltsame Wortwahl.

Iseabail nickte. »Die Katakomben sind schauerlich. Ich würde nur dort hinuntergehen, wenn ich keine andere Wahl hätte. Aber wir haben andere Möglichkeiten. Bis wir sie nicht alle ausgeschöpft haben, wäre es töricht, überhaupt daran zu denken, einen Antrag auf Zutritt zu stellen.«

Fisher trommelte abwesend mit den Fingerspitzen auf den Tisch. Das späte Morgenlicht drang durch das Fenster und vergoldete sein Haar. Erst vor wenigen Stunden waren wir ineinander verschlungen gewesen, umfangen von seiner funkelnden Magie. Es war wundervoll gewesen in diesem stillen samtenen Schutzraum. Jetzt war er beunruhigt, zutiefst beunruhigt. Es war fast so, als könnte ich seinen Schmerz fühlen. Sein Stuhl knarrte, als er sich damit zurückschob und ihn auf zwei Beinen balancierte. Er bedeckte den Mund mit einer stark tätowierten Hand und seufzte.

»In Ordnung. Das kann ich respektieren. Auch die Hexen verdienen ihren Frieden«, entschied er. »Wir werden es so lange wie möglich vermeiden, nach Nevercross zu reisen. Aber diese Fäulnis kann Eis und Schnee überleben, Iseabail. Die Berge werden sie nicht aufhalten. Schon sehr bald wird sie eure Heimat erreichen, und dann *wird* sie zum Problem der Gilde.«

Iseabail neigte den Kopf, und die Spitzen ihrer rotbraunen Haarflechten rollten sich auf dem Tisch auf, als sie diese Wahrheit akzeptierte. »Leider werden meine Mutter und meine Schwestern warten, bis dieser Tag kommt, bevor sie handeln. Ich werde ihnen davon berichten, was ich hier gesehen habe. Aber mit einer baldigen Unterstützung aus dem Norden ist nicht zu rechnen, fürchte ich.«

Eine Zeit lang herrschte in der Bibliothek Schweigen; wir alle waren in Gedanken versunken und bemühten uns nach Kräften, herauszufinden, wie wir am besten vorgehen sollten. Die Stille wurde unterbrochen, als die Tür aufflog und Ren und Lorreth in einem Wirbelwind aus Leder, Ruß und Kriegerzöpfen hereinrauschten.

Fisher sprang auf. »Habt ihr sie gefunden?«

Rens Gesicht war ernst, aber er nickte. »Die überwiegende Mehrheit von ihnen hat am Versammlungspunkt auf uns gewartet. Aber wir haben weitere tausend Krieger verloren.«

»Wieder Fresser?«

Lorreth schüttelte den Kopf. »Die Fäulnis. Sie hat sie irgendwie befallen. Genauso, wie sie die Fresser befallen haben muss. Es dauerte eine Stunde, höchstens zwei. Die anderen Krieger mussten sie von ihrem Leid erlösen. Ihre Freunde. Verwandten. Es war unschön. Eine Spur von Leichen führt vom Kriegslager bis ins Vorgebirge.«

»Und wo diese Leichen lagen, breitet sich die Fäulnis aus und wird stärker«, erklärte Ren. »Sie befällt die ganze Vegetation. Alle Kreaturen, ob lebendig oder tot. Sie zieht problemlos über Schnee und verbrannte Erde. Wir müssen einen Weg finden, um sie aufzuhalten.«

Die Farbe wich aus Fishers Gesicht. Sein Blick traf meinen, umwölkt vor Sorge, und das dünne Band aus Quicksilver in seinem rechten Auge leuchtete hell. *Wir müssen es ihnen sagen,* verkündete er mir gedanklich. *Habe ich deine Erlaubnis?*

Ich nickte ihm knapp zu. Ich hatte ihm in allen Einzelheiten erzählt, was geschehen war, als ich in Gillethrye in das Quicksilver gezogen worden war. Ich hatte nichts ausgelassen. Fisher hatte jedoch gewollt, dass wir den ganzen Bericht noch eine Zeit lang für uns behielten, um die anderen nicht unnötig zu beunruhigen. Aber jetzt hatte es den Anschein, als müssten wir sie alarmieren. Er nahm einen tiefen Atemzug und fing an. »Damals in

Gillethrye wurde Saeris nicht nur in das Quicksilver hineingezogen. Sie wurde von den Göttern gerufen.«

Fünf verblüffte Gesichter wandten sich mir zu. Über der Rückenlehne des Sofas tauchte Carrions Kopf wie aus dem Nichts auf, die kupferfarbenen Strähnen zerzaust, als sei er gerade aufgewacht. »Was soll das bedeuten, *von den Göttern gerufen*? Hast du etwa zur Religion gefunden?«

»Nein. Es bedeutet, dass sie mich zu sich gerufen haben. Zareth war derjenige, der mich durch das …«

»Moment mal! *Zareth?*«, schrie Te Léna. »*Der* Zareth? Gott des Chaos Zareth?«

»Gott des Chaos *und* der Veränderung«, sagte ich müde. »Er bestand sehr hartnäckig auf den ›und der Veränderung‹-Teil.«

»Du bist *einem Gott* begegnet?«

»Ja. Sogar drei Göttern.« Ich zuckte die Schultern. »Bal und Mithin waren auch da. Irgendwie.«

Te Léna sah aus, als würde sie gleich in Ohnmacht fallen. Ehrfürchtig legte sie Zeige- und Mittelfinger auf die Stirn. »Was hat Zareth gesagt?«

»Er sagte, er würde uns aus dem Gewebe des Universums heraustrennen. Dass die Götter nicht mehr in der Lage wären, uns zu sehen.«

»Warte«, sagte Maynir. »Also du und Fisher … ihr seid *nicht* mehr götterverbunden?«

Fisher trat von einem Fuß auf den anderen und rieb sich geistesabwesend über die Tattoos auf seinem Handrücken, die jetzt mit meinen übereinstimmten. »Doch, das sind wir. Wenn überhaupt, ist die Verbindung zwischen uns sogar noch stärker. Die Götter sind jetzt einfach blind für uns. Zareth meinte, es würde uns schützen. Einige der anderen Götter sind nicht allzu optimistisch wegen dem, was gerade passiert. Sie würden lieber ein neues Universum erschaffen, als abzuwarten, was mit diesem passiert, also …«

»Nein. Nein, nein, nein.« Iseabail schüttelte den Kopf. »Unmöglich. Die yvelianischen Götter sind nicht real. Sie sind Metaphern.«

Lorreth kniff kaum merklich die Augen zusammen. »Aber die Balquhidder-Götter sind real, oder was? Diese Elementargeister, die dir in die Ohren flüstern? Die dir sagen, ob du Grausamkeiten für *›das große Ganze‹* begehen oder verhindern sollst?« Diese drei Worte trieften vor Sarkasmus.

»Unsere Gottheiten sind keine Mythen, Lorreth. Sie sind immer da gewesen, und ihr Wille kann nicht infrage gestellt werden. Wenn wir ihnen nicht gehorchen, werden die Konsequenzen …«

»Genug.« Fisher erhob seine Stimme nicht, aber der Befehl klang in der Bibliothek nach. Tiefe Zornesfalten gruben sich zwischen seine Brauen. »Die Götter sind real. Es sind Drecksäcke, aber sie sind real. Ich bin ihnen selbst begegnet. Wir erzählen euch das nicht, um eine theologische Debatte in Gang zu setzen. Ich erwähne es wegen dem, was sie zu Saeris gesagt haben.«

Alle sahen mich erwartungsvoll an, was ich ganz *toll* fand. Ich liebte es, angestarrt zu werden. »Zareth zeigte mir diesen Baum«, erklärte ich. »An seinen Zweigen waren Tausende von Blättern. Er sagte, dass jedes Blatt ein Reich repräsentiert, das von zahllosen Lebewesen bevölkert wird. Einige der Blätter verwelkten und fielen ab, während wir miteinander sprachen. Er sagte, diese Reiche seien von einer Fäulnis befallen, die sich über das ganze Universum ausbreitet. Ganze Äste des Baumes wurden schwarz und starben ab. Zareth meinte, das bedeute das Ende – von allem. Von allen Reichen. Dass die anderen Götter reinen Tisch machen und das Universum von Grund auf erneuern wollten. Aber er war dagegen.«

»Und dann«, fragte Iseabail, »sagte dieser Mann, der behauptete, ein Gott zu sein, dass du und Fisher die Einzigen seid, die das Ende von allem aufhalten können? Wollt ihr uns das sagen?« Die Hexe klang nicht wirklich aufgebracht. Ihr Ton war gemessen, aber in ihren blauen Augen tobte ein Wirbelwind der Emotionen.

»Nein. Er sagte, dass Fisher und ich eine Art Achse sind. Ein Zusammenlaufen der Schicksalsfäden. Er sagte mir, keiner der Götter könne um uns herum sehen. Dass wir einen Weg finden *müssen*, um etwas dagegen zu unternehmen, ansonsten seien wir verloren. Ich sage nicht, dass wir besonders sind, Iseabail. Ich sage nur, dass …« Ich suchte nach den richtigen Worten. »Ein Gott hat auf ein unwahrscheinliches Ergebnis gewürfelt, nur um zu sehen, ob sich das Risiko lohnen würde. Das ist alles. Das ist es, womit wir es momentan zu tun haben.«

Niemand wirkte glücklich darüber.

Ich blickte in angespannte, finstere Gesichter, als ich mich im Raum umsah. Bis mein Blick auf Carrion fiel. Die Arme über die Rückenlehne der Couch ausgebreitet, das Kinn auf das Polster gestützt, zwinkerte er mir schelmisch zu. »Du wirst dir was einfallen lassen, Fane. Das tust du immer. Du bist sehr schlau für eine Fünfundzwanzigjährige.«

Ich verschluckte mich an einem Lachen, und die Spannung, die sämtliche Luft im Raum aufsaugte, verschwand plötzlich. »Wenn du dich über meine Jugend lustig machen willst, Swift, dann solltest du auch mein Alter kennen. Ich bin vierundzwanzig.«

Er legte den Kopf schräg und wackelte mit den Augenbrauen. »Ach ja, wirklich?«

»Ich …« Oh. Ich verstummte und runzelte die Stirn, als ich nachrechnete. Wie lange war ich jetzt in Yvelia? Es kam mir vor wie eine lange, lange Zeit, aber … bei den Göttern, ich wusste es nicht. Lange genug jedenfalls. Ich hatte meinen Geburtstag verpasst. Ich war tatsächlich mittlerweile fünfundzwanzig.

Carrion wandte seine Aufmerksamkeit wieder seinem Buch zu.

»Keine Sorge, Fane. Wir veranstalten eine große Geburtstagsfeier, sobald die Leute nicht mehr überall sterben.«

»Ich will keine Feier.«

»Warum nicht? Du bist doch auch immer zu *meinen* gekommen.«

»Ich bin ins Kalas gegangen«, korrigierte ich ihn. »Du und deine betrunkenen Freunde waren zufällig auch manchmal da.«

Lorreth warf Carrion ein Grinsen zu. »Nur für Faelinge gibt es Geburtstage. Wir feiern diese Dinge nicht mehr, wenn wir älter als vierzehn sind. Wie alt bist du jetzt, siebzehnhundert Jahre?«

»Pass auf, was du sagst, alter Mann. Ich bin nicht uralt wie der Rest von euch«, schimpfte Carrion verächtlich und blätterte eine Seite um. »Ich bin erst tausend*sechs*undneunzig, danke vielmals.«

»Unmöglich. Der Daianthus-Erbe verschwand, als wir Faelinge waren. Ich war …« Lorreth legte die Stirn in Falten und kramte in seinem Gedächtnis. »Ich war dreizehn, als es geschah. Ich bereitete mich auf meinen Eid vor. Was ist mit dir, Fisher?«

Anders als Lorreth war mein Gefährte weder beunruhigt noch verwirrt von dem, was der Krieger zufällig aufgedeckt hatte. »Fast zehn«, antwortete er.

»Genau. Das bedeutet, dass du tatsächlich ungefähr in unserem Alter bist.« Lorreth sah Carrion mit hochgezogenen dunklen Brauen an.

»Ist er nicht«, widersprach Fisher ruhig. »Es ist so, wie er sagt. Er ist vermutlich erst elfhundert oder so.«

Carrion zeigte auf Fisher. »Danke. Ich *kann* zählen, Lorreth von den Gespaltenen Türmen.«

»Dann ist er also *nicht* der Erbe?« Te Léna klang genauso verwirrt wie der Rest von uns.

»Moment mal! Bin ich nicht?« Carrion saß plötzlich kerzengerade auf dem Sofa. »Ich bin aus dem Schneider?«

»Er *ist* der Erbe. Seit dem Labyrinth habe ich viel darüber nachgedacht, und es gibt eine plausible Erklärung für Carrions Alter«, erklärt Kingfisher. »Als mein Vater ihn durch das Quicksilver brachte, muss irgendetwas passiert sein. Ich wette darauf, dass die Götter wieder ihre Finger im Spiel hatten.«

»Du glaubst, es besteht die Möglichkeit, dass sie zu ihm sprechen wollten?«, fragte ich. »So wie Zareth zu mir gesprochen hat?«

Mein Seelengefährte nickte bedächtig. »Die Zeit ist seltsam in ihrem Reich. Als sie mich bei Ajun holten, stand ich mit Bal und Mithin in der Mitte eines Feldes mit wogendem hohem Gras. In der Ferne sah ich zwei Gestalten auf einem Hügel. Die erste war Zareth. Die zweite … warst *du*, Osha.«

Was auch immer ich erwartet hatte, *das* war es nicht. Fisher hatte vor über tausend Jahren am Ajun-Tor gekämpft und wäre fast gestorben. Ich war erst vor wenigen Wochen durch das Quicksilver und in das Reich der Götter gezogen worden. »Aber … wie? Und woher weißt du, dass ich es war?«

Ich kannte deinen Namen nicht. Ich sah dein Gesicht nicht. Aber ich wusste es, Osha. Meine Seele erkannte ein Flackern ihrer selbst, das in jemand anders brannte, und sie verstand. Die Erklärung war nur für mich. Fishers Augen glühten vor Intensität, als er die Botschaft übermittelte. Zu den anderen im Raum sagte er: »Als mein Vater mit dem Daianthus-Erben flüchtete, müssen einer oder mehr Götter ihre Flucht hinausgezögert haben. Zumindest an ihrem Bestimmungsort. Die Zeit hier in Yvelia lief weiter, aber in Zilvaren stand sie still, nehme ich an.«

Es lag gewiss in ihrer Macht. Und die Götter liebten es, sich in die Angelegenheiten der Lebenden einzumischen. Ich hätte es ihnen zugetraut. Aber die Frage war, wa…

»Warum?« Carrion sprach es aus, bevor ich es zu Ende gedacht hatte. »Zu welchem Zweck? Ich erinnere mich nicht, dort gewesen zu sein. Ich erinnere mich an gar nichts. Nicht einmal an deinen Vater, Fisher. Hatte er irgendeinen Plan für mich? Haben die *Götter* einen?«

Mein Gefährte kaute auf der Innenseite seiner Wange und starrte auf seine Hände hinab, die vor ihm auf dem Tisch lagen. Er brauchte lange, bis er sprach. »Ich erinnere mich auch kaum an meinen Vater. Und ich gebe nicht vor, irgendetwas über die Pläne von Göttern zu wissen. Wir können nur unsere eigenen Pläne machen und das Beste hoffen.«

»Stimmt.« Bis jetzt war Renfis bei dieser Unterhaltung auffallend still gewesen. Er rieb sich das Kinn und sah sich im Raum um. »Mit den Vorstellungen der Götter müssen wir uns später beschäftigen. Im Augenblick ist nichts wichtiger als die anstehende Aufgabe. Wir haben leider kaum noch Silber, aber das scheint gar nicht mehr das Problem zu sein. Die Horde ist in Schach gehalten. Saeris hat ihnen verboten, die toten Felder zu verlassen. Wir brauchen uns keine Sorgen mehr zu machen, dass sie am Fluss auftauchen. Es stimmt, wir haben noch keine Reliquien, aber einstweilen kommen wir ohne sie aus.«

»Oh, wir brauchen sie noch immer«, wandte ich ein.

Wieder sahen mich alle an.

»Wir brauchen sie sogar mehr denn je. Die Fresser gestern am Fluss hätten nicht in der Lage sein dürfen, sich meiner Anordnung zu widersetzen, und doch haben sie es getan.«

»Weil sie von der Fäulnis befallen waren«, sagte Ren langsam. Er ließ die Schultern hängen, und sein Gesicht sackte in sich zusammen. »Und die Fäulnis breitet sich aus. Wenn die Horde bei Ammontraíeth infiziert wird …«

»… sind wir geliefert«, beendete Fisher den Satz. »Fuck!« Er runzelte die Stirn, und sein Blick war eine Million Meilen weit weg, als er das Gesagte verarbeitete.

»Die Reliquien würden uns trotzdem nicht helfen, wenn wir es mit einer infizierten Armee zu tun haben«, murmelte Lorreth.

Dieses Mal hielt ich den Mund. *Ich* würde nicht diejenige sein, die es aussprach. Wie immer nahm Fisher diese schwierige Aufgabe auf sich, trug ihre Last für den Rest von uns. »Wenn es dazu kommt, wird uns *nichts* helfen«, sagte er. »Wir werden Yvelia verlassen müssen. Und für eine Massenevakuierung dieses Ausmaßes brauchen wir wesentlich mehr als fünfzehntausend Reliquien.«

Es gab andere Reiche. Orte, an denen wir dem Verfall vielleicht eine Zeit lang entkommen konnten. Aber es wäre nur eine vorübergehende Lösung. Nach dem, was Zareth gesagt hatte, fand die Fäulnis, die sich rasch in Richtung der Berge zwischen Irrín und Cahlish ausbreitete, bereits Wege, um von einem Reich ins andere überzuspringen.

Renfis neigte den Kopf und nickte. »Okay. Ich muss mich korrigieren. Wir *werden* mehr Silber brauchen. Mehr, als wir hier in Yvelia finden können.«

»Stimmt.« Fisher presste die Fingerspitzen gegen die Schläfen. Nachdem er einen Augenblick lang nachgedacht hatte, sah er zu mir hoch. »Es gibt eine Schmiede in Ammontraíeth. Da muss eine sein.«

»Ich werde sie finden. Und dann mache ich mich sofort an die Arbeit.«

»Danke. Während ihr da seid, kann Carrion Informationen über die Versiegelung deiner Runen beschaffen. Und seine Fähigkeiten im Allgemeinen verbessern, wenn er schon mal dort ist.«

Carrion stieß ein gequältes Seufzen aus und hievte sich vom Sofa hoch. Er klopfte mit den Händen seine Kleidung ab und richtete sich auf. »Nein«, verkündete er. »Carrion kann *nicht.*«

»Warum nicht? Hast du was Besseres zu tun?«, fragte Fisher.

»Na ja, nicht unbedingt besser, aber …« Er rollte mit den Augen. »Ich weiß, wo du hinwillst, und zum Leidwesen von uns beiden tue ich besser daran, *dich* zu begleiten.«

»Wovon redest du?«, wollte ich wissen.

»Wo können wir außerhalb dieses Reichs problemlos an einen Haufen Silber herankommen?«, fragte der Schmuggler.

Oh.

O nein.

Ich zuckte zusammen, als mir klar wurde, worauf das hinauslief.

»Wir müssen auch herausfinden, ob die infizierten Fresser aus Zilvaren kommen. Und ich kann es nur vermuten, aber ich bin fast sicher, dass du jetzt, da du verbunden und total romantisch bist, auch Saeris' Bruder holen und endlich die Vereinbarung einlösen willst, die du mit ihr getroffen hast …«

»*Vorsicht,* Swift«, knurrte Fisher.

»Und wer weiß schon *genau,* wie der berüchtigte Hayden Fane aussieht, hmm?«

»Du hast deine Argumente vorgetragen.«

»Wenn diese Aufgabe wieder dir überlassen wird, bringst du vermutlich irgendeinen dahergelaufenen … hey, wie hieß der Typ noch gleich?« Carrion schnippte stirnrunzelnd mit den Fingern in meine Richtung. »Du weißt schon, dieser Blonde, der dich damals im Kalas geküsst hat? Du hast ihm ein Stück des Vorderzahns abgebrochen, als du ihn auf den Mund geschlagen hast.«

Ich würde *ihm* sehr bald auf den Mund schlagen. »Carrion, es reicht.«

Er hob kapitulierend die Hände. »Schon gut. Schon *gut.* Ich meine ja nur. Während du den Scheiß am Bluthof unter Kontrolle hältst und dir ein paar neue Zaubertricks ausdenkst, begeben Fisher und ich uns in die Silberstadt und kümmern uns da um die Geschäfte. Das ist nur logisch.«

Eine dichte Stille erfüllte die Bibliothek, als alle über den Vorschlag nachdachten. Ich wartete darauf, dass Fisher ihn ablehnte, aber als ich seinen düsteren Blick sah, begriff ich, dass er Carrions Plan wider Erwarten nicht abschmettern würde. Er sah aus, als wollte er ihn umbringen. Stattdessen sagte er: »Gut. Aber ich schwöre bei den Göttern, wenn du die ganze Zeit quasselst, *werde* ich dich umbringen und deinen Kadaver den Krähen überlassen.«

11

FOOL'S PARADISE

SAERIS

Abschiede waren nicht einfach.

Wir machten es kurz.

Wenn Madra tatsächlich dafür verantwortlich war, dass die infizierten Fresser nach Yvelia gekommen waren, dann war jede Sekunde, in der das Quicksilver aktiv war, eine weitere Gelegenheit, noch mehr von ihnen loszuschicken.

Als Kingfisher und Carrion in das Silber traten, war ich emotional so aufgewühlt, dass ich die Einfassung zerbrach, die um das Becken in Cahlish herumführte. Ich hätte Fisher fast angefleht, nicht zu gehen. Stattdessen gab ich Carrion die Reliquie, die ich für ihn angefertigt hatte, und Fisher gab ich die, die für Hayden bestimmt war. Ich hatte meinen Gefährten lange und innig geküsst und versprochen, das Tor in drei Tagen wieder für sie zu öffnen.

Im Gegenzug hatte Fisher ein Schattentor in Cahlish für uns offen gelassen. Mithilfe eines Schutzsiegels, das er mit seinem Blut unterhalb des Tors aufgebracht hatte, hatte er die Tür im Wesentlichen einen Spalt offen gelassen, sodass wir uns zwischen dem Anwesen und einem sicheren, nicht von der Fäulnis befallenen Punkt am Ufer des Darn bewegen konnten, um dort den Fluss zu überqueren und nach Ammontraíeth zurückzureiten.

Ich hatte an meinen Gefährten gedacht, als wir die Pferde sattelten. Während des zweistündigen Ritts über die toten Felder hatte ich nicht aufhören können, an ihn zu denken. Nicht, als ich durch die widerhallenden Säle des Palastes gefegt war, vorbei an Hochadel-Vampiren, die vor mir auf die Knie gefallen waren und sich verbeugt hatten. Nicht, als ich in meinen Gemächern gelesen hatte, um ein wenig Zeit totzuschlagen. Nicht, während ich halbherzig in meinem Essen stocherte, das mir ein Diener, der zu den rangniedrigsten aller Vampire in Ammontraíeth gehörte, auf mein Zimmer gebracht hatte. Ich konnte auch *jetzt* nicht aufhören, an ihn zu denken.

»Halt es hoch. Du vernachlässigst deine Deckung.«

Das Schwert krachte herunter, seine Klinge durchschnitt die Luft gefährlich nahe an meinem Gesicht. Ein Adrenalinstoß surrte direkt unter der Oberfläche meiner Haut und ließ mich in kalten Schweiß ausbrechen.

Lorreth wollte vermutlich nicht hier sein. Wie egoistisch von mir, nicht vorher darüber nachgedacht zu haben: Der Krieger wäre fast von drei wild gewordenen Fressern ausgesaugt worden und gestorben. Fisher hatte ein Stück seiner Seele mit der von Lorreth verbinden müssen, um seinen Freund von der Schwelle des Todes zurückzuholen. Das lag inzwischen Jahrhunderte zurück, aber so etwas überwand man nie, ohne dass Spuren blieben.

Ammontraíeth war ein Ort der Schatten – ein Element, zu dem ich seit Kurzem Vertrauen gefasst hatte. Aber die Dunkelheit, die in den Ecken des Bluthofes aufwallte, war nicht geschaffen, um zu streicheln oder zu verführen, wie es Fishers Schatten taten, zumindest dann, wenn er sie bei *mir* anwendete. Die Schatten von Ammontraíeth bargen Gefahr und wachsame Augen. Ich war nicht die Einzige, der es aufgefallen war, als wir kurz nach Einbruch der Dämmerung eingetroffen waren.

Lorreth war in höchster Alarmbereitschaft, sein Blick überall, nur nicht auf mich gerichtet, als wir trainierten. Die Übungshalle war von Equinox-Licht erleuchtet, dessen eigenwillige, träge Flammen wie hohes Gras in einer leichten Brise wogten, als der Krieger und ich umeinander wirbelten.

Es gab hier keine Fenster. Die Wände und der Boden bestanden aus glattem, poliertem Obsidian, der die Luft irgendwie schal machte. Mein schneller Atem und das Geräusch unserer nackten Füße auf dem kühlen schwarzen Boden wirkten zu laut, zu nah.

Lorreth warf sich nach vorn und grunzte, als er Avisiéth schwingend nach unten brachte. Das Geräusch hallte einmal nach und war dann verstummt. Ich wich dem Schlag leichtfüßig aus und wandte den Blick nicht von dem Krieger ab, falls er den Knauf des Götterschwerts mit einem Rückhandschlag auf meinen Kopf niederkrachen ließ.

»Ich hätte mitgehen sollen«, sagte ich und brachte Solace in Abwehrstellung. »Ich sollte bei *ihnen* sein.«

Lorreth wich dem Hieb, den ich auf seiner Schulter landen wollte, mit Leichtigkeit aus und schlug Solace zur Seite. Er zischte abfällig durch die Zähne und schüttelte den Kopf. »Schlampig. Höher. So.« Er demonstrierte, wie ich das Schwert halten sollte, und hob betont die Ellbogen an, sodass sie eine Linie mit seinem Kiefer bildeten. Er nickte, als ich die Stellung zu seiner Zufriedenheit nachahmte, und griff dann an. »Du konntest nicht mit ihnen gehen«, erklärte er und stürmte vorwärts. »Falls du es vergessen hast, in deiner alten Heimat gibt es zwei Sonnen und keine Nacht.«

»Ich hätte einen Umhang tragen können.« Ich wich einem Hieb aus, mit dem er auf meinen Bauch zielte. »Meine Haut bedeckt halten.«

»Klar. Damit wärst du aufgefallen wie ein bunter Hund. Und was ist mit der Erschöpfung? Du bist hier mittags schwächer …«

Ich richtete mich auf und senkte Solace. »Hey!«

»Ich sagte *schwächer*, nicht schwach. Deckung!« Die flache Seite seiner Klinge landete auf meinem Oberarm – eine Bestrafung dafür, dass ich meine Stellung nicht beibehalten hatte. Ein Schmerz fuhr mir in die Schulter und schoss direkt hinauf in meinen Kopf. Meine Zähne krachten so fest aufeinander, dass ich mir auf die Zunge biss und Blut schmeckte.

»Das war nicht sehr höflich«, knurrte ich.

»Oh, verdammt. Mir war nicht klar, dass wir das tun, um höflich zu sein. Entschuldige. Lass es mich wiedergutmachen.« Er schlug die nackten Hacken zusammen und nahm eine steife Haltung an. Das Kinn nach oben gereckt, sah er mich über seinen Nasenrücken hinab an und fixierte mich mit einem gebieterischen Blick. »Ich fordere dich zum Duell, Saeris Fane. Würdest du mich bitte mit deinem glänzenden Schwert stechen? Es wäre eine *solche* Ehre.«

»Fick dich, Lorreth.«

Er verzog das Gesicht. »Küsst du meinen Kommandanten mit diesem Mund?«

»Ich habe noch viel Schlimmeres getan, als ihn damit zu küssen.«

Er zog die Mundwinkel nach unten und riss die Augen auf. »Okay. *Das* muss ich mir nicht anhören, vielen Dank.«

»Ich hatte nicht vor … es dir zu erzählen.« Ich schnappte nach Luft, als ich wieder herumwirbelte, mich in den Fußgelenken, den

Knien und dann in den Hüften drehte, als ich Solace in einem Bogen durch die Luft sausen ließ. Schwertkampf war viel härter als der Kampf mit einem Dolch. Ein Dolch war eine Verlängerung der Hand. Ich war schnell mit zwei von ihnen. Flink. Die schiere Größe und das Gewicht von Solace erschwerten meine Bewegungen.

Lorreth folgte mir, als ich mich drehte; er machte einen Schritt zurück, hob seinen Stiefel und trat mich in die Seite.

Ich ging hart zu Boden, und die Luft entwich aus meiner Lunge, als ich krachend landete. »*Uff!*«

»Die Schritte waren gut, aber beschämend langsam«, analysierte der Krieger und schritt im Kreis um mich herum.

»Das dachte … ich … auch … schon.« Scheiße, meine Rippen taten weh.

Lorreth hockte sich neben meinen Kopf, legte Avisiéth flach über seine Knie und stützte dann die Ellbogen auf die Klinge des Götterschwerts. Der Mistkerl war nicht einmal außer Atem. »Du bist genau da, wo du sein musst, Saeris«, sagte er. »Nun ja, nicht auf dem Boden. Du solltest definitiv nicht auf dem Boden liegen. Aber hier, meine ich. Wenn du dich noch länger von Ammontraíeth ferngehalten hättest, hätte einer der anderen Lords den Thron für verwaist erklärt und ihn für sich beansprucht. Sie nennen es Pflichtversäumnis oder so ähnlich. Die Leute glauben, am Bluthof gäbe es nur Ausschweifungen und blutgetränkte Orgien, aber meiner Erfahrung nach dreht sich alles um Bürokratie und politische Verleumdung.«

»Du klingst enttäuscht.«

Er zuckte die Schultern und reichte mir die Hand, als ich wieder aufstand. »Ich meine, wer steht nicht auf blutgetränkte Orgien?«

»Kann nicht sagen, dass ich jemals an einer teilgenommen hätte.«

»Da hast du nicht viel verpasst. Es ist … klebrig.«

»Können wir diese superinteressante Unterhaltung für einen kurzen Augenblick unterbrechen? Ich glaube, meine Schulter ist ausgerenkt.«

Lorreth sah sie sich kaum an, bevor er mir dagegenschlug. Der Knall und die Drehung des Schultergelenks, als es sich wieder einrenkte, ließen mir die Galle in die Kehle aufsteigen. Ich funkelte ihn durch tränenverschleierte Augen finster an. »Danke?«

»Gern geschehen. Und jetzt weiter. Deckung.«

»Ich kann dieses verdammte Schwert nicht mehr halten. Mindestens die nächsten zehn Minuten nicht. Ich glaube, ich muss kotzen.«

Er öffnete schon den Mund, um mich zu schikanieren und wieder auf die Beine zu bringen, aber seine Augen trafen meine, und etwas in ihm wurde weich. Er hatte Mitleid mit mir. »In Ordnung. Du hast fünf Minuten. Komm zu Atem. Und …« Plötzlich klang er verlegen. »Ich weiß, dass du dich schlecht fühlst, okay? Nutzlos sogar, gefangen hier in diesem beschissenen Palast, während alle anderen ohne uns da draußen sind. Ren warnt die Gilaria-Fae. Danya koordiniert die Bemühungen, die Infizierten in Schach zu halten. Fisher und Carrion finden in Zilvaren heraus, was sie können, während sie nach dem Silber und deinem Bruder suchen …«

»Oh, *bei den Göttern*!«, rief ich, als eine schreckliche Erkenntnis mich wie aus dem Nichts traf.

Lorreths Augen weiteten sich. »Was? Was ist los?«

»Du musstest ihm versprechen, hierzubleiben und auf mich aufzupassen, nicht wahr?«

Sofort sah Lorreth mich ausdruckslos an.

»Du musstest ihm versprechen, hierzubleiben und mich zu beschützen!« Bei den Göttern, ich war *so* blind! »Das ist der einzige Grund, warum du hier in dieser Übungshalle mit mir festsitzt, stimmt's? Sonst wärst du bei den anderen und würdest ebenfalls etwas Nützliches tun!«

Nachdem wir die Details unseres Plans besprochen hatten, machte sich jeder von uns an seine spezielle Aufgabe. Te Léna und Maynir waren aufgebrochen, um sich um die verwundeten Krieger zu kümmern, die aus Irrín geflüchtet waren. Iseabail war zu ihren Leuten zurückgekehrt, um *höflich* zu fragen, ob eine der Hexenältesten wusste, wie man alchemistische Runen versiegelte. Ren war hinaus zu den kleinen Ansiedlungen östlich von Cahlish und entlang der Küste geritten, um die Bewohner vor der Fäulnis zu warnen. Aus denen, die ihr vom Kriegslager noch zur Verfügung standen, stellte Danya Trupps zusammen, um die Infizierten aufzuhalten oder sie zumindest daran zu hindern, weiter ins Landesinnere vorzudringen.

Der Plan sah vor, dass wir uns alle in drei Tagen wieder in Cahlish treffen würden, komme, was wolle.

Aber *Lorreth* hatte behauptet, er wolle bleiben und gemeinsam trainieren.

Er konnte nicht lügen; vermutlich wollte er mir wirklich beim Training helfen.

Aber ich hätte mein linkes Auge darauf verwettet, dass er lieber mit Danya unterwegs gewesen wäre und die Infizierten aufgehalten hätte. Der Krieger wies meinen Verdacht mit einem Schulterzucken zurück und versuchte so zu tun, als wisse er von nichts.

»Mach dir deswegen keine Sorgen. Du brauchst dich nur darauf zu konzentrieren, diese Vampire abzulenken und aus deinen Runen schlau zu werden.«

»Lorreth!«

»Schon gut, schon gut! Ich werde deinen Verdacht weder bestätigen noch leugnen. Aber wenn du keinen Stunk machst und mit mir weiter trainierst, *werde* ich dir die Geschichte vom Ajun-Tor erzählen. Die ganze, in allen grausamen Einzelheiten.«

»Ich kenne die Geschichte …«

»Ha!«, knurrte Lorreth. »Nein, tust du nicht. Weißt du von Mirelle?«, fragte er.

Mirelle. Der Name klang vertraut, irgendwie? Vielleicht? Ich schüttelte den Kopf. »Nein, tue ich nicht.«

Die Anspannung wich aus Lorreths Schultern; er wusste, dass er schon gewonnen hatte. »Mirelle war Rens Schwester. Sie starb am Hang dieses gefrorenen Berges, und seitdem sind wir alle nicht mehr dieselben.«

»Erzähl mir davon.« Jetzt, da er sie erwähnt hatte, *musste* ich es erfahren. »Ren hatte eine Schwester?«

»Nicht einfach nur eine Schwester. Eine *Zwillings…*«

Ich war bereits wieder auf den Beinen, der Schmerz in der Schulter war vergessen. Ich hob Solace hoch, aber Lorreth stöhnte genervt und schlug das Schwert weg, bevor ich eine Verteidigungshaltung einnehmen konnte.

»Weißt du, was? Wenn ich es recht bedenke, sollten wir nicht über Mirelle reden und gleichzeitig kämpfen. Wir sollten das Nächstbeste tun.«

Ich hatte das Gefühl, bereits zu wissen, was Lorreth vorschlagen würde, aber ich musste trotzdem fragen. »Und das wäre?«

»Trinken natürlich. Komm. Diese Blutsauger sind zu fein für Bier, fürchte ich, aber sie haben *wirklich* Ahnung von Wein.«

***

Was hatte ich erwartet? Eine bewaffnete Eskorte durch den Palast? Eine Menge, die die Straßen säumte und mir zujubelte, wenn ich vorbeikam? Nein, natürlich nicht. Das wäre lächerlich gewesen. Aber ich hatte nicht erwartet, dass Lorreth mir einen Umhang über die Schultern werfen, die Kapuze hochziehen und mich aus Ammontraíeth bugsieren würde, ohne dass uns jemand aufhielt oder ein Wort sagte. Das erschien mir einfach zu *leicht*. Obwohl ich es hasste, gewöhnte ich mich allmählich daran, dass Bewohner des Bluthofes vor mir niederknieten, wann immer ich ihnen auf einem Gang begegnete oder einen Raum betrat. Mit der hochgezogenen Kapuze erkannten meine Untertanen mich heute Nacht nicht, und so schlich ich mich unbehelligt aus Ammontraíeth.

Ich wusste, dass es Gebäude außerhalb des Palastes gab. Sehr viele sogar. Ich konnte sie von dem Balkon meines Schlafzimmers aus sehen. Aber ich hatte ihnen nicht viel Beachtung geschenkt. Wenn ich nachts auf dem Balkon stand, richtete ich meine Aufmerksamkeit nach Norden, über die kargen Ebenen, die zwischen mir und meinem Seelengefährten lagen, und nicht nach unten auf das geschäftige Treiben rund um Ammontraíeth. Die Zahnräder – so nannte Lorreth die kreisförmig angeordneten, ineinander verschachtelten Viertel, die durch steile, nach unten auf die Straße führende Treppen miteinander verbunden waren.

Regen prasselte auf die Dächer der schmalen Häuser, strömte über Schiefer und ergoss sich aus rissigen Tonrinnen auf die gepflasterten Gassen. Wir durchquerten die zweite Etage der Zahnräder – ein Viertel, das von Blutmagieren, Untoten und geächteten Paladinen frequentiert wurde, die mit zweifelhaften Waren handelten, so Lorreth. Schattige Innenhöfe verbargen sich entlang schmaler überdachter Gehwege, die von der Hauptdurchgangsstraße abzweigten. Läden in Backsteinhäusern mit schiefen Dächern und Fenstern mit beschlagenen Scheiben boten Tinkturen, Tarotkarten-Legen und frei verkäufliche Hexentiere an.

Während wir gingen, löste Lorreth sein Versprechen ein und erzählte mir die Geschichte vom Ajun-Tor. Ich war die Einzige, die sich an das Lied erinnerte, das er einst über diese schreckliche Nacht auf dem Berg gesungen hatte, aber selbst *das* hatte nicht alles erzählt. Renfis' arme Schwester Mirelle war auf die grausamste Art verbrannt und gefressen worden, und Ren war dabei gewesen. Sie lebte in gewisser Weise weiter, ein Teil ihres Geistes war mit Fishers Schwert verbunden, aber … es war hart, sich vorzustellen, wie ihr Verlust den Bund der Krieger getroffen hatte.

Hart.

Ein passender Gedanke. Alles an diesem Ort war hart, und die Zahnräder bildeten da keine Ausnahme.

Einige Leute waren auf den Beinen und gingen den Geschäften nach – überwiegend Hochadel-Vampire, und der einen oder anderen Fresser am Halsband, der anstelle eines Pferds benutzt wurde. Ich versuchte, nicht unter der Kapuze meines Öltuch-Capes hervorzustarren. Die Fresser waren ausgemergelt, kaum mehr als verwesende Haut, die über Knochen gespannt war. In ihren Augen stand ein Hunger, der nie gestillt werden konnte. Ihre Herren schleppten sie an Ketten mit sich, verhöhnten sie mit Glasfläschchen voll mit streng riechendem Blut und lachten über ihre verzweifelten Versuche, an ihre Belohnung zu gelangen.

Überall, wo ich hinschaute, entfaltete sich eine neue Form der Grausamkeit vor meinen Augen. Eine Frau, bis zur Taille nackt und an einen Pfahl gefesselt, deren blasse Haut auf dem Rücken aufriss wie nasses Papier, als sie ausgepeitscht wurde.

Ein weinendes Kind, dem purpurrote Tränen über die Wangen liefen, hin und her geschubst und von den anderen Hochadligen ignoriert, als sie vorbeieilten, um ihre Besorgungen zu machen. Eine Kreatur mit spindeldürren Beinen, die oben auf einer niedrigen Steinmauer hockte und einer Ratte zuerst die Beine und dann den Kopf abriss, um dann aus ihrem Körper wie aus einem Becher zu trinken.

Aber … auch hier gab es Schönheit zu entdecken. Es fühlte sich falsch an, zuzugeben, dass irgendetwas in Sanasroth schön sein könnte, aber ich stellte fest, dass ich beeindruckt war, als ich Lorreth durch die gewundenen, schmalen Gassen folgte, die zwischen den Häusern hindurchführten.

Aus Blumenkästen an den Fenstern warfen nachtblühende Blumen wohlriechende Sporen nach oben in die kühle Luft. Sie kletterten in Ranken an den Gesimsen der Häuser empor und bedeckten das Mauerwerk mit winzigen weißen Blüten, die wie Jasmin dufteten.

Einige der Schaufenster bestanden aus Buntglas, das den Schein der Equinox-Kerzen, die drinnen brannten, einfing und brach. Die Muster waren atemberaubend: Myriaden von Farben geschickt zu einigen der komplexesten und kunstvollsten Szenen verlötet, die ich je gesehen hatte. Und dann waren da die Hochadel-Vampire selbst. Sie lächelten grausam, und ihre Augen blitzten wie Messer in der Dunkelheit, aber sie hatten feine Gesichtszüge, ihre Haut war makellos, ihre Hemden maßgeschneidert und ihre Kleider aus reiner Seide und Satin.

Lorreth ging voran, die Augen geradeaus gerichtet, als er sich zielstrebig einen Weg durch die Menge bahnte. Er sah die zusammengekrümmten Körper in den dunklen Seitenstraßen nicht – die angemalten Frauen, perfekt wie Puppen, die Köpfe zurückgeworfen in Ekstase, als gut gekleidete Fürsten der Nacht mit rabenschwarzem Haar die Finger zwischen ihren nackten Schenkeln versenkten und in tiefen Zügen aus den Mulden ihrer Hälse tranken. Er schien auch das Gezische nicht zu bemerken.

Wo immer Lorreth vorbeikam, wichen die Hochadligen zurück und blickten ihn mit gefletschten Eckzähnen an. Hass brannte wie Feuer in ihren Augen, aber keiner von ihnen machte Anstalten, ihn zu berühren.

»Du bist beliebt«, stellte ich unter meiner Kapuze fest. »Muss schön sein.«

»Sie haben keine Ahnung, wer ich bin«, entgegnete Lorreth. »Sie spüren das Silber, das ich auf den Rücken geschnallt habe. Das ist alles, was sie interessiert.«

»Hm. Ich bin sicher, die Tatsache, dass du der einzige Fae-Mann in Ammontraíeth bist, ist ihrer Aufmerksamkeit auch nicht entgangen.«

Lorreth zeigte einer mutigen Hochadel-Vampirin, die es wagte, sich ihm in den Weg zu stellen, die Zähne. Sie schleuderte ihm Flüche in einer fremdartigen, kehligen Sprache entgegen, bis er auf Armeslänge an sie herangekommen war, wirbelte dann herum und sprang an der Seite eines Hauses hoch. »Du wärest überrascht«, sagte Lorreth unbekümmert und ignorierte die wütende Frau. »Hier gibt es mehr Fae, als du denkst.«

»Was? Unmöglich! Kein Mitglied der Fae würde freiwillig hierherkommen.«

Der Krieger legte eine Hand an die Tür des verfallenen Gebäudes vor ihm und zog die Augenbrauen hoch, als er mich ansah. »Niemand hat etwas von freiwillig gesagt. Die meisten von ihnen sind Hörige.« Er hob seine Stimme, sodass die Hochadligen auf der Straße ihn hören konnten. »Was glaubst du denn, wen diese Arschlöcher *essen*?«

Da hatte er recht. Ehrlich gesagt hatte ich ziemlich lange versucht, *nicht* darüber nachzudenken, wie ein so großer Hof sich aufrechterhielt, wenn seine einzige Nahrungsquelle Blut war.

Lorreth schenkte mir ein ironisches Lächeln, als er die Tür aufstieß und mir bedeutete einzutreten. »Willkommen im Fool's Paradise, Saeris Fane.«

***

Überall waren Fae. Männer. Frauen. *Kinder*. Es ergab keinen Sinn. Die Schenke war *voll* von ihnen. Sie saßen in Nischen und lachten mit den Hochadel-Vampiren. Sie stocherten in ihrem Essen und hörten völlig fasziniert zu, während ein Hochadliger ihnen etwas erzählte und ein anderer beiläufig an ihrem Handgelenk saugte.

Eine Reihe von Nischen verlief entlang der hinteren Wand,

dicke Brokatvorhänge vorgezogen für mehr Privatsphäre, aber ein paar der Vorhänge waren *nicht* zugezogen worden, und alles, was ich erkennen konnte, war ein Gewirr aus sich windendem nacktem Fleisch. Münder auf Brüsten, um Schwänze geschlungen, und – okay, ja, das reichte. Verlegen wandte ich mit glühenden Wangen den Blick ab.

»Wie nennt man einen vollständig bekleideten Sanasrothier?«, fragte Lorreth in amüsiertem Tonfall, als er sich auf den Weg zur Theke machte.

»Keine Ahnung«, antwortete ich.

»Ich auch nicht. Ich hab noch nie einen gesehen.«

»Ich erinnere mich an *dich*, Faeling.« Die verächtliche Stimme kam von der anderen Seite der Theke. Sie gehörte zu einem großen Hochadligen mit verkniffenen, schmalen Zügen, flinken, tief liegenden dunklen Augen und einem finsteren Blick. »Du warst vor einer Weile hier.«

Auch mit heruntergezogener Kapuze erkannte *mich* der Mann hinter der Theke nicht. Die Bewohner der Zahnräder hatten keine Ahnung, wie ihre neue Königin aussah. Deshalb kniete auch keiner von ihnen nieder, was mir *sehr* recht war.

»Wenn du mit vor einer Weile sechshundert Jahre meinst, dann hast du wahrscheinlich recht, ja«, sagte Lorreth und knallte einen Lederbeutel voller Münzen auf die Theke, bevor er sich auf einen Hocker fallen ließ. »Was war da?«

»Du bist in eine Schlägerei geraten und hast einen meiner Tische zerbrochen. Außerdem bist du gegangen, ohne deinen Deckel zu bezahlen.«

»Heilige Götter und Märtyrer! Es vergehen sechshundert Jahre, und du regst dich immer noch über einen wackligen Tisch und ein Glas Wein auf?«

Der Hochadlige – vermutlich der Inhaber des Fool's Paradise – kniff seine Augen zu Schlitzen zusammen. »Alle Schulden werden bezahlt.« Er richtete seinen Zeigefinger mit einem verstörend langen Fingernagel nach oben zu einem Schild über der Theke, wo tatsächlich ALLE SCHULDEN WERDEN BEZAHLT stand. »Du musst deinen Deckel bezahlen, wenn du von mir bedient werden willst.«

»Ich will keinen *Service* von dir. Meine Schwester und ich sind auf ein Glas oder zwei gekommen. Lass es uns nicht unangenehmer machen, als es bereits ist.«

Der hochadlige Vampir wandte sich zum ersten Mal zu mir, und das eiskalte Gewicht seiner Aufmerksamkeit senkte sich schwer auf mich. Ich war jedoch zu erstaunt darüber, wie Lorreth mich genannt hatte, um dem widerlichen Grinsen des Wirts weiter Beachtung zu schenken.

Schwester.

Er hatte mich seine *Schwester* genannt.

»Ich breche die Regeln nicht einmal für meinesgleichen«, zischte der Mann. »Wie kommst du darauf, ich würde sie für jemand wie *dich* brechen?«

»Wegen meines hübschen Gesichts?«

Der Hochadlige bedachte Lorreth mit einem Blick, der die Velourstapete von den Wänden hätte lösen können.

»Nein? Also gut. Was ist hiermit?« Der Krieger griff über seine Schulter nach hinten und zog Avisiéth. Dann legte er das gravierte Schwert mit einem Klirren auf die Theke.

Die Augen des Wirts schlossen sich kurz, aber eins musste ich ihm lassen: Er hatte Eier. Er schreckte nicht lange beim Anblick des geschärften Silbers zurück. »Wir akzeptieren Münzen oder Blut.« Er machte eine Pause, um Lorreth abzuschätzen, und sagte dann: »Blut wird bevorzugt.«

»Fick dich selbst, Zecke. Du kommst nur an mein Blut, wenn du es mir selbst abzapfst.«

Der Vampir wurde munter. »Das ließe sich arrangieren.«

»Du müsstest mich vorher töten«, fügte Lorreth hinzu und fletschte die Zähne.

Der Hochadlige verschränkte die Arme vor der Brust und schürzte die Lippen. »Du weißt, dass es Hochverrat ist, in Sanasroth Silber zu ziehen. Wie heißt du, Faeling? Wer ist dein Gebieter?«

Lorreth brach in schallendes Gelächter aus. »Mein Name ist Lorreth von den Gespaltenen Türmen. Und ich habe keinen Gebieter.«

Endlich verschwand die finstere, herrische Miene aus dem Gesicht des Wirts. Es hatte etwas seltsam Befriedigendes, zu beobachten, wie er langsam in Panik geriet. »Hier haben nur Hörige Zutritt. Fae ohne Gebieter sind nicht willkommen.« Er wich einen Schritt von der Theke zurück.

»Keine Sorge. Wir gehen wieder, sobald wir eine Karaffe von deinem besten Roten aus Lìssia genossen haben.«

Zwei weitere hochadlige Vampire waren von dem Tisch neben der Theke aufgestanden und hatten sich hinter uns gestellt. Die beiden Männer waren wesentlich größer als der Wirt. Einer legte Lorreth eine Hand auf die Schulter. »Du scheinst vergessen zu haben, welchen Platz in der Nahrungskette deine Art hier einnimmt, Warmblüter«, sagte der auf der rechten Seite. Eine dicke versilberte Narbe verlief über seine rechte Wange. »Errigan hat gesagt, ihr sollt gehen. Steht sofort auf, dann geben wir euch vielleicht einen Vorsprung, bevor …«

Ich hatte es kommen sehen.

Aber als es dann passierte, war es trotzdem schockierend.

Lorreth ließ Avisiéth auf der Theke liegen, berührte das Schwert nicht einmal. Er wurde zu einem verschwommenen schwarzen Fleck, als er sich blitzschnell umdrehte und von seinem Hocker sprang. Gerade noch hatte der narbengesichtige Hochadlige versucht, den Krieger von seinem Hocker zu reißen, und im nächsten Moment war seine Hand nicht länger mit seinem Handgelenk verbunden. Lorreth hielt sie stattdessen in *seiner*. Wundsekret spritzte und sprühte aus dem Handgelenk des Vampirs (jetzt ein fleischiger Stumpf). Der Hochadlige blickte nach unten, öffnete den Mund, um zu schreien, und Lorreth rammte ihm seine eigene Hand mit den Fingern voran in den Hals.

Ich wankte zurück auf einen Hocker und wäre fast gestolpert. »Heilige Scheiße! *Lorreth!*«

»Was zum Teufel und allen fünf Höllen ist hier *los*?«

Die Musik, die gespielt hatte, als wir hereingekommen waren, hörte auf. Bleierne Stille senkte sich über die Schenke, als sich alle umdrehten und zu dem Neuankömmling blickten. Taladaius stand in der Tür, neben ihm eine dunkle Gestalt in einem Umhang, bereits zum Gehen gewandt, die Kapuze aufgesetzt, um ihr Gesicht zu verbergen.

Lorreth versteifte sich, und ein düsterer Ausdruck erschien auf seinem Gesicht. Er machte einen Schritt auf Taladaius zu, aber der Lord der Mitternacht hob die Hand und schloss frustriert die Augen. »Warte hier, Lore. Du bist blutverschmiert und nicht für höfliche Gesellschaft geeignet.« Taladaius sagte rasch etwas zu dem Fremden in dem Umhang. Selbst mit meinem extrem verbesserten Gehör konnte ich kein Wort verstehen. Wenn ich mich nicht irrte, hatte sich vorübergehend ein schalldichter Schild um die beiden herum gebildet.

Die fremde Gestalt nickte und ging, ohne sich noch einmal umzudrehen. Taladaius stand allein im Eingang der Taverne. Wie immer war seine Kleidung makellos, sein silbernes Haar nach hinten gekämmt, nicht eine Strähne fehl am Platz, aber seine Augen wirkten wild, die Nasenlöcher waren gebläht, und die übliche Gelassenheit war angegriffen. »Als ich hörte, dass ihr den Palast verlassen habt, wusste ich, dass der Ärger euch beide finden würde. Aber ich hätte nicht gedacht, dass ihr so leichtsinnig sein und ihn *suchen* würdet.«

»Lord.« Errigan – der andere Hochadlige hatte den Vampir hinter der Theke so genannt – senkte den Kopf und wandte die Augen von Taladaius ab. »Ich hatte Euch noch nicht erwartet. Wir haben den Zehnten des Abends noch nicht ausgerechnet. Entschuldigt. Wenn Ihr mir einen Augenblick …«

»Der Zehnte ist mir egal. Mich interessiert die schnell wachsende Blutpfütze auf dem Boden meiner Schenke und die Tatsache, dass einer meiner Stammgäste gerade an seiner eigenen Hand erstickt. Würdest du mir vielleicht erklären, was hier vor sich geht?«

Der Boden *seiner* Schenke? Der Laden gehörte Taladaius?

Mein Ahnherr sah aus, als würde ihm gleich eine Ader platzen, als er über die Blutpfütze stieg und die Hände auf der Theke aufstützte. »Nun?«

»Der Mann hat Ärger gemacht«, murmelte Errigan.

Taladaius blinzelte Lorreth von der Seite an. »Stimmt das?«

»Ja.«

»Götter …« Er stieß einen frustrierten Seufzer aus. »Also bitte, kannst du nicht wenigstens so tun, als würdest du lügen?«

»So funktioniert das nicht, wenn man durch einen Eid gebunden ist, Tal, das hast du wohl vergessen.«

Für den Bruchteil einer Sekunde geriet Taladaius' Maske des Bedauerns ins Wanken, und ein Stachel von etwas, das sich sehr nach Verletzung anfühlte, trat an seine Stelle. Es war so schnell wieder verschwunden, wie es gekommen war.

»Wir wollten nur etwas trinken«, fuhr Lorreth fort. »Aber der da ließ nicht locker wegen einer sechshundert Jahre alten Schuld.«

»Was?« Tal blickte, als sei er mit seiner Weisheit am Ende.

»Ich weiß. Lächerlich«, meinte Lorreth und übersah dabei völlig die Tatsache, dass Taladaius über *ihn* enttäuscht war.

»Also gut. Errigan, bring mir das Kassenbuch. Und wenn du das gemacht hast, bring ihnen den Wein, den sie wollten. Sünder habt Erbarmen.«

»Aber Lord …«

»Tu es, Errigan.«

Der Hochadlige wurde noch blasser. Die Augen auf den Boden geheftet, verschwand er durch eine offene Tür in den hinteren Teil der Schenke. Taladaius drehte sich zu den zwei Vampiren um, die versucht hatten, sich für Errigan einzusetzen, und seufzte, als der mit der Narbe seine abgetrennte Hand hochhielt, die er irgendwie aus seinem Mund freibekommen hatte.

»Das verlangt Wiedergutmachung, Lord. Gleiches mit Gleichem. Eine Hand für eine Hand!« Er spuckte Spritzer seines eigenen schwarzen Bluts aus, als er sprach.

»Ich bitte dich, Anterrin. Eine Hand für eine Hand heißt kaum Gleiches mit Gleichem vergelten. *Deine* wird wieder nachwachsen«, argumentierte Taladaius.

»In einem Monat oder länger! Wie soll ich so irgendetwas tun?« Er schwenkte seine abgetrennte Hand in der Luft.

Gegen jeden gesunden Menschenverstand, von dem ich *wusste*, dass er ihn besaß, lachte Lorreth. »Wenn sie ganz winzig wieder nachwächst, hat sie wenigstens die richtige Größe, wenn du deinen Schwanz anfasst.«

»Genug!« Taladaius hatte noch nie geschrien. Nicht einmal, als Ereth mich auf dem Podium angegriffen und Fisher ihn niedergestreckt hatte. Errigan, der Wirt, hatte die Hände zu Fäusten geballt, als er mit einem großen, staubigen Kassenbuch zurückkam und es auf die Theke knallte. »Wie hoch ist dein Verlust, während deine Hand nachwächst?«, fragte Taladaius.

Anterrin, der Hochadlige, überlegte. »Einhundert Kronen pro Tag.«

Der Lord stieß einen entnervten Laut aus. »Du bist Torwächter, Anterrin. Bestenfalls verdienst du zehn Kronen am Tag. Die gebe ich dir, obwohl ich die Summe wegen der Lüge halbieren sollte. Komm morgen wieder, dann bekommst du das Geld. Errigan wird es dir geben. Khol, schaff deinen Bruder hier raus, bevor er etwas Dummes sagt und die andere Hand auch noch verliert.«

Die beiden Hochadel-Vampire gingen und warfen giftige Blicke über ihre Schultern, als sie die Schenke verließen. Sobald sie fort waren, drehte Taladaius sich um und schlug das staubige Kassenbuch auf. »Zeig mir den Eintrag seiner Schuld«, befahl er.

Errigan blätterte das Buch von der anderen Seite der Theke durch und reckte den Hals, bis er gefunden hatte, was er suchte. »Hier, Lord.« Er tippte mit diesem gruselig langen Fingernagel in die Mitte der aufgeschlagenen Seite.

Taladaius sah nach unten auf den Kassenbucheintrag und dann wieder nach oben zu dem Wirt. »Acht*tausend* Kronen, Errigan? Für eine Flasche Wein und die Reparatur eines Tisches?«

»Aufgelaufene Zinsen, Lord! Der Faeling hat die Schuld jahrhundertelang nicht beglichen!«

Genervt nahm Taladaius die Feder, die Errigan zusammen mit dem Buch gebracht hatte, und zog einen beeindruckend geraden Strich durch den Eintrag.

»Lord!« Errigan sah aus, als würde er in Ohnmacht fallen. »Der Laden hat mir über achthundert Jahre gehört, und ich habe nicht *einmal* eine Schuld erlassen!«

Mein Ahnherr klappte das Kassenbuch zu und schob es über die Theke zu dem anderen Vampir. »Und du hast ihn mir vor fünfzig Jahren verkauft, zusammen mit allen Schulden, und jetzt *habe* ich eine von ihnen erlassen. Damit ist die Sache erledigt. Gib ihm den Wein«, befahl er. »Auf Kosten des Hauses. Und du?«, sagte er, mich am Arm fassend. »Du kommst mit mir. Ich muss mit dir reden.«

12

TAL

SAERIS

»Wer war dein Freund?«

Taladaius schlug die Tür seines Büros hinter uns zu und antwortete missmutig: »Das geht dich nichts an.«

Ich hatte nicht erwartet, dass er es mir sagen würde, aber ich dachte trotzdem, es könnte eine Frage wert sein. »Ich hätte dich nicht als Schenkenbesitzer gesehen, Taladaius. Da wird ja verdammt viel gevögelt und Blut gesaugt.«

Ich wollte den Briefbeschwerer mit dem Krähenkopf aus Obsidian von dem außergewöhnlich ordentlichen Schreibtisch des Vampirs in die Hand nehmen, aber er schlug sie weg und knurrte gereizt: »Oh, wirklich? Das war mir gar nicht aufgefallen. *Wo ist dein Gefährte?*«

Ich drehte mich einmal um die eigene Achse und saugte die

Kunstwerke an den Wänden und die vielen Regale voller Bücher in mich auf. Er besaß eine beträchtliche Sammlung. Es roch gut hier drin – nach Papier und Erde, warmer Vanille und Schokolade. Beruhigend. »Oh, ich weiß nicht«, entgegnete ich in singendem Tonfall. »Ich könnte gerade nicht sagen, wo genau in diesem Reich.«

Taladaius starrte mich ausdruckslos an.

»Musst du nicht blinzeln? *Ich* schon, aber vielleicht ist das meine Halb-Fae-Seite.«

Sehr langsam schloss er die Augen. »*Sag* mir, dass er nicht wieder durch das Quicksilver gegangen ist.«

Ich setzte mich in den Sessel auf der anderen Seite des Schreibtisches und betrachtete ihn für einen Moment schweigend. Wieder wollte ich den Krähenkopf in die Hand nehmen, aber als ich danach griff, peitschte ein Feuerseil meinen Arm hinauf. Ich trug Handschuhe – die Götterbindungen blieben einstweilen am besten noch vor neugierigen Blicken verborgen –, aber Licht drang unten aus der Ledermanschette hervor und wanderte meinen Arm hinauf.

Au!

Meine Hand zitterte heftig. Ich steckte sie in die Achselhöhle, drückte sie an meine Seite und kniff die Augen zu, als ich darauf wartete, dass der Schmerz verging.

»Saeris? Was ist los?«

Ich ließ die Hand in den Schoß fallen. Das Licht, das aus meinem Handschuh sickerte, war nicht mehr zu sehen, aber der Schmerz nahm mir noch immer den Atem. »Nichts. Alles in Ordnung.« Wow, ich musste eine sanasrothische Schauspieltruppe finden und anfangen, für Rollen vorzusprechen – ich klang wirklich so, als würde ich die Wahrheit sagen.

Trotz meiner glaubwürdigen Darbietung sah ich, dass Taladaius nicht überzeugt war. Nicht dass er mir widersprochen hätte.

»Wenn Kingfisher gerade nicht in Yvelia ist, dann muss ich es wissen.«

Ich ließ mich in den Sessel zurückfallen. »Ach ja?«

»Ja! Der gesamte Bluthof weiß, wozu Fisher fähig ist. Er hat sie daran erinnert, als er Ereth wie einen Weizenhalm im Tränensaal niedermähte. Was mir, übrigens, allerhand Kopfschmerzen bereitet. Es kann nicht *vier* Lords der Mitternacht geben, Saeris. Es müssen fünf sein, also muss jetzt eine Abstimmung organisiert werden …« Er unterbrach sich und schnaubte. »Egal. Hör zu, die Leute haben zu viel Angst, um gegen dich vorzugehen, wenn Fisher da ist. Aber sie sind bereit, ihr Glück zu versuchen, wenn sie glauben, dass du schwach oder ungeschützt bist. Wir müssen zusätzlich Wachen vor deinen Gemächern postieren.«

»Nein, postiere *keine* zusätzlichen Wachen.« Ein Schmerz schoss meinen Arm hinauf wie ein flüssiger Blitz und konzentrierte sich in meiner Schulter. Ich versuchte nicht zusammenzuzucken. »Wenn du nicht willst, dass ich schwach wirke, dann solltest du die Wachen abziehen, die meinen Räumlichkeiten schon zugeteilt sind. Mein Erlass verhindert ohnehin, dass sie aus der Reihe tanzen.«

Bumm. Bumm. Bumm.

Ich wollte schreien.

Meine Runen brannten wieder bis hinunter auf die Knochen.

»Hm«, machte Taladaius und trommelte mit den Fingern auf die Schreibtischkante. »Vielleicht hast du recht. Lass uns gleich darüber nachdenken. Aber zuerst: Warum versteckst du deine Hand da unten?«

»Ich verstecke sie nicht.« Doch das tat ich. Ich hatte sie unter dem Schreibtisch zwischen die Knie geschoben und presste jetzt meine Schenkel in der vergeblichen Hoffnung dagegen, dass die Schmerzen auf diese Art verschwinden würden.

»Saeris. Ich werde nachsichtig sein, weil das alles neu für dich ist. Aber ein Vampir kann seinen Ahnherrn nicht anlügen. Eine blaue Aura geht von dir aus, wenn du es versuchst. Je stärker die Aura ist, desto größer die Lüge, und im Augenblick erhellst du mein Büro wie eine Fackel. Aber selbst wenn du es nicht tun würdest, merke ich, dass du Schmerzen hast. Sehr *große* Schmerzen. Sag mir, was los ist.«

Hin und wieder war ich im dritten Bezirk krank gewesen. Nachdem meine Mutter getötet worden war, hatte es niemand gegeben, der sich dann um mich gekümmert hatte. Hayden war zu jung und unverantwortlich, um sich auf ihn zu verlassen, und ohnehin war es ja meine Aufgabe, mich um ihn zu kümmern und nicht umgekehrt. Es hatte sich nicht richtig angefühlt, Elroy um Hilfe zu bitten. Er hatte mir bereits Arbeit gegeben und mir so viel Schutz vor Madras Wachen geboten, wie er konnte. Daher hatte ich das Gefühl gehabt, es sei zu viel, ihn noch um irgendetwas anderes zu bitten. Also war ich allein gewesen. Ich hatte mich durch Fieberkrämpfe gezittert, ohne eine Umarmung oder Worte, die mich trösteten. Ich hatte mir gesagt, dass ich die Hilfe nicht brauchte, weil ich sie nicht bekommen konnte, und welchen Sinn sollte es haben, sich nach etwas zu sehnen, das nie kommen würde? Das hatte ich mir selbst so überzeugend eingeredet – dass ich stark war, dass ich mir selbst genug war, dass ich die Fürsorge von jemand anders gar nicht *wollte* –, dass es sich jetzt so anfühlte, als würde ich aus meiner eigenen Haut herauskriechen, wenn sich irgendwer nur das kleinste bisschen besorgt um mich zeigte.

Aber offenbar war es unmöglich, Taladaius anzulügen, sodass ich keine andere Wahl hatte, als ihm die Wahrheit zu sagen.

»Meine Runen«, begann ich. »Sie flammen immer wieder auf.« Ich konnte es nicht anders beschreiben. »Ich kann spüren, wie sich dieser Druck in mir aufbaut. Die ganze Zeit. Und manchmal … schwillt es an. Es ist, als würde es aus meiner Haut herausbrechen wollen. Und dann … verschwindet es einfach.«

Mein Ahnherr blickte auf meine Hände. »Zieh die Handschuhe aus. Zeig es mir.« Alles in mir sträubte sich. Aber ich tat es. Ich war zu müde. Zu müde, um noch länger die Fassade aufrechtzuerhalten. Ich war es leid, mir selbst zu sagen, dass ich mit allem allein zurechtkommen musste, wenn ich zum ersten Mal seit dem Tod meiner Mutter wieder Leute hatte. Ich war nicht mehr *allein*.

Ich zeigte ihm meine Hände. Taladaius reagierte nicht, als er die geschwärzte Haut rund um die Runen sah. Er kommentierte auch die Tatsache nicht, dass sie noch immer glühten und sich fast bis auf den Knochen durch die Haut gefressen hatten. Er drehte den Amtsring an seinem Zeigefinger so, dass der warme, citrinfarbene Stein in der Mitte das Licht einfing, während er die Runen untersuchte, und seine gelassene Zuversicht und fehlende Panik wirkten beruhigend auf mich.

Ich erzählte ihm von dem Besuch bei Everlayne, der sich überraschenderweise in einen bei Edina verwandelt hatte. Ich beschrieb ihm, was dort mit den Runen geschehen war, und berichtete, was Edina darüber gesagt hatte, dass sie nicht versiegelt waren. Ich erzählte ihm sogar von Edinas Mahnung, dass ich ihr Buch in den Bibliotheken von Cahlish finden musste. Schließlich hatte sie nur gesagt, ich sollte davon kein Wort zu Fisher sagen, aber nicht davon abgeraten, die Hilfe eines Vampirlords zu beanspruchen. Als ich fertig war, dachte Taladaius über die Informationen nach, die ich ihm gegeben hatte, und der sturmgraue Blick richtete sich in die Ferne. Schließlich sagte er: »Und sie hat zu dir gesprochen? Edina? Sie hat ein richtiges *Gespräch* mit dir geführt?«

Ich nickte. »Ich meine, es war holprig. Sie schien Mühe zu haben, zu sprechen, aber ja.«

»Sie hat keine Sätze wiederholt? Es hatte nicht den Anschein, als würde sie mit jemand sprechen, der nicht da war?«

»Nein. So war es nicht. Sie hat definitiv zu mir gesprochen. Sie hat mich beim Namen genannt.«

Taladaius schaukelte mit dem Stuhl nach hinten. Er pfiff erstaunt. »Also das ist beunruhigend.«

»Das alles war beunruhigend, Taladaius.«

»Ja. Ja, natürlich. Aber ich meine … es gibt viele Schatten in diesem Reich. Es sind Echos. Gefangene Erinnerungen, die eine Person hinterlässt, wenn sie stirbt. Sie deuten häufig auf einen grauenhaften Tod hin, aber zumindest ziehen ihre Seelen weiter. Schatten können aber nicht denken. Sie können sich nicht mit Leuten unterhalten.«

»Okay?«

»Das bedeutet also, dass das Wesen, das sich Everlayne bediente, kein Echo von Fishers Mutter war. Es *war* Fishers Mutter.«

»Nein, das kann nicht sein. Das würde heißen, dass ihre Seele seit ihrem Tod immer hier gewesen ist – gefangen.«

»Genau. Aber nicht gefangen. Soweit ich weiß, gab Edina nie ein Stück ihrer Seele her, so wie Fisher es tat, als er diesen Idioten da draußen rettete«, murrte er und deutete mit dem Kinn in Richtung Schenke. »Sie hätte sich nicht an irgendjemand diesseits des Schleiers binden lassen, und das heißt, dass sie allein durch schiere Willenskraft geblieben ist. Und das …« Er schüttelte langsam den Kopf. »Ich weiß nicht, was das mit der Seele einer Person angerichtet hätte, aber auf jeden Fall nichts Gutes. Es wäre qualvoll gewesen.«

Fisher hatte darauf geachtet, seine Gefühle nicht zu zeigen, als ich ihm von meiner Unterhaltung mit Edina erzählt hatte. Sein Gesicht war ausdruckslos geblieben, aber er hatte das alles gewusst. Er hatte sich dafür entschieden, nichts dazu zu sagen, und ich wusste, warum. Ich war so besorgt wegen meiner unversiegelten Runen gewesen …

… die jetzt wieder vollkommen in Ordnung waren. Die Schmerzen hatten allmählich nachgelassen, als ich Taladaius alles erzählt hatte. Meine Hände taten nicht mehr weh, und auch die Haut war nicht mehr verbrannt oder schälte sich. Tal sah es auch, als er nach unten blickte. »Das ist ein hübscher Trick, Alchemistin.«

»Findest du? Ich bin ein bisschen weniger davon beeindruckt als du, glaube ich.«

»Vielleicht siehst du es einfach nur falsch.«

»Klär mich auf. Wie *sollte* ich denn brennende Runen und entsetzliche Schmerzen sehen?« Von meiner Warte aus konnte ich der Situation nichts Gutes abgewinnen.

»Nun, die Art, wie deine Runen geschwelt haben, könnte darauf hinweisen, dass du Zugang zu elementarer Feuermagie hast. Einmal unter Kontrolle gebracht, wird sie unglaublich nützlich sein, meinst du nicht? Und die Tatsache, dass deine Hände jetzt verheilt sind, nach den Verletzungen, die ich vorhin gesehen habe, weist darauf hin, dass du auch regenerative Magie besitzt. Physische Magie. Macht über den Körper. Irgendwann könntest du in der Lage sein, *andere* mit deinen Fähigkeiten zu heilen. Ein weiterer Faden, der dich mit deinem alchemistischen Erbe verbindet. Die Dinge, die mit deinem Körper passieren, können alle als Zeichen für positive kommende Ereignisse gesehen werden.«

»Zeichen werden mir nicht viel nützen, wenn ich keinen Zugang zu dieser Magie habe, Taladaius. Sie werden zu nichts gut sein, wenn diese Energien weiterhin in mich strömen und ich explodiere und jeden im Umkreis von vierzig Meilen töte.«

Mein Ahnherr schnaubte: »Wenn das passiert, wäre die Explosionszone größer als vierzig Meilen. Du würdest wahrscheinlich halb Yvelia zerstören. Wenn sich so viel Magie selbst zerstören würde, dann würde das vermutlich eine Kettenreaktion auslösen, die sämtliche Magie zerstört. Überall. Das gesamte Reich würde wahrscheinlich …«

»Du. Bist. Nicht. Hilfreich.«

Er besaß den Anstand, zerknirscht zu wirken. »Du hast recht. Es tut mir leid. Ich will ja helfen. Und ich glaube, ich kann es auch. Aber zuerst gibt es da wirklich etwas, worüber ich mit dir sprechen wollte, Saeris. Etwas Wichtiges.«

Ich ließ den Kopf gegen die Rückenlehne des Sessels fallen. »Lass hören.«

Er schien nicht sonderlich erfreut über meine fehlende Begeisterung. »Ich bin nicht sicher, ob dir das bewusst ist, aber du bist erst die zweite Person, die ich erzeugt habe.« Er machte eine Pause und fixierte mich. Erwartete er irgendeine Reaktion von mir?

»Okay.«

»Ich habe vor sehr langer Zeit das Leben einer weiteren Person gerettet. Ich bin froh, dass ich ihn gerettet habe, und ich bin auch froh, dass ich dich gerettet habe. Aber …«

»Aber du wolltest nie Kinder«, beendete ich seinen Satz. »Ist das überhaupt eine passende Bezeichnung für das, was ich für dich bin?« Das Wort fühlte sich seltsam an.

Taladaius lächelte. »Hmm. Ja und nein. Die Beziehung zwischen Ahnherr und Erschaffenem könnte mit der zwischen Eltern und Nachkommen verglichen werden, nehme ich an. Also ja«, entschied er und sah mich mit ruhigem Blick an. »Um deine Analogie zu verwenden: Ich wollte nie Kinder. Es ist nicht mein Weg. Ich bin zwar einerseits froh, deinen echten Tod verhindert zu haben, stecke aber andererseits in einem Konflikt. Ich habe dich erschaffen. Die meisten Hochadel-Vampire scheren sich nicht um die Auswirkungen dieses Handelns, aber für mich ist es eine *große* Verantwortung …« Er unterbrach und lächelte sanft. »Entschuldige. Du bist zum Teil auch wegen mir in dieser Lage. Es ist meine Pflicht, dafür zu sorgen, dass du verstehst, was es bedeutet, ein Mitglied dieses Hofes zu sein. Es obliegt mir auch sicherzustellen, dass du dafür gerüstet bist, hier zu überleben.

Die meisten sind mit der Umstellung von ihrer alten Existenz auf die neue überfordert. Ohne Unterweisung trifft man da leicht die falschen Entscheidungen. Es gibt viele Wege, die man in Ammontraíeth einschlagen kann, und fast alle führen in die Hölle. Aber für dich liegen die Dinge anders, Saeris. Du bist kein Vollblut-Vampir. Dein Durst tobt nicht so wie bei den Neuverwandelten. Du *brauchst* kein Blut. Und auch wenn du die Vorschriften und Einschränkungen unseres Hofes vielleicht nicht kennst, befindest du dich in der einzigartigen Position, nicht an irgendeine von ihnen gebunden zu sein.« Er zuckte die Schultern. »Die Vorzüge, Königin zu sein. Aber abgesehen davon wollte ich mit dir … nun, ich wollte mit dir über Fisher sprechen. Deine Bindung mit ihm ist einzigartig. Meine eigene Beziehung zu ihm ist …«

»… kompliziert?«

Er nickte. »Ich befinde mich in letzter Zeit in einer Position, in der ich Macht über ihn ausübe. In Gillethrye …« Seine Augen bekamen einen entrückten, glasigen Ausdruck. »Sagen wir einfach, Gillethrye war für mich auch kein Spaß. Ich hätte niemals einen Fuß in dieses Labyrinth gesetzt, wenn es nach mir gegangen wäre, aber … ich nehme an, in mancherlei Hinsicht war es besser, dass Malcolm mich dorthin schickte.« Taladaius sah einen Augenblick hinab auf seine Hände, noch immer in Gedanken versunken. »Wie auch immer. Du bist götterverbunden mit Fisher. Und jetzt bist du auch mit mir verbunden. Ich möchte Fisher nicht verletzen, weil ich in irgendeiner Form Macht über seine Seelengefährtin habe. Und ich will definitiv nicht, dass deine Herrschaft über diesen Hof durch fortgesetzte Anschuldigungen von den anderen Lords der Mitternacht untergraben wird, die behaupten, du seist meine Marionette. Also, Saeris, meine Frage an dich lautet: Würde es dich sehr kränken« – er zuckte zusammen –, »wenn ich dich öffentlich verleugne und unsere Verbindung aufhebe?«

Ich ließ die Luft entweichen, die ich angehalten hatte. »Bei allen Göttern, Taladaius!«

Er riss die Augen auf. »Was?«

»Ich dachte, du würdest mir irgendeine schreckliche Nachricht überbringen. Ich dachte, jemand sei *gestorben.*«

»Dann macht es dir also *nichts* aus? Dass ich dich nicht anerkenne?«

»Nein, natürlich nicht. Ich stimme in allen Punkten zu. Und wenn ich ehrlich bin, ist es ganz schön verwirrend, dich manchmal zu spüren. Es kommt mir nicht richtig vor, in der ersten Reihe deiner Emotionen zu sitzen. Aber …« Ich unterbrach ihn, bevor er etwas sagen konnte. »… wenn du das von mir willst, dann fürchte ich, dass ich eine Gegenleistung verlangen muss.«

Wachsame Anspannung bildete sich in den Winkeln seiner sturmgrauen Augen. »Und zwar?«

»Diesem Haus vorzusitzen, übersteigt meine Fähigkeiten. Ich habe keine Erfahrung darin, über einen Hof zu herrschen, und auch nicht den Wunsch, es zu lernen. Ich brauche jemand, der mich vertritt und in meinem Namen handelt, wenn ich in Cahlish bin. Eigentlich auch sonst. Dieser Jemand musst du für mich sein.«

Taladaius schüttelte bereits den Kopf. »Die Optik …«

»Die Optik ist mir scheißegal. Du warst Malcolms Stellvertreter. *Er* hat dir die Position anvertraut, also kann der Hof *mich* kaum dafür kritisieren, wenn ich das Gleiche tue.«

Dagegen konnte er nicht wirklich etwas einwenden. Niemand konnte das, und genau aus diesem Grund hatte ich es so entschieden. Taladaius suchte nach etwas, das er sagen konnte, gab dann aber kopfschüttelnd auf. »Bist du sicher, dass du das willst?«

»Ja.«

»Also gut. So sei es. Ich werde für beide Angelegenheiten die entsprechenden Vorkehrungen treffen. Was die Aufhebung betrifft – sie ist eigentlich ein einfacher Ritus, aber wir sollten ein Spektakel daraus machen. Es tut mir leid«, entschuldigte er sich. »Ich weiß, dass du keine großen Auftritte magst. Ich auch nicht, glaube mir. Aber wir müssen es den Hochadligen so verkaufen, dass sie es glauben, und das erfordert leider ein wenig … *Theatralik.*«

Toll! Genau das, was ich brauchte. Trotzdem stimmte ich zu: »Wenn du glaubst, dass es wichtig ist, vertraue ich dir.« Und ich stellte fest, dass es so war. Es gab eine langjährige Geschichte zwischen dem Vampir, der mir gegenübersaß, und den Mitgliedern der Lupo Proelia. Die Luft war voller Anspannung, sobald in Cahlish irgendwer seinen Namen erwähnte. Es gab so vieles, was ich nicht wusste, wenn es um ihre Beziehung zu Taladaius ging, aber am Ende des Tages konnte ich mich nur von meinen eigenen Erfahrungen mit ihm leiten lassen.

Ich wusste, dass er mir das Leben gerettet hatte.

Ich wusste, dass er traurig war.

Ich wusste, dass ich ihm glaubte, wenn er sagte, die Aufhebung der Bindung sei das Beste, und ehrlich gesagt hatte ich die Vorstellung, eine solch intime Verbindung mit jemand anders als meinem Seelengefährten zu teilen, von der Sekunde an gehasst, in der ich aufgewacht war. Mit dem, was er mir anbot, tat Taladaius mir einen großen Gefallen.

Ich stand auf und streckte ihm die Hand entgegen. »In Ordnung, abgemacht. Die Verbindung wird gelöst. Kein Scheiß von wegen Ahnherr und Ahnling mehr für uns.«

Die Flut von Taladaius' Traurigkeit brach für einen Moment, und ich spürte, wie ihn Erleichterung überkam. Er nahm meine Hand und schüttelte sie. »Kein Ahnherr-und-Erschaffene-Scheiß mehr«, stimmte er zu. »Aber was ist mit … Freundschaft?«

Ich grinste, denn der Vampir, der mich gerettet hatte, der mindestens fünfzehnhundert Jahre älter war als ich und der, wann immer er auftauchte, dafür sorgte, dass sich halb Ammontraíeth vor Angst in die Hose machte, er könnte ihr Blut in Rauch verwandeln, dieser Vampir schien tatsächlich nervös zu sein. »Ich glaube, das fände ich gut.«

Daraufhin erwiderte er mein Grinsen. »In dem Fall solltest du mich besser Tal nennen.«

13

SILBERSTADT

KINGFISHER

Ich war bereit für das Blutvergießen.

Carrion Swift war es nicht.

Unzählige Pfeile mit Eisenspitzen prallten klirrend von dem schweren Schild ab, den ich vor uns hielt, als wir aus dem Quicksilver auftauchten. Der Rest des Metalls, der noch immer am Rand meiner Iris haftete, kicherte freudig, als Swift einen kurzen panischen Schrei ausstieß und sich an das Rückenstück meiner Lederrüstung klammerte; fast hätten wir das Gleichgewicht verloren und wären rückwärts wieder in das Becken gekippt.

Der kleine Klugscheißer ist jetzt gar nicht mehr so altklug, säuselte das Quicksilver. *Der Klugscheißer hört sich dämlich an.*

»Scheiße, Scheiße, Scheiße! Wir werden *auf jeden Fall* sterben.«

»Du erwürgst mich, Carrion. Lass *los*, sonst kann ich mich nicht bewegen!«

Der Schmuggler ließ von mir ab. Er taumelte nach links auf die Position, die ich ihm zuvor zugewiesen hatte. Wir hatten nicht viel Zeit gehabt, um Pläne zu schmieden, also hatte ich es sehr einfach gehalten: *»Stell dich direkt links hinter mich. Folge mir, egal was passiert.«*

Beim letzten Mal war es viel, viel einfacher gewesen. Madras Wachen hatten damals nicht damit gerechnet, dass jemand aus dem Quicksilver springen würde. Ich war nur auf ungefähr acht Bogenschützen getroffen; sie waren zwar lästig gewesen, aber ich hatte sie schnell hinter mir gelassen. Jetzt war es eine ganze *Einheit* von Bogenschützen, die auf uns schossen. Und um alles so *wunderbar* abzurunden, musste ich nun auch noch den Babysitter für einen Idioten spielen, der Mühe hatte, nicht über seine eigenen verdammten Füße zu stolpern.

Die Hitze in der Luft traf mich wie ein physischer Schlag.

Ich biss die Zähne zusammen, stemmte die Schulter gegen den Schild und drängte nach vorn. In der Sekunde, als wir aus dem Becken heraus waren und die Sohlen meiner Stiefel den Sandsteinboden berührten, stürzte ich die Welt in Dunkelheit.

»Meine Augen!«

»Ich kann nichts sehen!«

»Wo sind sie? Schießt weiter!«

Schreie gingen durch den Spiegelsaal. Meine Schatten erfüllten den riesigen Raum vom Boden bis zur Decke; die Luft surrte von meiner Magie, die alles Licht löschte, und plötzlich war es egal, dass Madra eine ganze Einheit beordert hatte, um das Quicksilver-Becken zu bewachen. Ihre Männer waren menschlich, und Menschen konnten in der Dunkelheit nicht sehen. Einer ihrer *vielen* Makel.

Um fair zu sein, die Fae waren auch blind, wenn meine Schatten ihre Sicht fluteten. Ich hatte Carrion davor gewarnt, bevor wir in das Becken gestiegen waren, und ihm gesagt, was ihn erwartete.

Es würde geschrien werden. Es würde zu einer riesigen Panik kommen. Es würde ein großes Gedrängel geben … und dann würde das Sterben beginnen.

Für meine Augen war der Raum monochrom, das Chaos entfaltete sich vor mir in verschiedenen Grautönen. Wachen tappten in ihren sperrigen Rüstungen herum und krachten ineinander. Diejenigen, die hinfielen, wurden außer Gefecht gesetzt, weil sie nicht wieder auf die Beine kamen. Bogenschützen schossen in der Dunkelheit aufeinander. Pfeile durchschnitten die Luft, zielten hoch, zielten auf Säulen, zielten überallhin, nur nicht auf uns. Dafür sorgte ich.

Es brauchte nicht viel. Ein sanfter Schubs hier. Ein kleiner Rempler dort. Bogensehnen rissen. Wachen gingen schreiend zu Boden, erschossen von ihren eigenen Freunden. Ich ging voran durch das Gewühl, lenkte umherirrende Pfeile ab, die zufällig in unsere Richtung flogen, und die ganze Zeit jammerte Carrion mir ins Ohr.

»Was passiert hier? Was kannst du sehen?«

»Sei still.«

»Was ist das für ein Geruch?«

»Woher verdammt noch mal soll *ich* das wissen?«

»Au! O Scheiße, ich stehe auf etwas Weichem.«

»Heb deine verdammten Füße hoch!«

»Fisher? Fisher! Sind wir bald an der Tür? Au, was verdammt war *das*? Etwas hat mich wirklich hart am Arm getroffen.«

»Das war meine Faust. Jetzt. Halt. Endlich. Den. Mund.«

Wir erreichten die Tür in einem Stück, worüber ich weniger begeistert war. Hätte Carrion die Eisenspitze eines Pfeils in die Arschbacke bekommen, hätte ihn das definitiv zum Schweigen gebracht. Das Problem war, es hätte ihn ein für alle Mal zum

Schweigen gebracht, und Saeris wäre darüber *nicht* glücklich gewesen.

Aus welchem Grund auch immer wollte meine Seelengefährtin nicht, dass der Schmuggler starb, und folglich hatte ich keine andere Wahl, als ihn am Leben zu lassen. Schlimmer noch, ich musste ihn jetzt sogar *beschützen.* Bei den Göttern, das war echt die Krönung. Ich schob ihn vor mir her, sobald wir durch die Tür waren, die aus dem Spiegelsaal hinaus und in Madras Palast führte. Wir konnten diese Idioten in ihren goldenen Rüstungen nicht gebrauchen, die jetzt die Tür aufbrachen, weil sie begriffen hatten, dass wir nicht mehr bei ihnen im Saal waren. Also schickte ich ein paar Schattenfähnchen in das Schloss und befahl ihnen dortzubleiben. Das Schlüsselloch würde keinen Schlüssel mehr akzeptieren. Zumindest eine Zeit lang. Die Tür selbst war bereits dreifach verstärkt, soweit ich noch von meinem ersten Besuch wusste, und sie konnten sie unmöglich eintreten. Nicht, bevor wir längst verschwunden waren.

Es war Mitternacht, aber der lange Korridor vor uns war in strahlendes Sonnenlicht getaucht. *Kein Wunder*, dachte ich. Ich würde mir nie merken können, dass es in Zilvaren zwei Sonnen …

Was bei allen Göttern …?

Der Schmuggler stand wie versteinert in der Mitte des Gangs, die Arme nach vorn ausgestreckt, die Knie gebeugt, und sein Hintern ragte heraus, als hätte er sich in die Hose gemacht.

»Warum hast du die Augen geschlossen?«, fragte ich ihn.

Carrion riss sie auf und sah zu mir hoch. Sobald er kapierte, dass wir uns auf der anderen Seite der Tür befanden, atmete er aus, richtete sich auf und strich sich über die Kleidung. »Ich weiß nicht! Es war unheimlich, nichts zu sehen. Sie zu schließen, hat geholfen.«

Er war wirklich schräg. »Okay. Klar. Das leuchtet ein«, behauptete ich.

»Schon gut. Dieser Ton ist nicht nötig. Ich hätte mich wahrscheinlich ein bisschen sicherer gefühlt, wenn ich *Simon* dabeigehabt hätte.«

Lorreth hatte sein Götterschwert Avisiéth genannt. Ein guter, starker Name für ein Schwert. Carrion hatte seines Simon getauft. Vielleicht bedeutete dieser Name etwas Imposantes in Zilvaren, aber soweit ich bis jetzt herausgefunden hatte, tat er das nicht. »Zum letzten Mal: Wir konnten *nicht* zwei verdammte Götterschwerter in dieses Reich mitnehmen. Wenn Madra eines von ihnen in die Finger bekäme …«

»Ich weiß, ich weiß.« Er winkte ab und verzog das Gesicht. »Sie hätte mit einem davon das Quicksilver wieder zum Verstummen bringen können.«

»Mir gefällt es genauso wenig wie dir, ohne mein Schwert hier zu sein, *glaub* mir. Aber ich will *nicht* in diesem Höllenloch festsitzen. Und jetzt komm. Wir müssen weiter.« Ich gab ihm keine Gelegenheit, noch irgendetwas zu sagen, sondern rannte los, den Gang hinunter, und ich musste es dem Schmuggler lassen: Er hielt mit mir mit.

Wir passierten Tür um Tür. Schweiß rann mir zwischen den Schulterblättern hinunter, als ich mit den Armen pumpte und härter nach vorn drängte.

Zehn.

Neun.

»Warte«, keuchte Carrion.

Acht.

»Der Plan. Warum hast du mir nicht gesagt, was nach dem Saal kommt?«

Sieben.

»Weil ich wusste … es würde dir nicht gefallen«, grunzte ich.

Sechs.

Fünf.

»Fisher?«

Vier.

»Fisher, warum sprinten wir direkt auf dieses Fenster zu?«

Drei.

Er wurde langsamer, aber ich packte ihn hinten an der Rüstung, die Renfis ihm geliehen hatte, und hielt ihn fest.

Zwei.

»Hebt die verdammten *Füße* hoch, Eure Hoheit«, fauchte ich.

Eins.

Ich warf ihn aus dem Fenster.

Heulender, trockener Wind riss an meinen Kleidern, als ich nach ihm aus dem verfluchten Fenster sprang.

»Fick dich, Fisher!« Selbst als er in rasendem Tempo nach unten stürzte, hielt der Schmuggler noch immer nicht den Mund.

Ich streckte die Hand nach Carrion aus, und ein Seil aus Rauch und funkelndem schwarzem Sand schoss heraus, schwirrte durch die Luft und wickelte sich um Carrions Fußknöchel.

Unten begrüßten die Dächer verblichener roter Zelte uns. Sandkörner stachen mir in den Augen, aber ich hielt sie geöffnet, damit ich wusste, wann ich handeln musste.

Der Fall war mühelos.

Schnell.

Knapp zwanzig Meter vom Boden entfernt, rief ich meine Sekundärmagie und betete, sie möge antworten. Sie war oft launisch und auf Wanderschaft, wenn ich sie anforderte. Aber heute war das Glück auf meiner Seite. Ich stellte mir ein riesiges Netz vor, das über die breite Straße unten gespannt war, und schon zog sich das schraffierte Seil auseinander und breitete sich über der Lücke aus.

Es verankerte sich mit einem Ende am Dach des Gebäudes auf der linken Seite, mit dem anderen am Gebäude rechts …

Scheiße!

Carrion fiel in das Netz. Es sackte in der Mitte nach unten und federte sein Gewicht ab. Als ich nach ihm landete, hing der Verankerungspunkt am Dach des rechten Gebäudes am seidenen Faden.

Er riss ab.

Ich fiel direkt durch das Netz, dann durch das Dach des ausgebleichten Zeltes darunter und landete mit einem schweren *»Uff!«* auf etwas *sehr* Unbequemem.

Das Geräusch von morschem, knackendem Holz drang an meine Ohren, und eine Sekunde später wurde ich plump auf glühend heißem Sand deponiert. Altbackene Brötchen prasselten auf mich herab.

Swift erschien in meinem Blickfeld, das kupferfarbene Haar von hinten beleuchtet, glühte er wie ein brennender Sonnenuntergang. »Das war *nicht* okay«, beschwerte er sich in barschem Ton.

Ich blinzelte mir den Sand aus den Augen. »Ahh, sei still. Ich habe *deinen* Sturz abgefedert, oder etwa nicht?«

»Mein Karren! Ihr Schweine! Ihr habt meinen …« Der Schrei wurde abgeschnitten, als die alte Frau uns beide sah, wie wir ihr Eigentum zerstört hatten. Carrion hatte ein Leben lang in Zilvaren verbracht, allerdings als einer der ihren. Getarnt durch Magie. Er war groß und breit gewesen für einen Mensch, aber jetzt war er über zwei Meter groß und hatte die spitzen Ohren der Fae. Und ich? Ich war ein ganzes Stück größer als Swift. Ich sah auch bedeutend besser aus, aber das tat nichts zur Sache. Ich zeigte der sonnenverbrannten Frau meine Eckzähne und schenkte ihr ein breites Lächeln.

»Entschuldigung, Madam. Wir hatten eine kleine Auseinandersetzung mit der Schwerkraft. Sieht so aus, als hätte die Schwerkraft gewonnen.«

Ich handelte schnell. Es wäre klüger gewesen, uns zu tarnen, direkt nachdem wir den Spiegelsaal verlassen hatten, aber dazu war keine Zeit gewesen. Ich tauchte tief in meine Magie ein und warf sie über mich und den Schmuggler. Der Effekt setzte im

Nu ein. Ich fühlte mich nicht per se anders, aber die Schicht der Illusion haftete an meinem Körper wie eine zweite Haut – eine juckende Haut, die ich am liebsten sofort abgestreift hätte. Als ich Carrion anblickte, war er wieder kleiner. Runde Ohren. Schmalere Schultern. Stummelige, harmlose Zähne. Er sah aus wie ein Mensch. Ich versuchte nicht darüber nachzudenken, wie ich wohl aussah, maskiert als einer von ihnen …

Die Besitzerin des Marktstandes richtete ihren schiefen Hut und rieb sich die Stirn. Würde sie in Ohnmacht fallen? Schließlich hatte sie gerade gesehen, wie wir uns von Fae in Menschen verwandelt hatten, was ihren verwirrten Gesichtsausdruck erklärte.

»Ha! Sieht aus, als hätte die Schwerkraft gewonnen. Das war *fast* lustig«, maulte Carrion. Er streckte die Hand aus und bot an, mir aufzuhelfen. So ungern ich es auch tat, ich nahm sie; meine Rippen brannten, und ich war so verheddert in die Trümmer, in die ich den Brotkarren der Frau zerlegt hatte, dass ich die Hilfe irgendwie brauchte. Der Schmuggler wirkte viel zu selbstzufrieden, als er mich auf die Füße zog. »Wohin jetzt?«, fragte er.

»Sag du es mir. Du bist überhaupt nur nach Zilvaren mitgekommen, weil du diese Stadt kennst. Besser als jeder andere, sagtest du.«

»Und so ist es auch«, blaffte Carrion. »Aber ich muss wissen, um was du dich zuerst kümmern willst. Um das Silber, die infizierten Fresser oder den Bruder?«

»Da! Unten am Platz!«

Durch das riesige Loch, das wir in das Zeltdach des Stands gerissen hatten, konnten wir drei Wachen sehen, die sich hoch oben aus dem Fenster lehnten und auf die Straße hinunterblickten. Sie hatten uns bereits entdeckt. Es würde nicht mehr lange dauern, bis sie uns auf den Fersen waren.

»Das Silber«, antwortete ich. »Wir kümmern uns als Erstes um das Silber. Komm, los jetzt.«

»Du bist zu blass«, zischte Carrion. Er stürmte kopfüber durch ein Netzwerk aus verwinkelten Seitenstraßen, die Augen fest auf die Spitzen seiner Stiefel gerichtet. Ich folgte ihm, die Hand am Heft des Dolches an der Hüfte.

»Was meinst du mit *zu* blass?«

»Ich meine, dass selbst die Toten in Zilvaren mehr Farbe im Gesicht haben als du. Die Sonnen sind hier ziemlich intensiv. Alle sind verbrannt oder gebräunt oder beides. Du siehst aus, als hättest du dein ganzes Leben unter der Erde verbracht. Es fällt den Leuten auf, sie glotzen.«

Ich blickte mich um und sah, dass er recht hatte. Die Leute glotzten. »Und?«

»Und es wäre besser, wenn wir jetzt nicht auffallen würden. Wir passen sowieso nicht hierher.«

»Ich habe uns schon verwandelt. Mehr kann ich nicht tun. Meine Magie braucht Zeit, um sich zu regenerieren.«

Carrions Tempo verlangsamte sich ein wenig. »Regenerieren? Was bedeutet *das*?«

»Es bedeutet wieder auffüllen, aufladen, wieder …«

»Bei allen Heiligen und Märtyrern, musst du es so wörtlich nehmen? Ich weiß, was das *Wort* bedeutet. Ich will wissen, warum deine *Magie* sich regenerieren muss.«

Ich verkniff mir ein Seufzen und beobachtete die Menge aus dem Inneren meiner tief in die Stirn gezogenen Kapuze. »Ich bin nicht in Zilvaren geboren, Carrion. Meine Magie stammt nicht von diesem Ort. Ich kann mich ihrer nicht so frei bedienen, wie ich es in Yvelia könnte. Wir haben Glück, dass ich sie überhaupt nutzen kann. Es gibt Reiche und Welten inmitten der Leere dieses Universums, die bar jeglicher Magie sind. Wenn ein Samenkorn der Magie nicht bereits irgendwo in den Eingeweiden dieses elenden Orts vorhanden wäre, wäre ich vollkommen abgeschnitten von meinen Fähigkeiten. Ich habe einfach eine ordentliche

Portion der Magie, die mir zur Verfügung steht, im Saal schon verbraucht. Es wird eine Weile dauern, bis ich wieder voll auf sie zugreifen kann. Für unsere Tarnung werden zwar nicht viele meiner Ressourcen beansprucht, aber das bedeutet nicht, dass ich kostbare Energie verschwenden werde, um mir eine verdammte Bräune zu verpassen.«

Carrion schwieg ein paar Sekunden. Aber dann kam ihm ein Gedanke. »Also wenn du deine gesamte Magie verausgabst, bist du so machtlos wie ich?«

Ich lachte spöttisch. »Natürlich nicht. Mach dich nicht lächerlich! Ich weiß noch immer, wie man ein verdammtes *Schwert* hält.«

»Schon gut. Kein Grund, gleich unhöflich zu werden. Kannst du – hör mal, kannst du bitte aufhören, die Leute so böse anzusehen? Das hier ist das Herz. Die Elite von Zilvaren wohnt hier. Jeder kennt jeden, und wir sehen *nicht* so aus, als gehörten wir zu den Reichen und Bessergestellten der Stadt. Wenn du weiter so finster dreinschaust, werden sie uns definitiv bemerken.«

»Das hier ist der *feine* Teil der Stadt?«

»Ja, ob du es glaubst oder nicht. Schnell, hier entlang.« Carrion sah rasch die Straße hinauf und hinunter, bevor er in eine Seitengasse rannte. Ich knurrte und folgte ihm, aber das alles gefiel mir ganz und gar nicht.

Wir hatten drei Tage, bis Saeris das Quicksilver erneut erweckte. In dieser Zeit gab es viel zu tun, und Carrions Wissen über Zilvaren zahlte sich bereits aus. Er *schien* zu wissen, wohin er lief. Oder … Moment mal! »Wir bewegen uns vom Palast weg, Swift. Oder kennst du einen Schleichweg in die Schatzkammer?«

Ratten huschten aus schmalen Lücken zwischen den Häusern und fiepten energisch, als sie vor uns wegliefen. Hier gab es nichts, außer ein paar sehr alt aussehenden Sandsteinhäusern, die den Eindruck machten, als würden sie beim kleinsten Schubs zerbröseln.

»Wir gehen nicht zur Schatzkammer«, erklärte Carrion und rannte weiter zum Ende der Gasse.

Er machte Witze, eine andere Erklärung gab es nicht. »Sag das noch mal.«

»Madra hat schon vor langer Zeit sämtliches Edelmetall und anderes Metall aus der Stadt entfernen lassen. Sie hat wahnsinnige Paranoia, die Leute könnten Zugang dazu bekommen. Also, was glaubst du wohl, wie ihre Schatzkammer aussehen wird, Kingfisher? Wie wahrscheinlich ist es, dass sie all ihr Metall dort aufbewahrt, wo man mit Leichtigkeit einbrechen kann? Oder versteckt sie es an einem Ort, an den nicht einmal die Götter selbst gelangen könnten?«

Wir kamen ans Ende der Gasse. »Also?«

»Niemand ist je in Madras Schatzkammer eingebrochen. Niemand weiß überhaupt, wo sie ist. Und glaub mir, ich habe selbst einen großen Teil der letzten tausend Jahre versucht, das herauszufinden. Wir haben jetzt keine Zeit, dieses Rätsel zu lösen, also bringe ich dich zu der nächstbesten Silberquelle, die mir einfällt.« Er schenkte mir ein schelmisches Lächeln. »Die Räuberbank.«

»Warum überrascht es mich nicht, dass du ein Konto bei einer Bank hast, die so heißt?«

»Oh, ich habe kein Konto bei der Räuberbank, Lord Cahlish.« Er blinzelte mir zu. »Sie *gehört* mir.«

Er ließ seinen Stiefel über den Boden zwischen uns gleiten und fegte Wellen von Sand fort, um eine abgenutzte Holzklappe ohne Griff freizulegen. Der Mistkerl war unerträglich selbstgefällig, als er in die Hocke ging und mit der Handfläche gegen das splitterige Holz drückte. Von innen hörte ich den Mechanismus eines Schlosses, das geöffnet wurde, und dann sprang die kleine Klappe auf, gerade so weit, dass Carrion seine Finger in den Spalt schieben und sie öffnen konnte.

Ein Akt niederer Magie.

Es hätte mich nicht überraschen sollen, dass er zu solchen Dingen fähig war.

Sogar ungebildet und ungeübt in seinen Fähigkeiten, musste Carrion aufgefallen sein, dass er Dinge tun konnte, die andere nicht konnten. Die Daianthus-Linie besaß mehr Magie als viele der anderen Häuser in Yvelia.

»Das riecht wie eine Kloake«, stellte ich fest, als ich in das dunkle Loch starrte.

Swift lachte. »Stimmt. Aber du wirst erleichtert sein zu hören, dass hier tatsächlich die Versorgung des Herzens mit sauberem Wasser sichergestellt wird. Entzückend, nicht wahr?«

***

Zilvaren war eine sehr alte Stadt. Sie existierte, schon lange bevor Madra den Thron bestiegen hatte. Als bautechnische Meisterleistung war sie einst der Sitz eines Rats von Magieanwendern gewesen. Gesetze waren hier erlassen worden. Es hatte hängende Gärten und wunderschöne Brunnen gegeben, die so groß waren, dass die Kinder der Stadt in ihnen spielen konnten. Die Geschichte dieses Orts war in Yvelia gut dokumentiert. Ja, Zilvaren war immer rund gewesen, hatte die Form eines Rads gehabt, aber erst Madra hatte die Stadt in Bezirke eingeteilt. Die hohen Mauern, welche diese – und ihre *Bewohner* – voneinander trennten, reichten bis tief unter die Erde. Wenn man auf einem instabilen Fundament hoch bauen wollte, hatte man keine andere Möglichkeit, als tief zu graben, um Halt zu finden. Die feuchten Tunnel, durch die Carrion uns führte, waren hoch genug, dass ein Mann darin aufrecht stehen konnte, aber kein Fae-Mann. Aus Gewohnheit zog ich die meiste Zeit den Kopf ein, denn ich hatte vergessen, dass ich kleiner war als sonst. Immer wenn wir auf einen Strebepfeiler der Mauern stießen – Carrion verwendete Magie, von der ich nicht gewusst hatte, dass er sie besaß, um schwere Holztüren in dem meterdicken Gemäuer zu öffnen –, mussten wir uns allerdings tatsächlich ducken, um durch die Lücken zu passen.

Der Schmuggler hatte eine Fackel gefunden, die er anscheinend für genau diesen Zweck am Eingang des Tunnels zurückgelassen hatte. Ihr orangener Schein warf einen Lichthof an die Wände, gerade hell genug, um etwas sehen zu können, als wir durch das knöcheltiefe Wasser wateten.

Der Geruch hatte von unangenehm zu ausgesprochen widerlich gewechselt, während wir unter den einzelnen Bezirken herliefen. Ich hatte Leichenfelder nach einer Schlacht gerochen, die weniger abstoßend gewesen waren als diese Tunnel. Nach der vierten Tür, die wir passierten, fing ich an, durch den Mund zu atmen … und ging dann schnell dazu über, wieder durch die Nase zu atmen. Durch den Mund zu atmen bedeutete, dass ich es *schmecken* konnte.

»Ich gebe zu, bis jetzt war es wesentlich weniger ekelhaft, wenn ich magisch getarnt war«, stöhnte Carrion. »Du magst mein Aussehen verändert haben, aber ich glaube, dieses Mal habe ich meinen Fae-Geruchssinn behalten.«

Ich ließ den Mund zu und blickte grimmig auf seinen Hinterkopf.

Schließlich verkündete er, wir seien weit genug gegangen, und deutete auf eine weitere Holzklappe an der Decke. »Ich komme nicht dran. Es gibt nichts, worauf ich mich stellen könnte«, meinte er. »Du musst eine Räuberleiter für mich machen.«

»Nein.«

»Also gut, dann mache ich eben für *dich* eine Räuberleiter. So oder so, einer von uns muss da hoch, und wenn du dir nicht längere Arme wachsen lassen kannst oder so was …«

»Fuck!« Ich verschränkte die Hände zu einem Tritt. »Mach schon, bringen wir es hinter uns.«

Die nächsten Minuten waren extrem nervig. Ich hatte Swifts Hintern mindestens dreißig Sekunden im Gesicht – dreißig Sekunden, die ich nicht vergessen durfte, aus meinem Gedächtnis zu streichen, sobald das alles hier erledigt war. Dann musste ich ihn aus dem verdammten Loch schieben. Und dann musste ich hochspringen, mich an den Seiten der Klappe festhalten und mich nach oben ziehen, weil er nichts finden konnte, was lang genug gewesen wäre, um es nach unten zu lassen und mich daran hochzuziehen.

Nutzlos.

Das Licht der zwei Sonnen war irgendwie stärker geworden, während wir durch die Tunnel navigiert waren. Meine Augen brauchten einen Moment, um sich an die Helligkeit zu gewöhnen, als ich den Rücken durchstreckte und die Lederrüstung abklopfte.

Carrion saß auf einer niedrigen, zerbröckelnden Mauer und beobachtete mich mit diesem verräterischen Flimmern in den Augen. Es bedeutete, dass er gleich etwas sagen würde, das mein Blut zum Kochen brachte. Und tatsächlich …

»Weißt du, mir ist gerade etwas klar geworden.«

»Was?«

»Du bist momentan vollständig auf mich angewiesen. Der nächste Schritt deines Plans hängt allein davon ab, dass ich uns irgendwohin bringe und uns eine unverhältnismäßig große Menge an Silber beschaffe. Das ist doch vermutlich etwas wert, oder nicht?«

»Nein.«

»Und das brachte mich auf die Idee, ich könnte die tiefe Dankbarkeit, die du mir gegenüber momentan empfinden musst, nutzen und vorschlagen, dass wir unterwegs eine alte Stammkneipe von mir besuchen.«

»Wir haben keine Zeit, Carrion.«

»Da bin ich anderer Meinung. Wir sollten nicht länger als ein paar Stunden brauchen, um uns mit dem Silber einzudecken. Sobald wir das erledigt haben, müssen wir ohnehin bis morgen warten, um Hayden zu holen.«

»Du könntest mir einfach sagen, wo Saeris' Bruder ist, und deinen Geschäften nachgehen, Swift.«

Carrion blickte die Seitenstraße hinunter, in die wir eingebogen waren, und seine Mundwinkel wanderten nach unten, als er darüber nachdachte. Der Anblick seines Gesichtsausdrucks im Profil weckte eine längst vergessene Erinnerung aus den Archiven meines Gedächtnisses. Eine Erinnerung, die an den Ecken verblasst und von Motten zerfressen war.

Der Innenhof vor der Wohnung in Ballard.

Meine Mutter hatte mit jemand gesprochen, und ich hatte an ihren Röcken gezogen und um Bettell-Kekse gequengelt. In ihrer sanften Art hatte sie mich gebeten, loszugehen und mir die Kekse selbst zu kaufen, da ich kein Faeling mehr war, und mir eine Kupfermünze in die Hand gedrückt. Eine ganze Krone. Eine alte, die in den richtigen Kreisen doppelt so viel wert war wie die neuen. Das Stück Kupfer war damals das meiste Geld, das ich je in den Händen gehalten hatte. Ich hatte die Münze bestaunt und ehrfürchtig über ihre Oberfläche gestrichen, als ich barfuß über die Wege von Ballard ging, um mein Vermögen in Wendys Laden auszugeben.

Das auf die Münze geprägte Gesicht war königlich und stolz gewesen.

Das Gesicht von Rurik Daianthus.

In diesem Augenblick überraschte es mich, dass Carrion Swift eine so auffallende Ähnlichkeit mit seinem Vater hatte.

Er wandte sich von der Straße ab und sah mich an, die Augen klar und scharf. »Ich weiß, dass ich für keinen in Yvelia besonders nützlich bin, Fisher. Aber ich will es sein. Und hierbei kann ich nützlich sein. Ich habe Saeris gesagt, ich würde helfen. Ich habe ihr gesagt, ich würde zurückkommen. Also: Nein, ich kann dich nicht einfach allein lassen.«

Irgendetwas versetzte mir einen Stich in die Brust und ließ sie krampfen. Ich schob es fort, ausnahmsweise über mich selbst verärgert, weil ich es zugelassen hatte, dass mir die Vergangenheit unter die Haut gegangen war. Es ließ sich nicht leugnen: Ja, Saeris hatte mit dem Schmuggler geschlafen. Aber jetzt schlief sie nicht mehr mit ihm. Und sie hatte ein Recht auf ihre Vergangenheit, so wie ich ein Recht auf meine hatte. Es hatte keinen Sinn, Ereignisse zu bereuen, die dazu beigetragen hatten, uns als Personen zu prägen. Und sie war jetzt meine Seelengefährtin. *Meine* Seelengefährtin. Sie war schön, leidenschaftlich, klug, unabhängig und stark. Es war verständlich, dass selbst Carrion Swift – ein erfahrener Dieb und sehr versiert in der Kunst der Doppelzüngigkeit, da waren sich alle einig – sein Wort halten wollte, wenn er es ihr gegeben hatte. Er war ihr Freund, sosehr es mich auch ärgerte. Und das würde ich akzeptieren.

»Also gut.« Ich biss die Zähne zusammen und schnaubte unglücklich. »Wo ist diese alte Stammkneipe von dir?«

Swift sprang von der Mauer herunter und wirbelte eine Wolke aus puderfeinem Staub auf, als er auf dem Boden landete. Er klatschte in die Hände und jauchzte: »Du wirst den Laden *lieben*. Sie haben dieses Bier, das – okay, es *wird* aus Rattenurin destilliert, aber …«

»Carrion!«

»Das war ein Scherz!« Er hob die Hände. Noch immer grinsend drehte er sich um und ging los, die Gasse hinunter. »Ernsthaft. *Merkst* du nicht, wenn jemand einen Scherz macht, Fisher?«

***

Das Bier schmeckte so mies, dass ich fürchtete, Carrion hatte die Wahrheit gesagt. Aber er stürzte es so begeistert runter, dass ich dachte, es würde mich wohl nicht umbringen. Ich nippte an meinem Krug und beobachtete die Menschen in der Schenke, die kamen und gingen. Die Frau hinter der Theke erkannte Carrion sofort. Sie kannte ihn offensichtlich auch gut, denn sie ermahnte ihn, sich zu benehmen, andernfalls würde sie ihn hochkant rauswerfen.

Eine Reihe fragwürdig aussehender Individuen blieben an unserem Tisch stehen. Sie alle begrüßten den Schmuggler und fragten ihn, wo er gewesen sei, und Carrion hatte jedes Mal eine neue – und noch unglaublichere – Erklärung für seine Abwesenheit. Ich versteckte mein Gesicht in meinem Bierkrug und ignorierte die Blicke von Swifts Bekannten. Ihre Neugier ließ sie länger am Tisch herumhängen, als höflich gewesen wäre, während sie darauf warteten, dass Carrion seinen neuen Freund vorstellte. Aber der Dieb war nur *lose* mit den allgemeinen Benimmregeln vertraut und tolerierte das peinliche Schweigen, ohne ins Schwitzen zu geraten, während er wiederum darauf wartete, dass sie wieder gingen.

Ich hingegen schwitzte heftig. Das Hemd klebte mir am Rücken. Meine Haare waren feucht. Es war heißer als in den fünf Höllen, und es hatte nicht den Anschein, als würde die Temperatur in absehbarer Zeit fallen.

»Ich hasse es hier«, murmelte ich in meinen Krug.

Carrion lachte schallend. »Ahh, nach einer Weile wächst einem der dritte Bezirk ans Herz.«

Ich warf ihm einen ungläubigen Blick zu. »Welcher Teil? Die Kinder, die auf den Straßen verhungern? Oder das heiße Bier?«

»Soll Bier nicht heiß sein?«

»Nein, soll es nicht.«

»Hm. Das wusste ich nicht.« Er zuckte die Schultern und nahm einen großen Schluck aus seinem Krug.

Die großmütige Stimmung, die mich zuvor ergriffen hatte,

war seit einer Weile verflogen, und jetzt wurde ich langsam unruhig. Ich trank den Rest des Gebräus, zuckte zusammen, als ich es herunterschluckte, und knallte den Krug dann auf den Tisch. »Wir sind hier fertig, Carrion. Zeit zu gehen.«

»Nein, sind wir nicht. Wir sind noch lange nicht fertig!« Er sah aus wie ein Faeling, dem man gesagt hatte, er müsse früher vom Winterjahrmarkt nach Hause gehen.

»Ich sehe, dass du beliebt bist. Und ich bin sicher, dass es schön sein muss, deine sehr interessanten Freunde zu treffen, Carrion, aber wir müssen uns um einige Dinge kümmern. Ich will diesen götterverfluchten Ort verlassen und zu meiner Gefährtin zurückkehren, und du kannst buchstäblich nichts sagen, was meine Meinung dazu ändern würde. Also, gehen wir.«

»Fisher, Fisher … Whoa, whoa, whoa!« Er packte mich am Arm und riss mich wieder herunter auf meinen Stuhl. »Okay, in Ordnung. Ich bin vorhin in der Gasse vielleicht nicht zu hundert Prozent ehrlich gewesen. Ich hatte nicht nur Lust, hier auf ein Bier vorbeizuschauen. Ich musste auch ins Kalas.«

Bei allen Göttern, dieser Typ! Er war wirklich speziell. »*Erklär* es mir.«

»Na ja, wie ich vorhin schon sagte, ich *bin* der Besitzer der Räuberbank. Also der Mitbesitzer. Ich habe einen Geschäftspartner. Wir haben einen Tresorraum, in dem wir unsere Artikel aufbewahren …«

»Schmuggelware.«

»Also gut, ja. Unsere Schmuggelware.« Er schnitt eine Grimasse. »Um die Tür zu diesem Tresorraum zu öffnen, braucht man zwei Schlüssel. Ich habe einen. Eric hat den anderen. Aber seit ich vor einiger Zeit verschwunden bin und er vermutlich lange die Stadt vergeblich nach mir durchkämmt hat, wette ich, dass Eric die Dienste eines Tresorknackers in Anspruch genommen hat und danach mit unserer Ware abgetaucht ist.«

Das war genau die Art von Unsinn, die ich erwartet hatte. Ich schob mich vom Tisch fort, damit ich aufstehen konnte.

»Warte, was machst du?«

Ich hoffte, mein Gesichtsausdruck würde meine Gefühle erfolgreich vermitteln, denn mir fehlten die Worte. »Ich gehe zurück in den Palast. Ich suche Madras Schatzkammer, und wenn ich den Palast Stein für Stein niederreißen muss. Und dann suche ich mir einen hoffentlich etwas weniger heißen Ort, um zu warten, bis Saeris das Quicksilver wieder öffnet. Und dann gehe ich nach Hause.«

»Das *brauchst* du nicht«, flüsterte Carrion laut. »Wir müssen nur auf den Tresorknacker warten. Sobald er hier ist, soll er uns sagen, wo Eric unser Zeug hingebracht hat, und wir sind aus dem Schneider. Wir holen uns in aller Ruhe, was wir brauchen. Ich nehme das Silber. Eric kann das Gold und die Edelsteine behalten. Ich werde Yvelia helfen. Wir finden Hayden. Dann gehen wir nach Hause, und alle sind glücklich.«

Ich würde keine Zähne mehr haben, wenn dieser Ausflug vorbei war, weil ich sie alle zu Staub zermahlt hätte. »Dein Plan hängt also vollständig davon ab, dass dieser Tresorknacker hier auftaucht?«

»Ja. Aber er *wird* auftauchen.«

»Und woher verdammt noch mal willst du das wissen?«

»Weil er *immer* herkommt, sobald er seine Geschäfte für die Nacht abgewickelt hat.«

»Woher weißt du überhaupt, wie spät es ist?«

»Hier sind überall Uhren, Fisher. Sieh doch.« Er zeigte auf einen Metallzapfen, der über der Tür aus der Wand herausragte. Er war in Licht getaucht und warf einen dünnen Schattenzeiger senkrecht auf das Mauerwerk.

»Das ist keine Uhr …«

Carrion sprang auf und hätte dabei fast sein Bier umgestoßen. »Vorath! Vorath Shah!«

Ein Mann stand im Eingang der Schenke, halb drinnen, halb draußen. Sein schwarzes Haar war kraus, an den Schläfen ergraut und stand in alle Richtungen ab. Seine dunklen braunen Augen weiteten sich vor Überraschung, als er in unsere Richtung blickte.

»Wo bist du … nein«, stotterte Carrion. »Tu es nicht. Lauf nicht weg!«

Der Mann lief weg.

Carrion sprang über den Tisch und warf dabei unsere beiden Bierkrüge um.

»*Verflucht seist du,* Carrion Swift! Wenn wieder einer meiner Tische wegen dir zu Bruch gegangen ist …«, schrie die Frau hinter der Theke, aber Carrion verschwendete keine Zeit damit, die Möbel zu überprüfen. Er sprintete dem Mann in dem sonnengebleichten Hemd und der staubigen Hose hinterher, der gerade aus der Schenke geflüchtet war, ohne einen Blick zurückzuwerfen.

Ich hatte kein Interesse daran, den Tresorknacker durch die Straßen von Zilvaren zu verfolgen. Und offensichtlich war Vorath Shah das. Aber ich folgte Carrion trotzdem, denn der Tresorknacker hatte nicht Carrion angesehen, als er getürmt war.

Der Fremde hatte direkt zu *mir* geblickt.

14

BLUT IN DER MILCH

SAERIS

Gesamtzahl der registrierten Toten: 1373
Gesamtzahl der registrierten Infizierten: 1665
Geschätzte infizierte Landmasse: 2039 Hektar

Tal blinzelte nicht, als er mir durch die verworrenen Gänge von Ammontraíeth vorausging.

Die Hochadel-Vampire knieten vor mir nieder, aber vor *ihm* wichen sie zurück und wandten den Blick ab – eigentlich nur natürlich, wenn man bedachte, dass der Mann nur mit einer Bewegung seines Handgelenks das Blut in ihren Adern zum Kochen bringen konnte. Ich hatte es während meiner Krönung beobachtet, als Ereths Anhänger versuchten, die Stufen des Podiums zu erklimmen, und der entsetzliche Anblick war mir im Gedächtnis haften geblieben. Es war also verständlich, dass die Mitglieder des Bluthofes Taladaius fürchteten.

Sein bleiches Spiegelbild an den Obsidianwänden hielt mit ihm Schritt, beinahe so perfekt in dem glasig schwarzen Mauerwerk, dass ich fast Mühe hatte, die beiden auseinanderzuhalten. Den Geist und ihn. Auch meine Doppelgängerin ging selbstbewusst und mit erhobenem Haupt neben mir her. Als ich die Hände zu den Dolchen mit Silberspitze an meiner Hüfte bewegte, taten es auch ihre. Als ich mich zu ihr hinwandte, um sie anzusehen, blickte sie gelassen zurück, ihr Gesicht eine Maske der Gleichgültigkeit. Aber ich erkannte die Müdigkeit darin. Sie hatte Ringe unter den blauen Augen.

Wir hatten an diesem Abend eine *Nachricht* bekommen. Jene Art von beunruhigender Information, die Panik auslöste. Lorreth hatte von irgendwoher einen Breitflügelbussard geholt und setzte ihn ein, um Botschaften mit dem provisorischen Lager auf der anderen Seite des Gebirges auszutauschen. Jeden Abend teilten sie uns den neuesten Stand unserer Verluste sowie eine Schätzung der gesamten, von der Fäulnis befallenen Landmasse mit … und bis jetzt waren die Zahlen nicht gut.

Über dreizehnhundert Tote.

Noch mehr Infizierte.

Weite Landstriche schwarz und abgestorben.

Jeden Morgen ritten Trupps von Kriegern aus, unter ihnen auch Danya. Sie trieben so viele infizierte Fresser wie möglich in die Enge und zerstückelten sie dann. Aber es reichte nicht.

Eine Flut der Zerstörung erfasste das Land, und ich saß hier im Schwarzen Palast fest, gefesselt von einer Krone, die ich nicht wollte, und an einen Hof von Hochadel-Vampiren gekettet, die *mich* nicht wollten. Aber es war ein Opfer, das gebracht werden musste. Wenn ich mich weigerte, den Bluthof zu regieren, würde einer der Hochadligen die Rolle übernehmen, und das wäre viel, *viel* schlimmer …

Das Geräusch unserer Absätze auf dem polierten Boden hallte laut wider, als wir tiefer in die Eingeweide des Palastes vordrangen. Ohne Lorreth an meiner Seite, der die Mitglieder des Bluthofes an ihre guten Manieren erinnerte, hatten diese wohl entschieden, von nun an zu starren. Gruppen von ihnen hielten in leisen Unterhaltungen inne und schnitten mit den Augen Stücke aus mir heraus, bevor sie gereizt vor mir auf die Knie fielen, als wir an ihnen vorbeikamen.

»Ignoriere sie«, sagte Taladaius, als wir um eine Ecke bogen und plötzlich allein waren. Wir standen am Fuß einer langen, steilen Treppe, die oben in der Dunkelheit verschwand. »Der Bluthof ist ein sehr alter Ort. Seine Mitglieder gleichen Insekten, die in Bernstein eingeschlossen sind. Hier ändert sich nichts. Wir sind berechenbar in unserer Grausamkeit. Berechenbar in unserer Gewalt. An einem Ort wie diesem fürchtet man sich am meisten vor Veränderung. Sie sind nicht per se wegen dir beunruhigt. Eher wegen dem … was du repräsentierst.«

Ich summte nachdenklich und blickte zurück in Richtung der gut gekleideten Vipern, die mich so unverhohlen taxiert hatten. »Ich weiß, dass ich dir hier einen Ermessensspielraum eingeräumt habe, Tal. Aber die ultimative Macht über den gesamten Hof habe noch immer ich. Ist dir schon einmal in den Sinn gekommen, dass sie wegen mir beunruhigt sein *sollten*?«

Mein Ahnherr – mein *neuer Freund* – blieb mit einem Fuß auf der ersten Stufe der Treppe stehen, und etwas Dunkles und Faszinierendes funkelte in seinen blassgrauen Augen. »Diese Frage habe ich mir tatsächlich gestellt«, sinnierte er.

»Und?« Vieles hing von diesem Moment ab. Zwischen uns gab es so viel Unausgesprochenes. Er hatte mich gerettet und mich hierhergebracht. Er hatte die Krone auf meinen Kopf gesetzt und mir diese Macht verliehen … und er hatte mich nicht ein einziges Mal gefragt, was ich damit vorhatte. Ich war seelenverbunden mit einem Feind von Sanasroth. Ich hatte bereits ihre Armee ausgemustert, sozusagen. Ich konnte jeden Moment den gesamten Hof entmachten und die schwarzen Türme von Ammontraíeth auf ihre Köpfe stürzen lassen.

Tal wusste das besser als jeder andere.

Und dennoch zuckte er die Schultern.

»Ich weiß, dass du hoffst, die Hochadligen zu retten, die hier leben, Saeris, dass du ihnen nachträglich eine Art moralischen Kompass einimpfen möchtest. Du hoffst, die Horde zu beseitigen und ein für alle Mal auszurotten, nachdem du dem Hof etwas Zeit gelassen hast, sich mit der Vorstellung anzufreunden. Abgesehen davon … versuche ich, mir keine Gedanken über die Politik von Regenten zu machen, Eure Hoheit.« Seine Stimme barg keine Gefühle, aber die leichte Verbeugung, die er vor mir machte, ließ vermuten, dass er es *sehr* sarkastisch meinte. »Ich bin nur ein bescheidener Lord der Mitternacht. Es wäre impertinent, die Motive unserer verehrten Königin anzuzweifeln.«

Als wir das obere Ende der Treppe erreichten, hatte ich Seitenstechen und meine Lunge brannte. Fünfhundertdreiundsiebzig Stufen. So weit war ich gekommen, bevor ich aufgehört hatte zu zählen, um mich auf meine Atmung zu konzentrieren. Offenbar besaßen nicht einmal Halb-Vampire einen unerschöpflichen Energievorrat.

»Warum zum Teufel und allen fünf Höllen … besteht ihr bloß immer darauf … dass eure Bibliotheken so verdammt … schwer zu erreichen sind?«

Tal war nicht annähernd so erschöpft wie ich, aber es war beruhigend zu sehen, dass der Aufstieg auch an ihm nicht ganz spurlos vorübergegangen war. »Es ist eine Fae-Tradition. Malcolm brach mit den meisten alten Konventionen, als er begriff, was aus ihm geworden war, aber an dieser hielt er fest. Unsere Ältesten betrachteten Wissen als eine vollendete Ressource. Sie kamen zu dem

Schluss: Je näher das gesammelte Wissen eines Hofes dem Himmel ist, desto besser. Einige waren auch der Auffassung, je härter man für das Wissen, das man suchte, arbeiten musste, desto größer ist das Recht, davon zu profitieren. Daher …« Er deutete auf die über vier Meter hohe, schwarz lackierte Doppeltür vor uns, bestehend aus Paneelen mit gebürstetem Blattgold und zwei zischenden, züngelnden Schlangen mit entblößten Fangzähnen als Griffen.

Tal legte eine Hand um die Schlange, die ihm am nächsten war, und zog damit die Tür auf. »Das hier war einer von Malcolms Lieblingsplätzen im Palast. Aber nach einiger Zeit begann er, ihn zu hassen. Schließlich kam er gar nicht mehr, was ihn zu einem meiner Lieblingsplätze machte.«

»Macht die verdammte Tür zu! Lasst die Katze *nicht* raus!« Der krächzende Befehl kam von weit her. Von einer Frau? Ich war nicht sicher. Die Stimme war zu rau, um es beurteilen zu können. Tal zuckte zusammen und führte mich in die Bibliothek. Dabei wanderten seine Augen über den Boden, vermutlich auf der Suche nach besagter Katze, die vielleicht versuchte zu entwischen, vielleicht aber auch nicht.

Sobald wir eingetreten waren und er die Tür geschlossen hatte, entspannte sich der Vampir deutlich.

Die Bibliothek von Ammontraíeth war wunderschön. Sie war nicht so groß wie die im Winterpalast, und es gab auch keine Glaskuppel, durch die man den Nachthimmel sehen konnte, aber das machte nichts. In allen Bibliotheken lag Magie. Selbst in solchen, die nicht auf diese Dinge spezialisiert waren. Denn was war ein Buch, wenn nicht ein Portal in ein anderes Reich, eine andere Zeit, ja ein anderes Leben. Aber in dieser Bibliothek war die Luft geschwängert von Magie. Es war nichts Bestimmtes, nichts, das ich hätte benennen können. Nicht die Art, wie das Equinox-Licht die Rücken der Bücher in den Regalen beleuchtete. Nicht die Art, wie das seltsame weißgrüne Feuer, das im Kamin bei den Fenstern brannte, rückwärts zu flackern schien oder nach unten oder … *in* sich hinein. Und gewiss nicht die kleinen Vögel, die durch die Luft sausten, herabstießen und um Tals Kopf schwirrten, als er sich dem Tisch näherte, der sich über die gesamte Länge des Raumes erstreckte.

»Oh. Oh, wow! Ist dieser Vogel etwa aus …« Ich kniff die Augen zusammen, um sicherzugehen, dass ich es mir nicht einbildete.

Tal fing den winzigen Vogel, der sich auf seinen Kopf stürzte, aus der Luft und hielt ihn mir hin. »Papier«, bestätigte er. »Gefaltet nach dem Vorbild einer von Yvelias seltenen Arten. Sie heißen Sterngucker.«

Die Flügel des Papiervogels raschelten, als er versuchte, sich aus Tals Griff zu befreien. Er öffnete und schloss seinen Schnabel und pickte auf die Hand des Vampirs, eindeutig verärgert darüber, dass er gefangen worden war.

»Er sieht so echt aus«, flüsterte ich.

»Er *ist* echt. Er lebt hier in der Bibliothek zwischen den Büchern. Hier legt er seine Eier und zieht seine Jungen groß. Eines Tages wird er auch hier sterben.« Der Vogel schien dieser Erklärung zu widersprechen, denn er pickte jetzt noch heftiger auf Tals Handrücken ein. Der Vampir gab beruhigende Laute von sich und lächelte sanft, als er den kleinen Sterngucker nach oben hielt, die Hand öffnete und ihn freiließ.

»Hunderte von ihnen nisten dort oben in den Dachsparren. Sie sind schon immer hier. So lange, wie wir uns erinnern können. Vermutlich Tausende von Jahren. Jemand faltete vor langer Zeit passende Paarungen und versah sie mit einem Funken Magie. Sie behielten diese Magie und gaben sie weiter und immer weiter.«

»Aber … wie?« Es erschien mir unmöglich. »Es ist nur *Papier*.«

Tal wurde ernst und ließ seine Hand herunterhängen, als er mit der anderen einen Stuhl am Ende des langen Lesetisches hervorzog und sich langsam setzte. Er faltete die Hände über dem Bauch, und seine sturmgrauen Augen fanden schließlich mich. »Sind wir nicht genauso? Gemacht aus dem gleichen Material wie das Meer und die Erde und der Himmel? Gefaltet aus den Resten der Götter und mit einem Funken Magie versehen, der *uns* real macht?«

Seine Worte erschütterten mich ein wenig und brachten mich aus dem Konzept. »Du glaubst, wir wurden von den Göttern erschaffen? Dass sie uns als Teil eines großen Plans hierhergebracht haben?«

Taladaius schnaubte. »Nein, das glaube ich nicht. Ich denke, dass ein Magier eines Tages Papier gefaltet und diese Vögel erschaffen hat.« Er ließ den Kopf zurückfallen, und ein kleines Lächeln umspielte seine Mundwinkel, als er zusah, wie die stummen Vögel hoch über unseren Köpfen schwirrten und kreisten. »Ich glaube, es bedarf auch eines neugierigen Geistes, um die Zutaten zu kombinieren, die nötig waren, um uns zu schaffen. Aber das ist alles. Überall dort, wo Leben existiert, breitet sich *Magie* aus, Saeris. Wir erschaffen all die Wunder dieses Reichs einfach nur dadurch, dass wir da sind, um sie zu erleben, und es ist immer Magie, die den Weg erleuchtet. Das ist es, was *ich* glaube.«

»Er redet, als wüsste er, wovon er spricht«, bemerkte eine trockene Stimme aus den Schatten. Es war dieselbe Stimme, die verlangt hatte, dass wir die Tür schlossen.

Tals Lächeln wurde trüb, als er sich der Frau zuwandte, die zwischen den Regalen hervorhumpelte. Sie war nach vorn gebeugt, der Rücken gekrümmt, und hatte die Schultern bis zu den Ohren hochgezogen. Tiefe Falten zerfurchten ihr Gesicht. Das feine Haarbüschel, das um ihren Kopf herumschwebte, war so weiß wie der Neuschnee auf dem Gipfel des Omnamerrin. Ich hatte sie bis jetzt nur einmal gesehen, bei meiner Krönung.

Algats Augen waren in ihren Kopf hineingeschrumpft, schwarz und glasig wie die Obsidianwände des Palastes. Sie hüpften über Taladaius hinweg, als fänden sie dort, wo er saß, nichts von Bedeutung, und fixierten dann mich mit erschreckender Intensität. Die Alte humpelte die Treppe hinunter, durchquerte die Bibliothek und hielt sich an der Rückenlehne eines Stuhls fest, als sie langsam und hörbar grummelnd vor mir auf die Knie sank. »Welch eine *Ehre*, meine Königin«, krächzte sie. »Ein Besuch von unserer neuen Regentin. Und dazu noch so fein gekleidet.«

Sie verbarg ihren Sarkasmus nicht; ihre Worte waren eine unverhohlene Spöttelei. Meine Lederrüstung war eindeutig in schlechtem Zustand, und meine Stiefel waren mit Schlamm bespritzt und ausgetreten. Aber Algat war der Lord der Mitternacht, der mich dazu gebracht hatte, in Gegenwart des versammelten Hofes von Fisher zu trinken. Sie war auch diejenige, vor der mich mein Seelengefährte am eindringlichsten gewarnt hatte. Es war mir scheißegal, was sie von meinen Klamotten oder dem Zustand meiner Stiefel hielt. Sie hatte Glück, dass ich nicht von ihr verlangte, sie zu säubern, während sie da unten kniete.

Grinsend blickte sie zu mir herauf und entblößte dabei stumpfe vergilbte Eckzähne. »Ich wusste, dass du irgendwann den Weg nach hier oben finden würdest. Ich habe auf dich gewartet.«

»Ach ja?« Eis härtete meine Worte. Ich mochte sehr wenig an der alten Frau. Besonders missfiel mir die Art und Weise, wie sie mich beäugte, während sie sich den Handrücken kratzte.

»O ja, allerdings. Kann ich jetzt aufstehen, Kind? Meine alten Knochen vertragen die Zugluft hier unten nicht.«

Es wäre kleinlich gewesen, Nein zu sagen. Widerwillig schenkte ich ihr ein steifes Nicken. »Du darfst dich erheben.«

»Danke, Eure Majestät. Ich versichere Euch meiner *tiefsten*

Dankbarkeit.« Das alte Weib zuckte nicht einmal, als sie vom Boden aufsprang und davoneilte, plötzlich so flink und wendig wie ein neugeborenes Lamm. »Wie gesagt, ich habe darauf gewartet, dass du kommst. Schließlich *bist* du hungrig.«

Bei dieser Behauptung stellten sich mir die Nackenhaare auf. »Nein, bin ich nicht.«

»O doch, das bist du. Ich fühle deinen Hunger schon die ganze Zeit wie einen pochenden Puls.«

»Ich brauche nichts zu mir zu nehmen«, entgegnete ich in knappem Ton, aber sie schüttelte den Kopf, wobei ihre Hängebacken wackelten.

»Kein Blut, Königsmörderin. Du brauchst Informationen. Heimat. *Erleichterung.*« Sie kicherte, als sie dieses letzte Wort aussprach, als sei es etwas Unanständiges, dessen man sich schämen müsse. »Ich fühle deinen Hunger zu allen Zeiten«, fuhr sie fort. »Du bist unersättlich. Du bekommst nie *genug.*«

Ich wandte mich zu Tal. »Deshalb hast du mich hierhergebracht? Hast du gedacht, du könntest mir *damit* helfen?«

Der Vampir hob seufzend die Hände. »Manchmal schmeckt die Medizin bitter, Saeris.«

»Wie kann *sie* die Medizin sein?«

»Ich bin die Hüterin der Aufzeichnungen, Kind.« Algat schnaubte. »Ich kenne sie alle besser, als sie sich selbst kennen. Es gibt Bücher in diesem Raum, denen du gern begegnen möchtest. Es steht in *meiner* Macht, sie dir vorzustellen.«

Ich versteifte das Rückgrat. »In dieser Bibliothek gibt es keine Bücher über Alchemie«, sagte ich.

Algats Augenbrauen hatten sich schon vor langer Zeit verabschiedet, aber die Stellen auf ihrer Stirn, wo sie einst gewesen waren, wanderten nach oben. »Ach ja?«

»Ja. Belikon hat das ganze Reich von jeglichen Informationen über die Alchemisten und ihre Kräfte gesäubert.«

Die Alte sah mich mit sehr ernster Miene an und nickte weise mit dem Kopf, aber sie konnte ihn nicht oben halten; sie brach in Gelächter aus, bevor ich meinen Satz beendet hatte. »Oh, Kind, du bist wirklich noch grün hinter den Ohren. Hast du bis gestern noch an der Brust deiner Mutter gesaugt?«

»Algat«, durchschnitt Tals warnende Stimme ihr Feixen. »Vergiss nicht, mit wem du sprichst.«

Die Hüterin der Aufzeichnungen blickte den silberhaarigen Lord mürrisch an. »Mein Gedächtnis ist mindestens so gut wie deins, Geist. Ich weiß genau, mit wem ich spreche. Königsmörderin, Tagesende, die letzte Flut. Namensbrecherin …«

»Genug!« Tal schlug krachend mit der Faust auf den Tisch. Die Alte hörte auf mit ihrer Tirade; ein Speichelfaden triefte von ihrer Oberlippe. Sie starrte Tal eine Sekunde mit ausdrucksloser Miene an, aber die Luft war plötzlich erstarrt und erfüllt von prickelnder Spannung.

Tal hielt sie mit seinem Blick gefangen. Er wendete ihn *nicht* ab.

»Also gut!« Algat klatschte in die Hände und stand plötzlich auf der anderen Seite des Tisches. Wo bei allen fünf Höllen war sie *hergekommen*? Ich hatte nicht gesehen, dass sie sich bewegt hatte. Als sie herumwirbelte, bewegte sich ihr Körper so ruckartig und unnatürlich, dass ich eine Gänsehaut bekam. »Belikon de Barra! Belikon de Barra!«, sang sie mit einer kindlichen, hohen Stimme, die nichts mit ihrem vorherigen Krächzen zu tun hatte. »Der König der yvelianischen Fae hat nie einen Fuß über die Schwelle Eures Gebiets gesetzt, *meine Königin*«, sagte sie spöttisch. »Mein Vater verbot es. Diese giftige alte Kröte hat nie um eine Audienz bei *meinen* Büchern ersucht. Sie sind intakt.«

Ich wollte nicht, dass sie sah, welche Wirkung diese Neuigkeit auf mich hatte, aber ich war nicht schnell genug. Die gebückte alte Frau hörte, wie mein Puls schneller wurde, und ein niederträchtiges Lächeln kroch langsam über ihr Gesicht.

»Mein Vater war ein Gönner der Alchemisten. Er unterstützte ihre Künste, förderte sie. Wo andere nur Gefahr sahen, dort sah Malcolm von Sanasroth Macht.«

»Was meinst du mit Gefahr?«

»O ja. Ein Alchemist ist ein *gefährliches* Ding. Hat dir nie jemand gesagt, was du bist? Niemand hat dir gesagt, warum Belikon und eure teure Königin Madra Jagd auf alle deiner Art gemacht und sie ermordet haben?«

»Algat.« Dieses Mal erhob Tal nicht seine Stimme, aber das brauchte er auch nicht. Das einzelne Wort hallte mit der Kraft eines Donnerschlags in der Bibliothek nach. Algat zuckte zusammen, und das wilde Licht in ihren Augen erlosch nach und nach, als sie eingeschüchtert den Kopf einzog und sich von dem Vampir entfernte. Ich spürte es ebenfalls: Eine erdrückende Kraft in meinem Genick, die wollte, dass ich mich verneigte, niederkniete und zu dem Mann am Ende des Tisches kroch. Nur durch schiere Willenskraft gelang es mir, nicht auf die Knie zu fallen. »Schluss mit den Spielchen«, sagte Tal. »Sie will verstehen, wer sie ist und wozu sie fähig ist. Um es zu erfahren, braucht sie nicht zu Tode erschreckt zu werden. Du wirst ihr helfen, die Fakten herauszufinden, mehr nicht …«

Eine Schattenfahne fügte sich in der Luft vor mir zusammen und nahm Gestalt an. Der Fleck verdunkelte sich, fiel herab, und als er auf den Lesetisch auftraf, war er zu einer Katze geworden. Einer schwarzen Katze, um genau zu sein, mit glühenden roten Augen.

Sie fixierte mich mit einem löwenhaften Blick, der mich an andere, weitaus größere Katzen erinnerte, die mir zu Hause draußen in den Dünen begegnet waren, und eine Welle der Panik jagte mir den Rücken hinauf.

»Wo bei allen fünf Höllen kommt die jetzt her?«, fragte ich gepresst.

»*Das* ist Guru«, erklärte Algat verärgert. Der Bann, in dem Tal sie gehalten hatte, war jetzt gebrochen. Sie warf ihm einen scharfen Blick zu, als sie zum anderen Ende des Tisches schlurfte und begann, die Katze mit einer knotigen Hand aggressiv zu streicheln.

Der Kater *war* da. Sie *streichelte* ihn.

»Er hält die Ratten und *andere* Plagen fern«, sagte sie bedeutungsvoll und bedachte Taladaius wieder mit einem hasserfüllten Blick. »Ich hörte, du hast einen weißen Fuchs bei dir in deinen Gemächern, Königsmörderin. An deiner Stelle würde ich ihn nicht frei herumlaufen lassen. Guru mag keine Hunde, *egal* welcher Rasse.«

Genau aus diesem Grund hatte ich beschlossen, Onyx in meinen Gemächern zu lassen. Ich hatte keine Ahnung, in welche Art von Schwierigkeiten er im Schwarzen Palast geraten könnte, und ich hatte auch nicht vor, es herauszufinden. Guru schien ganz freundlich zu sein, aber trotzdem. Die Katze warf den Kopf in den Nacken und kniff die Augen zusammen; ihr Schwanz schnellte nach links und nach rechts, denn offenbar genoss sie die Aufmerksamkeit, als Algat sie streichelte.

Taladaius schauerte. »Ich muss mich noch um andere Angelegenheiten kümmern, Saeris«, sagte er und stand steif auf. »Algat wird sich benehmen und dir zur Verfügung stehen, solange du hierbleiben willst, um deine Recherchen durchzuführen. Nicht wahr, Algat?«

Die Alte schnaubte nur.

Mein Ahnherr – er *war* noch immer mein Ahnherr, zumindest vorläufig – verließ die Bibliothek und ließ mich mit der alten Frau und dem Kater allein.

Algat hatte eine Untertasse unter ihren schäbigen Röcken hervorgeholt und goss einen dünnen Strahl Milch aus einem Krug hinein, als ich sie wieder ansah. »Glaubt nicht, dass keine Kosten für die Arbeit entstehen, bloß weil dieser Geist mir befohlen hat, Euch zu helfen, Eure Hoheit.«

»Würde mir nicht im Traum einfallen. Aber ich *bin* deine Königin. Zählt das denn gar nichts?« Die Art, wie die Alte sich bewegte, hatte etwas Beunruhigendes und erinnerte mich an eine Spinne, die zu schnell krabbelte. Es gefiel mir nicht.

Algat strich eine widerspenstige Haarsträhne hinter ein schlaffes Ohr und mokierte sich leise. »Selbst eine Königin muss ihre Schulden bezahlen. *Besonders* eine Königin.«

Guru senkte den Kopf und schnüffelte vorsichtig an der Untertasse mit Milch. Er miaute unzufrieden, drehte sich weg und stellte die Nackenhaare auf.

»Und was wird mich deine Hilfe heute Abend kosten?« Mein Ton war scharf, aber ich war die Alte leid. Die Zeit war zu knapp dafür, dass sie *absichtlich* schwierig war.

Sie grinste, als würde sie die Gedanken direkt aus meinem Kopf pflücken und sich keinen Deut um meine Ungeduld scheren. »Komm schon. Du herrschst noch nicht lange über diesen Hof, das ist wahr. Aber du solltest inzwischen wissen, dass der Preis für alles immer Blut ist.«

***

Das Purpur marmorierte das Weiß, als Blut in der Milch wirbelte.

Nur fünf Tropfen.

Mehr war es nicht. Ich hatte verfolgt, wie jede einzelne rubinrote Träne zitternd von der Kuppe meines Zeigefingers herabgefallen war, aber nur halb so gespannt wie Guru, der offenbar am liebsten nach vorn gesprungen wäre und mein Blut direkt von der Einstichstelle an meinem Finger abgeleckt hätte.

Jetzt schleckte seine raue rosa Zunge den Inhalt der Untertasse mit Inbrunst auf, und während er trank, drang ein rasselndes, tiefes Schnurren aus seiner Kehle.

»Er mag deinen Geschmack«, bemerkte Algat, die Hände in die Hüften gestützt.

»Das ist *wirklich* verstörend.« Auch in Zilvaren hatte es Katzen gegeben, und die Leute hielten sie aus den gleichen Gründen, aus denen Algat Guru in der Bibliothek hielt: Sie waren hervorragende Rattenfänger. Aber was mich betraf, gaben Katzen keine guten Haustiere ab. Man konnte ihnen nicht trauen. Ein Hund war zumindest treu genug, um aus Solidarität zu sterben, wenn sein Besitzer in seinem eigenen Zuhause tot umfiel. Ich hatte zu viele Geschichten von Katzen gehört, die unter solchen Umständen das Gesicht ihres Menschen gefressen hatten.

»Guru ist sehr anspruchsvoll«, sagte Algat und verfolgte stolz, wie der Kater die Untertasse leerte. »Er trinkt nicht von jedem.«

»Ich fühle mich geehrt«, erwiderte ich trocken.

Algat knurrte tatsächlich missbilligend. »Das solltest du auch. Also, Bücher. Ich bin heute Abend sehr großzügig gestimmt. Fünf Tropfen Blut entsprechen einem ganzen Buch.«

»Wow! Ja, das ist wirklich *sehr* großzügig.«

»Du kannst dich glücklich schätzen. Normalerweise gebe ich nur ein paar Seiten her. Und sie wären auf Alchemianisch gewesen. Ich nehme an, dass du die Sprache deiner Leute weder lesen, schreiben noch sprechen kannst, oder?«

Bei den Göttern, am liebsten hätte ich sie geschlagen. »Nein.«

»Hm.« Sie blähte die Nasenlöcher und wirkte unbeeindruckt. »Wie gesagt: *Glücklich*.«

Algat verschwand zwischen den Regalen, und ich rührte mich nicht vom Fleck, denn ich wollte ihr nicht in die Schatten folgen. Guru blieb auf der Tischkante hocken wie ein rotäugiger Wasserspeier und starrte mich an, als versuche er, mit purer Willenskraft mehr Blut aus mir herauszubekommen. Nur die Götter wussten, warum ich es tat, aber ich drückte meine Fingerspitze über seiner leeren Untertasse zusammen und presste zwei weitere kleine Tropfen in sein Schälchen. Der Kater fiel über das geschenkte Blut her, als würde er verhungern, und gab ein seltsames gurgelndes Geräusch von sich, als er die Untertasse ein zweites Mal sauber leckte.

»Hier haben wir …« Algat sah mich an. »Du hast ihm doch nicht etwa unverdünntes Blut gegeben?«

»Doch.«

»Großartig!« Sie schlug mit der Hand an ihre Seite, und eine Staubwolke stieg aus ihren Röcken auf. »Jetzt wird er stundenlang die Vögel jagen und schreien.«

Gut. Ich hoffe, er hält dich den ganzen verdammten Tag wach, dachte ich.

Algat schnaubte. »Also du bist wirklich ein unverschämtes Ding!«

Fuck! Sie hatte mich gehört? Wie bei allen fünf Höllen hatte sie mich hören können?

»Weil Hören meine besondere Fähigkeit ist, Kind. Und du könntest deine Gedanken ebenso gut lauthals herausschreien, so wie du sie überträgst.«

Toll! Dann war es also jetzt nicht nur Fisher, in dessen Gegenwart ich aufpassen musste. Ich musste mich auch vor dieser alten Hexe in Acht nehmen. »Gibt es eine Möglichkeit, dich davon abzuhalten, in meinen Gedanken herumzuwühlen?« Ich würzte die Frage mit so viel Autorität, wie ich aufbringen konnte.

Ich hatte keine Ahnung, ob die Alte reagierte, weil sie musste oder weil sie Lust dazu hatte. »Du kannst mir befehlen, es nicht zu tun«, antwortete sie. »Aber ich würde unbedingt davon abraten. Du weißt nie, wann du es brauchen könntest, dass ich sie höre.«

Schon klar. Ich würde es nie *brauchen*, dass sie meine Gedanken hörte. »Ich befehle dir, niemals meine Gedanken zu belauschen oder jemals wieder in die Privatsphäre meines Geistes einzudringen, Lord der Mitternacht. Ich befehle dir weiterhin, niemals wieder die Gedanken meiner Freunde und meines Seelengefährten zu lesen und in deren Geist einzudringen.«

Der Vampir fauchte und zeigte die Eckzähne; die Luft fühlte sich plötzlich sehr kalt an. Guru machte einen Buckel, und das Fell stand ihm zu Berge. Er ahmte sein Frauchen nach und fauchte ebenfalls. Dann sprang er von der Tischkante, verwandelte sich in eine Schattenpfütze, die auf den Boden fiel, und verschmolz mit dem großen Schatten, den der riesige Schreibtisch warf.

»Du kommst mit ausgestreckten Händen und bittest um Hilfe von Algat, und dann fesselst du *ihr* die Hände auf dem Rücken?«

»Ich werde mehr als nur deine Hände fesseln, wenn du dich als Problem für mich erweist.« Es war keine Drohung. Drohungen würden diese Frau nicht dazu bringen, sich meinem Willen zu beugen. Es war eine Tatsache, mehr nicht. »Jetzt möchte ich dieses Buch sehen. Ich habe nicht die ganze Nacht dafür Zeit.«

»Mir scheint, dies sollte momentan das Einzige sein, worauf du dich konzentrierst«, meinte die Alte. Ihre Augen wanderten an meinem Körper hinunter und blieben an meinen Handschuhen hängen – und den leuchtenden Runen, die direkt unter dem Leder brannten.

Rasch versteckte ich die Hände hinter meinem Rücken und spürte, wie sich ein alarmierendes Kribbeln über meine Schulterblätter ausbreitete. »Das Buch, Algat. Bitte.« War es unköniglich, bitte zu sagen? Vermutlich war es grundsätzlich unsanasrothisch, aber ich war überrascht, als Algats harter, finsterer Blick ein wenig weicher wurde.

»Gib mir einen Moment«, sagte sie steif. »Wenn Guru zurückkommt und nach mehr Blut herumschnüffelt, während ich weg bin, gib ihm keins. Er hatte mehr als genug, danke.«

Was das betraf, brauchte sie sich keine Sorgen zu machen. Ich würde meinen Finger nicht noch einmal für die Katze öffnen. Algat verschwand zwischen den Regalen, und ich verbrachte die nächsten Minuten damit, mir die Decke der Bibliothek anzusehen.

Die Sterne waren ein Mythos in Zilvaren. Man erzählte uns von seltsamen Lichtern am Himmel, glitzernd wie Abermillionen von Diamanten, aber ohne irgendeine Bezugsgröße hatte ich nie ein Bild davon heraufbeschwören können, wie sie vielleicht aussehen. Was ich mir vor meinem geistigen Auge zusammengeschustert hatte, hatte leider so gar nichts mit der Wahrheit zu tun gehabt. Zilvarens Himmel war eine große Leere, nur unterbrochen von zwei glühend heißen, unerbittlichen Lichtkugeln. Aber der Nachthimmel in Yvelia war spektakulär. Die funkelnde Weite war gleichzeitig ganz nah und ganz fern, als könnte ich die Finger ausstrecken und das ganze Universum berühren. Was stets leer erschienen war, strotzte vor Licht und Verheißung. Und es gab Welten dort draußen, eine unvorstellbare Anzahl von Reichen.

Wer auch immer den Nachthimmel an die Decke der Bibliothek von Ammontraíeth gemalt hatte, war ein Meister seines Faches. Es war bemerkenswert, was er oder sie mit etwas Farbe und Blattgold geschaffen hatte. Es war unglaublich real. Wenn ich einfach die Hand nach oben ausstrecken würde …

Ich machte kein Geräusch, als ich plötzlich auf die Seite fiel.

Dazu hatte ich keine Zeit.

Das Projektil traf mich mit voller Wucht in die Rippen.

Krachend ging ich zu Boden und begriff für den Bruchteil einer Sekunde nicht, was passierte. Und dann bewegte ich mich.

Hatte meine beiden Dolche in den Händen.

Wand mich unter dem zappelnden Gewicht, das versuchte, mich auf den Boden zu drücken.

Schwarz und Grau und Schlieren aus Gold füllten mein Blickfeld.

»Geh … *runter* von mir!«

Aber die wild gewordene Kreatur – der dunkelhaarige Mann mit den zornigen blauen Augen – ging nicht von mir herunter. Er fletschte die Zähne und ließ gravierte vergoldete Fangzähne aufblitzen, als er nach mir schnappte und versuchte, mir die Kehle herauszureißen.

»Du bist erledigt«, knurrte er so überzeugt, sich seiner selbst so götterverdammt sicher. Er kämpfte mit mir und versuchte, mit einer massiven Hand meine Handgelenke zu packen, um die Hände über meinem Kopf festzuhalten … aber er hatte einen schweren Fehler gemacht: Er hatte geglaubt, ich würde mich nicht wehren.

Er war auf mir – ein sehr schweres Problem. Aber ich löste es auf die beste Art, die mir einfiel. Es war nicht gerade ein feiner Zug, aber jemand ohne Vorwarnung aus den Schatten anzugreifen, war auch nicht besser. Ruckartig zog ich das Knie hoch und rammte es ihm in die Eier.

Der Vampir erstarrte und keuchte, aber er ließ mich nicht los. Nicht vollständig. Dennoch lockerte er kurz den Griff, und das verschaffte mir genügend Raum, um eine Hand loszureißen. In nur zwei Sekunden fand ich den Dolch, den ich fallen gelassen hatte, als er meine Hände gepackt hatte. Ohne zu zögern, trieb ich die Spitze der Klinge oben zwischen den Rippen in seine Seite.

Der Vampir erschauerte und wich zurück. »Was …?« Verblüfft blickte er nach unten. »Ich …«

»Ich habe dich abgestochen«, fauchte ich. »Jetzt ziehe ich die Klinge heraus und sehe zu, wie du blutest.«

Seine Augen schlossen sich, als ich es tat. Aus Vampiren spritzte das Blut nicht heraus, wie es das bei den Lebenden tat. Es verebbte und entwich unter Druckverlust. Ich spürte, wie es durch die Lücken in meiner Lederrüstung drang, das Hemd darunter durchtränkte und auf meine Haut glitt. Es war unnatürlich kühl, aber zumindest stank es nicht wie das der Fresser. Es roch schal. Merkwürdig. Unsympathisch.

»Sil…ber«, keuchte der Vampir. »Diese Klinge war niemals aus … Silber.« Er taumelte zur Seite, krachte mit einem dumpfen Geräusch auf den Boden und rollte auf den Rücken.

Ich war frei.

Blitzschnell sprang ich auf die Füße, bereit, wieder auf den Mistkerl einzustechen, sollte er auch nur einen Finger in meine Richtung bewegen. Er starrte noch immer auf die Klinge in meiner Hand – diejenige, die ich von Fisher bekommen und bei meiner Krönung getragen hatte. Ich betrachtete sie und hielt sie dann hoch, damit mein Angreifer sie sehen konnte. »Mit Silberspitze. Sie wird dich nicht umbringen, aber die nächsten Stunden wirst du nicht genießen. Angemessen«, verkündete ich kurzatmig, »da du gerade versucht hast, *mir die Kehle herauszureißen.* Wer bei allen fünf Höllen bist du? Und warum hast du versucht, mich umzubringen?«

Aber der Vampir antwortete nicht. Bevor er dazu kam, leuchteten die ineinander verschachtelten Runen meines rechten Handrückens wie ein Signalfeuer auf, und ein entsetzlicher Schmerz loderte durch meinen Arm.

Oh, bei den Göttern, nein!

Licht erfüllte die Bibliothek.

Ich hatte keine Kontrolle über die Energiewelle, die immer weiter und weiter hinauf- … und dann in einer weißblauen Schockwelle *aus* meiner Hand herausschoss.

Der Schreibtisch vor mir *verschwand.* Er war da, und dann war er weg. Dann der Bücherschrank dahinter, mitsamt allen Lederbänden. Die Ledercouch am Fenster … *weg.* Die Wand mit dem Porträt von Malcolm, der wissend aus dem Bilderrahmen grinste … *verschwunden.*

Wind pfiff durch die Bibliothek, eine Wolke aus Staub und

pulverisiertem Stein wirbelte in der Luft wie feiner Schnee. Die Kälte kroch herein, schlang sich um meine Stiefel, kletterte meine Beine hoch, drang mir in die Knochen und ließ mich erschauern, als ich auf das starrte, was ich getan hatte.

In der Seite von Ammontraíeth klaffte ein Loch von sechs Meter Durchmesser.

Und *ich* hatte es hineingerissen.

15

VORATH

KINGFISHER

»Ich schwöre bei allen vier Winden, dass ich ihm nicht helfen wollte. Er hat mich dazu *gezwungen*!«

Carrion hatte den Tresorknacker rasch eingeholt. Wie sich herausstellte, war der andere Mann nicht in bester körperlicher Verfassung, und Swift war leichtfüßig.

»Du kennst Eric doch«, jammerte Vorath Shah und hielt die Hände hoch. »Er kann ziemlich überzeugend sein, wenn er will.«

Wenn Carrion seinen Griff nicht lockerte, würde er dem Mann entweder das Genick brechen oder ihm die Luft so lange abschnüren, bis er das Bewusstsein verlor. Ich legte Swift eine Hand auf die Schulter und zog die Augenbrauen hoch, als er mich ansah.

»Du kannst ihm später sagen, was für ein schlechter Mensch er ist. Finde heraus, wo das Silber ist.«

Wir befanden uns in Shas Laden. Offenbar war er nicht nur Tresorknacker, sondern auch Kaufmann. Er handelte mit aller Art von bizarren und interessanten Waren. In den Regalen standen Gläser mit winzigen Köpfen darin. Es gab eine große Palette an Pulvern und gemahlenen Kräutern in kleinen Glasbehältern; auf Kordeln aufgefädelte und zu merkwürdigen Formen verknotete Knochen, die *fast* wie Runen aussahen. Alles war mit einer feinen Sandschicht bedeckt.

Ein ungewohnter, aber nicht unangenehmer Geruch von Gewürzen hing in der Luft. Jedoch achtete ich kaum auf die Einzelheiten unserer Umgebung. Ich musste nur wissen, wie viele Eingänge der Laden hatte und wo sie sich befanden; der Rest war unwichtig. Alles, was zählte, war das Silber.

Zum fünften Mal in genauso vielen Minuten suchte mich Shas dunkler Blick. Er war vor mir auf der Hut, so viel war klar. Der Grund für sein Interesse war es hingegen weniger.

»Ich weiß nicht, wo Eric alles hingebracht hat«, versicherte der Tresorknacker. »Er ist paranoid. Du weißt, dass er niemals jemand anders sagen würde, wo er plant, so viel Kapital unterzubringen.«

»Bah!« Carrion schnaubte. »Ich bin jetzt schon total gelangweilt von dieser Unterhaltung. Eric ist die faulste und arroganteste Ratte im dritten Bezirk. Er hätte diese Kisten niemals selbst transportiert. Diese Art von niederer Arbeit ist unter seiner Würde. Und er hätte niemand anderen damit beauftragt, weil er paranoid *ist*, da hast du recht. Was bedeutet, dass er *dich* dazu gebracht hat, alles wegzuschaffen. Und das bedeutet auch, dass das hier«, sagte Carrion und wedelte mit der Hand vor dem Mann herum, der auf die Theke seines eigenen Ladens gedrückt wurde, »zwecklos ist und du meine Zeit verschwendest. Wo ist mein Geld, Vorath?«

Wieder blickte Shah zu mir und zuckte zusammen.

Ich trug meine Rüstung, aber das konnte er nicht sehen, denn ich war mithilfe von Magie getarnt. Er sah mich aus einem *anderen* Grund so merkwürdig an, und das hatte mein Interesse geweckt.

»Wenn ich dir verrate, wo er ist, schlage ich mich auf *deine* Seite«, keuchte Shah. »Wenn ich dir nicht sage, wo er ist, schlage ich mich auf *seine* Seite. Ihr habt beide euren götterverdammten Verstand verloren. Wie soll ich entscheiden, wem von euch ich ans Bein pinkeln soll?«

»Oh, du solltest definitiv demjenigen ans Bein pinkeln, der gerade nicht hier ist«, meinte Swift. »Oder derjenige, der hier *ist*, wird dir die Fingernägel ausreißen.«

»Ich … ja, ich erkenne die Weisheit darin«, sagte der Mensch. Er kniff die Augen zusammen, als Carrion den Griff um seinen Hals verstärkte. »Ich will mich ja nicht beschweren, Carrion, aber dein Ellbogen bohrt sich in meine Rippen.«

Shah hatte nicht so viel Angst, wie er hätte haben müssen. Er wusste, dass ihn auf dem Weg, der vor ihm lag, einige Schmerzen erwarten könnten, aber er machte sich keine Sorgen über irgendwelche ernsthaften Konsequenzen. Nicht von Carrions Seite. Aber *ich* war eine unbekannte Größe für ihn. »Bring ihn einfach um, und dann bist du fertig«, sagte ich und gab mich gelangweilt.

Der Tresorknacker begann, mit Armen und Beinen zu strampeln. »Nein! Nein, das brauchst du nicht zu tun. I… ich werde es dir sagen. Schon gut. Du musst einfach verstehen, dass der dritte Bezirk nicht die Art von Ort ist, an dem man jemand betrügen und dann verschwinden kann.«

Shah hatte wohl schon viele Leute betrogen. Mein Bauchgefühl irrte sich nur selten. Der Mensch hatte etwas Unglaubwürdiges. Er war cleverer, als er vorgab zu sein. Sein Verstand arbeitete auf Hochtouren.

»Ich kann dir nicht sagen, wohin Eric dein Geld gebracht hat, aber ich kann es dir zeigen«, meinte er.

»Und warum verdammt noch mal sollte ich wollen, dass du

bei diesem Abenteuer dabei bist? Es macht jetzt schon keinerlei Spaß«, sagte Carrion und warf einen nicht gerade subtilen Blick in meine Richtung.

»Weil ich nützlich bin. Weil ich es wiedergutmachen will …« Der Tresorknacker hustete und hatte Mühe zu schlucken, da Swift noch immer den Unterarm auf seine Luftröhre drückte. »Dass ich vorhin weggerannt bin. Du weißt, wie das ist. Ich bin in Panik geraten. Tut mir leid, Carrion. Komm schon. Wir sind doch *Freunde*.«

Dieser Mann hatte keine Freunde.

Wenn ich mich nicht täuschte, hatte er ein Hügelgrab, wo er die Leichen seiner Opfer ablud, aber ich behielt meine Gedanken für mich.

Carrion wich zurück und verringerte den Druck auf Shahs Kehle ein wenig. Seine blassblauen Augen richteten sich auf mich. »Und? Lassen wir uns von ihm zu der Ware führen, oder was?«

»Ich sage, wir foltern den Ort aus ihm heraus und bringen ihn dann um die Ecke.«

Dum.

Dum.

Dum.

Shahs Puls war so träge wie nur möglich. Er ging überhaupt nicht in die Höhe, als er so tat, als würde er in Panik geraten. »Nein! Eric hat Fallen ausgelegt. Ihr braucht mich, wenn ihr an ihnen vorbeikommen wollt!«

Warum wollte er unbedingt mit uns kommen? Ich nahm an, dass es nur einen Weg gab, das herauszufinden. »Also gut. In Ordnung. Er kann mitkommen. Aber er ist *dein* Schoßhündchen, Swift. Sieh zu, dass du ihn an der kurzen Leine hältst.«

Inzwischen war es Morgen. Zumindest *glaubte* ich das. Es ließ sich unmöglich sagen. Ich »borgte« mir ein übergroßes graues Halstuch von Shah, um meinen Kopf vor der Sonne und den neugierigen Blicken im dritten Bezirk zu schützen, als wir durch die Straßen gingen. Im Stillen hasste ich es, wie der Schweiß mir den Rücken hinunterlief.

Carrion hielt den Kopf unten und bewegte sich mit dem Strom der belebten Gassen. Seine Schultern waren entspannt, der Gang gemächlich und leicht, aber seine Augen huschten über die Gesichter der Menschen, die an uns vorbeikamen. Seine Hand lag lässig an der Seite, aber seine Finger streiften seine Hüfte. Ich wusste, dass er dort unter seinem Hemd einen Dolch verbarg.

Er war bereit.

Wenn wir rennen mussten, brauchte man ihm das nicht zweimal zu sagen. Wenn wir kämpfen mussten, wäre dieser Stahl in Windeseile in seiner Hand, und er würde sich nicht scheuen, ihn zu benutzen.

Ein wenig reumütig verschob ich es auf später, meine Beobachtung auszuwerten.

Shah war nervös wie ein Frettchen. Ungefähr drei Meter vor uns schlängelte er sich durch das Gedränge der Körper wie ein stromaufwärts schwimmender Bitterfisch. Ich behielt seinen Hinterkopf im Auge, damit er uns in der Menschenmenge nicht abschüttelte.

»Was *machen* all diese Menschen hier?«, murmelte ich. »Haben sie kein Zuhause? Keine Arbeit?«

Carrion neben mir lachte bitter in sich hinein. »Sie sind auf dem Weg zum Bezirkstor, um ihre tägliche Wasserration abzuholen. Wenn sie nicht rechtzeitig kommen, ist nichts mehr da, und sie müssen bis morgen warten.«

Es war eine Sache, zu wissen, dass Madra ihr Volk unter ihrer Knute hielt, indem sie es halb verdursten ließ. Aber es tatsächlich zu sehen, war etwas ganz anderes. Die Menschen, die zum Eingang des Bezirks schlurften, waren schmutzig, ihre Kleider verschlissen. Viele von ihnen waren spindeldürr, und ihre Augen lagen tief in den Höhlen. Aber ... sie hatten ein Lächeln auf dem Gesicht. Sie lachten und scherzten miteinander, während sie unterwegs waren, um *gerade* genug Wasser für einen Tag zu bekommen. Ihre Häuser waren kaum mehr als zerbröckelnde Hüllen. Sie wurden auf Schritt und Tritt geschlagen und unterdrückt. Sie hatten kaum genug zu essen, um ihre Kinder zu ernähren, und das war *normal* geworden. Sie hatten es akzeptiert, einen Weg gefunden, damit zurechtzukommen. Im Angesicht des größten Elends hatten sie sich ein Leben und eine Gemeinschaft aufgebaut. Sie waren noch nicht gebrochen.

Als wir uns der Mauer näherten, die den dritten von den angrenzenden Bezirken trennte, bog Vorath Shah scharf nach links ab und duckte sich zwischen einem gedrungenen und einem hohen, turmartigen Gebäude hindurch. Die Lücke war kaum ausreichend für die Breite meiner Schultern. Als ich nach ihm in den schmalen Gang trat, war ich sicher, dass ich ihn davonsprinten sehen würde, aber nein. Shah war noch da und wartete ein paar Meter weiter die Gasse hinunter auf uns.

»Da vorne ist eine Tür in der Mauer. Du musst sie öffnen, Carrion.« Swift quetschte sich an mir vorbei, nicht im Entferntesten besorgt, er könnte mir auf die Füße treten. »Du kannst einen Tresor knacken, Vorath. Wieso brauchst du da *mich*, um eine einfache Tür zu öffnen?«

»Weil es keine einfache Tür ist. Du wirst es selbst sehen.«

Kurz darauf standen wir vor besagter Tür, und Shahs Problem wurde offensichtlich. Es gab keinen Griff. Es gab kein Schlüsselloch und kein Schloss. Die Mauer war so glatt und einheitlich, dass man kaum sehen konnte, dass da überhaupt eine Tür war. Wäre da nicht die dünne, lange Fuge im Sandstein gewesen, hätte selbst ich sie nicht entdeckt. Shah streckte die Hände in einer universellen *Seht ihr, was ich meine*-Geste aus.

Carrion runzelte die Stirn und strich mit der Hand über die Fuge. »Wie bist du reingekommen, als du mit Eric hier warst?«

»Er hat einen Spezialschlüssel. Er hält ihn an die Wand und zieht ihn nach links. Dann öffnet sich die Tür völlig geräuschlos.« Die Ehrfurcht in seiner Stimme war deutlich zu hören. »Ich weiß nicht, wieso er Zugang zu verzauberten Gegenständen hat. Ich weiß nur, dass er ihn nicht von mir bekommen hat.«

Wusste Carrion, dass dieser Zaubertrick von Eric überhaupt nichts mit Magie zu tun hatte? Danach zu urteilen, wie er schnaubte und nach dem Dolch unter seinem Hemd griff, war es anscheinend so.

»Mach mal Platz«, murmelte er. Die Klinge blitzte auf, als er sie zog und an die Mauer hielt. Er drehte sich so, dass er seine Bewegungen vor Shahs Blick verbarg.

»Was machst du da?« Der Tresorknacker stellte sich auf die Zehenspitzen und versuchte Swift über die Schulter zu blicken.

In Carrions Augen stand eine Frage, als er mich ansah: *Soll ich es ihm zeigen?* Ich zuckte die Schultern, denn mir war es egal.

»Es ist keine Magie, Shah. Es ist nur ein wirklich großer Magnet.« Carrion zog seinen Dolch über die Mitte der Tür und grinste zufrieden, als das Metall auf seiner Seite mit dem auf der anderen Seite Kontakt fand und er es langsam nach links zog. Eigentlich erstaunlich. Der Dolch bestand aus Fae-Stahl. Das Eisen war aus ihm herausgelöst, und er war mit anderen Legierungen gehärtet worden. Aber wie sich jetzt herausstellte, war Fae-Stahl hochmagnetisch.

»Was ist ein Magnet?«, fragte Shah.

»Das erkläre ich dir später. Dafür ist jetzt keine Zeit. Wir müssen Silber beschaffen.« Während Carrion dies sagte, sprang der riesige Sandsteinblock heraus, schwang auf und gab den Blick auf einen dunklen Durchgang frei.

***

»Der Glockenturm ist der höchste Punkt im dritten Bezirk. Von außen ist eine Leiter angeschraubt, aber es gibt keine Tür«, plapperte Shah. »Mein ganzes Leben lang bin ich immer davon ausgegangen, dass es ein massiver Bau ist, aber nein. Seht euch das mal an: Zimmer und noch mehr Zimmer. Alle leer, aber trotzdem. Ich habe Eric gefragt, wie er das alles herausgefunden hat, aber das wollte er mir nicht verraten.«

Der Tresorknacker führte uns die Wendeltreppe in der Mitte des Glockenturms hinauf. Da es keine Fenster gab, war es im Inneren des Gebäudes stockdunkel, aber darauf war Shah vorbereitet. Er hatte kleine Phiolen mit einer leuchtend grünen Substanz an uns verteilt, die verdammt nach verflüssigtem konzentriertem Equinox-Licht aussah. Alle drei hielten wir die Phiolen hoch, um den Weg auszuleuchten, als wir die Treppe hinaufgingen. Ich konnte sehr gut im Dunkeln sehen. Carrion vermutlich auch, da diese Dunkelheit nicht von meinen Schatten erzeugt wurde – ich musste daran denken, ihn später danach zu fragen –, aber wir benutzten die Phiolen trotzdem, um den Schein zu wahren. Das Licht überzog die Wände mit einer matten Farbe, beleuchtete dicke Spinnweben und die Knochen kleiner Nagetiere, die auf den Stufen verstreut lagen.

Als wir meiner Vermutung nach auf der Hälfte der Treppe angelangt waren, mahnte Vorath: »Hier müsst ihr aufpassen, wo ihr hintretet.« Ein Skelett lag ausgestreckt auf den Stufen, die Gebeine vom Alter porös. Auf den ersten Blick hielt ich es für menschliche Überreste, aber dann erkannte ich meinen Irrtum. Die Eckzähne im Schädel des Skeletts waren viel zu lang, um von einem Menschen stammen zu können.

Carrion sah die Zähne des toten Fae auch. Er blickte über die Schulter zurück zu mir und zog eine Augenbraue hoch, das Profil in blasses Grün getaucht.

Ein unbehagliches Gefühl breitete sich in meinem Magen aus. Je höher wir den Glockenturm hinaufstiegen, desto stärker und schwerer wurde dieses Gefühl, setzte sich wie ein Stein in mir fest. Es hatte einmal eine Zeit gegeben, da hätte ich es auf Paranoia oder Übervorsicht geschoben, aber im Labyrinth hatte ich meine Lektion gelernt. Meine Waffen waren scharf, aber meine Intuition war schärfer. Sie hatte mich nie in die Irre geführt. Meine Nerven schrien, als ich den offenen Torbogen am Ende der Treppe erblickte.

Sofort blieb ich stehen und griff nach meinem Dolch sowie einer Handvoll Schatten. »Carrion.«

Der Schmuggler vor mir war nur ein paar Stufen hinter Shah. Der kleinere Mann wartete an dem dunklen Torbogen. Dramatische Schatten aus der Phiole mit grünem Licht verwandelten seine Gesichtszüge in eine Fratze, als er sich zu uns umdrehte. »Nur noch hier durch«, sagte Shah.

»Carrion«, knurrte ich.

Der Schmuggler blieb auf der vorletzten Stufe stehen und drehte sich um. »Was ist?«

»Wir sind hier fertig«, ließ ich ihn wissen.

»O nein, sind wir nicht«, entgegnete er ungläubig. »Wir haben noch nicht das bekommen, weswegen wir hergekommen sind.«

»Wir finden eine andere Möglichkeit, um an das Silber zu kommen.«

»Wovon redest du da? Es ist *mein* Geld. Es ist *meine* Ware. Ich habe ein Recht darauf. Warum sollten wir es uns schwerer machen?«

»Wenn du in diesen Raum gehst, Swift«, sagte ich ruhig, »wirst du nicht wieder herauskommen.«

»Was meinst du …«

Aber der Tresorknacker gab ihm nicht die Gelegenheit, seine Meinung zu ändern; er packte Carrion am Arm und zog ihn die letzte Stufe hinauf. »Tut mir leid, Carrion«, entschuldigte er sich. »Ich bin dein Freund … aber *er* ist immer noch hungrig.«

»Wer ist hungrig?« Swift stolperte auf der obersten Stufe und fiel nach vorn, vorbei an Shah, der ihm auswich und seinen Rücken gegen den Torbogen drückte. Carrions Hände klatschten auf den Boden, er rutschte mit dem Oberkörper in den Raum dahinter …

… und nichts passierte.

Swift fluchte lautstark und sah verärgert zu Shah hoch. »Was bei den fünf Höllen ist *los* mit dir, Vorath?«

Das Geräusch war zunächst noch leise.

Dann wurde es zu einem *Surren.*

»Was ist das?«, fragte Carrion, und seine Augen wanderten nach oben in die Dunkelheit.

Dann wurde es zu einem *Brausen.*

»Er sagte, es sei die einzige Möglichkeit.« Shah entfernte sich langsam von Carrion. »Sonst hätte ich es nicht gemacht.«

»Vorath?« Carrion wollte aufstehen, aber als er es versuchte, stellte er fest, dass es nicht ging. »Warum kleben meine Hände am Boden fest?«

Bei allen verdammten Göttern! Seufzend trottete ich die letzten Stufen hinauf, schon jetzt die Tatsache bereuend, dass ich mich nicht einfach umgedreht hatte und gegangen war. »Es ist eine Dämonenfalle«, erklärte ich und blickte auf den Boden vor Carrion. Ich konnte dort in dem leeren Raum keine Markierungen auf dem Boden erkennen. Erst als ich die leuchtende Phiole wegtrat, die Carrion fallen gelassen hatte, als er gestürzt war, und ich auch meine über die Schulter warf. Sobald das grüne Leuchten verschwunden war, flackerten die Zeichen auf und erwachten strahlend weiß zum Leben. Sie waren überall: miteinander verwobene Runen, unordentlich in den dicken, jahrhundertealten Staub gekritzelt. Hunderte von ihnen. Tausende. Die Wände des Raums oben an der Treppe waren damit bedeckt, auch die Decke und der Boden. Und Carrion hatte gerade seine Hände mitten in sie hineingeschlagen.

»Was bitte ist eine Dämonenfalle?«, fragte Carrion mit seltsam ruhiger Stimme.

Ich hockte mich neben ihn und blickte mit zusammengekniffenen Augen auf die Runen. Es war Gilarianisch. Alt-Gilarianisch? Oder … Ahh, Mist! Nein. Es war kein Gilarianisch.

»Warum macht dein Gesicht das?« Carrion versuchte mit aller Kraft, die Hände vom Boden zu lösen, hatte aber keinen Erfolg. »Und warum wird dieses Rauschen immer lauter?«

»Du kannst ebenso gut damit aufhören«, murrte ich und stand auf. »Du könntest dir die Hände abschneiden und wärst noch immer gefickt. Eine Dämonenfalle ist alte Magie. Alchemia-Magie. Und sie ist genau das, wonach sie sich anhört: eine Falle, die Dämonen fängt.«

»Warum bei den fünf Höllen hat sie dann *mich* gefangen?«, fragte er.

»Weil Magie alt und machtvoll ist, ja, aber dennoch im Laufe der Zeit verfällt. Nicht genug, um vollkommen gebrochen zu werden. Aber sie kann manipuliert werden. Das Ungeheuer, das hier gefangen wurde, benutzt die Falle jetzt wie ein Spinnennetz, nicht wahr, Shah? Es benutzt sie, damit es *fressen* kann.«

Die Augen des Tresorknackers funkelten vor unbändiger Freude. *So* war er wirklich – die Version seiner selbst, die er versteckt hatte. »Mein Herr hat einen *gewaltigen* Appetit«, sagte er.

»Welcher ist es?«, wollte ich wissen. »Arrangoth? Noltick? Bresheth?« Es hätte auch Morthil sein können. Er war das letzte Jahrhundert mit mir zusammen im Labyrinth gefangen gewesen. An die Namen der anderen verschwundenen Dämonen konnte ich mich nicht mehr erinnern.

Die wahnsinnige Aufregung auf Vorath Shahs Gesicht verriet mir, dass das, was er als Nächstes sagen würde, nichts Gutes war. »Sein heiliger Name ist Joshin. Herr der Wüste. König des Dunklen Traums.«

Und ich hatte recht gehabt. Es war schlimm. Wirklich, wirklich, *wirklich* schlimm. »Fuck!«

»Würde mir *bitte* jemand sagen, was für ein Geräusch das ist!«, brüllte Carrion. Ich faltete die Hände, rief meine Primär- und Sekundärmagie an und biss die Zähne zusammen, als das Schwert – eine in Silber gegossene Replik von Nimerelle – Gestalt annahm.

»Skorpione, Carrion. Das ist das Geräusch von einer Million verfluchter *Skorpione.*«

16

DAS BLUT

SAERIS

»Wie oft muss ich es dir noch sagen?«, protestierte ich. »Ich habe es nicht mit Absicht getan!«

Damals, als ich noch ein Kind war, hatte ich aus Versehen den einzigen Kochtopf meiner Mutter eingeschmolzen. Ich sagte ihr, ich hätte ihn unbewacht über dem Feuer hängen lassen und dann vergessen. Aber das stimmte natürlich nicht. In Wahrheit hatte ich ihn berührt, und das Metall hatte sich unerwartet verflüssigt, war wie Wasser auf den Boden gespritzt. Und so war es dort erstarrt – als Metallpfütze, die einst eines der kostbarsten Besitztümer meiner Mutter gewesen war. Als sie nach Hause kam und die Überreste ihres Kochtopfes auf dem Küchentisch vorgefunden hatte, war ihre Wut zum Stoff für Legenden geworden. Ich hatte eine Woche nicht auf einem Stuhl sitzen können.

Aber das hier war weitaus schlimmer.

Der ganze Palast war ein einziges Chaos, und Algat schrie nach Blut. Guru war entwischt.

Nicht zum ersten Mal in dieser Stunde dachte ich, die alte Hexe würde gleich versuchen, mich übers Knie zu legen und mir den Hintern zu versohlen, wie es meine Mutter damals getan hatte. »Er ist ein *Stuben*kater, *Eure Hoheit*«, zischte sie boshaft. »Er hat diese Bibliothek noch nie verlassen.«

Fast hätte ich gelacht. Guru war ein Schatten, und dieser ging, wohin er wollte, ungeachtet einer geschlossenen Tür oder einer Vorschrift, die nicht durchgesetzt werden konnte. Guru hatte vermutlich den gesamten Palast von oben bis unten erkundet, und wenn Algat das nicht wusste, war sie eine Idiotin.

Sie stieß mich über den Lesetisch hinweg mit einem Buch an. »Da draußen gibt es viel schlimmere Dinge als Guru. Viel größere Raubtiere, die ihn, ohne zu zögern, wegschnupfen.«

»Ihm wird schon nichts passieren, Algat. Wahrscheinlich sitzt er auf dem Dach und sieht zu, wie unten auf dem Hof alle durchdrehen.«

»Er mag den Wind nicht«, beharrte die Alte säuerlich. »Er verweht ihn, wenn er sich von einer Form in die andere verwandelt.«

»Mmmfffmf mmmhhhnnn.«

Algats Augen wurden größer und quollen über vor Verärgerung. Sie stieß das Buch gegen das Vampir-Arschloch mit den vergoldeten Zähnen. »Und was bei den fünf Höllen hast du mit *ihm* gemacht?«, fragte sie.

»Nichts, was er nicht verdient hätte. Er hat mich angegriffen. Darum wird er in Ketten gelegt und an einen Stuhl gefesselt.« Ich hatte die silberne Kette benutzt, die Fisher mir vor meiner Krönung gegeben und als Gürtel um meine Taille gebunden hatte.

Algat lachte laut auf. »Ha, ich kann es nicht erwarten, dass du *das* deinem Ahnherrn erklärst, Kind, wirklich nicht. Es wird ihm bestimmt gefallen.«

Meine Hand pochte wie verrückt. Wenn sich die Runen durch meine Haut brannten, hatten sich meine Hände bis jetzt immer sofort selbst geheilt, sobald der Anfall vorbei war. Dieses Mal jedoch hatte ich nicht so viel Glück. Meine Fingerspitzen waren aufgeplatzt, und die Haut war schwarz verkohlt, wo die Magie sich aus ihr entladen hatte. Blut tropfte aus den tiefen Schnitten in meinen Handflächen, und die Runen waren noch immer roh und warfen Blasen, als ob jemand einen Schürhaken in meine Haut gedrückt hätte. Sie heilte, das konnte ich spüren, aber es dauerte viel länger, als mir lieb war. Denn es tat verdammt *weh*.

»Tal wird nichts dagegen einzuwenden haben, dass ich mich selbst verteidige, Algat. Ich bin die Königin dieses Hofes. Von Rechts wegen sollte dieser verrückte Mistkerl bereits tot sein.«

Etwas Berechnendes blitzte in Algats Augen auf. »Oh, *ich* gebe dir recht. Einen Monarchen des Bluthofes anzugreifen, ist schließlich Hochverrat. Also, warum *ist* er dann nicht tot?«

Scheiße! Irgendwie hatte ich mich da selbst reingeritten. Ich hätte den Fremden erledigen können, hatte das Zeitfenster und die Gelegenheit dazu gehabt. Ich hätte meine überschüssige Energie auf *ihn* statt auf die Mauer abfeuern können und dann nichts hinterlassen als einen schwarzen Brandfleck auf dem Teppich. Aber jemand zu töten, war immer der letzte Ausweg. Das *musste* es sein. Selbst wenn er technisch gesehen bereits tot war. »Ich werde ihn nicht einfach töten, ohne ihn vorher zu verhören«, sagte ich in gelangweiltem Ton. »Wie soll ich sonst erfahren, wer ihn geschickt hat?«

Kurz war Enttäuschung in Algats umwölkten Augen zu erkennen. »Dann solltest du besser diesen Stoff aus seinem Mund nehmen, nicht wahr? Was hast du ihm da reingestopft? Moment mal! *Sind das etwa meine Samthandschuhe?*«

Die Handschuhe waren das Erste, was ich gefunden hatte, als ich nach etwas gesucht hatte, um den wütenden Vampir zum Schweigen zu bringen. Er hatte mich auf Alt-Fae angeschrien. Ich hatte kein Wort verstanden, aber dem verächtlichen Ausdruck und dem ätzenden Ton nach zu urteilen, hatte er mir keine Komplimente gemacht.

Algat trippelte um den Lesetisch herum und riss dem Vampir die zusammengeknüllten Handschuhe aus dem Mund. Sie hielt sie in die Luft und sah mich wütend an. »Sie waren teuer!«

»Ich bitte um Entschuldigung. Ich kaufe dir neue.«

»Unbedingt!«

»Ja, das werde ich.«

»Schwöre es.« Die alte Frau schob den Unterkiefer nach vorn.

»Ich schwöre es! Ja doch, bei den Göttern!«

»Mit solch leichtfertigen Versprechungen solltest du vorsichtig sein«, meinte eine männliche Stimme. Der Vampir auf dem Stuhl zog jetzt nicht mehr an der silbernen Kette. Er schwitzte, den Kopf an die Rückenlehne gelehnt, als hätte er aufgegeben und sich mit seinem Schicksal abgefunden.

»Sei *still*«, zischte Algat.

Der Vampir lachte atemlos und rollte den Hinterkopf über das Holz, um die alte Frau arrogant anzugrinsen. »Magst du es nicht, wenn sich jemand in deine Vorarbeit einmischt, Hexe?«

Sie zog die Schultern bis über die Ohren hoch. Es sah aus, als wolle sie gleich auf den Tisch klettern und ihm das Gesicht zerkratzen. »Ich sollte dir die Zunge herausschneiden …«

»Mach schon. Warum nicht? Du hast es ja schon getan.« Der Vampir schloss die Augen und schluckte. »Sie wächst sowieso wieder nach«, fügte er müde hinzu.

Ich stand vor dem Fremden und verschränkte die Arme vor der

Brust. Er sah aus wie Anfang dreißig, vielleicht. Natürlich war er wesentlich älter. Ich würde noch eine Zeit lang brauchen, bis ich einschätzen konnte, wie Leute hier alterten.

Sein Haar war dunkel und kurz geschoren, die Strähnen ungleichmäßig geschnitten und unordentlich. Seine Augen waren hellblau mit einer strahlend goldenen Explosion von Sternen rund um die Pupillen, die ... oh, wow! Seine Pupillen waren vertikal wie bei einer Schlange.

Ich hatte nicht mitbekommen, dass er sich wieder zu mir gedreht hatte. Auch der Hass in seinem Gesicht war mir nicht aufgefallen. Erst als er mir die Zähne zeigte und wieder diese scharfen goldenen Eckzähne aufblitzen ließ. »Nur zu. Du darfst mich gern anstarren«, knurrte er. »Du kannst mich auch gleich töten, es sei denn, du willst nicht für den Rest deines Lebens immer über die Schulter blicken müssen. Ich werde nicht aufhören, dich zu verfolgen. Nicht, bis ich diesen hübschen Kopf von deinen Schultern getrennt habe.«

Ich schnaubte und wippte auf den Absätzen. »Soll ich jetzt dankbar sein, weil du findest, dass ich hübsch bin?«

Er ignorierte die Frage. »Was hast du mit ihm gemacht?«, zischte er.

Der Themenwechsel ließ meine Augenbrauen hochschnellen. »Mit ihm? Ich habe gar nichts mit ihm gemacht. Taladaius geht es gut. Ich nehme an, du hast im Schatten gelauert, seit ich hier bin. Du musst gesehen haben, wie er gega...«

»Nicht Tal. Was hast du mit *Kingfisher* gemacht?«

Ich zuckte zusammen und wich einen Schritt zurück. Ich hatte nicht erwartet, den Namen meines Seelengefährten aus dem Mund des Vampirs zu hören. Es wäre besser gewesen, mir die Überraschung nicht anmerken zu lassen, aber dafür war es jetzt zu spät. Der Vampir hatte meine Reaktion definitiv bemerkt. Er sah mich mit seinen seltsamen Augen an; Wut flackerte in ihnen auf, als er sich nach vorn beugte und an der Silberkette zerrte, mit der ich ihn an den Stuhl gefesselt hatte.

»Es stimmt. Ich *weiß* es«, sagte er. »Du hast ihn umgebracht, nicht wahr?« Eine Anschuldigung, keine Frage.

Ich taxierte den Vampir. »Warum bei allen fünf Höllen glaubst du das?«

»Dieser Dolch, mit dem du mich gestochen hast. Ich kenne ihn gut. Ich kenne seinen Besitzer sogar noch besser, und er hätte sich niemals kampflos von ihm getrennt. Also, entweder hast du ihn getötet und den Dolch an dich genommen, oder jemand anderes hat ihn umgebracht und ihn dir gegeben. Eins von beidem.«

»Erstens, ich *bin* die Königin dieses Hofes. Ich bin nicht verpflichtet, mich oder meine Waffen jemandem wie *dir* zu erklären.« Ich sprach langsam, und meine Worte trieften vor Sarkasmus. »Und zweitens kannst du dir offenbar nicht vorstellen, dass mir die Klinge geschenkt wurde, natürlich nicht. Weil ich unwürdig bin oder weil ich eine Frau bin oder ...«

»Du bist ein *Vampir*«, zischte er. »Ich kann es an dir riechen. *Das Blut.*«

Ich räusperte mich und blickte auf meine Stiefel, während ich überlegte, wie ich den nächsten Satz formulieren sollte. »Ich bin Halb-Vampir, ja. Aber das einzige Blut, das ich je getrunken habe, wurde bereitwillig gegeben. *Von meinem Seelengefährten.* Vielleicht ist es der Duft *seines* Bluts, den du an mir riechen kannst.«

»Es ist mir egal, von wem du es bekommen hast oder ob ...« Er verstummte, hatte den Mund noch geöffnet, um das Wort zu formen, das er aussprechen wollte. Ich sah, wie der Schock sich über seine Züge ausbreitete. »Nein. Nein, du bist nicht ... Das ist nicht *möglich*«, flüsterte er.

»Nein?« Meine Handschuhe waren bereits ruiniert, das Leder hing in Fetzen an den Gelenken herunter. Ich zog sie vorsichtig aus und versuchte, nicht die Verbrennungen an meinen Handflächen zu berühren. Sobald der Stoff fort war, schob ich langsam meine Ärmel hoch und enthüllte die verschachtelten schwarzen Tätowierungen, die sich über meine Haut ausbreiteten.

»Was im Namen von Sünde und Salz ist *das*?« Algat hatte unsere Unterhaltung mit offensichtlicher Belustigung verfolgt, aber jetzt verließ sie ihre Heiterkeit. Sie zeigte mit einem zitternden Finger auf meine Hände. »Dummes Weib. Es ist ein Sakrileg, seine Haut mit dieser Art von Zeichen zu tätowieren.«

Ich hatte nicht die Energie, es ihr zu erklären. Und sie verdiente die Wahrheit ohnehin nicht. Ich konzentrierte mich auf den Mann mit den Katzenaugen, der so sehr um Fishers Wohlergehen besorgt zu sein schien. »Du hast ein königliches Dekret gebrochen«, sagte ich. »Ich habe ein Gesetz erlassen, das es jedem verbietet, mich oder einen meiner Freunde anzugreifen, und doch hast du es getan. Wieso?«

Der Mann starrte mich verblüfft an, und seine Augen sprangen zwischen meinen Händen und meinem Gesicht hin und her. Offenbar konnte er nicht glauben, was er sah.

»Er hat deinen Erlass gebrochen, weil er nicht daran gebunden ist«, sagte eine Stimme, die von der Bibliothekstür her kam. Es war Lorreth. Er war außer Atem und zerzaust, die Haare hatten sich aus den Zöpfen gelöst, seine Wangen waren gerötet. Er schenkte mir einen bedeutungsvollen Blick, als er den Raum betrat – die Art von Blick, der besagte, dass Kingfisher von der Sache erfahren würde. Seine Aufmerksamkeit wanderte zu dem gähnenden Loch in der gekrümmten Wand des Bibliotheksturms und dann zu dem gefesselten Vampir, der Lorreth anstarrte, als habe er Halluzinationen.

»So ist es doch, oder nicht? Du bist nicht verpflichtet, die Gesetze dieses Hofes zu befolgen, weil du ihm nie Treue geschworen hast.«

Der Vampir schüttelte langsam den Kopf. »Nein.« Das Wort

war kaum zu hören, als es seine Lippen verließ. Waren das *Tränen* in seinen Augen?

»Denn was auch geschieht …«, sagte Lorreth leise.

»… ein Wolf wird nie zum Blutsauger«, beendete der Vampir den Satz.

Lorreth stellte sich vor ihn, und unzählige Emotionen kämpften um die Kontrolle über seine Gesichtszüge. »Hallo, Foley. Es ist viel zu lange her. Ich kann dir gar nicht sagen, wie schön es ist, dich zu sehen, Bruder.«

17

DIE DUNKLE TÜR

KINGFISHER

Sie rollten in einer schwarzen Flut heran.

Die Treppe hinauf. Über die Wände. Sie krochen aus dem Mauerwerk. Hunderte von ihnen. Tausende.

Vorath Shah warf den Kopf in den Nacken und lachte, als sie kamen. Er wusste, dass sie ihm nichts tun würden … aber das galt nicht für uns.

Der erste Stachel landete in meinem Nacken. Eine Flammenspur schoss mir in den Kopf hinauf, Sprengkörper wurden direkt zwischen meinen Augen gezündet.

»Ah, Scheiße!«, zischte Carrion, und sein Körper schnellte hoch, als auch er gestochen wurde. Seine Hände klebten allerdings noch immer im Eingang zu dem achteckigen Raum am Boden, sodass er die Skorpione nicht wegwischen konnte, als sie seine

Arme hinauf- und in seine Haare krabbelten. »Kingfisher!«, rief er mit einem leichten Anflug von Panik in der Stimme. »Hilf mir!«

Aber das konnte ich nicht. Die Skorpione waren unter meiner Rüstung, krochen mir den Rücken hinauf und stachen mich. Jeder einzelne Stich war wie ein heißer Blitz, der über meine Nervenenden schoss und mir den Atem nahm.

Die Skorpione waren viele, und doch agierten sie wie einer. Von den alten Dämonen wurde nicht mehr oft gesprochen, aber *ich* wusste von ihnen. Ich hatte unzählige Nachmittage in der Bibliothek meiner Mutter verbracht, während der Regen gegen die Fenster von Cahlish prasselte, und die Bücher gelesen, die sie für mich bereitgelegt hatte. Alte Legenden. Bände über alte Magie, geschrieben in Alt-Fae. Erzählungen von großem Heldentum und vom Sieg des Guten über das Böse. Und dann Geschichten von den alten Dämonen, die einst die Lande von Yvelia heimgesucht hatten. Meine Mutter hatte sie mir immer und immer wieder vorgelesen, mit mir gekichert, als sie mich ins Bett gebracht und so getan hatte, als sei sie dieser oder jener Dämon, als sie mich »anfiel«.

Wenn sie Joshin war, der Dämon der Wüste, zersplittert in seine Myriaden von stechenden Skorpionen, hatte sie mich leicht gezwickt und gekitzelt und dabei wie immer gefragt: »Und wie willst du mich aufhalten, mein Schatz? Was willst du unternehmen, um mich in der Dunkelheit zu verstreuen?«

Ich hatte damals vor lauter Kitzeln nicht atmen können.

Jetzt konnte ich vor lauter Schmerzen nicht atmen.

Als Junge hatte ich gekeucht: »Das … das Li… Li…«

Jetzt tat ich das Gleiche: »Wir müssen – das Li… Licht hereinlassen!«

Joshin, Gebieter der Wüste, König des Dunklen Traums, vertrug kein Licht. Deshalb hatte er sich in diesem fensterlosen schwarzen Turm versteckt. Und deshalb war hier auf dem Boden auch die Dämonenfalle für ihn ausgelegt worden. Wer auch immer die alchemianischen Runen in den Boden des Raums um uns geritzt hatte, er hatte gewusst, dass dies der einzige Ort war, an dem ein Dämon wie Joshin Zuflucht suchen konnte.

»Licht«, japste ich. Bei den Göttern, sogar im Labyrinth von Morthil gefressen zu werden, war nicht so schmerzhaft gewesen. »Wir brauchen … *Licht.*«

Shah kicherte. »Das hier ist eine Gruft. Keine Risse in den Wänden. Keine Löcher in den Bodendielen. Joshin wird kommen! Joshin wird fressen!«

Ah, verflucht! Ich würde nicht von einem weiteren Dämon gefressen werden. Nicht dieses Mal, wenn die Magie von Malcolms verfluchtem Labyrinth mich nicht wieder von den Toten zurückbringen würde.

Carrion streckte sich auf dem Boden aus und fing an zu schreien. Der Schmerz beherrschte ihn total. Kein Atem. Keine Gedanken. Kein Ausweg. Der Schmuggler war nicht daran gewöhnt.

Ein Teppich aus ölig glänzenden schwarzen Panzern und bösartigen Scheren breitete sich über ihm aus und verschluckte ihn aus meinem Sichtfeld. Dann war er verschwunden.

Fuck!

Wir hatten nicht viel Zeit.

Ich war nicht von der Falle erfasst worden, die in den Boden geätzt war. Noch nicht. Zwei Wege standen mir offen: Ich konnte mich umdrehen und flüchten. *Oder* ich konnte die Dämonenfalle betreten und mich dem dunklen Albtraum stellen, der sich bereits in meinem Blut entfaltete.

Wenn ich ging, könnte ich das Silber allein finden. Und ich könnte Hayden Fane finden und seinen Hintern nach Yvelia schaffen. Aber wenn ich das tat, würde der Schmuggler einen grausamen Tod sterben – einen, den ich nur allzu gut kannte –, und ich würde Saeris erklären müssen, dass ich ihren Freund im Stich gelassen hatte.

»*Orillith ken mas cree,* Carrion Swift«, zischte ich leise. Ich hatte seit Jahrhunderten nicht mehr auf Alt-Fae geflucht, aber bei allen Sündern, die Situation rechtfertigte es.

Ich trat über Swifts ausgestreckten Körper und hinein in die Dämonenfalle.

Der Boden brodelte, war erhellt von den leuchtenden Runen. Bei jedem Schritt spürte ich, wie die Skorpione unter den Sohlen meiner Stiefel knackten und nachgaben.

Jetzt, da ich die Dämonenfalle betreten hatte, sah ich die aufgestapelten Truhen auf der anderen Seite des Raums. Mindestens zehn davon. Juwelen, Münzen und verbeulte goldene Kelche quollen aus der, die mir am nächsten stand, und reflektierten das Licht der strahlenden, in die Wand geätzten Markierungen. Der Körper eines Mannes lag zusammengekrümmt in Embryonalhaltung auf dem Boden. Seine Kleidung war zerfetzt. An seinen Knochen hing noch Fleisch. Joshin hatte hier offensichtlich seine letzte Mahlzeit verzehrt.

»Fisher!« Carrions Schrei war von Panik durchzogen.

Überall trafen mich quälende Pfeile. Die Skorpione stachen mich durch die Hose, waren in meinen Stiefeln, in den Haaren. Ich durchquerte den Raum, wurde aber mit jedem Schritt langsamer, und Galle stieg heiß in meiner Kehle hoch.

»Ich will dir nicht … zur Last fallen«, keuchte Carrion. »Aber wenn du nicht in der Lage bist … mir sofort zu … helfen … könntest du mich dann vielleicht töten? Das ist … wirklich *beschissen.*«

Bei den Göttern, wie konnte er *immer noch* reden? Ich konnte nicht einmal mehr denken.

»O nein, er kann dich nicht töten. Nein, nein, nein, nein, nein«, protestierte Shah lautstark. »Joshin will seine Beute lebend. Joshin *bevorzugt* es so.«

Ich würde Vorath Shah die Haut abziehen. Sobald ich ein Loch in die Seite dieses Glockenturms gerissen hatte. Das wollten wir doch mal sehen.

Sämtliche Fasern meines Körpers waren entflammt und brannten, als ich es endlich bis zur Wand geschafft hatte. Tränen liefen mir übers Gesicht, aber trotzdem konnte ich sehen, dass Vorath recht gehabt hatte: Es gab keine Risse im Mauerwerk, keine Fugen zwischen den Sandsteinblöcken. Der Raum war tatsächlich mit Magie versiegelt worden. Das Einzige, was dieser Art von Magie entgegenwirken konnte, war Magie selbst, und zwar solche, die wehtun würde.

Ich zog eine Faust nach hinten und holte tief Luft.

»Es wird nicht funktionieren«, trällerte Shah. »Joshin konnte die Mauer nicht durchbrechen. Das war allerdings, bevor er es wusste. Zwei Sonnen. Ich sagte es ihm, jawohl. Zwei Sonnen und keine Nacht. Kein Schutz vor dem Licht. Tausend Jahre versuchte er es. Ich hörte ihn unten aus den Tunneln hämmern. So habe ich ihn gefunden. *Bumm. Bumm. Bumm. Bumm.*«

Ich hatte geglaubt, er sei einfach nur boshaft, aber es steckte mehr dahinter. Vorath Shah war verrückt. Er jubelte vor Freude, als ich ausholte und krachend mit der Faust gegen die Wand schlug.

»Joshin hatte nicht … meine Magie«, knurrte ich. Meine Schatten konnten nur entweder meine Faust vor dem Aufprall schützen oder die Magie erschüttern, mit der die Wände belegt waren.

Ich sandte all meine Energie in die Wand.

»Oh, bei den Göttern! Fisher?« Plötzlich schrie Carrion nicht mehr.

Er klang sehr beunruhigt.

Ich zog die Faust zurück und schlug dann erneut gegen die Wand. Eine Welle von Schatten breitete sich fächerförmig über die Steine aus, und sofort jagte ihr eine Welle schwarzer Energie hinterher. Ich runzelte die Stirn bei diesem Anblick, konnte dem, was ich sah, nicht trauen. Warum pulsierte meine Magie zweimal?

»Kingfisher. Die Skorpione«, krächzte Carrion. »Sie stechen nicht mehr. Sie … sie verschwinden.«

Wieder schlug ich mit der Faust gegen die Wand.

Wieder schoss eine Schockwelle der Magie über die Oberfläche, und wieder jagte ihr eine zweite Welle von Schatten hinterher. Ich biss die Zähne gegen den Schmerzensstrang zusammen, der mir den Arm hinauf in die Schulter und dann in den Kiefer fuhr. »Sie verschwinden nicht, Swift«, sagte ich grimmig. »Sie *verbinden* sich.«

»Was bei den fünf Höllen soll *das* bedeuten?«

Ich konzentrierte mich und befahl meinen Schatten, sich zu sammeln. Ich legte alles, was ich hatte, in den nächsten Schlag. Dieses Mal platzten meine Fingerknöchel auf, und Blut beschmierte den Sandstein, als ich die Faust zurückzog. Bei diesem Tempo würde ich mir die Knochen brechen. Ich war von Kopf bis Fuß rau. Das Pochen hinter meinen Augen wurde stärker, und meine Sicht verschwamm.

»Sie können viele sein«, sagte ich durch zusammengebissene Zähne. »Oder sie können einer sein. Im Augenblick … werden sie zu einem.«

»Es gefällt mir nicht, wie sich das anhört. Sollte ich mir Sorgen machen?«

Ich holte aus und schleuderte die Faust erneut gegen die Wand. »Unbedingt.«

»Er ist prachtvoll. Ihr solltet euch beide durch seine Anwesenheit *geehrt* fühlen.« Vorath klang ehrfürchtig.

Ich wusste, wie sie aussehen würde – die Masse aus zuckendem Fleisch und Knochen in der dunklen Ecke des Raums. Ich hätte nicht hinsehen sollen, aber ich tat es dennoch.

Wenn es in den Büchern meiner Mutter Illustrationen des

Dämons gegeben hatte, so hatte sie mir sie nicht gezeigt. Es war ein schrecklicher Anblick, nichts als Zähne und verdrehtes, feuchtglänzendes Fleisch, pulsierend und faserig. Die Skorpione krabbelten die anschwellende Masse hinauf, platzten am Rücken auf und verschmolzen mit der sich bildenden blutigen Gestalt. Arme entstanden. Beine. Ein bauchiger Körper, der sich zu einem vagen menschenähnlichen Torso ausformte.

»Igitt. Ich glaube, ich muss kotzen.« Carrion stöhnte.

Er würde mit Sicherheit bald kotzen. Ihm war gerade eine gigantische Menge Gift verabreicht worden, und es war ein Wunder, dass er nicht bereits halluzinierte. An den Rändern meines Blickfelds tanzte ein flirrendes grünes Licht, das für die nächsten Stunden nichts Gutes versprach, und Carrion war *viel* öfter gestochen worden als ich.

Ich sammelte meine Schatten noch schneller, flüsterte ihnen zu, drängte sie, mir zu helfen und die Magie zu brechen, welche die Wand schützte. Ich schlug wieder und immer wieder auf den Stein ein und spürte schließlich, wie die Knochen in meiner Hand nachgaben.

»Wendalith cohmerin tas.« Das Grollen erschütterte den gesamten Turm – viele rauschende, flüsternde, schreiende Stimmen verflochten sich und überlagerten einander, wurden zu einer Stimme. Sie hatte keine Ähnlichkeit mit der Stimme eines Fae oder eines Menschen, sondern gehörte zu etwas viel, viel Älterem. Einer Kreatur, die nicht geboren, sondern aus den niedersten Elementen der Höllen selbst erschaffen worden war.

Der Kopf des Dämons war noch nicht ausgebildet. Unter- und Oberkiefer waren da, genauso wie zwei schmale Schlitze, wo vielleicht einst eine Nase war … aber der Rest seines Gesichts war nicht zu erkennen. Winzige Stacheln, die aus seinem halb geformten Kopf aufstiegen, sondierten und durchbohrten die Luft. Sein linker Arm endete in einer Hand – im Grunde normal –, aber sein rechter Arm lief zu einer riesigen, glänzenden, hartschaligen Schere aus, die reflexartig auf- und zuschnappte. Seine untere Hälfte war vollständig Skorpion, aber schauerlich groß. Acht Beine. Ein langer Panzer. Ein gebogener Stachel, der vor Gift triefte.

Toll.

»*Wendalith cohmerin tas*«, wiederholte der Dämon, und Speichel flog ihm aus dem Maul, als er sprach.

Ich wandte mich von ihm ab und richtete meine geballte Aufmerksamkeit wieder auf die Wand. Unsere Zeit war offiziell abgelaufen. Wenn ich das Ding nicht bald durchbrach, waren wir *so was* von am Arsch.

»Was bei den fünf Höllen hat er gesagt?«, rief Carrion.

»Er singt für euch«, gurrte Shah. »Hört, wie er singt.«

Ich schnaubte. »Er fragt, wer vor ihm steht. Wer seinen Weg kreuzt. Irgendetwas in der Art. Er spricht Alt-Fae, *was er nicht können sollte*«, betonte ich über die Schulter hinweg zu dem uralten Monster.

Klick, klick, klick.

Es trippelte nach vorn.

»Ich kann viele Sprachen, die ich nicht können sollte«, krächzte es. »Ich hörrrre sie durch die Wände.«

»Toll! Es spricht auch Standard-Fae. Perfekt«, murmelte ich zu mir selbst, als ich die Faust wieder in die Wand rammte und die Steine mit meinem Blut noch röter färbte.

»Ich spüre zwei Seelen. Und auch zwei starke Körper. Ein Festmahl für einen geschwächten Fürsten wie mich.«

»Du bist kein Fürst«, knurrte ich. »Du bist etwas Abartiges, das ich mit Freuden augenblicklich wieder in eine der fünf Höllen schicken werde.«

»Bring ihn doch nicht gegen dich auf«, zischte Carrion. »Seine Zähne sind wirklich verdammt scharf. Ich will *nicht* gefressen werden!«

»Sei still, Swift. Er kann dich nicht fressen, wenn er dich nicht *finden* kann.«

Es stimmte, dass die meisten Dämonen keine Augen hatten. Es gab viele Geschichten darüber, wie es dazu gekommen war, aber die meisten waren sich einig, dass Dämonen in der Dunkelheit lebten und nicht sehen mussten, um ihre Opfer zu quälen. Das war gewiss bei Morthil der Fall gewesen. Aber der Überlieferung nach war Joshin anders. Er hatte nicht die gleichen Fähigkeiten, mit denen seine Geschwister ausgestattet waren. Er war zweifellos gefährlich, aber er besaß keine verstärkte räumliche Wahrnehmung.

Bumm! Bumm!

Die Knochen in meiner Hand zersplitterten, aber trotzdem hämmerte ich weiter auf die Magie ein, welche die Wand zusammenhielt. Ich sah zu, wie sich meine Schatten über den Stein bewegten, und schauderte, als wieder und wieder eine zweite Welle kam, die sich hinter meiner eigenen Magie herwälzte und mit ihr verschmolz. Es ergab keinen Sinn. Meine Schatten hätten eine Wirkung zeigen sollen. Die alte Magie der Dämonenfalle hätte sich abschwächen sollen, aber sie reagierte überhaupt nicht. Zumindest nicht so, wie sie es hätte tun *sollen*. Es war fast so, als ob …

Klick, klick, klick, klick, KLACK.

»Fisher! Heilige Götter, Fisher! *Tu* was!«

Erschöpft fiel ich nach vorn gegen die Wand. Als ich mich umdrehte, sah ich, dass der Dämon jetzt fest auf seinen acht Beinen stand und sich auf der Suche nach seiner Beute langsam vorwärtsbewegte.

»Hier, Gebieter, hier entlang«, lockte Vorath ihn. »Folgt dem Klang meiner Stimme.«

Götterverdammt! Ich hatte genug von diesem Menschen. Ich stieß mich von der Wand ab und schwankte nach vorn.

Und plötzlich war sie da. Plötzlich stand meine Mutter neben mir.

Sie trug ihr Lieblingskleid. Das blaue mit den aufgestickten Vögeln auf dem Rock. Ich erschrak, als ich erkannte, dass es Eisvögel waren. Ihre Flügel blitzten metallisch blau, ihre stolzen Brüste leuchteten rotbraun. Meine Mutter sah aus wie immer: schön und traurig. Ihr langes schwarzes Haar fiel ihr in Wellen bis zur Taille und wurde von einem unsichtbaren Wind bewegt.

»Wo gehst du hin, mein Schatz? Hast du dich verirrt?«

Der sanfte, singende Tonfall ihrer Stimme … Bei den Göttern, wie sehr hatte ich sie vermisst! Ich schüttelte den Kopf. »Ich habe mich nicht verirrt. Ich werde diesen verdammten Menschen umbringen.«

Eine tiefe Traurigkeit erfüllte ihre Augen. »Wer ist er, dass er dir Ärger macht? Großer und mächtiger Kingfisher. Lass ihn in Ruhe, mein Liebling.«

»Es ist seine Schuld.« Ich schwitzte wieder, schlimmer als zuvor. Meine Haut kribbelte am ganzen Körper. »Wenn er uns nicht hierhergebracht hätte …«

»Ausreden«, sagte meine Mutter scharf. »Du hattest immer Ausreden.«

Dann spürte ich es – das flaue Gefühl in der Magengrube. Übelkeit war an die Stelle des Schmerzes getreten, und meine Glieder wurden jetzt taub. Die Hand tat mir kaum noch weh, obwohl sie mehrfach gebrochen war. Fuck, ich musste kotzen.

Ich krümmte mich, und der Raum schwankte, als ich meinen Mageninhalt auf den Boden entleerte.

»Und so fängt es an«, sagte Joshin.

Klick, klick, klick.

Er hatte jetzt nicht mehr Carrion im Visier. Er steuerte auf mich zu.

»Schon als Kind warst du eine Plage. Bist mir immer gefolgt wie ein jämmerliches kleines Hündchen. Nie hatte ich einen Moment Frieden. Du warst der Grund, warum dein Vater gegangen ist. *Du* warst der Grund, warum er gestorben ist.«

Ich richtete mich auf und sah, dass das Gesicht meiner Mutter vor Abscheu verzerrt war.

»Sieh dir an, was für eine Sauerei du angerichtet hast. Immer machst du so ein Durcheinander. Und jetzt willst du diesem Mann wehtun? Warum? Weil *du* dumm genug warst, ihm in diesen Turm zu folgen? Weil *du* nicht aufgepasst hast, hm? Weil du zu faul und zu sehr abgelenkt warst mit Gedanken an dieses Halbblut, das du in Yvelia zurückgelassen hast, um dich auf die anstehende Aufgabe zu konzentrieren?« Die Worte sprudelten nur so aus ihr heraus, triefend vor Verachtung. »Was für ein Mann ist nur aus dir geworden? Ich erkenne dich nicht wieder. Ich habe mich noch nie so geschämt.«

Und mit diesen Worten wurden der Raum und die Situation plötzlich scharf gestellt.

Die Gestalt, die neben mir stand, sah real aus. Ich war mir sicher, wenn ich die Hand ausstrecken und sie berühren würde, hätte sie sich auch real angefühlt. Aber meine Mutter war nicht wie diese kaltherzige Illusion, die mich verfolgte, als ich mich von Vorath Shah abwandte und zurück zu der Wand ging. Meine Mutter war zu freundlich und sanft für solche harten Worte.

Der Dunkle Traum hatte begonnen.

»Wo gehst du hin? Was hast du vor?« Sie eilte hinter mir her, und ihre Röcke raschelten über die leuchtenden Runen unter ihren Füßen. »Jetzt wirst du also den Menschen *nicht* töten? Schwach. Schwach in deinen Überzeugungen. Willensschwach. Das ist alles, was du je gewesen bist, Fisher. *Schwach.*«

Ihre Worte strömten über mich und fielen von mir ab. Sie hatten keine Wirkung.

Meine Mutter wusste, dass ich nicht schwach war. Dafür hatte sie selbst gesorgt. Und ich hatte viel zu viel Übung darin, meinen Geist gegen den Wahnsinn des Quicksilvers abzuschotten, um von irgendeiner Vision beeinträchtigt zu werden, die Joshins Gift mir zeigen konnte.

Ich machte mich wieder an die Arbeit.

Der Abschnitt der Wand, auf den ich gerade eingeschlagen hatte, leuchtete schwach. Es war mir vorher nicht aufgefallen, aber jetzt, da sich mein Blick klärte, war der Raum besser zu erkennen. Ich nahm Dinge wahr, die ich bis jetzt nicht gesehen hatte. Er leuchtete ... wegen des Bluts.

»Reicht es dir nicht, dein Abendessen auf dem Boden zu verteilen? Musst du auch noch dein Blut an die Wände schmieren?«, sagte die Frau, die nicht meine Mutter war. »Gib einfach auf. Hast du nicht die Nase voll von alldem? Die ständigen Prüfungen, die Schmerzen und die Opfer? Immer du. Egal was passiert. *Du* bist derjenige, der seine Freiheit aufgeben muss. *Du* bist derjenige, der die Schmerzen aushalten muss. *Du* bist immer derjenige, der sich aufopfern muss, obwohl es doch auch andere Leute auf der Welt gibt, die hin und wieder in Anspruch genommen werden könnten. Bist du nicht *müde*?« Sie klang ungläubig.

»O ja, ich bin müde«, gab ich zu. »Aber ich bezweifle, dass sich das ändern wird. Und was ist die Alternative? Der Tod?«

»Ruhe«, entgegnete die Frau mit dem Gesicht meiner Mutter. *»Frieden.* Sehnst du dich nicht danach? Keine Schmerzen mehr. Keine Sorgen. Keine ...«

Nur die Götter wussten, welches andere schwache Argument sie vorbringen mochte. Ich hörte nicht mehr zu. Ich zog den Finger durch das Blut, das ich an der Wand hinterlassen hatte, und zeichnete die Linien einer ganz bestimmten Rune.

Die Rune bedeutete *Bruch*.

Sobald die letzte Linie fertig war, schüttelte die Halluzination ihren Kopf. »Na also, du hast es geschafft. Ich hoffe, du bist jetzt glücklich.«

Ich trat zurück und betrachtete meine Zeichnung. »Ja, das bin ich.« Die Rune leuchtete strahlend weiß auf. Sie sank in die Wand ein, und ihre Linien bildeten tiefe Furchen im Stein. Die Magie, welche die Wand schützte, dünnte aus. Ein Schattenschleier flatterte über dem Mauerwerk – seltsam, denn ich hatte meine Magie gar nicht herbeigerufen –, und ich sah zu (und *fühlte*), wie die Abwehr zum Schutz der Dämonenfalle splitterte und dann auseinanderbrach.

»Gottith man soh frayah!«, schrie Joshin.

Die dunkle Tür ist offen!

Sein Schrei war freudig erregt. Er fühlte, wie die dünne Decke der Energie endlich von seiner Gruft entfernt wurde. Die Aufhebung des Schutzzaubers bedeutete seine Freiheit nach all den Jahrhunderten, in denen er in der Dunkelheit gehockt und gewartet hatte. Aber *ich* würde das nicht zulassen. Ich mochte dieses Reich zwar nicht, aber es hatte jemanden hervorgebracht, den ich mit einer Leidenschaft liebte, die mir den Atem raubte, und ich würde diesen Ort nicht in einem schlechteren Zustand zurücklassen, als ich ihn vorgefunden hatte. Um Saeris' willen würde ich ihn schützen.

Der Dämon zitterte; einzelne Skorpione lösten sich zuckend aus der Masse und fielen auf den Boden. Sie krabbelten in Scharen auf die Treppe zu.

»Was glaubst du, wo sie hinwollen?«, fragte ich.

»Jenseits dieser Mauern liegt eine Stadt. Eine Million schlagende Herzen. Eine Million Menschen, die sie im Schlaf heimsuchen können. Ich werde sie alle zu dem Traum einladen. Ich werde … sie alle einladen zu singen!«

Zu träumen bedeutete zu wandern, gefangen in Albträumen.

Zu singen bedeutete, ihre Angst so lange und so laut herauszuschreien, dass Joshin sich jahrelang von ihrem Schmerz ernähren könnte, bevor die Stadt starb.

Die Tunnel unter der Stadt waren der perfekte Transportweg für Joshins Skorpione. Sie konnten sich in der Dunkelheit bewegen und Wege finden, die in die Häuser der Menschen führten. Sie würden sie im Schlaf stechen, und die folgende Symphonie der Angst, die der Dämon orchestrierte, würde die gesamte Silberstadt erfassen und über Jahre beherrschen.

Aber *nur,* wenn es mehr als der Hälfte seiner Skorpione gelingen würde, diesen Raum zu verlassen.

Ich drehte mich um und schleuderte die Faust wieder gegen die Wand. *Dieses* Mal erzitterte sie. *Dieses* Mal brach sie. Staub regnete von der Decke, rauschte in Kaskaden über die Wände. Als ich das zweite Mal dagegenschlug, bröckelte sie, und dann krachte ein großer Teil des Sandsteins nach außen.

Licht platzte in die Gruft, durchschnitt die Dunkelheit, und Joshin brüllte. Der Dämon schlug wild um sich und kippte zur Seite; die Hälfte seines Unterkörpers löste sich bereits auf, versuchte vor dem Licht zu fliehen. Er sah halb geschmolzen aus, seine Form war in der Mitte zwischen Skorpion und Dämon erstarrt, sein rohes Fleisch dem starken Licht der beiden Sonnen ausgesetzt.

Zum ersten Mal überhaupt war ich froh, Balea und Min zu sehen. »*Ashelgrin Fas!*«, röhrte der Dämon. *Mach, dass es aufhört.* Rauch stieg aus seiner gallertartigen Form auf. Er knirschte mit den Zähnen und versuchte, dem Lichtstrahl auszuweichen, aber er konnte nirgendwohin.

Ich hatte keine Skrupel, ein weiteres Loch in die Turmwand zu schlagen. Meine Hand war bereits gebrochen, und die Schmerzen verblassten im Vergleich zu dem Brennen von Joshins Gift.

»Stopp! Du musst aufhören!«, heulte Joshin.

»Fisher? Ich …« Carrion war auf den Knien. Er rollte mit

den Augen, die wild und voller Angst waren. Shah hatte ihn im Schwitzkasten und hielt ihm eine primitive Klinge an die Kehle.

»Lass meinen Gebieter in Ruhe, oder ich lasse ihn bluten«, fauchte er und entblößte dabei abgebrochene gelbe Zähne.

Bei den Göttern, ich hatte Carrion beigebracht, auf sich selbst aufzupassen. Ich hatte ihm beigebracht, wie man kämpft. Ich …

Carrion rammte den Ellbogen in Shahs Magen. Er trat mit dem Bein zur Seite aus, drehte sich um und fegte die Füße unter ihm weg. Eine Sekunde später hatte der hinterhältige Mensch seine Waffe auf den mit Sand bedeckten Stein fallen lassen, und Swift rang ihn zu Boden. Skorpione kletterten über ihre strampelnden Körper und stachen beide, bevor sie die Treppe hinunterhuschten.

Rasch sondierte ich die Lage. Offensichtlich kämpfte Shah nicht zum ersten Mal um sein Leben. Er war schnell und wand sich in Carrions Griff, schlüpfrig wie ein Aal … aber jedes Mal, wenn er sich fast losgerissen und befreit hatte, zog Carrion ihn zurück. Swift war leichenblass, sein Gesicht und die Unterarme mit blutenden Skorpionstichen übersät. In seinem Blick lag eine wilde Entschlossenheit, die ich schon viele Male gesehen hatte. Das Gesicht eines Mannes, der wusste, dass er töten würde und dazu bereit war.

Er stieß ein Knie gegen Shahs Brust und drückte ihn auf den Boden. Der Schwarzmarkthändler spuckte und tastete im Sand herum, auf der Suche nach der Klinge, die er fallen gelassen hatte. Er fand sie, und schnell wie eine Schlange schlitzte er Carrions Oberschenkel auf. Ich trat nach vorn, bereit, einzugreifen, aber Carrion nahm Shahs Kopf in die Hände, riss ihn mit einem heftigen Ruck zur Seite und brach dem Mistkerl das Genick.

Feuer flammte um mein Knie auf, wanderte an meinem Bein hinauf und explodierte in meiner Hüfte.

»Fuck!« Ich blickte hinab und sah, dass Joshins dolchgroßer

Stachel in meinem Bein steckte. Ich war abgelenkt gewesen, hatte ihn zu nah herankommen lassen. Dampfwolken stiegen von dem Dämon auf, als er zuckte und im Licht verbrannte.

»Ist dein Geist … ein dunkler Ort, Krieger?« Joshins Lippen zitterten um die Worte herum. Er lag auf der Seite. Ich sah entsetzt zu, wie blutige Faserstränge von seiner schweren Schere abfielen und auf dem Boden zuckten, um sich dann in Skorpione von der Länge meines Daumens zu verwandeln.

Ich zischte, als sein übergroßer Stachel zurückwich und aus meinem Oberschenkel gezogen wurde. Meine Beine wurden schwach und drohten nachzugeben, aber ich richtete mich auf, während Blut aus der Wunde spritzte, die der Widerhaken hinterlassen hatte.

»Du bist ein Schattenwesen. Ich kenne deine Sorte gut«, sagte der Dämon mit schmeichelnder Stimme. »Ein Geist voller Schatten ist etwas Gefährliches. Wenn du bereits in der Dunkelheit lebst, sind die Höllen nie weit entfernt. So dünn, der Schleier. Bist du bereit für den Traum, Schattenweber? Wirst du … die Kraft haben zu erwachen?«

Die Gruft des Dämons kippte. Ich konnte den Dunklen Traum – den *Albtraum* – bereits fühlen, wie er sich mir näherte und darum kämpfte, vor meinen Augen Gestalt anzunehmen.

»Wir müssen gehen. Die Wächter werden jede Sekunde hier sein. Wir müssen ihn töten.« Carrion schwankte und zog sein rechtes Bein nach, als er die Gruft durchquerte. Die Sonne schien ihm direkt ins Gesicht und ließ sein Haar in Kupfer- und Goldtönen glänzen. Er hatte Blut an den Händen. Blut war an der Klinge, die er trug. Blut beschmierte seine Kleider und lief ihm die Unterarme hinab. Seine Wangen hatten einen kränklichen Grünstich, das Blau seiner Augen war zu blass. Er hob seinen Dolch und wollte ihn selbst in Joshins geschwächten Körper stoßen, aber ich packte ihn am Handgelenk.

»Nein, warte.«

»Dieses Stück Scheiße *wird* sterben. Fisher. Jetzt. Erzähl mir nicht, dass du einen untypischen Anfall von Barmherzigkeit hast.«

»Nicht im Geringsten.«

Prasselndes Lachen erfüllte die Gruft, trocken wie der Wüstenwind. »Er wird mich nicht töten«, sagte Joshin. Seine vielschichtige Stimme war schwach, jagte aber noch immer Schauer durch meinen Körper.

»Glaub mir, das wird er.« Carrion trat einen Skorpion fort, der versuchte, auf die Spitze seines Stiefels zu klettern, und zerquetschte ihn dann unter seiner Sohle. »Und wenn er es nicht tut, werde *ich* es tun.«

»Ich bin älter als diese Stadt. Älter als die Räder des Schicksals, die eure Geschicke lenken, Prinzling. Die Geheimnisse, die ich kenne, sind ihm mehr wert als Rache. Und ich *muss* leben, wenn ihr hofft, es auch zu tun. Zumindest vorläufig.«

Eine Welle der Übelkeit erfasste mich und sammelte sich wie ein stacheliger Ball in meiner Magengrube. Mehr als alles andere wollte ich mich übergeben, das Gift in meinen Eingeweiden loswerden, aber ich schluckte den Drang hinunter. »Es stimmt«, gab ich zu. »Wir brauchen ihn lebend.«

»Einen Scheiß brauchen wir!«

»Bist du müde?«, fragte ich erschöpft. »Ich schon. Bald wirst du nicht mehr in der Lage sein zu kämpfen. Du wirst schlafen müssen, und wenn du das tust, marschierst du auf direktem Weg in die Art von Höllenlandschaft, die dich wünschen lässt, du könntest dich zusammenrollen und sterben. Das Gift des Dämons befällt den ganzen Körper. Es bleibt dort für den Rest unseres Lebens, wenn wir es nicht loswerden. Wir werden aus unserem Schlaf aufwachen, ja. Aber von diesem Punkt an werden wir jedes Mal, wenn wir das Bewusstsein verlieren, in diese Höllenlandschaft zurückgestoßen. Die Albträume werden länger. Schließlich wachen wir entweder *gar nicht* mehr auf, oder wir werden verrückt und bringen uns um. Ist es *das*, was du willst?«

»Klar. Klingt wie Ferien im Paradies.« Carrions Worte trieften vor Sarkasmus, aber es lag auch Angst in ihnen.

»Wir müssen ein Gegengift herstellen.« Bei den Göttern, es wäre so einfach, direkt hier einzuschlafen, auf der Stelle. Ich holte tief Luft und blinzelte heftig. »Und um das zu tun, brauchen wir eine Dosis vom Gift des Dämons.«

Joshin lachte auf; Speichelfäden hingen von seinen scharfen, nadelspitzen Zähnen herab. Ohne Vorwarnung wackelten plötzlich die Wände und der Boden, als ein ohrenbetäubendes *DONNNNNNGGGG!* über uns nachhallte.

Laut. *Unerträglich* laut.

Der Donner fuhr mir in die Knochen, ließ meine Zähne klappern. Carrion presste die Hände auf die Ohren gegen den kopfzerschmetternden Krach. »Helllicht!«, schrie er. »Es ist Mittag!«

Die Zwillingssonnen gingen nie unter in Zilvaren, aber sie erreichten ihren Zenit am Himmel. Mittags näherten sie sich einander so weit an, dass die Schwestern sich an den Händen halten konnten, und die Temperatur schoss in unerträgliche Höhen. Das hatte ich aus den Büchern meiner Mutter erfahren.

Die Glocke über unseren Köpfen musste massiv sein. Sie schlug nur einmal, den Göttern sei Dank, aber ihr Donner schallte noch eine ganze Minute danach in meinem Blut und brachte den Boden zum Wackeln.

Ich sprach als Erster. »Hat der Händler etwas von deinem Gift?«, fragte ich.

Der Dämon lachte – ein Geräusch wie von Stein, der über Stein kratzt. »Und das soll ich dir sagen? Dir die Information einfach so geben, umsonst? Ich glaube *nicht*, Krieger.«

»Wenn Vorath sein Gift besessen hat, dann ist es in seinem Laden«, sagte Carrion. »Wir sollten das Monster einfach töten und hingehen. Es wird uns überhaupt nichts sagen.«

»Bist du bereit, es zu riskieren?« *Ich* war es nicht.

Carrion wirkte zwiegespalten. Er wollte meinen Vorschlag ignorieren und das abscheuliche Ding zerstören, das uns angegriffen hatte … aber die Aussicht auf eine nicht enden wollende Folge von Albträumen stimmte ihn zu Recht nachdenklich. »Dann töten wir ihn eben noch nicht. Wir stellen das Gegengift her, und *dann* töten wir ihn.« Es hörte sich an, als sei diese Idee das Einzige, was ihn aufrechterhielt.

»Ihr braucht meine … Erlaubnis«, keuchte der Dämon. »Das Gift zur Herstellung des Gegenmittels muss … freiwillig gegeben werden.«

»War ja *klar*, dass du das sagst.« Carrion zog ein Gesicht in Richtung des Monsters. »Was, wenn wir einfach seinen Stachel abschneiden und ihn in Voraths Laden mitnehmen? Der Typ hat da alles, was wir brauchen, um ein Gegengift herzustellen. Darauf wette ich.«

»Bist du sicher? Sicher genug, um es zu riskieren?« Ich ließ ihn eine halbe Sekunde schmoren. Zum Glück senkte er seinen Dolch und seufzte. Mir war gerade wirklich nicht danach, ihm die Klinge abzuringen, da sich mir doch immer noch der Magen drehte und Lichtstreifen durch mein Blickfeld zuckten.

»Ich schleppe diesen schmelzenden Kadaver nicht durch die Tunnel«, sagte Swift.

»Sei still, Carrion«, knurrte ich. »Die Erwachsenen sind dabei, ein Geschäft abzuschließen.«

»Warum bei den fünf Höllen *verhandeln* wir mit ihm?«

Ich sah den Dämon streng an, schob den Unterkiefer nach vorn und blähte die Nasenlöcher. Die Gruft roch widerlich nach Schwefel und Tod. »Weil Fae und Dämonen eine und nur eine

Sache gemeinsam haben. Wir sind beide durch unsere Eide gebunden, nicht wahr, Teufel?«

Wieder lachte Joshin, und es schien, als würde die ganze Stadt unter diesem unseligen Geräusch erbeben. »Na los … mach dein Eröffnungsangebot, Schattenweber. Es … wird nicht … genug sein.«

»Es gibt kein Eröffnungsangebot.« Ich schüttelte den Kopf. »Es gibt *das* Angebot: Wir verschonen dich und lassen dich leben, wenn du uns zwei Tröpfchen von deinem Gift gibst, um uns zu heilen.«

Der Dämon zitterte vor Wut. »Ein ungleiches Geschäft. Zwei Leben für eins!«

»Bist du mir gleichgestellt, Dämon?«, fauchte ich. »Bist du nicht mächtiger? Wichtiger? Wertvoller in den Augen deinesgleichen?«

»Unendlich«, grollte er in einem verstörenden gutturalen Ton.

»Dann ist das Geschäft auf *deiner* Seite ungleich gewichtet, meinst du nicht? In diesem Fall schuldest du uns auch noch eines deiner kostbaren Geheimnisse.«

Der Dämon schlug die Zähne zusammen, überrumpelt von seinem eigenen Stolz. »Welche *Art* von Geheimnis?«

»Eines, das wertvoll genug ist, um die Waagschalen unseres Handels auszugleichen«, antwortete ich, wohl wissend, was ich verlangte.

Die Eitelkeit des Dämons würde es erfordern, uns ein beeindruckendes Geheimnis zu verraten. Etwas Monumentales. Er zog die blutigen Lippen zurück und bellte höhnisch: »Du verlangst zu viel. Es wurde *kein* Handel abgeschlossen.«

»Also gut. Dann soll es so sein. Carrion, mach dich bereit, dieses Arschloch anzuzünden.«

Der Schmuggler schnellte herum und sah mich an. »Was?«

»*Feuer,* Carrion. Du sollst deinen Willen bekommen. Wir stecken dieses Ding in Brand und sehen zu, wie es brennt.«

»Aber ich kann nicht …«

»Und sobald wir Asche aus ihm gemacht haben«, sagte ich und unterbrach ihn, »sammeln wir die Reste des Dämons ein und verkaufen sie in kleinen Glasflaschen an die Menschen. Wir erzählen ihnen, es sei ein Gewürz für ihren Haferschleim.«

»Frevel!«, brüllte Joshin. »Ich bin ein Gott! Ihr könnt nicht …«

Ich ging in die Hocke und starrte dem Ding in die verzerrte, abscheuliche Fratze. Sein Fleisch flatterte und kräuselte sich, war dank des Gifts in meinen Adern völlig zerrissen, aber ich atmete tief durch und konzentrierte mich. »Albträume oder nicht, du bist, was immer ich sage, sobald du tot bist, Dämon. Vielleicht sage ich, du bist Lagerfeuerasche. Oder die Überreste einer Ziege.«

»Nein! In Ordnung. Ein Geheimnis und mein Gift im Tausch gegen mein Leben. Aber ihr müsst versprechen, mich freizulassen. Ich werde nicht noch einmal für den Rest der Zeit in einer dieser Fallen gefangen sein.«

Ich dachte darüber nach, suchte die Schlupflöcher in diesem Handel. Ich brauchte nicht lange, um zahlreiche Möglichkeiten zu finden, die Abmachung zu meinem eigenen Vorteil zu manipulieren. »Also gut«, entschied ich. »Blute dafür und dann ist es erledigt.«

Ein Stück von der Schulter des Dämons fiel ab, Fleischstränge, die sich zu einem kleinen Skorpion verformten. Er krabbelte auf mich zu, leicht auf seinen acht Füßen … und ich zerquetschte ihn unter dem Absatz meines Stiefels.

Der Dämon zischte seinen Unmut über die grobe Behandlung hinaus. »Jetzt du, Krieger«, forderte er. *»Blute.«*

Ich würde mich nicht schneiden und unseren Pakt auf die höfliche Art besiegeln. Keine Chance. Ich durchstach meine Unterlippe mit meinen Eckzähnen, saugte das Blut ein und spuckte es auf ihn. »Dein Leben für unseres. Ein Geheimnis für das Versprechen, dass du freigelassen und nicht wieder in einer Dämonenfalle gefangen wirst«, sagte ich.

»Ja. Eure Leben für meines. Das Geheimnis. Das Versprechen«, wiederholte der Dämon. Und es war beschlossen.

Carrion rümpfte die Nase. Irgendwie schaffte er es, noch kränker als vor ein paar Minuten auszusehen. »Wie gesagt, du trägst ihn.«

»Nein, tue ich nicht.« Der Boden unter meinen Stiefeln fühlte sich an wie Sand, als ich über die mit Runen bedeckten Steinplatten zu den Truhen am anderen Ende des Raums ging. Ich musste über den halb verzehrten Körper steigen, um an mein Ziel zu gelangen. Zum Glück fand ich das, was ich suchte, schneller, als ich gehofft hatte. In der ersten Truhe entdeckte ich eine kleine Holzschachtel inmitten von Münzen und goldenen Ringen. Sie war mit Edelsteinen gefüllt: Rubine, Saphire und Diamanten. Ich leerte sie auf den Boden aus und ging zurück zu Joshin. Ohne den Dämon um Erlaubnis zu fragen, bückte ich mich und hob einen Skorpion vom Boden auf, indem ich seinen Stachel zwischen Daumen und Zeigefinger nahm.

Sogleich wanderte er in die Schachtel.

Ich klappte den Deckel zu, und der Dämon legte den Kopf schief. »Was machst du da, Schattenweber?«

»Das Geheimnis, Joshin.«

Der Dämon wich zurück und presste den Rücken gegen die Wand. »Ich verrate es euch, sobald ich frei bin.«

Mit finsterer Miene schüttelte ich den Kopf. »Jetzt, Joshin. Solange du noch sprechen kannst.«

»Du kannst mich nicht töten!«, kreischte er.

»Und das werde ich auch nicht. Solange ich deinen kleinen Freund hier in dieser Schachtel habe, bleibst du am Leben, nicht wahr?«

»Betrüger! Lügner!«, schimpfte Joshin. »Du hast es *geschworen*!«

»Ich bin an einen Eid gebunden, Dämon. Ich kann nicht lügen. Ich kann meinen Eid nicht brechen. Jetzt verrate mir dein Geheimnis, bevor du *deinen* Eid brichst.«

»Wenn du diesen Körper zerstörst, werde ich Lebzeiten brauchen, um zu regenerieren«, fauchte er.

»Hört sich für mich so an, als sei das *dein* Problem.« Ich hatte keine Kontrolle über Feuer, dieses Element beherrschte ich nicht. Ein Teil von mir vermutete, dass es Carrions Element sein *könnte*, aber er war nicht in dem Zustand, sich daran zu versuchen, unbekannte Magie heraufzubeschwören. Dafür würde später noch Zeit sein. Also holte ich meine Zunderbüchse heraus, riss das Stück Feuerstein über die Wand und zündete mit dem entstandenen Funken das getrocknete Moos in der Büchse an. Innerhalb von Sekunden hatte ich eine der alten Fackeln angezündet, und die hungrigen Flammen warfen Schatten an die Wände.

»Das wagst du nicht«, meinte der Dämon.

Ich hockte mich vor ihn, näher, als mir lieb war, und biss die Zähne zusammen, als sein halb geformter Kopf herumschnellte, um mich anzusehen. »Du kannst mich riechen, stimmt's?«, fragte ich.

Der Dämon klappte die Kiefer zusammen.

»Dann sag mir eins, Joshin. Du hast mir genug Gift verpasst, um drei Pferde zu erledigen … aber riechst du *irgendwelche* Angst an mir? Glaubst du, ich hätte Angst, mich meinen Dämonen zu stellen? Das habe ich alles schon hinter mir. Ich kenne sie alle mit Namen. Ich habe sie besiegt und sie häufiger meinem Willen unterworfen, als die Sonne in meinem Leben über Yvelia aufgegangen ist. Ich werde mich deinen Dunklen Träumen stellen, wenn ich muss, und ich werde *noch immer* das Furchterregendste sein, das im Dunkeln herumschleicht.«

Die Schlitze in Joshins Gesicht blitzten auf und zitterten, als der Dämon vorsichtig schnüffelte – und dann fauchend zurückwich.

»Das Geheimnis, Joshin«, wiederholte ich. »Jetzt oder nie.«

Der Dämon stieß einen frustrierten Schrei aus, aber dann sagte er: »Wo Licht ist, ist auch *immer* Dunkelheit, Schattenweber. Um eine Königin zu töten, musst du den dunkelsten *aller* Orte aufsuchen. Du wirst eine weitaus kostspieligere Abmachung als diese hier treffen müssen, wenn du Erfolg haben willst. Und die Bestie, die dir dort auflauert, wird sich nicht so leicht austricksen lassen wie ich. Sie wird dich mit Haut und Haaren verschlingen, Schattenweber!« Joshin brüllte, als ich die flackernde Fackel an seinen Körper hielt. »Sie wird dir die Seele herausreißen und sich jahrzehntelang daran laben!«

Der Dämon fing an zu brennen wie ein Leuchtfeuer. Mit einem *Woumpf* verschlangen die Flammen, was von seinem übel zugerichteten Torso noch übrig war.

Als Joshin schrie, gingen überall um uns herum die Skorpione, die zitternd vom Körper des Monsters abgefallen waren, ebenfalls ins Flammen auf. Auch unten in den Tunneln würden die brennen, die entkommen waren. Bis auf den Wirbellosen, den ich in der Holzschachtel gefangen hatte, fingen alle Feuer. Ihre gequälten und wütenden Schreie hallten durch den Turm.

»Ahh, jetzt hab ich's kapiert«, stöhnte Carrion, als er das Grauen um uns herum verfolgte. »Ich bin bereits *in* dem Dunklen Traum, stimmt's?«

Es überraschte mich selbst, dass ich in schallendes Gelächter ausbrach. »Nein. Leider ist *dieser* Teil erst der Anfang.«

18

BRUDER

SAERIS

Lorreths Lederrüstung knarzte, als er sich bewegte und den Vampir anstarrte. »Ich hätte nie gedacht, dass ich dich je wiedersehen würde.«

Ich beobachtete die beiden Männer und wartete darauf, dass die erste Faust flog. Die Art, wie sie einander ansahen, versprach auf jeden Fall Gewalt. Lorreth lehnte sich an eine Säule und verschränkte lässig die Arme vor der Brust. Er hatte die Silberkette abgenommen, mit der ich den anderen Mann gefesselt hatte, und ich hatte ihn nicht daran gehindert. Wenn er es für sicher hielt, den Vampir loszubinden, wer war ich, ihm zu widersprechen?

Foley – dieser Fremde mit dem blauschwarzen Haar, den blassen gefühlvollen Katzenaugen und dem Gold, das jedes Mal in seinem Mund aufblitzte, wenn er sprach – blickte unter zusammengezogenen Augenbrauen zu meinem Freund auf. »Ich hätte nie geglaubt, dich jemals hier zu sehen, Lorreth. Läufst hier einfach so herum, als würdest du götterverdammte Ferien machen.« Er sprach die Worte ohne Emotion aus, aber dahinter verbarg sich eine tiefe Wut. Die Luft war dermaßen geladen, dass sich mir die Nackenhaare aufstellten.

Lorreth schnaubte und blickte auf seine Stiefel hinab. »Es ist nicht so, dass ich hier sein will, Bruder«, entgegnete er.

»Wenn ihr beiden euch nicht blutig schlagt, dann habe ich eine Katze zu suchen«, meinte Algat schnippisch. Der Blick, den sie mir dabei zuwarf, hätte einen Toten ein zweites Mal umbringen können. »Hier, das versprochene Werk.« Sie hielt das Buch mit dem verblassten schwarzen Leineneinband hoch, mit dem sie mich vorhin angestupst hatte. »Ich kann nicht garantieren, dass du darin findest, was du suchst, aber was kümmert mich das? Ich komme eine Stunde nach Sonnenuntergang und bleibe bis eine Stunde vor Sonnenaufgang. Komm in diesen Stunden *nicht* wieder. Du kannst die Regale durchsehen, aber nimm keine anderen Bücher ohne schriftliche Genehmigung aus der Bibliothek mit.«

Sie hielt mir das Buch über den Lesetisch hin. Ich wollte es nehmen, aber in letzter Sekunde zog sie es zurück. »Hast du verstanden?« Sie blinzelte mich mit zusammengekniffenen Augen an.

»Soll das heißen, dass ich die Bibliothek nur eine Stunde am Abend und eine Stunde vor Tagesanbruch betreten darf? An meinem eigenen Hof? Ja, ich verstehe vollkommen.«

»Gut.« Algat schob mir das Buch zu und ging.

Sobald der gebückte Lord der Mitternacht fort war, stand Foley auf. »Sie ist ein Vampir, Lorreth. Sie trägt Fishers Dolch, als hätte sie ihn nicht aus seinen kalten, toten Händen reißen müssen. Und die Art, wie du deinen Körper ausrichtest, sagt mir, dass du dich gegen mich stellen wirst, wenn ich ihr wieder an die Gurgel gehen würde.«

Lorreth drehte sich halb zu mir um und zog fragend beide Augenbrauen hoch. »Er ist dir an die Gurgel gegangen?«

Ich zuckte die Schultern und nickte.

»Und du hast kein Mal an dir? Beeindruckend.«

Foley gab einen verärgerten Laut von sich. »Das ist wirklich nicht der Punkt.«

»Du rostest wohl allmählich ein auf deine alten Tage hin, Foley. Oder vielleicht bist du auch einfach nur aus der Übung, weil du dich ausgerechnet in einer verdammten Bibliothek verkrochen hast.«

Der Vampir ballte die Hände zu Fäusten, und Anspannung zog ihm die Schultern bis hinauf zu den Ohren. »Niemand kommt hierher«, sagte er. »Niemand bis auf diese alte Hexe. Es ist der einzige Ort, an dem ich mich aufhalten kann, ohne in Reibereien zu geraten.«

Ich hob eine Hand und lachte leise. »Oh, ich würde sagen, du hast gerade selbst für einige Reibereien gesorgt.«

Foley sah mich an, das Gesicht höhnisch verzogen. »Mit *dir* habe ich nicht geredet.«

Es geschah schnell. Der Stuhl hinter Foley flog in die Luft und krachte dann herunter auf den Lesetisch. Foley wurde von den Füßen gerissen und nach hinten geschleudert. Ein Banner aus Schwarz strömte durch die Bibliothek, und dann hielt Lorreth den Vampir vorn an dessen Hemd aus dem Loch, das ich in die Wand gerissen hatte.

»Du würdest gut daran tun, diese Einstellung zu überdenken«, sagte er.

Blitzschnell war ich an seiner Seite. »Schon gut, Lorreth. Hol ihn wieder rein.«

Aber Lorreth gehorchte nicht. »Sie ist ein Vampir. Halb-Vampir. Aber sie ist auch eine Halb-Fae. Und sie hat diese Klinge nicht aus Fishers kalter toter Hand gerissen.« Er lachte und schüttelte den Kopf, als könne er selbst nicht glauben, was er da sagte. »Er hat sie ihr *geschenkt.*«

»Blödsinn! Das würde er *niemals* tun.« Der Mann war eindeutig wütend, schien aber ansonsten unbeeindruckt davon, dass er gefährlich von der Seite des Gebäudes baumelte. »Das würde er nur dann tun, wenn sie …«

Lorreth senkte den Kopf und zog wieder die Augenbrauen hoch. Mit seiner freien Hand machte er eine Geste, die so viel hieß wie: *Na los. Du hast es gleich. Führe den Gedanken zu Ende.*

Foleys Augen schossen zu mir und weiteten sich. »Nein.« Er schüttelte den Kopf. »Das ist nicht wahr.«

»Nein?«, spottete Lorreth. »Willst du mir sagen, dass du ihn nicht von hier aus an ihr riechen kannst? Er war vor zwei Tagen zuletzt hier, und ich kann noch immer …«

»Entschuldige bitte, aber es wäre mir lieber, wenn du diesen Satz nicht beenden würdest. Ich bin zwar ziemlich immun gegen das Urteil anderer, aber ich glaube nicht, dass ich damit klarkomme, wenn mein Freund in meinem Beisein darüber tratscht, dass ich nach Sex rieche.«

»Dann hat sie ihn reingelegt«, überlegte Foley unsicher. »Sie hat einen Weg gefunden, ihn zu kontrollieren. Aber das erklärt nicht, warum du sie so beschützt. Sie ist der Feind, Lorreth.«

Der dunkelhaarige Krieger sah wieder zu mir, und ein schiefes Grinsen breitete sich auf seinem hübschen Gesicht aus. »Sie ist mein Saufkumpan. Und da du derjenige bist, der diesen Platz weit offen gelassen hat, kannst du dich nicht beschweren, wenn jemand anders die Rolle übernimmt.«

»Sie ist ihre Königin«, zischte er.

»Und offensichtlich bist du jetzt ebenfalls ein Vampir. Aber du siehst nicht, dass ich versuche, *dich* zu töten.«

»Wirklich nicht? Du hältst mich gerade über einen dreißig Meter tiefen Abgrund.«

»Ah richtig!« Der Krieger schnaubte kleinlaut, zog den anderen Mann hinein und stellte ihn wieder auf die Füße. »Das nehme ich zurück. Aber glaube nicht eine Sekunde, dass ich dich nicht wieder aus diesem Loch hängen lasse, wenn du irgendwas versuchst«, stellte er klar.

Foley blickte mich argwöhnisch von der Seite an, als er wieder auf den Teppich der Bibliothek trat. Offenbar war mir noch immer nicht zu trauen.

Nun, dieses Gefühl beruhte absolut auf Gegenseitigkeit.

Wenn Lorreth diesen Mann Bruder nannte, stand er ihm näher als nah. Irgendwie gehörte er zur Familie. Aber nichts an ihm ergab Sinn. Zunächst einmal war er ein Vampir, der Vampire hasste. Ich hatte zu viele Fragen, um sie zu zählen, und ich wollte Antworten. »Du siehst mich an, als wäre ich ein Ungeheuer, aber ich rieche auch an dir Blut, Foley. Du bist genau wie ich.«

Seine Augen funkelten boshaft, als er um den Tisch herumstolzierte. »Nicht so«, flüsterte er.

»Nein? Dann erkläre dich. Woher kennst du meinen Seelengefährten? Wie kommt es, dass du an diesem Hof lebst und doch nicht dazugehörst und nicht an seine Gesetze gebunden bist?«

Foley sah zu Lorreth, eine Frage im Gesicht stehen. »Du sagst, sie sei Fishers Gefährtin, und sie weiß noch nicht einmal, wer ich bin?«

Offenbar hatte Lorreth entschieden, dass die Gefahr vorüber war und sein Kumpel keine Bedrohung mehr darstellte. Er ließ sich auf den Stuhl am Kopf des Tisches fallen, streckte eine Hand aus und bedeutete mir, ihm das Buch zu reichen, das Algat mir gegeben hatte. Ich tat, was er verlangte. »In letzter Zeit ist viel passiert«, meinte er und schlug das Buch auf. Mit gerunzelter Stirn überflog er den Text auf der ersten Seite und begann dann, den Band durchzublättern. »Und ich sage es nur ungern, Bruder, aber du bist lange weg gewesen. Wir haben dir geschrieben. Haben Boten geschickt. Versucht, dich zu besuchen. Und unsere Versuche, Kontakt aufzunehmen, wurden immer wieder zurückgewiesen. Also nein, die Gespräche haben sich in letzter Zeit nicht unbedingt um dich gedreht.«

Foley stand am anderen Ende des Tisches, die gespreizten Finger auf die Platte gestützt. Bevor er sprach, wog er seine Worte vorsichtig ab. Er redete nicht mit Lorreth, sondern mit mir. Das Eisige war aus seinem Ton verschwunden, aber es war durch nichts ersetzt worden, das Ähnlichkeit mit Wärme gehabt hätte. »Ich bin nicht freiwillig so geworden. Mein Tod wurde mir genommen. Seitdem habe ich viele Male versucht, das ›Geschenk‹ zurückzugeben, das mir gemacht wurde, aber ich hatte noch keinen Erfolg. Als ich mich verwandelt hatte, kam ich nach Ammontraíeth, weil es hier keine Lebewesen gibt, die ich gefährden könnte. Oder besser, wesentlich weniger Warmblüter, die mich in Versuchung führen könnten, meinen niederen Instinkten nachzugeben. Um deine erste Frage zu beantworten: Ich kenne deinen *Seelengefährten*« – er betonte das Wort, als glaube er noch immer nicht so recht, dass die Information, die Lorreth ihm gegeben hatte, stimmte –, »weil ich ihn einst als Familie betrachtete. Er brachte mir bei, wie man kämpft. Er rettete mir öfter das Leben, als ich zählen kann.«

»Du hast ihm auch einmal das Leben gerettet. Erinnerst du dich?«, warf Lorreth ein.

Foley senkte den Kopf und tat die Erinnerung ab, als sei sie nicht von Bedeutung. »Um deine zweite Frage zu beantworten: Ich bin nicht an die Gesetze dieses Hofes gebunden, weil ich, wie Lorreth sagte, nicht Teil von ihm bin. Ich darf hier mit Taladaius' Erlaubnis existieren, aber ich verbünde mich nicht mit Sanasroth. Wenn es nach mir ginge, würde ich jedes einzelne der Monster töten, die in dieser schwarzen Stadt hausen, und zusehen, wie sie zu Asche verbrennen.«

»Ich bin ehrlich überrascht, dass du das *nicht* getan hast«, sinnierte Lorreth. Er blickte noch immer in das Buch, und seine Augen wanderten über den Text. »Aber ebenso bin ich überrascht, dass du noch immer so empfindest.« Sanft klappte er das Buch zu, dann legte er es auf den Tisch und sah seinen Freund an. »Du hast unter ihnen gelebt …«

»Ich habe hier unter diesen Büchern gelebt«, entgegnete dieser. »Nicht unter *ihnen.* Ich habe ein Versprechen gegeben, als ich mich den Lupo Proelia anschloss. Ich schwor, die Lebenden gegen diese Seuche zu verteidigen. Ich mag in der letzten Zeit nicht in der Lage gewesen sein, diesen Eid aufrechtzuerhalten …«, seine Katzenaugen leuchteten unnatürlich, »… aber ich habe ihn gewiss nicht *gebrochen.*«

Lorreths Gesichtsausdruck gab nichts preis. Er fing Foleys Blick auf, und in der Stille zwischen den beiden schien eine Menge zu passieren. Es fühlte sich an wie ein persönlicher Moment. Die beiden Krieger hatten einander seit einer Ewigkeit nicht gesehen. Sie hatten sehr viel nachzuholen, und mir gefiel es nicht besonders, wie die schnellen, eigenartigen Augen des Vampirs immer wieder zu mir herüberhuschten, als wolle er keine meiner Bewegungen verpassen.

»Ich werde mir einen anderen Ort suchen, wo ich mich aufhalten kann«, sagte ich zu Lorreth. »Ich will ehrlich sein. Das Ganze ist ziemlich peinlich. Und ich möchte nicht hier sein, wenn ihnen klar wird, wo all die Trümmer herkommen, und sie nachsehen, was im Turm los ist.«

Lorreth gluckste, aber er hob eine Hand. »Warte einen Augenblick, Saeris. Hier, nimm das mit.« Er reichte mir das Buch, dessen staubiger, ausgefranster Einband einen Titel in silbernen Lettern trug, der mir zuvor nicht aufgefallen war.

Elementare Runen und ihre Verwendung.
Ein umfassender Leitfaden zur Alchemie.

Ich nahm es …

»Du hast gehört, was Algat gesagt hat. Sie hat dir verboten, das Buch aus der Bibliothek zu entfernen«, blaffte Foley.

Ich blickte wieder auf den Band und schenkte dem Vampir dann ein kaltes Lächeln. »Ebenso wenig, wie du mir unterstellt bist, bin *ich ihr* unterstellt. Sie ist die Hüterin der Aufzeichnungen. *Ich* bin Königin von ganz Sanasroth. Ich werde dieses und jedes andere Buch mitnehmen, das ich gebrauchen kann. Wenn sie damit ein Problem hat, soll sie kommen und es mir ins Gesicht sagen.«

Die Arroganz war nichts Selbstverständliches. Sie war wie ein neuer Muskel, der sich hartnäckig weigerte, Gewicht zu tragen, aber ich würde mich von seinesgleichen nicht anpfeifen lassen. Foley schnaubte, als bemitleide er mich wegen meiner Naivität. Er wollte etwas sagen, aber dann fiel sein Blick auf den Titel des Buchs in meiner Hand, und seine Augen blitzten auf.

»Wozu brauchst du *dieses* Buch?«, fragte er.

Seine Augen simmerten vor Intensität, als sich unsere Blicke trafen. Warum ich das Buch brauchte, ging ihn nicht das Geringste an. Er hatte versucht, mich umzubringen, und ich war zu neunundneunzig Prozent sicher, dass er es wieder versuchen würde, auch wenn er jetzt über mich Bescheid wusste. Trotzdem sah Lorreth mich an, als hoffte er, ich würde auf zivile Art antworten, und ich wollte ihn nicht enttäuschen.

Ich seufzte schwer und erklärte: »Ich bin eine Alchemistin. Ich bin außerdem göttergebunden an Fisher. Meine Hände sind mit Runen bedeckt, und ich weiß nicht, was sie bedeuten und wie ich die Magie kontrollieren soll, die sie leiten. Meine Energie ist unberechenbar, daher das riesige Loch, aus dem Lorreth dich vorhin hängen lassen hat. Also ja, mein Leben ist im Augenblick ziemlich kompliziert. Und auch ich bin in diese Welt geworfen worden, in der alle mich tot sehen wollen, und …« Ich runzelte die Stirn und versuchte, den Gesichtsausdruck des Vampirs zu analysieren. »Was? Was ist? Wieso siehst du mich so an?«

»Du bist eine Alchemistin?«

»Das bin ich.«

»Die Runen sind echt?«

»Das sind sie.«

»Es sind nicht nur Tätowierungen?«

»Nein. Hör mal, worauf soll das hinauslaufen? Ich muss nämlich zu einer Schmiede.«

»Wann hast du das letzte Mal geschlafen?«

Ich blinzelte angesichts der unerwarteten Wendung der Unterhaltung. »Wie bitte?«

»Alchemisten brauchen immer viel Schlaf, um ihre Energie zu regulieren. Ihr Körper muss sich ausruhen, damit sie ihre Magie effektiv nutzen können. Du siehst aus, als hättest du dich seit Wochen nicht mehr ausgeruht.«

»Wow! *Danke.*« Der Vampir konnte wirklich gut mit Worten umgehen. Meine Haut war in diesen Tagen wie Porzellan, blass und makellos. Ich hatte keine Augenringe. Meine Augen leuchteten stattdessen. Ich persönlich dachte, dass ich ziemlich gut aussah für jemand, der gerade durch die fünf Höllen und zurückgegangen war, aber laut Foley sah ich beschissen aus. Er musste meinem Gesicht die Verärgerung angesehen haben, denn er wandte den Blick ab und senkte das Kinn – was einer Entschuldigung vermutlich am nächsten kam.

»Als ich mich das erste Mal verwandelte, schlief ich auch nicht«, gestand er. Ich hatte das Gefühl, dass er nicht sonderlich gern darüber sprach. »Mein Körper war nicht müde. Ich war … rastlos. So geht es manchen Leuten. Aber Ruhe ist selbst für Vampire wichtig. Ich lernte auf die harte Tour, dass die Konsequenzen schrecklich sein können, wenn Körper und Geist sich nicht ausruhen können.«

Rastlos. Genauso fühlte ich mich. Ich konnte nicht stillsitzen. »Und wie soll ich schlafen, wenn mein Körper mich einfach nicht lässt?«, fragte ich.

»Ich weiß nicht, was für dich funktioniert«, antwortete er. »Ich stellte fest, dass ich mich in einen Trancezustand begeben muss, um meinen Körper zu überlisten. Das hilft.«

»Ein Trancezustand? Wie hast du *das* denn geschafft?« Mein Geist war so laut. Ständig schwirrten fünf Gedanken auf einmal durch meinen Kopf. Allein die Vorstellung, sie zum Schweigen zu bringen und in eine Trance einzutreten, war lachhaft.

»Such dir einen Fixpunkt und richte deinen Blick darauf«, erklärte Foley. »Versuch, nur das zu hören, was in dem Raum um dich herum geschieht. Lass deinen Blick unscharf werden. Drifte.« Er spreizte die Finger, die Handfläche nach oben. »Es ist nicht leicht umzusetzen. Aber die Beherrschung des Geistes ist eine Beschäftigung, die Königinnen und Bauern gleichermaßen würdig ist. Und ein besonders würdiger Zeitvertreib für einen Alchemisten. Manche Magie ist reflexartig. Sie kommt automatisch zu einer Person wie das Atmen. Aber die Magie eines Alchemisten muss kanalisiert und nutzbar gemacht werden.«

Ein Glanz war über ihn gekommen. Ein Funke Interesse in seine Augen getreten, der vorher nicht da gewesen war. Er öffnete sich, was ihn jünger aussehen ließ und nicht mehr so wütend.

Ich wollte die Frage stellen, aber Lorreth kam mir zuvor. Er beugte sich über den Tisch zu seinem Freund und sagte: »Wir hatten gehofft, dass du dich an Informationen über die Alchemisten erinnern kannst. Von deinem Großvater.«

Der Vampir lächelte zum ersten Mal, seit er mich zu Boden geworfen hatte. Als Mensch wäre ich wahrscheinlich nicht in der Lage gewesen, die eingravierten Strudel auf dem Gold zu sehen, mit dem seine Eckzähne überzogen waren, aber meine Sinne waren seit Kurzem wesentlich schärfer. Das Muster war komplex und wunderschön. Es war schwer, nicht auf seine Zähne zu starren. »Ich habe von ihm gelernt, ja. Aber wie ich euch vorhin gesagt habe, die letzten tausend Jahre habe ich nur in Gesellschaft dieser Bücher und der Sterne verbracht. Ich kenne sie alle wie meine Westentasche.«

»Dann wirst du uns also helfen?« Lorreth war ein besonnener Mann. Er hielt seine Emotionen im besten Fall unter Kontrolle, aber jetzt schien er sie besonders gut zu hüten. Es war fast so, als wolle er nicht, dass Foley merkte, wie dringend wir Rat brauchten. »Kannst du uns helfen herauszufinden, wie man ihre Runen versiegelt?«

Ich ärgerte mich darüber, den Vampir überhaupt um irgendetwas bitten zu müssen, in Anbetracht der Nummer, die er soeben abgezogen hatte, aber Foley war bis jetzt der Erste in ganz Yvelia, der überhaupt etwas über Alchemisten und ihre Magie wusste. Und wenn ich nicht bald Hilfe bekam, würde etwas Schlimmes passieren. Ich konnte es in meinen Knochen spüren.

»Wenn du wirklich weißt, wie man diese Dinger versiegelt«, sagte ich und hielt meine Hände hoch, »würden ein paar Hinweise einen großen Beitrag dazu leisten, die Tatsache wiedergutzumachen, dass du gerade versucht hast, mir das Genick zu brechen.«

Der Gesichtsausdruck des Vampirs verriet, dass er sich nicht wirklich schlecht fühlte wegen dem, was vorgefallen war, und er auch keinen Wert darauf legte, es wiedergutzumachen. Aber er neigte den Kopf und lächelte steif. »Alles für Kingfishers Seelengefährtin.«

»Großartig! Machen wir uns an die Arbeit. Je früher ich die Magie unterbinden kann, die in diese …«

»Schlaf zuerst«, sagte er. »Ohne Ruhe wirst du überhaupt nichts erreichen können. Und außerdem brauche ich Zeit, um das Wissen zusammenzutragen, das ich über die Jahre erworben habe.

Ich muss zahlreiche Titel heraussuchen und Informationen abgleichen …«

»Aber du hast doch gesehen, was ich vorhin mit der Mauer gemacht habe! Was, wenn ich als Nächstes den gesamten Flügel des Palastes zerstöre?«

»Du wirst gar nichts zerstören. *Du wirst schlafen.*«

Sein Tonfall war bestimmend, aber ich versuchte es noch ein letztes Mal, nur für den Fall. »Foley …«

»Du bist *nicht* meine Königin.« In seinen Worten lag jetzt kein Hass mehr, nur Entschlossenheit. »Ich werde dir helfen, aber nicht jetzt. Dein Körper spürt es vielleicht nicht, aber deine Kontrolle ist eindeutig schwach«, sagte er und deutete auf das klaffende Loch im Mauerwerk auf der anderen Seite der Bibliothek. »Ich bin mir nicht ganz sicher, welche Maßnahmen wir ergreifen müssen, und ich weiß nicht, wie es dir geht, aber keine Situation, in der ich müde und uninformiert war, ist je gut ausgegangen. Also solltest du schlafen, und ich sollte lesen. Das sind die einzigen Bedingungen, unter denen ich dir in dieser Angelegenheit helfen werde.«

»Noch immer stur wie ein Maulesel«, meinte Lorreth. Er grunzte und stand auf. »Freut mich zu sehen, dass sich zumindest *das* nicht geändert hat. Aber er hat recht, Saeris. Wenn du dich ausruhst und dadurch bis morgen Abend eine größere Chance hast, deine Magie zu kontrollieren, sehe ich nicht, wieso das schaden soll. Es ist nur ein Tag mehr.«

Das war schlimmer als damals, als Elroy mir die Herstellung von Waffen erst dann beibringen wollte, wenn ich die Herstellung von Glas beherrschte. Die Worte des alten Mannes hallten mir noch immer in den Ohren.

»Bevor du nicht lernst, sanft zu sein, werde ich dir nicht beibringen, gewaltsam zu sein.«

Sein Vorgehen war sinnvoll gewesen. Ich hatte zu verbissen nach einer Methode gesucht, wie ich mich an Madra und ihren

Wachen rächen konnte. Damals war ich leichtsinnig und töricht gewesen und hätte ums Leben kommen können, weil ich etwas Dummes tat. Aber zu lernen, wie man das Glas blies und bearbeitete, für das Elroy bekannt war, hatte mich auch Geduld gelehrt. Irgendwie.

»In Ordnung. Gut. Dann gleich morgen Abend. Ich komme wieder, sobald die Dämmerung einsetzt«, willigte ich ein.

Foley nickte. »Sorg dafür, dass du ausreichend Schlaf bekommst … *Saeris*«, sagte er und versuchte sich zum ersten Mal an meinem Namen. »Ich merke es, wenn du lügst.«

19

ICH WERDE ES ÜBERLEBEN

KINGFISHER

Vorath Shahs Laden war das reinste Chaos. Oder … es bestand auch durchaus die Möglichkeit, dass ich halluzinierte. Hatte es hier vorher auch so ausgesehen? Ich konnte mich nicht erinnern. So oder so, überall lagen Glaskolben und zerbrochene Holzkisten herum. Die Regale hingen schief an den Wänden, ihr Inhalt war über den Boden verteilt. Ein eigenartiger Moschusgeruch erfüllte den Raum, stechend und sauer. Carrion und ich hatten beide die Nase gerümpft, als wir das Geschäft betreten hatten. Jetzt atmeten wir durch ebendiese, während wir die Trümmer durchkämmten und nach einem Destillierkolben suchten, der nicht zerbrochen war.

»Ich schwöre, ich kenne diesen Geruch.« Carrion schwankte und stützte sich an der Wand ab. »Er ist *so* vertraut.« Er war kurz davor, ohnmächtig zu werden. Eigentlich war es ein Wunder, dass er nicht wie ein gefällter Baum umgekippt war, bei all dem Dämonengift, das durch seine Adern floss. Auf dem Weg zum dritten Bezirk durch die Tunnel hatte er sich mehrmals übergeben, aber mir war es nicht besser ergangen. Wir waren beide am Ende unserer Kräfte, und so wenig ich es zugeben wollte, es würde nicht mehr lange dauern, bis wir das Bewusstsein verloren.

»Sorg dich weniger um den Geruch als vielmehr um diesen Destillierkolben«, sagte ich zu ihm.

Meine Arme waren müde und mein Oberschenkel schrie vor Schmerz. Die Stichwunde von Joshins Stachel war tief und brannte, als hätte jemand Säure hineingegossen. Das Bein zu belasten, war kaum auszuhalten, aber ich konnte die Wunde später versorgen. Im Augenblick war ... war das Gegengift unsere höchste Priorität.

»Brauchen wir nicht ...? Oh, bei den Göttern!« Carrion versteifte sich, und sein Gesicht wurde grau. Er schloss die Augen, und ich wusste, was er durchmachte: die anbrandende Übelkeit, der verzerrte Blick, bei dem sich alles drehte. Sofort bereute ich es, daran gedacht zu haben, denn die gleichen Empfindungen überkamen jetzt auch mich. »Brauchen wir nicht einen Heiler, der das für uns macht?«, brachte er durch zusammengebissene Zähne hervor. »Dieses Gegengift?«

Ich trat eine verrottende Holzdiele aus dem Weg und verteilte dabei Glasscherben und einen Haufen feines bläuliches Pulver auf dem Boden. Frustration stieg in mir auf, als meine Augen keinen Destillierkolben erblickten. »Nein. Alle Krieger wissen, wie man Gegengift herstellt. Wir erwerben die Grundkenntnisse der Heilkunst, noch bevor wir lernen, ein Schwert zu führen. Es gibt viele Dinge, die eine Person in Eurem Königreich vergiften wollen, *Eure Hoheit*. Ein Krieger muss wissen, wie er ein Gift umkehren kann, wenn er sich in den gefrorenen Wäldern von Yvelia befindet. Andernfalls würde er nicht weit kommen.«

»Das gefällt mir nicht«, murrte der Schmuggler.

»Ach nein? Ich würde sagen, es ist verdammt praktisch, dass ich mich mit Heilkunde auskenne.«

»Nein, nicht … das.« Er musste sogar zwischen den einzelnen Worten Luft holen. »*Eure Hoheit.* Es gefällt mir nicht, wenn du mich … Eure Hoheit nennst.«

Ich schnaubte. »Du *bist* der wahre Erbe des Winterthrons, oder etwa nicht?«

»In Ordnung. Dann nenne ich dich ab jetzt Lord Cahlish, ja?«

»Nicht, wenn du deine verdammte Zunge behalten willst«, knurrte ich.

Carrion richtete sich auf und blickte zur Decke, während er darüber nachdachte. »Hmm. Ja, irgendwie brauche ich meine Zunge.« Er atmete tief ein und dann seufzend aus. »Sie scheint den Leuten zu gefallen.«

Fast hätte ich gelacht. *Fast.* Bei den Göttern, ich verlor den Verstand. Der Typ war lächerlich. »Such einfach weiter nach dem Kolben, Swift.«

Zum ersten Mal, seit wir in Zilvaren angekommen waren, beschloss das Glück, uns zu begünstigen. Wir fanden zwar keinen Kolben, aber im hinteren Teil von Shahs Laden stießen wir auf einen flachen Schmelztiegel, der auch reichen würde. Der Schwarzmarkthändler hatte hier einen kompletten Destillierapparat aufgebaut, verborgen vor neugierigen Blicken, und damit eindeutig nichts Gutes im Schilde geführt. Ich montierte den größten Teil seiner Konstruktion ab, zündete eine Wachskerze an und machte mich an die Arbeit.

»Du bist zu spät. Wieso machst du dir überhaupt die Mühe?« Meine Mutter war wieder da. Sie saß auf Vorath Shahs Werkbank, ließ die Beine unter ihren langen Röcken baumeln und aß einen Apfel. Ihre langen schwarzen Haare schwebten um ihren Kopf herum, als befände sie sich unter Wasser. »Du bist genauso wie dein Vater, Schatz. Immer zu spät.« Sie biss in den Apfel und bot ihn dann mir an.

»Nein.« Ich schüttelte den Kopf. »Ich will ihn nicht.«

»Redet gerade eine tote Person mit dir?«, fragte Carrion. Er stand wieder vornübergebeugt an der Tür, die Hände auf die Knie gestützt; vermutlich war das die einzige Position, die gegen seine Übelkeit half.

»Ja.«

»Oh, gut«, sagte er mit hoher Stimme. »Ich dachte schon, es würde nur mir so gehen.«

Welche Phantome Carrion auch heimsuchen mochten, er wollte offenbar nicht darüber sprechen, und ich wollte nicht neugierig sein. Die Geister eines Mannes waren seine Angelegenheit, und ich hatte genug Probleme mit meinen eigenen.

»Sieh dich nur an. Bringst Leute in Gefahr. *Schon wieder.*«

Ich schnitt mir in die Innenfläche der gebrochenen Hand – fünf Zentimeter lang und über einen Zentimeter tief – und ballte sie, so gut ich konnte, zu einer Faust. Ich stöhnte mich durch den Schmerz, als das Blut in den Tiegel tropfte und sich rasch sammelte.

Ich sah nicht zu der anderen rotblonden Frau, die sich zu uns gesellt hatte und neben mir an der Werkbank lehnte. Ich konnte es nicht ertragen, ihr Gesicht zu sehen. Nicht jetzt. Nicht hier. Nicht nach so vielen Jahren der Trauer um sie. Ich hatte ihre Stimme seit Jahrhunderten nicht mehr gehört. Ihr vertrauter Klang raubte mir den Atem. Es war schmerzhafter als alles zusammen, was ich heute erlitten hatte.

»Es ist nicht so, dass du böse wärst. Du bist auch nicht unfreundlich. Du bist einfach nur *leichtsinnig*«, sagte sie jetzt. »Du versprichst, auf Leute aufzupassen, und sie vertrauen dir. Und dann lässt du sie im Stich, stimmt's? Zu sehr damit beschäftigt, dich selbst mit Ruhm zu bekleckern, um darauf zu achten, was mit denen geschieht, die um dich herum sind.«

Ich nahm eine Prise Salz aus einer offenen Schale auf der Werkbank und streute sie in den Schmelztiegel. Meine Brust fühlte sich an, als würde man sie aufschlitzen.

»Siehst du? Du bist im Moment so sehr darauf bedacht, die Situation zu retten, dass du dir nicht einmal die Mühe machst, mich anzusehen.«

Auf der anderen Seite des Raums schrie Carrion auf, sprang von der Wand weg und wehrte einen unsichtbaren Angreifer ab.

Ich holte die kleine Holzschachtel aus der Tasche und legte sie auf die Bank. Meine gute Hand zitterte, als ich versuchte, den Deckel aufzuschieben.

»Immer dasselbe. Immer ein Feigling. Immer zu viel Angst, die Konsequenzen deines Handelns zu akzeptieren«, blaffte die Frau.

Der kleine Skorpion in der Schachtel war fuchsteufelswild. Es war das letzte Überbleibsel von Joshins Gestalt. Der Dämon hatte recht gehabt – es würde Lebenszeiten dauern, sich selbst zu replizieren und wieder seine vollständige Größe zu erreichen. Er attackierte mich und versuchte, mich zu stechen, aber ich hatte es satt, von diesem Mistvieh durchbohrt zu werden. Ich packte den Skorpion am Schwanz und nahm ihn aus der Schachtel.

»Sieh mich an, Fisher«, forderte die Frau.

Ich hielt den Skorpion hoch und versuchte vergeblich, mich auf ihn zu konzentrieren. »Halte deinen Teil der Abmachung ein, Joshin. Wenn nicht, schmiere ich dich an die verdammte Wand.«

»Fisher, *sieh* mich an.«

Der Skorpion zappelte und versuchte zu entkommen, aber ich ließ ihn nicht aus den Augen. Mit jedem Mal, das ich blinzelte, wurde es schwerer, die Augen wieder zu öffnen. Ich hielt den Skorpion an die Seite des Tiegels und drückte seinen Stachel gegen den Rand des Metalls. Zuerst passierte nichts.

Der Dämon war außer sich vor Wut – verständlich, denn wir hatten ihn im Glockenturm knusprig gebraten. Seine wahre Form war unter Schreien gestorben, und dieser kleine Teil von ihm hatte das alles gespürt. Er wollte mir den Gefallen nicht tun und etwas von seinem Gift abgeben … aber er würde endgültig sterben, wenn er es nicht tat.

Gereizt schlug der Skorpion endlich mit seinem Schwanz an die Seite des Tiegels, und ein dünner Strahl einer klaren Flüssigkeit rann hinab in die Mischung aus Blut und Salz.

Sobald er seine Aufgabe erfüllt hatte, schob ich den Skorpion wieder in die Schachtel und achtete darauf, dass er nicht entkam. Dann steckte ich ihn wieder in meine Tasche.

»Kingfisher, sieh, *was du mir angetan hast!«*

Ich wirbelte herum, ohne nachzudenken. Renfis' Schwester stand da, die Spitzen ihrer schönen langen Haare ausgefranst und schwarz. Ihr einst so hübsches Gesicht war mit Blasen übersät und wund, die Haut ölig wie geschmolzenes Kerzenwachs. Ihr linkes Auge fehlte. Ihre Lippen waren auf der linken Gesichtsseite zusammengeschmolzen. Sie war überwiegend nackt, aber Fetzen verbrannten Leders klebten an den freigelegten Knochen ihres Brustkorbs. Tränen liefen aus ihrem rechten Auge und über ihre zerstörte Wange.

»Der Lohn deines Stolzes, Fisher«, sagte sie aus dem Mundwinkel heraus. »Was meinst du? Bin ich noch immer schön?«

»Immer«, flüsterte ich.

»Weißt du, wie es sich anfühlt, bei lebendigem Leib verbrannt zu werden?«, fragte sie wütend.

Ich nickte traurig. »Ja, das weiß ich, Mirelle. Und es tut mir leid.«

Ich wusste, dass Mirelle mir nicht die Schuld für ihren Tod gab. Sie hätte jedes Recht dazu gehabt, aber sie hatte es nicht getan. Sie hatte entschieden, ihre Seele mit meinem Schwert zu verbinden, um ein Teil der Lupo Proelia zu bleiben und in der Nähe derer, die sie liebte. Es war nicht meine Entscheidung gewesen. Mir wäre es lieber gewesen, sie wäre weitergezogen an die Gestade des Jenseits, um ihren Frieden zu finden, aber Mirelle war immer eine Frau mit starkem Willen gewesen, selbst im Tod. Dieser Horror war eine Manifestation meiner eigenen Schuld und nicht mehr … aber sie riss mein Herz in Stücke.

Ich ging um den verbrannten Leichnam meiner Freundin herum, legte die Hände über den Tiegel und schloss die Augen.

Gift, mit Magie versetzt, erforderte ein Gegengift, das ebenfalls damit versetzt war. Gleiches mit Gleichem. Ein Austausch von Energie, die größer war als die ursprüngliche, um diese aufzuheben. Ich fädelte meine Schatten in die Metallschale, sandte sie in das Gemisch aus Blut, Salz und Gift und durchdrang es mit meiner Energie.

Ich spürte, wie sie sich mit den anderen Elementen verband.

»Es ist zwecklos, ihm einen Tropfen Reue abzuringen, mein Kind«, sagte meine Mutter und blickte über die Schulter zu Mirelle. »Er ist zu echten Gefühlen nicht fähig. So ist es doch, nicht wahr?«

Das würde nicht angenehm werden, aber es *würde* funktionieren. Ich nahm den Tiegel und goss seinen Inhalt in zwei staubige Becher.

»Das ist es, wovor du dich fürchtest, nicht wahr?«, fauchte meine Mutter. »Dass du die Last all dessen, was du getan hast, wirklich fühlen musst, wenn du *sie* wirklich lieben willst. Den Hass. Die Scham. Das Grauen.«

Sie nannte nicht Saeris' Namen. Das brauchte sie auch nicht. Die Frau, die auf der Werkbank saß und den Apfel aß, war ich. Ich wusste genau, wen sie meinte.

Ich schwankte, plötzlich unfähig, meine Füße hochzuheben. »Ich *weiß*, dass ich das tun muss«, murmelte ich. »Aber ich habe keine Angst. Sie ist es wert.«

Ich ging durch das Bild meiner Mutter hindurch und ließ sie zurück, als ich den Raum durchquerte.

»Stopp! Nein! Nicht! Sie ist krank! Bitte! Bitte, bitte, bitte, bitte, nimm es nicht weg. Ohne das kann ich ihr nicht helfen. Ich tue alles, bitte, ich verspreche es …« Carrion riss die Augen auf, als ich ihm eine Hand auf die Schulter legte. Seine Pupillen fokussierten sich wieder; was immer er gesehen hatte, verschwand, als er begriff, dass ich vor ihm stand.

»Hast du es geschafft?«, keuchte er.

»Ja.«

Er nahm den Becher, den ich ihm reichte, und blickte argwöhnisch auf die Flüssigkeit darin. »Ich habe bis jetzt nie in Erwägung gezogen, dein Blut zu trinken, Fisher, aber … ich muss sagen, ich bin verdammt aufgeregt.«

Ich stieß meinen Becher gegen seinen. »Gern geschehen, Swift.«

Wir stürzten das Gebräu hinunter, und sofort ging es los.

***

Meine Knochen waren gebrochen. Alle. Sie standen kreuz und quer in alle Richtungen, und ihre Enden schabten gegen mein Fleisch. Säure peitschte durch meinen Magen, und meine Augen brannten so heftig, dass ich fast wünschte, ich wäre blind.

Aber ich *war* am Leben.

»Wachst du manchmal auf … und denkst … ›bei den Göttern, wäre es nicht schön, wenn ich gerade *nicht* die Bekanntschaft eines Skorpiondämons aus den fünf Höllen gemacht hätte?‹«, krächzte Carrion.

»Ha!« Ich presste meine gute Hand auf den Solarplexus, weil ich herausfinden wollte, ob der Druck vielleicht den stechenden Schmerz dort lindern würde. Tat er nicht. »Öfter, als mir lieb ist.«

Wir lagen ausgestreckt auf dem Boden, umgeben von zerbrochenem Glas und zerstörten Möbeln. Seit mindestens einer

Stunde zuckten wir, hatten Krämpfe und Schaum vor dem Mund. Die Schicksalsgötter mussten heute besonders boshaft gestimmt sein, denn wir waren die ganze Zeit, in der das Gegengift seine Wirkung getan hatte, bei Bewusstsein gewesen.

Langsam schloss ich die Augen. »Wie fühlst du dich?«

»Beschissen«, antwortete Carrion. Aber seine Stimme war jetzt kräftiger. Sein Atem hörte sich nicht mehr so angestrengt an wie noch vor zwanzig Minuten. »Und du?«, fragte er.

»Beschissen«, bestätigte ich.

»Siehst du noch immer tote Leute?«

Ich brauchte einen Moment, um zu antworten, und sagte dann: »Nein.«

»Ich auch nicht.«

»Herzlichen Glückwunsch.«

»Danke. Das weiß ich zu schätzen.« Er bewegte sich, und unter ihm knirschten die Glasscherben. »Wenn ich noch länger hier liegen bleibe, werde ich ohnmächtig. Und ich will hier *nicht* ohnmächtig werden.«

»Ich auch nicht.«

Carrion gab einen gequälten Laut von sich, als er sich langsam hochhievte und aufsetzte, um dann wie durch ein Wunder auf die Füße zu kommen. »Komm schon. Lass uns gehen.«

Ich schlug die Augen auf, und da war er, hielt mir wieder seine Hand hin. Zum zweiten Mal in weniger als vierundzwanzig Stunden ließ ich mir von dem Schmuggler aufhelfen. Aber dieses Mal war ich zu müde, um ihn allzu mürrisch anzusehen.

***

»Vorsichtig. Als ich das letzte Mal zu Hause war, lag eine Barfrau in meinem Bett. Es könnte gut sein, dass sie noch da ist.« Carrion zog den Kopf ein und kroch durch das Fenster, das er gerade aufgestemmt hatte, um dann in dem dunklen Zimmer dahinter zu verschwinden.

Ich war schweißgebadet. Laut Swift war Helllicht heute nicht so heiß wie sonst, aber die Hitze war trotzdem unerträglich. Sich durch die verlassenen Straßen des dritten Bezirks zu bewegen, war jedoch einfacher gewesen als am Morgen. Die Leute aus Saeris' Heimat wussten, dass sie während der heißesten Zeit des Tages den Schatten aufsuchen mussten, wenn das Leben langsamer wurde. Diejenigen, die klug genug waren, fanden einen Platz, um sich ein paar Stunden auszuruhen.

Ich folgte Carrion und sprang durch das Fenster, wünschte aber sofort, ich hätte es langsamer angehen lassen, und hielt meine gebrochene Hand an die Brust. Die Zimmer waren ruhig. Still. Es gab nicht viele Möbel. Ein Stuhl. Ein Schreibtisch. Ein Bett. Die Küche war klein, aber auf der Anrichte waren sauber und ordentlich Töpfe gestapelt. Im Wohnzimmer fand Carrion einen Zettel auf dem wackligen Tisch. Er nahm ihn, las ihn und zerknüllte ihn dann zu einem Ball, den er in einen Eimer in der Ecke des Zimmers warf.

»Die Barfrau?«, fragte ich.

Er lachte schnaubend durch die Nase. »Die Barfrau. Ich habe jetzt offiziell Hausverbot im Dusty Crab.«

»Schande.«

»Ich werde es überleben.« Der Schmuggler grunzte. »Allerdings haben sie den besten Whisky im ganzen Bezirk. Apropos …« Er ging in die Küche. Schranktüren gingen quietschend auf und wurden mit einem dumpfen Geräusch wieder geschlossen. Als er zurückkam, hatte er zwei geschliffene Gläser in der Hand, halb gefüllt mit einer hellen bernsteinfarbenen Flüssigkeit. Er fragte nicht, ob ich den Drink wollte. Selbst ein Priester, der eisern an seiner Moral festhielt, hätte einen benötigt, nach dem, was wir durchgemacht hatten. Ich nahm das Glas und stürzte den Schnaps hinunter. Swift tat es mir gleich.

Der Alkohol brannte fast so stark wie Joshins Gift, aber dieses Mal war die Empfindung selbst herbeigeführt, also zählte es nicht. Ich betrachtete das Glas und dachte über die letzten Stunden nach. Wir hatten unser Silber – mehrere Taschen voll, den Truhen im Glockenturm sei Dank –, aber bei allen Göttern, wir hatten einen hohen Preis dafür bezahlt.

»Das hat sie gemacht.«

Ich blickte auf.

Carrion stützte sich an der Kante des kleinen Esstisches ab und lehnte mit der Hüfte dagegen. Er deutete müde auf das Glas. »Du hast gehört, wie sie Quicksilver getrieben hat, aber sie hat vorher andere Sachen gemacht. Der Mann, der ihr Arbeit gab, nachdem ihre Mutter gestorben war? Elroy? Er stellt unglaubliches Ätzglas her. Sehr zart. Verkauft es an Leute im Herzen. Die Sachen, die Saeris gemacht hat, waren nie fein genug für diese Leute, aber sie waren mehr als gut genug für die Leute aus dem dritten Bezirk.«

Plötzlich wurde das Glas in meiner Hand etwas Brandneues.

Es war wunderschön. Klein. Der Rand war mit einer gedrehten Glaskordel verziert. In die Seiten des Glases war ein Muster eingraviert; es stellte einen Turm dar, der große Ähnlichkeit mit Madras Palast hatte und von Flammen verschlungen wurde. Hunde mit aufgerollten Zungen jagten einander um den unteren Teil.

Sie hatte das gemacht.

Als ich sie gefunden hatte, war ich in Panik geraten. Wie konnte diese Frau, dieser *Mensch*, die Person sein, in die ich mich verlieben sollte? Wie sollte ich sie vor der Art von Leben beschützen, das ich führte? Sie hatte mich überrascht. Wo ich sie für schwach gehalten hatte, war sie stark. Ihr Herz war die meiste Zeit größer als der Horizont – zu groß, als gut für sie war. Ich hatte sie falsch eingeschätzt. Sie war unglaublich. Fünfundzwanzig Jahre lang hatte sie an diesem harten Ort überlebt und besaß noch immer genügend Feuer in ihrer Seele, um jene Art von Kunst zu schaffen, die sie zweifellos das Leben gekostet hätte, wenn sie in die falschen Hände geraten wäre.

Als hätte er meine Gedanken gelesen, sagte Carrion: »Sie hatte eine Vorliebe für aufrührerische Motive. Elroy konnte sie nicht verkaufen. Ich nahm sie ihm manchmal ab, wenn ich ihn überreden konnte, sich davon zu trennen.« Carrion verschwand in die Küche und kam mit einem Steingutkrug zurück. Wieder fragte er nicht. Ich sah zu, wie er den Whisky in das Glas in meinen Händen goss, während ich auf der Innenseite meiner Wange kaute.

Ein Nest von Vipern wand sich in meinem Brustkorb. Sie wollten, dass ich Carrion mit der Faust ins Gesicht schlug. *Hart.* Aber sie war anstrengend, diese blinde Wut, die ich gegenüber dem Mann empfand. Sie erfüllte keinen Zweck. Ich war erschöpft bis ins Mark, und ich hatte nicht die Kraft, sie aufrechtzuerhalten. Ich kippte den Schnaps hinunter und stellte das Glas vorsichtig ab, wobei ich es noch immer anstarrte.

Ihre Hände hatten es berührt. Ihre Hände hatten es geschaffen.

Es gab mir das Gefühl …

Verdammt, ich *sehnte* mich einfach nach ihr. Ich wollte sie hier an meiner Seite haben. Ich wollte sie festhalten; die Tatsache, dass sie jetzt nicht in meinen Armen war, fühlte sich an wie die größte Ungerechtigkeit, die mir jemals widerfahren war. Daran konnte ich nicht vorbei atmen.

Als ich aufblickte, sah ich, dass Carrion mich beobachtete. »Mach schon«, sagte er. »Frag.«

Es war unter meine Würde, so zu tun, als wüsste ich nicht, wovon er sprach. Also fragte ich: »Bist du in sie verliebt?«

Er ließ seinen Kopf sinken und lachte leise, als er einen Stuhl unter dem Tisch hervorzog und sich schwer darauf fallen ließ. Dann streckte er die Beine aus, legte die Hände verschränkt auf seinen Bauch und fing meinen Blick auf. »Nein«, sagte er schlichtweg. Und dann sofort: »Ja?«

Hitze flammte in mir auf und schnürte mir die Kehle zu.

»Es ist nicht so einfach, Fisher. Sie ist … nun ja …«

»Spektakulär«, flüsterte ich.

Das Lächeln, das sich auf seinem Gesicht ausbreitete, war traurig. »Richtig. Genau. Das ist sie immer gewesen. Wenn andere Leute diese Art von Feuer in sich haben, das in Saeris brennt, frisst es sie auf. Es höhlt sie aus, bis in ihrem Inneren *nur* noch Feuer existiert. Sie verbrennen alle um sie herum damit, bis nur noch verbrannte Erde übrig ist. Aber nicht Saeris. Ihr Feuer hält andere in der kalten Dunkelheit warm. Es ist ihre Stärke, nicht ihre Schwäche. In ihrer Nähe zu sein, erinnert dich daran, dass du lebendig bist.«

Am liebsten hätte ich gekotzt, als ich ihn so über sie reden hörte. Aber er sagte nichts, was nicht gestimmt hätte. Wenn ich sehen konnte, wie unglaublich sie war, nachdem ich sie erst seit so kurzer Zeit kannte, wie bei den fünf Höllen konnte ich dann erwarten, dass er blind dafür war, wenn er sie schon seit Jahren kannte?

Nein, ich konnte Swift nicht verübeln, dass er sah, was offensichtlich war. Ich konnte ihn nur bemitleiden, dass sie nicht zu ihm gehörte, und verdammt dankbar sein, dass sie die Meine war.

»Ich hätte sie lieben können, aufrichtig«, sagte Carrion sanft. »Aber dieser Ort brach mich, *Jahrhunderte* bevor Saeris geboren wurde. Ich machte einmal den Fehler, mich in einen Menschen zu verlieben, und glaube mir, wenn ich sage, dass einmal genug war. Vor langer Zeit sagte mir einmal jemand, der Schmerz des Verlusts sei etwas Vorübergehendes. Dass er im Laufe der Jahre schwächer würde, bis er zu einem alten Freund wird, in dessen Gegenwart man sich wohlfühlt. Aber die Person, die das zu mir sagte, war ein Mensch.« Er stieß jene Art von Seufzer aus, der Tausende Jahre zurückgehalten worden war. »Ich hatte nicht viel, worauf ich zurückgreifen konnte, wenn es um meine Art ging, aber es schien mir immer, als würden die Fae Kummer anders erleben als Menschen. Menschen leben nur für so kurze Zeit. Es ergibt Sinn, dass ihr Schmerz sie heimsucht und schon bald darauf wieder verlässt. Sonst wäre es grausam und würde ihr ganzes Leben verschlingen. Aber für mich …« Er schüttelte den Kopf und blickte auf seine Hände. »Mit jedem Jahr, das ich lebe, scheint die Größe meines Verlusts die des Jahres davor in den Schatten zu stellen. Also ja, ich liebe Saeris Fane, weil sie elektrisch ist und wild und loyal, und mit ihr zusammen zu sein, rückt die Welt wieder in den Fokus. Aber ich bin nicht in sie *verliebt*, Fisher. Ich habe es versucht. Aber mein Herz war einfach zu voll von Kummer, um für sie Platz zu schaffen.«

Das Feuer in meiner Brust war erloschen, während der Schmuggler sprach. Renfis hätte etwas Tiefgründiges oder Tröstendes in dieser Situation zu sagen gehabt. Aber ich kannte den ewigen Brunnen des Kummers und wusste, wie tief er war und dass er nie versiegte. Deshalb nickte ich nur. Es war alles, was ich ihm geben konnte – mein Verständnis, meine Gegenwart. Ich schleppte mich zu dem Stuhl in der Ecke des Raums und setzte mich; meine gebrochene Hand schrie vor Schmerz, als ich versuchte, das Glas, das Saeris gemacht hatte, festzuhalten.

»Du hast heute kaum mit der Wimper gezuckt«, bemerkte der Schmuggler. »Der Schmerz dieses Gifts. Der Schmerz deiner Toten.« Für einen Augenblick schwieg er, aber dann fragte er: »Wirst du es mir zeigen?«

»Dir *zeigen*?«

»Wie man es abschaltet. Wie man alles ausblendet, damit man es nicht mehr fühlen muss?«

Bei allen Sündern! Ich blies die Luft aus den Backen, für einen Moment nicht in der Lage, ihn anzusehen. »Nein, Carrion. Das werde ich nicht.«

»Warum nicht?« Er klang, als hätte ich ihn gerade getreten.

»Es gibt nur einen Weg, so wie ich zu lernen, wie man Schmerzen erträgt. Du musst es durchstehen. Wieder und immer wieder. Es rüttelt dich auf und stählt dich. Aber die Art von Schmerz, die ich durchlebt habe, würde ich niemandem wünschen. Ich habe ihn ertragen, weil ich es musste, und sonst aus keinem anderen Grund. Fühl den Schmerz, der dir gegeben wurde, Carrion. Sei nicht so töricht, um mehr zu bitten. Es ist ein Fluch, den ich dir gern ersparen würde, glaube mir.«

20

JÄGER

SAERIS

In der Wand war ein Riss.

Ein winziger, nur ungefähr zwei Zentimeter langer Riss.

Ich starrte darauf, bis mir meine Augen einen Streich spielten und die Marmorierung an den Obsidianwänden zu schmelzen begann. Etwa eineinhalb Meter entfernt lag Onyx zu einem kleinen Ball zusammengerollt vor dem Feuer und schnarchte laut.

Er hatte natürlich keine Probleme, in den Schlaf zu finden. Für ihn war das Leben einfach. In seinem Kopf schwirrten nicht unzählige Fragen und Sorgen herum.

Eine Stunde verging.

Noch eine.

Ich war kurz davor zu schluchzen, als meine rastlose Erschöpfung mich endlich nach unten zog.

Aber einzuschlafen fühlte sich nicht mehr so an wie sonst. Es war eher so ... als würde ich bewusst von einem Raum in einen anderen treten. In einem Moment saß ich auf dem Boden meines Zimmers, an einen Berg aus Kissen gelehnt, und im nächsten war ich irgendwo anders.

Es schneite.

Das Licht wurde schwächer – die gleiche Art von halbgedämpfter Dämmerung, welche die Wände von Cahlish in ein blasses Grau tauchte, kurz bevor der Abend anbrach. Die Luft war geschwängert vom Geruch nach Kiefern und Rauch und so kalt, dass sie mir in den Nasenlöchern stach. Ich blickte auf ein schmales, schneebedecktes Tal, durchschnitten von einem seichten, nur wenige Meter breiten Flüsschen, dessen Wasser plätscherte und schnell dahinfloss.

In der Mitte des Berghangs auf der gegenüberliegenden Seite des Tals stand eine kleine Hütte mit weiß gestrichenen Wänden auf einer Lichtung, aus deren Kamin Rauch quoll.

Zack.

Zack.

Zack.

Links neben dem Haus war eine Gestalt, die sich wiederholt ruckartig bewegte.

Zack.

Es war Fisher. In dem Moment, als ich ihn sah, wusste ich, dass er es war.

Ohne nachzudenken, rannte ich los. Die Kälte durchbohrte meine Lunge und biss mir in die Wangen. Immer wieder rutschte ich im Schnee aus und fiel hin, stand aber wieder auf und rannte weiter. Ich war völlig außer Atem, als ich den Pfad zu der Hütte erreichte.

Zack.

Zack.

Er war da vorn. Es war eiskalt, aber meinem Seelengefährten machte die Kälte offenbar nichts aus. Seine schwarze Hose saß ihm tief auf den Hüften, und er war barfuß. Er trug auch kein Hemd; schwarze Tinte wirbelte über seine schweißglänzenden Schulterblätter, als er einhändig eine Axt schwang, sie über den Kopf hob und dann auf ein Stück Holz hinuntersausen ließ, um es zu spalten.

Zack!

Sein Haar war feucht – lockig und dick fiel es ihm auf die breiten Schultern, als er das gespaltene Holz zur Seite trat und ein weiteres großes Stück von einem Stapel neben der Hütte nahm. Er stellte es auf einen Klotz, und ich beobachtete, wie die Muskeln an seinem Rücken sich bewegten, als er die Axt erneut hob, sie schwang und wieder nach unten sausen ließ, um auch dieses Stück zu spalten.

Zack!

Ich sprach leise seinen Namen aus, eher in meinem Kopf. *Fisher?*

Mein Gefährte hielt inne. Die Schultern spannten sich an, und er neigte den Kopf leicht zur Seite, als würde er horchen. *Saeris?*

Ich konnte nicht anders und rannte wieder los. Als er sich umdrehte – die tätowierte Brust hob und senkte sich vor Anstrengung, seine Wangen waren gerötet und die Augen leuchteten –, breitete sich ein strahlendes Lächeln auf seinem Gesicht aus. Aber so schnell es erschienen war, verschwand es auch wieder. Im Nu wich die Farbe aus seinen Wangen. Er wankte einen Schritt zurück, die Axt fiel ihm aus der Hand und landete mit einem dumpfen Geräusch auf dem Boden.

Ich blieb stehen. »Fisher? Was … was ist los?«

Er schien sich so groß aufzurichten, wie er nur konnte, und fragte dann laut: »Bist du tot?«

»Warum *fragst* du das?«

Seine Hände an den Seiten ballten sich zu Fäusten. »Du siehst … so real aus«, sagte er. »Ich weiß, dass ich träume. Ich …«

»*Ich* träume, Fisher. Ich bin gerade erst eingeschlafen, und dann warst du da.«

»Ich bin seit über einer Stunde hier. Ich habe einen umgestürzten Baum unten am Fluss weggeräumt und dann hier hochgezogen. Seitdem zerhacke ich ihn zu Feuerholz.«

»Aber wir können nicht beide träumen. Nicht den gleichen Traum«, sagte ich.

»Das werden wir gleich herausfinden, Osha. Beantworte zuerst meine Frage. Bitte?«

»Was? O nein. Nein. Ich bin nicht tot. Nicht … offiziell«, fügte ich verlegen hinzu. »Die ganze Sache mit dem schlagenden Herzen …«

Fisher schritt auf mich zu und nahm mich in seine Arme. Er drückte mich so fest an sich, dass ich dachte, er würde mir die Rippen brechen. Ich konnte seinen Atem hören; er ging stoßweise, als hätte er Mühe, nicht die Fassung zu verlieren.

»Den Göttern sei Dank. Ich dachte, dir müsste etwas passiert sein. Ich habe gewartet, um zu sehen, ob das zu einem Albtraum wird. Ich dachte … Fuck!«

Er drückte mich noch fester an sich. Ich klopfte ihm verzweifelt auf die Schulter. »Fisher? Fisher, ich bekomme keine Luft.«

Er wich zurück und nahm mein Gesicht in die Hände. Das wunderschöne Grün seiner Augen leuchtete fast im Dämmerlicht, als er mich betrachtete. »Es tut mir leid. Heute war einfach …« Er schüttelte den Kopf und kaute auf seiner Unterlippe. »Ich *hasse* deine Stadt, Osha. Ich kann *wirklich* nicht genug betonen, wie sehr ich sie hasse. Bei den Göttern, es ist so schön, dich zu sehen.«

Es fühlte sich nicht an wie ein Traum. Ich war mir all dessen zu bewusst. Die Welt um mich herum war zu frisch. Zu scharf. Und es fühlte sich nicht an wie eine unterbewusste Darstellung meines

Seelengefährten. Seine Haut war warm, als ich sie berührte. Ich konnte ihn riechen. Alle Details an ihm waren nur allzu deutlich. Er schluckte, und ich sah, wie sich die Muskeln an seinem Hals bewegten, und da waren sie: die beiden langsam verblassenden Male an seiner Kehlgrube, wo ich ihn gebissen hatte.

»Das ist real, nicht wahr?«, flüsterte ich.

Fisher trat einen Schritt zurück und ließ mich los. Er drehte sich zur Seite und musterte mich, als er um mich herumging, nahm jedes Detail von mir auf. Es schneite jetzt stärker; dicke Flocken legten sich auf seine dunklen Locken und schmolzen, als sie auf seinen Schultern und der Brust landeten. Nie fühlte ich mich mehr gesehen, als wenn er mich ansah. Und als er mich mit den Augen verschlang, spürte ich, wie ich mich auflöste.

Er trat hinter mich und kam näher. Die Hitze seines Körpers wärmte meinen Rücken, sein Atem glitt über meinen Nacken, als er mir das Haar über die Schultern strich, sich meiner Halsbeuge näherte und an mir roch.

»Es ist so real wie alles andere, was ich je gefühlt habe«, murmelte er. »Du riechst wie du. Du siehst aus wie du.« Plötzlich waren seine Hände auf meiner Taille, seine Finger gruben sich leicht in meine Hüften. »Du … *fühlst* dich an wie du.«

Wir waren etwas mehr als einen Tag getrennt gewesen, und doch kam es mir vor, als seien Jahre vergangen. Es war mehr, als ihn nur zu vermissen. Ich hatte auch vorher Leute vermisst. Ich wusste, wie sich das anfühlte. Aber die Distanz zwischen uns war ein spürbares Zerren an meiner Seele, das mich in Panik versetzte.

»Vielleicht Hexerei?«, überlegte er. Seine Lippen berührten meine Ohrmuschel, als er sprach, und ein Schauer fuhr mir über den Körper. Daraufhin lachte er anzüglich auf. »So empfänglich. Ich liebe es, wie dein Körper auf mich reagiert, kleine Osha. Es lässt mich wissen, dass du mir gehörst.«

»Gab es daran jemals Zweifel?«

Er fuhr mit der Nase nach oben, hinter mein Ohr, in meine Haare und atmete tief meinen Duft ein. »Oh, ich weiß nicht. Ich hatte eine interessante Unterhaltung mit Carrion Swift, bevor ich vor einer Weile in seinem Wohnzimmer einschlief. Für einen Moment dachte ich, dass ich mit ihm um dich kämpfen müsste.«

Ich schnaubte bei der Vorstellung. »Tu ihm nicht weh, Fisher. Du brauchst dir keine Sorgen zu machen, was ihn betrifft.«

Er summte nachdenklich. »Hmm. Schon in Ordnung. Ich glaube, das weiß ich jetzt.« Ich legte die Hände leicht auf seine, genoss seine Nähe und dass er direkt hinter mir war, aber Fisher zischte und zog die rechte Hand zurück.

Ich drehte mich in seinen Armen um, blickte zu ihm auf und dann hinunter auf seine Hand. Sie war schlimm verletzt, die Fingerknöchel mit getrocknetem Blut verkrustet. »Bei allen Göttern, was ist passiert?«

Unbehagen stand ihm deutlich ins Gesicht geschrieben, aber er versuchte trotzdem, seine Verletzungen herunterzuspielen. »Es ist nichts. Meine Hand ist nur ein wenig gebrochen. Ich musste ein Loch in eine Turmwand schlagen.«

»Du musstest *was*?«

Ich schauderte, als er erklärte, was passiert war, seit wir uns zuletzt gesehen hatten. Er und Carrion hatten das Silber beschafft, das wir brauchten, hatten es dabei aber mit irgendeinem Skorpiondämon zu tun bekommen. Sie hatten Hayden noch *nicht* gefunden, wollten ihn aber am nächsten Morgen suchen. Als Fisher geendet hatte, war der Schweiß auf seinem Körper abgekühlt, und meine Zähne klapperten. »Ich will wissen, was bei dir los war«, sagte er. »Aber es sieht so aus, als würdest du gleich erfrieren. Lass uns reingehen.«

Er zog mich sanft an seine Seite und führte mich zu der Hütte. Dort stieß er die Tür auf, und als wir eintraten, stieg mir sofort der pikante Duft von gewürztem Fleisch in die Nase. Offenbar hatte

Kingfisher gekocht, bevor ich aufgetaucht und in seinen Traum eingedrungen war. »Was ist das für ein Ort?«, fragte ich.

»Die Jagdhütte an der Grenze von Cahlish. Mein Vater nahm mich ein paarmal mit hierher, als ich jung war. Ich habe seit Jahren nicht an diesen Ort gedacht.« Er blickte zur Decke hinauf.

Die Hütte war klein. Die Küche bestand aus einem Spülbecken in der Ecke und einem kleinen Büfett, auf dem übereinandergestapelt gefüllte Einmachgläser standen. An den Balken der Dachsparren waren Bündel mit Kräutern zum Trocknen aufgehängt. Das Dach war niedrig und über dem Kamin mit Ruß verschmutzt. Vor ebendiesem standen abgenutzte, durchgesessene Ohrensessel. Ein kleiner weißer Hund lag ausgestreckt vor dem knisternden …

Ha! Es war gar kein Hund.

Es war Onyx.

Er sprang auf, als er mich sah, und quiekte vor Freude. Ich fiel auf die Knie, als er in meine Arme sprang, zappelte, sich wand und mir das Gesicht ableckte.

»Oh, hallo. Hallo, hallo, hallo!« Ich war erst vor wenigen Minuten mit ihm zusammen gewesen, und jetzt reagierte er, als hätte er jahrelang darauf gewartet, dass ich wiederkam. »Wie …« Seine Zunge wanderte in mein Ohr. Ich wich zurück und versuchte, ihn mit der Schulter abzuwehren, aber rasch umging er sie und tat es wieder. »Ahh! Wieso ist *er* auch hier?« Ich lachte. Onyx sauste durch den Raum und schnappte sich etwas von dem Sessel beim Fenster. Er nahm seine Beute in die Schnauze, als sei es ein Eichhörnchen, das er gerade gefangen hatte, und legte sie dann in meinen Schoß: ein grünes Seidenband. Offenbar ein Geschenk.

Immer noch im Eingang verharrend, immer noch unglaublich hemdlos, seufzte mein Seelengefährte und verschränkte die Arme vor der Brust. »Ich weiß auch nicht. Das verdammte Ding verfolgt mich schon seit ein paar Wochen in meinen Träumen. Sogar als er noch in Cahlish war.«

Ich drehte mich zu Fisher um und zog eine Augenbraue hoch. »Weißt du, die gespielte Genervtheit ist nicht mehr nötig. Ich weiß, dass du ihn liebst, und er weiß es auch.«

Onyx legte sich richtig ins Zeug, als er mein Handgelenk ableckte. Seine rosa Zunge fuhr rau über meine Haut. Fisher beobachtete den Fuchs und schüttelte den Kopf. »Ich würde sagen, wir *tolerieren* einander bestenfalls«, behauptete er.

»Ich habe dich mit ihm gesehen, als du dachtest, ich würde nicht hingucken. Und warum sollte er hier bei dir sein, an diesem Traum-Ort, wenn er dich nicht lieben würde?«

Kingfisher verbrachte einen weiteren ausgedehnten Moment damit, die Decke anzustarren. »Ich weiß es nicht. Vielleicht hat er hier einfach nur auf *dich* gewartet.«

»Fisher.« Onyx sprang hoch, legte die Pfoten auf meine Schultern und begann, seinen Kopf an meinem Kinn zu reiben. »Akzeptier es doch einfach. Mein Fuchs ist auch dein Fuchs.«

Er sagte nichts, sondern knurrte nur und verzog das Gesicht, als er die Hüttentür zutrat.

Allein schon, wie er den Raum durchquerte und sich vor das Feuer stellte, ließ mir den Atem stocken. Wie konnte man sich wegen einer so simplen Sache wie dem Durchqueren eines Raums in jemand verlieben? Lag es daran, dass er jetzt eine Gänsehaut hatte? War es die Art, wie sich seine Kiefermuskeln anspannten, als er sich nach unten beugte, um in dem brodelnden Topf über dem Feuer zu rühren? Oder waren es die kleinen Falten, die sich zwischen seinen Brauen bildeten, wenn er sich konzentrierte? Oder wie er mich dabei erwischte, dass ich ihn beobachtete, und mich grinsend über die Schulter hinweg ansah?

Bei den Göttern! Ich war wirklich hoffnungslos. Alles, was dieser Mann tat, brachte mich dazu, ihn zu wollen. Führte dazu, dass ich am liebsten geschrien hätte. Dass ich …

»Hast du deine Lektion noch immer nicht gelernt, Osha?«

Fisher richtete sich vor dem Kamin auf und kam langsam über den fadenscheinigen Teppich auf mich zu. Er stellte sich vor mich, die kräftigen Oberschenkel auf Höhe meiner Augen. Ich blickte zu ihm auf, wobei ich versuchte, nicht an der Wand aus Muskeln, die von seinem Bauch und seiner Brust gebildet wurde, hängen zu bleiben, bevor ich zu seinen Augen gelangte. Es war ein Wunder, dass ich sie überhaupt fand. Sein Grinsen hatte sich von leicht amüsiert in äußerst interessiert verwandelt. »Dein Herz rast, Saeris Fane. Woran könnte *das* wohl liegen?«

Es stimmte. Jetzt, da ich nicht mehr kontrollieren konnte, ob mein Herz überhaupt schlagen musste oder nicht, schien die Tatsache, dass es mir so oft entglitt, wenn ich in seiner Nähe war, meinen Gefährten noch mehr zu amüsieren als ohnehin schon.

»Du siehst so selbstzufrieden aus«, sagte ich, wurde aber rot. *Sehr* rot.

»Oh, wirklich? Lass … mich … sehen.« Seine Augen waren voller Sünde. Sehr langsam führte er eine Hand nach oben, steckte den Daumen in den Mund und saugte daran. Ich konnte die Augen nicht von ihm abwenden, als er die Hand wieder senkte und den Daumen an *meinen* Mund presste, damit über meine Unterlippe fuhr und sie mit seinem Speichel benetzte. »Das außergewöhnlichste, schönste Wesen im ganzen Reich, vor mir auf den Knien, blickt zu mir auf, als fühle es sich wild und würde mich einfach nur gern vögeln? Ja«, schloss er, »ich würde sagen, ich bin sehr zufrieden mit mir selbst.«

Meine Nervenenden standen in Flammen.

Dieser Mann.

Dieser. Verdammte. Mann.

Würde das Leben jetzt so aussehen? Dass ich mich immer mehr in ihn verliebte? Ihn einfach nur wollte und mehr brauchte als alles andere, was ich je gebraucht hatte? Ich hoffte mit jeder Faser meines Seins, dass es so wäre, denn es fühlte sich an … puh! Ich konnte nicht einmal beschreiben, *wie* es sich anfühlte, von diesem Mann angesehen zu werden, als würde er alles fühlen, was ich fühlte. Als würde auch er sich wild fühlen und mich wollen.

Onyx entdeckte eine Motte und sprang von meinem Schoß, um ihr hinterherzujagen; er vergaß mich für einen Moment. Ich streckte die Hand aus und umfasste Fishers Fessel, denn ich musste einfach seine Haut an meiner spüren. Seine Hosenbeine waren nass, die Oberseiten der Füße kalt. Er blickte auf den Punkt, wo ich ihn festhielt, und lächelte sanft, als eine schwarze Tintenranke über meine Finger wirbelte und auf seine Haut glitt, sich um seinen Knöchel schlang und dann unter dem Saum seines nassen Hosenbeins verschwand.

Verblüfft blickte ich zu meinem Gefährten auf. »Was bei den fünf Höllen war *das*? Habe *ich* dir gerade ein Tattoo verpasst?«

Er lächelte und zog eine Augenbraue hoch. »Sieht so aus.«

»Ich dachte … Moment mal, das geschieht also nicht nur, wenn wir Sex haben?«

Fisher gluckste, als er das Hosenbein so weit wie möglich über die muskulöse Wade zog und die Hälfte dessen enthüllte, was wie die kunstvolle Tätowierung eines Dolches aussah. Er nickte anerkennend und zwinkerte mir zu. *»Hübsch.«*

»Fisher! Passiert das jetzt jedes Mal, wenn wir einander berühren?«

Der Mistkerl versuchte, nicht zu grinsen. Es war wirklich nicht nötig, dass er jetzt so götterverdammt selbstgefällig war. Er strich mit den Fingern über meinen Kiefer, knickte dabei den Zeigefinger ab und hob damit mein Kinn höher, sodass sich unsere Blicke trafen. »Nein, es wird nicht jedes Mal passieren, Osha.« Sein Lächeln wurde breiter trotz der eindeutigen Bemühungen, es im Zaum zu halten. »Es passiert nur, wenn du« – er fuhr sich mit der Zunge über seine Unterlippe – »sehr *verdorbene* Gedanken hast.«

Nach allem, was wir miteinander gemacht hatten, wie konnte es da sein, dass er mich noch immer erröten ließ wie ein kleines Mädchen? Warum wollte ich mich vor der anzüglichen, rauen Lust auf seinem Gesicht verstecken? »Ich habe gar nichts gedacht!«, protestierte ich. »Ich habe nur deinen *Knöchel* berührt!«

»Hey, schon gut. Manche Leute stehen auf Füße. Und meine sind nicht so behaart wie die der meisten.«

Das schelmische Funkeln in seinen Augen verriet mir, dass er mich aufzog und es liebte, aber ich konnte es nicht dabei belassen. »Ich stehe nicht auf Füße!«

»Schon gut, Saeris. Wirklich. Ich kann verstehen, dass es dich verwirrt, *egal* welchen Teil meines Körpers du berührst.«

»Bei den Göttern!« Ich versuchte, auf sein Bein zu schlagen, aber er wich zurück und ließ die scharfen Eckzähne aufblitzen, als er lachte. »Außerdem kannst du aufhören, so *arrogant* zu sein!«

Ich war sowohl Vampir als auch Fae. Ich hatte jetzt eine hervorragende Sehkraft, aber alles, was ich erkennen konnte, war etwas Verschwommenes aus Schatten und Licht, als Fisher nach vorn rauschte und mich wieder an der Kehle packte. Seine Finger drückten sich *ganz* leicht in die Seite meines Halses, als er mit dem Daumen über meinen Kieferknochen strich.

Er war jetzt ganz ernst, sein Lächeln verschwunden. »Ich bin nicht arrogant. Ich bin verdammt stolz. Ich höre, wie sich dein Puls beschleunigt, wenn du meinen Körper berührst, und es sorgt dafür, dass ich mich verdammt unbesiegbar fühle. Du kannst hören, dass mein Puls das Gleiche tut, wenn ich dich berühre, nicht wahr?«

Heilige *Scheiße*!

Er versuchte, mich umzubringen, ich hätte es schwören können. »Ich …«

Sein Griff um meinen Hals wurde ein klein wenig fester. »Hör auf zu protestieren. Nimm es an.«

»In Ordnung. Ja, das kann ich. Ich tue es.« Fuck! Er raubte mir den Atem und den Verstand, und er wusste es. Seine Augen glühten vor Verlangen, als er sich barfuß vor mich hockte und mein Gesicht wieder in die verletzte Hand nahm. »Ich weiß nicht, was *das* gerade ist«, sagte er und deutete auf die Hütte um uns herum, »aber es kommt mir wie ein Geschenk vor. Wir sind allein. Es fühlt sich sicher an. Draußen schneit es. Wir haben das Feuer, das Essen kocht, und der Fuchs jagt Insekten. Das ist alles, was ich brauche, Saeris. Etwas Einfaches. Und *dich*. Ich will dich, Osha. Na los, komm mit mir.«

***

Das Schlafzimmer war bei Weitem nicht so luxuriös wie sein Zimmer in Cahlish, und das Bett sah kaum breit genug für uns beide aus, aber das war egal. Es gab viele Opfer, die ich bereitwillig bringen würde, um mit diesem Mann nackt Zeit zu verbringen, und ein anständig großes Bett war noch das kleinste. Er war bereits halb nackt vom Holzhacken vorher, was bedeutete, dass es auf meiner Seite das meiste auszuziehen gab.

Kingfisher kümmerte sich darum.

In der Vergangenheit hatte er seine Schatten eingesetzt, um mich meiner Kleider zu entledigen, aber jetzt tat er es nicht. Er benutzte die Hände, und er kostete diese Aufgabe eindeutig aus. Ab und zu zuckte er zusammen, wenn seine gebrochene Hand Probleme machte, aber er würde seine Mission nicht aufgeben, egal wie sehr ich widersprach.

Als er mir das Hemd über den Kopf zog und sich dann zu mir vorbeugte, wickelte er mein geflochtenes Haar um die unverletzte Faust und zog meinen Kopf zurück, sodass mein Mund nach oben wanderte und seinen berührte. »Wenn du glaubst, eine gebrochene Hand würde mich davon abhalten, dich ordentlich zu vögeln, Osha, dann bitte …« Er sprach an meinen Mund, seine Lippen streiften meine, und sein Atem strömte über mein Gesicht. »Lass mich dich eines Besseren belehren.«

Er stürzte sich mit einem Knurren auf mich, so wild, dass mir die Luft aus der Lunge entwich. Er hob mich hoch und schleuderte mich gegen die Hüttenwand. Ein Porträt einer sehr mürrisch dreinblickenden Fae-Frau in einem hochgeschlossenen schwarzen Kleid fiel zu Boden, und der Rahmen zersplitterte neben Fishers Füßen, als er sich zwischen meine Beine schob und sich zwischen meinen Schenkeln niederließ.

»Ich könnte den Rest der Ewigkeit hier verbringen und glücklich sterben«, brummte er. »Ich könnte dich vögeln und mich an dir laben, bis sich die Zeiten wenden und alle Sonnen am Himmel sterben und ausbrennen, und ich hätte noch immer nicht genug von dir.«

Er schob mich weiter die Wand hinauf und beugte sich über mich, sodass er meine Kehlgrube küssen konnte. Ich zischte durch die Zähne, als die Hitze seiner Zunge meine Haut traf und hinauf zu meinem Ohr wanderte. Als er mein Ohrläppchen zwischen die Zähne nahm und daran zog, wölbte sich mein Rücken, und ich bemerkte plötzlich sehr, *sehr* deutlich, wie hart er zwischen meinen Beinen war.

Konnte so etwas in einem Traum passieren? War das überhaupt möglich? Es fühlte sich auf jeden Fall so an. Wenn Fisher Holz hacken und mich hier halten und küssen konnte, dann schien es naheliegend, dass er mich hier auch vögeln konnte.

Den Göttern sei Dank, jubelte ich gedanklich. *Den verdammten Göttern sei Dank.*

Danke nicht ihnen, kam Fishers tiefe, klangvolle Antwort. *Danke* mir. *Ich bin derjenige, der dich zum Schreien bringen wird.*

Seine Hände waren in meinen Haaren. Er bleckte die Zähne und ließ die langen Eckzähne aufblitzen, als er sich wieder an seiner verletzten Hand stieß, aber als ich versuchte, sie in *meine* Hände zu nehmen und sie mir richtig anzusehen, schüttelte er atemlos den Kopf. »Noch nicht. Ich muss es noch ein wenig länger spüren.«

Es ergab keinen Sinn für mich, aber ich zuckte die Schultern und ließ ihm seinen Schmerz. Fisher streichelte mir über den Unterkiefer, nahm mein Gesicht zwischen Daumen und seinen Zeige- und seinen Mittelfinger. »Du bist so verdammt schön«, flüsterte er. »Du hast die meiste Zeit meines Lebens in den Zeichnungen meiner Mutter existiert, aber da warst du nie real für mich. Ich habe nicht geglaubt …« Seine Augen waren groß und voller Ehrfurcht. »Ich hatte keine Ahnung, was du mir bedeuten würdest. Ich hatte keine Ahnung, was ich tun würde, um dich zu beschützen. Wenn ich die Augen schließe, bist du alles, was ich sehe, Saeris Fane. Ich könnte seit fünftausend Jahren tot in der Erde liegen, und die Fröste könnten meine Knochen gebrochen haben, und noch immer würde kein anderer Mann eine andere Frau auf die Art lieben, wie ich dich liebe.«

Das Herz in meiner Brust stolperte. Ihn so sprechen zu hören? Zu mir? Dass er mich so liebte? Es *heilte* mich. Ich wäre nicht in der Lage gewesen, es irgendjemand anders zu erlauben. Die Intensität der Gefühle, die ich jedes Mal erlebte, wenn ich bei ihm war, hätte mich zu Tode erschreckt. Ich wäre geflüchtet.

Aber mit ihm war es anders.

Er war größer als das Leben. Stärker. Mächtiger. Er war größer als das Anschwellen, das ich jedes Mal in meiner Brust spürte, wenn ich ihn diese Worte sagen hörte.

Ich.

Liebe.

Dich.

Er konnte mit all dem Mist und den Komplikationen umgehen, die es mit sich brachte, mich zu lieben. Er kannte mich. Sah mich. War in der Lage, uns beide zusammenzuhalten, wenn alles zu viel wurde. Es war sicher, ihn auch zu lieben, denn was auch geschehen mochte, er würde mich niemals fallen lassen.

»Bitte …« Sie traf mich aus dem Nichts, die plötzliche, furchtbare Erkenntnis, dass wir nicht wussten, wie viel Zeit wir so zusammen haben würden. Er konnte jeden Augenblick verschwinden. Vielleicht hatte ich den Verstand verloren, bildete mir das alles nur ein, und nichts davon war real … aber ich wollte nicht, dass es aufhörte, ohne ihn vorher in mir zu spüren. »Ich brauche dich«, sagte ich.

Ich legte die Hände flach auf seine Brust, die Finger gespreizt, als könnte ich in ihn hineingreifen und seine Seele berühren. Hätte ich es gekonnt, hätte ich sie nie mehr losgelassen.

Fishers Hand wanderte von meinem Kiefer hinab und schloss sich um meine Kehle. Sein Griff war nicht fest – es war die Andeutung von etwas, das passieren *könnte*, wenn ich es wollte.

»Bei allen Sündern und Märtyrern, kleine Osha. Die *Dinge*, an die ich denke«, brummte er. »Wenn du wüsstest …« Ich wollte es wissen. Ich wollte all die schmutzigen Fantasien hören, die er hatte, wenn er an mich dachte. Ich wollte ihn bitten, ins Detail zu gehen, aber mein Seelengefährte grinste nur schelmisch und stürzte herab, um meine Lippen mit seinen zu erobern, bevor ich etwas sagen konnte.

Ich will dich auf allen vieren, Saeris. Kriechend …, sagte er in meinem Kopf. Er schob die Zunge an meinen Lippen, meinen Zähnen vorbei und eroberte meinen Mund.

Ich schlang die Arme um seinen Hals und küsste ihn zurück, wimmernd.

Ich will hinter dir stehen und dich auf Händen und Knien sehen. Ich will sehen, wie deine Feuchtigkeit innen an deinen Oberschenkeln herunterläuft, ich will, dass du mir deine hübsche kleine rosa Pussy zeigst, die sich nach meinem Schwanz sehnt.

Ich wich zurück, schnappte nach Luft, blickte prüfend in sein Gesicht und schrie innerlich, als ich den Ausdruck puren Verlangens dort sah. »Du darfst so etwas *nicht* sagen. Nur wenn du schon in mir bist.«

»Bist du denn bereit für mich?« Sein Gesichtsausdruck war zu hundert Prozent ernst, aber seine Stimme hatte einen neckenden Ton.

»Ja.«

»Sehnst du dich nach mir, Osha?«

»Ja!«

Daraufhin grinste er, und sein ganzes Gesicht hellte sich auf; es war, als würde die Sonne durch die Wolken brechen. »Braves Mädchen. Keine Angst, du musst nicht länger warten.« Hitze erfüllte seine Augen, und das winzige Quicksilver-Band um die Iris blitzte auf, als er mein Unterkleid vorn aufriss und zuerst die rechte und dann die linke Brust entblößte.

Er nahm meine Wölbung in die verletzte Hand, knetete meine Haut und kniff in die Brustwarze. Er nahm den anderen Nippel in den Mund, saugte, leckte, biss und katapultierte mich an den Rand des Wahnsinns.

Ich warf den Kopf zurück, und mein Schädel krachte gegen die Wand.

Es war egal.

Das Blut pochte in meinen Ohren.

Es brüllte.

Ich brauche dich.

Ich will dich.

Ich brauche dich.

Ich will dich.

Die Wellen unserer Lust stießen krachend zusammen und verzehrten uns beide.

Rasch setzte er mich auf den Boden und fiel auf die Knie,

riss mir die Stiefel herunter. Dann folgten meine Socken und die Hose. Sobald er sie bis zu den Knien heruntergezogen hatte, vergrub er sein Gesicht zwischen meinen Oberschenkeln, knurrte, als er seine Nase und seinen Mund an meiner Spalte rieb, mich sanft biss und mich durch den dünnen Stoff meines Höschens einatmete.

»Bei allen Göttern!«, keuchte er. »Töte mich. Setz dich auf mein Gesicht und reite meine Zunge, bis ich sterbe. Ich halte es nicht mehr aus.«

»Fisher!« Ich schob die Finger in sein Haar und zog ihn zu mir hinauf. Ich war mir vage bewusst, dass er meine Hose ganz bis nach unten gezogen hatte und das Material von meinen Füßen zerrte, aber das kümmerte mich nicht. Mich interessierte der triefend nasse Stoff, den er in seinen Mund sog. Sein Herzschlag beschleunigte sich, pochte so laut, dass ich ihn hören konnte.

»Fuck, Saeris! Wie du schmeckst! Ich bekomme einfach nicht genug von dir.«

Seine Hände fanden die Rückseiten meiner Waden, die meiner Knie, die meiner Oberschenkel. Ich hyperventilierte, als sie die Hüften erreichten. Nicht viele Männer hätten mich aus dieser Position hochheben können, aber Fisher tat es und legte, ohne zu zögern, meine Beine über seine Schultern.

Heilige … *Götter*!

Ich schlang sie um seinen Kopf, und Fisher beugte sich nach vorn, zog mein Höschen mit den Zähnen herunter. Als die Hitze seines Mundes meine feuchte Mitte traf, schrie ich so laut auf, dass meine längst verstorbenen Ahnen jetzt den Namen meines Gefährten kannten. »Fisher! Fuck! Bei den Göttern! Ich … will dich in mir. Bitte. *Bitte!*«

»Atme, Liebling. Ich habe dich.«

Aber als er seine Finger in mich gleiten ließ, stieß er wieder ein scharfes Zischen aus, als die Schmerzen ihn einholten, und ich war es endlich satt. »Beiß mich«, befahl ich. »Heile dich selbst, um der Götter willen. Tu es einfach!«

Fisher knurrte gegen die Innenseite meines Schenkels. Er trieb seine Zunge noch einmal zwischen meine Spalte, schlug sie gegen meine Klitoris – so verdammt grausam. »In Ordnung. Gut. Ich werde von dir trinken. Aber nicht etwa aus Liebe zu den Göttern. Ich tue es, damit du auf meiner Zunge *und* meinen Fingern kommst. Ich tue es, um dich zum *Schreien* zu bringen.«

Der helle Schmerzstrahl feuerte von meinem Oberschenkel direkt in mein Gehirn. Es war überwältigend, so scharf, dass ich nicht atmen konnte … aber dann wurde es zu purer Glückseligkeit. Fisher trank nicht sofort. Er schlang die Arme um mein Bein und hielt es fest. Lebhafte, leuchtend grüne Augen trafen meine, als ich an meinem Körper hinunterblickte und sah, wie er mich anschaute. Sein Mundwinkel schoss nach oben – ein verdorbenes Lächeln, das mein Ende bedeuten würde –, als er mit dem Daumen seiner anderen, der verletzten Hand langsam kreisförmig über meine Klitoris rieb.

Die Lust war schon fast zu viel, aber es war die Erwartung, die mich fast umbrachte. Seine Eckzähne bohrten sich tief in meine Haut und entließen einen Strom seines Gifts in mein Blut, der mich schwindelig werden ließ.

»Trink«, befahl ich.

Aber das sündhafte Funkeln in seinen Augen wurde nur noch intensiver.

»Fisher …« Ich konnte kaum verhindern, dass mir die Augen im Kopf zurückrollten. Das Blut strömte durch meinen Körper und verteilte sein Gift an alle Organe und Nervenenden. Er sättigte mich damit, bis es sich anfühlte, als würde ich von ihm abheben und auf die Decke zuschweben. »Fi… Fisher …«

Bist du bereit? Seine Stimme war ein samtweiches Streicheln in meinem Hinterkopf.

Ich konnte nicht sprechen. Ich konnte kaum den Kopf schütteln.

Fisher gluckste düster an meinem Schenkel … und dann trank er.

Wieder geschah es unmittelbar.

Der Orgasmus stieg in mir auf wie eine wogende Welle der Lust, die mich bis ins Mark erschütterte, aber sie war nicht so gewaltig wie beim letzten Mal, als er von mir getrunken hatte. Sie war zu verkraften. Sie war …

»Oh …«

Es war erst der Anfang.

»Oh, ffffffuuuuu…« Mir ging die Luft aus. Meine Zähne schlugen so fest aufeinander, dass es sich anfühlte, als würden sie zerbrechen. Ich verlor vollkommen die Kontrolle über meinen Körper … und *dann* schlug die Explosion ein.

Fisher trank, sein Daumen bewegte sich noch immer in festen, winzigen Kreisen über meine Klitoris, sein Atem strömte aus ihm heraus, als er sich labte, und ich kam.

Ich gab keinen Laut von mir.

Ich konnte nicht.

Meine Muskeln machten dicht, vor meinen Augen wurde alles weiß, und ohne zu denken, ritt ich den unglaublichsten Höhepunkt, den ich je erlebt hatte. Ich kam noch immer und zitterte unkontrolliert, als Fisher die Eckzähne aus meinem Oberschenkel zog, mich hochhob und zum Feuer trug.

Ich konnte nicht stehen. Es klingelte in meinen Ohren. Er hielt mich fest, drückte mich an seine Brust und legte mich dann auf … auf etwas Weiches? Etwas, das vorhin noch nicht da gewesen war. Es war mir vollkommen egal, worauf er mich gelegt hatte. Ich wollte nur nicht, dass er mich verließ. Nicht für eine Sekunde.

»Ganz ruhig, Liebes. Ich gehe nirgendwohin. Ich bin genau hier.«

Ich hatte nicht bemerkt, dass ich in meinem Kopf zu ihm sprach. Ich hatte nicht einmal gewusst, dass sich die Worte geformt hatten. Mein verzweifelter Wunsch, ganz nah bei ihm zu sein, war ein animalisches *Bedürfnis*.

Ich fühlte mich ausgelaugt, als ich zusah, wie er die Hose auszog. Er war prächtig anzuschauen, seine Konturen so perfekt, als sei er aus Marmor gemeißelt. Die Tinte jagte über seine Brustmuskeln und an seinen muskulösen Oberarmen hinunter ... aber nicht zu den Götterbindungen, die seine Unterarme zierten, sich um seine Handgelenke schlangen und seine Handrücken bedeckten. Als Spiegelbild meiner eigenen Götterbindungen blieben diese Runen und Schriftzeichen an Ort und Stelle, waren immer da. Beständig. Unveränderlich. Unbestreitbar.

Sein Schwanz stand stolz und so hart, dass die Spitze der Erektion fast den Bauchnabel berührte. Ich streckte die Hand nach ihm aus, aber Fisher kam bereits zu mir, schob sich zwischen meine Beine, und sein Mund suchte den meinen.

»Dich kommen zu sehen, ist ein götterverdammtes *Geschenk*.« Seine Hände schlossen sich um meine Handgelenke und hielten sie dann über meinem Kopf fest. »Ich könnte ewig zusehen, wie du dich für mich auflöst.«

Sein Gift brannte noch immer in mir wie ein Buschfeuer. Ich war machtlos dagegen. Die Ekstase blendete mich.

»Lass mich dich beißen«, flüsterte ich.

»Nein, *Nissarhin*.« Seine Stimme war rau. Er schüttelte den Kopf.

»Ich werde nicht trinken. Ich ... ich möchte nur, dass du fühlst ...«

»Ich fühle gerade alles, was ich brauche.« Ein neckendes Lächeln breitete sich auf seinen Zügen aus, als er die Hüften nach vorn stieß und mich wissen ließ, dass er *genau* hier war, seine Schwanzspitze *genau* an meinem Eingang. »Glaube mir. Es ist perfekt.«

»Bitte …«

Er schüttelte den Kopf jetzt nachdrücklicher. »Ich habe keine Ahnung, ob irgendetwas von alldem real ist. Aber wenn es das ist, dann wissen wir nicht, wo wir sind, Osha. Ich verstehe nicht das Geringste, aber ich werde verdammt noch mal dafür sorgen, dass mein Kopf klar bleibt, wenn ich schnell reagieren muss. Ich werde nicht zulassen, dass dir hier irgendetwas passiert.«

In Zilvaren hätte ich einem Typ dafür, dass er das sagte, das Knie in die Eier gerammt. Die Vorstellung, dass ein Mann mich für unfähig hielt, *immer* auf mich selbst aufpassen zu können, hätte mich rotsehen lassen. Bei Fisher war das allerdings nicht so einfach.

»Es ist sehr unhöflich von dir, mir so ein gutes Gefühl zu geben und … mir dann die Möglichkeit zu verwehren … mich zu revanchieren.« Wow! *So* viele Worte …

Fisher stützte sich auf einen Ellbogen und hob die verletzte Hand, damit ich sie mir jetzt ansehen konnte. »Es geht mir *wirklich* gut. Viel besser als vorhin.« Er spreizte die Finger und demonstrierte, dass er die Hand wieder vollständig bewegen konnte. Die Abschürfungen an seinen Fingerknöcheln waren komplett verheilt. »Und das?« Seine Lippen teilten sich, und seine Augenlider flatterten, als er langsam … *langsam* in mich glitt. »Das fühlt sich verdammt unglaublich an, Saeris. Ich muss nicht gebissen werden, um *das* zu genießen.«

Die Glut der Lust, die in meinem Bauch geschwelt hatte, wurde von Neuem entfacht. Ich war so voll von ihm. Fisher zitterte, als er sich über mir hielt; seine Zähne streiften über die Unterlippe. Ich lebte für den Moment, wenn seine Augen den Fokus verloren und sich seine Lider schlossen. Er hatte ganze Lebenszeiten existiert, bevor ich überhaupt geboren worden war. Er hatte Schlachten gewonnen und feindliche Armeen besiegt, die seinen eigenen zahlenmäßig weit überlegen waren; die Chancen hatten immer schlecht für ihn gestanden. Er hatte den Aufstieg und Fall von Monarchen erlebt, mit Monstern um sein Leben gefeilscht, gegen unzählige Dämonen gekämpft und sich nie unterkriegen lassen.

Hier in der Ruhe und der Dunkelheit mit *mir* kapitulierte er.

Blut perlte von der Unterlippe, als er sie aus dem Mund schob. Eine dünne dunkelrote Spur lief über sein Kinn.

»Du blutest«, flüsterte ich.

Er senkte den Kopf und lachte kurz, als er nickte. »Manchmal braucht ein Mann ein wenig Schmerz, um die Lust zurückzudrängen, Saeris Fane.« Er fuhr mit der Zunge über seine Unterlippe. Sie färbte sich rot. »*Besonders,* wenn seine Gefährtin so verdammt unglaublich ist.«

Dann ließ er sich auf mich fallen. Er zog die Hüften zurück, um dann in mich zu stoßen und bis zum Ansatz in mir zu versinken. Die Flammen der Kerzen auf dem Tisch tanzten, flackerten auf und wurden größer, die Luft dröhnte vor Energie, als er sich zurückzog und es dann wieder tat.

»Küss mich. Bitte. Halt mich fest und fick mich.«

Ein gefährliches Knurren rollte aus seiner Kehle. Er sprach nicht laut oder in meinem Kopf. Er tat, worum ich ihn bat, und fickte mich. Dieses Mal klammerte ich mich an ihn, grub die Fingernägel in seinen Rücken, und er ritt seinen Höhepunkt zusammen mit mir. Die Wände der Hütte erzitterten, als wir beide gleichzeitig kamen, und für eine zeitlose Sekunde versank die Realität – oder die Nicht-Realität –, und wir trieben auf einem Meer des Nichts.

Wir hielten einander lange fest, hörten zu, wie das Holz im Kamin knackte, als das Feuer langsam ausging. Draußen vor dem Fenster bestand die Welt nur aus Dunkelheit und Stille.

»Da draußen ist niemand«, sagte Fisher schließlich. Seine Stimme wurde so tief, wenn er müde war; ihr Bass hallte in meinen Knochen nach. Er hatte die Augen geschlossen, was mir

Gelegenheit gab, sein Gesicht genau zu studieren. Seine Wimpern waren lang und schwarz wie Tintenstriche auf der blassen Haut. Die sonst so oft gerunzelte Stirn war glatt. Er war stets so intensiv, wenn wir mit anderen zusammen waren. Angespannt. Bereit für einen Kampf. Die Geschichte hatte ihn gelehrt, dass er bereit sein musste – aber jetzt, hier, war er träge und entspannt.

Ich zeichnete die Umrisse seines Wolfskopf-Tattoos leicht mit den Fingerspitzen nach, nahm alles von ihm in mir auf. Er war so verdammt schön.

Ich presste die Lippen auf seine Brust, küsste ihn direkt oberhalb der Brustwarze, und Fisher gab ein zufriedenes Brummen von sich. »Woher weißt du das«, fragte ich ihn, »dass wir allein sind?«

Er drehte sich auf den Rücken und nahm mich mit, sodass ich jetzt auf seiner Brust lag. Dann schlang er die Arme um mich und legte das Kinn auf meinen Kopf. »Keine Ahnung. Es ist eine Fähigkeit, die die meisten Krieger im Laufe der Jahre entwickeln. Eine Sensibilität. Wenn du alles andere in deinem Geist ausblendest und dich konzentrierst, kannst du spüren, ob andere Wesen in der Nähe sind. Es ist, als würde man sehr intensiv zuhören. Oder sich anstrengen, etwas in der Ferne zu sehen. Ich bin sicher, dass du es auch kannst.«

Ich konnte nicht sagen, dass ich diese Empfindung schon einmal in mir bemerkt hätte, aber es hörte sich recht einfach an.

Fisher strich abwesend mit der Hand über meine Seite und atmete sanft in mein Haar. Sein Herz schlug in einem langsamen, beruhigenden Rhythmus an meinem Ohr. Noch nie in meinem ganzen Leben war ich so entspannt gewesen. Das wusste ich mit Sicherheit. Selbst in Ballard war die Außenwelt in unsere kleine Wohnung über dem Platz eingedrungen. Der Duft von geröstetem Kaffee und buttrigem Gebäck war göttlich gewesen, aber er hatte auch signalisiert, dass da draußen in der Bäckerei unten andere waren, die den Kaffee rösteten und das Brot buken. Noch konnte ich das Tal nicht so sondieren wie Fisher, aber ich wusste, dass er recht hatte. Die Welt an diesem Ort gehörte uns. Und ich wollte *nicht*, dass es aufhörte.

»Seltsam, dass wir hier müde sein können, obwohl wir doch bereits schlafen«, bemerkte Fisher schläfrig. »In einem Traum einzuschlafen bedeutet, mit den Göttern zu kommunizieren.«

»Ist das wahr?«

Er lachte leise, und sein Atem bewegte mein Haar. »Yvelia ist voller Merkwürdigkeiten. Wer weiß? Vielleicht waren die Dinge einst so. Aber jetzt? Ich habe nicht vor, es herauszufinden. Ich hatte genügend Auseinandersetzungen mit diesen Mistkerlen. Ich muss nicht eine Sekunde länger mit ihnen verbringen, vielen Dank auch.« Fisher holte tief Luft, und sein Brustkorb hob mich an, als er sich ausdehnte. »Hast du Hunger, kleine Osha?«

Ich stöhnte protestierend, als er sich auf die Seite rollte und mich wieder auf das Durcheinander aus Decken legte. »Mmh. Ja. Ich denke schon.« Ich hatte heute Nacht nicht von ihm getrunken, aber er sehr intensiv von mir. Der Blutverlust machte mich hungriger denn je, seit ich in Ammontraíeth aufgewacht war. Aber … »Aber ich würde lieber einfach gemütlich mit dir hier liegen bleiben«, murmelte ich.

»Ahh, komm schon, Osha.« Er übersäte meine Wange mit leichten Küssen. »Was für ein Seelengefährte wäre ich denn, wenn ich mich nicht um *jeden* Appetit von dir kümmern würde?«

»Du konntest spüren, dass mein Magen knurrt, stimmt's?«

»Mhm.« Sanft strich er mir das zerzauste Haar aus dem Gesicht und schob es hinter mein Ohr. »Ich muss trotzdem erfahren, was in Ammontraíeth passiert ist«, erinnerte er mich. »Du kannst es mir bei einer Schüssel Eintopf erzählen.«

***

»Also genau zu dem Zeitpunkt, als ich ein Loch in den Glockenturm im dritten Bezirk geschlagen habe, hast du ein Loch in die Seite der Bibliothek am Bluthof gesprengt?« Kingfisher nickte und lächelte, als gefalle ihm diese Symmetrie unserer Tage. Ich hatte ihm von meinem Zusammentreffen mit Taladaius im Fool's Paradise erzählt, und während Fisher nicht viel zu der Tatsache gesagt hatte, dass Tal sich öffentlich vor dem versammelten Hof von mir lossagen wollte, sah ich, dass er gleichzeitig ein wenig überrascht und verwirrt war. Seine Emotionen angesichts der Nachricht, dass Foley endlich wieder aufgetaucht war, waren schwerer zu lesen.

Fisher rührte mit dem Löffel in seinem Eintopf und starrte auf die Schüssel. Er saß im Schneidersitz auf dem Boden vor dem neu entfachten Feuer; Onyx lag zusammengerollt in dem Dreieck, das Fishers Beine bildeten. Er hatte nicht versucht, den kleinen Fuchs daran zu hindern, auf seinen Schoß zu springen. Außerdem hatte ich vorhin gesehen, wie er ihm etwas von dem Eintopf gegeben hatte.

Fisher runzelte die Stirn und hatte einen seltsamen Gesichtsausdruck, als er mich anblickte. »Wie sah er aus? Foley? Geht es ihm gut?«

»Ich weiß nicht, wie er vorher ausgesehen hat. Er ist blass, aber schließlich ist er ein Vampir. Er trägt die Haare sehr kurz. Seine Eckzähne sind vergoldet.«

Anspannung war in Fishers Augenwinkeln zu erkennen, als er das hörte. Er strich mit der Hand über Onyx' Kopf und kraulte ihn abwesend hinter den Ohren.

»Das Zeichen eines verstoßenen Vampirs«, erklärte er. »Der Hof reißt ihm die Eckzähne aus, wenn er der Krone keine Treue schwört. Es ist ein düsteres Urteil und bedeutet einen langsamen, elenden Tod. Ohne Eckzähne kann ein Hochadel-Vampir sich nicht ernähren. Zuerst verhungert er, und dann wird er verrückt. Schließlich verdorrt er zu einer bloßen Hülle. Malcolm sagte mir, er habe Foleys Eckzähne persönlich herausgerissen. Er besuchte mich gern im Labyrinth, um mir zu erzählen, dass er ihn am Leben hielt, nur um ihn zu foltern. Ich glaubte ihm nicht, aber …« Er seufzte. »Die meisten verstoßenen Vampire enden auf den toten Feldern, gefangen zwischen Ammontraíeth und dem Darn. Wenn ein Hochadliger auf einen Vampir mit fehlenden Eckzähnen trifft, ist er angewiesen, ihn auf der Stelle zu exekutieren.«

Es musste grausam gewesen sein, die Zähne auf diese Art herausgerissen zu bekommen. Und sich nicht ernähren zu können? Das würde wirklich einen langsamen Tod bedeuten. Aber Foley war seit Jahrhunderten in Ammontraíeth. Es war unmöglich, dass er noch immer am Verhungern war. Er sah fit und ziemlich gesund aus. Was mich zu der Frage veranlasste: »Wenn sie ihn verstoßen haben und Malcolm ihm die Zähne ausgerissen hat, wieso ist er dann noch am Leben?«

Fisher stellte den Eintopf auf den Boden; offenbar war ihm der Appetit vergangen. »Ich nehme an, dass Tal ihn ernährt hat. Er hätte nicht zugelassen, dass sie ihn auf die toten Felder verbannen.«

»Also hat Malcolm Tal erlaubt, Foley zu retten?«

»Malcolm hat es zugelassen, dass Tal ihn wie ein *Haustier* hält. Foley missachtete die Krone, als er sich weigerte niederzuknien, aber Taladaius war stets Malcolms vorrangiges Projekt. Er gestattete es Tal vermutlich deshalb, Foley zu behalten, weil es ihm eine Möglichkeit bot, Tal zu ärgern. Oder er benutzte Foley als Druckmittel, um sich Tals Gehorsam zu sichern. Es gibt eine Million Möglichkeiten, wie er Foleys Gegenwart in Ammontraíeth für seine Zwecke genutzt haben könnte.«

Malcolm hatte Tal gezwungen, unaussprechliche Dinge zu tun. Er hatte ihn fest im Griff gehabt und nicht aus den grausamen Augen gelassen, aber über tausend Jahre hatte der Vampir es geschafft, nicht daran zu zerbrechen. Er hatte subtile Wege gefunden, gegen seinen Gebieter zu rebellieren, und war eine Kraft für das Gute gewesen, wo immer er konnte. Er hatte Foleys Leben gerettet und auch das meine. Und dennoch … »Warum hasst Ren ihn so sehr?«, fragte ich. »Jedes Mal, wenn jemand Tals Namen erwähnt, steht Ren auf und verlässt den Raum.« Ich hatte es mehr als einmal erlebt.

Fisher seufzte. »Es ist kompliziert. Aber die kurze Version lautet: Everlayne war einst in Taladaius verliebt. Die beiden waren verlobt. Und in der Nacht, bevor sie heiraten sollten, floh Tal gegen den Willen seines Vaters und den Befehl seines Königs aus dem Winterpalast und kniete zu Füßen des Throns von Sanasroth nieder.«

»Freiwillig?«

Kingfisher nickte.

»Aber warum? Wenn er Malcolm und alles, wofür er stand, hasste, *warum* hätte er dann so etwas tun sollen?«

»Warum handelt ein Mann unbesonnen, Saeris? Er tat es, weil er jemand anders liebte. Er tat es für Zovena.«

21

DAIANTHUS

KINGFISHER

Vor vielen Jahren kannte ich mal einen Piraten namens Jackin Pröst.

Der Typ hatte wie ein windgebeugter Baum ausgesehen: knorrige Hände und dicke Adern, die sich stolz über seine Arme wanden, wie mächtige Wurzeln auf der Suche nach fruchtbarer Erde. Wir hatten Karten gespielt, und als ich ihn dabei erwischte, wie er zu betrügen versuchte, verpasste ich ihm einen Kinnhaken. Das war natürlich lange vor Gillethrye. Vor vielen Dingen … damals, als ich noch wusste, was Lachen war, und all meine Freunde noch lebten. Aber darum geht's nicht. Entscheidend war die Tatsache, dass ich ihn geschlagen und mir dabei die Hand gebrochen habe. Die gesplitterten Knochen brauchten eine ganze Woche, um zu verheilen, und selbst danach hatte ich dank des Dickschädels dieses betrügerischen Mistkerls fast einen Monat lang einen dumpfen Schmerz in den Sehnen.

Als ich jetzt aufwachte, bereitete ich mich innerlich auf den vertrauten Schmerz vor, der wie ein Funkenhagel in meiner rechten Hand explodieren würde. Aber nichts passierte.

Und es … regnete?

Das leise Plätschern, das ich draußen hörte, klang wie Regen, aber … nein. Ich war in Zilvaren. Bei diesem Geräusch handelte es sich nicht um Regen, sondern um Sand. Sand, der gegen das Fenster *prasselte* und ein rauschendes Geräusch verursachte, während er vom Schieferdach über mir herunterrutschte.

Ich lauschte auf das Rascheln des Sands und erinnerte mich langsam an den letzten Traum.

An das Tal am Rand von Cahlishs Grenze.

An die Jagdhütte.

Ich war gerade mit Saeris dort gewesen.

Hatte ihr die Kleider vom Leib gerissen und sie fast bis zur Bewusstlosigkeit gevögelt, und sie hatte mich mit ihrem Blut gestärkt, sodass meine Wunden verheilen konnten.

Als ich jetzt eines meiner Hosenbeine hochzog, sah ich die Spitze des Dolch-Tattoos, das sie mir verpasst hatte. Und meine Hand … Ich hielt sie hoch und drehte sie hin und her. Licht fiel durch das Fenster und ließ die Haut golden schimmern, während ich nach Anzeichen einer Verletzung suchte.

Das konnte einfach nicht sein …

»Nein. Auf keinen Fall!« Carrion klang nicht, als wäre er besonders zufrieden.

Ich spreizte die Finger, spähte durch sie hindurch und entdeckte ihn im Türrahmen mit nacktem Oberkörper. Genervt rieb er mit einem trockenen Tuch über die erhabenen Striemen, die seine Brust und die Seiten bedeckten. »Du siehst aus, als hättest du die Pocken«, bemerkte ich.

»Was? *Was* für Pocken?«

»Die, die man bekommt, wenn man idiotische Dinge mit seinem Schwanz macht.«

Carrion zog eine entsetzte Miene.

»Keine Sorge. Die verschwinden in ein paar Tagen. Aber kratz in der Zwischenzeit nicht daran herum.«

»Die haben nicht mal gejuckt, bevor du das gerade gesagt hast! Warum zum Teufel und allen fünf Höllen hast *du* keinen Ausschlag? Und da wir schon dabei sind: Was ist mit deiner Hand passiert? Bei unserer Rückkehr hierher waren deine Knöchel noch so dick wie Gollish-Klöten.«

Ich wusste nicht, was Gollish-Klöten waren oder wie groß sie normalerweise wurden, aber meine Knöchel waren vor dem Einschlafen tatsächlich grotesk angeschwollen gewesen. Außerdem hatte sich ein Strauß schwarzer und violetter Blutergüsse unter der Haut abgezeichnet. Doch jetzt waren sie verschwunden. Meine Hand war geheilt.

Hm. Wie sollte ich das alles erklären, wenn ich doch selbst keine Ahnung hatte, was genau passiert war? »Ich glaube, Saeris hat mich geheilt. Im Schlaf.«

Carrion zog eine Augenbraue hoch und beugte sich im Türrahmen leicht vor, als könnte er mich dadurch besser sehen. »Stinkst du deshalb so nach Sex?«, fragte er trocken.

Ich rollte mit den Augen, hievte mich aus dem Stuhl und stand auf. »Und damit ist dieses Gespräch offiziell beendet.«

Carrion warf das Tuch auf den Tisch neben sich. »Das ist so ungerecht! Du träumst von deiner Freundin, wirst von ihr geheilt, hast Sex *und* wachst wie neugeboren auf. Währenddessen träume ich, dass ich in eine Ziege verwandelt wurde, wache mit einem Mund auf, der sich ausgetrockneter anfühlt als die Glas-Ebenen, und bin von Kopf bis Fuß mit bedenklichen Pockennarben übersät!«

»Sie ist nicht meine *Freundin*, Carrion.«

Er warf mir einen scharfen, nicht sonderlich überzeugten Blick zu. »Deine Beziehung zu Saeris Fane war der unwichtigste Teil von dem, was ich gerade gesagt habe, Kingfisher.«

Ich schüttelte den Kopf und versuchte, nicht zu grinsen. »Tatsächlich? Da bin ich anderer Meinung.«

Aufgebracht stampfte Carrion aus dem Raum und murmelte vor sich hin. Bei seiner Rückkehr hielt er einen Stapel gefalteter Kleidung im Arm. »Wir mögen zwar durch Magie getarnt sein, aber wir müssen heute nach draußen, und deine Klamotten sind blutübersät. Hier, zieh das an.«

Misstrauisch musterte ich die Sachen, die Carrion mir entgegenstreckte: alle in einem schmutzig weißen, leicht gräulichen Farbton und anscheinend weit fallend geschnitten. Ich konnte mich nicht erinnern, wann ich das letzte Mal etwas anderes als Schwarz oder vielleicht Dunkelgrün getragen hatte. »Ich könnte das Blut auch einfach verschwinden lassen«, sagte ich skeptisch. »Oder neue Sachen herbeizaubern.«

Der Blick, den Swift mir zuwarf, ließ keinen Zweifel daran, dass er mich für wirklich dämlich hielt. »Wir müssen uns heute vielleicht mit einer Reihe von Gardisten auseinandersetzen, und du bist bereit, deine Magie für neue Kleidung zu verschwenden? Wow!« Spöttisch tippte er sich mit dem Zeigefinger ans Kinn. »Ich wusste gar nicht, dass du so *eitel* bist. Und das, nachdem du dich gestern geweigert hast, dich zu bräunen.«

Meine Oberlippe zuckte, aber ich hielt mich zurück und zeigte ihm nicht die Zähne. Carrion war nervtötend … aber er hatte recht. Widerstrebend nahm ich die Kleidung entgegen. »Also gut.«

»Zieh dich in dem Zimmer da drüben um. Nach deiner Sexkapade letzte Nacht will ich dich nicht halb nackt sehen, schönen Dank auch. Allein die Götter wissen, was du für Bissspuren …«

Carrion sah meinen Gesichtsausdruck. Und verstummte. Dann grinste er, als wüsste er genau, wie nah er dem Tod gerade gekommen war. »Vergiss es«, sagte er. »Geh dich umziehen. Ich warte hier draußen auf dich.«

Ich schob mich an ihm vorbei und betrat den angrenzenden Raum, der sich als sein Schlafzimmer herausstellte: nicht besonders groß, aber gemütlich. An der Wand neben dem Fenster stand ein Bett, das Platz für mindestens drei Personen bot. Daneben befand sich eine abgewetzte Kommode, mit ordentlich aufgereihtem Krimskrams, und an der gegenüberliegenden Wand hing ein kleiner Spiegel, umgeben von Papierbogen, die mit Reißzwecken an der Wand befestigt waren. Ich zog mich schnell um und stellte erfreut fest, dass Saeris' Blut auch die klaffende Wunde an meinem Bein und die anderen kleineren Verletzungen geheilt hatte. Eine geschlagene Sekunde lang hatte ich Mitleid mit Carrion, weil ich wusste, wie mies er sich fühlen musste. Aber dann fiel mir wieder ein, wie nervig er war, und mein Mitleid verschwand.

Ich war gerade auf dem Weg zur Tür, meine Lederkleidung in den Händen, als einer der Papierbogen an der Wand meine Aufmerksamkeit erregte. Es handelte sich um eine Zeichnung, ähnlich den Skizzen, die meine Mutter während meiner Kindheit so gern angefertigt hatte. Eine Frau starrte mir von dem vergilbten Papier entgegen, mit leuchtenden, eindringlichen Augen. Sie hatte hohe Wangenknochen, volle Lippen und ein herzförmiges Gesicht, das in meinem Hinterkopf eine Flut von Erinnerungen auslöste.

Amelia Daianthus.

Die ehemalige Königin der Yvelia-Fae.

Belikon hatte sie in den Badehäusern in den unteren Geschossen des Winterpalastes aufgespürt, in seinen Händen Bitterbane, das Götterschwert ihres Mannes Rurik. Die Klinge war blutverschmiert. Die Königin hatte einen einzigen Blick auf das Schwert und das Blut geworfen und sofort gewusst, dass ihr Mann tot war.

Ich hatte gesehen, wie sie mit wehenden Rockschößen durch den Palast geflohen war. Allerdings hatte ich nicht mitbekommen, wie sie das Kind meinem Vater übergab und ihm zuflüsterte, er solle es mitnehmen, verstecken und in Sicherheit bringen. Meine Mutter hatte mir erst später davon erzählt, nachdem wir noch in der Nacht aus dem Palast geflohen und nach Cahlish im Süden entkommen waren.

Carrion hatte seine Mutter mit überraschender Genauigkeit gezeichnet. Das Porträt seines Vaters, das neben Amelia hing, war jedoch weniger präzise: Es zeigte nur eine Hälfte von Ruriks Gesicht und nur eines seiner Augen. Aber die Güte des alten Königs war in den Zügen deutlich zu erkennen, und sein vollständig skizziertes Auge strahlte eine vertraute Wärme aus.

Die Papierbogen zeigten noch andere Personen: Mitglieder der Fae, die ich nicht kannte. Frauen in Rebellenrüstungen mit Pfeil und Bogen auf dem Rücken. Männer mit grimmigen Gesichtern, langen, zu Kriegerzöpfen geflochtenen Haaren und mächtigen, hoch erhobenen Schwertern. Faelinge, Feuerkobolde, Drachen und alle möglichen Kreaturen mit unglaublicher Detailtreue gezeichnet.

Am Fenster füllten Landschaftsskizzen die Wand: Szenen schneebedeckter Berge, reißender Flüsse und Schiffe auf dem Meer, die entlang einer tropischen Küste segelten. Eine Küste, die eine verblüffende Ähnlichkeit mit dem Schild hatte – der Inselkette, die die Strände von Lìssia schützte. Carrion hatte alles skizziert: Teile von Yvelia, auf Papier festgehalten wie Insekten in Bernstein. Unendlich viele Zeichnungen, übereinandergeschichtet, eine über der anderen. Er musste sehr lange dafür gebraucht haben. *Jahre.* Unter den Skizzen befanden sich noch weitere Illustrationen von seiner Mutter, obwohl diese weniger detailgetreu waren. Ihre Augen standen etwas zu weit auseinander. Die Spitze ihrer Nase war ein wenig zu steil nach oben gebogen. Sie …

»Ich weiß, was du gerade denkst.«

Langsam stieß ich den Atem, den ich angehalten hatte, aus, den Blick weiter auf die Wand geheftet. Ich verzichtete darauf, mich zu Carrion umzudrehen, konnte aber spüren, dass er hinter mir in der Tür stand. »Und was denke ich gerade?«, fragte ich.

»Du denkst, dass ich erbärmlich bin. Besessen. Du denkst, es war dumm von mir, jeden Abend hier zu sitzen und all das aus einem Buch abzuzeichnen wie ein liebeskranker Idiot. Ist schon okay. Du kannst es ruhig sagen. Ich bin mittlerweile ziemlich dickhäutig. Es macht mir nichts aus. Nicht mehr.«

Bedächtig schüttelte ich den Kopf. Mein Blick schweifte über die Skizzen und blieb an einer überraschend genauen Illustration des Winterpalastes hängen, dessen hoch aufragende Türme sich in den klaren Nachthimmel bohrten. Und in diesem Moment konnte ich nicht anders: Ich streckte die Hand aus und nahm die Skizze von der Wand. »Nein, das denke ich keineswegs«, erwiderte ich leise.

Als ich Carrion ansah, entdeckte ich einen defensiven Ausdruck in seinen Augen. Er war sonst immer so gelassen. So unbeeindruckt von dem Chaos, das ihn umgab. Hatte ich ihn jemals mit dieser Miene gesehen? Überrumpelt? In der Defensive? Falls ja, konnte ich mich nicht daran erinnern.

»Na los«, forderte er kalt und deutete auf die Wand. »Sag mir, was du siehst, wenn du das alles hier betrachtest.«

Ich dachte einen Moment nach, lange und intensiv, und starrte auf die Skizze des Winterpalastes. Oben auf den Türmen hatte er Fahnen gezeichnet, die im Wind wehten. Aber es handelte sich nicht um die Fahnen der Familie de Barra, sondern um die der Familie Daianthus.

»Ich sehe einen Mann, der sich nach einem Ort und einem Volk sehnt, das er nie gekannt hat«, erwiderte ich ruhig. »Das ist schon alles.« Dann drückte ich ihm im Vorbeigehen die Zeichnung in die Hand und wandte mich zur Tür. »Das solltest du dir bewahren, Carrion«, sagte ich. »Nimm es mit nach Hause.«

22

STERNGUCKER

SAERIS

Da waren sie.

Zwei Einstichstellen an der Innenseite meines linken Oberschenkels.

Die Hütte war real gewesen.

Aber ich konnte mich nicht daran erinnern, den Traum verlassen zu haben. Nur daran, dass ich den Eintopf gegessen, noch ein bisschen mit Fisher geredet und mich dann mit Onyx in die Decken am Kamin gekuschelt hatte. Danach war alles irgendwie verschwommen. Fisher hatte gesagt, er würde kurz rausgehen, um noch etwas Holz für den Kamin zu holen. Er hatte die Tür der Hütte geöffnet, war in die Nacht hinausgetreten und …

Ah!

Da war es also passiert: Er hatte die Hütte verlassen, und alles war schwarz geworden. Und ich war auf dem Boden aufgewacht, auf einem Stapel Kissen mit einer Decke über mir, die beim Einschlafen noch nicht da gewesen war. Mein Körper schmerzte auf wundervolle Weise von den Abenteuern der Nacht, und ich hatte die beiden kleinen Spuren an der Innenseite meines Oberschenkels entdeckt, die bereits halb verheilt, aber definitiv noch vorhanden waren.

Es war noch früh – oder schon spät. Je nachdem, wie man es betrachtete. Die Fensterläden waren geschlossen, um das schwindende Nachmittagslicht abzuhalten, als ich durch die Hallen von Ammontraíeth hastete und noch immer mit meiner Kleidung kämpfte.

Ich näherte mich gerade der Treppe, die zur Bibliothek führte, als mein Name durch den Flur hallte. »Saeris Fane! Wohin zum Teufel und allen fünf Höllen willst du?«

Lorreths Hemd war an der Brust schweißnass und sein dunkles Haar ausnahmsweise mal vollständig zurückgebunden, während er mir hastig folgte. »Ich glaube, du hast etwas vergessen«, setzte er an, als er mich eingeholt hatte.

»Tut mir leid, aber ich glaube, das Training muss heute verschoben werden. Meine äußerst gefährliche Magie hat möglicherweise Vorrang. Es sei denn, du glaubst, es würde niemanden stören, wenn ich den Schwarzen Palast in die Luft jage.«

»Ich persönlich hätte nichts dagegen.« Lorreth drückte mir die Hände auf die Schultern, drehte mich entschlossen um und schob mich zurück in die Richtung, aus der ich gekommen war, weg von der Bibliothek. »Der Rest des Hofes schläft noch, Saeris. Niemand sonst ist wach, auch Foley nicht. Er kann dir die nächsten Stunden nicht helfen, was bedeutet …« Lorreth schnupperte und trat sofort einen Schritt zurück.

Ich hatte bereits darauf gewartet, dass er es bemerkte. Hatte eine Erklärung parat. »Letzte Nacht ist etwas Seltsames passiert.

Ich habe mich schlafen gelegt, genau wie Foley es mir befohlen hat, und plötzlich war Fisher da.«

»Okay.« Lorreth musterte mich skeptisch. »Wir alle haben schon mal solche Träume gehabt, Saeris. Aber …« Er räusperte sich verlegen. »Ich glaube nicht, dass ich je von jemandem gehört habe, der mit dem Geruch seines Partners aus einem *Traum* aufgewacht ist.«

»Es war kein Traum. Na ja, okay, es war ein Traum. Aber irgendwie auch mehr als das.«

»Woher willst du das wissen? Mal abgesehen davon, wie du … äh …«, er wedelte mit der Hand und deutete vage in meine Richtung, »… riechst.«

»Es gibt noch andere … körperliche Beweise«, erwiderte ich und starrte geradeaus. Bei den Göttern, war das peinlich!

»Okay, okay, dann will ich dir mal glauben. Das reicht, denke ich, an Informationen.« Er legte den Kopf schief. »Bist du dir sicher, dass er es wirklich war?«

»Was meinst du damit, ob ich mir sicher bin, dass er es wirklich war? Ja, er war es. Ich denke, ich weiß ziemlich genau, wie mein Gefährte aussieht, Lorreth.«

Ein verschmitztes Lächeln umspielte die Lippen des Kriegers. »Willst du mich jetzt schlagen?«, fragte er.

»Ja. Ja, das will ich tatsächlich. Weißt du, was? Von mir aus: Lass uns trainieren gehen.«

Der Trainingsraum war kalt. Ganz Ammontraíeth war kalt. Da die Leute am Hof unempfindlich gegenüber Minustemperaturen waren und ein offenes Feuer sie in Flammen hätte aufgehen lassen können, war es kein Wunder, dass die meisten Räume keinen Kamin hatten. Es war schon schwierig genug gewesen, dieses Problem in meinen eigenen Gemächern mit dem Einbau eines Kamins zu beheben – ich war schließlich die Königin –, aber in dem riesigen, fensterlosen Obsidianraum, in den Lorreth mich zum Training gebracht hatte, herrschte Eiseskälte. Die Wände waren kahl. Kein Teppich auf dem nackten Boden. Statt Fackeln mit Equinox-Licht strahlte lediglich ein sanftes weißes Licht aus einer Aussparung, die sich um die gesamte Decke zog. Der Raum war leer, die Luft seltsam schal, als hätte man hier seit vielen Jahren nicht mehr gelüftet.

Lorreth warf mir einen Stab zu, und das Holz, das auf meine Handfläche traf, erzeugte ein dumpfes, unnatürlich tonloses Geräusch, das jedoch in dem Moment erstarb, als ich die Finger um die Waffe schloss.

Ich betrachtete die lange Waffe eine Sekunde. »Heute keine Schwerter?«

Lorreth schüttelte den Kopf. »Ein Stab hat seine Vorteile. Vielleicht findest du dich eines Tages in einer Situation wieder, in der du kein Schwert hast. Beispielsweise in einer Schenke«, sagte er und wackelte vielsagend mit den Augenbrauen. »Dein Arschloch von einem Freund hat vielleicht einen schlechten Tag und fängt ohne Grund einen Streit mit zwei hirnlosen Blutsaugern an. Aber in einer Schenke findet sich immer ein Besen, Saeris. Ein Wischmopp. Irgendwas mit einem langen Stiel. Es ist nie verkehrt, zu wissen, wie man die Gegenstände um sich herum nutzen kann, für den Fall, dass man einem mürrischen Freund zu Hilfe kommen muss.«

Der Kontext seiner Bemerkungen war klar und deutlich: Er hatte wegen seines Verhaltens im Fool's Paradise einen Anflug von schlechtem Gewissen. Und das hier war seine Art, mir durch die Blume zu verstehen zu geben, dass er sich deswegen schlecht fühlte. Aber ich wollte mir darüber lieber kein Urteil erlauben. Schließlich hatte ich im Kalas jede Menge Szenen verursacht, wenn ich einen beschissenen Tag hatte – was im dritten Bezirk fast immer der Fall war.

Jetzt drehte ich den Stab, rollte ihn über den Handrücken und schenkte Lorreth ein entschuldigendes Grinsen. »Zu Hause gab es nie genug Metall, um daraus Waffen zu schmieden. Und in der Wüste ist Holz ebenfalls ein knappes Gut … aber wenn man weiß, wen man fragen muss, kommt man leicht daran.«

Ich bewegte mich schnell und leichtfüßig und überraschte Lorreth. Aber der Krieger besaß noch immer Jahrhunderte mehr Erfahrung. Deshalb wunderte es mich nicht allzu sehr, als er seinen Stab über den Kopf schwang, ihn auf Schulterhöhe brachte und meinen Schlag blockte, bevor der ihn treffen konnte.

»Du bist heute Morgen schneller«, stellte er fest, und seine dunklen Augen blitzten. »Großartig! Wenn eine anständige Mütze Schlaf dir so guttut, dann würde ich mal vermuten, dass du heute im Umgang mit einem Stab in Topform sein wirst.«

»Nein, ich werde heute nicht in Topform sein. Ich werde in *hervorragender* Form sein.«

Die nächste Stunde verging wie im Flug. Meine Reaktionen waren verblüffend schnell. Ich wusste bereits drei Sekunden im Voraus, wo Lorreth sich befinden würde. Und meine Schläge trafen ihn nicht nur, sie trafen ihn auch hart. Ich fühlte mich stärker als je zuvor. Der Trainingsraum war erfüllt vom dumpfen Klatschen unserer Füße auf dem Obsidian und gedämpftem Ächzen. Als Lorreth eine Hand hob und verkündete, dass es für heute reichte, war ich nicht die Einzige, die schwitzte und einige Blutergüsse hatte. Denn das Gleiche galt auch für ihn.

Er zeigte mit dem Ende des Stabs auf mich und zog die Augenbrauen hoch, während wir zum Ausgang schlenderten. »Wenn du das, was du gerade getan hast, mit Solace schaffst, dann wissen deine Feinde nicht, was ihnen bevorsteht. Morgen machen wir mit den Schwertern weiter.«

»Da wir gerade von Schwertern reden …«, setzte ich an und wischte mir den Schweiß von der Stirn. »Wie sehr hängt Fisher an Solace?«

Lorreth blieb abrupt stehen. »Tja, ziemlich, würde ich mal sagen. Das Schwert war die Waffe seines Vaters. Aber …« Er zuckte die Schultern. »Solace gehört jetzt dir, Saeris. Du kannst damit machen, was du willst. Fisher wird nichts dagegen haben.«

Ich glaubte ihm, hatte nur eine Bestätigung gewollt. Natürlich hatte ich bereits mit der Klinge gekämpft und wusste, wie man damit umging, zumindest um einem Fresser den Kopf abzuschlagen. Aber das Schwert war einfach so *riesig*. Man hatte es für einen Vollblut-Fae geschmiedet, und obwohl ich kein Mensch mehr war, war ich auch nicht gewachsen. Meine Arme waren noch immer genauso lang wie früher, und manchmal gestaltete es sich schwierig, ein Schwert mit sich herumzutragen, das zwei Drittel meiner Körperlänge ausmachte.

»In dem Fall werde ich mal darüber nachdenken. Ich muss heute noch Reliquien herstellen. Wenn wir mit Foley fertig sind, gehe ich zur Schmiede und führe vielleicht ein kleines Gespräch mit meinem Schwert.«

Beim Betreten der Bibliothek wurde ich von einer Schar Sterngucker empfangen. Ihre Papierflügel raschelten, als sie um meinen Kopf herumflatterten, hin und her schossen und den Neuankömmling an ihrem Zufluchtsort begutachteten. Einer der Sterngucker schwebte vor meinem Gesicht, neigte seinen winzigen Papierkopf nach links und rechts und musterte mich eindringlich … ob ich vielleicht eine Bedrohung darstellte.

»Guten Abend«, begrüßte ich den Papiervogel. »Bist du freundlich gesinnt?« Ich streckte eine Hand aus und hielt ihm einen Finger entgegen, um herauszufinden, ob er sich für einen Moment darauf niederlassen würde.

Doch eine emotionslose Stimme von weiter oben verschreckte das kleine Ding. »Das würde ich an deiner Stelle nicht tun.« Foley stand am oberen Ende einer kleinen Treppe neben dem Fenster. Einem Fenster, das gestern noch nicht da gewesen war. Es war rund und hatte ungefähr den gleichen Durchmesser wie das Loch, das ich in die Wand gesprengt hatte. So ein Zufall! Wer auch immer hergekommen war, um den Schaden zu reparieren, hatte schnelle und hervorragende Arbeit geleistet. »Die Sterngucker mögen harmlos aussehen, aber der Kontakt mit ihnen kann ziemlich gefährlich enden.« Langsam stieg Foley die Treppe hinunter, eine blasse Hand ruhte leicht auf dem Geländer. Er schien sich von dem Silber meiner Klinge vollständig erholt zu haben.

Am Tag zuvor hatte ich nicht besonders auf seine Kleidung geachtet. Aber heute trug er ein schmuckloses, maßgeschneidertes schwarzes Hemd und eine schlichte schwarze Hose, dazu schwarze Schnürstiefel, die bis weit über die Knöchel reichten. Soweit ich das beurteilen konnte, war er unbewaffnet, aber das bedeutete nicht, dass er nicht irgendwo eine dünne Klinge versteckt hatte.

»Diese Vögel stehlen gern Haarsträhnen von Personen für ihre Nester«, erklärte er, als er die letzte Stufe erreichte. »Aber Haare können für viele schändliche Zwecke verwendet werden. In den falschen Händen kann ein einzelnes Haar das Verderben eines Mannes – oder einer Frau – bedeuten.«

»Ein Druckmittel?«, fragte ich.

Foley schüttelte den Kopf. »Hexerei. Eine bösartige Hexe würde schreckliche Dinge tun, um auch nur eine Strähne deiner Haare in die Finger zu bekommen. Es lässt sich nicht sagen, was sie damit anstellen könnte. Und diese Vögel …« Foley deutete auf den Schwarm Sterngucker über uns. »Diese Vögel sind rein. Vertrauensvoll. Sie haben keine Vorstellung von Recht und Unrecht. Wenn eine unberechenbare Hexe einen von ihnen zwingen würde, ihr eine deiner Haarsträhnen zu bringen, wüsste er nicht, wie er ihr das verwehren sollte.«

Die Papiervögel kreisten hoch oben an der Decke und sirrten von einem Ende der Bibliothek zum anderen. Sie waren anmutig. Wunderschön. Stumm, abgesehen vom leisen Rascheln ihrer Flügel.

Den Blick noch immer nach oben gewandt, erwiderte ich: »Lorreth ist auf dem Weg hierher. Er wollte sich nur kurz umziehen.«

»Er kommt wieder hierher? Warum?«

»Weil Lorreth eigentlich dein *Freund* ist«, antwortete ich scharf. »Er möchte sichergehen, dass wir nicht wieder in einen Streit geraten und ich dich töte. Außerdem soll er für mich überprüfen, ob du nicht doch lügst ... in Bezug auf die Informationen, die du in diesen Büchern gefunden hast.«

Auf dem Tisch lagen viele Bücher. Sehr viele Bücher. Ihr Anblick war ermutigend. Wenn Foley nichts gefunden hätte, was mir bei meinem Problem helfen könnte, hätte er sich sicher nicht die Mühe gemacht, so viele Bücher herbeizuschleppen. Ich warf ein Netz über meine Gefühle, zog die Leine eng zusammen und hielt sie auf diese Weise fest unter Verschluss. Der Vampir war einst ein Mitglied der Lupo Proelia gewesen. Außerdem hatte er zu Fishers Freunden gezählt. An diesen beiden Tatsachen ließ sich nicht rütteln, aber *ich* hatte keinen Grund, ihm zu vertrauen.

In den Jahren, in denen Foley abgeschieden in seinem hohen Turm hockte, hatte sich viel verändert. Die Mitglieder des Bluthofes mieden ihn, und doch war er hiergeblieben und hatte jahrhundertelang Bücher gelesen, ohne jede Gesellschaft – abgesehen von einem Lord der Mitternacht, den er verachtete, einem anderen, der ihn ignorierte, und einem mürrischen Kater aus Schatten. Wer wusste schon, was für ein Mann er inzwischen war, nach so langer Zeit und so vielen Qualen?

»Die Chancen, dass *Ihr* mich tötet, sind gleich null, *Eure Majestät.* Und Lorreth wird nicht erkennen können, ob ich lüge. Er ist nicht mein Ahnherr. Selbst Tal kann mich nicht mehr auf diese Weise durchschauen.«

In Zilvaren hatte ich denselben säuerlichen Tonfall verwendet, wenn ich vor einem Gardisten katzbuckeln musste. Damals war meine Verachtung nur ein stumpfes Gerät gewesen, ohne jede Finesse. Aber Foleys Verachtung war wie ein scharfes Messer. Sie schnitt tief.

»Er hat sich von mir losgesagt und seinen Anspruch auf mich aufgegeben«, fuhr Foley fort. »Ich bin mir sicher, dass er dir inzwischen dasselbe angeboten hat.«

Ich fuhr mit den Fingern leicht über die Rücken der ersten Bücherstapel. »Das stimmt«, bestätigte ich.

»Hm.« Foley dachte sichtlich nach. »Also will Tal dich auch nicht. Er muss dich genau so sehen wie wir alle hier. Schwach. Verwundbar. Naiv …«

»Willst du meine Gefühle verletzen, Foley?« Ich fuhr mit der Zunge über meine oberen Zähne, um meinen Puls zu beruhigen; es brachte nichts, mein Herz donnern zu lassen. »An deiner Stelle würde ich meine Zeit nicht damit verschwenden.«

»Aber du bist *nicht* an meiner Stelle«, platzte er plötzlich heraus, wobei er für einen winzigen Moment – nur den Bruchteil einer Sekunde – die Beherrschung verlor und mir zeigte, was in Wahrheit dahintersteckte.

Er hatte Angst.

»Du denkst, du kennst Not, weil du ein Vierteljahrhundert lang Wasser gestohlen und dich gegen Tyrannen verteidigt hast? Wie wäre es mit achthundert Jahren, in denen ich um das bloße Existenzrecht kämpfen musste? Dieser Ort ist schlimmer als die fünf Höllen. Denn ganz gleich, wie schlimm es auch wird, am Ende des Tunnels gibt es immer ein Licht. Die Hoffnung, dass man vielleicht entkommen kann …«

»Warum bist du dann nicht geflohen?«

Ruckartig schloss Foley den Mund.

»Wenn du es hier so hasst, warum bist du dann nicht gegangen?

Warum bist du nicht einfach zu deinen Freunden zurückgekehrt, zu den Leuten, zu denen du gehörst? Du hast fast ein ganzes Jahrtausend hier oben gehockt und in Selbstmitleid gebadet, hast dich darüber beklagt, wie schrecklich alles ist, obwohl du jederzeit hättest gehen können.«

»Wie denn?«, flüsterte er. »Wie hätte ich zu ihnen zurückkehren können, da ich doch zu einem der Monster geworden war, die sie zu töten geschworen haben? Sie hätten mich niemals akzeptiert.«

»Lorreth sagte, sie haben dir geschrieben! Sie wollten, dass du Sanasroth verlässt. Fisher hat dir *befohlen*, nach Hause zu kommen!« Ich musste ihn nicht anschreien, aber bei den Göttern, seine Gegenwart war wirklich anstrengend. Tal hatte vielleicht ein schlechtes Gewissen gehabt, weil er Foley dieses neue Leben beschert hatte. Er hatte ihn hier oben herumlungern lassen, sich selbst bemitleidend, aber *ich* hatte keine Zeit für diese Art von Mutlosigkeit. Zilvaren presste das ziemlich schnell aus seinen Bewohnern heraus. Entweder das, oder man ging unter.

Foley wandte sich dem hellgrünen Licht zu, das im riesigen Kamin neben der Treppe flackerte. Ich sah, wie ein Muskel an seinem Kiefer zuckte und seine Nasenflügel bebten. »Man hat dich falsch informiert. Es gab keine Briefe. Sie haben mich hier meinem Schicksal überlassen, was ich ihnen nicht mal verübeln kann.«

»Du Narr! Bist du wirklich so dumm?«

Ich wurde immer besser darin, Lorreths Anwesenheit zu spüren. Im Laufe der Zeit war meine Wahrnehmung schärfer geworden und hatte sich einen festen Platz in meinem Hinterkopf gesichert. Zwar hatte ich ihn nicht bemerkt, als er sich in der Dämmerung an mich herangeschlichen hatte, aber dieses Mal hatte ich registriert, wie er die Treppe zur Bibliothek hinaufgestiegen war. Foley hatte sein Näherkommen ebenfalls gespürt. Würde er Lorreth ansehen? Ja, von wegen!

»Du brauchst mir nichts vorzumachen, Barde. Ich weiß, wie das läuft«, sagte er.

Lorreth schritt durch den Raum und legte Avisiéth mit einem lauten Knall auf den Lesetisch. Der Vampir zuckte zusammen, zog die Lippen hoch und gab damit den Blick auf seine vergoldeten Zähne frei. Er hatte seine Angst wieder gut unter Kontrolle, aber das Unbehagen war schwerer zu verbergen. Avisiéth hatte jede Menge Silber in der Klinge. Aber das war noch nicht alles: Avisiéth war ein Götterschwert. Die Magie der Götter strömte durch diese Waffe. Magie, dazu erschaffen, Foley und die anderen Mitglieder des Bluthofes zu vernichten.

Es schien grausam von Lorreth, die Klinge so achtlos auf den Tisch zu werfen, wenn man bedachte, welche Wirkung sie auf seinen alten Freund haben musste. Doch dann sah ich das harte Glitzern in seinen Augen und wusste, dass mehr hinter dieser Geste steckte.

»Ich mache dir nichts vor, und du *weißt*, dass ich nicht lügen kann. Sieh mich an, Foley«, knurrte Lorreth.

Widerstrebend sah der Vampir ihn an.

»Wir haben dir geschrieben. Viele Male. Ich habe dir geschrieben. Genau wie Ren. Und ich weiß definitiv, dass Fisher dir in den ersten fünf Jahren nach jener Nacht in Ajun viele Botschaften geschickt hat. Danach hat er ihre Zahl auf einen Brief pro Jahr reduziert. Sogar *Danya* hat dir geschrieben. Ihre Briefe bestanden größtenteils aus Flüchen – sie hat dich mit allen möglichen Schimpfnamen bedacht, weil du uns alle so lange ignoriert hast. Aber ich weiß, dass auch sie dich gebeten hat, nach Hause zu kommen. Wir alle haben dich gebeten. Und wir alle haben dir dasselbe gesagt: Natürlich könnte es schwierig werden, aber wir würden einen Weg finden, damit es funktioniert. Damit du einen Platz in Cahlish hast, bei deiner Familie.«

Foley hatte während Lorreths Worten den Kiefer trotzig zusammengebissen. »So viele Briefe«, sinnierte er. »Und doch hat mich kein einziger erreicht.«

»Bei den Göttern!«, fuhr ich ihn an. »Hört zu, keiner von euch kann lügen. Ihr sagt also beide die Wahrheit. Es gibt viele Möglichkeiten, wie sich das erklären lässt. Die Briefe könnten zum Beispiel abgefangen und gestohlen worden sein. Das erscheint mir sogar eine ziemlich vernünftige Annahme, wenn man bedenkt, dass die Vampire an diesem Hof extrem neugierig und dazu noch gehässig sind. Können wir das jetzt bitte …«

»Saeris?«

»… hinter uns lassen und weitermachen, weil …«

»Saeris«, unterbrach Lorreth mich zum zweiten Mal mit festerem Ton. »Deine Hände.«

Sie leuchteten wieder.

Fuck!

Ich hatte an diesem Tag ein neues Paar Lederhandschuhe übergestreift, weil ich noch immer nicht wollte, dass meine Runen zum Hauptgesprächsthema in den Gängen von Ammontraíeth wurden. Es war schon schlimm genug, dass ich meine Freunde ständig dabei erwischte, wie sie darauf starrten. Außerdem schenkten mir die Handschuhe ein Gefühl von Macht. Von Kompetenz. Sie waren Teil der Kleidung, die ich getragen hatte, als ich die Treppe in den Krönungssaal hinuntergeschritten war und mich zur Königin dieses Hofes erklärt hatte. Und jetzt schwelten sie!

»Verdammt!«, stieß ich hervor, und die Fangzähne wurden vor lauter Frust länger. Wütend riss ich mir die Handschuhe herunter. Der Schmerz war im Moment noch nicht so schlimm, nahm aber beständig zu. Meine Handrücken verfärbten sich schwarz, während die Runen vor Kraft pochten und Glut knapp unter der Hautoberfläche aufflackerte.

»Tut es weh?«, fragte Foley neugierig.

Ich warf ihm einen Blick zu. »Was denkst du denn?«

Er schnaubte und beugte sich vor, um den Rauch zu betrachten, der von meiner brennenden Haut aufstieg. Die Sehnen in der Hand machten den Eindruck, als würden sie von innen leuchten. »Ja, das sieht schmerzhaft aus«, räumte er ein. Dann nahm er einen Federkiel aus einem Tintenfass in der Mitte des Lesetisches und zeigte mit der glatten schwarzen Feder auf die Linien einer bestimmten Runenform. »Diese hier scheint besonders entzündet zu sein«, konstatierte er. »Und die hier …« Er warf einen vorsichtigen Blick auf Avisiéth – um zu mir zu kommen, musste er näher an Lorreths Schwert herantreten. »Siehst du diese Rune hier? Die, die aussieht wie ein Pfeil, der einen Kreis in der Mitte durchschneidet? Diese Rune ist eines der wichtigsten Alchemisten-Symbole.«

Ja, ich sah die Rune, von der er sprach. Die Form hatte sich bereits durch die Haut gebrannt und nässte Plasma; die klare Flüssigkeit lief über meine Hand und tropfte mir vom Handgelenk. »Was bedeutet diese Rune?«, fragte ich.

Foley sah mir direkt in die Augen. »Das kannst du dir vermutlich denken«, erwiderte er. »Diese Rune ist so stark hervorgetreten, weil du ihre Magie schon seit einiger Zeit nutzt.«

»Ist das die Rune für Quicksilver?«

Foley nickte. »Das Quicksilver ist empfindungsfähig. Es zieht Kraft an. Deshalb ergibt es durchaus Sinn, dass diese Rune dir die meisten Schmerzen bereitet. In den Aufzeichnungen, die ich gefunden habe, wurde die Quicksilver-Rune immer als die gierigste bezeichnet. Die erste, die erwachen würde.«

Oh, ich wusste genau, wie gierig Quicksilver war. Immer wollte es irgendetwas. Immer stellte es Forderungen. Ich hatte reichlich persönliche Erfahrung damit.

Die Neugier des Vampirs schien jetzt erst richtig geweckt, und er neigte den Kopf und betrachtete meinen rechten Handrücken.

»Bemerkenswert. Wirklich. Ich habe noch nie zuvor einen so kunstvollen Alchemia-Schild gesehen.«

»Alchemia-Schild?«

»Ja. Das hier …«, sagte er ungeduldig und tippte auf meinen Handrücken. »… ist dein Schild. Alle Alchemisten hatten einen solchen Schild.«

»Du brauchst nicht mit mir zu reden, als wär ich blöd. In Zilvaren gibt es schon sehr, sehr lange keine Magie mehr. Woher soll ich das alles wissen?«

Foleys Miene verriet, dass er meine Bildung und meine Herkunft nicht als Entschuldigung für meine Unwissenheit akzeptieren würde. »Man kann Magie nicht aus einer Stadt ausrotten. Wenn sie erst einmal in einer Gemeinschaft Fuß gefasst hat, verschwindet sie nie wieder. Sie findet immer einen Weg, sich zu entfalten, so oder so. Du hast dir nur nie die Mühe gemacht, danach Ausschau zu halten. Zum Beispiel tief in deinem Inneren.«

»Ich hatte damals eine Reihe anderer Sorgen. Zum Beispiel musste ich sicherstellen, dass mein Bruder und ich nicht am Röcheln starben.«

Foley ignorierte meinen Einwand und weigerte sich offensichtlich, ihm Bedeutung beizumessen. »Deine Kraft ist nicht einfach über Nacht aufgetaucht. Du besitzt sie seit deiner Geburt. Du musst sie viele Jahre lang wahllos eingesetzt haben, ohne auch nur zu versuchen, sie in den Griff zu bekommen. Und in letzter Zeit hast du deine Affinität zu Quicksilver noch stärker genutzt. Deshalb bist du jetzt in dieser Situation.«

»Okay, Foley, lass sie in Ruhe. Sie hatte in Zilvaren keine Ahnung, womit sie es zu tun hatte. Es hilft uns jetzt nicht weiter, wenn du ihr deswegen Vorwürfe machst, oder?«

Foley ließ seine Fingerknöchel knacken, während er um den Tisch herumging und sich dem höchsten Stapel der von ihm zusammengestellten Bücher zuwandte. Lorreth hob Avisiéth beiläufig hoch und platzierte die Klinge erneut in der Nähe des Vampirs. Als Foley sah, was er tat, warf er dem Krieger einen vorwurfsvollen Blick zu, nahm ein Buch und blätterte es kurz durch, wobei seine dunklen Augen die Seiten sondierten, bis er fand, wonach er suchte.

Dann reichte er mir das Buch, aufgeschlagen auf einer der ersten vergilbten Seiten, die mit kleinen, handgezeichneten Symbolen versehen waren. »Kannst du das hier lesen?«, fragte er.

Ich überflog die Seite und betrachtete die krakelige schwarze Handschrift, die sie von oben bis unten bedeckte.

> … unorthodoxe Tria Prima, deren Grundlage immer dieselbe ist: Salz. Quicksilver. Brimstone – auch Schwefel genannt. Alle drei haben vielfältige und weitreichende Verwendungsmöglichkeiten. In Kombination …

Ich blickte von der Seite auf. »Ja, ich kann es lesen.«

»Gut. Blättere auf die nächste Seite. Und lies uns die Übung oben links vor.«

Ich folgte seiner Aufforderung und las die Zeilen laut vor: »Ein Faeling mag zunächst Furcht empfinden. Denn es kann sich überwältigend anfühlen, sich dem energetischen Fluss des Quicksilvers zu öffnen. Der Faeling sollte lernen, die Energie des Quicksilvers in sich aufzunehmen und sich mit Körper und Geist darauf einzustimmen, bevor er versucht, die Substanz von einem flüssigen Metall in einen Feststoff umzuwandeln. Jeden Tag sollte der Faeling dazu ermutigt werden, das Quicksilver wiederholt von einem natürlichen Zustand in einen anderen zu bringen, bis ihm diese Fertigkeit leichtfällt und er eine Beziehung zum Quicksilver aufgebaut hat. Sobald der Faeling diese Fähigkeit beherrscht, ist er bereit, seine Affinität zur Magie des Quicksilvers zu festigen und seine erste Alchemisten-Rune zu versiegeln.«

Erleichterung erfasste mich, und ich wandte mich an Lorreth.

»Du hast es gehört, oder? Ich bin endlich bereit, die Quicksilver-Rune zu versiegeln.«

Bevor Lorreth etwas sagen konnte, schnaubte Foley: »Du bist noch lange nicht bereit, Saeris.«

»Aber ich kann das Quicksilver bereits von einem Zustand in einen anderen umwandeln. Demnach bin ich bereit, die Rune zu versiegeln.«

»Tatsächlich? Fällt dir das so leicht, wie einen Türgriff zu drehen und durch die Tür hindurchzugehen? Oder trittst du vielmehr die Tür ein und fällst Hals über Kopf hindurch?«

Langsam, aber sicher ging mir dieser Vampir wirklich auf die Nerven. »Ich verstehe nicht, warum es wichtig ist, *wie* ich die Aufgabe erledige, *solange* ich sie erledige.«

»Wenn du deine Magie zwingen musst, deinem Willen zu gehorchen, dann hast du sie nicht gemeistert. Du hast lediglich gelernt, wie man sie missbraucht. Du kannst entweder eine Partnerschaft mit deiner Magie aufbauen, durch Geben und Nehmen und Verständnis. Oder aber ihre Unterwerfung erzwingen. Was glaubst du, welche Beziehung sich als vorteilhafter erweisen würde? Nur zu, sag es mir, da du ja so eine Expertin auf diesem Gebiet bist: Was passiert, wenn etwas oder jemand so lange unterdrückt wird, bis er sich endlich erhebt und verkündet ›Es reicht!‹, hm? Was meinst du?«

Heilige Götter und Märtyrer! Dieser Vampir gehörte in den tiefsten Kreis der Höllen. Aber er hatte recht. »Ich möchte das Quicksilver fair behandeln. Glaub mir, ich will auf die richtige Weise mit ihm zusammenarbeiten. Ich habe nur große Sorge, dass mir keine Zeit bleibt, Übungen für *Kinder* zu meistern. Oder … oder für diese einfachen, unsinnigen Bilder!«

»Einfache, unsinnige …?« Foleys Miene machte deutlich, dass meine Bemerkung ihm sauer aufstieß. »Zeig mir diese einfachen, unsinnigen Bilder, von denen du redest.«

Ich blickte auf das Buch und schnaubte. »Da. Wie wäre es mit diesem hier? Ein Kreis. Wie kann ein Kreis wichtig sein?«

Foley betrachtete den einfachen schwarzen Kreis auf der Seite, die ich ihm entgegenstreckte, und warf mir einen spöttischen Blick zu. »Das hier ist nicht nur ein Kreis«, entgegnete er langsam, als hätte er es mit jemandem zu tun, der zu simpel war, um grundlegende Zusammenhänge zu verstehen. »Das hier ist die Grundlage *aller* mächtigen Siegel und Runen. Die stärkste Magie ist kreisförmig wie ein Rad. Es ist das Symbol der Ewigkeit, des Anfangs und des Endes. Es befördert Magie in einer Schleife, verstärkt sie und verleiht ihr Kraft. *Das* hier ist das wichtigste magische Symbol, das es überhaupt gibt.«

Ah!

Verdammt!

Meine Wangen begannen zu glühen.

»Außerdem sind diese Übungen *nicht* für Kinder gedacht. Sie sind für Faelinge. Faelinge sind wesentlich schlauer als menschliche Kinder. Aber das ist an dieser Stelle irrelevant. Die Fähigkeiten, die dieses Buch vermittelt, sind für jemanden gedacht, der sich auf den langen und mühsamen Weg macht, ein guter Alchemist zu werden, ganz gleich, wie alt er ist. Sie bilden die Grundlage, auf der alle anderen Fähigkeiten und Fertigkeiten aufbauen. Würdest du ein Haus auf Treibsand errichten, Saeris Fane? Freiwillig? In dem Wissen, dass es über dir einstürzen wird?«

Hätte er irgendeine andere Analogie verwendet, wirklich jede andere, hätte ich ihn, ohne zu zögern, ignoriert. Aber er hatte genau diese verwendet, und sie riss eine tief verborgene Wunde in mir auf, die mich gelegentlich noch immer schweißgebadet aus meinen Träumen hochschrecken ließ.

Wusste er irgendwie davon? Von meinem Vater? Nein, das konnte nicht sein.

Ich schloss das Buch und klemmte es mir unter den Arm.

»Okay. Ich nehme es mit in die Schmiede und werde eine Stunde lang üben, wenn du denkst, dass das was bringt …«

»Ich denke, zwei Stunden würden noch mehr bringen«, erwiderte Foley. »Denn dann bist du wenigstens keine so große Gefahr mehr für den ganzen Hof, oder?«

Lorreth nickte beifällig.

Aufgebracht wandte ich mich von Foley ab und warf dem Mann, von dem ich angenommen hatte, dass er mich unterstützen würde, einen empörten Blick zu. »Du bist echt übel, weißt du das?«

Entschuldigend zuckte Lorreth die Schultern. »Tut mir leid, Saeris. Aber er hat recht.«

Ob Foley recht hatte oder nicht, spielte in dieser Situation keine Rolle. Ich biss die Zähne zusammen und marschierte vor Wut kochend zu der Treppe, die nach Ammontraíeth hinunterführte. Und ich hatte die Stufen fast erreicht, als ich einen stechenden Schmerz im Nacken verspürte. Zischend rieb ich mir die Stelle knapp unterhalb des Haaransatzes, die weiterhin schmerzte, und als ich einen Blick auf meine Finger warf, sah ich, dass sie blutverschmiert waren.

Irgendetwas hatte mich gebissen.

Nein, irgendetwas hatte mich *geschnitten.*

Die Ursache der Verletzung wurde mir klar, als das Rascheln von Papier an meine Ohren drang. Ein Sterngucker flatterte mit seinen Papierflügeln ein paar Meter entfernt und schwebte in der Luft. Mein erster Impuls bestand darin, seinen Schnabel zu überprüfen, um nachzusehen, ob dort lange schwarze Haare hingen. Doch da waren keine. Foley hatte mir einen Floh ins Ohr gesetzt, dieser Mistkerl. Und ich hasste den Gedanken, dass ich das zugelassen hatte. Aber der Papiervogel hatte mich angegriffen, oder etwa nicht?

Der Sterngucker war klein, sein Körper gerade mal so lang wie mein Daumen. Die Flügel schlugen so heftig, dass sie regelrecht verschwammen, während der winzige Vogel auf mich zuflog und erneut in der Luft schwebte. Er hatte keine Augen, eigentlich überhaupt keine Gesichtszüge. Es handelte sich um ein Wesen aus einfachem weißem Papier, das nur durch Magie zum Leben erweckt worden war. Aber ich hatte das Gefühl, dass es meine Aufmerksamkeit erregen wollte. Ich machte einen weiteren Schritt in Richtung Treppe, und der kleine Sterngucker folgte mir wieder und stieg höher, bis er auf Augenhöhe schwebte.

»Was ist? Willst du was?«, fragte ich.

Am anderen Ende der Bibliothek waren Lorreth und Foley in ein angespanntes Gespräch vertieft. Keiner der beiden hatte bemerkt, dass ich noch immer am Ausgang der Bibliothek stand. Der Vogel schoss vorwärts und zupfte mit seinem winzigen Schnabel an der Vorderseite meines Hemds. Er war nicht besonders stark, hatte kaum genug Kraft, um den Stoff anzuheben.

»Du hast mich geschnitten«, tadelte ich ihn. »Das war nicht sehr nett.«

Der Vogel schwirrte hoch über meinen Kopf, vollführte einen Salto in der Luft und schwebte dann wieder auf Augenhöhe hinunter. Sollte das eine Entschuldigung sein? Ich hätte es nicht sagen können. Und ich hatte auch keine Zeit, hierzubleiben und es herauszufinden.

»Nächstes Mal«, versicherte ich dem Sterngucker. »Ich komme morgen wieder und besuche dich.« Denn wenn ich nicht bald in die Schmiede kam, war die halbe Nacht vorbei und ich hatte noch immer keine der versprochenen Reliquien fertiggestellt. Langsam ging ich einen Schritt rückwärts aus der Bibliothek hinaus und die erste Stufe hinunter …

Der Sterngucker flog direkt auf mich zu. Sein Flügel streifte mein Gesicht, und eine Sekunde später schoss ein stechender Schmerz durch meine Wange.

»Au! Was zum Teufel und allen fünf Höllen …?«

Der Schwung des Vogels trug ihn jedoch weiter durch die Tür der Bibliothek hinaus in das Treppenhaus, wo er zu Boden fiel – tot.

Sein kleiner Körper traf auf der vierten Treppenstufe auf, strahlend weiß auf dem schwarzen Stein. Vorsichtig nahm ich ihn hoch, drehte ihn in den Händen und staunte über die Verwandlung, die sich gerade vollzogen hatte. In dem Moment, als er die Grenzen der Bibliothek überquert hatte, war er seiner Magie beraubt worden. Ich hielt ihn in den Händen und fühlte mich plötzlich schrecklich. Der Sterngucker hatte etwas von mir gewollt. Hatte es so sehr gewollt, dass er seinen Zufluchtsort verlassen und dabei seinen kleinen Funken verloren hatte.

Schnell kehrte ich in die Bibliothek zurück, streckte die Hand aus, hielt den Atem an und wartete darauf, dass die kleinen Papierflügel des Wesens in meiner Handfläche wieder zum Leben erwachten.

Aber der Sterngucker regte sich nicht.

Der kleine Vogel existierte nicht länger.

Mit einer Mischung aus Gewissensbissen und Trauer schob ich ihn in meine Tasche und verließ die Bibliothek.

23

DEIN FEHLER

KINGFISHER

Er war größer als sie.

Und hatte lockige blonde Haare – anscheinend keine Seltenheit in Zilvaren.

Während wir dem jungen Mann durch die Straßen des zweiten Bezirks folgten, studierte ich die Haltung der Schultern, seinen Gang, die Art und Weise, wie er seine Hände in den Taschen ließ, als hätte er keine Ahnung, dass sie frei sein sollten, um jederzeit ein Messer ziehen zu können … Aber es gelang mir nicht: Ich konnte beim besten Willen keine Ähnlichkeit mit seiner Schwester entdecken.

Wäre ich Hayden Fane in den Gängen des Winterpalastes begegnet, wäre ich im Leben nicht auf die Idee gekommen, dass er mit meiner Gefährtin verwandt war. Nicht auf den ersten Blick.

Aber seine Blutsverwandtschaft ließ sich nicht leugnen.

Bei meinem letzten Besuch – als ich auf Saeris' Geheiß hierhergekommen war – hatte ich in dieser Hinsicht versagt. Denn ich hatte vergessen, wie schwach der familiäre Geruch zwischen Menschen sein konnte. Vielleicht hatte ich es aber auch einfach nicht gewusst. In meiner Jugend war ich nur wenigen Menschen begegnet, und die Wahrscheinlichkeit, dass sie miteinander verwandt sein könnten, war gering. Und bei so vielen Millionen Menschen war es kein Wunder, dass ich ihn zuvor nicht hatte wahrnehmen können. Aber jetzt, sechs Meter hinter ihm, roch ich ihn. Der Geruch zog sich wie ein Band hinter ihm her, während er sich durch die geschäftige Menge schlängelte: ein wenig wie Sonnenlicht, wie Heimat. Aber andersartig. Der Mann vor uns, dessen Gesicht von einem roten Schal geschützt wurde, war Saeris' Bruder, und wir standen kurz davor, ihn nach Yvelia zu bringen.

»Vermutlich wird er sich nicht gerade freuen, mich zu sehen«, murmelte Carrion neben mir in seinen eigenen Schal.

Ich unterdrückte ein Lachen. »Tatsächlich? Ich bin *schockiert.*«

»Du weißt, dass Sarkasmus eine Form von Humor ist, oder? Zwar die niedrigste, primitivste Form, aber dennoch Humor. Wenn du nicht aufpasst, komme ich noch auf die Idee, dass mein Esprit sich auf dich überträgt.«

»Bitte benutz nicht das Wort ›übertragen‹ im direkten Zusammenhang mit mir«, konterte ich. Aber meiner Erwiderung fehlte die Schärfe. Wie der feine Sand, der ständig gegen die Stadtmauern wehte, begann Carrion Swift, mich langsam zu zermürben.

»Ich muss doch sehr bitten«, sagte der Schmuggler gedehnt. »Du bist überhaupt nicht mein …« Plötzlich reckte er den Kopf und sondierte die Menge vor uns. »Verdammt, er ist verschwunden. Ich glaube, wir haben ihn verloren.«

Ich packte Swift am Arm und schob ihn nach links, weg vom stetigen Strom der Menschen, die sich durch die Straße drängten, um ihre morgendliche Wasserration abzuholen. »Du vielleicht«, sagte ich. »Aber ich verliere niemanden aus den Augen. Er ist gerade eben hier abgebogen, kurz bevor du lügen und sagen wolltest, dass ich nicht dein Typ bin und du deshalb nichts übertragen würdest.« Ich deutete auf die Seitenstraße neben uns. Meine Sinne waren in höchster Alarmbereitschaft. Auch wenn ich Saeris' Bruder nirgends entdecken konnte, war er hier entlanggelaufen. In der Gasse standen nur baufällige Häuser. Ausgebleichte Kleidungsstücke hingen schlaff aus den Fenstern, denn die Luft war zu still und drückend, um sie zu bewegen.

»Das war keine Lüge. Ich bin immer vorsichtig, bei Frauen *und* bei Männern.« Carrion machte einen Schritt in die Gasse.

Aber ich packte ihn am Kragen und zog ihn zurück. Einen Sekundenbruchteil später zischte ein Dolch an ihm vorbei; er hätte den Schmuggler zwar nicht an einer lebenswichtigen Stelle erwischt, aber ihn definitiv getroffen und verwundet.

Die Klinge drang neben Carrions Brust tief in die ausgebleichte Sandsteinmauer ein, vibrierte von der Wucht, mit der sie geworfen worden war.

»Heilige Götter und Märtyrer!« Carrion wirbelte zu dem zerzausten Menschen herum, der aus der Lücke zwischen den Gebäuden zu unserer Rechten getreten war.

Seine Augen waren braun, nicht blau. Saeris hatte elfenhafte, fast kantige Züge, Hayden dagegen ein Grübchen im Kinn, das kurz unter dem Schal aufgeblitzt war, bevor er ihn wieder hochgezogen hatte. Allerdings erinnerte mich die Form seiner Augen an sie, genau wie der Rest seiner Gesichtszüge. Und die Art und Weise, wie er den Kopf schräg legte und mich finster anfunkelte, kam mir verdächtig bekannt vor.

»Tut mir leid, Swift. Ich habe *ihn* zuerst gesehen und reagiert.« Hayden wirkte jung, aber seine Stimme klang rau und tief. Und er ließ mich keine Sekunde aus den Augen.

»Es tut dir leid? Du hast mir fast die Brustwarzen abgetrennt«, knurrte Carrion. Meine Hand lag noch immer auf seiner Schulter; er schüttelte sie ab und murmelte etwas vor sich hin, während er auf den Menschen zuging. »Du wirfst also jetzt in aller Öffentlichkeit mit Messern nach Fremden?« Er zeigte auf die Klinge. »Wo zum Teufel und allen fünf Höllen hast du die überhaupt her?«

»Saeris hat sie überall in der Stadt versteckt. Sie meinte, man könne nie wissen, wann man sich verteidigen muss – und allem Anschein nach hat sie recht gehabt. Was machst du mit diesem Verräter?« Sein Blick zuckte zu Carrion, kehrte aber sofort wieder zu mir zurück.

So wie Hayden Fane mich jetzt ansah – angewidert, finster, zornig –, hatten mich schon viele Leute angesehen, aber sie hatten einen Grund dafür gehabt. Ich hatte ihre Väter oder Ehemänner nicht retten können. Sie hatten die Geschichten über meine Grausamkeit gehört, die Belikon verbreitet hatte. Aber Hayden Fane hatte sein ganzes Leben hier in Zilvaren verbracht, und er hatte nicht das geringste Recht, meine Anwesenheit so übel aufzunehmen.

»Es ist üblich, einen Mann erst einmal kennenzulernen, bevor man über ihn urteilt, Junge«, brummte ich.

»Und ob ich dich kenne!«, zischte Hayden. »Du bist dieser Typ, oder? Dieser Kingfisher vom Ajun-Tor, wo auch immer *das* sein mag. Ha! Na also! Ich kann es dir ansehen. Ich habe recht, oder?« Ein hysterischer Ausdruck lag in seinen Augen, und die Wangen waren so rot wie der Schal um seinen Hals.

Carrion zuckte zusammen. »Woher kennst du seinen Namen?«

Hayden schnaubte verächtlich. »Wo zum Teufel und allen fünf Höllen hast du gesteckt, Carrion? Bei unserer letzten Begegnung hast du versprochen, am nächsten Tag mit Vorräten und Neuigkeiten über Saeris zurückzukommen, und dann warst du wochenlang verschwunden. Ich kann mich nicht so durch die Stadt bewegen wie du. Hier drehen alle durch. Die Gardisten haben alles so streng abgesperrt, dass man kaum atmen kann, ohne wegen Luftraubs eins über den Schädel zu bekommen. Alle haben von der Explosion gestern im dritten Bezirk gehört. Der halbe Glockenturm ist zertrümmert. Und dann haben die Wachen den ganzen Morgen über *das hier* verteilt.« Hayden griff in seine Tasche, und mein Körper versteifte sich – bereit für den nächsten unüberlegten Unsinn, den er versuchen würde. Doch dann zog er keine Klinge, sondern einige zerknüllte Zettel hervor und reichte sie Carrion, der sie auseinanderfaltete und zu lesen begann. Seine Augen wanderten über den gedruckten Text, während er die Seiten überflog und sich auf seinem Gesicht Fassungslosigkeit abzeichnete.

»Dieses verdammte *Miststück*«, murmelte er.

»Welches?« Wir hatten in letzter Zeit mit einigen Miststücken zu tun gehabt.

Carrion ordnete die Blätter und streckte sie mir entgegen, damit ich das Bild auf dem Deckblatt sehen konnte: mein Gesicht, grob gezeichnet, die Augen etwas zu klein, die Nase etwas zu spitz, die Lippen zurückgezogen, die Zähne blutverschmiert. Das Ganze war wirklich clever – die Karikatur stellte eindeutig mich dar, aber der Zeichner hatte meine Gesichtszüge verzerrt. Ich sah finster und bestialisch aus, war aber hinreichend originalgetreu wiedergegeben, dass man mich auf der Straße erkennen würde.

Unter der Zeichnung stand: DER SCHLÄCHTER VON ZILVAREN.

Allmählich sollten sie sich bei meinen Schimpfnamen mal was einfallen lassen. Schließlich konnte ich nicht überall nur der Schlächter sein.

»Madra redet den Leuten ein, dass du mithilfe von Magie in den Palast eingebrochen bist. Sie behauptet, du hättest eine Gruppe von Menschen ermordet, die begnadigt und aus den Zellen entlassen werden sollten. Und dass du ein politischer Fanatiker aus dem Süden wärst.«

»Lass mich mal sehen.« Ich nahm Carrion die Zettel aus der Hand. Es war genau so, wie er es beschrieben hatte: Madras Flugblätter enthielten noch weitere fantastische Lügen, eine unglaubwürdiger als die andere. Aber das Problem in einer Stadt voller hungernder, unterdrückter Menschen war, dass es viele Leute gab, die nach jemandem suchten, dem sie die Schuld für ihr Leid in die Schuhe schieben konnten. Und wen hätte Madra einfacher als Bösewicht hinstellen können als einen Mann, der versprochen hatte, aus den Schatten zu treten und sie im Schlaf zu töten? Das ergab absolut Sinn.

»Dieser Dreckskerl hat Saeris getötet«, knurrte Hayden. »Sie sollte begnadigt werden, und er hat ihr die Kehle aufgeschlitzt, Carrion.«

»Ich habe deiner Schwester nichts getan.«

»Sie haben ihre Leiche durch den dritten Bezirk geschleift. Haben allen *gezeigt*, was du getan hast!«

Swift schüttelte den Kopf und sah den verrückten Kerl eindringlich an. »Bei allen Göttern und Sündern! Kingfisher sagt die Wahrheit, Hayden: Er hat ihr kein Haar gekrümmt. Saeris geht es gut, Ehrenwort.«

»Und wessen Leiche war das dann? Hm? Da waren Kin…« Hayden stockte. »*Kinder.* Man hatte sie in Stücke gerissen. Ihre … Ihre Gesichter waren …« Ich konnte nicht sagen, ob er entsetzt oder wütend war. Und Hayden offenbar auch nicht. Sein Blick zuckte zu dem Messer, das er nach Carrion geworfen hatte. Offensichtlich wünschte er sich, die Waffe läge wieder in seiner Hand, damit er erneut versuchen konnte, mir die Kehle aufzuschlitzen.

Plötzlich stürmte er los, versuchte, um uns herumzusprinten, auf den Dolch zu oder den Ausgang der Gasse – ich wusste es nicht. Sofort verstellte ich ihm den Weg und schüttelte langsam den Kopf. Ich fasste ihn nicht an, starrte ihn nur an, und der Junge ließ den Kopf hängen wie eine Schnittblume ohne Wasser.

»Saeris geht es *gut*«, wiederholte Carrion. »Zumindest ging es ihr gut, als wir aufgebrochen sind«, fügte er hinzu. »Wen auch immer man durch die Stadt geschleift hat – es war nicht deine Schwester.«

»Na ja, ich habe sie nicht persönlich gesehen«, schniefte Hayden. »Aber es gab Zeichnungen. Zeichnungen wie diese hier.« Sein Blick wanderte zu den Zetteln, die ich noch immer in der Hand hielt.

Ich trat einen Schritt zurück und musterte ihn, nicht sicher, ob ich lachen oder weinen sollte. »Nur damit ich das richtig verstehe: Deine Königin – dieselbe Königin, die euch seit Generationen Wasser vorenthält, euch hungern lässt und die Menschen in deinem Bezirk ermordet – lässt ein paar Zeichnungen anfertigen und erzählt dir, dass deine Schwester tot ist. Und du *glaubst* ihr? Heilige Götter und Märtyrer, das ist einfach nicht zu fassen!« Ich wandte mich von ihm ab; er war einfach zu dumm, als dass ich mich jetzt mit ihm befassen konnte. »Bring das in Ordnung, Carrion. Ich bin mit meiner Geduld am Ende.«

Genervt stapfte ich am Eingang der Gasse hin und her und wartete darauf, dass der Schmuggler dem Menschen den Kopf zurechtrückte. Er fing überzeugend an …

»Saeris ist nicht mehr in Zilvaren, Hayden. Sie hat versehentlich ein Portal geöffnet, und Fisher ist hindurchgekommen, direkt in die Stadt.«

Doch dann ging sein Bericht sofort in die falsche Richtung …

»Er hat sie in sein Reich mitgenommen und hereingelegt. Dann ist er wieder hierhergekommen und hat *mich* entführt, weil er dachte, ich wäre *du* …«

»Verdammt, Carrion.« Aufgebracht schob ich ihn zur Seite und packte den Jungen am Hemd. Der penetrante, säuerliche Geruch seiner Angst stieg mir in die Nase. »Willst du deine Schwester wiedersehen?«, knurrte ich.

»J... ja!«, stammelte er.

»Also dann lass uns verdammt noch mal von hier verschwinden.«

»Moment! Wir *können* nicht einfach verschwinden!« Hayden grub seine Stiefelabsätze in den Sand und verlor fast das Gleichgewicht, als ich ihn zu mir zog.

Ich stand wirklich kurz davor, den Mistkerl k. o. zu schlagen und ihn mir über die Schulter zu werfen. »Warum nicht?«

Haydens Augen zuckten zu Carrion – weit aufgerissen, ängstlich, traurig. Seine Schultern sackten herab, sein Kampfgeist war vollständig verschwunden. »Wir müssen zuerst zurück in den dritten Bezirk«, flüsterte er. »Du ... Du musst dich verabschieden, Carrion. Es tut mir leid, ich ...«

Ich sah, wie Carrion die Kiefer aufeinanderpresste. Dann wich er ein paar Schritte zurück und ballte die Hände zu Fäusten, bis die Knöchel weiß hervortraten.

»Was ist los?«, fragte ich.

Hayden brachte es offenbar nicht übers Herz, zu antworten. Aber irgendwie wusste Carrion es bereits.

»Gracia«, sagte er leise. »Gracia ist tot.«

Eine einsame Prozession Trauernder schleppte sich die Dünen hinauf. Ihre Schals flatterten im Wind und wehten wie Gebetsfahnen in Richtung Westen. Sand stach mir in die Wangen und trieb mir Tränen in die Augen, während ich mich hinter Hayden den steilen Hang hinaufkämpfte. Carrion ging voran; seine Schritte waren resigniert wie die eines Mannes auf dem Weg zum Galgen. Er schwieg, genau wie alle anderen.

Die Bewohner des dritten Bezirks standen unter Quarantäne. Sie durften ihr Stadtviertel unter keinen Umständen verlassen –

mit einer einzigen Ausnahme: Die ärmsten Bewohner der Silberstadt hatten die Erlaubnis, ihre Toten zu bestatten.

Aber dies war kein Akt der Gnade.

Im dritten Bezirk gab es keine Friedhöfe, keine Mausoleen oder Grüfte. Die Leichen der Unterdrückten und Ausgebeuteten mussten irgendwohin geschafft werden, und Madra achtete streng darauf, dass die Freunde und Familien der Verstorbenen deren Überreste rechtzeitig beisetzen, sonst drohten harte Konsequenzen.

Wir hatten den Bezirk durch das Südtor verlassen. Kein Wächter stand Wache. Das war auch nicht nötig. Madra wusste nur zu gut, dass diejenigen, die die Pilgerreise durch die glühend heißen Dünen antraten, so schnell wie möglich zurückkehren würden.

Das Tor zur Wüste hätte genauso gut das Tor zu den Höllen sein können. Hier war nichts, wohin man sich hätte wenden können. In den endlosen, gespenstischen Dünen gab es keine Gnade, nur den Tod. Die Menschen, die sich von ihren Toten verabschiedeten, kehrten immer zurück. Ihnen blieb keine andere Wahl.

Als wir den Scheiterhaufen erreichten, war ich schweißgebadet und spürte die ersten Anzeichen von Dehydrierung – beeindruckend, wenn man bedachte, dass ein Mitglied der Fae normalerweise problemlos ein oder zwei Wochen lang ohne Wasser auskam.

Rund dreißig Männer und Frauen standen schweigend im Kreis um einen brennenden Holzstapel. Die verhüllte Gestalt, die auf dem Scheiterhaufen lag, war bereits von den Flammen erfasst. Eine Feuersäule stieg in den bleichen Himmel hinauf und ließ die Luft vor Hitze flirren.

In einer Stadt aus Stein und Sand gab es nicht viel zu verbrennen. Also hatten alle Trauergäste etwas mitgebracht, um Gracia Swifts Abschiedsfeuer zu schüren. Einen Schal. Eine

Decke. Arme voller Stroh. Die Frau aus der Schenke, die Carrion am Vortag angeschrien hatte, weil er so einen Aufstand gemacht hatte, warf leise weinend Teile eines zerbrochenen Stuhls ins Feuer. Als sie Carrion sah, schüttelte sie den Kopf, und ihre Tränen hinterließen Spuren auf ihren staubigen Wangen. »Es tut mir so leid, Carrion. Ich hätte es dir gesagt, aber ich wusste nichts davon.«

Carrion sah sie nicht. Er sah nur das Feuer. Die Frau legte ihm eine Hand auf die Schulter, drückte sie kurz und ging dann davon, die Dünen hinunter, zurück in die Stadt.

Wir standen da und sahen zu, wie der Scheiterhaufen weißglühend brannte. Schließlich trat Carrion einen Schritt vor und warf ein Buch ins Feuer. Ich hatte gesehen, wie er es beim Verlassen seiner Wohnung in die Tasche gepackt hatte, und hatte mir den Titel gemerkt. *Fae-Wesen der Gilaria-Berge.* Das Buch war seine einzige Verbindung zu seinem Volk gewesen. Sein Erbe. Sein gesamtes Reich. Gracias Familie hatte das Buch – und Carrion – sein ganzes Leben lang beschützt.

Der uralte Foliant brannte wie Zunder.

»Ich hätte hier sein sollen«, flüsterte Carrion. »Ich hätte bei ihr sitzen sollen.« Er runzelte die Stirn, Verwirrung zeichnete sich auf seinem Gesicht ab. »Ich … Ich weiß nicht mal, warum wir das tun. Zweiundsiebzig Stunden. So lange sitzen wir bei ihnen, wenn sie sterben. Bei den Menschen, die wir lieben.«

Ich senkte den Kopf und stieß den Atem aus. »Wahrscheinlich macht ihr das aus dem gleichen Grund wie wir. Man sitzt bei seinen Lieben, um sicherzugehen, dass sie nicht wiederauferstehen. Nach drei Tagen ist das Risiko einer Verwandlung vorbei. Die Toten bleiben tot. Für uns ist das eine Sicherheitsmaßnahme. Bei euch muss es zur Tradition geworden sein.«

Hayden hatte bis jetzt kaum etwas gesagt. Er starrte uns beide mit großen Augen an. »Von welcher Verwandlung redet ihr?«

Carrion antwortete nicht, starrte nur stumm ins Feuer.

»Später«, teilte ich Hayden mit. »Für Erklärungen ist später genug Zeit, wenn wir wieder in Yvelia sind.« Meine Antwort schien Haydens Sorge zwar nicht zu zerstreuen, doch er nickte und schluckte sichtlich.

Irgendwo, weit draußen in der Wüste, ertönte ein eindringliches, trauriges Wehklagen. Weinen? Nein, es war … *Gesang*. Wunderschön. Traurig. Unheimlich. Die Trauer der Frau hallte über die Dünen, und die Melodie klang so eindringlich und einsam, dass ich wusste, dass ich sie nie vergessen würde.

Wir beobachteten den Scheiterhaufen eine Stunde lang, bis die Hitze unerträglich wurde und Carrion fast zusammengesackt wäre. Ich packte ihn am Kragen und stützte ihn. Sein Gesicht und Hals waren noch immer von Joshins Stacheln gezeichnet. Der arme Kerl sah erschöpft aus. Bereit aufzugeben. Doch dann nickte er, atmete tief durch und bedeutete mir, dass er allein stehen konnte. Aber anstatt ihn loszulassen, zog ich ihn an mich, umarmte ihn.

Saeris war nicht hier. Aber wenn sie hier gewesen wäre, hätte sie genau das Gleiche für ihn getan.

Carrion versuchte sofort, sich loszureißen, aber ich umarmte ihn nur fester – vielleicht zu fest – und weigerte mich, ihn freizugeben. Schließlich sackte er zusammen und stieß einen einzigen, erstickten Schrei an meiner Brust aus. Sein Körper bebte eine Minute lang vor lautlosem Schluchzen, und ich hielt ihn fest. Dann hörte es auf und war vorüber.

Als er sich erneut von mir lösen wollte, ließ ich es zu. Sein Gesicht war gerötet, die Augen eingefallen. Er nickte, und seine Stimme brach vor Emotionen. »Kommt. Lasst uns verdammt noch mal hier verschwinden.«

Hier entlang. Hiiier entlang. Hier entlang führt der Weg.

Das Quicksilver war heute unruhig. Es flüsterte in meinem Hinterkopf und leitete mich, während wir durch die Tunnel unter der Stadt zurück zum dritten Bezirk liefen. Ich hatte inzwischen nur noch so wenig Quicksilver im Körper, dass es mittlerweile wie eine einzige Stimme klang. Fast kindlich. Leicht zu ignorieren. Aber heute hörte es sich anders an. Eindringlicher. Es war glücklich, wenn wir in die Richtung gingen, in die es uns führen wollte – aber sobald wir den Kurs änderten, brach in meinem Inneren das Chaos aus.

Das Gefühl wäre weniger nervig gewesen, wenn Hayden Fane seit dem Betreten der Tunnel auch nur ein Mal den Mund gehalten hätte.

»Hier stinkt's«, murmelte er.

Ich verkniff mir eine Antwort.

»Man, ich kann kaum was sehen.«

Mit zusammengebissenen Zähnen starrte ich vor mich hin.

»Hier unten sind *Ratten.*«

Wütend wirbelte ich herum und schleuderte den Mistkerl gegen die Wand.

»Bist du fertig?«, zischte ich. Er konnte nicht wirklich antworten – nicht, solange meine Hand um seine verdammte Kehle lag. Seine Augen rollten in den Höhlen wie bei einem scheuenden Pferd. »Ich hoffe es sehr. Wirklich. Denn du klingst langsam wie ein verzogener, verwöhnter kleiner Scheißer, der in seinem verdammten Leben kein einziges Mal mit Schwierigkeiten zu kämpfen hatte.«

Hayden verdrehte die Augen und sackte bewusstlos zusammen.

»Na toll!« Carrion schien das Ganze ziemlich kaltzulassen. »Du hast ihn bis zur Bewusstlosigkeit erschreckt. Das ist einfach … *toll.*«

»Wenigstens hält er jetzt für einen Moment die Klappe.«

Der Moment hielt nicht lange an. Nach einer knappen Minute erwachte Hayden wieder und sah aus, als hätte er sich gerade in die Hose gemacht. Ich hockte mich vor ihn und zeigte auf ihn. »Du sagst kein einziges verdammtes Wort. Und jetzt los, auf die Beine. Beweg dich.«

Der Rest des Wegs durch die Tunnel verlief relativ friedlich. Wir holten die Säcke mit dem Silber aus dem verlassenen Wartungsraum, wo wir sie zuvor versteckt hatten. Und ich sehnte mich förmlich nach Tageslicht, als Carrion an einer Zugangsluke innehielt, von der er behauptete, sie sei in der Nähe einer weiteren seiner Wohnungen – anscheinend besaß er also mehr als eine Unterkunft.

Der Schmuggler hievte sich durch die Luke und griff dann wieder nach unten, um Hayden zu packen. Ich musste den Menschen kaum anheben, so schnell zog Carrion ihn in die Höhe. Ich folgte ihnen mit heißer Wut in der Kehle. »Wie kommt es, dass ich mich das letzte Mal, als du versucht hast, aus einem Tunnel zu klettern, mit deinem Arsch in meinem Gesicht herumschlagen musste – während du jetzt ganz plötzlich in der Lage bist, allein hinaufzuklettern?«

Der Blick, den Carrion mir zuwarf, sprach Bände. »Ganz einfach, Fisher. Wenn du mich wie einen Hofnarren behandelst, bin ich ein Hofnarr. Wenn ich die Lachnummer, der Säufer oder der Idiot bin, dann denkst du nicht darüber nach, wer ich *wirklich* bin, oder? Ich habe hier über tausend Jahre überlebt. Glaubst du wirklich, ich hätte das geschafft, wenn ich mich nicht aus einem verdammten *Loch* herausziehen könnte? Wenn du mich also weiterhin unterschätzen willst …«, er grinste und zog eine kupferfarbene Augenbraue hoch, »… dann würde ich sagen, dass das eher dein Fehler ist als meiner. Oder etwa nicht?«

Während wir durch die Gassen des dritten Bezirks schlichen, entdeckte ich überall Plakate an den Wänden.

Sie schrien in großen, fetten Buchstaben:

GEFAHR! FEINDE DER KRONE!
Gesucht wegen:
Unbefugtem Gebrauch von Magie
Mord
Diebstahl
Anstiftung zur Gewalt

Das Verstecken dieser Verbrecher ist Hochverrat,
der mit dem Tod bestraft wird.
Denkt daran: Magie ist eine Krankheit.
Haltet Zilvaren rein!

Dieses Mal hatte man mich nicht wie eine Karikatur gezeichnet – die Darstellung war ziemlich originalgetreu. Und neben meinem war jetzt auch Carrions Gesicht wiedergegeben. Unsere Abbilder starrten uns von Dutzenden von Plakaten an, während wir uns unseren Weg durch den Bezirk bahnten.

Mit hochgeschlagenen Kapuzen, die Gesichter unter unseren Schals versteckt, waren wir vor den neugierigen Blicken der Passanten sicher. Aber an jeder Straßenecke hatten sich Männer und Frauen um die Plakate versammelt und diskutierten miteinander.

»Unbefugter Gebrauch von *Magie*?«

»Magie gibt's doch gar nicht.«

»Natürlich gibt's die.«

»Das ist dieser Swift. Ich habe doch immer gewusst, dass mit dem was nicht stimmt.«

»Das Ganze ist doch ein Witz. Sie erzählt bei jedem Equinox solche Fantasiegeschichten. Fae hier, Magie dort. Und jetzt hat sie sich endgültig eingeredet, dass das alles stimmt. Sie hat jeden Bezug zur Realität verloren.«

»Und was sollen wir nun machen? Lügen? Einen von unseren eigenen Leuten auf der Straße verhaften?«

»Seht mal, es gibt eine Belohnung …«

»Eine Belohnung …«

»Eine Belohnung …«

Belohnung.

Ein Jahr lang genug Wasser für einen ganzen Haushalt: Das versprach Madra der Person, die die Informationen lieferte, welche zu unserer Festnahme führten. Und Wasser war mehr wert als Geld – in vielen Fällen bedeutete es den Unterschied zwischen Leben und Tod. Es war die Art von Belohnung, die Freunde im Handumdrehen zu Feinden machte.

Wir hasteten weiter durch die Straßen. Doch als wir nur noch wenige Minuten von unserem Ziel entfernt waren, entdeckten wir die ersten Wachen.

Sie warteten bereits auf uns, versteckt in der Gasse gegenüber von Carrions Wohnung. Ich hätte sie nicht gesehen, bis es zu spät gewesen wäre. Aber die Zwillingssonnen beschienen jeden Winkel in Zilvaren, und Madra bestand darauf, dass ihre Gardisten in prächtigen, goldglänzenden Rüstungen herumstolzierten. Funkelnde Goldflecken tanzten auf der Ladenfront unter Carrions Schlafzimmerfenster und verrieten die Soldaten, noch bevor sie in Sicht kamen.

Swift bemerkte den Schein des Golds auf dem Mauerwerk nur eine Sekunde nach mir. Wir beide packten Hayden und zogen ihn rückwärts. Dann rannten wir den Weg zurück, den wir gekommen waren … aber es war bereits zu spät.

»Hier! Sie sind hier! Wir haben sie!«

Die Wachen strömten aus der Gasse wie Hornissen aus einem Bienenstock.

»Fuck!«, zischte ich. Die Soldaten waren nicht annähernd so schnell wie Carrion und ich, aber wir hatten jetzt einen Menschen im Schlepptau – einen Menschen, der nicht besonders schnell laufen konnte. Wir rannten los und trieben Hayden vor uns her, während wir durch die Straßen stürmten.

Hier entlang, zischte das Quicksilver.

»Halt. Die. Klappe.«

Hier entlang, hier entlang, hier entlang! Das Ziehen in meinem Inneren wurde stärker, aber das Quicksilver versuchte, mich in die falsche Richtung zu locken, zurück zu den verdammten Gardisten.

»Was sollen wir tun?«, keuchte Carrion.

Leute schrien und sprangen zur Seite, als wir an ihnen vorbeisprinteten.

Wir hatten keine Wahl. Wir konnten nirgendwo hin. Uns blieb nur eine Möglichkeit …

Ting!

»FUCK!«

Ein Pfeil mit eiserner Spitze prallte von der Wand neben meinem Kopf ab. Die Gardisten schossen tatsächlich auf uns.

»Wir müssen kämpfen!«, schrie ich. »Das ist unsere einzige Chance. Aber wir brauchen einen offenen Platz. Einen Ort, an dem sie uns nicht einkesseln können!«

Wenn wir weiter durch dieses Labyrinth aus Gassen rannten, waren wir erledigt. Wie eine Maus in der Falle. Es würde nicht lange dauern, bis sie einen von uns erschossen. Oder uns alle.

Carrion nickte und wog kurz unsere Möglichkeiten ab. »Okay. Dann zum Platz. Hier entlang. Folgt mir.«

Ting!

Ting!

Pfeile prallten von den Wänden ab.

Links von mir schrie eine Frau auf, und hellrotes Blut spritzte in die Luft, als ein Pfeil, der für meinen Rücken bestimmt war, ihre Kehle traf.

Carrion bog ruckartig nach links ab. Ich bezog hinter Hayden Stellung, benutzte meinen Körper als Schutzschild und gab ihm Deckung, so gut ich konnte. »Schneller, Fane. Beeil dich«, knurrte ich.

»Ich lauf … so schnell … ich kann!«

Hier entlang! Komm! Komm zu mir! Hier entlang!

Für so ein winziges Stück Quicksilver hatte es ganz schön Kraft. Ich merkte, wie ich nach rechts schwankte und meine Füße mich in eine Richtung tragen wollten, die ich nicht einschlagen durfte.

Links.

Rechts.

Dann wieder rechts.

Mein Puls raste, mein Herz schlug wie eine verdammte Kriegstrommel. »Wenn ich in Zilvaren sterbe, werde ich darüber *nicht* glücklich sein«, knurrte ich.

Der Platz war groß. In seiner Mitte hatte man eine riesige Holzplattform errichtet, die mit Blumensträußen bedeckt war – rosa, rot und violett. Ich sah sofort, dass sie nicht echt waren. In der Mitte des Podiums stand ein langer Tisch, auf dem eine Reihe von Leichen in der sengenden Sonne aufgebahrt waren. Fliegen schwärmten über ihnen, und ihr Summen war so laut, dass es die Rufe der Wachen fast übertönte.

»Halt! Haltet diese Männer auf!«

Eine große Gruppe von Mädchen wartete am anderen Ende des Platzes. Sie waren jung, noch Jugendliche, mit angsterfüllten Augen. Zwei Gardisten standen bereits bei ihnen, und einer drückte eines der Mädchen gegen die Mauer. Sie schrie, als ein Mann in schwarzem Hemd und Hose auf sie zukam und ihr etwas in den Hals rammte.

Der Platz war vielleicht doch keine gute Idee gewesen. Die Gebäude waren hier höher. Wenn einer der Gardisten es dort hinaufschaffte, konnte er Chaos und Feuer auf uns hinabregnen lassen.

Auf der anderen Seite des Platzes wies der Mann in Schwarz den Wächter an, das Mädchen, das nun schlaff in seinen Armen lag, auf einen Pferdewagen zu legen.

Drei Sekunden. Mehr Zeit blieb uns nicht, bevor die Wächter uns einholen und Chaos ausbrechen würde. Ich legte meine Handflächen zusammen und zog sie wieder auseinander, um ein Schwert heraufzubeschwören, das bis auf einen einzigen, verdammt wichtigen Punkt mit Nimerelle identisch war: Es war *kein* Götterschwert.

»Was passiert hier gerade, Carrion?«, rief ich und deutete mit dem Kinn auf die Mädchen.

»Heute muss der Tag der Läuterung sein«, antwortete er. »Einmal im Monat treiben sie die markierten Mädchen zusammen, die vierzehn Jahre alt geworden sind. Sieben von zehn. Sie betäuben sie und bringen sie in den Palast.«

Mir gefror das Blut in den Adern.

Der Tag der Läuterung.

Mindestens zwölf Mädchen standen mit dem Rücken zur Wand. Die meisten weinten. Doch das Mädchen am Anfang der Reihe starrte den schwarz gekleideten Mann nur trotzig an, als er ihr den silbernen Zylinder an den Hals hielt. Dann spuckte sie ihm ins Gesicht.

»Sie kommen!«, rief Carrion. »Ich hoffe, du hast einen Plan.«

Ich hatte tatsächlich einen Plan gehabt: Ich hatte die Dreckskerle so schnell und leise wie möglich ausschalten wollen. Kein Aufsehen erregen. Aber dieser Plan gefiel mir inzwischen nicht mehr.

Nein. Dieser Plan war nicht länger brauchbar.

Denn bei den verdammten Göttern, ich würde für ein Aufsehen sorgen, wie es die Stadt noch nie erlebt hatte.

Und dafür brauchte ich kein Götterschwert – meine Wut würde völlig ausreichen.

In dem Moment, als die Gardisten auf den Platz stürmten, rief ich meine Magie herbei. Jeden einzelnen Tropfen. Sie brodelte unter meiner Haut, wütend wie ein tollwütiger Hund.

Es waren fünfzehn Wachen. So viele ausgebildete Soldaten hatte Madra abgestellt, um uns zu töten. Diese Entscheidung würde sie bereuen. Aber es hätte sowieso nichts geändert: Sie hätte zehnmal so viele Männer aufbieten können, und es wären noch immer nicht genug gewesen.

Die Gardisten zögerten einen Moment, erfassten die Situation und merkten dann, dass wir einfach nur dastanden und sie erwarteten …

»Das gefällt mir nicht«, flüsterte Hayden.

»Bring ihn in Sicherheit, Carrion. *Sofort!*«

… und dann stürmten sie auf uns zu.

Swift schnappte sich den Bruder meiner Seelengefährtin und floh. Ich wusste nicht, wohin. Und es war mir auch egal.

Diese Dreckskerle hatten Saeris einst auch gepackt und hierhergebracht. Ich kannte meine Gefährtin. Mit Sicherheit hatte sie sie angefaucht und ihnen ins Gesicht gespuckt, genau wie das Mädchen vorhin. Sie hatte sie mit Sicherheit verflucht, weil sie ihr die Entscheidung abgenommen hatten. Sie hatte sich bestimmt gewehrt.

Als ich meine Kraft entfesselte, schuf ich keine Schatten.

Sondern *Messer*.

Die Klingen waren nicht aus Metall. Sie bestanden aus purer Magie. Greifbare, schimmernde Magie. So schwarz wie meine Schatten, und als ihre scharfen Klingen durch die Luft pfiffen und ihr Ziel fanden, durchbohrten sie Rüstungen, Haut und Knochen gleichermaßen.

Die Wächter starben wie die Fliegen.

Meine Sicht fokussierte sich, und ich betrachtete den Platz vor mir. Weitere Wächter trafen am Südeingang ein. Die beiden, die sich um die Mädchen kümmern sollten, hatten inzwischen bemerkt, was los war, und kamen geradewegs auf mich zugerannt. Sie waren tot, bevor ihre Körper den Boden berührten.

Ihr Blut tränkte den Sand.

Und dann bestand die ganze Welt nur noch aus Blut und Tod. Weitere Wachen stürmten den Platz, und ihre klirrenden Rüstungen übertönten die zornigen Rufe und Angstschreie der jungen Mädchen. Es war mir egal.

Madras Männer tauchten in Scharen auf und starben so schnell, wie sie herbeigestürmt waren. Meine Sinne gehörten nicht länger mir. Pfeile hagelten von den Dächern – mein Instinkt hatte mich nicht getäuscht. Die Wachen hatten sich auf höher gelegenen Gebäuden verschanzt, in der Hoffnung, den Platz in eine Todesfalle zu verwandeln. Aber *ich* war derjenige, der die Todesfalle errichtet hatte, und ich füllte sie mit *ihren* verdammten Leichen.

Ich brachte sie mit den Strängen meiner Schatten zu Fall, fesselte sie an Armen, Knöcheln und Oberkörper und zerrte sie ihrem Ende entgegen.

Sie hatten Saeris hierhergebracht.

Meine Gefährtin.

Sie hatten sie verletzt. Sie hatten ihr hier, an diesem schrecklichen Ort, etwas Heiliges genommen – nicht ihr Recht, Kinder zu bekommen, sondern ihr Recht, eine so wichtige Entscheidung selbst zu treffen.

Ich ließ sie dafür bezahlen, und ich kannte keine Gnade. Nicht, als weitere Wachen eintrafen, auf dem Absatz kehrtmachten und zu fliehen versuchten. Und auch dann nicht, als sie auf Händen und Knien um Gnade flehten.

Die Männer in diesem Bezirk behandelten ihre Frauen wie Leibeigene. Wie Besitztümer, ohne Verstand, ohne Träume, ohne eigene Hoffnungen. Sie benutzten sie für Sex oder vergewaltigten ihre Körper und raubten ihnen ihre Rechte. Sie hatten Saeris' Mutter ermordet. Sie hatten keinen weiteren Atemzug verdient und …

»Kingfisher! Hör auf!« Die Stimme klang nah und fern zugleich. Sie hallte über den Platz.

Der Nebel, der meinen Verstand umhüllte, lichtete sich, und ich bemerkte Carrion, der ein paar Meter entfernt die Hände in einer beschwichtigenden Geste hob.

»Du hast es geschafft! Es ist vorbei. Sie sind weg. Sie sind alle weg. Wir müssen von hier *verschwinden*, Fisher.«

Auf dem gesamten Platz lagen Berge von Leichen – zu viele, um sie zu zählen, und doch nicht genug. Das hier war nur ein kleiner Teil von Madras Truppen. Das Feuer in meiner Seele verlangte, dass ich jeden Einzelnen von ihnen für seine Grausamkeit bestrafte, aber Carrion hatte recht. Wir mussten verdammt noch mal von hier verschwinden. Denn der Boden bebte, und der Sand vibrierte, als die Geräusche einer herannahenden *Armee* die Luft erfüllten.

»Wir müssen hier weg – *sofort!*«, drängte Carrion.

Ich war wie betäubt, bis ins Innerste meiner Seele. »Okay. Ja.« Ich nickte. »Du hast recht.«

»Carrion? *Carrion!*« Das Zischen kam von der anderen Seite des Platzes. Es stammte von Hayden, der hinter dem Pferdewagen duckte. Die Haare des Jungen standen wild in alle Richtungen ab, als hätte ihn der Blitz getroffen. Sein Gesicht war mit Blut bespritzt. In einer Hand hielt er ein Messer. »Carrion, hier entlang. Ich weiß, wo wir hinmüssen.«

Der Schmuggler stellte keine Fragen – er packte mich am Arm und zog mich hinter sich her, während wir Saeris' Bruder folgten. Die Häuser glitten unscharf an mir vorbei. Ich lief, so schnell ich konnte, um mitzuhalten, und mit jedem Schritt kam ich wieder etwas mehr zu mir. Ich hatte gerade vierzig Gardisten getötet, vielleicht fünfzig. Und ich spürte nicht mal den Anflug eines schlechten Gewissens.

Ja, das ist der richtige Weg, flüsterte das Quicksilver in meinem Kopf. *Hier entlang!*

Der Boden bebte jetzt unter unseren Füßen. Während wir durch den dritten Bezirk in Richtung unseres unbekannten Ziels rannten, kamen Madras Männer langsam näher, doch in mir breitete sich eine tiefe Ruhe aus.

Die Soldaten würden kein Problem für uns darstellen, wenn sie uns nicht *finden* konnten.

Meine Magie hätte verschwunden sein müssen. Die Quelle meiner Kraft fühlte sich so weit entfernt an, und doch war sie hier, bereit, meinem Ruf zu folgen. Ich hatte gerade auf dem Platz eine erstaunliche Menge an Magie verbraucht, doch als ich mit den Fingerspitzen über die Oberfläche strich, spürte ich eine überwältigende Energiequelle, die nur auf mich wartete.

Ich blieb stehen und holte sie hervor.

Sie schoss aus mir heraus in einer Flut aus glitzerndem schwarzem Sand und Schatten, die so überwältigend war, dass sie die Straße, auf der wir standen, verschluckte. Dann den Bezirk. Und schließlich die ganze Stadt.

Meine Magie erfasste ganz Zilvaren.

Zum ersten Mal in der Geschichte versank das Große und Glänzende Banner des Nordens in tiefer Dunkelheit.

24

TRIA PRIMA

SAERIS

In den ersten Phasen des Aufstiegs muss ein Gleichgewicht gefunden werden. Jeder Akolyth hat eine Affinität zu einem bestimmten Weg. Ohne angemessene Anleitung und Ausbildung wird der Weg den Akolythen verschlingen. Und wenn sie ihre Kraft wirklich meistern wollen, müssen Akolythen die Tria Prima in sich vereinen. Der erleuchtete Alchemist beschreitet alle drei Wege.

Elementare Runen und ihre Verwendung: Ein umfassender Leitfaden zur Alchemie

Die Schmiede war anders als alle, die ich je gesehen hatte. Zunächst mal gab es kein Feuer. Der Bluthof schien der festen Überzeugung zu sein, dass Feuer innerhalb der Mauern von Ammontraíeth nichts zu suchen hatte, und man hatte nicht mal hier eine Ausnahme gemacht.

Anstelle gieriger Flammen flackerte nur schwaches Equinox-Licht in der Esse. Vor nicht allzu langer Zeit hatte ich Lorreth an einem Berghang über Irrín ein Schwert überreicht, und der Himmel war vor tanzenden Lichtern förmlich explodiert. Fisher hatte es »die Aurora« genannt. Das Equinox-Licht in der Esse hatte mehr als nur eine flüchtige Ähnlichkeit mit dieser Aurora, während es sich unter dem Rost hin und her wand und tanzte. Es war leuchtend grün und rosa, hypnotisierend anzusehen, gab aber keine Wärme ab. Ich konnte sogar mit den Fingern hindurchfahren, ohne etwas zu spüren. Doch tief in meinem Inneren wusste ich, dass dies mehr als nur Licht war. Dass eine *Veränderung* eintreten würde, wenn ich den Tiegel, den ich vorbereitet hatte, in den Lichtbogen tauchte.

Im Tiegel befand sich nur eine winzige Menge Quicksilver, aber für meine Zwecke war auch das nicht mehr erforderlich. Ich spürte den Moment, in dem es in das Equinox-Licht eintrat, als hätte jemand eine Saite angeschlagen, einen Ton gespielt, und der anhaltende Klang dieser Note umhüllte mich.

Ich sandte den Geist aus, suchte nach dem Quicksilver und entdeckte es fast sofort. Laut dem Buch hätte ich an diesem Punkt in der Lage sein müssen, mich mit ihm zu »verbinden«. Und ich versuchte noch immer herauszufinden, was das bedeutete, als das Quicksilver zu reden begann.

Sie sieht uns. Sie hört uns. Sie sieht uns …

Ich presste die Kiefer aufeinander, neigte den Kopf und versuchte mich zu konzentrieren.

Sie spricht nicht mit uns. Warum spricht sie nicht?

Ich holte so tief Luft, bis ich keine weitere mehr in die Lunge bekommen konnte. Und dort fand ich es – als nicht greifbare, summende Energiequelle am Rand meines Bewusstseins. Es fühlte sich an, als könnte ich eine Hand darum schließen, aber jedes Mal, wenn ich es versuchte, entglitt es mir, glitschig wie ein Stück Seife.

»Götterverdammt noch mal«, fluchte ich und öffnete die Augen.

Ein Schandmaul. Das Quicksilver lachte leise. *So reizbar. Böse, böse, böse.*

»Ach, halt bloß die Klappe.« In Gedanken befahl ich dem Quicksilver, sich zu verändern. Es folgte mir ohne Murren. Doch als die kleine, matte Quicksilver-Perle schmolz und auf dem Boden des Tiegels herumschwappte, erfasste mich ein unangenehmes Gefühl und ließ mich erschauern. Auch wenn ich es nur äußerst ungern zugab: Foleys Worte waren mir im Kopf geblieben. Nur weil ich das Quicksilver zu etwas zwang, bedeutete das nicht, dass wir eine Partnerschaft eingingen. Es musste einen anderen Weg geben. Einen besseren Weg …

Rasch nahm ich einen Ring von dem Tablett, das ich bei meiner Ankunft auf die Werkbank gestellt hatte, und ließ ihn in den Tiegel fallen. Der Ring war aus Silber, aber so unrein, dass ich noch etwas hinzufügen musste, um den Prozess zu unterstützen. Das Quicksilver formte sich zu einem gewundenen Strang, der sich um das Band des Rings schlängelte und die winzigen Ranken nachahmte, die in das Schmuckstück eingraviert waren.

Hübsch, zischte es. *Ein hübscher Ring, ja.*

»Wirst du dich damit verbinden? Wirst du ihn zu einer Reliquie machen?« Ich rechnete fast damit, dass es Nein sagen würde, aber dann spürte ich, wie das Quicksilver bei dieser Frage aufmerksam wurde.

Eine Erinnerung, schnurrte es. *Wir werden eine Reliquie werden, im Austausch für eine Erinnerung.*

»Jede Art von Erinnerung?«, fragte ich.

Der winzige Quicksilver-Strang dachte einen Moment darüber nach. *Jede Erinnerung ist gut,* entschied er.

Jede Erinnerung. Ohne nachzudenken, griff ich nach der schmerzhaftesten.

Meine Mutter, auf den Knien.

Die Klinge, die ihr die Kehle aufschlitzt.

Ihr Blut, das sich auf den Sand ergießt …

Das Quicksilver prüfte die Erinnerung, umkreiste diesen schrecklichen Moment in meinem Kopf. Ich spürte, wie es sich um ihn zusammenzog. Spürte, wie sich die Erinnerung löste …

»Halt!« Mein Schrei hallte durch die fensterlose Schmiede. »Warte«, keuchte ich; mein Herz schlug plötzlich zu schnell. Dann schluckte ich und schüttelte den Kopf. »Nicht diese Erinnerung.« Ich wachte oft nachts schweißgebadet auf, weil diese Szene sich immer wieder in meinem Kopf abspielte. Sie verfolgte mich. Es war das letzte Mal gewesen, dass ich meine Mutter lebend gesehen hatte. So schrecklich sie auch war – ich *brauchte* diese Erinnerung. Ohne sie wusste ich nicht, wer ich war.

Das Quicksilver lachte leise und gab seine Macht über die Erinnerung auf. Die Vision meiner Mutter, die im Sand starb, nahm wieder allzu reale Formen an.

»Nimm diese hier«, flüsterte ich und holte eine andere Erinnerung hervor. Ein Morgen wie jeder andere. Ich saß im Dachgeschoss des Mirage. Ich hatte Geld gezählt. Ich hatte Hayden erzählt …

Hatte Hayden erzählt …

Ich schnappte nach Luft, als plötzlich ein stechender Schmerz durch meine Schläfen schoss. Kaum hatte ich ihn bemerkt, als er auch schon wieder verschwunden war.

Moment mal!

Woran hatte ich gerade gedacht?

Eine Reliquie, schnurrte das Quicksilver am Boden des Tiegels. *Eine hübsche. Wir sind fertig. Versiegle uns jetzt. Gib uns das Blut.*

Verwirrt starrte ich auf den Ring. Das Quicksilver war verschwunden, darin gebunden. Genau wie die winzige Menge von gewöhnlichem Silber. Ich hatte eine Erinnerung eingetauscht, aber ich hatte keine Ahnung, welchen Teil meiner Vergangenheit ich dafür aufgegeben hatte.

Das Blut, psalmodierte das Quicksilver. *Das Blut. Das Blut.*

Ich stach mich mit der Spitze des Dolches, den Fisher mir gegeben hatte, und ließ die scharlachrote Perle von meiner Fingerspitze tropfen, noch immer benommen von der Leere, die der Tauschhandel in meinem Kopf hinterlassen hatte. Es war ein seltsames Gefühl: Als würde man an einer Stelle im Mund herumtasten, an der früher ein Zahn gesessen hatte, in dem Wissen, wie sie sich anfühlen sollte, aber stattdessen nur noch Leere vorfinden.

Mein Blut zischte, als es auf den Boden des Tiegels tropfte.

Das war neu.

Das Quicksilver summte und sang leise vor sich hin, während es das Blut aufnahm.

Ich hielt den Atem an. Wartete.

Es ist vollbracht. Vollbracht. Vollbracht.

Langsam atmete ich auf, und Erleichterung erfasste mich, als …

»Du bist überrascht.«

Ich wirbelte herum und ließ den Tiegel und die Zange, mit der ich ihn gehalten hatte, fallen. Das Metall schlug laut scheppernd auf dem Boden auf. »Heilige Märtyrer! Was zum Teufel und allen fünf Höllen …?«

Das Hazrax stand im Türrahmen.

Ich hatte es bisher nur ein einziges Mal und aus der Ferne gesehen. Die Krönung lag zwar erst ein paar Tage zurück, und doch kam es mir vor, als wäre seitdem eine Ewigkeit vergangen. Das Wesen war größer, als ich es in Erinnerung hatte. Hochgewachsen. Es musste den Kopf senken, um durch den Türrahmen zu passen, als es jetzt langsam die Schmiede betrat.

Seine Haut hatte eine kränkliche, blasse Farbe und war an einigen Stellen durchscheinend. Unter der Haut pulsierte ein Netzwerk schwarzer Adern. Die Augen des Wesens waren tiefschwarz und ausdruckslos. Und sein Mund … Bei den Göttern, es hatte so viele *Zähne*.

Unwillkürlich machte ich einen Schritt zurück und tastete nach der Werkbank, um mich abzustützen.

Das Gesicht des Hazrax blieb ausdruckslos, als es einen weiteren Schritt in die Schmiede hineinglitt, aber ich hatte das unheimliche Gefühl, dass es *lächelte*.

Bei allen Göttern!

Es kam näher.

»Du brauchst keine Angst zu haben, Kindkönigin.«

Ich umklammerte die Kante der Bank so fest, dass mir die Finger schmerzten. »Ich habe keine Angst. Ich bin … überrascht.«

Das Wesen neigte den Kopf in einem unnatürlichen Winkel, und ich erhaschte einen Blick auf seine Kiemen. »Überrascht, dass das Quicksilver dein Blut noch akzeptiert?«, fragte es. Ich hätte erwartet, dass seine Stimme eigentümlich klingen würde, sogar fremdartig. Aber die Stimme des Hazrax hörte sich normal an. Sie hätte zu jedem Mitglied der Fae gehören können – mal abgesehen von der Tatsache, dass ich nicht genau sagen konnte, ob sie männlich oder weiblich war.

»Ja«, antwortete ich. »Das hat mich überrascht.«

»Weil du kein Mensch mehr bist. Ist das der erste Handel, den du in deiner neuen Gestalt mit dem Quicksilver abgeschlossen hast?«

Das Herz schlug mir bis zum Hals. »Nein. Ich habe Reliquien für meinen Freund angefertigt. Für meinen Bruder. Dieses Mal fühlte es sich einfach … widerspenstig an.«

Das Hazrax schien über meine Worte nachzudenken. Es bückte sich an der Stelle, wo ich den Schmelztiegel und die Zange hatte fallen lassen, und hob mit seinen langen Fingern vorsichtig den Ring auf, der ebenfalls auf den Boden gerollt war. Dann hielt es ihn in die Höhe und musterte das Schmuckstück mit diesen pechschwarzen Augen. Dabei fiel mir der breite Goldring an seiner linken Hand auf – ein massives Schmuckstück mit einem großen blutroten Rubin in der Mitte. Der Amtsring, der das Hazrax als Lord der Mitternacht auswies. Langsam stieg eine Rauchwolke von den knochigen Fingern des Wesens auf – offenbar *versengte* die Reliquie, die ich gerade geschaffen hatte, das Hazrax. Und es schien fast verärgert, als es die Reliquie auf den Tisch legte.

»Hm. Du wirkst aber auch überrascht, mich hier zu sehen«, sagte es und drehte sich zu mir um. »Man hat dir erzählt, dass ich den Tränensaal nicht verlasse.«

»Ja.«

Seine Augenlider schlossen sich senkrecht, schnappten zu und wieder auf, was mich erneut zusammenzucken ließ. »Und du bist überrascht, dass ich auf diese Art und Weise mit dir rede. Überrascht von meinem Äußeren. Du bist von vielen Dingen überrascht.«

»Ja.« Das Wort kam mir über die Lippen, bevor ich es zurückhalten konnte. »Könnt Ihr meine Gedanken lesen?« Als Algat meine Gedanken durchforstete, hatte ich es deutlich gespürt. Falls dieses Wesen im Moment das Gleiche tat, geschah es weitaus weniger aufdringlich.

Doch das Hazrax schüttelte den Kopf. »Jemand, der so alt ist wie ich, muss keine Informationen stehlen. Die Kraft der Schlussfolgerung genügt mir.«

»Warum seid Ihr hier?« Es erschien mir sinnlos, um den heißen Brei herumzureden.

Das Hazrax spreizte die Finger, sodass die durchsichtigen Membranen dazwischen zum Vorschein kamen. »In manchen Kulturen gilt es als unhöflich, über Geschäfte zu reden, ohne vorher die Regeln der Etikette zu beachten. Ein kleiner Austausch bedeutungsloser Höflichkeiten zwischen Fremden, der … beiden Seiten hilft, einander besser kennenzulernen.«

»Und an was für bedeutungslose Höflichkeiten hattet Ihr gedacht?« Die Schmiede war klein, kaum größer als eine Hütte. Es gab keine Fenster und keinen Ausweg, außer der Tür direkt hinter dem Hazrax, gut zwanzig Schritte entfernt. Mit jeder Sekunde, die das Wesen hier verbrachte und dieselbe Luft atmete wie ich, kribbelte meine Haut stärker, und langsam bekam ich eine Gänsehaut. Doch nicht aufgrund der physischen Bedrohung, die von ihm ausging – obwohl ich mir sicher war, dass es mich verletzen konnte, wenn es das wollte –, sondern aufgrund der Kraft, die das Hazrax aussandte. Rohe, uralte, gefährliche Kraft, die von ihm abstrahlte wie die Hitze einer Sonne.

Es wandte mir sein eigentümliches, glattes Gesicht zu und blinzelte erneut. »Lass uns über das Buch auf dem Tisch reden. Ein edles Werk. Einst gab es viele dieser Bücher … doch jetzt existiert nur noch ein einziges Exemplar.«

Neugier verdrängte einen Teil meiner Zurückhaltung. »Habt Ihr es gelesen?«

»Ich bin ein Beobachter. Ein Sammler von Informationen. Es ist meine Pflicht, Bücher zu lesen«, antwortete das Hazrax. »Und *dieses* Buch habe ich viele Male gelesen.«

Vorsichtig trat ich von der Werkbank weg. »Und Ihr versteht es. Ihr versteht, wer ich bin? *Was* ich bin?«

Das Hazrax schwebte um die Bank herum, und seine langen weißen Gewänder umspielten seinen Körper. Dabei machte es einen Bogen um das gleichmäßige Licht des Equinox-Feuers in der Esse. »Ich bin nicht mit der Gabe des Zweiten Gesichts gesegnet wie anscheinend einige Wesen dieser Welt. Ich sehe Wege. Pfade. Licht. Ich sehe … *Möglichkeiten.*« Ruckartig wandte es sich mir zu. »Blutmagie ist eine primitive Sache, Saeris Fane.«

Ich zuckte verblüfft zurück. Woher kam dieser plötzliche Themenwechsel? »Ich … Ich weiß nichts über Blutmagie.«

»Aber natürlich weißt du davon.« Das seltsame Wesen richtete sich auf und schob die Hände in seine weiten Ärmel. »Das Quicksilver ist gierig. Du gibst ihm, was immer es begehrt. Lieder. Scherze. *Erinnerungen.* Dein Gefährte möchte, dass du viele Tausende dieser Reliquien anfertigst, und doch musst du um jede einzelne feilschen. Und für jede einzelne gibst du ein Stück von dir selbst her. Sag mir eines: Wie willst du genau wissen, was du vergessen hast, was du *verloren* hast, wenn dein Geist durchlöchert ist?«

Das Hazrax konnte das Quicksilver hören – das war die einzige Erklärung. Sonst hätte es nicht wissen können, dass ich gerade eine Erinnerung eingetauscht hatte. »Ich tue, was getan werden muss«, erwiderte ich.

»Hm. Was getan werden muss.« Eine Feststellung. Und dann: »*Was* muss getan werden?« Eine Frage. »Müssen diese Runen auf deinen Händen versiegelt werden? Muss dein Gefährte sich vor neuen Gesichtern in Acht nehmen? Musst du Tausende von Reliquien herstellen, damit du die Schwachen und Jungen von diesem Ort wegbringen kannst? Muss die schwarze Fäulnis, die sich in diesem Land ausbreitet, aufgehalten werden? Ich habe heute Abend den Niederrangigen gesehen, der eine Nachricht zu deinem Gemach gebracht hat. Wie viele sind jetzt schon den Infizierten zum Opfer gefallen? Wie viel Land ist verloren gegangen?«

Die Zahlen, die heute aus dem Kriegslager geschickt worden waren, hatten sich in mein Gedächtnis eingebrannt:

Gesamtzahl der bekannten Toten: 1976
Gesamtzahl der bekannten Infizierten: 2409
Geschätzte infizierte Landfläche: 8162 Hektar

Wir verloren in alarmierendem Tempo an Boden, und es bestand keine Hoffnung, dass sich die Ausbreitung der Fäulnis in absehbarer Zeit verlangsamen würde. Jedes Mal, wenn ich eine neue Liste erhielt, schwand meine Hoffnung etwas mehr. Aber das würde ich das Hazrax nicht wissen lassen. Es spielte mit mir. Es bombardierte mich mit Fragen, in der Hoffnung, einen Funken Angst, eine Reaktion auszulösen. Innerlich reagierte ich durchaus, aber ich zwang mich, weiterhin eine ausdruckslose Miene beizubehalten. Was auch immer dieses Wesen war, wie auch immer seine Motive aussahen – ich würde mich weigern, sein Spiel mitzuspielen. »Für jemanden, der behauptet, kein Zweites Gesicht zu haben, scheint Ihr eine Menge zu *sehen.*«

Das Hazrax blinzelte erneut – seine senkrechten Lider klappten zu, öffneten sich, klappten zu, öffneten sich erneut. So unlesbar seine Gesichtszüge auch waren, ich glaubte dennoch, einen Anflug von Verärgerung zu spüren, während es sich gemessen durch die Schmiede bewegte. Es ging nicht weiter auf seine Bemerkungen ein, von denen die beunruhigendste – *»Muss dein Gefährte sich vor neuen Gesichtern in Acht nehmen?«* – in mir alle möglichen Ängste auslöste. Aber ich unterdrückte jeden Anflug von Panik.

Fisher war ein außergewöhnlicher Krieger. Er hatte ganze Armeen in die Schlacht geführt. Er wusste, wie er auf sich selbst aufpassen musste. Und er konnte gut darauf verzichten, dass ich mir wegen vager Bemerkungen wie diesen Sorgen um ihn machte. Stattdessen brauchte er meine volle Konzentration auf die Aufgabe – die Herstellung weiterer Reliquien.

»Nichts gegen den Austausch von Höflichkeiten, Hazrax, aber wie Ihr sicher schon wisst, erwartet mich eine monumentale Aufgabe, und mir bleibt nicht viel Zeit, um sie zu erledigen. Diese Reliquien erschaffen sich nicht von selbst, also …«

»Dann lass uns zum Blut zurückkehren. Blutmagie ist keine Kunst. Sie erfordert keine wirklichen Fähigkeiten. Planst du, jeden Tropfen Blut zu opfern, um deine kostbaren Reliquien herzustellen, Saeris? Oder hast du einen anderen Plan, der dich *nicht* völlig schröpft?«

»Es stimmt, ich brauche zu lange, um eine einzige Reliquie herzustellen. Ich kann nicht länger Tauschgeschäfte machen. Und ich kann nicht weiter mein Blut verschenken. Das weiß ich nur zu gut, glaubt mir.«

»Was bleibt dir dann noch, Saeris Fane?«

»Ich dachte, das hier sollte ein Austausch *bedeutungsloser* Höflichkeiten werden.« Ich wollte, dass das Hazrax langsam verschwand. Denn inzwischen hatte ich erkannt, dass es jederzeit in der Lage war, den Ausgang der Schmiede mit wenigen Schritten zu blockieren.

Das Wesen spreizte die mit Membranen versehenen Finger. »Im Großen und Ganzen stimmt das auch. Denn dieses Gespräch *ist* bedeutungslos.«

»Mir scheint es ziemlich wichtig zu sein.«

»Das kann ich mir vorstellen.« Endlich lächelte es. Dünne, durchsichtige Lippen verzogen sich zu einem Grinsen und gaben den Blick auf Reihen nadelspitzer Zähne frei. Der Anblick jagte einen ekelerfüllten Schauer durch meinen Körper, von den Fingerspitzen bis hinauf in die Schädeldecke. Das hier würde ich nicht so schnell vergessen. »Wenn *du* das Thema für so wichtig hältst, solltest du vielleicht meine Frage noch einmal überdenken, nicht wahr?«

Eigentlich war das Hazrax der Hüter der Stille – aber ich hatte den Eindruck, als wüsste dieses gruselige Monster nicht, wann es die Klappe halten sollte. Ich unterdrückte meine aufsteigende Frustration und dachte über seine Worte nach. Wenn ich mich für die Herstellung der Reliquien nicht auf Tauschgeschäfte oder Blut verlassen konnte, was blieb mir dann noch? Die Antwort war so offensichtlich, dass ich mir am liebsten selbst einen Tritt verpasst hätte.

Die götterverfluchte verdammte Magie … »Ich sollte herausfinden, wie ich die Quicksilver-Rune aktivieren kann.« Ich hielt die rechte Hand hoch und betrachtete die komplizierten Tintenzeichnungen darauf.

»Ein beeindruckender Schild«, bemerkte das Hazrax. »Vermutlich der komplexeste Schild, den diese Welt je gesehen hat. Er wird eine ungeheuer mächtige Waffe sein … sofern er dich nicht tötet, bevor du ihn versiegeln kannst.«

Foley hatte meine Runen als Schild bezeichnet. Und jetzt hatte das Hazrax diese Bezeichnung wiederholt. Ich starrte auf die Linien und spürte unter den ineinander verschlungenen Runen das gleichmäßige, schnelle Pochen eines uralten Pulsschlags, der nichts mit meinem eigenen Herzschlag zu tun hatte.

»Dafür ist das Buch gedacht«, sagte ich. »Es soll mich lehren, wie ich einen Pakt mit dem Quicksilver schließen kann. Aber bisher habe ich darin nur Hinweise gefunden, wie ich das Quicksilver hören kann. Wie ich mit ihm kommunizieren kann. Und das weiß ich bereits.«

Während das Hazrax nachdachte, drang ein eigenartiges, tickendes Geräusch tief aus seiner Kehle hervor. »Ich kann den Wind hören. Aber bin ich *eins* mit dem Wind, nur weil ich ihn hören kann, wenn er weht?«

»Es reicht! Bitte, es ist einfach … *es reicht.*« Ich hatte das Ganze so verdammt *satt.* »Wenn Ihr etwas wisst, dann spuckt es einfach aus.«

Das beunruhigende Ticken wurde lauter. »Ich weiß nicht nur etwas, Saeris Fane – ich weiß *alles.* Aber es ist nicht meine Aufgabe, Wahrheiten zu enthüllen, die entdeckt werden müssen.«

Woher hatte ich *gewusst,* dass es mich auch weiterhin auf die Folter spannen würde? »Also gut. Dann wird es meiner Meinung nach Zeit, dass Ihr geht.«

Der Hüter der Stille brachte einen Laut hervor, der wie ein Lachen klang. »Ich fürchte, bevor ich das tun kann, mein Kind, muss ich dir erst den wahren Grund für meinen Besuch offenbaren.«

Hitze stieg in mir auf und sammelte sich in meinem Bauch wie geschmolzene Lava. »Ihr nennt mich Kind, während andere hier mich mit *Eure Hoheit* ansprechen?«

»In der Tat. Und nicht aus mangelndem Respekt dem Titel gegenüber. Aber genau wie der Freund, den du in der Bibliothek gefunden hast, bin ich kein Diener dieses Hofes. Ich bin ein *eigenes* Wesen mit *eigenen* Interessen.«

»Man hat mich in dem Glauben gelassen, dass Ihr dem Bluthof Treue geschworen habt.«

Langsam schüttelte das Hazrax den Kopf. »Zwischen mir und dem Vampirkönig bestand eine Vereinbarung. Er hat mir gestattet, ihn zu beobachten, und im Gegenzug durfte er sich für jedes Jahr, das ich hierblieb, einen Gefallen wünschen.«

»Welche Art von Gefallen?«, fragte ich.

Erneut entblößte das Hazrax die Zähne. »Das lag ganz im Ermessen des Königs. Wenn es in meiner Macht stand, wurde dieser Gefallen erfüllt.«

»Und *was* genau ist Eure Macht? Was *seid* Ihr?«

Das Hazrax kam auf mich zu, seine Füße glitten lautlos über den Steinboden. »Vielleicht liegt es in meiner Macht, eine Sonne auszulöschen? Oder aber … die Schwerkraft aufzuheben?«

Sprachlos beobachtete ich, wie die Reliquien auf der Werkbank langsam in die Luft stiegen. Die Zange. Der Schmelztiegel. Sie schwebten in die Höhe, wie von unsichtbaren Fäden getragen. Lose Strähnen meines Zopfs wehten um mein Gesicht.

»Und was die Frage angeht, *was* ich bin …«, setzte das Wesen an, verstummte dann aber. »Wer weiß das schon? Dieser Körper ist nur ein Gefäß. Mein Geist ist sehr alt. Er kann an vielen Orten gleichzeitig sein. Von Zeit zu Zeit sehe ich durch die Augen anderer. All das sind sehr nützliche Fähigkeiten.«

Ich konzentrierte mich nicht länger auf seine Worte, denn ein Gefühl der Schwerelosigkeit zog an meinem Magen und bereitete mir Übelkeit. Die Sohlen meiner Stiefel hoben sich vom Boden, und ein panischer Schrei drang mir aus der Kehle: »Hört auf! Genug. Das reicht!«

Der Schmelztiegel krachte erneut auf den Boden und zerschmetterte den Stein, auf dem er landete. Die Zange blieb an der Seite der Werkbank hängen und schlug dann auf den Boden, wo sie sich weiterdrehte. Nur die Reliquie, die ich gerade hergestellt hatte, schwebte weiterhin in der Luft. Sie drehte sich langsam, und das Licht reflektierte auf den winzigen Ranken und Blättern, die sich um den Ring wanden.

»Ich bin zu vielen Dingen fähig. Du musst nur wissen, wie du mich um etwas bittest«, sagte das Hazrax.

»Und was nun?« Es war ein Wunder, dass meine Stimme nicht zitterte. »Ihr wollt jetzt, da Malcolm tot ist, eine Vereinbarung mit mir abschließen?«

Jetzt bestand kein Zweifel mehr: Das Hazrax lachte definitiv. »Ja, ich würde mit dir die gleiche Vereinbarung treffen wie mit Malcolm«, antwortete es.

»Und wenn ich mich weigere?«

Seine Lippen verzogen sich zu einem breiten Grinsen, die dunkle, hohle Leere seiner pechschwarzen Augen bohrte sich in mich, als es mit dem Finger schnippte, woraufhin sich die schwebende Reliquie immer schneller drehte …

»Ich muss bleiben, Saeris«, erklärte es mit ruhiger Stimme. »Es *muss* eine Vereinbarung getroffen werden.« Die Drohung war versteckt, aber unüberhörbar. Ich hatte keine Ahnung, was das Hazrax tun würde, wenn ich seine Forderung ablehnte, aber ich wusste mit jeder Faser meines Körpers, dass es etwas Schreckliches sein würde.

Wenn dieses Ding ein Mensch gewesen wäre oder sogar ein

Fae, hätte ich mir einige sehr blumige Ausdrücke einfallen lassen, um ihm unmissverständlich zu sagen, was es mit sich selbst machen sollte. Aber dieses Wesen war kein Mitglied der Fae. Trotz seiner Position gehörte es auch nicht zum Bluthof. Diese Kreatur hatte etwas zutiefst Unheilvolles an sich, und ich spürte, dass es vermutlich nicht besonders schlau gewesen wäre, sie zu verärgern.

»Okay«, sagte ich. »Also gut. Ein Gefallen pro Jahr, dafür dürft Ihr bleiben und beobachten. Aber ich bestehe darauf, dass diese Vereinbarung jedes Jahr erneuert werden muss. Ich will nicht bis an mein Lebensende an einen Handel mit Euch gebunden sein.«

»Damit bin ich einverstanden.« Das Wesen neigte den Kopf. »Du wirst schnell erkennen, wie wertvoll meine Gefälligkeiten sind, und es dürfte dir nicht schwerfallen, meine einfache Bitte zu erfüllen. Ich stimme deiner Bedingung zu.«

Natürlich würde ich nicht lange Königin dieses elenden Hofes sein, und ich hatte keine Ahnung, was mich zu dieser Forderung getrieben hatte, aber irgendetwas in mir mahnte zur Vorsicht im Umgang mit dieser Kreatur. Mein Bauchgefühl hatte sich in der Vergangenheit schon oft als richtig erwiesen – und ich hatte nicht vor, es ausgerechnet jetzt zu ignorieren.

Das Hazrax wandte sich ab und schwebte davon. Allem Anschein nach war unser Handel abgeschlossen.

»Wartet! Müssen wir die Vereinbarung nicht mit Blut besiegeln?«, fragte ich hastig.

Die seltsame Kreatur drehte sich nicht um. »Ich habe es dir bereits gesagt, Saeris Fane: Blutmagie ist primitiv. Wir brauchen sie nicht, du und ich.«

Nachdem das Hazrax verschwunden war, schien die Schmiede doppelt so groß zu sein. Plötzlich konnte ich leichter atmen. Die Reliquie schwebte noch immer in der Luft und drehte sich schnell – ein silbrig schwarzer Wirbel. Doch als ich die Hand danach ausstreckte, stoppte sie abrupt und fiel wie ein Stein in meine Hand.

In dem Moment, als das kühle Metall meine Handfläche berührte, kippte die Welt zur Seite. Blendend weißes Licht blitzte hinter meinen Augen auf.

Der Schmerz …

Die Götter wussten, dass ich mit Schmerz vertraut war, aber das hier war eine Art von Schmerz, der die Seele zerriss.

Er war überall. In den Händen, den Augen. Ich konnte nichts mehr sehen, konnte nicht atmen.

Seit ich im Schwarzen Palast aufgewacht war, hatte ich mich darum bemüht, meine Magie hinter einer dicken, hohen Mauer zu verstecken. Doch sie war häufig entkommen und hatte die Quicksilver-Rune aktiviert. In der Bibliothek war zu viel davon ausgetreten, ganz ohne Zweifel. Aber das hier … das war kein Überquellen von Kraft. Die Mauer in meinem Kopf war verschwunden. Es schien, als hätte sie nie existiert und als hielte nichts mehr meine Kraft zurück. Sie durchströmte mich ungehindert, ließ mich wie eine Fackel leuchten und suchte nach einem Ausweg.

Fuck!

Der stumme Fluch kratzte mir in der Kehle.

Ich würde Ammontraíeth zerstören. Schlimmer noch, ich würde verdammt noch mal *sterben*, und ich würde mich nicht mal von meinem eigenen Seelengefährten verabschieden können.

Panik verschmolz meine umherwirbelnden Gedanken zu einem einzigen, drängenden Befehl: *Lauf!*

25

FUNDAMENTE

KINGFISHER

Schreie hallten durch die Dunkelheit.

In der ganzen Stadt breitete sich Chaos aus wie eine ansteckende Krankheit.

»Schnell! Hier entlang!«

Carrion führte unsere Gruppe an. Es hatte nur eine Sekunde gedauert, ihm das Zweite Gesicht zu schenken, damit er uns durch meine Schatten führen konnte. Er war jetzt einer von nur vier Personen, die diese Fähigkeit besaßen – eine Anzahl, die ich heute eigentlich nicht hatte erhöhen wollen. Aber die Situation erforderte es nun mal.

Um uns herum strömten Menschenmassen aus den Gebäuden. Ihre panischen Rufe erfüllten die Luft, während sie durch die Dunkelheit torkelten und nach etwas Vertrautem suchten. Neben mir stolperte Hayden über die Kante eines Pflastersteins. Es gelang mir gerade noch, ihn festzuhalten, bevor er mit dem Gesicht voran auf dem Boden aufschlug. Ich packte ihn am Hemd und zog ihn nach links. »Geh einfach weiter, Hayden. Ich bin direkt neben dir.«

»Hier entlang!« Carrion war jetzt eineinhalb Köpfe größer als alle anderen auf der Straße. Irgendwann während des Angriffs auf dem Platz hatte ich die magische Tarnung aufgegeben, die unsere wahre Fae-Natur verborgen hatte. Meine Eckzähne waren wieder spitz. Und es fühlte sich gut an, wieder in meiner eigenen Haut zu stecken.

Wie Geister huschten wir durch die Straßen, liefen um Menschen herum, die blindlings vor sich hin stolperten und nach ihren Angehörigen riefen.

»Die nächste rechts!«, zischte Carrion. »Hier entlang!«

Vor uns bewegte sich eine Phalanx von Gardisten in enger Formation durch die schmale Straße. Das hellgrüne Licht ihrer Fackeln drang kaum durch die Schatten. Eigentlich hätten sie gar kein Equinox-Licht haben dürfen. Erneut stieg brennende Wut in mir auf – dieselbe, die mir auf dem Platz die Luft abgeschnürt hatte, bis ich fast erstickt wäre. Ich wollte diese Mistkerle töten! Für das, was sie meiner Gefährtin angetan hatten. Für das, was sie ihrer Mutter angetan hatten. Für das, was sie diesem Bezirk *weiterhin* antaten. Mein Verlangen nach Rache war noch nicht vollständig gestillt. Die Männer, die Madras Befehle ausgeführt hatten, standen noch immer tief in meiner Schuld. Und diese Schuld war erst dann beglichen, wenn die Straßen dieser Stadt mit ihren Leichen übersät waren und ein Berg goldener Rüstungen die Sonne verdeckte. Aber meine Rache musste warten.

Wir bogen nach rechts ab, nur wenige Sekunden bevor die Gardisten uns erreichten.

»Dort. Geradeaus. Das breite Gebäude mit der schweren Holztür! Los, los, los, los!«, flüsterte Carrion.

Ich schob Hayden als Ersten zur Tür. Er fand den Griff und drehte ihn – aber die Tür öffnete sich nicht.

»Bei den Göttern! Aus dem Weg!« Ich würde das verdammte Ding eintreten, wenn es sein musste.

»Nein, nein, warte!« Hayden streckte eine Hand aus und drängte mich zurück. »Sie klemmt nur.« Saeris' Bruder lehnte sich mit der Schulter gegen das Holz und stieß die Tür mit einem festen Schubs auf. »Man muss nur … etwas Fingerspitzengefühl …« Die Tür schwang auf.

Hayden konnte nichts sehen, aber er wusste, wo er war? Mir blieb keine Zeit, *diese* Information zu verarbeiten. Erschöpfung erfasste mich. Meine Schatten lösten sich bereits auf. Als ich einen Blick über die Schulter warf, sah ich, dass sich die Luft klärte und die seidigen schwarzen Schwaden direkt vor meinen Augen zerfielen.

Komm herein, schnell!, drängte das Quicksilver. Lauter als seit den Ereignissen in Gillethrye.

Carrion sah mich an, und die Sorge in seinem Gesicht spiegelte meine eigene wider. »Nach dir.« Er bedeutete mir hineinzugehen. Hayden hatte bereits die Schwelle überquert und war verschwunden. Leise fluchend schlüpfte ich durch die Tür. Inzwischen waren meine Schatten vollständig verschwunden. Der Raum war stickig, ein Feuer loderte in einer …

»Fuck!«

Schmerz explodierte zwischen meinen Schulterblättern. Mir schwirrte der Kopf, die Sicht verschwamm. Etwas Hartes hatte mich getroffen – etwas Hartes und *verdammt* Schweres. Die Luft entwich pfeifend aus meiner Lunge, aber es gelang mir gerade noch, mich auf den Beinen zu halten. »Was zum Teufel und allen fünf Höllen …?« Ich wirbelte zu meinem Angreifer herum, bereit, ihn in Stücke zu reißen.

Aber Carrion versperrte mir den Weg und stellte sich vor einen alten grauhaarigen Mann, der einen Feuerhaken schwang. »Whoa, whoa, whoa, whoa!« Carrion hob die Hände. »Keine überstürzten Aktionen! Das da war doch nur ein Klaps auf den Rücken.«

»Eigentlich hatte ich auf seinen Kopf gezielt«, knurrte der Alte. »Ich hätte nicht gedacht, dass der Mistkerl so *groß* ist.«

Nur ein Klaps auf den Rücken? Ein Klaps auf den Rücken hinterließ keine Blutergüsse. Ich trat einen Schritt vor, bereit, Carrion notfalls mit Gewalt zur Seite zu schieben.

Doch der Schmuggler packte mich an den Schultern. »Tu ihm nichts, Fisher. Bei allen Göttern …«

»Er hat versucht, mir den *Schädel* einzuschlagen, Carrion.«

Jetzt schob der Mensch Swift eigenhändig beiseite, drängte ihn aus dem Weg. Sein Haar war einst dunkelbraun gewesen, aber jetzt größtenteils grau meliert, und Falten durchzogen sein Gesicht. Er wirkte stark und breit wie ein Stier. Nach menschlichen Maßstäben massiv. Ein Feuer brannte in den Augen, als er sich vor mir aufbaute und zischte: »Was hätte ich denn sonst tun sollen? Du bist doch derjenige, der in *meine* Schmiede eingebrochen ist!«

Saeris hatte Elroy als angenehmen Zeitgenossen beschrieben. Hatte voller Liebe von ihm gesprochen, aber mein erster Eindruck von ihm war nicht besonders positiv.

Mein Rücken pochte, und ich bekam Spannungskopfschmerzen – ein Hämmern, das durch das Zischen des Glasmachers nicht unbedingt gelindert wurde.

»Er *darf* nicht hierbleiben!« Der alte Mann hatte sich seit unserer Ankunft nicht von der Tür entfernt. Er wollte wirklich, dass wir gingen. »Du kannst bleiben, Carrion. Hayden kann bleiben. Aber *er* muss gehen.«

Carrion erwies sich nicht gerade als guter Verhandlungsführer. »Beruhige dich, Elroy. Es wird alles gut. Wir brauchen nur einen

Ort, an dem wir uns ein paar Stunden verstecken können, bis sich die Lage draußen beruhigt hat.«

»Ich werde es nicht noch mal sagen, Carrion. Ich weiß, wer der Typ ist. Ich weiß, welche Probleme ihm auf dem Fuße folgen.«

Hayden hatte sich an eine Wand zurückgezogen, an der eine Reihe schwerer, abgenutzter Werkzeuge hingen. Jetzt trat er vor und erinnerte uns alle an seine Anwesenheit. »Er hat gesagt, dass Saeris noch lebt, Elroy«, verkündete er.

»Das bezweifle ich nicht.« Der Alte kniff die Augen leicht zusammen und musterte mich vorwurfsvoll. »Wir reden hier von *Saeris*. Natürlich lebt sie noch. Aber allem Anschein nach ist sie vom Regen in die Traufe geraten, oder?«

Carrion schlüpfte hinter mich und drückte den Rücken gegen die Tür, damit Elroy sie nicht öffnen konnte. »Er ist kein *Rebell*, El.«

»Das ist mir klar: Er ist ein Fae-Krieger und so subtil wie ein Holzhammer.« Elroy wedelte mit dem Schürhaken vor meiner Nase herum. »Diese Schatten, die du gerade über die ganze Stadt geworfen hast … die hätten uns alle umbringen können. Und wie hätte das dann deinen Zielen geholfen?«

Sie alle umbringen können? Bei den Göttern, was für eine *Theatralik*! »Es hätte sogar enorm geholfen. Denn wenn alle in Zilvaren tot wären, könnte ich einfach *nach Hause zurückkehren*«, knurrte ich.

»Das hat er nicht so gemeint!«, versicherte Carrion hastig. »Okay, okay, lasst uns alle erst einmal tief durchatmen.« Er fuhr sich mit den Händen durch die Haare, während er vor der Tür auf und ab lief. »Du musst meinem Freund hier verzeihen. Er kommt aus kühleren Gefilden. Die Hitze setzt ihm zu und lässt ihn unhöflich werden.«

»Entschuldige dich nicht für mich!«, knurrte ich wütend und hätte Carrion am liebsten eine Ohrfeige verpasst. »Wenn er ein freundliches Miteinander gewollt hätte, hätte er mich nicht schlagen sollen, oder?«

Schreie von der Straße übertönten die wütende Erwiderung, die Elroy mir hatte entgegenschleudern wollen. Der Boden bebte unter dem Donnern vieler Stiefel. Die Schmiede besaß ein einziges kleines, mit Läden verschlossenes Fenster. Hayden hatte die hölzernen Verdunklungen einen Spalt geöffnet und starrte missmutig hinaus, als würde er das Ende der Welt verfolgen. »Wir können nicht da raus«, sagte er. »Noch nicht.«

»*Du* gehst nirgendwohin«, verkündete Elroy. »Saeris würde mich umbringen, wenn sie wüsste, dass ich dich mit ihm gehen lasse.«

Ich fletschte die Zähne. »Was glaubst du denn, wer mich hierhergeschickt hat, um ihn zu *holen*, alter Mann?«

»Okay. Das reicht jetzt!« Carrion hatte einen Hammer gefunden – keine besonders große Leistung, wenn man bedachte, wo wir waren. Er hielt ihn wie einen Richterhammer hoch und sah mich ernst an. »Normalerweise bin ich immer für einen ordentlichen Streit zu haben, aber in den letzten Tagen wurde ich von einer Million Skorpione gestochen, wiederholt verfolgt und musste eine völlig durchgeknallte Person töten. Außerdem habe ich gerade mit ansehen müssen, wie eine Frau, die mich geliebt und beschützt hat, in Flammen aufgegangen ist. Und jetzt … habe ich die Schnauze voll«, stieß er mit brechender Stimme hervor, zuckte die Schultern und lachte sein spöttisches, unbekümmertes Lachen.

Aber ich hatte das Stocken in seiner Stimme gehört. Genau wie Elroy. Verwundert bemerkte ich, wie der Alte seinen Kampfgeist verlor.

»Die Nachricht von Gracias Tod hat mir das Herz gebrochen, Carrion. Wirklich«, sagte er leise.

Carrion senkte den Hammer. »Sie war alt.« Seine Stimme klang jetzt völlig emotionslos. Als hätte er sich das in den letzten Stunden tausendfach gesagt und als wären diese Worte das Einzige, was ihn noch auf den Beinen hielt. »Ich wünschte nur, ich hätte mich von ihr verabschieden können. Sie war … die Letzte ihrer Ahnenreihe. Es wird keine weiteren Swifts geben.«

Ich spürte das Gewicht dieser Worte bis ins Mark. Die Swift-Frauen hatten sich um Carrion gekümmert und seine Existenz über Jahrhunderte hinweg erklärt. Für die Außenwelt waren sie seine Schwestern gewesen. Seine Mütter. Seine Tanten. Seine Großmütter. Doch in Wahrheit waren sie seine Freundinnen gewesen. Seine Beschützerinnen. Und jetzt waren sie alle tot. Der Schmuggler hatte sehr lange in Zilvaren gelebt, aber er hatte in dieser Stadt keine einzige Sekunde ohne eine Swift an seiner Seite verbracht.

Angesichts Carrions Kummer unterdrückte ich meine Verärgerung und atmete tief durch. »Verrat mir eines, Elroy: Wie viele Versprechen hast du Saeris gegeben und dann gebrochen?«

Der Schmied schloss die Augen. »Kein einziges.«

»Ich auch nicht. Und ich werde alles tun, dass das auch so bleibt. Aber gib dich keinen Illusionen hin: Ich werde ganze Welten niederbrennen, um mein Versprechen ihr gegenüber zu halten, alter Mann. Es gibt keine einzige Person in diesem oder irgendeinem anderen Reich, die ich nicht opfern würde, nur um Saeris nicht zu enttäuschen. Ich habe ihr versprochen, ihren Bruder nach Hause zu holen. Willst du meine Entschlossenheit auf die Probe stellen?«

Draußen erschütterte ein lauter Knall die Luft, dicht gefolgt von einem durchdringenden Schrei. Elroy starrte mich an, und die Falten um seine Augen vertieften sich. Ich erwiderte seinen Blick, ohne mit der Wimper zu zucken.

Und schließlich wandte der alte Mann die Augen ab. »Nein. Nein, das habe ich nicht vor.« Resignation schwang in seiner

Stimme mit. »Aber der Junge sollte doch mitentscheiden dürfen, oder? Du hast gesagt, du hättest Saeris versprochen, ihn nach Hause zu holen … aber *das hier* ist das einzige Zuhause, das er je gekannt hat.«

Mord. Hunger. Unterdrückung. Hass.

Das waren die Fundamente, auf denen Zilvaren erbaut worden war. Kein Wunder, dass die Grundmauern dieser Stadt nicht in der Lage waren, sie zu tragen. Dieser Ort war kein Zuhause. Er war ein Käfig. Ein Todesurteil. Aber der alte Mann hatte recht. Hayden musste das selbst entscheiden.

Zögernd nickte ich.

Drei Augenpaare richteten sich auf Hayden Fane.

Bei den Göttern, er sah Saeris überhaupt nicht ähnlich. Kein bisschen. Doch als er unsere Blicke erwiderte und ich die Entschlossenheit in seinen Augen bemerkte … die Art und Weise, wie er die Kiefer aufeinanderpresste, entdeckte ich eine flüchtige Ähnlichkeit mit seiner Schwester. Mit einem Teil von ihr, den ich wiedererkannte. Das war zumindest etwas, das ich unterstützen konnte.

»Ist schon okay, Elroy«, sagte Hayden. »Ich möchte sie begleiten.«

Carrion erklärte Elroy alles.

Ich saß am Fenster und beobachtete, wie die Bürger von Zilvaren langsam in ihre Häuser zurückkehrten. Mehrere Stunden verstrichen, und ich hörte zu, wie Carrions Geschichte Gestalt annahm. Von Zeit zu Zeit marschierte eine Einheit Gardisten an der Schmiede vorbei, mit laut klirrenden Rüstungen und fest aufstampfenden Stiefeln. Es kam nur selten vor, dass die Wachen in so großer Anzahl im dritten Bezirk patrouillierten. Saeris hatte mir erklärt, dass viele dieser Soldaten die Lüge glaubten, die Madra überall verbreitete – nämlich dass der dritte Bezirk ein Seuchenviertel sei. Infiziert. Diese Unwahrheit half ihr, da ihre eigenen Gardisten Angst vor den Menschen hier hatten. Eine Armee war effektiver, wenn sie ihren Feind hasste.

Elroy ging in der Schmiede auf und ab, während er Carrion zuhörte. Gelegentlich bediente er den Blasebalg, um das Feuer in der Esse mit Sauerstoff zu versorgen. Ich sah Saeris' Gesten in seinen Handlungen. Die Art und Weise, wie er seine Werkzeuge führte. Wie er sich durch den Raum bewegte. Aber ich wusste, dass es sich eigentlich um *seine* Gesten handelte. Schließlich hatte er Saeris beigebracht, wie man eine Schmiede bediente. Der alte Mann schwieg, um Carrion nicht zu unterbrechen. Erst recht nicht, als dieser von den Fae erzählte. Von seiner Verwandlung. Von den Portalen, die den Transport zwischen dieser Welt und Yvelia ermöglichten. Hayden unterbrach den Schmuggler ständig, vollkommen fasziniert und mit riesigen Augen. Aber der alte Schmied nahm alles gelassen in sich auf.

Als Carrion seinen Bericht beendet hatte, ließ sich Elroy schwer auf einen wackligen Hocker sinken, der älter aussah als er selbst. Das Gewicht des gesamten Reichs schien auf seinen Schultern zu lasten.

Ich löste mich vom Fenster und wandte mich ihm mit verschränkten Armen zu. »Woher wusstest du das alles?«, fragte ich fordernd.

Die Hinweise lagen auf der Hand.

Er hatte mich als Fae-Krieger bezeichnet.

Er hatte gewusst, dass es *meine* Schatten gewesen waren, die die Sonnen verdeckten.

Er hatte nicht mal geblinzelt, als Carrion in seine Schmiede gestürmt war, viel größer als zuvor, mit spitzen Ohren und Zähnen, die ernsthaften Schaden anrichten konnten.

Er hatte es gewusst.

Elroy schaute zu mir hoch, und die Wahrheit war deutlich in

seinen Augen zu sehen. Ich hatte recht gehabt. »Viele Leute erzählen noch immer Geschichten von früher. Als deinesgleichen noch nach Zilvaren gekommen sind«, antwortete er.

Ich warf ihm einen enttäuschten Blick zu. »Nein. Das ist nicht der Grund. Versuch's noch mal.«

Müde zuckte er die Schultern und schüttelte den Kopf. »Also gut. Du hast recht. Ich weiß schon mein ganzes Leben lang von den Fae.« Er deutete mit dem Kinn auf Carrion. »Und auch von ihm habe ich immer gewusst.«

»*Wie bitte?*« Carrions Stimme klang drei Oktaven höher als sonst. »Du hast schon immer von mir gewusst? Immer gewusst, dass …« Er riss die Hände hoch und starrte an die Decke. »Findest du nicht, dass du das hättest erwähnen sollen? Irgendwann mal in den Hunderten von Gesprächen, die wir über die Jahre geführt haben?«

»Warum?« Elroy wirkte aufrichtig verwirrt. »Das hätte nichts geändert. Du wärst noch immer ein nerviger, großmäuliger Schmuggler mit einer Vorliebe für meine Glaswaren gewesen.«

»Nein, ich … keine Ahnung. Vielleicht wäre es schön gewesen, mal mit jemandem zu reden, der wusste, wer ich wirklich bin? Vielleicht wäre es schön gewesen, zu … zu … Ach, vergiss es. Vergiss es einfach. Du hast recht. Es hätte nichts geändert. Du wärst noch immer ein elender Trottel ohne Sinn für Humor gewesen!«

Elroy stützte die Ellbogen auf die Oberschenkel und verschränkte die Hände. »Du hattest *Gracia*.« Er klang erschöpft.

»Ja, das stimmt.« Carrion nickte. »Und sie war immer genug. Aber eine Person unter Millionen … Es wäre schön gewesen, wenn es zwei gewesen wären.«

»Hör zu, es tut mir leid, okay? Aber ich hätte dir sowieso nicht verraten dürfen, dass ich davon wusste. Schließlich musste ich mich an die Regeln halten und …«

»Welche Regeln?« Mein Körper fühlte sich seltsam an. Zu heiß.

Theoretisch hätte es daran liegen können, dass ich mich in einer Schmiede befand, in einem Reich, in dem es ohnehin schon *unerträglich* heiß war. Doch das hier fühlte sich anders an. Ich konnte mein Herz im gesamten Körper pulsieren spüren.

Elroy schnaubte, Verärgerung zeichnete sich auf seinem Gesicht ab, doch er beantwortete meine Frage: »Erzähl niemandem von den Fae. Sprich mit Carrion nicht über die Fae. Erzähl niemandem von den Magieanwendern, denen du begegnet bist. Solche Dinge.«

»Und wer hat dich dazu verpflichtet, diese Regeln zu befolgen?«

»Mein Vater«, sagte er. »Und *sein* Vater hat *ihn* dazu verpflichtet. Ich bin ein Meisterschmied, Krieger. Der Sohn von Meisterschmieden. Die Familie Swift war nicht die *einzige* Ahnenreihe, die mit einer Aufgabe betraut war, welche über Generationen weitergegeben wurde. Gracia und ihre Leute wachten über den Jungen. Ich und meine Leute hatten eine andere Aufgabe.«

Jetzt konnte ich es hören … das Pochen in meinen Ohren.

Bumm.

Bumm.

Bumm.

Bumm.

Ich schluckte schwer. »Sag es mir«, forderte ich im Flüsterton.

Elroy verzog das Gesicht und fuhr sich mit der Zunge über die Zähne. Dann schlug er mit den Handflächen auf die Oberschenkel und stand auf. »Ich glaube, es ist besser, wenn ich es dir einfach zeige.«

»Ich bin nicht beleidigt. Nur ein wenig … *empört.*«

Carrion hatte ununterbrochen gemeckert, seit der Glasmacher den Teppich an der Wand weggezogen und dahinter eine Geheimtür freigelegt hatte. Nur ein winziger, geschickt gewebter Hauch von Magie hatte die Tür verborgen: Nachdem Elroy sich in den Finger gestochen und einen Tropfen seines Bluts an die Wand getupft hatte, waren die schweren Sandsteinblöcke zurückgewichen und hatten die Schmiede mit einem knirschenden, nervtötenden Geräusch erfüllt.

Danach hatte Elroy sich eine Fackel geschnappt und war als Erster die Treppe hinuntergestiegen, dicht gefolgt von Hayden und mir. Carrion hatte die Nachhut gebildet, was bedeutete, dass ich mir sein Gemecker anhören musste.

»Jahrhunderte. *Jahrhunderte!* Hier wurden jahrelang Fae-Pläne geschmiedet, direkt unter meiner Nase, aber niemand hat auch nur daran gedacht, mich zu informieren? Mich! Das einzige Mitglied der Fae in Zilvaren!«

»Dein Freund hat gesagt, sie hätten ihre Gründe gehabt«, murmelte ich über die Schulter. »Also müssen sie ihre Gründe gehabt haben.« Ich hatte keine Ahnung, ob das stimmte – Menschen logen ständig, manchmal ohne jeden Grund. Elroy hätte sich das alles ausgedacht haben können, aber er hatte keinen erkennbaren Grund zu lügen. Jedenfalls keinen, den *ich* erkennen konnte.

Die Treppe schien gar kein Ende zu nehmen. Wir stiegen tiefer und tiefer und immer tiefer …

Die Wände bestanden hier nicht mehr aus Sandstein, sondern aus Granit. Glatt, kühl und hart. Die Art von Gestein, die dem Zahn der Zeit *und* einem sich ständig verändernden Meer aus Sand standhalten konnte. Wohin auch immer Elroy uns führte, er schwieg eisern. Über Haydens Schulter hinweg konnte ich nur den Hinterkopf und die zerzausten, schulterlangen grauen Haare des Alten sehen. Aber ich spürte die Anspannung, die von ihm ausging – eine so starke Anspannung, dass ich sie mit meiner eigenen verwechselte.

»Wie weit noch?«, fragte Hayden leise. Die Frage war eigentlich nur für Elroy bestimmt gewesen, aber der Junge wusste noch nichts von dem ausgezeichneten Hörvermögen der Fae. Er klang nervös.

»Noch etwa zweihundert Stufen«, antwortete Elroy.

»Wie viele sind es denn *insgesamt*?«

»Zwölfhundertdreiundzwanzig.« Elroys Flüstern hallte von den Wänden wider.

Schließlich erreichten wir den Fuß der Treppe, wo sich der Gang zu einem riesigen, dunklen Raum öffnete. Als ich sah, was vor uns lag, hatte ich das Gefühl, als hätte mir ein Pferd einen Tritt gegen die Brust verpasst.

»Bei allen Göttern und Sündern …«, keuchte ich.

»Was? Was ist los?«, zischte Hayden. »Was ist das hier?«

»Unser Weg aus diesem Schlamassel«, antwortete Carrion und sah sich mit offenem Mund um. Seine Augen schweiften über die Säulen, die die Gewölbedecke stützten, über die Berge von Rüstungsteilen, über die Münzen, die Kelche und die Truhen, die mit allen möglichen Metallgegenständen überfüllt waren. Schließlich fiel sein Blick auf das riesige, vertiefte Becken in der Mitte der Höhle …

Auf der anderen Seite der Höhle glimmte ein Licht auf. Zuerst nur ein kleines orangegoldenes Leuchten. Aber bald waren es zwei Lichtpunkte, dann drei. Elroy umrundete den Raum und zündete Fackeln an. Sein geheimer Schatz hatte mich derartig abgelenkt, dass ich nicht mal bemerkt hatte, dass er sich von uns entfernt hatte. Als er die Hälfte der Fackeln in ihren Halterungen entzündet hatte und zu uns zurückkehrte, war die Höhle in ein schwaches Licht getaucht, das jedoch ausreichte, um alles sehen zu können.

Mit einem wilden Ausdruck in den Augen ging Hayden auf das riesige Becken zu.

Es war das erste seiner Art, das ich je zu Gesicht bekommen hatte: so in den Boden eingelassen, dass Stufen hinunter zur stillen, festen Oberfläche des Beckens führten.

Du bist hergekommen, du bist hergekommen. Hergekommen. Du bist hergekommen …

Die Worte dröhnten in meinen Ohren. Laut. Vielstimmig. Dutzende Stimmen, die alle gleichzeitig redeten. Seit Iseabail und Te Léna begonnen hatten, mich gemeinsam zu heilen, hatte ich diese Stimmen nicht mehr so laut gehört.

Komm zu uns. Komm, komm, komm …

Hayden legte den Kopf schräg und starrte blinzelnd auf die Oberfläche des spiegelnden Metalls auf dem Grund des Beckens. »Was *ist* das?«, fragte er.

Elroy krächzte und räusperte sich. »Das, mein Junge, ist eine *gefährliche* Menge Quicksilver.«

26

LETZTEN ENDES

SAERIS

Du bist gekommen. Du bist gekommen. Gekommen. Du bist gekommen …

Die Worte schossen mir durch den Kopf.

Gekommen. Gekommen. Du bist gekommen …

Ganz Ammontraíeth verharrte und sank auf die Knie, als ich durch die Flure rannte und mir einen Weg in die Eingeweide des Palastes und zu der Gruft bahnte, in der sich das Quicksilver des Bluthofes befand. Die durchdringenden, kalten Blicke von Dutzenden Hochadel-Vampiren waren mir den ganzen Weg über gefolgt.

Die Gruft sah genauso aus, wie Kingfisher, Carrion, Lorreth und ich sie verlassen hatten. Unsere Fußabdrücke zeichneten sich noch immer in der dicken Staubschicht auf dem Boden ab. Der

Rand des Beckens war weiterhin beschädigt, der Stein zersplittert. Ein langer, gezackter Riss zog sich wie ein Blitz durch den Obsidian in Richtung Tür. Hier hatte ich mich von Fisher verabschiedet. Er hatte mich geküsst und umarmt, und ich hatte mich sicher gefühlt.

Jetzt fühlte ich mich nicht mehr sicher. Stattdessen hatte ich das Gefühl, ich müsste gleich explodieren. Meine Nervenenden protestierten, als ich zum Becken rannte und …

Verdammt! Was sollte ich denn jetzt *tun*?

Du bist gekommen. Du bist gekommen. Gekommen …

Die Worte dröhnten durch die Gruft. Hohl. Einzigartig. Sie sickerten in meine Knochen, klangen nach und riefen nach mir.

Schließ dich uns an. Komm zu uns. Schließ dich uns an. Wir werden dir helfen …

Ich hatte die Reliquie in der Schmiede gelassen. Als ich das letzte Mal ins Quicksilver ging, hatte ich keine Reliquie dabei. Die Götter haben mich trotzdem durchgeschleust. Es war alles ganz schnell gegangen: In der einen Sekunde trug Fisher mich noch in seinen Armen. In der nächsten wachte ich im hohen Gras auf, und zwei Göttinnen betrachteten mich kichernd. Fisher glaubte, mein Alchemistenblut hätte verhindert, dass das Quicksilver mich so beeinflusst hat wie einst ihn, aber konnte das denn sein? Würde ich jetzt den Verstand verlieren, wenn ich in dieses Quicksilver trat? Oder würde es mich vielleicht sogar umbringen?

Komm. Komm zu uns. Schließ dich uns an …

Oder war das Betreten dieses Beckens jetzt das Einzige, was mich retten würde? War dies der Schlüssel zu meiner Magie? War dies etwas, das ich tun musste, um mich mit dem Quicksilver zu verbinden? Um ihm zu zeigen, dass ich ihm vertraue?

Mir blieb keine Zeit für lange Überlegungen.

Ich musste etwas *tun*. Das Leuchten meiner Runen tauchte das Grab in ein derart helles Licht, dass mir die Augen wehtaten.

Meine Macht baute sich auf, spannte sich an, tastete sich vor, wuchs – und es war mehr, als ich begreifen konnte. Sie wollte raus und frei sein, und ich wollte verdammt noch mal nicht sterben.

Mir blieb keine Wahl.

Ja. Ja, komm zu uns. Die Stimme des Quicksilvers war hypnotisierend.

Der Raum drehte sich, als ich die Augen schloss und meine Macht hereinließ.

Die Leere, die mich überkam, verschlang mich vollständig.

Kein Licht mehr.

Kein Oben.

Kein Unten.

Das war Unsterblichkeit; ihr in die Augen zu sehen, fühlte sich an, als würde man in ein schwarzes Loch starren.

Angst fuhr mir mit eiskalten Fingern durch den Verstand und lähmte mich.

Atme, Saeris. Gib nicht *nach.*

Die Angst würde mein Verderben sein. Ich durfte ihr keinen Platz einräumen.

Ich zog mich in mich selbst zurück und suchte nach dem, was schon immer ein Teil von mir gewesen war. Diese Flut von Magie schüchterte mich ein. Wenn ich sie zuvor gespürt hatte, wie sie direkt unter der Oberfläche meines Bewusstseins tobte, war ich stets aus Furcht vor ihrer Unermesslichkeit zurückgewichen. Ich hatte Sorge gehabt, dass ich nicht mehr an die Oberfläche zurückfinden würde, wenn ich zuließ, dass die Macht mich verschlang – und davor hatte ich auch jetzt noch Angst. Doch diesmal würde der Sturm nicht nachlassen. Er wuchs mit jeder Sekunde weiter an.

Ich stürzte mich in den Strom meiner Macht und wurde sofort mitgerissen.

Oh, ihr Götter, es war zu viel. Es war …

Ziehen.

Schieben.

Zerren.

Schreien.

Drehen.

Schwimmen.

Versinken …

Ertrinken …

Atme, Saeris. Atme, oder es ist alles vorbei.

Ich holte tief Luft und zwang den Atem förmlich in meine Lunge.

Das ist nichts, wovor du Angst haben musst.

Es ist ein Teil von dir.

Ein Teil von dir, den du noch nicht kennengelernt hast.

Aber du kannst das.

Als du niemanden mehr hattest, auf den du dich stützen konntest, musstest du dich auf dich selbst verlassen. Als niemand kam, um dich und Hayden vor dem Verdursten zu retten, hast du dich selbst gerettet.

Rette dich auch jetzt, Saeris.

Du hast es in der Hand.

Ich hörte auf, mich dagegen zu wehren. Magie zischte durch meine Nervenenden, und da war sie, als wäre sie ein greifbares, biegsames Etwas an meinen Fingerspitzen: ungezügelte göttliche Energie. Als ich die Augen aufschlug, erwartete ich, sie sehen zu können, aber meine Finger sahen normal aus. Mein Schild flackerte mit blauweißer Energie, als ich nach dem Quicksilver griff und es herbeirief.

Es war kinderleicht.

Ich beschloss, dass das Portal offen sein sollte, und plötzlich war es das. Der Unterschied war verblüffend. Es fühlte sich *richtig* an. Aber ich konnte es mir nicht leisten, meinen Erfolg schon jetzt zu feiern, schließlich hatte ich gerade mal die Hälfte hinter mir.

Ihr Götter, ich würde ziemlich dumm dastehen, wenn ich das nicht überlebte. Mein Seelengefährte hatte wegen des Quicksilvers furchtbar leiden müssen und bei zahllosen Gelegenheiten verdammt kurz davor gestanden, den Verstand zu verlieren. Was ich miterleben musste. Aber Kingfisher war auch kein Alchemist.

Ich sprang ins Becken, bevor ich noch ins Grübeln kommen konnte.

Das geschmolzene Metall fühlte sich an den Knöcheln wie Eis an. Die Kälte drang durch meine Stiefel und die Hose, Schmerz schoss mir die Beine hinauf. Das Becken brodelte heftig, schwappte über und blubberte wie überkochendes Wasser in einem Topf. Es geschah schnell. Unerwartet. Jeder Teil von mir schrie, dass ich verschwinden sollte. Dass ich weglaufen musste. Dass dies der verdammt größte Fehler war, den ich je gemacht hatte. Das Quicksilver bildete Rinnsale, als wären es Nebenarme eines Flusses, und stieg immer höher. Der Anblick, wie es an mir hochkroch, versetzte mich zurück in den Spiegelsaal. Hauptmann Harron hatte mich gerade mit seinem Schwert durchbohrt. Ich hatte seinen Dolch geschmolzen, der jetzt an seinem Körper hochkroch, tastend, forschend, auf der Suche nach einem Weg hinein.

»Saeris? Saeris! Ruf es zurück! Du verstehst nicht … du verstehst *nicht …«*

Harron hatte um sein Leben gefleht. Er hatte entsetzliche Angst davor gehabt, was das Quicksilver mit ihm machen würde, und das zu Recht, denn es hatte ihn in den Wahnsinn getrieben.

Ich schaffe das.

Es hatte inzwischen meine Taille erreicht. Die Kälte sickerte durch das Hemd, während es weiter nach oben kroch. Ich ballte die Hände zu Fäusten, schloss die Augen und spannte mich an.

Ich schaffe das.

Halbblut. Wer bist du, dass du unseren Segen verlangst?

Das Quicksilver war jetzt auf meiner Haut. Auf den Armen.

Dem Hals. Es war in meinem *Kopf.* Es war überall – eine fremde, agile Präsenz. Es klang nicht so zersplittert wie sonst. Das hier war eine uralte Macht, älter als das Universum selbst, und ihre ganze Aufmerksamkeit galt mir.

Ich bin eine Alchemistin. Ich wagte es nicht, die Worte laut auszusprechen, denn ich befürchtete, dass sie sonst in einen Schrei übergehen würden, darum sprach ich stattdessen in Gedanken.

Du bist eine Heuchlerin, warf mir die Stimme vor.

Mein Name ist Saeris Fane …

Dein Name ist Verderben, schnaubte die Stimme. *Seuche. Fluchwirkerin. Du verdienst es nicht zu leben.*

Doch, das tue ich!

Es gibt andere, die würdiger sind.

Von denen steht jetzt keiner hier! In meiner Brust brodelte es: die Wut eines ganzen Lebens, die sich zu einem einzigen weißglühenden Punkt verdichtet hatte. In Zilvaren hatte man mir jeden Tag aufs Neue gesagt, dass ich wertlos sei, dass mein Leben nichts bedeute, dass ich es nicht verdiene zu leben. Madras Verachtung für ihr Volk saß so tief, dass sogar die Bewohner des dritten Bezirks mit der Zeit daran glaubten, keinerlei Bedeutung zu haben.

Aber ich würde das nicht glauben. Nicht. Mehr. »*Ich* stehe hier.« Diesmal sprach ich die Worte laut aus und hatte keine Angst mehr. »Ich bin würdig.«

Nur die Unwürdigen streben nach Macht.

»Ich strebe nicht nach Macht! Ich habe nicht darum *gebeten.* Ich wünsche mir Frieden und dass meine Freunde und mein Volk in Sicherheit sind.«

Und du würdest deine Macht einsetzen, um dieses Ziel zu erreichen? In der Stimme schwang irgendetwas Listiges mit. Ich konnte es nicht einfach als das Quicksilver betrachten. Es war *mehr* als empfindungsfähige Portalmagie … und es versuchte, mich zu täuschen.

Meine Gedanken rasten. »Ich würde sie nicht für irgendetwas einsetzen. Sie … ist keine Waffe. Sie ist nur ein Teil von mir.«

Törichtes Kind. Macht ist immer eine Waffe. Entweder du führst sie, oder sie führt dich.

Schmerz explodierte hinter meinen Augen. Das Quicksilver war in meinem Mund und floss mir die Kehle hinunter. Es drang in meine Ohren. *Ich weiß nicht, was du von mir willst! Ich weiß nicht, was du brauchst …*

Führe sie!, fauchte die Stimme. *Ein dunkler Horizont naht. Was wirst du tun, um ihn aufzuhalten?*

Alles!

Du würdest sterben?

Ja!

Du würdest töten?

Ja!

Du würdest das aufgeben, was dir am meisten am Herzen liegt?

Ich öffnete den Mund … aber es kam kein Wort heraus. Zwar versuchte ich, das Wort zu formen, doch es gelang mir nicht. »Nein. Ich kann nicht«, sagte ich schließlich. »*Ihn* werde ich nicht opfern.«

Es wurde still in der Gruft. Das Quicksilver verstummte, und erneut überkam mich Sorge. Es war also vorbei. Dies war eine Prüfung gewesen, und ich hatte versagt. Ich spürte, wie das Quicksilver seine Krallen in meinen Verstand schlug, tief, scharf und auf grausame Weise immer weiter vordrang.

Gut, säuselte die Stimme.

Gut. Moment mal, *gut*? Hatte es das wirklich gerade gesagt? »Ich … verstehe nicht …«

Jeder Alchemist muss etwas haben, dessen Verlust er fürchtet.

Die Kälte, die meine Knochen mit Eis überzogen hatte, zog sich nach und nach zurück. Langsam ließ auch der stechende Schmerz in meinem Kopf nach, und ich konnte das Grab um mich herum deutlicher erkennen. Ich weinte. Als ich mir die Tränen abwischte, waren meine Finger mit Silber überzogen.

Dieser Weg ist frei, erklärte die Stimme. *Empfange dieses Geschenk zitternd vor Furcht. Letzten Endes wird es* dein *Ende sein.*

Ich wurde rückwärts aus dem Becken geschleudert.

Krachte mit dem Rücken und einem knochenbrechenden Knacken gegen die Wand …

… und alles wurde schwarz.

27

WAS GESCHEHEN IST, IST GESCHEHEN

KINGFISHER

»Wir sind Metallarbeiter. Wer hätte es denn sonst tun sollen?«

Ich schlich um das Quicksilver-Becken herum, ohne wirklich zu begreifen, was ich da sah. Es ergab keinen Sinn. »Das ist das größte Quicksilver-Becken, das ich je gesehen habe. So viel Quicksilver an einem Ort gibt es sonst *nirgendwo.*«

Diese Information schien Elroy nicht sonderlich zu beeindrucken. »Wirklich? Hm. Wir haben jahrelang immer wieder etwas hinzugefügt. Jedes Mal, wenn ein mit Quicksilver durchzogenes Metallstück über die Schwelle unserer Schmiede kam, haben wir es veredelt. Wir zogen es aus der Waffe oder dem Schmuckstück heraus und legten es beiseite. Bis vor Kurzem lagen hier nur einzelne Metallstücke. Voneinander getrennt. Aber nach Saeris' Entführung wurde das Metall flüssig. Dann hat es sich verbunden und ist zu diesem hier geworden.« Er deutete auf die gewaltige Masse Quicksilver. »Ich wusste, dass Saeris etwas damit zu tun hatte. Das Mädchen konnte nie widerstehen und musste andauernd Waffen anfassen, die ihr nicht gehörten. Ich ging davon aus, dass sie das Schwert gezogen hat und …«

»Du wusstest von dem Schwert?«

»Aber selbstverständlich.« Die Frage schien ihn zu verblüffen. »Solace. Das Schwert, das die Tore geschlossen hält. Das Fae-Schwert. Ich habe es natürlich nie persönlich gesehen. Aber es gab Zeichnungen davon, als ich ein Junge war.«

»Wo sind diese Zeichnungen? Ich muss sie sehen.«

»Weg«, antwortete Elroy. »Verbrannt bei einem Feuer, als ich etwa fünfzehn war. Mein Vater trank nachmittags gern einen Whiskey oder auch mal fünf. Das war das Einzige, was gegen die Stimmen half. Eines Nachmittags schlief er ein, und das Feuer im Kamin geriet außer Kontrolle. Das gesamte Erdgeschoss der Schmiede wurde zerstört, und der Rauch hätte ihn beinahe das Leben gekostet.«

»Dann ist also nichts mehr da? Keine Dokumente? Keine … keine *Bücher*?«

Der Glasmacher schüttelte den Kopf. »Nichts. Die wenigen Papiere, die nach dem Brand noch übrig waren, habe ich vor fünf Jahren verbrannt.«

»Was? *Warum?*« Die Frage lag mir auf der Zunge, aber Carrion war schneller. »Warum in aller Welt hast du das getan?«

»Ich tat es für Saeris.« Elroys Tonfall war hart und kalt. »Ihre Kraft war größer, als sie ahnte, und sie konnte sie furchtbar schlecht verbergen. Die Luft in der Schmiede prickelte, sobald sie zur Tür hereinkam. Selbst als sie noch ein Kind war, klapperten die verdammten Werkzeuge an den Wänden, wenn sie daran vorbeiging.« Er sah Carrion finster an. »Du musst wirklich blind gewesen sein, wenn du das nicht bemerkt hast.«

»Hey, ich hatte absolut keine Erfahrung mit Magie. Vielleicht habe ich sogar was gespürt, aber ich fand sie einfach nur heiß.« Er warf mir einen verlegenen Blick zu und verzog das Gesicht. »Tut mir leid.«

Ein wütendes Grollen erfüllte die Höhle, aber es kam nicht von mir. Hayden sah aus, als wäre er drauf und dran, Swift zu verprügeln.

»Ist ja gut. Vergessen wir einfach, dass ich das gesagt habe, okay?«

Elroy schnaubte und fuhr fort: »Ich nahm sie als Lehrling an, damit ich sie im Auge behalten konnte. Aber nach dem Tod ihrer Mutter …« Er ließ den Kopf hängen, starrte auf die staubigen Stiefel und schluckte schwer. »Nach dem Tod ihrer Mutter hatten sie und der Junge niemanden mehr. Die Energie, die sie umgab, wurde immer stärker, und ich konnte sie nicht die ganze Zeit hierbehalten. Es hat mir das Herz gebrochen, sie auf die Straße zu schicken, aber dort war sie sicherer. Wenn eine der Wachen in die Schmiede gekommen wäre und die seltsame Aura gespürt hätte, die während ihrer Anwesenheit hier herrschte, hätten sie sie weggebracht.

Ich konnte es nicht riskieren, diese Papiere noch länger aufzubewahren. Nicht, wenn sie sie und damit auch den Rest von uns verdammen konnten. Darum habe ich sie ins Feuer geworfen. Damals habe ich auch aufgehört, das Quicksilver zu veredeln. Dieses Dämonenmetall zu bearbeiten, führt zu Wahnsinn und Tod. Ich habe mit eigenen Augen gesehen, was es mit meinem Vater gemacht hat, und von meinem alten Herrn gehört, was es meinem Großvater angetan hat, und das war seinen Worten zufolge nicht schön. Doch ich habe mein Schicksal schon vor langer Zeit akzeptiert. Es hat mir nichts ausgemacht, dieses Geheimnis zu bewahren, solange ich allein war, auch wenn es mich umgebracht hat. Aber Saeris brauchte jemanden, und ich konnte sie nicht im Stich lassen.«

Was hatte in diesen Papieren gestanden, dass sie Saeris hätten verdammen können? So langsam dämmerte mir, dass ich die Antwort auf diese Frage möglicherweise kannte, aber ich wusste nicht, wie ich an die Sache herangehen sollte. Ich setzte mich an den Rand des Beckens und versuchte, meine Gefühle zu ergründen.

»Was geschehen ist, ist geschehen«, sagte Carrion hinter mir. »Wenigstens müssen wir jetzt nicht mehr zum Palast zurückkehren.«

Ich spreizte die Finger und hielt eine Hand mit der Handfläche nach unten wenige Zentimeter über die Oberfläche des Quicksilvers. Oh, ihr Götter, wie ich das verabscheute! Aber gleichzeitig liebte ich es auch. Ich musste es einfach lieben. Es hatte mir Saeris gegeben. Ohne das Quicksilver hätten wir unsere Leben in getrennten Welten verbracht und uns nie kennengelernt. Manchmal kam es mir so vor, als würde es uns miteinander verbinden. Das in meinem Auge verbliebene Quicksilver war in ihrer Nähe viel aktiver. Wenn sie nicht da war, spiegelte es irgendwie ihre Stimmung wider. Es war schwer zu erklären. Selbst jetzt war es, als könnte ich sie ganz in der Nähe spüren …

»Wie meinst du das?«, fragte ich als Antwort auf Carrions Aussage.

»Hm?«

»Warum sollten wir nicht in den Palast zurückkehren müssen?«

Carrion lachte auf. »Das ist doch ziemlich offensichtlich, oder etwa nicht? Wenn Saeris das Quicksilver erweckt, werden alle Becken aktiviert, nicht nur das im Palast. Auch dieses Becken wird erwachen. Wir müssen nicht mehr versuchen, uns an den Wachen vorbei in den Palast zu schleichen. Ich bin jedenfalls äußerst dankbar dafür, dass wir uns nicht den Weg zurück in den Spiegelsaal freikämpfen müssen. Das war ein absolutes …«

Es gab viele Teile des Plans, die ich Carrion vorenthalten hatte. Er plapperte vor sich hin und war sichtlich erleichtert, ohne sich darüber im Klaren zu sein, dass er das große Ganze gar nicht kannte. Es wäre schwierig gewesen, uns alle drei wieder in den Palast zu bringen, aber ich hätte es schon irgendwie geschafft. Jetzt konnten er und Hayden durch dieses Becken nach Yvelia zurückkehren. Ich würde das Becken im Palast benutzen. Nachdem ich herausgefunden hatte, ob – und wie – Madra die infizierten Fresser aus Zilvaren zu uns schickte. Nachdem ich die unsterbliche Königin getötet und das Gleichgewicht der Gerechtigkeit wiederhergestellt hatte. Ich setzte zu einer Erklärung an. »Ich kann euch nicht begleiten. Wenn ihr hindurchgeht, sagt …«

Auf einmal *explodierte* das Becken.

Quicksilver brach daraus hervor und wurde augenblicklich flüssig. Es spritzte mir gegen Arm und Brust.

Ich sprang auf, machte einen Satz nach hinten und erschuf sofort eine Nachbildung von Nimerelle aus meiner Magie.

»Was zum Teufel und allen fünf Höllen …?« Hayden fiel bei seinem Versuch, sich zurückzuziehen, auf den Hintern. »Was passiert da?«

»Nichts Gutes«, knurrte Elroy. »Bleib zurück. Es darf deine Haut nicht berühren.«

»Das hatte ich nicht vor.«

»Hier. Fang.« Ich hatte Hayden den Ring, den Saeris für ihn hergestellt hatte, noch nicht gegeben, weil ich davon ausging, er würde ihn nicht brauchen. Als ich ihn ihm jetzt zuwarf, fing der Junge ihn aus der Luft. »Zieh ihn an, und nimm ihn nicht ab.«

Das Quicksilver brodelte und blubberte auf eine Art und Weise, wie ich es noch nie zuvor gesehen hatte.

»Vorsicht! Sieh nur.« Carrion deutete auf meine Brust. Quicksilver lief an der Brustplatte herunter und tropfte von meinen Fingern. Es war inaktiv. Harmlos, dank der Reliquie um meinen Hals, die mich schützte. Aber ich konnte es nicht hören. Dabei hörte ich es sonst *immer*. Selbst das Fragment, das in mir verblieben war, schwieg, während sich das Quicksilver, das auf mir gelandet war, sammelte und über den Steinboden zurück zum Becken floss.

»Habe ich die Zeit aus den Augen verloren? Das Becken sollte doch noch mindestens zwölf Stunden geschlossen bleiben, oder?«, fragte Carrion.

»So ist es.«

»Was hat das hier dann zu bedeuten?«

»Das weiß ich nicht. Aber Saeris muss es geöffnet haben. Sie ist die einzige Alchemistin, von der wir wissen.«

»… von der wir wissen«, wiederholte Carrion und betonte dabei jedes Wort. »Und wenn es noch andere gibt? Was ist, wenn …«

»Sei mal kurz still. Ich denke nach.« Carrion hatte recht. Es bestand die Möglichkeit, dass es da draußen einen weiteren Alchemisten gab. Das war zwar äußerst unwahrscheinlich, aber dennoch möglich. Wahrscheinlicher war, dass Saeris das Quicksilver aus einem bestimmten Grund geweckt hatte … allerdings fiel mir dafür beim besten Willen keiner ein. Es wäre ein letzter Ausweg … was bedeutete, dass sie in Gefahr schwebte.

Das Becken war noch offen. *Vorerst.* Es konnte sich jeden Moment schließen.

»Ich gehe rein.« Für mich stand die Entscheidung fest, und ich marschierte bereits zurück zum Becken.

»Warte! Sollten wir nicht erst mal darüber nachdenken? Wer weiß denn schon, wo du rauskommen wirst«, gab Carrion zu bedenken.

»Es führt an den Ort, den du erreichen willst, falls du das vergessen hast. Egal wer es geöffnet hat, es bringt mich zu Saeris. Ich komme zurück, wenn es sicher ist.«

»Nein! Wenn du gehst, komme ich auch mit, Fisher. Ich bleibe nicht hier, ohne eine Ahnung zu haben, was da los ist.«

»Ich komme auch mit.« Hayden klang nicht so selbstsicher wie Carrion, aber er trat ebenfalls ans Becken heran. »Wenn Saeris in Gefahr ist, dann werde ich nicht hier warten. Ich habe sie beim letzten Mal im Stich gelassen und werde das nie wieder tun.«

Bei den Göttern! Die beiden gingen mir wirklich auf die Nerven. Aber ich hatte keine Zeit, mich mit ihnen zu streiten. »In Ordnung. Anscheinend lassen wir dich hier zurück, Schmiedemeister«, sagte ich.

Elroy kratzte sich am Bart. »Ach, ich gehe fest davon aus, dass ich sehr bald von euch hören werde.«

Da hatte er recht. Ich würde zurückkommen. Schließlich musste ich noch eine Königin töten.

»Denkt an Saeris«, sagte ich zu dem Schmuggler und dem Menschen und trat ins Quicksilver.

28

SENESCHALL

SAERIS

Meine Ohren klingelten.

Die Luft war voller Staub.

Ich riss den Mund weit auf und bewegte ihn hin und her, wobei ich mich fragte, warum er so wehtat. Meine Kehle war wund. Verdammt, mir tat sogar der Hinterkopf weh. Warum lag ich auf dem Boden? Und wo …

Das Quicksilver war erwacht.

Verdammte Götter!

Ich sprang auf, obwohl mein Rücken vor Schmerz schrie und die Hüften pochte. Zerborstene Steinplatten zerschnitten mir die nackten Füße, aber ich humpelte vorwärts und griff nach meiner Kraft, ohne auch nur darüber nachzudenken. Ich musste das Becken schließen. Sorge vibrierte in mir wie eine gezupfte Saite, die in meiner Brust nachhallte. Wie lange stand es schon offen? Es kam mir wie wenige Augenblicke vor. Ich hatte im Becken gestanden, und dann war ich gegen die Wand geprallt.

Ich …

Oh, ihr Götter! Es kam etwas hindurch. Das Quicksilver reagierte schnell, als ich es jetzt leise rief, aber ich verlangte etwas von ihm, das es nicht tun konnte. Das Tor konnte sich nicht schließen, während jemand hindurchging. Niemand musste mir das sagen. Ich wusste es einfach.

Ich musste warten.

Der Scheitel eines dunklen Haarschopfs erschien als Erstes.

Schwarze Locken.

Blasse Haut.

Meine Panik ließ langsam nach.

Aber dann …

Ich kannte das Gesicht.

Zwar hatte ich es erst einmal zuvor gesehen, aber es war mir im Gedächtnis geblieben. Der Mann hatte kaum mit mir gesprochen, aber ich erinnerte mich nur zu gut an seine Worte. *»Verneigst du dich nicht vor einem König, Kreatur?«*

Sein Name war mir allerdings entfallen. Er hatte neben Belikon oben auf dem Podium gesessen und sich darüber empört, dass ich seinem Herrn nicht den gebührenden Respekt erwiesen hatte. Wie hatte Belikon ihn genannt? Orith? Arriash?

Der Mann war groß und hager, seine Nase schief, das Kinn kantig und spitz. Aufgrund der Haut, die faltig wie altes, dünnes Papier war, und den schütteren schwarzen Haaren, die ihm strähnig ins Gesicht fielen, wirkte er alles andere als gesund. Tatsächlich sah er sogar ziemlich krank aus.

»Ah, Saeris Fane!« Er schlug die geschwärzten Zähne aufeinander. »Danke, dass du uns so großzügig die Tür offen gelassen hast. Wir haben schon sehr lange auf eine Einladung nach Ammontraíeth gewartet. Du erinnerst dich vielleicht an mich. Mein Name ist Orious. Ich bin der Seneschall des Königs.«

Um seinen Hals hing eine dicke Kette, an der eine goldene Kugel baumelte. Der Mann umklammerte sie fest und krallte die knochigen Finger darum, als hätte er Angst, jemand könnte sie ihm stehlen.

»Was bei allen fünf Höllen ist ein Seneschall?«, fragte ich.

Der Mann, Orious, schob die Kugel nachdenklich an der Kette entlang. »Ich bin ein Berater. Mein Aufgabenbereich ist umfangreich. Ich kümmere mich im Namen des Königs um Angelegenheiten, die … unter seiner Würde sind.«

Die Andeutung war offensichtlich: Was auch immer diesen blassen Mistkerl heute durch das Quicksilver geführt hatte, war nicht wichtig genug, um von Belikon persönlich erledigt zu werden. *Ich* war nicht wichtig genug. »Ah richtig. Da, wo ich herkomme, nennen wir solche Leute Speichellecker«, bemerkte ich mit leichtem Nicken.

»Hüte deine Zunge, Mädchen. Du wirst dir noch früh genug wünschen, du hättest dich mit mir angefreundet.«

»Ich bevorzuge meine Freunde etwas weniger unheimlich. Du bist hier nicht willkommen, Orious«, sagte ich. »Geh dorthin zurück, wo du hergekommen bist.«

Der Mann kicherte leise und strich sich eine fettige Haarsträhne hinters Ohr, als er aus dem Becken auf den rissigen Marmorboden trat. »Da muss ich dich enttäuschen, denn das steht nicht auf dem Plan. Denn meine Freunde und ich wollten schon immer reisen.« Seine Stimme bekam einen angespannten, unheilvollen Unterton. »Und mein König hat mir befohlen, mit dir zu *verhandeln*.«

Er sprang vom Rand des Beckens und breitete die Arme weit aus wie eine Art Raubtier, das sich auf seine Beute stürzen will. Hinter ihm erhoben sich erst zwei weitere Gestalten aus dem Quicksilver, dann noch drei: Fae-Wachen, gekleidet in grünen

Samt und mit gespannten Bogen. Ihre Blicke waren scharf und die Pupillen derart geweitet, dass kein Platz für die Iriden blieb.

»Dies ist das Land des Bluthofes. Belikon hat hier nichts zu sagen. Ich herrsche über dieses …«

»Stopp!« Orious machte eine gelangweilte Handbewegung. »Verschone mich mit diesem Unsinn. Du bist nichts weiter als ein unerfahrenes kleines Mädchen, das in einem selbst geschaffenen Gefängnis festsitzt. Du willst doch gar nicht hier sein. Die Hochadel-Vampire wollen dich ebenso wenig hier haben. Daher wäre es schlau, mir zuzuhören und dabei gut aufzupassen. Mein Lehnsherr möchte dir ein Angebot unterbreiten.«

Er sprach voller Selbstvertrauen, kam aber nicht näher. Die Wachen stellten sich hinter ihm in einer Reihe auf und zielten mit den Pfeilen auf meinen Kopf.

»Ich bin an keinen Angeboten von Belikon de Barra interessiert.«

»*König* Belikon«, betonte Orious, »hat mir freundlicherweise aufgetragen, dir die Bedingungen zu übermitteln. Mir persönlich ist völlig egal, ob du sie anhörst. Es juckt mich nicht im Geringsten. Aber du wirst es vielleicht schon sehr bald bereuen, das großzügige Angebot, das er dir macht, nicht erwogen zu haben.«

»Was könnte er mir denn schon anbieten?«

»Sanasroth ist eine karge Einöde. Dieser Hof, den du zu dem deinen erklärt hast, besteht aus vornehmen Hochadel-Vampiren, die gern Feste feiern und Blut aus juwelenbesetzten Kelchen trinken. Aber warte es nur ab, wie schnell ihre guten Manieren schwinden, wenn ihre Nahrungsversorgung versiegt, *Hoheit.* Sieh mit an, wie rasch sie sich in Monster verwandeln, sobald das Blut versiegt. Bist du darauf vorbereitet, mit den Folgen dieses Szenarios umzugehen? Hm?«

Hatte Belikon Malcolms Hof während dessen Herrschaft mit Nahrung versorgt? Fisher hatte nichts dergleichen erwähnt. Auch

Renfis nicht. Es kam mir nicht sehr wahrscheinlich vor, aber das grausame Licht in den Augen dieses Mannes ließ etwas anderes vermuten. »Du hast es sicher schon bemerkt«, fuhr er fort, »dass sich ein seltsames Krebsgeschwür in den Südlanden ausbreitet. Schwarze Fäulnis verschlingt die Vegetation. Sie befällt die Tierwelt auf schockierende Art und Weise. Hirsche, Wölfe, Bären werden rasch infiziert. Der Tod scheint unausweichlich. Für diese Länder ist es zu spät ... aber mein König gewährt Zuflucht und Schutz vor der Ausbreitung dieser abscheulichen Krankheit. Er bietet dir einen sicheren Unterschlupf im Winterpalast an, wenn du ihm dafür ein paar Zugeständnisse machst.«

»Lass mich raten. Er hat eine freie Stelle für eine Alchemistin und hält mich für eine hervorragende Ergänzung für seinen Hof?« Die Worte, mein Tonfall: Alles, was ich gerade gesagt hatte, hinterließ einen bitteren Nachgeschmack in meinem Mund.

Orious schmunzelte, und seine Lippen wurden schmal. »Hervorragend! Ja, in der Tat eine hervorragende Ergänzung. Deine Dienste wären nur ein kleiner Teil der erforderlichen Gegenleistung, um deine Sicherheit zu gewährleisten. Und du wärst sozusagen das Juwel in seiner Krone. Du bekämst die feinste Kleidung. Feine Gerichte. Feine Weine ...«

»Und was noch?«, unterbrach ich ihn. »Was will er noch im Austausch für eine Sicherheit, die er gar nicht bieten kann?«

Hinter dem Eindringling knarrte eine Bogensehne, und eine der Wachen des Winterpalastes schluckte schwer. Orious stand mir in seinen weiten schwarzen Gewändern lächelnd gegenüber. »Mein König wünscht, dass seine geliebte Tochter zu ihm zurückkehrt. Er vermisst sie sehr. Es schmerzt ihn im Herzen zu wissen, dass es ihr nicht gut geht und dass sie von seiner liebevollen Fürsorge ferngehalten wird.«

»Und?«

»Kingfisher. In Fesseln. Eine öffentliche Hinrich...«

Ich zog Solace. Die Luft summte vor knisternder Macht, als ich den blanken Stahl entblößte. Der Fremde verstummte und tippte ungeduldig mit dem Zeigefinger auf die Daumenspitze.

»Es gibt natürlich noch andere Dinge. Kleinere, unbedeutende Handlungen, von denen jede ein Zeichen des guten Willens darstellt. In Anbetracht deiner kürzlichen Verwandlung bist du nun halb Fae und müsstest einen Eid vor dem Firinn-Stein ablegen …«

»Ich werde auf keinen Fall zu einem Werkzeug für diesen Mistkerl, das er nach Belieben benutzen kann«, zischte ich. Es war lächerlich – allein die Tatsache, dass er mit einer derart ungeheuerlichen Liste von Forderungen hierhergekommen war. Hatte Belikon wirklich geglaubt, ich würde irgendetwas davon akzeptieren? »Ich werde keine Eide ablegen. Und niemand wird meinem Seelengefährten auch nur ein einziges verdammtes Haar krümmen. Meine Freunde und ich …«

»Deine Freunde? Ach ja, genau.« Der Bastard trat lachend näher. »Deine Freunde. Sollen wir sie mal durchgehen? Renfis von den Orithianern? Ein vereidigter General in König Belikons Armee. Lorreth von den Gespaltenen Türmen? Ebenfalls ein vereidigter Soldat in der Armee meines Gebieters. Dein geliebter Seelengefährte …« Das Grinsen verzerrte seine Züge und machte ihn zu etwas Bösartigem. *»Vereidigt«,* flüsterte er. »Mein König hat sie alle in der Hand und kann mit ihnen machen, was er will. Aber du …« Er zeigte mit einem langen, krummen Finger auf mich. »Wenn du das großzügige Angebot meines Herrn ablehnst, wirst du hier in diesem Raum sterben.«

Vereidigt.

Dieser verdammte Firinn-Stein. Lorreth hatte mir einst alles darüber erzählt – wie sie vor ihm knieten, sobald sie volljährig wurden, und schworen, für den Rest ihres Lebens an ihr Wort gebunden zu sein, wobei ihnen bei Eidbruch die Todesstrafe drohte. Um der Ehre willen. Dieser Bastard hatte recht: Jedes einzelne

Mitglied der Fae, das bei Irrín an den Ufern des Darn gekämpft und diese verteidigt hatte, war durch diesen Schwur verpflichtet, dem Winterpalast zu dienen – *Belikon* zu dienen –, und das schloss meine Freunde und meinen Seelengefährten mit ein.

Wir waren so was von am Arsch.

Aber ein Eid war wie ein Handel. Es gab Schlupflöcher. Sprache ließ sich manipulieren. Demzufolge musste es einen Weg geben, das Treuegelübde, das sie abgelegt hatten, zu umgehen. Vorerst hob ich Solace und spürte, wie die Luft um die Klinge schwer wurde, als ich sie nach oben reckte.

»Der König verlangt zudem die Rückgabe dieses Schwerts«, fügte Orious hinzu. »Dein Obsidianpalast ist voller Ratten, Saeris. Sie flüstern im Dunkeln. Sie erzählen Geschichten darüber, dass die neue Königin des Bluthofes ihre Waffe nicht zu führen vermag. Dass Saeris Fane ihre Macht nicht bändigen kann. Ihre Runen wurden nicht versiegelt und …«

Ich drehte das Schwert und zeigte dem Mistkerl die flache Seite der Klinge. Zufälligerweise sah er dadurch auch meinen Handrücken. Darauf zeichneten sich zwar noch immer massenweise Runen ab, so viel stand fest … aber nun leuchtete im Zentrum meines Schilds eine einzelne, markante, kreisförmige Rune, durch die sich eine leuchtend blaue pfeilartige Form zog.

Das selbstgefällige Lächeln verschwand von Orious' Lippen. »Scheiße«, flüsterte er.

»Ja, *Scheiße.*«

Ich hatte eigentlich vorgehabt, Solace in etwas Handlicheres umzuschmieden, aber dafür war bisher keine Zeit gewesen. Das spielte jetzt keine Rolle mehr. Ich brauchte nicht länger eine Schmiede und würde nie wieder eine brauchen. In mir hatte sich eine Tür geöffnet. Dahinter wartete gewaltiges Wissen auf mich. Es gehörte mir, so wie ich jetzt dem Quicksilver gehörte. Ich musste bloß daran denken, und schon verschob sich das Gewebe der Realität.

Ich legte beide Hände um Solaces Griff und stellte mir vor, wie das Schwert zu zweien wurde. Als ich die Hände auseinanderzog, wusste ich, dass das Götterschwert neu geformt, brandneu, strahlend und glänzend sein würde. Und so war es auch.

Die Kurzschwerter waren wunderschön. Die Schneiden beider geschliffener Klingen waren mit gewundener Schrift in Alt-Fae graviert. Ich konnte die Sprache immer noch nicht lesen. Vielleicht handelte es sich um eine Botschaft der Götter. Ich würde sie später entziffern … falls ich die nächsten zwanzig Minuten überlebte.

»Komm schon, Kind. Eine Verbindung mit dem Winterpalast könnte für dich von Vorteil sein.« Orious' Augen waren doppelt so groß wie noch vor wenigen Augenblicken. »Mein König ist wohlwollend.«

»Verrat mir eins, Orious: Hast *du* vor dem Firinn-Stein einen Eid abgelegt?«

Die Wahrheit flackerte in den Augen des Seneschalls auf, noch bevor die Lüge seine Lippen erreichen konnte. »Natürlich«, antwortete er. »Du kannst darauf vertrauen, dass ich mein Wort halte.«

Ich lachte ihn nur aus.

Seine ernste Miene geriet ins Wanken. »Na schön, wie du willst. *Tötet sie.*«

Die Soldaten kamen an Orious vorbei auf mich zu und hielten die Bogen erhoben. Sie schossen ihre Pfeile ab, aber ein Alchemist konnte nicht nur Quicksilver manipulieren. Ich beeinflusste sämtliche Elemente und unterwarf mir jegliches Metall. Das spitze Eisen flog auf mich zu, und ich stieß es mit meinem Geist sanft an, als würde ich ein Blatt auf fließendem Wasser anstupsen. Die Pfeile hatten noch nicht einmal den halben Raum durchquert, bevor sie alle fünf die Richtung änderten, nach oben ruckten und sich in die Decke bohrten. Ihre Schäfte zitterten durch den Aufprall, und die Befiederung bebte.

Die Soldaten zögerten. Sie blickten zur Decke hinauf und dann wieder zu mir hinab. Auf einmal zogen sie neue Pfeile.

»Die Mühe könnt ihr euch sparen«, teilte ich ihnen mit. »Die nächsten schicke ich zu euch zurück.«

»Bei allen Göttern, benutzt eure Messer!«, fauchte Orious. »Und haltet sie gut fest.«

Die Bogenschützen ließen ihre Bogen fallen und zogen Stahl aus den Scheiden. Ihre Messer waren aus Legierungen gefertigt, das spürte ich deutlich, und wirkten irgendwie seltsam. Ich konnte meinen Willen nur mit Mühe um sie schließen. Sie bewegten sich kaum, als ich versuchte, sie mit meinem Geist anzustoßen.

»Der Winterpalast erinnert sich.« Orious schüttelte den Kopf. »Ja, so ist es. Eure Art war gefährlich. Keiner einzigen Gruppe hätte jemals eine so gewaltige Macht verliehen werden dürfen. Mein König hat schon vor langer Zeit herausgefunden, wie man eure Magie begrenzt. Unsere Traditionen bestehen viel länger als ihr. Jeder Soldat in der Armee des Königs erhält an dem Tag, an dem er seine Ausbildung abschließt, eine Nullklinge. Viel Glück dabei, gegen fünf davon zu bestehen, Alchemistin.«

Nullklinge. Der Begriff war mir unbekannt. Fisher hatte ihn ebenso wenig verwendet wie Renfis oder Lorreth.

Als sich mir Belikons Männer näherten, jeder mit einem Dolch bewaffnet, überkam mich erneut dieses Gefühl der Fremdheit. Das Ganze wirkte unnatürlich. Ihre Waffen hatten einfache Griffe, ihre Klingen waren gerade und schnörkellos. Sie waren in jeder Hinsicht unscheinbar. Und doch …

Ich sah sie auf eine neue Weise. Als würde eine zweite Sicht die Realität überlagern. Die Luft flimmerte und verzerrte sich um die Klingen, als würde sie *in sie hineingezogen*. Je näher die Wachen kamen, desto stärker kribbelte meine Haut.

Die Kurzschwerter glühten in meinen Händen und summten vor Energie. Solaces Magie war in Gillethrye zurückgekehrt. Sie war zum Leben erwacht, als Malcolm mich angegriffen hatte, aber seitdem hatte sie geruht. Ich hatte sie nicht gerufen. Es war nicht nötig gewesen. Und in Wahrheit hatte ich zu große Angst davor gehabt, es zu versuchen. Das Quicksilver hatte Avisiéth Magie verliehen, weil es Lorreths Blut geprüft und ihn für würdig befunden hatte. Ich war nicht mehr dieselbe Frau wie damals im Labyrinth, sondern anders. Verändert. Die Vorstellung, dass Solace vor der Person, die ich jetzt war, zurückschrecken würde, hatte mich davon abgehalten, diesen Versuch zu wagen. Doch als ich die neu geformten Kurzschwerter zog, strömte Solaces Magie durch das Metall und jagte wie Blitze meine Arme hinauf.

Allerdings war Solaces Kraft nicht etwa halbiert worden, um die neuen, geteilten Waffen zu ermöglichen. Vielmehr hatte sie sich verdoppelt und war elektrisierend.

Der erste Mann erreichte mich. Er war leichtfüßig. Beweglich. Er schlug mit dem Dolch nach mir, und ich blockte die Attacke nach oben ab und konnte sie leicht abwehren. Der Aufprall seiner Waffe auf mein Kurzschwert erschütterte mich jedoch – und mich überkam eine Woge Übelkeit, sodass ich scharf nach Luft schnappte.

Unangenehm.

Sehr unangenehm. Aber nicht unangenehm genug, um mich von meiner Aufgabe abzulenken. Er drehte sich bereits, suchte sich eine neue Position, griff mich aus einem anderen Winkel an. Zwei weitere Männer gingen mit blitzenden Klingen auf mich los. Mit enormer Willenskraft stieß ich den Dolch des ersten Mannes mit dem Geist weg und schaffte es im letzten Moment, ihn abzulenken. Der Mann stolperte nach vorn, verlor das Gleichgewicht, als seine Waffe plötzlich zur Seite ruckte – und ich begegnete seinen Freunden in einem Wirbel aus Stahl und mit zusammengebissenen Zähnen.

Die Formen, die Lorreth mir beigebracht hatte, flossen ineinander, ergaben endlich Sinn, wurden mir zur zweiten Natur … doch das war nicht genug. Ein vierter Mann griff in den Kampf ein, und der fünfte war ihm dicht auf den Fersen.

Das Kreischen von Metall hallte durch die Luft.

Feuer peitschte durch meinen rechten Oberarm. Einer von ihnen hatte mich erwischt, und seine Klinge fuhr durch mein Hemd. Hitze schoss mir den Arm hinab, und der kupferhelle Geruch von Blut explodierte in meiner Nase.

Beinarbeit, Saeris. Beinarbeit. Konzentrier dich. Ich hörte Lorreths strenge Stimme im Hinterkopf.

Aber ich hatte nur mit ihm trainiert. Mit einem Mann. Jetzt versuchte ich, fünf abzuwehren.

Ich konnte ihn fast schon lachen hören, als ich mich drehte, tief nach unten sank und einem der Männer das rechte Kurzschwert in die Brust rammte. *Komm schon, Fane. Du unterschätzt uns beide. Glaubst du wirklich, ich wäre nicht ebenso viel wert wie fünf dieser Mistkerle?*

Die Wache japste. Ich riss die Waffe zurück, ohne den Schaden zu begutachten, und blockte sofort nach oben, um eine weitere Nullklinge abzuwehren.

Ein dumpfer Aufprall zu meiner Linken.

Ich schlug nach der Achillessehne eines weiteren Mannes.

Drehte mich weg.

Blockte.

Stieß eine weitere Klinge mit allem, was ich hatte, mental von mir weg.

Blockte.

Blockte.

Zog mich zurück.

Einer von ihnen – der, den ich in die Brust gestochen hatte – lag tot am Boden.

Jetzt waren es nur noch vier.

Ha! *Nur* noch vier von ihnen.

Ich tänzelte auf den Fußballen zurück – denn jetzt war es in der Tat ein Tanz – und ließ sie auf mich zukommen. Sie schlichen mit leeren Augen und ausdruckslosen Gesichtern näher.

Nur keine Panik. Du schaffst das. Sei ihnen voraus. Du weißt, wo sie sein werden, Saeris.

»Letzte Chance«, rief Orious. »Noch kannst du deine Meinung ändern. Der König wird dir keine weitere Gelegenheit dazu geben.«

Meine Eckzähne fühlten sich im Mund sehr lang an. Ich blutete irgendwo am Bein und konnte es riechen. Mit zusammengebissenen Zähnen rieb ich die Klingen der Kurzschwerter aneinander, und lodernde blauweiße Funken stoben vom Metall auf. »Ich habe dir meine Antwort bereits gegeben«, knurrte ich. »Bringen wir's hinter uns.«

Die Wachen warteten nicht auf Orious' Befehl, sondern griffen sofort an.

Geschärfter Stahl prasselte auf mich ein.

Ich schnappte nach Luft und zwang mich zu atmen. Einen nach dem anderen, schneller als schnell, wehrte ich die Männer ab, schob ihre Waffen mit dem Geist weg, so gut ich konnte, oder parierte sie mit meinen Klingen.

Einer von ihnen durchbrach meine Deckung. Feuer schoss mir die Seite hinauf, und der Schmerz entfachte eine Wut in mir, die mich auf den Mistkerl losgehen ließ, der mich verletzt hatte. Ich schwang das rechte Götterschwert nach ihm, wobei die Waffe eine Spur aus blauweißem Licht hinterließ, und schlitzte dem Kerl die Kehle auf. Blut spritzte aus dem sauberen Schnitt, den ich schuf, und der Mann ging zu Boden.

Da waren es nur noch drei.

Mein Atem ging stoßweise. Ich hatte mich in meinem ganzen Leben noch nie so unfassbar schnell bewegt.

Einer von ihnen trat zu und zielte darauf ab, mir das Knie zu zertrümmern, aber ich huschte näher an ihn heran, krümmte den Ellbogen und rammte ihn dem Kerl ins Gesicht. Er taumelte zurück …

… und schon waren die anderen beiden direkt vor mir.

»Scheiße!«

Ich duckte mich und wirbelte zwischen ihnen hindurch, wobei ich die Schwerter kreuzte und in den Händen drehte. Eins fand sein Ziel und bohrte sich in den Arm der Wache zu meiner Rechten. Der andere Mann sprang zur Seite weg. Ich folgte ihm, blockte seinen niedersausenden Schlag und stieß mein Schwert nach oben, bis es in seinen Bauch eindrang …

»Saeris!«

Mir blieb das Herz stehen.

Ich wagte es nicht, mich nach ihm umzudrehen.

Aber ich konnte ihn spüren.

Plötzlich waberten Bänder aus glitzerndem schwarzem Sand durch das Grab.

Kingfisher.

Kingfisher.

Kingfisher.

Sein Name ersetzte meinen Herzschlag.

Ein schwarzes Seil schlang sich um die Kehle des mir am nächsten stehenden Mannes, und plötzlich war sein Kopf nicht mehr mit seinem Körper verbunden. Blut spritzte wild umher, als sein Körper in die Luft gehoben und fortgeschleudert wurde, als würde er nichts wiegen.

Und da war er.

Die Haare meines Seelengefährten waren völlig zerzaust. Er sah mich mit vor Wut kochenden Augen an.

Sag etwas, verlangte er in meinen Gedanken.

»Mir geht es gut«, keuchte ich.

Brauchst du mich?

Ich wich einem Schlag des Mannes zu meiner Rechten aus – ich hatte ihm mit dem Ellbogen die Nase gebrochen –, drehte mich und trat den anderen Mann mit voller Kraft, sodass meine Stiefelsohle gegen seinen Brustkorb krachte. Nachdem er kurz zur Seite getaumelt war, fing er sich wieder und griff erneut an, aber ich war bereit.

Meine Kurzschwerter leuchteten grell, und die Kraft schoss wie ein Blitz durch meine Adern.

Nein. Ich blieb standhaft. *Ich schaffe das.*

»Nein! Wage es ja nicht!«, schrie Orious irgendwo.

Die Wände der Gruft verschwammen, als ich mich bewegte, mich duckte, auswich, mich auf den Fußballen drehte.

Ein weiterer Schrei hallte durch den kleinen Raum – ein Aufschrei voller Wut –, aber ich konzentrierte mich weiter auf das, was vor mir lag. Meine Kraft baute sich auf, floss, stieg in mir empor. Diesmal brannten meine Runen nicht. Sie pulsierten allerdings heftig, und meine Magie bettelte darum, freigesetzt zu werden.

Ohne nachzudenken, schlug ich die Kurzschwerter zusammen, und plötzlich waren sie wieder eins. Solace summte in meiner linken Hand vor Energie. Ich streckte die rechte Hand vor mir nach oben aus und …

»Heilige Scheiße!« Carrions Schrei hallte durch die Gruft.

Er war da, stand auf der anderen Seite der Gruft. Sein Gesicht wurde in blaues Licht getaucht, als ein riesiges Symbol vor mir in der Luft erschien, das aus meiner Hand hervordrang. Es war mein Schild! Die ineinandergreifenden Runen waren eine *exakte* Kopie des Siegels auf meinem Handrücken. Die meisten Linien der Symbole waren stumpf, abgesehen von einer Rune: einem Kreis, der ein Kreuz in zwei Hälften zerteilte, wobei eine Linie den oberen Teil durchschnitt. Sie *leuchtete* vor Magie, schwebte dort … und wartete.

Ich spreizte die Finger und drehte die Hand, wobei ich bemerkte, dass die Adern des Handgelenks unter meiner Haut seltsam silbern schimmerten. Daraufhin drehte sich die Quicksilver-Rune in der Luft wie ein Schlüssel in einem Schloss. Sie rastete ein, eine Wand aus Energie schoss explosionsartig daraus hervor und schleuderte die beiden verbliebenen Wachen quer durch die Gruft.

Sie prallten gegen die Decke und brachen sich sofort das Genick. Im nächsten Augenblick gingen sie leblos zu Boden.

Ohrenbetäubende Stille legte sich über die Gruft. Wie erstarrt stand ich da, hielt den Atem an und riss die Augen weit auf. Ich wagte es nicht, mich zu bewegen. Energie knisterte am Schild, und winzige Fäden gingen von ihm ab, während er seine Position knapp zwei Meter über dem Boden hielt.

Schließlich stieß ich einen zittrigen Atemzug aus, der in der Luft kondensierte, und ballte die Faust. Auf einen Schlag verschwand der leuchtende Schild, als wäre er nie da gewesen.

»Scheiß die Wand an«, murmelte Carrion. »Offenbar hat sich hier in den letzten Tagen eine ganze Menge verändert.«

Sieh mich an, Osha.

Fisher stand am Rand des Beckens über Orious' regloser Gestalt, und seine Schatten hielten Belikons Seneschall am Boden fest. *Es geht dir gut,* sagte er leise, und die Worte waren nur für mich bestimmt. *Du bist in Sicherheit. Schüttle es ab.*

Ich verharrte noch immer in Abwehrhaltung. Jeder Muskel war starr, bereit für einen weiteren Angriff. »Du bist hier? Du bist wirklich hier?« Ihr Götter, meine Stimme klang so jämmerlich. Langsam nickte Fisher, und die Anspannung wich aus meinem Körper. Er war wirklich da. Er war hier. Alles war gut.

Ich hole dich in zwei Minuten hier raus, versprach er mir. *Aber so lange musst du noch bleiben. Ist das okay? Schaffst du das?*

Ich nickte.

Braves Mädchen! Dann komm her. Stell dich zu mir.

Ich ging zu ihm.

Orious verfügte über keine eigene Magie. Ich spürte die hungrige Leere in ihm, die vor Eifersucht pulsierte. Fishers Schatten zogen sich enger zusammen und schlossen sich um die Kehle, die Brust, die Hüften, die Knöchel und die Handgelenke des Mannes. Orious wand sich vergeblich und zischte uns an. »Ihr werdet sterben … für das, was ihr … gerade getan habt«, keuchte er.

»Wirklich?« Mir war viel zu heiß. Ich fühlte mich seltsam. »Weil du eben gesagt hast, ich würde gleich sterben, und …« Ich schluckte atemlos. »Das lief wohl nicht so, wie du es dir vorgestellt hast.«

»Dämliche Schlampe! Du hast ja keine Ahnung …« Er würgte, als sich sein Atemweg schloss.

Fisher kauerte sich neben den Mann. »Folter liegt eigentlich nicht in meiner Natur.« Oh, so ruhig. So gefährlich. Bei den Göttern, er würde ihn umbringen. »Aber für dich, Orious, und für das, was du hier heute getan hast, da mache ich vielleicht eine Ausnahme.«

»Fisher, tu das nicht.«

Mein Seelengefährte blickte zu mir auf, und sein dunkles Haar war wellig und wild. Das Quicksilver in seinem Auge *tobte*. Seine Miene blieb ausdruckslos, aber ich kannte ihn inzwischen: Er war außer sich vor Wut und Sorge. Sein Nasenrücken war gerötet. In den Nähten seiner Lederkleidung steckten Sandkörner. Er roch wie immer nach wilder Minze und Tannennadeln, aber auch nach Wüste, nach der gnadenlosen Hitze und nach einem Ort, von dem ich nie gedacht hätte, dass ich ihn jemals vermissen könnte.

Er war so verdammt schön, dass ich es fast nicht ertragen konnte. Ich legte ihm eine Hand an die Wange und spürte die Bartstoppeln.

»Wir müssen ihn zurückschicken«, flüsterte ich. »Belikon muss wissen, wozu ich jetzt fähig bin. Dass er uns niemals seinem Willen unterwerfen wird. All das und noch viel mehr.«

Fisher blinzelte nicht einmal. »Braucht er seine Finger, um diese Botschaft zu überbringen?«

Ich lachte zittrig und strich mit dem Daumen an seiner Kinnlinie entlang. »Schick ihn zurück. Wir sind nicht wie sie.«

Zuerst glaubte ich, er würde widersprechen, doch dann sackten seine Schultern herunter. Zögernd stand er auf. »Du bist das *Einzige*, was meinen moralischen Kompass ausrichtet, kleine Osha«, brummte er.

Seine Finger berührten meine, und die Spitze des Zeigefingers hakte sich unter meinen, während er um Orious' am Boden fixierten Körper herumging. »Du solltest dankbar sein. Ich hätte nicht so viel Charakterstärke aufgebracht«, sagte er zu dem Seneschall. »Aber Saeris …«

»Sie ist schwach!« Orious verdrehte die Augen, um mich anzusehen. Vermutlich hätte er mich am liebsten angespuckt, aber Fishers Schatten hatten ihn noch immer an der Kehle gepackt. »Ihr seid alle schwach«, stieß er keuchend hervor. »Deshalb werdet ihr diesen Kampf auch nicht gewinnen. Ihr werdet auf Händen und Knien vor meinem König kriechen und um Gnade betteln, und ich werde zusehen und mich an der Demütigung ergötzen, die ihr vor eurem Tod erleidet.«

Ich konnte Fisher davon abhalten, dem Mistkerl die Finger abzuschneiden, seinen Zorn angesichts dieser Worte jedoch nicht aufhalten. Er packte Orious an der Vorderseite seines weiten Gewands, riss ihn hoch, drehte ihn herum und warf ihn wieder zu Boden, sodass er auf dem Bauch landete. »Du bist der Einzige, der kriechen wird, Wurm. Also kriech. Auf dem Bauch. Na los! Kriech zurück zu Belikon und erzähl ihm, was hier passiert ist. Und sag ihm auch, was passieren wird, wenn er es wagt, noch einmal uneingeladen hier aufzutauchen.«

»Du könntest mich genauso gut … umbringen. Ich werde nicht …«

»Hinter dieser Tür lauern mehrere zehntausend Vampire. Ich müsste nicht einmal besonders höflich bitten, um einen von ihnen dazu zu überreden, dich auszusaugen. Willst du zum Fresser werden, Orious? Zum hirnlosen, gefräßigen Monster, das weder denken noch sich selbst beherrschen kann?« Ein träges, grausames Lächeln breitete sich auf Fishers Zügen aus. »Das Gefühl ist dir nicht ganz unbekannt, nicht wahr? Du besitzt ja selbst keine zwei Hirnzellen, die du aneinanderreiben könntest. In jedem Fall hast du zwei Möglichkeiten, und eine davon ist deutlich weniger schmerzhaft als die andere. Du kriechst – oder ich werfe dich in eine Grube voller hungriger Blutegel.«

»Okay! Ist ja schon gut.« Orious' Augen funkelten voller Hass, während er murrend auf die Knie ging. Er kroch die Stufen zum Becken hinauf und zog die Schultern dabei bis zu den Ohren hoch. Irgendetwas an ihm erinnerte mich an ein Nagetier. Die Art, wie er sich auf dem kalten Stein bewegte, ließ mich an eine Ratte denken. Er warf mir einen Blick über die Schulter zu und sagte: »Denk an meine Worte, Kind. Vereidig…«

Fisher hob den Fuß und versetzte dem Seneschall einen Tritt in den Hintern, sodass er nach vorn stürzte. Orious schrie auf und fiel mit dem Gesicht voran ins Quicksilver.

»Schließ es schnell, bevor noch mehr ungebetene Besucher durchkommen«, bat er mich leise. Das Quicksilver bewegte sich jetzt anders, als ich mit meiner Magie danach griff und es schloss. Es verfestigte sich von der Mitte nach außen, so leicht und glatt, wie man es sich nur wünschen konnte. Während es erstarrte, flüsterte es kein einziges Schimpfwort. Fisher beobachtete kritisch, wie das flüssige Metall wieder fest wurde, und war ganz offensichtlich amüsiert über das, was er da sah.

In dem Moment, in dem das Tor geschlossen war, stürzte ich

mich in seine Arme. »Lass mich nie wieder allein.« Ich drückte die Nase in sein Haar und atmete den Geruch ein, während ich mich an ihn klammerte. Er schloss mich in seine Arme, zog mich an die Brust und drückte mir dabei einen Kuss auf die Schläfe.

»Mach dir keine Sorgen«, flüsterte er. »Nicht einmal rasende Bergtrolle könnten mich jetzt noch von dir fortreißen.«

»Ähm. Hallo? Könntet ihr … euch diesen Teil vielleicht …«

Ich wartete. Jeden Moment würde sich Fisher zu Carrion umdrehen und ihm drohen, ihm die Haut abzuziehen oder ihm etwas Ähnliches anzutun. Aber die Drohung kam nicht. Mein Seelengefährte brummte nicht einmal, sondern lockerte einfach seine Umarmung und wandte sich ihm zu.

»Nur zu«, erwiderte er. »Zeig ihr, was wir gemacht haben.«

Carrions Haare wirkten irgendwie röter als vor seinem Aufbruch. Sein Hals war von auffälligen Beulen überzogen, und auch auf seinen Wangen zeichneten sich mehrere ab. Es war unmöglich, den bewusstlosen Körper zu übersehen, den er über der Schulter trug.

»Hey, Saeris.« Er zwinkerte mir schelmisch zu. »Ich glaube, das hier gehört dir.«

29

DIE REICHTÜMER DES UNIVERSUMS

SAERIS

Hayden war hier.

Er war wirklich hier in Yvelia.

Er lag im Bett, die frischen weißen Laken bis unters Kinn gezogen, und seine leuchtend blonden Locken ruhten wirr auf dem Federkissen. Unter den geschlossenen Lidern sah ich, wie die Augen nach links, rechts, links, rechts zuckten, und stellte mir vor, wovon er wohl träumte.

Onyx beschnupperte das Gesicht meines Bruders, winselte und leckte ihm neugierig über die Wange. Er hatte Hayden noch nicht einmal richtig kennengelernt und schien trotzdem darauf zu brennen, dass er endlich aufwachte.

Ich war ebenso ungeduldig. Meine letzte Begegnung mit Hayden war alles andere als angenehm verlaufen.

»*Ich wusste nicht, dass ich eine solche Last bin*«, hatte er gesagt.

»*Tja, das bist du aber, Hayden. Dein ganzes verdammtes Leben lang bist du nie was anderes gewesen. Und jetzt lass mich in Ruhe. Folge mir auf keinen Fall. Und komm ja nicht auf die Idee, nach mir zu suchen. Verschwinde!*«

Ich hatte ihn angeschrien, allerdings aus Angst, denn ich wollte ihn verletzen, ihn dazu bewegen, einfach wegzulaufen, damit er mir nicht in das Grauen folgte, von dem ich wusste, dass es mich oben im Palast erwartete. Aber manchmal war es schwer, einmal ausgesprochene Worte zurückzunehmen, erst recht, wenn ein Körnchen Wahrheit darin steckte.

»Carrion hat nicht einmal einen Tag geschlafen, als er das erste Mal durch das Quicksilver gegangen ist. Aber er war letzten Endes auch ein Fae. Es könnte eine Weile dauern, bis dein Bruder aufwacht, Saeris.« Te Léna legte Hayden einen Handrücken an die Stirn und presste die Lippen aufeinander. Zweifellos floss ihre Magie in Hayden und suchte in seinem Körper nach Verletzungen oder Krankheiten.

Hayden hatte nicht in Ammontraíeth bleiben können. Dort wäre er nicht sicher gewesen, und es gab außerdem keine Heiler, die sich mit der menschlichen Physiologie auskannten. Die Entscheidung war gefallen, das Tor zu benutzen, um vom Bluthof zurück nach Cahlish zu springen, so riskant es auch sein mochte, und so war es auch innerhalb weniger Augenblicke geschehen.

Es waren nur wenige Tage vergangen, seit ich mich das letzte Mal hier aufgehalten hatte, aber plötzlich fühlte sich alles anders an. Ich fühlte mich anders.

»Wo ist Kingfisher?«, holte mich Te Léna mit sanfter, warmer Stimme aus meinen Gedanken.

»Carrion und er haben es geschafft, das Silber zu besorgen, das wir brauchen. Zwei große Säcke voll. Sie wollten es in die Waffenkammer bringen. Fisher meinte, er würde mich in seinen Gemächern aufsuchen, sobald er fertig ist.«

Die Heilerin lächelte zärtlich und rieb mir beruhigend über den Oberarm. »Dann solltest du gehen. Körperlich geht es Hayden gut. Es ist nur eine gewaltige Umstellung, von einer Existenzebene in eine andere zu wechseln. Er wird noch eine ganze Weile nicht aufwachen.«

Ich setzte schon zu einem Widerspruch an. »Ich sollte hier sein ...«

»Du solltest im Bett liegen. Du siehst erschöpft aus.« Te Lénas Frisur war neu. Ihr Haar war direkt ab der Kopfhaut geflochten, und die Zopfenden, die ihr bis zur Rückenmitte reichten, hatte sie mit leuchtend orangefarbenen Perlen geschmückt. Wie immer sah sie wunderschön aus. »Ich bleibe bei ihm. Wenn er aufwacht, hole ich dich, das verspreche ich dir.«

Bei allen Göttern und Märtyrern, Hayden würde fast so enttäuscht sein wie Carrion, weil Te Léna bereits gebunden und verheiratet war. Ich seufzte, weil ich wusste, wie sinnlos es war, ihr zu widersprechen, sobald sie eine Entscheidung getroffen hatte.

»In dem *Moment*, in dem er aufwacht«, beharrte ich.

Sie nickte. »Ich sorge zuerst dafür, dass er sich wohlfühlt, und dann suche ich dich auf.«

»In Ordnung. Ich werde gehen. Aber nur, weil ich wirklich müde bin.« Müder als je zuvor im Leben. Ich konnte kaum noch die Augen offen halten. Das Kanalisieren der Unmengen an Energie, die ich in der Gruft verwendet hatte, war sowohl magisch als auch physiologisch eine enorme Belastung für meine Energiereserven gewesen. Wahrscheinlich würde ich nie wieder Einschlafschwierigkeiten haben.

Meine Hand lag bereits am Türknauf, als Te Léna mir etwas hinterherrief. Sie saß an Haydens Bett und hielt seine Hand, während das Morgenlicht ihre bronzefarbene Haut vergoldete. »Es tut mir sehr leid, dass ich dir nicht helfen konnte. Ich kann es mir selbst nicht erklären. Ich …« Sie blähte die Wangen auf und ließ die Luft dann wieder herausströmen. »So etwas ist mir noch nie passiert.«

Sie hatte versucht, mich zu heilen, als wir in Cahlish angekommen waren, aber ihre Magie fühlte sich an wie Wasser, das von meiner Haut abprallte. Nicht wirklich falsch, eher … seltsam. Ich hatte noch eine klaffende Wunde am Arm sowie einen Schnitt am Oberschenkel, aber beide Verletzungen verheilten bereits von allein.

»Es ist wirklich nicht weiter tragisch. Das waren nur Kratzer.« Ich schenkte ihr ein müdes Lächeln.

Oben in Fishers Gemächern war Archer dabei, ein Bad einzulassen. Drei andere Feuerkobolde nahmen glatte, runde Steine aus einem Metalleimer neben dem Kamin, hielten sie in den Händen und erhitzten sie, bevor sie sie in eine mit Wasser gefüllte Wanne am Fenster legten. Dampf stieg aus dem Wasser auf, und die Steine zischten, als sie sie wieder aus dem Badewasser herausholten und erneut erhitzten. Ein anderer Feuerkobold war damit beschäftigt, die Nachttische und den Schreibtisch zu säubern. Er sortierte die Zettel und den anderen Kleinkram, den ich nach dem Ausleeren meiner Taschen dort abgelegt hatte.

Fishers Freund kreischte auf, als er mich sah. »Nein, nein, nein, nein! O nein! Verzeihung, Mylady. Wir waren zu langsam. Das Zimmer sollte bei Eurem Eintreffen längst sauber sein. Auch Euer Bad hätte bereits eingelassen sein sollen!«

»Ist schon gut, Archer. Bitte mach dir keine Sorgen …«

»Nein.« Er schüttelte so heftig den Kopf, dass ein winziger Funke aufstob, auf den Teppich fiel und anfing zu schwelen. Ich trat darauf, bevor er es bemerken und sich noch mehr aufregen konnte. »Es gibt eine bestimmte Art, wie die Dinge hier gemacht werden, Mylady. Ihr solltet uns eigentlich gar nicht sehen, es sei denn, wir servieren das Abendessen.«

»Ich will dich aber sehen, Archer. Ich möchte deine Freundin sein. Euer aller Freundin. Ja, ich möchte auch mit euch dreien befreundet sein …« Ich verstummte, als auf dem Kopf eines der anderen Feuerkobolde unverhofft Feuer ausbrach. Das kleine Wesen starrte mich mit offenem Mund und weit aufgerissenen Augen an.

»Es gibt eine bestimmte Art, wie die Dinge hier gemacht werden«, wiederholte Archer langsam und leicht verärgert, als ob ich einfach nicht verstehen wollte, was er mir zu vermitteln versuchte.

»Das verstehe ich. Wirklich. Aber das Reich außerhalb der Mauern dieses Anwesens verändert sich doch ständig, oder etwa nicht?«

Ich hatte noch nie einen Feuerkobold schmollen sehen. Aber offensichtlich gab es für alles ein erstes Mal. »Nicht wirklich.«

»Jetzt komm schon, Archer. Vielleicht lebe ich eines Tages hier, und es wäre schön, wenn wir nicht die ganze Zeit so förmlich sein müssten. Ihr solltet euch in meiner Nähe entspannen können und mich auch nicht Mylady nennen.«

»Wie sollen wir Euch denn dann ansprechen?«

»Ihr solltet mich Saeris nennen. Das ist mein Name.«

Archer wankte, als würde er gleich umkippen. Der Kobold, der die Nachttische geputzt hatte, stand jetzt drüben am Bücherregal und hielt etwas in den Händen, das wie ein kleiner Keramikvogel aussah. Archer stieß einen erschrockenen Laut aus, als er bemerkte, was der andere Kobold da tat. »Leg das weg! Das war Lady Edinas Lieblingsstück!«

»Mach dir keine Sorgen. Er sieht es sich doch nur an.«

Der ertappte Kobold verzog schuldbewusst das Gesicht, stellte den Vogel zurück ins Regal und huschte davon. »Nein, Herrin. Ihr versteht das nicht. Kingfisher verdankt diesem Stück seinen Namen! Lady Edina sah es auf einem Markt in Ballard, als sie mit dem Herrn schwanger war. Normalerweise hielt sich ihre Begeisterung für derartige Dinge in Grenzen. Sie besaß kaum Schnickschnack, doch diesen Vogel musste sie unbedingt haben. Er gefiel ihr so gut, dass sie an seinem ersten Geburtstag verkündete, man solle ihren Sohn Kingfisher nennen. Sie hat den Vogel selbst dort ins Regal gestellt, als der Meister noch ein Faeling war, und keiner durfte ihn anfassen.«

»Schon gut, Archer. Es ist okay.« Sein nervöses Gestammel entlockte mir ein leises Lachen. »Dem Vogel ist nichts passiert. Er steht wieder im Regal. Wir wissen jetzt alle, dass wir ihn nicht anfassen dürfen.«

Aber Archer ließ sich nicht beruhigen. Einer der Kobolde, die beim Beheizen des Badewassers halfen, ließ den Stein, den er in der Hand hielt, mit einem Platschen in die Wanne fallen, und das war's. »Raus! Raus mit euch allen! Verschwindet! Ich lass euch draußen im Schnee stehen«, schrie Archer. »Ich verwandle euch in Türstopper. Geht!«

Der Kobold, der den Keramikvogel begutachtet hatte, rannte als Erster aus dem Zimmer. Er war kleiner als die anderen, daher hielt ich ihn auch für den Jüngsten, allerdings hatte ich offen gesagt nicht die geringste Ahnung, wie Feuerkobolde aufwuchsen oder alterten. Die anderen, die mein Badewasser erwärmt hatten, huschten mit gesenktem Blick hinaus. Archer verließ den Raum als Letzter. Er zog sich rückwärts und mit vor Stress zitternder Stimme zurück.

»Auf dem Tablett steht etwas zu essen für Euch bereit, Mylady. Ein sauberes Gewand liegt auf dem Bett.«

»Jetzt komm schon, Archer.«

»Wenn Ihr etwas braucht, zieht einfach an der Quaste dort neben dem Bett. Ihr wisst, welche ich meine.«

»Das muss sich ändern!«, rief ich ihm hinterher, als er die Tür zuzog. »So können wir nicht weitermachen!«

Das Bad war himmlisch. Die Steine, die immer noch auf dem

Boden der Wanne lagen, strahlten lange Zeit Wärme ab und hielten das Wasser angenehm heiß. Ich ließ den Kopf gegen den Wannenrand sinken, und ehe ich michs versah, döste ich auch schon ein.

Ich wollte aber noch nicht schlafen. Nicht, bevor ich Fisher gesehen hatte. Als meine Finger schrumpelig waren und sich die Muskeln gelockert hatten, stieg ich aus der Wanne, trocknete mich ab, zog mir eins von Fishers weiten Hemden über und machte es mir mit dem Alchemiebuch gemütlich, das ich gegen Algats Willen aus der Bibliothek von Ammontraíeth mitgenommen hatte.

Doch dann wurde die Tür geöffnet.

Er stand einen Moment lang im rechteckigen Lichtquadrat und beobachtete mich, dann trat er langsam ein und schwang die Tür hinter sich zu.

Ich sagte keinen Ton, und er schwieg ebenfalls. Wir genossen einfach den Anblick des anderen und kosteten es aus, dass wir beide im selben Raum waren, dieselbe Luft atmeten und dass uns nichts während unserer Trennung umzubringen vermocht hatte.

Fisher machte ein paar Schritte auf mich zu und musterte mich nachdenklich. Er bückte sich und zog sich einen Stiefel aus, wobei er missbilligend die Lippen zusammenpresste, als er ihn umdrehte und Sand auf den Boden rieselte, der einfach nicht aufhören wollte …

Ich hielt mir eine Hand vor den Mund, um nicht loszulachen.

Er wiederholte das Ganze mit dem anderen Stiefel und drehte ihn um, wobei er den Blick unbeirrt auf mich gerichtet hielt, während er darauf wartete, dass endlich kein Sand mehr zu Boden fiel.

Als er fertig war, ließ er beide Stiefel lautstark fallen und machte einen weiteren kleinen Schritt auf mich zu. »Weißt du, wie unglaublich du vorhin warst?«, fragte er.

»Als ich um mein Leben gekämpft habe?«

Er schüttelte den Kopf. »Als du im Alleingang fünf Wachen

mit deinen hübschen neuen Kurzschwertern ausgeschaltet hast. Das war wirklich …« Er brach ab und sah mich mit lodernden Augen an.

»Dumm?«

»Heiß«, korrigierte er mich, wobei die Spitzen seiner Eckzähne zwischen den Lippen aufblitzten, als er das Wort besonders betonte.

Ich musste mir noch größere Mühe geben, nicht zu lächeln. Komplimente von diesem Mann waren immer noch ungewohnt. Jedes Mal, wenn er mich bloß *ansah*, spielte mein Innerstes verrückt. »Gefallen dir die Schwerter?«, fragte ich und sah zur Kommode zu seiner Rechten, auf der sie lagen. Fisher zog eine Augenbraue hoch und ging langsam hinüber, um sich den blanken Feenstahl, den ich wieder zusammengefügt hatte, genauer anzusehen.

»Sie sind wunderschön«, sagte er leise. »Unglaublich. Sie wurden für dich gemacht, Osha.«

»Ich weiß immer noch nicht, was die Gravur bedeutet. Sie ist auf Alt-Fae. Auf dem rechten mit den Abalone-Intarsien im Griff steht *Erromar*, auf dem linken mit der Elfenbeineinlage *Selanir.*«

Fisher legte den Kopf schief und runzelte die Stirn, während er die Inschriften auf beiden Schwertern las. Dann nickte er und lächelte sanft. »*Erromar* bedeutet *Gnade*«, erklärte er mit ehrfürchtiger Stimme. »*Selanir* bedeutet *Ehre.*«

»Hm. Gnade und Ehre. Die Götter haben meine Schwerter also *für* mich benannt.«

»Vielleicht«, stimmte Fisher zu. Er trat von der Kommode zurück und wandte sich wieder mir zu. »Oder aber das sind Eigenschaften, mit denen sie *dich* gesegnet haben. So oder so sind es passende Namen für deine neuen Waffen. Jetzt aber genug von den Schwertern. Komm her. Wenn du es noch eine Sekunde länger aushältst, ohne mich zu berühren, bist du besser als ich, Saeris Fane«, flüsterte er.

Diese Worte entfachten ein Feuer in mir. Ich rannte los, durchquerte den Raum und stürzte mich auf ihn. Er fing mich auf, legte die Arme wie Stahlbänder um mich und hielt mich fest.

Das Leben war im Moment so unsicher. Eine Million Hindernisse lagen zwischen uns und dem Frieden. Ich konnte mir nicht im Entferntesten vorstellen, wie wir das alles schaffen sollten, und doch fiel die Welt von mir ab. Nichts konnte mich hier berühren, in seinen Armen. Ich drückte das Gesicht so fest in seine Halsbeuge, dass die Lederjacke meine Worte dämpfte, als ich fragte: »Warum hat das so lange gedauert?«

Er fuhr mir durchs nasse Haar und lachte leise.

»Ich habe Lorreth hergeholt«, antwortete er. Wir hatten unseren Freund vor unserer Abreise aus Ammontraíeth nicht finden können. Fisher hatte ihm eine Nachricht in meinen Gemächern hinterlassen und ihn darin gebeten, über die toten Felder zurückzukehren, sobald er merkte, dass wir weg waren. »Ich bat ihn, Bill und Aida für mich über den Fluss zurückzubringen. Sie waren in dieser feuchten Scheune sehr unglücklich. Er musste allerdings eine sichere Stelle zum Überqueren finden, denn die schmalste Stelle des Flusses, wo sich das Lager befand …« Er schüttelte den Kopf. »Die Fäulnis hat dort alles zerstört. Der Schnee ist schwarz. Ich … Ich habe so etwas noch nie zuvor gesehen.«

»Aber jetzt ist er wieder hier? In Sicherheit?«

Fisher nickte.

Jetzt, da ich das wusste, musste ich die Frage stellen, die mir schon die ganze Zeit auf der Zunge lag. »Wie kann ein vereidigter Fae seinen Eid brechen, Fisher?«

Er wich sofort zurück und suchte meinen Blick. »Das ist nicht möglich«, erwiderte er. »Warum?«

Auf seinem Nasenrücken zeichneten sich Sommersprossen ab. Nur ein paar kleine braune Punkte, die sich von seiner blassen Haut abhoben. Ich konzentrierte mich auf sie und wagte es nicht zu wiederholen, was Orious zuvor in der Gruft gesagt hatte. »Du hast dich Belikon verpflichtet. Genau wie Lorreth, Ren, Danya und alle anderen, die in Irrín gekämpft haben. Orious meinte, dass er euch befehlen kann …«

»Orious wollte dir nur Angst einjagen. Belikon kann uns Befehle erteilen, bis er blau anläuft, aber hier erreicht er uns nicht. Die Schutzzauber, die ihn daran hindern, diesen Ort aufzusuchen, verhindern ebenso, dass wir von ihm beeinflusst werden. Solange wir uns hier in Cahlish oder in Ammontraíeth aufhalten, sind wir in Sicherheit. Und selbst wenn wir diese Länder verlassen, müssten wir in seiner unmittelbaren Nähe sein, damit er uns befehligen kann. Da er den Winterpalast jedoch auf keinen Fall verlassen wird …«

Ich küsste ihn, wobei mir das Herz bis zum Hals schlug. Noch mehr zu hören, konnte ich einfach nicht ertragen. Ich brauchte *ihn* jetzt dringender als jede logische Erklärung. Sein Erstaunen verflog rasch. Schon erwiderte er meinen Kuss, die Zunge glitt in meinen Mund, und der Raum um uns herum verblasste. Die schweren Vorhänge waren zugezogen und sperrten das kalte Morgenlicht aus. Doch seine Schatten waren nirgends zu sehen, und er rief sie auch nicht herbei, als er die Hände nach unten wandern ließ und an meinem Hemd zerrte.

Willst du mich diesmal etwa auf ganz normale Weise ausziehen?, neckte ich ihn in Gedanken.

Er fuhr mit der Zunge über meine Lippen, und ein tiefes Grollen drang aus seiner Kehle. *Fühlt sich das für dich normal an?* Er nahm meine linke Hand und legte sie in die Mitte seiner Brust, genau wie beim ersten Mal in seinem Zelt, als er mir gezeigt hatte, wie schnell ich sein Herz rasen ließ.

Durch das dicke Leder konnte ich seinen Puls kaum spüren … aber ich *hörte* ihn. »Nein«, flüsterte ich.

Und das hier? Er führte meine andere Hand nach unten, bis

sie auf der harten Erektion ruhte. Sie war nicht nur hart, sondern steinhart und drückte sich gegen die Hose, als wolle sie sich von allein daraus befreien.

Nein. Das fühlt sich alles andere als normal an, antwortete ich. *Das fühlt sich … außergewöhnlich an.*

Als Fisher meine Hand erneut anhob, hielt er inne und drehte sie um, sodass die Handfläche nach oben zeigte. Das Quicksilver in seinem Auge flackerte leicht auf, als er sanft mit den Fingern über die Innenseite meines Handgelenks strich. Ich hatte es natürlich längst bemerkt: Die einst grünblauen Adern schimmerten nun metallisch silbern durch die Haut.

Tut es weh?, fragte er.

Ich schüttelte den Kopf. *Nein.*

Fühlst du dich … Er verengte leicht die Augen. *… unwohl?*

Unwohl war eine höfliche Art zu fragen, ob mich ein Heer von Stimmen allmählich in den Wahnsinn trieb. Erneut schüttelte ich den Kopf. *Nein, so ist das nicht. Es fühlt sich an … wie Magie. Als würde eine Macht direkt unter meiner Haut lauern.*

Er küsste sanft die Innenseite meines Handgelenks. *Na gut. Das besprechen wir später. Denn jetzt …* Er stellte die Frage laut: »Hast du überhaupt eine Ahnung, wie gut du in diesem Hemd aussiehst, Osha? Zwei Tage waren viel zu lang.«

»Genau genommen hatten wir in der Hütte Sex.«

Er schob mich langsam rückwärts, legte mir die Hände an die Wangen und bedeckte mein Gesicht mit Küssen. »Das spielt keine Rolle. Meine Seele brennt lichterloh. Sag mir, dass es bei dir anders ist.«

Er beugte sich über mich und bahnte sich einen Weg aus Küssen von meinem Kinn zum Ohr und über die empfindliche Haut am Hals. Mir wurde schwindelig, und mein Atem ging stoßweise. »Meine Seele schwebt im Wind«, keuchte ich. »Du trägst sie fort.«

Er fühlte sich unter meinen Händen so stark an. Voller Muskeln und Kraft. In seinen Armen konnten mich die Gefahren dieses Orts nicht erreichen. Ich war geborgen, sicher. Er drückte mich fest an sich – so fest er konnte, ohne mich zu erdrücken – und ließ mich nicht mehr los. Wusste er, dass ich genau das brauchte? Konnte er es spüren? Er hielt mich fest, als würde er seinen Körper als Schild gegen die Gefahren der Welt einsetzen. Ich wusste, dass er genau das schon mehrfach getan hatte, und die Erinnerung daran schnürte mir schmerzhaft die Kehle zu. Seine Schultern spannten sich an, als er mich aufs Bett sinken ließ, aber er ließ mich noch immer nicht los.

»Nie wieder«, murmelte er. »Wohin wir auch gehen, wir gehen zusammen.«

»Ja. Versprich es mir.«

Sein Mund war heiß auf meiner Haut, die Hände besitzergreifend. Ein Versprechen war auf Fae dasselbe wie ein Eid, aber Fisher gab mir dieses ohne das geringste Zögern. »Ich verspreche es. Ich schwöre es. Du gehörst mir.«

»Und du gehörst mir.«

Worte reichten nicht aus. Ich brauchte ihn in mir, musste ihm so nah sein, wie es nur möglich war. Von Emotionen aufgewühlt, löste ich seine Brustplatte; meine Finger waren zu taub, um die Lederriemen durch die Schnallen zu führen. Fisher legte eine Hand auf meine, woraufhin ich stillhielt und sah, dass sich auch die Tinte auf seinem Handrücken verändert hatte. Die Quicksilver-Rune war jetzt ausgefüllt und funkelte in metallischem Blauschwarz. Fisher bemerkte meinen Blick und machte sich mit einer Hand daran, die Rüstung abzulegen, während er mit der anderen mein Kinn anhob, damit ich ihm in die Augen sah. »Denk jetzt nicht daran. Mach dir keine Sorgen deswegen. Sei einfach hier bei mir.«

Mein Prinz, der Schatten.

Ich war im Licht geboren worden, aber meine Erlösung hatte in der Dunkelheit auf mich gewartet. Es grenzte an ein Wunder, dass wir einander gefunden hatten. Ich hatte auf die harte Tour gelernt, dass an jenem Tag im Spiegelsaal jeder durch das Quicksilver hätte kommen können. Aber es war nicht irgendjemand gewesen, sondern er, denn das Wirken des Schicksals oder die Machenschaften des Universums hatten dafür gesorgt. Was auch immer es gewesen war, ich war dankbar dafür. Denn um nichts in der Welt hätte ich etwas daran ändern wollen.

Ich sah ihm beim Ausziehen zu. Er beobachtete mich ebenfalls dabei. Nackt legte er sich wieder neben mich, drehte sich zu mir um und nahm meine Gesichtszüge gründlich in Augenschein. So viele Leute hatten Angst vor diesem Mann. In Yvelia gab es genug Fae, die ihn nur zu gern am Galgen oder tot gesehen hätten. Er hatte eine ganze Stadt zerstört. Er war in den Krieg gezogen. Hatte einen Drachen getötet und dem Tod am Ajun-Tor die Stirn geboten. Erst wenige Stunden zuvor hatte er einem Mann mit seiner Magie den Kopf abgerissen, ohne auch nur mit der Wimper zu zucken. Gewalt war seine Bestimmung und sein Weg. Aber er war auch *das hier*, denn wenn er liebte, dann tat er es mit allem, was er hatte.

Er blinzelte mich eulenhaft an, und seine Miene war sehr ernst, während er mir mit der Hand übers Haar strich. Dabei kaute er auf der Unterlippe und runzelte leicht die Stirn, als müsse er noch lernen, mit den Händen sanft zu sein. »Wenn ich dich ansehe, habe ich das Gefühl, in einen Spiegel zu blicken«, sagte er leise. »Ich kann in deinen Geist sprechen, und doch bleibt es für mich ein Rätsel. Es fühlt sich an, als müsste ich längst jeden deiner Gedanken kennen.«

Leise lachend wickelte ich eine Locke des tintenschwarzen Haars um den Zeigefinger. »Wenn du das tun könntest, würde dir das nicht gefallen.«

»Ich weiß doch längst, was ich dort finden würde«, murmelte er mit funkelnden Augen.

»Ach wirklich? Jetzt bin ich aber gespannt.«

Fisher rollte sich auf den Rücken und legte einen Arm über den Kopf. Er hatte ein Grübchen auf der Wange – nur seine wahren Freunde wussten von dessen Existenz, denn nur sie hatten ihn je so breit lächeln sehen, dass es zum Vorschein kam. Nun bewunderte ich es dort, etwa einen Fingerbreit vom rechten Mundwinkel entfernt, wie es darum kämpfte, sich zeigen zu dürfen. »Ach, du weißt schon. ›Ich bin so verliebt in Kingfisher. Kingfisher ist so heiß. Sieh dir nur seinen Hintern in dieser Hose an …‹«

»Hey!« Ich stieß ihm fest in die Seite. »Ich habe auch noch andere Dinge im Kopf als dich!«

Jetzt zog er beide Lippen zwischen die Zähne, um gewaltsam ein Grinsen zu unterdrücken, und drehte den Kopf zu mir. Das Lächeln in seinen Augen konnte er jedoch nicht verbergen. »Ist schon in Ordnung, Osha. Meinen Hintern in einer Lederhose haben schon viele Frauen bewundert. Deswegen bilde ich mir aber noch lange nichts ein.«

Ich schnippte gegen die Spitze des spitzen Ohrs, und der Schrecken von Gillethrye jaulte wie ein erschreckter Hund auf. Im nächsten Moment saß er blitzschnell auf mir und hatte meine Hände über meinem Kopf fixiert. »Glaubst du etwa, ich wäre mir zu fein, um dich zu kitzeln?«, fragte er todernst.

Ich sah ihm direkt in die Augen. »Nur zu. Tu es. Ich bin nicht kitzlig.«

Er musterte mich mit zusammengekniffenen Augen, als wolle er herausfinden, ob ich die Wahrheit sagte. »Das ist ja *langweilig*«, erwiderte er schließlich.

»Was ist mit dir? Bist *du* kitzelig?«

Fisher schniefte, und das Haar fiel ihm in die Augen. Er beugte sich so weit herunter, dass sein Gesicht nur ein paar Zentimeter von meinem entfernt war, und stupste zärtlich meine Nase an. »Diese Frage kann ich dir leider nicht beantworten.«

»Weil du nicht *lügen* kannst!« Lachend versuchte ich, mich aus seinem Griff zu befreien, um meine Theorie zu testen, aber Fisher hielt mich fest.

»Ein Krieger offenbart niemals seine Schwächen.« Die Worte kamen ihm atemlos und direkt an meinem Mund über die Lippen, und nun konnte ich sein Lächeln spüren. Er genoss das hier gerade sehr.

»Das ist wirklich nicht fair. Du kennst all meine Schwächen«, beschwerte ich mich.

Oh, ihr Märtyrer, er war so unglaublich heiß. Er sah aus, als wäre er von den Händen der Götter höchstpersönlich aus Marmor gemeißelt worden, alles an ihm bestand aus Muskeln, jede Linie reine Perfektion. Und er war nackt, lag auf mir und gehörte *mir*. Er wurde etwas ernster und zog sich zurück, um mich anzusehen. »Du hast keine Schwächen, Saeris Fane. In meinen Augen bist du perfekt, mit all deinen Unvollkommenheiten und Macken. Ich liebe jeden Teil von dir. Deinen Starrsinn. Deine spitze Zunge. Deine schlechte Laune, wenn du müde bist. Deine Unfähigkeit, eine Tür leise zu schließen …«

»Schon gut, schon gut. Das reicht. Vielen Dank auch.«

»Jeden Teil. Ich liebe alles an dir.« Er pustete sich eine dunkle Locke aus den Augen. »Ich würde die Reichtümer des Universums ausgeben, um dich zu beschützen. Ich würde die Meere austrocknen. Jeden Baum fällen. Ich würde die Sonne vom verdammten Himmel opfern und die Sterne gleich mit, wenn ich könnte. Aber all das gehört mir nicht. Alles, was ich habe, ist mein Leben. Es ist nicht viel, aber ich würde es geben und den Preis als gering ansehen, wenn ich dich dadurch beschützen könnte.«

Er sagte das so leichthin, aber ich hätte niemals beschreiben können, was mir seine Worte bedeuteten. Es gab in keinem Wörterbuch oder irgendeiner Sprache etwas, das auch nur annähernd erklären könnte, was ich gerade fühlte. »Das ist es«, flüsterte ich.

»Was?«

»Die Art, wie du mich liebst. Manche würden *das* als deine Schwäche bezeichnen.«

Seine Gesichtszüge wurden weicher. »Manche würden das in der Tat tun«, stimmte er mir zu. »Aber damit lägen sie falsch, denn es ist meine *Stärke*.«

Wir schliefen eine Weile. Fisher wusste, wie sehr ich ihn begehrte, aber er spürte auch, wie müde ich war. Wir versanken im Nichts, eng aneinandergeschmiegt, Haut an Haut. Stunden später wachte ich auf und spürte seine Härte, die sich in meinen Hintern bohrte, und seine Finger, die über meine Hüfte fuhren.

Er bewegte sich langsam und vergewisserte sich zuerst, dass ich wach und mir genau bewusst war, was er tat. Mir stockte der Atem, als eine Hand nach unten und zwischen meine Schenkel wanderte und er mit den Fingerspitzen langsam enge Kreise um meine Klitoris zog.

Seine Bewegungen waren anfangs träge, langsam und neckend. Ich schob das obere Bein etwas weiter nach unten, um ihm besseren Zugang zu gewähren, während ich mich gegen ihn wölbte und einen unterdrückten Seufzer ausstieß.

»Fick mich, Osha.« Seine Stimme war vom Schlaf noch ganz rau. »Dieses Geräusch verfolgt mich in meinen Träumen. Ich will dich stundenlang stöhnen lassen.«

Ich zitterte, und mein Herz geriet ins Stolpern, als er den rechten Arm unter mich und um meine Taille schob, um die Hand zu wechseln. Mit der Linken streichelte er meine Brust und spielte sacht mit meiner Brustwarze. »Wir haben noch ein ganzes Leben vor uns. Ein ganzes Leben, um einander zu erforschen.«

Himmel, das fühlte sich so gut an! »Ein ganzes Leben? Wir werden … den Verstand verlieren …«

Ich spürte Fishers Lachen eher, als dass ich es hörte. »Es gibt schlimmere Arten, verrückt zu werden, Osha. Wenn ich mich mit dir in den Wahnsinn vögeln kann, dann habe ich nichts dagegen.« Er stieß das Becken vor und rieb sich an meinem Hintern, und ich bekam eine Gänsehaut. Im Kamin brannte ein Feuer. Als wir eingeschlafen waren, hatte es das noch nicht getan, was bedeutete, dass jemand, wahrscheinlich Archer, hereingekommen war und es für uns entfacht hatte, während wir nackt auf Fishers Bett lagen.

In diesem Moment konnte es mir nicht gleichgültiger sein. Mein Körper erwachte zum Leben und reagierte auf Fishers Liebkosungen, seinen Atem, seinen Puls. Die Finger fanden den kleinen, feuchten Nervenknoten zwischen meinen Schenkeln, zogen Kreise, ließen Wärme tief in meinem Bauch aufsteigen.

»Entspann dich«, murmelte er. »Ich bin bei dir. Du kannst dich fallen lassen.« Er küsste meinen Hals, meine Wange, den Kiefer, und die Unruhe der letzten Tage verflog.

Nur er konnte das bei mir erreichen. Ganz allein er. Dieses Band zwischen uns, ja, das war Liebe. Aber es war auch Besessenheit. Er war mein Entstehen und mein Untergang zugleich. Ich dachte unaufhörlich an ihn. Und als er die Finger durch meine feuchte Hitze gleiten ließ und sie tief in mich stieß, glich sein Name einem Gebet auf meinen Lippen.

»Fisher! Verdammt!«

»Sch, sch, sch.« Er beruhigte mich und murmelte mir leise Worte auf Alt-Fae zu. *»Irrellieth ka tintar shey an mé correshan dow.«*

Ich stieß einen weiteren wortlosen Schrei aus, konnte mich einfach nicht zurückhalten, griff nach hinten und vergrub die Finger in seinem Haar. »Was sagst du da?«, keuchte ich.

»Ich flüstere nur Geheimnisse«, brummte er als Antwort.

»Verrat sie mir.«

Er rieb mit dem Daumen über meine Mitte, drang mit den Fingern in mich ein und streichelte mich innerlich, um mich dem Gipfel näher zu bringen. Ich stieß ein Zischen aus, als ich das scharfe Zwicken seiner Zähne am Ohrläppchen spürte. »Ich sagte: ›Ich werde mich zwischen deinen Schenkeln ertränken.‹ Oder so ähnlich. Es gibt auf Hoch-Fae kein Wort dafür. *Correshan* bedeutet tödliche Glückseligkeit. Vielleicht auch Tod durch Lust. Alt-Fae war eine viel bildhaftere Sprache.«

»Ah! Oh, ihr verdammten Götter!«, keuchte ich. »Das … das fühlt sich …« Ich schrie auf, als er meine Brustwarze zwischen Daumen und Zeigefinger rollte und fest zudrückte.

»Das Gute kommt mit dem Schlechten. Das Vergnügen kommt mit dem Schmerz. Ich werde dir wehtun, Osha, und zwar auf die schönste Art. Bist du bereit?«

»Ich …« Ich wusste nicht, was ich sagen sollte, darum nickte ich. Denn ich wollte nicht, dass er mich streichelte, in den Armen hielt oder liebte. Ich wollte ungezügelte Emotionen. Ich wollte Elektrizität. Ich wollte verdammt noch mal *schreien.* Als Fisher von hinten in mich eindrang, bohrten sich die Finger tief in meine Hüftknochen, und ein wildes Knurren entrang sich seiner Kehle. Es war das Geräusch, das die Höllenkatzen machten, wenn sie nachts draußen in den Dünen vor den Mauern des dritten Bezirks umherstreiften. Damit nahm er mich in Besitz.

Er schlang den Arm wie einem Schraubstock um meine Mitte und nahm mich hart, bis ich in tausend Stücke zerfiel und kam.

Unsere Körper wurden zu einer Brücke in den Himmel, und gemeinsam stiegen wir sie empor.

Ganz Cahlish konnte meine Schreie hören.

Als Fisher kurz nach mir kam, beobachtete ich fasziniert, wie sich ein Tintenwirbel von der Götterbindung um mein Handgelenk und meinen Arm löste und von meiner Hand auf seine überging. Aber das war noch nicht alles. Ich drehte mich in seinen Armen und sah zu, wie der Wirbel seinen Bizeps hinaufstieg, bis sich die Tinte direkt unter das Schlüsselbein auf der Haut niederließ.

Fisher beugte sich zu mir herunter und küsste mich innig, während sein Herz noch von den Anstrengungen raste. »Warum grinst du so?«, fragte er und zog eine dunkle Braue hoch.

Er hatte nicht gesehen, was geschehen war.

Ich beschloss, dass er seine neue Tätowierung auf dieselbe Weise entdecken sollte, wie ich auf meine gestoßen war.

30

LEINE

SAERIS

»Herr! Herr, kommt schnell. Te Léna braucht Eure Hilfe!«

Archers Ruf drang durch die Schlafzimmertür und weckte uns. Fisher war bereits auf den Beinen, bevor ich die Augen auch nur ganz geöffnet hatte. Er schlüpfte in eine Hose und stürmte barfuß und mit nacktem Oberkörper zur Tür hinaus. Ich brauchte zehn Sekunden länger, um mich anzuziehen. Während ich ihm folgte, schossen mir eine Million ängstlicher Fragen wie Meteore durch den Kopf.

Auf dem Flur wäre ich beinahe mit Archer zusammengestoßen, der immer noch vor dem Zimmer stand.

»Herrin! Wartet, Herrin! Ihr …«

Doch ich rannte bereits los.

Was ist passiert? Hayden ging es gut, als wir gestern Abend bei ihm waren. Hat ihm die Reise durch das Quicksilver irgendwie geschadet?

Hat seine Reliquie nicht funktioniert? Oh – oh, ihr Götter, habe ich bei seiner Reliquie etwa einen Fehler gemacht?

Ist er wach?

Ist er krank?

Ist …

Im offenen Türrahmen blieb ich stolpernd stehen. Das Abendlicht fiel durch das Fenster ins Schlafzimmer und schuf ein Muster aus Rechtecken auf der zerwühlten Bettdecke, die weiterhin bis zum Kinn meines Bruders hochgezogen war. Er hatte den Kopf leicht in den Nacken gelegt, den Mund geöffnet und schnarchte laut.

Abgesehen von meinem Bruder war das Zimmer leer.

»Herrin! Her…rin!« Archer stürmte hinter mir herein, rang nach Atem und hatte Mühe, die Worte herauszubekommen. »Ihr seid … hier … falsch. Es geht nicht um Euren Bruder, sondern um … die *Schwester* des Herrn.«

Everlayne.

Sofort lief ich wieder los, zwängte mich an dem Feuerkobold vorbei und stürmte zur Treppe. Jetzt konnte ich meinen Seelengefährten auch riechen, denn er hatte diesen Weg genommen und seinen Geruch in der Luft hinterlassen. Ich hetzte den Flur entlang, bog nach rechts ab und nahm immer vier Stufen auf einmal, um möglichst schnell die Treppe hinaufzugelangen. Vor mir herrschte Aufregung; Everlaynes Zimmer war zum Bersten voll, viel zu viele Besucher drängten sich in dem kleinen Raum.

Te Léna. Ihr Ehemann Maynir. Danya. Fisher. Carrion – bei den Göttern, sie waren alle hier.

»Haltet sie fest!«, rief Te Léna. »Sie wird sich sonst die Zunge durchbeißen!«

Everlayne lag auf dem Bett und wurde von einem Krampfanfall geschüttelt. Ihr Körper war so stark durchgebogen, dass nur der Hinterkopf und die Fersen die schweißgetränkten Laken berührten. Sie zitterte, hatte die Augen verdreht, den Unterkiefer zu einer Seite verzogen und die zuckenden Finger in seltsamen Winkeln gekrümmt. Fisher hielt den Kopf seiner Schwester und versuchte, ihr ein Stück Leder zwischen die Zähne zu schieben. »Ich werde ihr den Kiefer brechen, wenn ich noch fester ziehe«, zischte er.

»Everlayne? Layne, kannst du mich hören?«, rief Te Léna. Die Augen der Heilerin waren vor Sorge weit aufgerissen.

Ich nahm alles in mich auf – den Lärm, die Gerüche, die Panik. »Was ist denn hier los?«

Carrion versuchte, Laynes Hand zu halten, aber sie wand sich so heftig, dass es sich als nahezu unmöglich erwies. »Ich war hier oben im Schlafzimmer gegenüber und habe mich *wirklich* nur um meine eigenen Angelegenheiten gekümmert, als ich Schreie hörte. Ich musste die Tür eintreten, um reinzukommen. Sie hat Te Léna gewürgt.«

»Wer?«

»Was glaubst du denn? *Layne*«, blaffte Danya. »Wir mussten ihre Finger zu zweit von Te Lénas Hals lösen.«

»Warum warst du hier oben?« Fisher war vom Bett heruntergeklettert; es war ihm gelungen, seiner Schwester das Leder zwischen die Zähne zu schieben, und nun versuchte er, ihr das Haar aus dem Gesicht zu streichen.

Danya sah ihn nicht an. »Ich habe mich auch nur um meine eigenen Angelegenheiten gekümmert«, schnauzte sie ihn an.

»Bei den verdammten Göttern!« Fisher schüttelte den Kopf. »Geh und such Lorreth, Danya. Sag ihm, dass er hier oben gebraucht wird.«

Die Kriegerin wischte sich mit dem Handrücken über die Nase und schmierte sich dabei etwas Blut auf die Wange – offenbar hatte Laynes verirrte Faust sie getroffen. Ihr Blick zuckte zu Carrion und verweilte dort. »Bin schon weg.«

»Bleib … *zurück*!«, schrie Layne. Sie hatte das Leder schon wieder ausgespuckt. »Lasst mich! Lasst mich *in Ruhe*!« Angst hallte von den Wänden wider und lag schwer in der Luft. Das war völlig anders als das, was passiert war, als ich mit Layne allein gewesen war. Es war nicht Edinas Stimme, die aus Laynes Mund kam, sondern ihre eigene. »Bitte! Bitte, bitte niiiiiiiiiicht!«, flehte sie.

»Was in aller Welt stimmt nicht mit ihr?«, verlangte Fisher zu erfahren und sah Te Léna durchdringend an.

Die Heilerin rieb sich den Nacken, stand jedoch weiterhin neben dem Bett und blickte auf Layne herab, während sie ihr mit der anderen Hand über die Brust strich. »Ich weiß es nicht. Ich spüre …« Sie schüttelte den Kopf. »… irgendetwas. Es fühlt sich nicht richtig an. Als würde sie etwas schwer belasten. Ihre Seele ist in Schatten gehüllt.«

»Was soll das bedeuten, verdammt noch mal?«

»Ganz ruhig.« Maynir trat vor und legte seiner Gefährtin eine Hand auf die Schulter. »Sie tut ihr Bestes. Das Mädchen hätte ihr vorhin fast das Genick gebrochen.« Sein Tonfall ließ deutlich erkennen, wie sehr er sich um Te Léna sorgte. Angesichts von Fishers im Moment äußerst bedrohlicher Ausstrahlung hätten die meisten Männer vermutlich eher klein beigegeben, statt ihn auch noch zurechtzuweisen. Die Luft vibrierte, da sich Fishers Kraft immer weiter aufbaute. Er lenkte seine Magie eindeutig auf sich, aber es war zwecklos, denn es gab kein Ziel, gegen das er sie richten konnte, keinen Feind, den er hätte vernichten können.

»Neiiiiin, nein, nein, nein, nein. Bitte!« Layne sackte plötzlich wieder aufs Bett, und ihr Kopf prallte auf die Matratze. Sie riss die Augen sehr weit auf. »Tu's nicht! Bitte, tu es nicht. Nicht … nicht …« Eine Gestalt lauerte in ihren blassgrünen Augen oder vielmehr deren bedrohliche dunkle Silhouette. Sie schien größer zu werden und näher zu kommen …

»Bitte …«, schluchzte Layne. Ihre Stimme war völlig kraftlos geworden und nur noch ein verzweifeltes, ergebenes Flüstern.

Fisher war kreidebleich geworden. Im Schlafzimmer war es eiskalt, obwohl auf der anderen Seite des Raums ein Feuer im Kamin brannte. Die Tinte auf Fishers Brust wand sich, zerstob in gezackte Linien. »Ist sie wach?«, fragte Fisher. »Mit wem spricht sie?«

Te Léna schüttelte den Kopf. »Nein. Ja, ich … Sie ist nicht *hier*. Ich kann ihren Geist spüren, als ob sie wach wäre, aber ihr Bewusstsein scheint hinter einer Wand oder etwas Ähnlichem verborgen zu sein.«

»Kannst du zu ihr durchdringen?«

»Nein.« Te Lénas Blick war seltsam leer geworden. »Die Barriere ist zu dick, zu hoch. Es gibt keine Möglichkeit, sie einzureißen.«

»Versuch es! Bitte! Versuch es einfach!«

»Oh, ihr Götter, nein! Hör auf! *Bitt…*« Laynes Schrei wurde abrupt unterbrochen. Sie krampfte erneut, bog den Rücken durch und trommelte mit den Fersen auf die Matratze.

»Irgendetwas tut ihr weh!« Fisher trat vom Bett zurück, fuhr sich mit den Händen durchs Haar und zerrte mit den Fäusten daran. Sein Blick fand den meinen, und in seinen Augen lag nichts als Hoffnungslosigkeit und Panik. Fisher konnte ein Schwert führen. Konnte seine Feinde niederstrecken. Er konnte Schattenportale erschaffen und an die Seite seiner Freunde eilen, wenn sie ihn brauchten. Aber hier gab es keinen Feind, dem er sich stellen, kein Ziel, das er erfassen konnte.

Er konnte nichts tun, um seiner Schwester zu helfen, und dieses Wissen brachte ihn fast um.

Mir ging es nicht besser. Meine Kehle schmerzte derart, als hätte ich sie mir verbrannt. Ich griff nach der seltsamen Magie, die unter meiner Haut tobte, und fand nur das Quicksilver, das leise und ruhig wie ein langsam dahinfließender Fluss flüsterte.

Lauf. Lauf. Lauf. Lauf …

Furcht überzog meine Knochen wie Raureif. Ich ging zu Layne und legte ihr eine Hand auf den Kopf. Ihr blondes Haar war wirr und feucht von Schweiß. Ihr stockte einen Moment lang der Atem, bevor er wieder schnell und stoßweise ging, wenn sie rasselnd ein- und ausatmete. Ihr Zittern wurde heftiger.

Ich spürte, was Te Léna beschrieben hatte: eine dunkle Hand, die über meiner Freundin schwebte und sie auf den feuchten Boden der Hölle hinabdrückte. Und sie war an diesem Ort *nicht* allein.

Layne riss flatternd die Augenlider auf, und ihre Pupillen waren so winzig wie Nadelstiche. Ihre Zunge hing ihr seltsam aus dem Mund und war mit Speichel benetzt. Die Zähne waren rötlich verfärbt. *Das Portal ist offen,* sagte eine schreckliche Stimme aus ihrem Mund. *Es kann nicht geschlossen werden. Das Portal ist offen. Das Portal ist offen. Das Portal ist …*

Ich riss meine Hand zurück, als hätte ich mich an ihrer Haut verbrannt.

Die Stimme verstummte.

Layne erschauerte fürchterlich, verdrehte die Augen und blieb regungslos liegen. Jegliche Anspannung wich aus ihrem Körper.

Die Luft im Raum war drückend, schwer und erfüllt von einer grauenvollen Stille.

Niemand rührte sich.

Keiner sagte ein Wort.

Fisher ließ die Hand seiner Schwester los. Seine Augen waren leer, als er auf nackten Füßen steif aus dem Zimmer stapfte.

***

»Könnte es mit der Fäulnis zusammenhängen?« Lorreth lief auf und ab, und das dumpfe Poltern der Stiefel dröhnte wie ein zweiter Puls in meinen Schläfen. Wir hatten uns nach und nach alle im Speisesaal versammelt, weil wir nicht wussten, wohin wir sonst gehen sollten. Vor dem Kamin stützte Fisher die Hände hoch über dem Kopf gegen den steinernen Sims, und die Muskeln an seinem Rücken waren völlig verkrampft. Er starrte gedankenverloren in die Flammen.

»Möglich wäre es«, erwiderte Maynir. Seine Hand ruhte auf Te Lénas, und er hatte die Finger mit ihren verschränkt. »Ich wüsste nicht, dass so etwas schon jemals in Yvelia passiert wäre. Aber meine Nachforschungen drehten sich hauptsächlich um die Hofpolitik. Mein persönliches Interesse an unterschiedlichen Magieformen hat mir einige Einblicke in die Elementarmagie, Schattenmagie, Blutmagie und Ähnliches verschafft … aber das hier?« Er blies die Wangen auf. »Diese Infektion stammt aus keinem bekannten Bereich der Magie, von dem *ich* je gehört habe. Sie ist entweder sehr alt oder sehr neu. In jedem Fall haben wir derzeit keine Möglichkeit, sie aufzuhalten, und wir wissen nicht, wie sie das Reich beeinflussen wird. Es ist bekannt, dass gewisse magische Kräfte bei Kleinkindern Anfälle auslösen können. Wäre es vielleicht möglich, dass diese Fäulnis Everlayne auf irgendeine Weise beeinflusst, je näher sie Cahlish kommt?«

Mutmaßungen. Mehr hatten wir nicht.

Maynir griff nach jedem Strohhalm, aber man konnte es ihm wohl kaum verübeln. Niemand sonst hatte auch nur die leiseste Ahnung, was hier vor sich ging.

Lorreth kratzte sich das mit Stoppeln bedeckte Kinn. »Wir müssen Ren holen …«

»Nein.« Fisher holte tief Luft und sprach zum ersten Mal, seit wir uns hier versammelt hatten. »Noch nicht. Er muss entlang der Küste und in den Wäldern so viele Dörfer und kleine Weiler

wie möglich warnen. Außerdem kann er Layne hier sowieso nicht helfen, und die Leute müssen wissen, was passiert.«

Unsicherheit flackerte in Lorreths Augen auf, aber er nickte. »Du hast recht. Es gibt nichts, was er tun könnte. Und was werden *wir* machen?«

»Wir gehen zurück zum Fluss und sehen nach, wie weit sich die Fäulnis seit gestern ausgebreitet hat.« Fisher wandte sich mit müder, aber entschlossener Miene vom Kamin ab. Damals in Zilvaren hatte es Tage gegeben, an denen unsere Chancen noch viel schlechter gestanden hatten. Kein Wasser. Kein Essen. Kein Weg aus dem Bezirk, aus welchem Grund auch immer. Jedes Mal, wenn ich ein Problem gelöst hatte, tauchte gleich das nächste auf und raubte mir jede Hoffnung auf eine Atempause. Mir war keine andere Wahl geblieben, als eine Lösung zu finden, um das Hindernis zu beseitigen, das mir im Weg stand, wobei ich ganz genau wusste, dass nur noch mehr folgen würden. Aber die Alternative wäre gewesen, einfach aufzugeben und zu sterben, und dazu war ich nun einmal nicht der Typ.

Genauso wenig wie mein Seelengefährte.

Er holte tief Luft. Als er ausatmete, kräuselte sich Rauch von seinen Schultern nach unten und hinterließ eine vollständige Lederrüstung. An der Kehle: ein glänzender Silberkragen, auf dem der Wolfskopf der Lupo Proelia prangte. Nimerelles schwarzer Griff ragte über der Schulter auf, knisterte vor Energie und zog das Licht an. Vor einem Moment hatte Fisher noch so ausgesehen, als wäre er am Ende, doch der Mann, der jetzt vor mir stand, war bereit, in den Krieg zu ziehen.

»Saeris und ich werden nach Ammontraíeth zurückkehren. In der Bibliothek gibt es noch viele weitere Bücher, die uns vielleicht helfen können. Soll sich Algat doch beschweren, so viel sie will, aber wir brauchen sie. Danya, du gehst zum provisorischen Sammelplatz und hältst mit den Kriegern dort Rücksprache. Sag ihnen, sie sollen alles zusammenpacken und sich bereit machen. Ich werde sie morgen abholen und nach Cahlish zurückbringen.«

Die stoische Miene der Frau geriet ins Wanken. »Wir geben die Grenze *auf?*«

Fisher nickte einmal knapp. »Wir geben sie auf.«

»Aber …«

»Schluss jetzt.«

Danya presste die Kiefer zusammen, sagte aber nichts mehr.

»Die Grenze spielt keine Rolle mehr. Infizierte Fresser werden sie so oder so überqueren. Das Land jenseits des Darn ist tot. Dort gibt es nichts mehr zu verteidigen. Unsere neue Verteidigungslinie wird hier gebildet. Lorreth, du musst Iseabail herholen. Den Zugang zu den Katakomben von Nevercross benötigen wir nicht länger, da uns jetzt die Bücher des Bluthofes zur Verfügung stehen. Aber wir sollten unbedingt eine Hexe bei uns haben, die vielleicht auch Everlayne zu helfen vermag. Vielleicht übersehen wir etwas und es gibt doch eine Möglichkeit, wie Te Léna und Iseabail sie aus diesem Dämmerzustand holen können.«

Lorreths Reaktion auf den Befehl war heftig; er wirbelte herum und marschierte auf Fisher zu, hatte bereits den Mund geöffnet und war bereit loszubrüllen, doch dann bemerkte er genau wie wir alle Fishers steinernen Blick, hob stattdessen die Hände und drehte sich wieder um. »Du hast recht«, sagte er. »Du hast vollkommen recht. Entschuldige. Ich werde gehen. Schon in Ordnung.«

Fishers Gesichtsausdruck wurde ein wenig weicher. »Te Léna, du bleibst bei Layne und Hayden. Der Junge wird bestimmt bald aufwachen und dann viele Fragen haben. Beantworte sie, so gut du kannst, und lass ihn nicht aus den Augen. Er neigt dazu, von sich aus herumzuwandern.«

Beinahe hätte ich laut losgelacht. Fisher hatte erst wenige Stunden mit meinem Bruder verbracht, aber er sprach bereits so, als würde er ihn kennen und hätte widerwillig die Verantwortung für ihn übernommen.

»Und was ist mit mir?«, fragte Carrion. Er saß auf Fishers Platz und pulte an den Nägeln herum. Zwar gab er sich betont gelangweilt, saß allerdings etwas aufrechter als sonst und hatte nicht einmal die Füße auf den Tisch gelegt. »Ich sollte wohl besser hierbleiben und aufpassen, dass draußen auf den Bäumen keine Vögel landen. Oder soll ich stattdessen lieber den Schnee im Vorgarten schmelzen? Es gibt sicher etwas ausreichend Banales, womit du mich beschäftigen kannst, während alle anderen ihren wichtigen Aufgaben nachgehen.«

Er soll uns nach Ammontraíeth begleiten.

Diesen Gedanken wollte ich Fisher eigentlich schicken, aber ich kam nicht dazu.

»Halt die Klappe, Carrion«, entgegnete Fisher. »Du kommst mit uns.«

***

Die schwere Tür zur Gruft war von außen verriegelt. Niemand hatte angeordnet, sie nach unserer Rückkehr durch das Quicksilver nach Cahlish zu verschließen, demzufolge mussten die Hochadel-Vampire diesen Entschluss eigenmächtig getroffen haben. Auch wenn ihnen bewusst gewesen sein musste, dass uns eine verriegelte Tür nicht lange aufhalten würde, war die Botschaft trotzdem eindeutig: Ihr seid hier nicht willkommen. Wir wollen euch hier nicht haben.

Die Tür zerbarst nach außen und zersplitterte unter Fishers Stiefelabsatz. Zwei mit eisernen Rapieren bewaffnete Hochadel-Vampire standen im Flur am Fenster. Ich erkannte sie nicht sofort, aber dann sah ich die lächerlich kleine rechte Hand des Vampirs, der uns am nächsten stand, und erinnerte mich daran, ihnen im

Fool's Paradise begegnet zu sein. Ich war davon ausgegangen, dass Lorreth einen Scherz gemacht hatte, als er sagte, die Hand des Hochadel-Vampirs würde zuerst klein nachwachsen, aber offenbar war das sein Ernst gewesen.

Die beiden Männer – Anterrin? Khol? Die Götter allein wussten, warum ich mich an ihre Namen erinnerte – ließen ihre Rapiere fallen und zogen sich durch den Flur zurück, bis sie mit dem Rücken gegen die Wand stießen. »Nicht! Wartet!«, keuchte Khol. Die Augen des Mistkerls blitzten auf, und sein Ausdruck verwandelte sich schnell in Hunger, als er bemerkte, was ich in den Armen hielt. Wie immer hatte ich Onyx durch das Quicksilver getragen. Trotz meiner Erlasse schien das die beste Vorgehensweise zu sein. Es gefiel mir nicht, wie die Hochadel-Vampire ihn beäugten, als wären sie darauf aus, ein Schlupfloch zu finden und eine Mahlzeit aus ihm zu machen.

Onyx knurrte in meinen Armen, witterte die Gefahr und fletschte die Zähne.

»Ihr habt eine Sekunde, um den Blick von diesem Fuchs abzuwenden«, sagte Fisher tonlos.

Khol tat genau das und richtete seine Aufmerksamkeit auf meinen Gefährten. Fisher hielt Nimerelle in der Hand, und die Klinge verströmte unheilvollen schwarzen Rauch. »Es tut uns leid, okay! Wir wollten euch nicht aussperren. Er hat uns gesagt, wir sollen nach Belikons Männern Ausschau halten.« Khol schloss die Augen, als Fisher ihm die Schwertspitze an die Kehle hielt. »Er … er … er …«

»Er?«, wiederholte Fisher eisig.

»Er hat uns gesagt, wir sollen euch sofort rauslassen, sobald ihr eintrefft! Das hätten wir getan! Wir …«

»Geht!« Das Wort vibrierte in der Luft, ein einziger Befehl, der Gewalt verhieß, wenn er nicht befolgt werden würde. Anterrin, der bisher kein Wort gesagt hatte, rannte als Erster den

Flur hinunter. Sein Bruder zögerte nicht lange und folgte ihm zugleich.

Carrion musterte Fisher verdutzt und hob eine Hand. »Kommst du dir komisch vor, wenn du weißt, dass sich die Eier der Männer in den Körper zurückziehen, sobald du in ihrer Nähe bist?« Er machte eine Bewegung, als würde etwas nach oben gesaugt werden.

Fisher zog nur kurz die Augenbrauen hoch, dann steckte er Nimerelle weg und drehte sich zu mir um. »Ich gehe Foley suchen. Aber zuerst bringe ich Onyx zurück in deine Gemächer. Vielleicht solltest du mit dem Mann sprechen, der diese Idioten vor der Gruft postiert hat, und herausfinden, was *er* dazu zu sagen hat.«

»Klingt nach einer guten Idee.« Ich drückte dem Fuchs einen Kuss auf den Kopf, bevor ich ihn widerwillig meinem Gefährten übergab.

»Mach dir keine Sorgen. Ich passe schon auf sie auf«, sagte Carrion und zwinkerte meinem Seelengefährten zu. Die Bemerkung sollte Fisher wahrscheinlich verärgern, brachte ihm jedoch nur ein amüsiertes Schnauben ein.

»Ach, bitte. Saeris könnte den halben Bluthof in die ewigen Gräber schicken, bevor du überhaupt deine Klinge gezogen hast. Selbst der Fuchs hätte bessere Chancen, eine Bedrohung abzuwehren.« Ihm schien plötzlich etwas einzufallen. »Augenblick mal! Da wir gerade von deinem Schwert sprechen, wo ist Simon eigentlich?«

Im Laufe der Jahre hatte ich Carrion schon häufiger erfolgreich die verschiedensten Gefühle verbergen sehen. Heute war er jedoch zu langsam, um seine rot anlaufenden Wangen zu vertuschen. »Mach dir um Simon keine Gedanken«, erwiderte er. »Ich weiß genau, *wo* mein Gottesschwert ist, danke der Nachfrage.«

In Ammontraíeth herrschte reges Treiben, als wir durch die Flure gingen. Hochadel-Vampire eilten mit prächtigen Damastballen, Stapeln blattvergoldeter Teller und allen Arten von Servierschüsseln umher. Sie rochen Carrion, bevor sie mich bemerkten. Einige von ihnen fauchten, als sie den Duft frischen, lebendigen Bluts derart nah witterten, doch sobald sie Carrions kastanienbraunes Haar sahen, wichen sie zurück – mein Erlass zügelte ihren Hunger. Sobald sie *mich* jedoch erblickten, sanken sie unterwürfig zu Boden, neigten die Köpfe und erhoben sich erst wieder, nachdem ich vorbeigegangen und außer Sicht war. Carrion beobachtete, wie sie auf die Knie gingen, und schüttelte den Kopf. »Du hast dein ganzes Leben damit verbracht, dich zu verstecken und darauf zu hoffen, dass dich niemand erkennt, und jetzt knien alle nieder, sobald sie dich sehen. Du musst das wirklich hassen.«

Mein harsches, schallendes Gelächter hallte durch den Korridor. »O nein. Ich hasse es nicht, Carrion. Ich *verabscheue* es.«

»Warum zwingst du sie dann dazu? Du musst das doch gar nicht von ihnen verlangen.«

Ich hatte das Gefühl, dass er die Antwort auf diese Frage längst kannte. Vielleicht wollte er nur, dass ich sie laut aussprach und mich an die Notwendigkeit erinnerte. »Sie müssen mich fürchten. Oder zumindest daran erinnert werden, dass ich Macht über sie habe.«

»Ist ihnen überhaupt klar, wie knapp sie der völligen Auslöschung entgangen sind?«, fragte er ein wenig zu laut, woraufhin uns eine Frau im schimmernden lilafarbenen Kleid finster anblickte. »Du hättest ihr Leben mit einem einzigen Befehl beenden können, sobald die Krone auf deinem Kopf saß.«

Tatsächlich war diese Möglichkeit vor meiner Krönung ausführlich diskutiert worden. Lorreth hatte dafür gestimmt, Ammontraíeth zu zerstören. Renfis ebenfalls, der seine Stimme aus Irrín abgegeben hatte. Danya hatte sich für die öffentliche Zerstückelung und eine Art Rache-Folter ausgesprochen, die kaum noch als Gerechtigkeit zu bezeichnen war. Ich hatte als Einzige darum gebeten, die Mitglieder des Bluthofes erst auf ihre mögliche Erlösung zu prüfen. Fisher hatte zögernd zugestimmt, erst einmal abzuwarten, wie sich alles entwickelte, und – nun ja. Bis jetzt sah es nicht besonders gut für sie aus.

»Wir gehen also zu Tal?«, wechselte Carrion abrupt das Thema. Er drehte sich um und ging rückwärts, um mit uns Schritt zu halten, während er den verärgerten Blick der schönen Hochadel-Vampirin erwiderte.

»Ja, wir gehen zu Tal«, bestätigte ich.

»Und wie in aller Welt sollen wir ihn in diesem Albtraumpalast bitte schön finden?«

Ich räusperte mich und sah ihm nicht in die Augen. »Ich weiß genau, wo er ist.«

Carrions Blick brannte sich förmlich in mich, trotzdem weigerte ich mich, ihn anzusehen. »Und woher weißt du das so genau?«

»Weil er mein Ahnherr ist. Ich kann ihn spüren, so wie er mich spüren kann. Ich weiß immer, wo er ist. Und jetzt leg mal einen Zahn zu.«

»Wow! Das muss ziemlich verwirrend sein, wenn ihr alle drei am selben Ort seid. Dein halber Verstand ist in Alarmbereitschaft und sucht nach Tal, und die andere Hälfte wird zu Fisher hingezogen.«

»Meine Verbindung zu Fisher ist anders.«

»Was?« Carrion hielt theatralisch inne. »Du kannst Tal spüren, aber Fisher nicht?«

Ich ging einfach weiter.

»Hey! Hey, warte!« Er musste rennen, um mich einzuholen. »Tut mir leid, wenn ich etwas verwirrt bin, aber seid ihr zwei nicht durch eine Liebe verbunden, die alles andere in den Schatten stellt?«

Ich bog links ab und ging eine Treppe hinunter. »Ich habe tatsächlich eine Verbindung zu Fisher, und ja, ich kann spüren, wo er ist. Es … ist einfach nicht dasselbe. Die Verbindung zu ihm fühlt sich ruhig und friedlich an und erinnert an einen tiefen Brunnen.«

»Und wie fühlt sich die Verbindung zu Tal an?«

Ich knirschte mit den Zähnen, erreichte den Fuß der Treppe und bog rechts ab. »Wie eine *Leine.*«

Ich hatte Tals Gemächer bisher noch nie betreten. Es hatte nie einen Grund gegeben, dorthin zu gehen. Als Carrion und ich vor dem bogenförmigen Eingang mit den verschnörkelten, mit Gold verzierten Türgriffen standen, erlebte ich unverhofft ein Déjà-vu. Ich kannte die Form des Türknaufs in meiner Hand. Ich wusste, dass die Tür ein wenig quietschen würde, wenn ich sie aufstieß. Ich wusste, wie die Luft roch, wenn ich in die Räume dahinter trat.

Geborgte Erinnerungen.

Echos des Bluts.

Ich wusste diese Dinge, weil sie Tal so vertraut waren und weil ich von *ihm* abstammte. Als ich die Hand hob, um anzuklopfen, zögerte ich auf einmal. Ein seltsames Gefühl kribbelte in meinem Hinterkopf. Auf der anderen Seite der Tür waren Leute bei Tal. Sehr viele. In den Räumen dahinter herrschte eine Spannung, die die Luft eklektisch knistern ließ.

Ein Streit vielleicht? Aber mit wem sollte er sich streiten?

»Das würde ich an Eurer Stelle nicht tun.«

Ich drehte mich um und hatte die Faust noch immer zum Klopfen erhoben. Zovena schlenderte den Flur entlang auf uns zu. Sie hatte sich das hellblonde Haar zu einem strengen Zopf zurückgebunden, der so fest aussah, dass er ihr vermutlich Kopfschmerzen bereitete. Ihr Haar fiel ihr über die Schulter und reichte fast bis zur Taille. Das hochgeschlossene schwarze Kleid schmiegte sich an ihre Kurven und betonte ihre Hüften und das fast aus der Spitze quellende Dekolleté. Ich hatte sie seit der Krönung nicht mehr gesehen und hätte gut ohne ein Wiedersehen auskommen können, aber nein. Ammontraíeth war riesig – man konnte sich in den fensterlosen dunklen Korridoren dieses Orts verlieren –, doch letzten Endes war es auch nur ein Gebäude. Daher war es nur eine Frage der Zeit gewesen, bis ich ihr erneut über den Weg lief.

Mit einem süffisanten Lächeln kniete sie sich hin und machte es sich auf den Fersen kauernd bequem.

Ich ließ die Hand sinken, blickte auf die Frau hinunter und verschränkte die Arme vor der Brust. Auch wenn ich nicht genau wusste, was zwischen ihr und Tal vorgefallen war, wusste ich doch genug. Sie war der Grund, warum er hierhergekommen war und sich Malcolm ausgeliefert hatte. Er hatte sie geliebt, und sie hatte ihn auf irgendeine Weise verlassen. Jetzt schien es, als wünsche sie sich nichts sehnlicher, als den Hüter der Geheimnisse tot und unter der Erde zu sehen.

»Eure Majestät.« Die Begrüßung war süß wie verfaultes Obst. Als sie sprach, stieg der Hauch von etwas Sinnlichem und Exotischem von ihr auf und drang mir in die Nase. Der Duft war berauschend. Mir wurde ein wenig schwindelig.

»Ich habe ein Hühnchen mit Euch zu rupfen«, sagte ich.

»Mit mir?« Zovena lachte lieblich und warf sich den Zopf über die Schulter. »Was habe ich denn getan, um die Königin des Bluthofes zu beleidigen? Sagt es mir, und ich werde augenblicklich Wiedergutmachung leisten.« Ich kannte Frauen wie sie aus Zilvaren. Frauen, die Mitglieder ihrer eigenen Familie, ohne zu zögern, an die Wachen verkauft hätten, nur um sich einen kleinen Luxus zu sichern. Frauen, die ihre Seele dem Teufel überlassen würden, wenn er ihnen Macht versprach, und sei es auch nur für kurze Zeit. Doch Zovena war weitaus gefährlicher als jene Frauen. Sie war eine zum Vampir gewordene Fae. Wenn sie ihre Karten richtig ausspielte, würde sie sogar das Ende dieses Imperiums miterleben – und ein Teil von mir wusste, dass sie auch etwas damit zu tun haben würde.

»Ihr gehört zu den Lords der Mitternacht«, stellte ich fest.

Boshaftigkeit blitzte in ihren Augen auf. »Oh, meine Güte! Ich dachte wirklich, das hättet Ihr längst vergessen.« Der Klang ihres Lachens bereitete mir Gänsehaut. »Ja, ich gehöre zu den Lords der Mitternacht. Mein geliebter Ahnherr verlieh mir diesen Titel vor siebenhundertdreiundachtzig Jahren. Darf ich mich wieder erheben?«

»Euer geliebter Ahnherr?« Ich nickte und stieß ein höhnisches Schnauben durch die Nase aus. »Malcolm?«

Der metallische Geruch von Wut lag in der Luft, doch Zovena ließ sich nichts anmerken. »In einem anderen Leben wärt Ihr *gekrochen*, weil Ihr seinen Namen aussprecht, Königsmörderin«, sagte sie.

O wow! Sie wollte es aber wirklich wissen. »Diesen Ehrentitel habe ich vermutlich Euch zu verdanken, nicht wahr, Zovena? Soll mich der Name aus der Fassung bringen? Denn ich bin eigentlich sogar ziemlich stolz auf diese Errungenschaft. Verratet mir eins«, fuhr ich fort, bevor sie etwas erwidern konnte. »Gilt es in Ammontraíeth als Inzest, wenn man mit seinem Ahnherrn schläft? Denn für mich hört sich das so an, als hätte da jemand Daddy gefickt.«

»Schlampe!« Zovenas gelassene Fassade zerfiel schlagartig und offenbarte endlich den Abgrund ihres Hasses. Ihre Gesichtszüge entgleisten, der Mund wurde plötzlich zu groß und zog sich an den Mundwinkeln nach oben. Sie schnellte vor, doch ihr Körper hielt sofort inne, denn sie konnte mir nichts antun und ich hatte ihr noch nicht erlaubt, sich zu erheben.

Carrion klammerte sich an den Türrahmen und tat so, als würde er zur Seite taumeln. »Heilige Götter und Märtyrer! Was ist mit Eurem Gesicht passiert?«

Zovena zischte wie eine Höllenkatze. »Pass auf, was du sagst, *Sheascah*. Ich bin keine Närrin und weiß genau, wer du bist. Es gibt Leute, die würden ein Vermögen zahlen, um deinen Kopf auf einer Pike zu sehen.«

Ich stellte mich vor sie und versperrte ihr die Sicht auf den Schmuggler. »Ihr werdet ihn nicht anrühren. Ihr werdet ihn nicht mal mehr von der Seite ansehen oder irgendetwas über Carrion erzählen, habt Ihr mich verstanden? Ihr würdet Euch eher die eigene Zunge herausreißen, als das auch nur zu versuchen.«

Sie zuckte unter der Last des Befehls zusammen. Für sie war ich nur ein kleines Mädchen, das blind und verängstigt im dunklen Wald umherirrte. Aber sie hatte vergessen, mit wem sie sprach – bemerkenswert, da doch sie es war, die auf den Knien kauerte.

»Raus damit! Sagt mir, dass Ihr es verstanden habt.« Ich hätte das voller Wut oder Hass verlangen können, aber stattdessen gab ich den Befehl in einem nüchternen, desinteressierten Ton.

»Ich … verstehe.« Zovena versuchte, die Worte hinter den Zähnen zu behalten, doch einem direkten Befehl der Königin musste sie nun mal gehorchen. *»Anterrian goaneth tiel ran lir…«*

»Aufhören!« Die Luft vibrierte, und Zovena wich zurück, als hätte ich ihr eine Ohrfeige verpasst. Ich legte den Kopf schief und runzelte die Stirn, während ich auf sie herabblickte. »Ihr seid doch die Hüterin der Botschaften, nicht wahr?«

»Ja.«

»Was genau macht die Hüterin der Botschaften? Erklärt es mir.«

»Das ist eine wichtige Rolle«, platzte es aus Zovena heraus. »Die Hüterin der Botschaften ist für die gesamte Kommunikation innerhalb und außerhalb Ammontraíeths zuständig. Befehle, Neuigkeiten, Geheimnisse. Alles muss über mich laufen.«

»Klingt wie eine verherrlichte Botin. So jemanden haben wir auch in Zilvaren, müsst Ihr wissen. Aber dort gilt der Posten als ziemlich unbedeutend.«

Die Frau hatte ihre Fassung fast wiedergewonnen; ihre Gesichtszüge wirkten beinahe normal, aber ihre Augen blitzten bei dieser Bemerkung auf wie Messer. »Darf … ich … aufstehen?«, stieß sie hervor.

»Nein.«

»Ihr habt ja keine Ahnung, wie schwierig es ist, Nachrichten an die Spione zu übermitteln, die wir im Ausland versteckt haben …«

»Wie schwer ist es, einem Hochadel-Vampir hier bei Hofe einen Brief zu überbringen?«

Sie blinzelte verblüfft. »Einen Brief? Hier?«

»Mhm. Ein Blatt Papier, in einem Umschlag. Versiegelt, nehme ich an.« Ich warf Carrion einen Blick zu. »Briefe sind doch normalerweise versiegelt, nicht wahr?«

»Normalerweise schon«, bestätigte er.

Ich wandte mich erneut der Frau zu. »So ein Brief wäre doch hier im Palast relativ leicht zu überbringen, oder?«

»Offensichtlich. *Natürlich.*« Offenbar hielt sie diese Fragen für Zeitverschwendung.

»Dann erklärt mir bitte etwas. Mein Seelengefährte und meine Freunde haben jemandem hier am Bluthof im Laufe der Jahre zahlreiche Briefe geschrieben. Sind diese Briefe nie in Ammontraíeth angekommen?«

Zovena fletschte die Reißzähne, und unnatürlich tiefe Falten erschienen auf ihrer Stirn. »Dieser Mann ist kein Mitglied dieses Hofes. Er wird gemieden. Und wer gemieden wird, erhält keine Briefe. Außerdem dürfen die Feinde meines Hauses keinen Kontakt zu ihren Verbündeten hier haben!«

»Sie sind also doch angekommen.«

Zovena sagte nichts.

»Ich könnte Euch *zwingen*, es mir zu sagen.«

»Ja, sie sind angekommen. Aber …«

»Bewahrt Ihr sie noch immer in Eurem *Versteck* auf, wo auch immer das sein mag?« Es war nicht klug, sie zu provozieren. Ich war nicht so dumm, mir einzubilden, dass dieses Machtverhältnis lange Bestand haben würde. Die Hochadel-Vampire von Sanasroth würden früher oder später einen Weg finden, mich zu stürzen, und dann würde ich Zovena nicht mehr allein mit Worten meinem Willen unterwerfen können. Dann würde nur noch Gewalt helfen, aber das war mir auch recht. Wenn diese Monster nichts anderes verstanden, würde ich mich eben danach richten. Ich konnte durchaus gewalttätig und grausam sein, wenn es nötig war.

Ich ließ Zovena das Versprechen dessen sehen, als sie meinen festen Blick erwiderte. »Ja«, antwortete sie säuerlich. »Ich habe sie noch.«

»Dann werdet Ihr sie dem vorgesehenen Empfänger aushändigen – heute.«

Die Frau verzog das Gesicht. »Er kann in meine Gemächer kommen und sie abholen wie der Hund, der er ist …«

»Ihr werdet sie in die Bibliothek bringen – persönlich.« Ich sprach langsam und betonte jedes einzelne Wort. »Oder ich komme Euch suchen. Und wenn ich mit Euch fertig bin, wird außer Euren verdammten Zähnen nichts mehr von Euch übrig sein. Haben wir uns verstanden?«

Sie sah aus, als wolle sie mir ins Gesicht spucken; und es brachte sie beinahe um den Verstand, dass sie das nicht tun konnte. »So klar wie ein Wintermorgen«, erwiderte sie.

Im dritten Bezirk waren meine Sehnsüchte nie groß und gierig gewesen. Sauberes Wasser. Eine anständige Mahlzeit. Kleidung, die nicht gleich zerfiel. Ich hatte mir nie viel erträumt und ganz sicher keine Macht. Ich genoss keine einzige Sekunde davon, aber es musste nun mal sein. Das, was ich eben zu Carrion gesagt hatte, entsprach der traurigen Wahrheit: Zovena musste wissen, dass ich ihr überlegen *war* und dass sie sich *nicht* mit mir anlegen durfte, egal wie sehr sie es sich auch wünschte. Ich war gerade dabei, sie wie ein gescholtenes Kind zu entlassen, als die Tür zu

Tals Gemächern geöffnet wurde und mein Ahnherr im Türrahmen erschien.

Er war nackt und mit Blut bespritzt … und seine Erektion ragte *unerhört* hart zwischen den Schenkeln hervor. »Wenn du nicht mitmachen willst, dann wäre ich dir *sehr* dankbar, wenn du dich hier beeilen würdest. Du lässt mich wie einen schlechten Gastgeber dastehen.«

31

DAMPF UND RAUCH

KINGFISHER

Der Fuchs roch nach ungebändigtem Winter und eiskalten Tagesanbrüchen. Ich hielt ihn fest unter einem Arm und summte leise ein Wiegenlied, das meine Mutter mir als Baby immer vorgesungen hatte.

Nicht für den Fuchs.

Ich summte nicht *für* den Fuchs.

Das wäre seltsam gewesen.

Ich mochte das Lied einfach, und ich hatte den Eindruck, dass es ihm ebenfalls gefiel. Daran war nichts auszusetzen.

Ana drowan, doyath drowan, teyra drowan cal su marn. Massurith, mas surith, kalminan tu dan shay …

Ein Fisch, zwei Fische, drei Fische in der Wanne. Sie schwimmen umher, umher, umher und schwimmen ins Meer …

Onyx zappelte nicht, während ich ihn durch den Palast trug. Er knurrte die Hochadel-Vampire nicht an, die uns begegneten. Er schien die kalte, unfreundliche Umgebung, in der er sich befand, nicht einmal richtig wahrzunehmen. Stattdessen richtete er den Blick auf mich, zuckte hin und wieder mit der Nase und lauschte meinem Gesang.

Meine Magie war hier nutzlos, was mich unendlich frustrierte. *Ich* hätte Saeris' Gemächer vor unliebsamen Besuchern schützen sollen, aber selbst das war mir hier nicht möglich. Tal hatte sich um diese Aufgabe kümmern müssen. Er hatte dafür gesorgt, dass ich Zugang zu ihren Gemächern hatte, wann immer ich wollte, doch das Wissen, dass *seine* Magie statt der meinen für zusätzliche Sicherheit sorgte, nagte furchtbar an mir, als ich ihr Schlafzimmer durch die Doppeltür betrat.

Der Fuchs lag geduldig in meinen Armen und ließ sich von mir zum Bett tragen.

Hris drowan mayth tair, hris drowan brin gilterrith, ayen hris drowan farh miniethh loss …

Der erste Fisch ertrank, der zweite Fisch erfror, und der dritte Fisch verschluckte sie alle …

Ich beendete das Lied mit einer kleinen Geste und setzte den Fuchs aufs Bett. Er blinzelte zu mir hoch, und seine Augen waren so glasig und pechschwarz, als wüsste er nicht so recht, was er von meiner Darbietung halten sollte.

»Entschuldige, Kleiner. Jetzt, da ich darüber nachdenke, ist das kein sehr fröhliches Lied, oder? Magst du Fisch? Ich könnte mir vorstellen, dass er dir schmecken würde.«

Wieder blinzelte der Fuchs.

»Ich wette, du hättest jetzt gern welchen, was? Eine saftige Forelle vielleicht?«

Er spitzte die Ohren. Ich hätte bei allen Göttern schwören können, dass er hoffnungsvoll lächelte.

»Okay, okay. Mal sehen.« Meine Illusionen waren echt, solange jemand sie betrachtete. Ein Bad konnte echt sein. Kleidung auch. Aber Essen nicht. So funktionierte das nicht. Die dafür notwendige Magie musste ich woanders hernehmen, und das verlangte Konzentration. Ich griff danach … streckte mich aus … und stöhnte vor Anstrengung, als ich mit meiner kleinen Magie einen ganz anderen Ort aufsuchte und eine silberne Schale mit einer halben geräucherten Forelle hervorzog. Genau in diesem Moment fragte sich vermutlich eine Schankmaid im Shag's Nest in West-Dow, wo in allen fünf Höllen die Schale mit dem geräucherten Fisch abgeblieben war, die sie eben noch in der Hand gehalten hatte. Doch das war vorerst unwichtig, und ich würde bald dort hingehen und für die Mahlzeit bezahlen.

Ich stellte das Essen ab und sah zufrieden zu, wie der Fuchs von Saeris' Bett herunterhüpfte und das Ganze sofort verputzte. Der Fisch war in Sekundenschnelle verschwunden.

»Also gut, mein Kleiner. Ich muss jetzt gehen. Mach keinen Ärger, während du auf dein Frauchen wartest, okay?«

Onyx sah zu mir auf und leckte sich mit der rosa Zunge über die Schnauze, während er den Geschmack der Mahlzeit genoss, die ich für ihn gestohlen hatte.

»Na los! Mach ein Nickerchen oder etwas in der Art.«

Der Fuchs gähnte, drehte sich um und huschte unter Saeris' Bett.

Ich stand bereits an der Tür und hatte die Hand am Knauf, als ich sein leises Winseln hörte. »Was ist denn?« Als ich einen Blick über die Schulter warf, sah ich, wie der kleine weiße Fuchs den Kopf unter dem Bett hervorstreckte und dann zielstrebig zu mir herübertrabte. Als er mich erreichte, senkte er den Kopf, und etwas kleines Braunes landete auf dem Teppich.

Es war ein Tannenzapfen.

Einer der kleinsten und vollkommensten, die ich je gesehen

hatte. Onyx stupste ihn mit der Nase an, schnaubte und blickte dann erwartungsvoll zu mir auf.

Ich betrachtete den Fuchs und den Tannenzapfen, die Hand immer noch am Türknauf, und wusste nicht, was ich tun sollte. »Ist der … für mich?«

Onyx stupste den kleinen Tannenzapfen erneut mit der Nase an, bis er gegen die Spitze meines Stiefels rollte. Er war in der Tat für mich gedacht.

Ein Geschenk.

Ich bückte mich, hob ihn auf und steckte ihn in die Innentasche meiner Lederkluft. Bevor ich mich umdrehte und hinausging, kraulte ich den kleinen Fuchs zwischen den weißen Ohren mit den schwarzen Spitzen, wobei ich vergeblich versuchte, mir meine Rührung nicht anmerken zu lassen. »Danke, Kleiner.«

***

Die Bibliothek war verlassen.

Lampen säumten die komplette Länge des Schreibtisches und erschufen mit ihrem blassgrünen Schimmer kleine Lichtinseln. Am fernen Tischende waren Bücher in fünf ordentlichen Stapeln aufgetürmt, die aus jeweils zehn Folianten bestanden. Im Raum war es so still wie in einer Grabkammer.

Als ich den Eingang der Bibliothek überquerte und auf die Stufen zusteuerte, die zu den Regalen führten, trat plötzlich eine kleine, aus Schatten geformte schwarze Katze aus *meinem* Schatten hervor und erschreckte mich. Selbstverständlich hatten sich schon oft Schatten von mir gelöst, doch dies war bislang stets auf meinen Wunsch geschehen, und nie hatte sich einer davon danach in etwas *Lebendiges* verwandelt.

Die Katze bohrte die Krallen in den Teppich, während sie sich streckte und mich aus blutroten Augen ansah.

»Wo kommst *du* denn her?«, fragte ich sie.

Die Schattenkatze schnupperte neugierig an meinem Bein.

»Was riechst du da?«, erkundigte ich mich. »Einen Fuchs? Ich bin mir nicht sicher, ob ihr beide miteinander auskommen würdet.« Als würde sie mich genau verstehen, stieß die Schattenkatze das Köpfchen gegen meine Schienbeine und fing an zu schnurren – laut genug, um Tote aufzuwecken.

Ich beugte mich hinunter, um sie zu streicheln, aber die elende Kreatur schoss davon und direkt auf die Treppe zu. Auf der untersten Stufe verharrte sie und warf mir einen Blick über die Schulter zu, als wolle sie mir vermitteln: *Na los! Kommst du?*

Saeris' Duft hing schwach, aber wahrnehmbar in der Luft, als ich die Bibliothek durchquerte und die Treppe hinaufging. Zwischen den Regalen verlor ich ihre Spur und folgte der Katze, die vor mir hertrottete und sich gelegentlich vergewisserte, dass ich noch da war. Ich hatte es mir zur Regel gemacht, einer Katze immer zu folgen. Besonders einer schwarzen Katze. Diese hier war schwärzer als die finsterste Mitternacht – eine Abwesenheit von Licht, die ich nur allzu gut kannte. Meine Sinne waren in höchster Alarmbereitschaft, während wir zwischen den hohen Regalen weitergingen, nach links, dann nach rechts, schließlich zwei Gänge geradeaus. Die Magie lag hier schwer in der Luft, die Regale standen dichter zusammen, und das Licht wurde schwächer, sodass die Titel der vielen Aberhundert Bücher beim Vorbeigehen im Zwielicht verschwanden.

Die Pfoten des Tieres schienen kaum den Boden zu berühren, als es leise voranschritt. Es rieb sich an der Ecke eines Regals, während es darauf wartete, dass ich zu ihm aufschloss, und sein langer, gelenkiger Schwanz schwang hin und her wie ein hoher Grashalm im Wind. Sobald ich der Katze nahe genug war, bog sie nach links ab und verschwand in einem Durchgang (oder eher einem Tunnel), der ganz aus staubigen alten Büchern bestand.

Goldenes Licht flackerte an dessen Ende.

Als ich aus dem Tunnel heraustrat, fand ich mich in einem Bereich der Bibliothek mit hoher Decke wieder, der sich vollkommen anders anfühlte als der ganze Rest. Ein Tisch. Ein Stuhl. In der hintersten Ecke ein Bett, halb verborgen hinter einem weinroten Samtvorhang mit goldener Quaste. Die Wände bestanden aus den Bücherregalen, die so angeordnet waren, dass eine Art separates inneres Heiligtum entstand.

Der Teppich war am Eingang des Unterschlupfs ziemlich abgetreten. Fadenscheinig war auch der Abschnitt vor dem großen Kamin an der gegenüberliegenden Wand, in dem ein munteres Feuer prasselte; die kahlen Stellen zeugten von unzähligen Stunden, in denen jemand dort in Gedanken versunken auf und ab gegangen war.

In der Mitte des abgeschlossenen Raums stand ein großer Tisch, auf dem ich eine Vorrichtung aus Zahnrädern und langen, spindeldürren Armen mit glänzenden Messingkugeln an deren Enden entdeckte. Die Arme standen still, aber mit der Zeit würden sie sich bewegen. Das war ein Modell des Sonnensystems, noch dazu ein wunderschönes Exemplar. Einst hatte im Arbeitszimmer meines Vaters eins gestanden. Als Faeling war ich von seiner komplexen Funktionsweise fasziniert gewesen. Meine Eltern hatten an dem Gerät gesessen, es ausgiebig studiert und mir gezeigt, wie die Planeten durch die Kugeln mit Silber- und Kupferintarsien dargestellt wurden – wie sie umeinander tanzten und alle um die viel größere goldene Sonne in der Mitte kreisten.

Dieses Modell unterschied sich stark von dem im Arbeitszimmer meines Vaters, denn die Ausrichtung und die *Zahl* der Planeten waren anders. Wunderschön war es dennoch.

Hätte ich Zeit gehabt, wäre ich noch etwas länger geblieben, um die Kunstfertigkeit des Geräts zu bewundern – schließlich waren derartige Modelle bekanntermaßen schwierig herzustellen –, aber ich war auf der Suche nach dem Besitzer und hatte das Gefühl, dass ich ihn unter den echten Sternen finden würde.

Auf der rechten Seite war eine Rollleiter an der Wand befestigt. In sechs Metern Höhe stand ein kleines Fenster offen, und der schwere Vorhang, der nur teilweise davorhing, blähte sich in der kalten Luft. Die Katze saß am Fuß der Leiter und blickte zum offenen Fenster hinauf. Ihre Botschaft war eindeutig: Dein Freund wartet dort oben auf dich.

Nun denn.

Am Fuß der Leiter miaute die Katze und blinzelte mich träge an. Sie drehte sich, so wie Katzen es tun, bevor sie sich zum Schlafen niederlassen, doch als sie die Vorderpfoten ausstreckte, wurde sie wieder zu einem Gebilde aus Tinte und Dunkelheit und verschwand in dem langen Schatten, den ich über den mottenzerfressenen Teppich warf.

»Also gut«, murmelte ich.

Ich fühlte mich nicht anders. Abgesehen davon, dass ich es gerade mit eigenen Augen gesehen hatte, gab es keinen Beweis dafür, dass die Katze irgendwie mit mir *verschmolzen* war. Ich zuckte mit den Achseln und kletterte die Leiter hinauf. Das Fenster war einen Meter hoch und nur etwa sechzig Zentimeter breit. Ich musste mich ziemlich klein machen und die Schultern schräg halten, um hindurch und auf den schmalen Gang dahinter zu gelangen. Ein niedriger Absatz zog sich um das Kuppeldach und bot nur minimalen Schutz vor dem knapp hundert Meter tiefen Abgrund auf der anderen Seite.

Über mir funkelten die Sterne grell und strahlend.

Ich war schon halb um die Kuppel herum, als ich auf die flache Dachnische stieß, in der ein Mann hoch über der Welt an einem kleinen, verwitterten Schreibtisch saß und mit einem Federkiel eifrig in ein Buch schrieb. Obwohl er mich nicht zur Kenntnis nahm, wusste er doch, dass ich gekommen war: das kurze Stocken seines Federkiels … und das darauf folgende Weiterschreiben bestätigten es mir.

Foley war einst der Sohn eines Lords und sein Vater Warrick Briarstone Berater von König Rurik gewesen. Die Familie hatte in Bezug auf den höchsten Rang und größten Stolz im Land nur den Daianthus' den Vortritt lassen müssen. Wäre der wahre König nicht von Belikon getötet worden, wäre Foley vermutlich irgendwann zum zweithöchsten Würdenträger ganz Yvelias aufgestiegen. Der Berater des Königs hatte die Pflicht, im Notfall an seiner Stelle zu handeln, daher lastete eine große Verantwortung auf seinen Schultern. Foley war geboren worden, um respektiert zu werden und seinem Reich gewissenhaft zu dienen, doch stattdessen hatte er das Kämpfen gelernt und sich den Lupo Proelia angeschlossen. Und nun versteckte er sich hier ganz oben in diesem Turm inmitten eines Meers aus Büchern als geächteter Vampir, der zu ängstlich war, um einem alten Freund in die Augen zu sehen.

Endlich verstummte das Kratzen der Feder, und er legte sie beiseite. »Wie ich sehe, hat sich Guru mit dir angefreundet und sich von dir mitnehmen lassen«, begann er leise. »Das macht er manchmal.«

Als ich nach unten blickte, stellte ich fest, dass die Katze wieder da war und zu mir hochblickte. Vollkommen. Lebendig. Schnurrend.

»Er jagt gern die Vögel. Früher haben sie hier nachts geschlafen, vor langer … Zeit.« Foley schien sich beim Sprechen unterwegs zu verirren, als wäre er in Wahrheit zu müde, um den Gedanken laut auszusprechen, und müsste sich zwingen, ihn zu Ende zu bringen.

»Foley.« Ich sprach seinen Namen aus, und der Mann zuckte bei dem Klang zusammen. »Foley, sieh mich an.«

Er starrte reglos auf sein Buch.

»Na schön. In Ordnung.« Auf dem Dach stand kein zweiter Stuhl, nur der, auf dem der Vampir gerade saß, aber ich entdeckte eine Holzkiste voller Krimskrams, die er offensichtlich benutzt hatte, um Dinge hier hochzutragen. Ich kippte die Kiste aus, schüttete die Lederschläuche, Tintenfläschchen und den anderen Kleinkram aufs Dach, drehte die Kiste um und setzte mich ihm gegenüber.

Wo sollte ich anfangen? Foley und ich hatten nie besonders viel miteinander gelacht. Er war immer viel ernster gewesen als die anderen. Sogar noch ernster als Renfis. Aber es hatte ein stilles Einverständnis zwischen uns gegeben. Ein Verständnis für ein Leben, das hätte gelebt werden sollen, nun jedoch verloren gegangen war, könnte man wohl sagen. Wir waren beide Belikons Zorn ausgesetzt gewesen – Erben einer Zukunft, die er mit allen Mitteln zerstören wollte – und hatten seine ungeteilte Aufmerksamkeit so lange ertragen, bis sie nicht mehr auszuhalten war. Mehr aus Notwendigkeit als aus irgendeinem anderen Grund waren wir Brüder geworden. Unzertrennlich. Aber es war so viel Zeit vergangen. Mehr als nur ein Leben, in denen wir beide Qualen durchlitten hatten, an denen andere Männer längst zerbrochen wären.

Ich wusste nicht, wo ich anfangen sollte, wollte ihn jedoch auf keinen Fall drängen. Daher saß ich schweigend da und beugte mich hinunter, um den Kater zu streicheln, der sich mir näherte und um Zuneigung bettelte. Guru war ein passender Name für ihn; er schien weise zu sein. Der Wind zerrte an unseren Haaren und zupfte an unseren Hemden. Er zerstreute Gurus feste Konturen, als würde er eine Kohlezeichnung vom Papier wischen.

Foley sah von seinem Buch auf und blickte nach rechts zum schiefergedeckten Kuppeldach des Turms, das dort aufragte. Er hielt sich eine Hand vor den Mund. »Du musst das nicht tun«, sagte er, wobei die Finger die Worte dämpften.

Ich lächelte langsam und traurig und beäugte ihn kritisch. »Wann hast du mich je etwas tun sehen, was ich nicht auch wirklich tun wollte?«

Er schnaubte, als würde er die Wahrheit meiner Worte anerkennen, sagte aber nichts weiter.

Ich ließ die Stille noch einen Moment länger andauern, dann fuhr ich fort: »Da unten bei dir brennt ein Feuer. Echte Flammen, nicht nur Equinox.«

Er nickte. »Ich mag die Wärme, die es ausstrahlt«, gab er zu. »Es … erinnert mich …«

… *daran, wie es war zu leben.* Die Worte sprach er nicht aus, aber ich verstand es auch so. »Mir sind auch die Titel einiger Bücher dort unten aufgefallen. Hast du dich absichtlich im Bereich für Philosophie und Moral eingerichtet?« Ich gestattete mir ein kleines Lächeln.

Foley erwiderte es, doch *seines* wirkte um die Augen angespannt. »Hm«, murmelte er. »Die Kreaturen hier haben an beidem wenig Interesse. Schien mir der sicherste Ort zu sein.« Er lachte verbittert auf und sah mich endlich an. »Du siehst noch genauso aus«, stellte er fest. »Tal hat mir immer erzählt, was du durchmachst. Ich …« Er zog die Augenbrauen hoch. »Ich dachte, du würdest da nie rauskommen. Ich wollte dir helfen. Ich …«

Ich schüttelte langsam den Kopf. »Es ist vorbei. Zu Ende. Geschichte. Mir geht es gut.«

»Sagst du das nur, damit ich mich besser fühle?«, fragte er.

»Das meine ich ernst«, erwiderte ich mit erneutem Kopfschütteln, und dem war auch so. Meine Träume waren oft Albträume, aber nichts, womit ich nicht umgehen konnte. Vorsichtig ergänzte ich: »*Sie* neigt dazu, die Dinge besser erscheinen zu lassen.« Bei dem Geständnis lachte ich leicht gequält auf. »Selbst wenn sie es nicht sind.«

Foleys Stuhl knarrte, als er sich zurücklehnte. Er nahm mich nun genauer in Augenschein, und zum ersten Mal wurde mir bewusst, dass er nicht mehr derselbe war. Nicht ganz. Seine Pupillen waren jetzt senkrecht statt rund. In seinen Augen lag ein flatternder, ängstlicher Schatten, bei dessen Anblick mir schwer ums Herz wurde.

Sein Haar war kurz.

Es hätte länger sein sollen.

»Sie?«, fragte er. »Die Frau? Saeris?«

Ich schmunzelte über seine offensichtliche Überraschung. »Ja.«

Seine nächsten Worte schien er mühsam suchen zu müssen. »Es ist also wahr? Die Götterbindung? All das?«

Ich schürzte die Lippen und starrte einen Moment lang auf den Tisch. »Götter, ich will es doch hoffen. Andernfalls habe ich offiziell den Verstand verloren. Es fühlt sich realer an als alles andere, was ich je erlebt habe. Sie ist …« Ihr Götter! Wie in allen fünf Höllen sollte ich Saeris Fane beschreiben?

»Bemerkenswert«, überlegte Foley. Aus seinem Mund klang es nicht ganz wie ein Kompliment. Das Wort war zumindest zur Hälfte eine Verurteilung.

Abermals musste ich lachen. »Sie hat alles verändert«, gab ich zu.

»Und die Tatsache, dass sie halb Vampir und halb Fae ist und über diesen Ort herrscht?«

»Das hat nichts zu bedeuten«, erwiderte ich. »Sie ist nicht halb irgendetwas. Sie ist ganz *Saeris*. Ich liebe sie.«

Mein alter Freund beobachtete mich, suchte mit den schnellen Augen mein Gesicht ab. Nach einer ganzen Weile murmelte er »Okay«, als ob die Sache damit erledigt wäre und nie wieder angesprochen werden müsste. »Was noch?«, fragte er.

»Du kommst mit nach Cahlish«, teilte ich ihm mit.

Foley schüttelte den Kopf. »Nein. Ich bleibe hier.«

»Du gehörst nicht hierher, Foley. Du bist …«

»Ich werde nirgendwo hingehen. Ich kann Ammontraíeth nicht verlassen.«

»Dein Platz ist bei uns. Bei deinen Freunden. Wir vermissen dich. Wir brauchen dich. Wir …«

»VERDAMMT NOCH MAL, FISHER! DU VERSTEHST NICHT, WIE DAS IST!« Er schlug mit der Faust auf den Tisch. Der Federkiel flog hoch und landete mit einem dumpfen Geräusch auf dem Dach. »Da draußen gibt es Menschen, die ich liebe. Dich. Lorreth. Vash. Mayen. Ich würde meine Seele verkaufen, um euch alle zu beschützen, aber der Dämon auf meiner Schulter hat sie mir längst genommen. Ich habe keine Seele mehr. Der Hunger frisst mich auf, Fisher.« Ihm kamen die Tränen, rubinrot und aufrichtig – eine Wahrheit, die sich nicht leugnen ließ. Er sprach sie jedoch laut aus, damit es keine Missverständnisse gab. »Ich bin ein Vampir. Ich ernähre mich von dem Blut der Lebenden.« Er entblößte die Zähne und zeigte sie mir. Golden, graviert und bösartig. »Sie haben mir die Eckzähne herausgerissen, als ich mich weigerte, auf die Knie zu gehen, und mir diese Dinger in den Mund gesteckt, damit ich nicht trinken kann. Aber ich tue es trotzdem, Fisher. Frag mich, wie ich das mache.«

»Das spielt keine Rolle.«

»Ich ernähre mich von Ratten. Vögeln. Von allem, was ich jagen, fangen und töten kann. Weil das jetzt ein Teil von mir ist. Das Jagen. Das Töten. Ich reiße sie auseinander und sauge sie aus, und dann tue ich es wieder und wieder und immer wieder …«

»Das spielt keine Rolle.«

Eine Blutspur zog sich über seine Wange. »In diesem Körper ist keine Würde mehr, Fisher. Ich bin nicht länger dein Bruder. Ich bin etwas so Niedriges und Verabscheuungswürdiges, dass ich nicht einmal mehr einen Namen für mich selbst finde. Monster. Teufel. Mörder. Keiner davon kommt dem Übel nahe, das durch meine Adern kriecht. Ich …«

»Du bist mein Bruder. Und es spielt keine Rolle.«

Foley holte zittrig Luft. »Ich kann diesen Ort nicht verlassen«, flüsterte er.

»Wann hast du zum letzten Mal ein Leben genommen?«

Er schloss die Augen. »Ich …«

»Wann hast du das letzte Mal ein Mitglied der Fae angegriffen und ausgesaugt?«

Bei dieser Frage schüttelte Foley den Kopf und schluckte schwer. »Nicht seit … Ajun.«

»Du hast dich seit *Ajun* nicht mehr von Fae-Blut ernährt?« Am liebsten hätte ich das Gesicht in den Händen vergraben und geschrien. »Wann …« Ich hielt inne. Seufzte schwer. »Wann warst du das letzte Mal in der Nähe eines lebenden, atmenden Mitglieds der Fae?«

»Deine Gefährtin …« Er brach ab.

»Hattest du den Wunsch, sie auszusaugen?«

»Nein, ich … ich war mehr darauf konzentriert, sie *umzubringen*, fürchte ich.«

»Aber du bist auch Lorreth begegnet, nicht wahr? Hast du versucht, *ihn* zu töten?«

Eine tiefe Falte bildete sich zwischen Foleys Augenbrauen, als hätte er dies nicht einmal in Erwägung gezogen. »Nein, ich … nein. Ich erinnere mich daran, dass sein Geruch verführerisch war, aber … ich habe nicht ans Fressen gedacht.«

»Und davor, wann war da das letzte Mal? Wann warst du in der Nähe von jemandem und der Hunger war zu stark, um ihn zu kontrollieren?«

Er überlegte lange. »Vor siebenhundert Jahren.«

»Und hast du diese Person gebissen?«

»Nein.«

»Bei den Göttern, Foley! Du bist so verdammt … Ah!« Die Frustration verwandelte meine Worte in ein Knurren. Schnell, bevor er mich aufhalten konnte, biss ich mir ins Handgelenk und fügte mir eine kleine Wunde zu. Noch bevor der erste Tropfen meines Bluts den Tisch berührte, war er aufgesprungen, hatte seinen Platz verlassen und klammerte sich nun ans Geländer der Brüstung.

»Habt Gnade! Oh, ihr Götter!«, stieß er keuchend hervor. »Was machst du da?« Seine Augen waren voller Angst.

»Du bist kein Neuling mehr in diesem Leben, Foley.« Ich blieb sitzen. Zwischen uns hatte es sich Guru bequem gemacht, der mit einer Pfote nach dem heruntergefallenen Federkiel schlug. *Tapp. Tapp, tapp.* Als er die Blutperle bemerkte, die zu meinen Füßen auf den Boden getropft war, sprang er auf und kam angerannt. Jaulend sah er zu mir hoch, als wollte er um Erlaubnis bitten; natürlich trank das seltsame kleine Wesen Blut. »Nur zu, kleiner Prinz«, erlaubte ich es ihm.

Foley verdrehte gequält die Augen, als die Katze es aufschlabberte.

»Vor siebenhundert Jahren warst du jung. Der Durst hatte dich noch im Griff. Du wusstest nicht, wie du ihn kontrollieren kannst. Ich sage es dir nur ungern, aber dort unten in der Stadt leben Fae. Ich kann sie von hier aus riechen, demzufolge kannst du es erst recht. Du bist nicht dorthin gestürmt und hast auch nur einen von ihnen niedergemetzelt, oder?«

»Nein«, antwortete er atemlos. »Das habe ich nicht.«

»Na also.«

Plötzlich schien er zu zerbrechen und wurde von seiner Angst übermannt. Er weinte noch bitterlicher, und die Tränen hinterließen blutige Rinnsale auf seiner blassen Haut. »Woher soll ich das wissen? Wie soll ich mir selbst trauen?«

»Du wirst es wissen, wenn du über dieses Dach gehen und dich wieder zu mir an den Tisch setzen kannst.«

Er betrachtete mein Blut, das sich auf dem Tisch vor mir sammelte. Ich hatte mich nur leicht verletzt und würde keine echten

Konsequenzen tragen müssen. Die Blutung verlangsamte sich bereits. Bald würde sie ganz stoppen.

»Ich kann nicht, Fisher! Ich …«

»Sieh nicht hin. Hier, sieh dir stattdessen das an.« Ich griff in die Tasche und holte das kleine Holzkästchen heraus, das ich bei mir trug.

Foleys Aufmerksamkeit wanderte zwischen meinem Blut und der Schachtel hin und her … bis sein Blick bei dem Kästchen verharrte. »Was ist das?«

»Das ist ein Holzkästchen.«

»Das sehe ich«, schoss er zurück. »Aber … was ist da drin?«

Ich tippte mit dem Finger auf den Deckel. »Ein echter Dämon.«

Foley fuhr herum und starrte in die Nacht hinaus. Er verschränkte die Finger hinter dem Kopf und zischte etwas auf Alt-Fae. *»Otariallan dyer mé.«*

»Nein«, erwiderte ich. »Ich mache keine Witze. Wirklich, ich wünschte, es wäre so, aber dem ist nicht so.«

Langsam drehte sich Foley zu dem Kästchen um. »Welcher?«, fragte er.

»Joshin.«

»Welcher war das noch mal? Ich kann mich nicht erinnern.«

»Der Skorpiondämon«, antwortete ich trocken. »König des Dunklen Traums.«

»Götter und Märtyrer, habt Erbarmen.« Foley ließ die Arme sinken, und die Goldzähne glitzerten im gedämpften Licht, als er sich mir ganz zuwandte. »Und warum trägst du ihn in einem *Kästchen* mit dir herum?«

»Ich habe eine Vereinbarung mit ihm getroffen.«

»Du hast *was*?«

»Ich hatte keine andere Wahl. Er hat mich gestochen. Carrion ebenfalls. Wir brauchten sein Gift.«

»Wer ist Carrion?«

Beinahe hätte ich aufgelacht. Bei den Göttern, in einem anderen Leben hätten sich diese beiden Männer aufeinander verlassen können. Reumütig gestand ich: »Er ist ein Freund. Du wirst ihn sicher bald kennenlernen.«

Foley kaute nachdenklich auf der Innenseite seiner Wange herum. Sein Blick zuckte zu der kleinen Lache abkühlenden Bluts auf dem Tisch und schnell wieder weg. »Also gut. Raus mit der Sprache … was für eine Vereinbarung?«

Ich erzählte ihm die ganze Geschichte. »Ein Geheimnis und sein Gift im Austausch für unser Leben. Aber ich musste versprechen, ihn freizulassen, sobald es uns besser geht. Und ich habe geschworen, ihn nicht in eine Dämonenfalle zu sperren.«

»Verdammt! Dann ist er noch da drin? Komplett?«

»Was von ihm *übrig* ist.«

»Und dir geht es jetzt gut? Warum hast du ihn noch nicht freigelassen?«

Ah, die Schönheit des Kleingedruckten … Selbst in Eile und dem Tode nahe gab es immer einen Weg, einen Handel zu seinen Gunsten zu drehen, wenn man ganz genau auf die Details achtete. »Weil ich nicht erwähnt habe, *wann* ich ihn freilassen würde«, erklärte ich. »Und auch nicht, *wo*. Zudem ist das keine Dämonenfalle, sondern einfach nur ein Holzkästchen.« Ich tippte erneut mit dem Finger auf den Deckel, und der wütende Skorpion darin warf sich gegen die Wände seines neuen Gefängnisses. »Keine Sorge, Joshin. Ich werde meinen Teil der Abmachung bald erfüllen. Ich bin schließlich ein Mann, der sein Wort hält.« Die Schachtel ratterte abermals. Langsam schlich Foley näher an den Tisch heran, um einen besseren Blick zu erhaschen.

»Warum hast du ihn hergebracht?«, fragte er.

»Weil ich nicht riskieren kann, ihn in Cahlish zu lassen. Das kann ich einfach nicht. Und ich kann ihn nicht ständig mit mir herumtragen. Schließlich höre ich die ganze Zeit sein Flüstern, und offen gestanden hat er mir nicht besonders viel *Nettes* zu sagen.« Ich schenkte ihm ein schiefes Lächeln. »Bist du da drin immer noch ein Mitglied der Lupo Proelia, Foley?« Ich piekte ihn in die Brust.

Der Vampir senkte den Blick zu seinem Solarplexus und schloss die rechte Hand um den Griff eines Schwerts, das er seit fast tausend Jahren nicht mehr hatte festhalten können. Seine Augen leuchteten, als er den Kopf wieder hob. »Ja, manchmal. Wenn ich wage, von einer Realität zu träumen, in der ich noch gut sein könnte.«

»Träume sind nur Dampf und Rauch«, sagte ich. »Sie bedeuten nichts, wenn man nicht bereit ist, sie zu leben. Du *bist* gut. Du *bist* mein Bruder. *Du bist ein Wolf.* Nichts wird je etwas daran ändern.« Ich schob ihm die Schachtel über den Tisch zu und hielt den Atem an. Würde er es tun? Würde er sich setzen?

Zögernd nahm Foley den Stuhl, den er beim Aufspringen umgestoßen hatte, und stellte ihn zurück an den Tisch. Er bewegte sich schmerzhaft langsam, als er sich setzte, aber er tat es. Dann verging ein langer Augenblick, in dem er auf die glänzende, fast schwarze Blutlache auf der Tischoberfläche blickte und erschauerte. Schließlich streckte er eine zitternde Hand aus und hob das kleine Holzkästchen auf. »Ich bewahre es hier für dich auf. Ich werde darüber wachen, bis du es zurückforderst. Aber in der Zwischenzeit … erzähl mir von dem Geheimnis des Dämons.«

32

TENDENZEN

SAERIS

Ich hatte gar keine wütende Anspannung hinter Tals Tür gespürt.

Sondern eine *sexuelle*.

Verdammt noch mal!

Ich starrte brav an die Decke, als wir dem Hüter der Geheimnisse in seine Gemächer folgten, und war fest entschlossen, nicht noch mehr von Tals nackter Gestalt wahrzunehmen, als ich ohnehin schon gesehen hatte. Meine Wangen brannten. »Warum hast du eben nichts gesagt?«, zischte ich und gab Carrion einen Klaps auf den Arm. »Was ist aus ›Ich passe schon auf sie auf‹ geworden?«

»Au! Du bist total gewalttätig! Du hattest die ganze Situation unter Kontrolle. Und es liegt mir fern, mich in die Anfänge eines Zickenkrieges einzumischen. Sie ist jetzt sowieso weg. Als dein *Mann* hier aufgetaucht ist, war sie sofort verschwunden.« In seiner Stimme schwang etwas eindeutig Ruchloses mit. Als ich ihn aus dem Augenwinkel musterte, bemerkte ich, dass sein Blick nicht auf die Decke gerichtet war. Vielmehr ging er geradeaus und immer weiter nach unten …

Diesmal schlug ich noch fester zu. »Was in aller Welt *machst* du da?«

»Wenn er nicht will, dass jemand seinen nackten Hintern bewundert, dann hätte er sich einen Bademantel übergeworfen, bevor er uns die Tür geöffnet hat, Saeris.«

»Kannst du einfach *aufhören* …«

Tal drehte sich um. Mein Blick schoss abermals zur Decke.

»Es ist sehr löblich, dass du auf meine Sittsamkeit achtest, Saeris, aber Carrion hat vollkommen recht. Ich habe gar keine. Es ist mir wirklich egal, ob er mir auf den Hintern starrt. Zu deinem Pech tendiert meine Sexualität allerdings nicht in deine Richtung, Swift.«

»Schon in Ordnung. Das mit den Tendenzen ist so eine Sache, denn sie können sehr instabil sein. Wenn sich der Boden unverhofft verschiebt, tendierst du auf einmal in eine ganz andere Richtung. Ich habe in dieser Hinsicht schon *alles Mögliche* erlebt.«

Tal grinste ihn ein wenig skeptisch an. »Du wirst es als Erster erfahren, wenn sich der Boden unter meinen Füßen verschiebt.«

Carrion ging seufzend an meinem Ahnherrn vorbei. »Schon gut. Es wäre schon längst passiert, wenn es denn passieren sollte. So etwas geschieht in meinem Fall meistens auf den ersten Blick.« Ganz offensichtlich hatte Carrion jetzt, da der Sex nicht mehr zur Debatte stand, das Interesse an meinem Ahnherrn verloren, denn er zeigte auf die offene Tür vor uns. »Was in aller Welt geht denn da drin vor sich?«

»Ein paar Freunde und ich haben zusammen ein Glas Wein getrunken«, antwortete Tal auf eine vage, ausweichende Art.

Sieben nackte Fae-Frauen lagen im Zimmer dahinter auf einem

unglaublich großen Bett. Sie befanden sich in unterschiedlichen Stadien der Entkleidung; ich hatte genug Zeit im Kalas verbracht, um mich an den Anblick nackter Frauen zu gewöhnen, doch das hier war anders.

Die Damen im Kalas nutzten Sex zu ihrem Vorteil. Damit bezahlten sie ihre Rechnungen und schützten sich, und daran war nichts falsch. Aber im Raum vor mir war eine Gier zu spüren, die ich im Kalas nie erlebt hatte. Die Fae-Frauen auf diesem Bett sahen Taladaius an, als hätten sie ihr ganzes Leben lang gehungert und er wäre ihre erste echte Mahlzeit. Ihr Verlangen hing so schwer in der Luft, dass das ganze Zimmer davon erfüllt war; es schien mir, als würde alles explodieren, wenn jemand aus Versehen ein Streichholz entzündete.

Eine der Frauen in der Bettmitte küsste eine andere neben sich und berührte sich dabei zwischen den Beinen, und Carrion zog die Unterlippe durch die Zähne. »Was muss man tun, um zu einem deiner Weingelage eingeladen zu werden, Taladaius?«

Tal fiel das silberne Haar ins Gesicht, als er sich bückte, um ein Hemd vom Boden aufzuheben. Mit verschmitztem Grinsen richtete er sich wieder auf und schob die Arme in die Ärmel. »Oh, du bist jederzeit willkommen, Carrion Swift. Du kannst dich gern jetzt gleich zu einem Glas dazugesellen, wenn du möchtest. Aber diese Frauen sind schon seit einer Weile meine *Freundinnen.* Sie sind ein gewisses Maß an … *Konversation* gewohnt. Glaubst du, du kannst …« Seine Augenbrauen wanderten die Stirn hinauf, sein Blick wanderte hinunter zu Carrions Schritt. »… *mithalten*?«

Ich hatte selbst miterlebt, wie Carrion die schönsten Frauen des dritten Bezirks mit seinem Charme dazu gebracht hatte, sich ihrer Kleider zu entledigen. Er hatte es sogar geschafft, *mich* in sein Bett zu locken, und ich hatte wirklich tapfer Widerstand geleistet. Ich hatte ihn noch nie vor einer Herausforderung zurückschrecken sehen, aber Tals Andeutung – dass diese Frauen ein bestimmtes

Niveau an Vergnügen gewohnt waren, das Tal ihnen offensichtlich ganz allein liefern konnte? Ja, das ließ den Schmuggler stutzig werden.

»Hm. Ich bin ziemlich gut im Reden, aber … vielleicht nicht ganz so geübt darin, mit *so* vielen Frauen gleichzeitig zu sprechen.«

Tal versuchte, sich das Grinsen zu verkneifen, das konnte ich deutlich sehen. Er klopfte Carrion auf die Schulter. »Keine Sorge, Daianthus. Übung macht den Meister.« Er schlüpfte in eine Hose, die offensichtlich hastig auf den Boden geworfen worden war, und verschloss diese mit konzentrierter Miene.

Bei den allmächtigen Göttern, das war ja nicht auszuhalten! »Vielleicht sollten wir später wiederkommen«, sagte ich. Die Frauen auf dem Bett hatten alle angefangen, sich gegenseitig zu berühren und zu streicheln, und ihr leises Stöhnen forderte Tal auf, zu ihnen zurückzukehren. Er hob einen Finger und ging rückwärts auf die offene Tür zu. »Nur eine Minute.« Dann schloss er die Tür hinter sich, und der Raum brach in Kichern und noch lauteres Stöhnen aus.

Carrion und ich sahen uns verlegen an. »Hast du das gehört?«, fragte er.

»Ich versuche im Moment überhaupt nichts zu hören.«

»Er hat mich Daianthus genannt.«

»Oh, richtig! Ja, also, ich meine … Du *bist* ein Daianthus.« Armer Carrion. Seitdem wir herausgefunden hatten, wer er wirklich war, nannten wir ihn weiterhin Swift. Keiner von uns war auf die Idee gekommen, ihn zu fragen, ob er mit seinem richtigen Namen angesprochen werden wollte: Carrion Daianthus. Es war Fae-Tradition, wie ich vor nicht allzu langer Zeit herausgefunden hatte, dass Eltern Neugeborenen erst nach einem ganzen Jahr einen Namen gaben. Ursprünglich hatte das praktische Gründe gehabt, denn vor langer Zeit überlebte ein hoher Prozentsatz der Faelinge das erste Lebensjahr nicht, daher galt es als unglückbringend, dem

Kind schon so früh einen Namen zu geben. Wenn der Tod den Namen eines Kindes nicht kannte, wie sollte er es dann finden und davontragen können? Viele Tausend Jahre waren seitdem vergangen. Heutzutage starben so gut wie gar keine Faelinge mehr im Säuglingsalter, aber die Tradition des namenlosen Kindes war erhalten geblieben.

Rurik und Amelia Daianthus hatten nie die Gelegenheit bekommen, ihrem erstgeborenen Sohn einen Namen zu geben. Die Frau, die ihn damals in Zilvaren aus dem Quicksilver-Becken gerettet hatte, nannte ihn Carrion – weil sie nicht gewusst hatte, was es bedeutete weiterzumachen, und weil einige Wachen das über ihn sagten, als sie ihn aus dem Palast schmuggelte. Und Swift, weil sie eine Swift war und er ihr gehörte, sobald sie ihn kreischend und nackt erblickt hatte.

»Möchtest du jetzt Daianthus genannt werden? Ich kann es den anderen sagen. Das ist dein gutes Recht. Und es ist ja nicht so, als müssten wir deine Identität geheim halten. Du hast sie ja im Labyrinth allen kundgetan. Das Geheimnis ist also *definitiv* gelüftet.«

Carrion rieb sich unbeholfen den Nacken. »Nein, ist schon in Ordnung. Swift besteht nur aus einer Silbe. Daianthus hat drei. Das wäre euch beim Anschreien bestimmt viel zu anstrengend, und ich will ja niemanden unnötig belasten.«

»Carrion.«

»Swift ist schon in Ordnung, Saeris. Das ist genauso sehr mein Name wie jeder andere. Ich bin glücklich damit, der zu sein, der ich immer war.«

»Das verstehe ich. Wirklich. Hör mal, Carrion. Ich hatte seit deiner Rückkehr noch keine Gelegenheit, in Ruhe mit dir zu sprechen, und, na ja, Fisher hat mir von Gracia erzählt, und …« Bei allen Göttern, ich war wirklich schlecht darin. In der Sekunde, in der ich Gracias Namen erwähnte, verschloss sich Carrion. Ich konnte es regelrecht sehen.

»Schon gut. Du musst nichts sagen, Saeris. Sie war alt. Eine *griesgrämige* alte Dame. Sie wäre so oder so irgendwann gestorben. Ich bin das gewöhnt. Ich *musste* mich daran gewöhnen. Wir müssen das nicht …«

Die Tür zu Tals Schlafzimmer flog auf, und der Mann mit den hellen Haaren schritt zielstrebig hindurch. Er wischte sich den Mund mit dem Handrücken ab und entfernte damit auch unauffällig eine feine Blutspur vom Kinn. »Also gut. Ich nehme an, ihr wollt etwas mit mir besprechen? Sonst hättet ihr wohl kaum so lange vor meinen Gemächern herumgelungert. Worum geht es?«

Nach dem schwierigen Gespräch, das ich gerade vermasselt hatte, und dem Anblick all der nackten Frauen in Tals Zimmer hatte ich vorübergehend vergessen, weshalb wir überhaupt hergekommen waren. »*Fae*-Frauen, Tal?«

Der Vampir begegnete meinem Blick völlig ungeniert. »Unbedingt. Ich bevorzuge warme Bettgenossinnen«, erwiderte er. »Diese Frauen sind aus freien Stücken hier. Sie würden niemals nach Hause gehen, und ich hätte keine ruhige Minute mehr, wenn ich sie nicht irgendwann rauswerfen würde. Ich versichere dir, dass es ein freiwilliger und für beide Seiten vorteilhafter Austausch ist. Aber ich glaube, *davon* verstehst du so einiges.«

Der Austausch von Blut.

Die Frauen wurden von Tals Gift berauscht und erlebten die intensivsten Orgasmen, die man sich nur vorstellen konnte, und Tal konnte sich derweil satt trinken. Schon ein kleiner Schluck von jeder einzelnen reichte wahrscheinlich aus, um seinen Hunger zu stillen, und für die Frauen war es das Erlebnis ihres Lebens. Eigentlich klang das in der Tat, als hätten beide Seiten ihren Nutzen davon.

»Eines Tages werde ich vielleicht nicht mehr das Gefühl haben, nicht zu wissen, was hier gerade vor sich geht«, brummelte Carrion. »Warum wirst du rot, Saeris? *Du wirst sonst nie rot.*«

»Ach, vergiss es einfach … Ich darf rot werden, wann ich will, okay?« Ich atmete langsam und gleichmäßig aus. »Tal, die Tür zur Gruft war verriegelt, und diese beiden Idioten aus deiner Taverne haben davor auf uns gewartet.«

»Du hast eine Taverne?« Tal war in Carrions Ansehen gerade noch weiter gestiegen.

Mein Ahnherr ignorierte die Bemerkung. »Ja. Ich hatte sie darum gebeten, nachdem ich von Lorreth hörte, dass Belikons Berater und einige seiner Wachen durch das Quicksilver gekommen sind, als du letztens in der Gruft gewesen bist. Ich kann nicht zulassen, dass sich Belikons Wachen – oder sonst *irgendjemand* – einfach so in Ammontraíeth einschleichen. Es erschien mir sinnvoll, die Tür zu verriegeln und Anterrin und Khol dort zu postieren. Ich musste ihnen ja irgendeine Beschäftigung geben, nachdem Lorreth einen von ihnen verstümmelt hatte.«

»Und das sollte Magieanwender draußen halten? Eine verschlossene Tür?«

»Nein, natürlich nicht. Es sollte Anterrin und Khol nur genug Zeit verschaffen, mich rechtzeitig zu informieren, damit ich die Situation auf meine Weise regeln kann.«

»Sollte *ich* mich nicht um alle Probleme kümmern, die durchs Quicksilver kommen?«

»Ja, Saeris, das solltest du. Aber da du ständig mit deinem Seelengefährten verschwindest und mir nicht sagst, wohin du gehst, muss ich bereit sein, die Sache selbst in die Hand zu nehmen, nicht wahr?« Es lag kein Groll in seinen Worten. Kein Zorn. Er schenkte mir ein sanftmütiges Lächeln und ging auf die Tür zu seinen Gemächern zu. »Ich habe *das hier* gefunden, als ich die Gruft vorhin auf strukturelle Schäden untersucht habe.« Er erreichte den Beistelltisch neben dem Eingang zu seinen Gemächern und hob mit einem schwarzen Seidenschal die Waffe auf, die auf dem polierten Holz lag.

Es war eine der Klingen, die Belikons Männer am Vortag bei sich gehabt hatten. Ich war kaum in der Lage gewesen, sie zu beeinflussen. Sie besaßen unnatürliche Eigenschaften – allein der *Versuch*, die Metalle mit meiner Kraft zu finden, hatte mir schon ein Pochen in den Schläfen beschert. Alles an diesen Waffen hatte sich falsch angefühlt. Selbst jetzt saugte diese hier das Licht in sich hinein und schien dem Raum die Luft zu entziehen.

»Ich mag diesen Dolch nicht. Ihn zu berühren, hätte mich fast endgültig umgebracht. Er hat …« Er blickte nachdenklich zur Decke und runzelte die Stirn. »Er hat in mir das Bedürfnis geweckt, mich aus meiner Haut zu schälen und mich in einen brennenden See aus Feuer zu stürzen. Diese Waffe ist böse, und ich will sie nicht länger in meinen Gemächern wissen.«

Er streckte mir den Dolch entgegen und bedeutete mir, ihn entgegenzunehmen. Ich hatte mich beim Kampf gegen Belikons Wachen nicht so gefühlt wie er, aber auch keinen der Dolche mit bloßen Händen berührt. Jetzt hielt ich es auch für klüger, das vorsichtshalber zu vermeiden. Vielleicht war es wie bei einem Götterschwert und nur sein Besitzer durfte ihn gefahrlos anfassen. Ich nahm Tal den Dolch ab, wobei ich wie er das Seidentuch benutzte, um meine Hand zu schützen.

»Was ist das?«, fragte er.

»Ich weiß nicht, was das ist. Orious bezeichnete es als Nullklinge.«

»Diesen Begriff habe ich noch nie gehört«, meinte Tal. »Aber im Grunde ist egal, was es ist, solange es sich nicht mehr *hier* befindet. Du solltest das Ding in irgendeinen richtig tiefen Abgrund werfen oder etwas in der Art damit machen.«

»Und wo finde ich so einen?«

»Jenseits des westlichen Bergrückens. Reite dreißig Minuten in diese Richtung, dann findest du mehr als genug Löcher im Boden.«

Es klopfte an der Tür. Tal öffnete sie, und eine knochendürre Frau mit messerscharfen Wangenknochen und kohlschwarzen Augen stand im Flur. Sie war keine Fae. Auch keine Hochadel-Vampirin. An ihrem lang gezogenen Hals waren seltsame fransige Kiemen zu erkennen, die jedoch aussahen, als wären sie zugenäht worden. Ihr glattes schwarzes Haar fiel wie ein Seidenschal auf ihre Schultern und verbarg die verstümmelten Kiemen größtenteils. Sie senkte den Kopf und wirkte erstaunt, als sie mich bemerkte. Ich hielt sie am Ellbogen fest, als sie in die Knie sinken wollte.

»Bitte tut das nicht«, bat ich sie. »Nicht jetzt.« Für heute hatte ich wirklich schon genug Kniefälle gesehen.

Die Frau riss verblüfft die Augen auf, protestierte jedoch nicht. »Verzeiht, Hoheit. Herr, entschuldigt die Störung. Ich wollte Euch mitteilen, dass es mir bisher nicht gelungen ist, die ehrwürdige Königin für ihre Anprobe aufzuspüren, aber es scheint, dass mir das Schicksal heute Abend wohlgesinnt ist, denn ich habe sie hier bei Euch gefunden.« Die Frau legte sich eine Hand auf die Brust und verbeugte sich leicht. Das Licht fiel auf ihre metallischen, klauenartigen Fingernägel. Die Finger waren doppelt so lang wie meine, halb so dick und hatten etwas beunruhigend Spinnenartiges an sich.

»Meine *Anprobe*?«, wiederholte ich.

»Ja. Für den Ball morgen Abend. Komm rein, Yanica. Du kannst ihre Maße jetzt nehmen, da sie schon mal hier ist. Sonst entwischt sie dir nur wieder. Du solltest auch gleich *seine* nehmen.« Er zeigte auf Carrion.

Ich lächelte die Frau zerstreut an, als sie in den Raum glitt. Sobald sie drinnen war und eine schwarze Rolle voller Nähutensilien ausbreitete, wandte ich mich an Tal. »Entschuldige bitte, aber was ist das für ein Ball?«

»Der Equinox-Ball natürlich. Feiert ihr den in Zilvaren denn nicht?«

Ich wollte gerade »Nein, natürlich nicht« sagen, merkte dann allerdings, dass dies nicht der Wahrheit entsprach. »Doch, eigentlich schon. Aber es ist ein Fest, kein Ball«, gab ich zu.

»Madra steht auf einem Podium und hält eine Stunde lang vor der ganzen Stadt eine Rede«, fügte Carrion hinzu. »Sie schimpft und wettert über die Gefahren der Magie und wie mythische Fae-Monster versuchen, die Stadt zu unterwandern, uns zu verderben und unsere Kinder zu stehlen.« Er wackelte grinsend mit den Fingern.

Ich verdrehte die Augen. »Danach gibt sie jedem eine doppelte Wasserration und eine Schüssel fettigen Eintopf, und dann macht irgendwer Musik. Das ist der einzige Tag im Jahr, an dem die Leute nicht arbeiten müssen.«

»Klingt *entzückend*«, kommentierte Tal trocken. »Hier geht es ein bisschen lustiger zu. Essen. Wein. Tanzen. Sex. Große Reden gab es traditionell nie. Du könntest das ändern, falls du Heimweh hast, aber ich würde dir davon abraten. Besonders beliebt bist du ja ohnehin schon nicht.«

»Ich kann jetzt auf keinen Ball gehen, Tal. Dafür habe ich keine Zeit.«

»Da irrst du dich. Du hast gar keine *Wahl*. Der Equinox-Ball ist nicht verhandelbar. Wer über den Bluthof herrscht, leitet den Abend und muss die Feierlichkeiten offiziell eröffnen. Ohne diese Eröffnung kann die Feier nicht stattfinden. Wenn du nicht erscheinst, lehnst du deine Rolle als Königin vor aller Augen ab und demonstrierst den Leuten deutlich, was du von Sanasroth und dem Bluthof hältst. Das würde definitiv keinen guten Eindruck machen. Und selbst wenn das alles nicht der Fall wäre, ist deine Anwesenheit in diesem Jahr noch wichtiger, weil der Equinox-Ball gleichzeitig als Auswahlabend dient.«

»Auswahlabend?«

»Ja. Es wurde zuvor erst ein einziger abgehalten. Bis vor Kurzem gab es noch einen anderen Lord der Mitternacht namens Xarris. Er wurde nach einem sinnlosen Streit von seinem eigenen Bruder getötet. Danach wurde eine Auswahl abgehalten, und Malcolm ernannte Algat zum Lord und zum Hüter der Aufzeichnungen. Jetzt müssen wir erneut eine Auswahl durchführen, damit sich Kandidaten, die Lord der Mitternacht werden wollen, zur Wahl stellen können.«

»Ich werde das nicht beaufsichtigen. Ich kann diese Entscheidung nicht treffen.«

»Tja, daran hätte dein Gefährte vielleicht denken sollen, bevor er Ereth getötet hat. Nicht dass ich mich darüber beschweren will. Ereth war ein verabscheuungswürdiger Fanatiker mit wirklich schlechtem Atem. Aber jetzt gibt es nur noch vier Lords der Mitternacht, und es müssen fünf sein, und das bedeutet, ja, *du* musst dir die Petitionen anhören und *du* musst einen neuen Lord bestimmen. Mein Rat? Mach es schnell. Die Hochadel-Vampire werden nervös, wenn sie zu lange warten müssen, bis sie ihren Gelüsten nachgehen dürfen.«

Mir klappte die Kinnlade herunter. »Tal!«

»Und dann wäre da noch diese kleine Angelegenheit, die wir neulich im Fool's Paradise besprochen haben.« Er beugte sich verschwörerisch zu mir herüber. »Der Ball bietet uns die perfekte Gelegenheit, das auch gleich zu erledigen. Ich würde es als persönlichen Gefallen betrachten, wenn du so lange bleibst, dass wir das ebenfalls regeln können. Ich habe dir immerhin das Leben gerettet, daher …«

Ich war geliefert.

Und zwar gründlich, wie es schien.

Ich gab auf. »Na schön. Ein Ball.« Ich warf verärgert die Hände in die Luft. »Ich gehe auf einen Ball. Ganz großartig.«

»Könntet Ihr für mich noch einmal die Arme heben, Hoheit?« Yanica mit ihrem seidigen Haar und den metallischen Fingernägeln ließ mich zusammenzucken. Sie hatte sich vollkommen lautlos von hinten an mich herangeschlichen. Auch ihr Geruch hatte sie nicht verraten, denn sie roch nach rein gar nichts.

»Es tut mir leid, Yanica. Ich habe im Moment keine Zeit für eine Anprobe, weil ich mich um andere Dinge kümmern muss. Aber Ihr seid ganz bestimmt eine ausgezeichnete Schneiderin. Könnt Ihr das Kleid nicht einfach nach Augenmaß anfertigen?«

Die Frau trat einen Schritt zurück und hätte dabei beinahe das Maßband fallen gelassen, das sie in den Händen hielt. »Nach Augenmaß? Bitte entschuldigt, Hoheit. Es steht mir nicht zu, die berühmte Königin zu korrigieren, doch ich bin keine einfache *Schneiderin.* Ich bin die königliche Hofschneidermeisterin und diesem Hof seit zweihundert Jahren treu ergeben. Es ist mein Privileg und mein Recht, den Adel des Bluthofes einzukleiden. Das Kleid, das Ihr morgen Abend tragen werdet, ist eine Visitenkarte meines Könnens. Es muss wie angegossen sitzen. Verzeiht, aber … ich kann Eure Maße nicht einfach *raten.* Ein schlecht sitzendes Kleid würde Schande über mein Haus und meinen Namen bringen.«

Tal schwieg. Carrion steckte die Hände in die Taschen und zuckte mit den Achseln. »Tut mir leid, Sonnenschein. Ich glaube, dagegen kannst du nun wirklich nichts einwenden.«

Widerwillig ließ ich die Frau meine Maße nehmen.

***

Die Nullklinge summte in der Scheide an meinem Oberschenkel, während ich die Stufen hinaufstieg. Als ich die Bibliothek schließlich erreichte, war mein Bein von der Hüfte bis zum Knie taub, und ich war den Tränen nahe. Meine Runen schmerzten, Pein schoss in Wellen meinen Arm entlang. Ich wollte die Waffe genauso dringend loswerden wie Tal, aber solange ich nicht genau wusste, was sie überhaupt war oder was man damit vollbringen konnte, erschien es mir wie eine vertane Chance, sie einfach über eine Klippe zu werfen. Orious hatte gesagt, dass Belikons Wachen alle mit solchen Dolchen ausgestattet waren, und nach dem, was in der Gruft passiert war, wusste ich ganz genau, dass wir ihnen erneut begegnen würden. Es würde mehr Wachen geben. Mehr Nullklingen.

Dies war eine gute Gelegenheit, und so unangenehm es auch war, diese Waffe zu tragen, blieb mir keine andere Wahl. Sie *musste* untersucht werden.

Carrion war noch in Tals Gemächern geblieben, um sich vermessen zu lassen. Er hatte auch etwas davon gesagt, dass er sein Schwert holen wolle, aber versprochen, so schnell wie möglich zu mir zu kommen. Daher begleitete mich auf der Treppe einzig und allein der Klang meiner Schritte.

Als ich endlich oben ankam, herrschte ohrenbetäubende Stille in der Bibliothek. Fishers Geruch hing in der Luft und verriet mir genau, in welche Richtung er vorhin gegangen war. Doch bevor ich mich auf den Weg zu den Regalen machte, musste ich Vorsichtsmaßnahmen ergreifen.

»Algat?« Mein Ruf hallte durch den gewölbten Raum. Nichts.

»Algat!« Die Hüterin der Aufzeichnungen hatte mir deutlich zu verstehen gegeben, dass ich die Bibliothek nur in der Stunde direkt nach Sonnenuntergang und direkt vor Sonnenaufgang aufsuchen dürfe. Zwar war sie nicht in der Position, mir Vorschriften machen zu können, aber trotzdem wollte ich es lieber im Voraus wissen, wenn ich es gleich mit der alten Hexe zu tun bekommen würde, zumal sie wahrscheinlich wütend auf mich war, weil ich ein Buch aus der Bibliothek mitgenommen hatte.

Doch die Frau erschien nicht.

Ich steuerte auf die Regale zu. Beim Gehen summte ich, um die Unruhe in meinem Kopf ein wenig zu besänftigen – und das

Bedürfnis, die Nullklinge aus der Scheide zu reißen und so weit wie möglich fortzuschleudern. Es war ein schreckliches Gefühl und kaum zu beschreiben, aber das Messer war voller Hass. Es *wollte* Schaden anrichten.

Fishers Geruch wurde stärker, je weiter ich mich durch die endlosen Reihen von Büchern schlängelte. Mit jedem Schritt kam ich ihm näher, und gleichzeitig lockerte sich die Anspannung zwischen meinen Schulterblättern. Es fühlte sich nun so an, als wäre da ein straff gespanntes Seil zwischen uns, und je weiter wir voneinander entfernt waren, desto fester zerrte es an uns. Erst wenn wir zusammen waren, hatte ich das Gefühl, wieder richtig atmen zu können. Er war mir ganz nah …

»Oh!« Ich presste mir erschrocken eine Hand auf die Brust. »Hallo.« Ich war zurückgezuckt, doch die plötzliche Bewegung vor mir war nur einer der Sterngucker der Bibliothek. Der Papiervogel schwebte knapp einen Meter vor mir in der Luft und flatterte hin und her, während er mich beobachtete. Ich machte einen Schritt vorwärts, und er schwebte als Reaktion auf meine Bewegung zurück. Sein winziges Köpfchen schien sich zur Seite zu neigen, und er schlug wie wild mit den Flügeln.

»Du bist ein neugieriges kleines Geschöpf, was?« Ich streckte eine Hand aus und war gespannt, ob der Vogel auf der Fingerspitze landen würde, aber er ging schnell auf Abstand. »Ups! Tut mir leid. Alles gut. Ich will dich nicht verletzen.«

Er flog davon.

»Okay. Mach's gut.« Es war ein Wunder. Ich war traurig, dass er mich verließ, aber als ich nach links ging und in eine andere Reihe abbog, warteten dort gleich drei Sterngucker auf mich.

»Hm. Spielen wir ein Spiel?« Nun lag ein Hauch von Misstrauen in meiner Stimme. Foleys Warnung war mir noch gut in Erinnerung geblieben. Er hatte gesagt, die Vögel seien einfältige Wesen. Leicht zu beeinflussen. Ich war nicht besorgt wegen der

Vögel an sich. Foley hatte auch von unzufriedenen Hexen gesprochen, die sie dazu brachten, anderen die Haare zu stehlen, und *diese* Vorstellung gab mir zu denken.

Ich verlagerte das Gewicht auf den linken Fuß und legte die Hände auf Erromar und Selanir, die an meinen Hüften hingen. »Lasst ihr mich vorbei?«

Als ob sie mich verstanden hätten, flatterten zwei der Sterngucker nach links, und der andere flog nach rechts, um mir Platz zu machen.

»Danke.« Leicht verwundert ging ich weiter und bog um den nächsten Bücherstapel, wo erneut fünf Sterngucker warteten. Über meine Schulter sah ich, wie die drei, an denen ich gerade vorbeigekommen war, mir dicht folgten. »Okay, das wird langsam echt unheimlich, Leute.« Andere kamen um die Ecke geschossen. Es wurden immer mehr, plötzlich stürzten sie von den Regalreihen herab und sausten im Sturzflug auf mich zu. Dutzende. Hunderte. Sie sammelten sich über mir, kreisten wie ein Schwarm, und das Rascheln der Papierflügel wurde lauter, bis es das Einzige war, das ich noch hören konnte.

»Scheiße«, flüsterte ich.

Und rannte los.

Knochenweiße Geschosse zischten an meinen Ohren vorbei, während ich durch die Bibliothek hastete. Links. Rechts. Wieder rechts. Links. Die Sterngucker surrten mir um den Kopf, stürzten herab, verfingen sich in meinem Haar und zogen es aus dem Zopf heraus. Sie prallten gegen mich, wirbelten zu Boden und starteten gleich wieder durch, um mich weiterhin zu umkreisen.

Ich schlug sie weg und wischte sie aus der Luft, aber sie flogen immer wieder auf. Ich bog links ab und prallte gegen Bücher, die achtlos auf dem Boden gestapelt worden waren. Sie fielen zu Boden, rutschten in alle Richtungen davon und rissen mich fast mit, doch ich konnte mich gerade noch auf den Beinen halten. Ich stürmte vorwärts, stolperte auf eine kleine Lichtung zwischen den Regalen zu, und am Ende siegte meine Frustration über meine Angst.

Es waren Vögel.

Papiervögel.

Daher blieb ich stehen, schirmte meine Augen mit den Händen ab und spähte durch die Finger, um mir einen Überblick zu verschaffen. Es waren jetzt so viele Sterngucker, Hunderte von ihnen; sie flogen um mich herum, immer schneller und schneller – wie ein Wirbel, der sich in Richtung der Bibliotheksdachbalken schraubte, oder wie einer die Staubteufel, die früher über die Dünen in Zilvaren jagten, nur viel, viel größer.

Es … es war *wunderschön.*

Vorsichtig ließ ich die Hände sinken und nahm das alles in mich auf. Die Sterngucker bildeten einen Tunnel, und ich stand genau im Zentrum. Die Vögel wirbelten die Luft auf, ein Windhauch strich mir übers Gesicht und ließ die losen Haarsträhnen um meinen Kopf tanzen.

Ich hatte in meinem ganzen Leben noch nie etwas so Schönes – oder *Magisches* – gesehen.

Das Schauspiel dieser sich harmonisch bewegenden Sterngucker als Schwarm zu beschreiben, wäre eine Untertreibung gewesen, denn es glich einer Konstellation.

»Beeindruckend …« Der Gedanke kam mir als leises Flüstern über die Lippen, und die Vögel reagierten. Ein einziger Sterngucker löste sich abrupt vom kreisenden Schwarm und stürzte wie ein Stein aus der Luft herab. Einen Sekundenbruchteil bevor er auf den Boden krachte, fing er sich, machte eine scharfe Wendung in der Luft und flog direkt auf mich zu.

Es ging zu schnell, als dass ich die Hand noch hätte rechtzeitig hochreißen können. Die Flügelkante ritzte mir die Wange auf und hinterließ ein stechendes Brennen.

»Ahhh! Was …« Das war schon das zweite Mal, dass mich einer von ihnen geschnitten hatte. »Das ist wirklich nicht nett«, zischte ich und machte mich auf das Schlimmste gefasst – einen Hagel wütender Sterngucker, die alle darauf aus waren, mich bluten zu lassen. Tod durch tausend Schnitte, doch keiner der anderen Vögel stürzte aus dem Wirbel aus flatternden Flügeln. Die Luft vibrierte vor Spannung. Die Vögel flogen noch schneller. Immer schneller. Sie flogen so unfassbar schnell, dass ich bald keinen einzelnen Vogel mehr erkennen konnte, sondern nur noch eine flatternde, rauschende Masse aus Weiß über mir sah.

Ich reckte den Hals, blickte nach oben und schüttelte den Kopf. »Was … in aller Welt … geschieht hier?«

Mit einem Mal kam der Wirbelsturm zum Stillstand. Die Vögel fielen aus der Luft, spiralförmig oder kopfüber, so wie schon der erste, der mich geschnitten hatte und leblos auf den Boden der Bibliothek gefallen war. Sprachlos sah ich zu, wie die ersten Vögel, die den Boden berührten, sich entfalteten, wie die Flügel aufsprangen, ihre Körper, ihre Schnäbel, bis sie nur noch zerknitterte Blätter waren. Andere entfalteten sich bereits in der Luft und segelten langsam wie dicke Schneeflocken zu Boden. Die Welt verwandelte sich in ein Flirren aus flatternden, gefalteten Papierbogen.

Ich fischte einen aus der Luft, als er an meinem Gesicht vorbeisegelte, und auf dem Papier prangten Zeilen um Zeilen in einer eleganten, schrägen Handschrift.

In den meisten Fällen ist die Macht zu groß. Der Alchemist wird sich ihr ergeben müssen …

Mein Herz raste.

Ich griff nach einem weiteren Bogen, der durch die Luft segelte.

… oft schmerzhaft. In der Vergangenheit wurde empfohlen, ein Gegengewicht als eine Art alchemistischer Überlaufmechanismus einzusetzen …

Hier ging es um alchemistische Magie. Alle Seiten – *so viele Sei-*

ten! – waren voller Texte über Alchemie. Mein Verstand konnte das nicht fassen. Ich hatte die Bibliothek in Cahlish völlig auf den Kopf gestellt. Sowohl Algat als auch Foley hatten mir bestätigt, dass es in dieser Bibliothek Bücher über Alchemie gab, aber keiner der beiden hatte an die Sterngucker gedacht.

Die Vögel waren schon seit Jahrhunderten hier. Länger, als sich irgendjemand erinnern konnte …

Und die ganze Zeit über waren sie die Seiten eines Buchs gewesen.

So schnell ich konnte, fing ich an, sie vom Boden aufzusammeln. Seite um Seite, so viele. Sie waren zerknittert und an den Rändern vergilbt, aber die Schrift befand sich auf der Innenseite; die mit schwarzer Tinte dort geschriebenen Worte waren durch die Falten des Sternguckers geschützt worden. Ich hatte gerade mal die Hälfte davon vom Boden aufgeklaubt, als sie auf einmal in meinen Händen ratterten. Entschlossen presste ich den Stapel mit beiden Händen zusammen und versuchte, die Seiten festzuhalten, doch dann wurden sie mir von einer unsichtbaren Kraft aus den Fingern gerissen.

»Nein!« Mein Schrei hallte durch die Bibliothek. *»Bitte!«*

Die Seiten hörten nicht auf mich. Sie wirbelten durch die Luft, überschlugen sich und sammelten sich zu einer Kugel. Vor meinen Augen ordneten sie sich zu einem einzigen ordentlichen Stapel an … und plötzlich waren sie ein Buch.

Marineblauer Leineneinband.

Dick.

Ein winziger silberner Schmetterling zierte den vorderen Einband.

Ansonsten war das Buch eher unscheinbar. Keine vergoldeten Kanten. Kein kunstvolles Lesebändchen.

Es war ein schlicht gebundenes Buch ohne außergewöhnliche Verzierungen … und es landete mit einem dumpfen Schlag zu meinen Füßen.

Heilige Götter!

Mit angehaltenem Atem hob ich es auf. Der Buchrücken knirschte, als ich den festen Einband aufschlug, als wäre das Buch alt und schon lange nicht mehr geöffnet worden.

Für dich, von den Göttern Gesegnete.
Danke, dass du meinen Sohn liebst.
– E

Ein einzelner Blutstropfen markierte die Seite unterhalb der Schrift. Leuchtend rot, als wäre es noch frisch. *Meins.* Der Sterngucker hatte mich geschnitten, weil er mein Blut testen wollte. Um sicherzugehen, dass ich diejenige war, für die er mich hielt – *auf die er über ein Jahrtausend gewartet hatte.*

Der erste Sterngucker hatte mich ebenfalls verletzt. Aber ich hatte mich aus der Bibliothek zurückgezogen, und … die Sterngucker konnten außerhalb ihrer Zuflucht nicht existieren. Er hatte seinen Zauber verloren, bevor er sich vergewissern konnte, wer ich war …

Heilige.

Götter.

Und Märtyrer.

Edinas Buch. Es war die ganze Zeit hier und hatte nur darauf gewartet, mich zu finden …

»Saeris?«

Ich wirbelte herum, und mein Puls raste. Kingfisher trat aus dem Schatten, und ohne nachzudenken, versteckte ich den Wälzer schnell hinter meinem Rücken.

Seine Wangen waren gerötet, das Haar sah zerzaust aus, als wäre er gerade draußen in der Kälte gewesen. Ein leises Lächeln umspielte seine Lippen, als er mich sah. Er blieb stehen, lehnte sich an das hölzerne Regal neben sich und hakte die Daumen in den

Gürtel. »Ist alles in Ordnung? Ich habe dich eben wie einen Seemann fluchen hören.«

»Ja, es ist alles gut. Ich …«

Finde es. Aber verrat ihm nichts davon. Das ist mein Ernst. Es ist wichtig. Er darf nichts davon erfahren, nur du. Hast du das verstanden?

Edinas Stimme hallte in meinem Kopf wider. Ebenso die Erinnerungen an sie, wie sie damals in Cahlish mit trüben Augen und verzweifelt durch Everlayne zu mir gesprochen hatte. Sie hatte mich nicht gebeten, Fisher nichts von dem Buch zu erzählen. Sie hatte es mir *befohlen.*

Jetzt sah ich meinem Gefährten ins Gesicht und bemerkte die müden Schatten unter seinen Augen. Er war gerade für mich durch die Hölle gegangen. Ja, wir brauchten das Silber, das er und Carrion aus Zilvaren geholt hatten, wirklich dringend, aber das war nicht der *einzige* Grund, aus dem er meine Stadt aufgesucht hatte. Er war *meinetwegen* dorthin zurückgekehrt, um Hayden herzubringen. Er würde sogar wieder zurückgehen, auch wenn er es hasste, und ich müsste ihn nicht einmal darum bitten.

Weiter kam ich mit meinem Gedankengang nicht.

Ich zog das Buch hinter meinem Rücken hervor und hielt es ihm hin. »Deine Mutter hat mir von einem Buch erzählt«, gab ich zu. »Damals in Cahlish, als sie mir sagte, ich müsse meine Runen versiegeln. Sie meinte, ich müsste es finden, und sobald ich es hätte, dürfte ich dir nichts davon erzählen, aber …« Ich schüttelte den Kopf und streckte ihm das Buch entgegen. »Das fühlt sich nicht richtig an. Hier. Ich habe es gefunden. Das ist das Buch.«

Fishers Lächeln verblasste langsam, verschwand aber nicht ganz. Es wurde trauriger, während er sich langsam von den Bücherregalen abstieß und auf mich zutrat. Nachdenklich nahm er das Buch entgegen und schlug es auf. Er blätterte zur ersten Seite mit der Nachricht an mich und meinem Blutstropfen, überflog den

Text, dann presste er die Lippen aufeinander und stieß einen langen, tiefen Atemzug aus. Seine Augen glänzten wie Spiegel, als er das Buch zuklappte und es mir zurückgab. Im nächsten Moment spürte ich, wie er mir eine Hand an den Hinterkopf legte und einen Kuss auf die Stirn drückte.

»Das Buch ist für *dich*, Saeris«, flüsterte er. »Aber danke, dass du mir das anvertraut hast.« Er wich zurück und machte sich nicht einmal die Mühe zu verbergen, dass er feuchte Augen bekommen hatte.

Ich blickte auf das Buch in meinen Händen hinunter und strich mit den Fingern über den silbernen Schmetterling auf dem Einband. »Aber … willst du es nicht lesen?« Das ergab für mich keinen Sinn. Wenn ich ein ganzes von meiner Mutter verfasstes Buch hätte, könnte ich nicht sagen, welche Sünden ich begehen würde, nur um es lesen zu dürfen. Das war eine Botschaft aus dem Grab. Eine Hand, die aus der Dunkelheit ausgestreckt wurde. Und Fisher wollte sie nicht ergreifen?

Das schwere, traurige Lächeln zeichnete sich erneut auf seinem Gesicht ab. »Nein«, antwortete er leise. »Das ist, was sie wollte. Ich vertraue ihr. Und ich vertraue *dir*, kleine Osha. Was auch immer für Enthüllungen in diesem Buch stehen mögen, sie sind für dich und nur für dich bestimmt. Du wirst wissen, was du mit ihnen anfangen musst.«

33

ICH BEREUE NICHTS

KINGFISHER

Mein Sohn,
ich schließe die Augen und träume vom Universum, und dort gibt es Ereignisse, die sich vor meinem inneren Auge ausbreiten wie Schilder entlang einer Straße. Sie sind fest und unbestreitbar in ihrer Existenz. Doch es gibt auch Abzweigungen, die von diesem Weg fortführen, Seitenstraßen, die einen Spieler auf der großen Bühne des Schicksals in eine andere Richtung lenken können. Es gibt viele dieser Abzweigungen auf dem Weg, der vor dir liegt, und ebenso viele, denen sich deine Gefährtin stellen muss. Heute steht sie an einer Weggabelung. Ich sehe den Pfad, der vor euch beiden liegt, und ich sehe, dass ihr ihn gemeinsam beschreitet. Aber das Band, das euch beide verbindet, wird am stärksten sein, wenn sie dir dieses Buch in die Hände legt.

Ich wünschte, ich könnte mehr erklären. Ich wünschte, ich hätte noch erlebt, wie du zu dem Mann heranwächst, der du einst sein wirst, aber mach dir keine Sorgen. Ich habe es im Tode gesehen, und ich hätte es für nichts auf der Welt anders haben wollen. Deine Seele ist zerrissen von dem Wissen, dass ich noch so lange nach meinem Tod hiergeblieben bin, aber sei versichert, dass es notwendig war. Und wisse, dass ich jede einzelne Sekunde geliebt habe, in der ich dich von dieser Seite des Schleiers aus beobachten durfte.

Ich bereue nichts.

Ich liebe dich.

Ich bin stolz auf dich.

Jetzt gib ihr das Buch zurück.

Deine Mutter
Edina

34

IHR IRRT EUCH SOGAR GEWALTIG

SAERIS

Edina von den verdammten sieben Türmen.

Ich wäre mir wie ein totales Arschloch vorgekommen, wenn ich Fisher das Buch nicht gegeben hätte. Ich hätte ihre Nachricht an ihn gelesen und sofort gewusst, dass ich in ihren Augen irgendeine Art Prüfung nicht bestanden hatte. Zugegeben, die Frau war längst tot, aber ich wollte trotzdem, dass sie mich *mochte*. Immerhin war ich in ihren Sohn verliebt. So dumm es auch klingen mag, ich wollte in ihren Augen seiner *würdig* sein.

Ich brannte darauf, das Buch von vorn bis hinten zu lesen, aber in Ammontraíeth liefen die Vorbereitungen für den morgigen Ball auf Hochtouren, und selbst meine Gemächer boten mir keine Privatsphäre. Alle fünf Sekunden klopfte jemand Neues mit einer dringenden Frage an die Tür.

Welche Blumen sollten auf das Podium?

Sollte der Wein mit dem Blut von Neugeborenen oder von heranwachsenden Jungfrauen versetzt werden? (Ich hatte sehr eindeutig geantwortet, dass keinem Wein Blut beigemischt werden sollte und dass jeder, der auf die Idee käme, Neugeborene ausbluten zu lassen, angekettet dem Sonnenaufgang ausgesetzt würde.)

Sollten die Lords der Mitternacht beim Abendessen als Ehrengäste an meinem Tisch sitzen?

Wünschte ich Musik vor den Petitionen? Und wenn ja, welche *Art* von Musik?

Hatte ich eine bestimmte Tanzreihenfolge im Sinn?

Es nahm und nahm kein Ende, und währenddessen fühlte sich das Buch wie ein Zehn-Tonnen-Gewicht an, das ich mir vorn ins Hemd gesteckt hatte.

Es enthielt Antworten, *wichtige* Antworten, und der ganze Unsinn mit dem Equinox-Ball kam mir andauernd in die Quere.

Fisher war nach unserem Treffen in der Bibliothek zu Foley zurückgekehrt, um mehr Zeit mit ihm zu verbringen. Carrion war irgendwann mit Simon an der Seite und einem selbstgefälligen Grinsen im Gesicht in meinen Gemächern aufgetaucht. Kaum war Fisher endlich wieder da, schnappte ich mir das Buch und meine Klingen und verkündete: »Los, wir gehen.«

»Wir gehen?« Fisher grinste. »Wir sind doch gerade erst angekommen. Musst du nicht noch königliche Dekrete unterschreiben? Wichtige Entscheidungen für die große Feier treffen …«

»Ich brauche Ruhe. Hier kann ich nicht klar denken. Ich hinterlasse ihnen wegen des Balls eine Notiz. Tal darf ab jetzt alle Entscheidungen treffen. Ich brauche nur einen Moment Ruhe und Frieden, aber hier werde ich den nicht finden.«

»Ich will aber unbedingt zum Ball zurück sein«, erklärte Carrion und blickte von dem Buch auf, das er gerade las. »Ich bin schon sehr gespannt, wen du zum Lord ernennst. Die neue Kleidung, die mir Yanica versprochen hat, hörte sich außerdem großartig an. Meine Garderobe braucht dringend Zuwachs.«

Es war typisch Carrion, dass er an seine Garderobe dachte, während der Rest von uns versuchte, das Ende der Welt abzuwenden.

»Also gut«, stimmte Fisher zu. »Du musst mich nicht überreden. Lass uns die Nacht in Cahlish verbringen. Ich habe dort selbst noch genug zu tun. Sobald wir angekommen sind, öffne ich ein Schattenportal und hole Lorreth. Das wollte ich zwar erst morgen früh machen, aber er freut sich bestimmt, früher heimkommen zu können. Für Renfis öffne ich auch eins. Inzwischen sollte er Ballard erreicht haben.«

***

»Das Ding ist mir ziemlich *unheimlich.*« Carrion musterte die Nullklinge misstrauisch, die am Rand der Werkbank der Schmiede lag. Die grafitfarbene Klinge war unversehrt, obwohl ich die letzte Stunde mit dem Versuch zugebracht hatte, ein wenig Metall abzuschaben, um ihre Zusammensetzung zu testen.

Ich konnte inzwischen ganz genau spüren, aus welchen Metallen und Legierungen andere Gegenstände bestanden. Die Türknäufe. Die Fensterverriegelungen. Die Löschhüte, mit denen die Feuerkobolde die Kerzenflammen erstickten. Die verschiedenen Waffen, die überall auf dem Anwesen vorhanden waren. Stets wusste ich sofort, woraus ein Gegenstand gefertigt worden war, ohne auch nur darüber nachzudenken. Doch wenn ich versuchte, die Nullklinge zu erfassen, fühlte es sich jedes Mal so an, als würde ich kopfüber in ein dunkles Loch stürzen. Dieses Gefühl war überaus beunruhigend und bewirkte, dass mir schwindelig und übel wurde.

»Ich weiß. Mir gefällt es auch nicht«, erwiderte ich.

»Wir sollten es vergraben.«

»Leider ist das keine Option. Wir müssen herausfinden, was das ist, damit wir einen Weg finden können, diese Waffen unschädlich zu machen. Im Moment kann ich sie mit meiner Magie kaum beeinflussen. Fisher kann bei ihnen gar nichts ausrichten.« *Diese* Erkenntnis hatte uns alle beunruhigt. Er hatte versucht, die Klinge von einer Seite der Bank zur anderen zu schieben, als wir nach Cahlish zurückgekehrt waren, und nichts war passiert. »Irgendwann werden wir uns Belikons Streitkräften stellen müssen, und wenn alle seine Wachen solche Klingen tragen, sind wir erledigt.«

Fisher war losgezogen, um die Schattentore für Lorreth und Renfis zu öffnen – er hatte seine Besorgnis ob seiner Unfähigkeit, die Klinge zu bewegen, bemerkenswert gut verbergen können, aber ich hatte sie hinter seinem spröden Lächeln gesehen. Auch er hatte noch nie etwas Vergleichbares wie die Nullklinge erlebt. Dass sie sogar von einem Götterschwert nicht zersplittert werden konnte, beunruhigte alle noch mehr. In den aufgezeichneten Chroniken Yvelias hatte noch keine Waffe dem direkten Schlag einer Alchemia-Klinge standgehalten.

»Mm. Ich bin trotzdem der Meinung, wir sollten den Dolch vergraben und uns erst damit beschäftigen, wenn und falls wir das wirklich tun müssen.« Carrion starrte den Dolch finster an und versuchte, auf den Hinterbeinen seines Stuhls das Gleichgewicht zu halten. »Wenn das Problem keine unmittelbaren Schwierigkeiten macht, war es schon immer meine Devise, schlafende Hunde nicht zu wecken.«

»Den Kopf in den Sand stecken, meinst du wohl?« Edinas Buch lag im Regal an der Rückwand. Was hätte ich darum gegeben, dieses verfluchte Ding jetzt schon halb durchgelesen zu haben! Doch ich wollte allein sein, wenn ich es aufschlug, allerdings war das Schlimmste, was man in Bezug auf Carrion tun konnte, ihn auch nur einen Moment lang ahnen zu lassen, dass man seine Gesellschaft gerade nicht wünschte, denn dann wurde man ihn erst recht nicht los.

»Nein. Ich will damit nur sagen, dass es wirklich keinen Grund gibt, sich wegen eines Problems den Kopf zu zerbrechen, wenn man das genauso gut später noch tun kann. Du weißt schon, was ich meine. Man schiebt es einfach auf.«

»Mm. So wie du es mit deinem Geburtsrecht machst?«

Carrion schwankte, verlor beinahe die Balance und kippte nach hinten. Er konnte sich gerade noch am Rand der Werkbank festhalten und sich im letzten Moment fangen. »Wie bitte? Mein Geburtsrecht? Was in aller Welt meinst du damit?«

Ich warf ihm einen langen, vielsagenden Blick zu. »Deinen Thron, Carrion. Irgendwann wirst du dich ernsthaft damit auseinandersetzen müssen, dass du der rechtmäßige Erbe des yvelianischen Throns bist. Du …«

»*Ich* habe bereits laut und deutlich gesagt, dass ich an dieser Position kein Interesse habe, Saeris.«

»Und das wäre alles schön und gut, wenn es einen gütigen, wohlwollenden König gäbe, der das Reich regieren könnte. Einen, dem sein Volk am Herzen liegt und der das Leben seiner Untertanen nicht für seine eigenen Zwecke und nach Lust und Laune opfert. Aber das scheint momentan nicht der Fall zu sein, oder?«

Die Schmiede war an einer Wand weiterhin offen und den Elementen ausgesetzt – zur Belüftung, hatte Fisher damals gesagt, als er mich das erste Mal hierhergebracht hatte –, und der leichte Wind blies seit einer Stunde immer wieder Schneeflocken herein. Dicke Flocken legten sich auf Carrions Schultern, und das Weiß bildete einen harten Kontrast zum Schwarz seines Hemds und dem kräftigen Rotbraun seiner Haare. Er spreizte die Finger und sah mich hilflos an. »Vor ein paar Wochen war ich noch ein Dieb und Schwarzmarkthändler.«

»Nein, das warst du nicht.«

Carrion ignorierte mich. »Ich erinnere mich einzig und allein an Zilvaren und an all die Leute, die ich dort kennengelernt habe …«

»Du warst *immer* der Daianthus-Erbe, Carrion. Du warst bloß in einem Reich gefangen, in das du nicht gehört hast.«

»Und jetzt werde ich plötzlich hierhergeschleppt, an einen Ort, von dem ich so gut wie gar keine Ahnung habe, und man erwartet von mir, dass ich um eine Krone kämpfe, die ich noch nie gesehen habe, um einen Thron, von dem ich nur wenig weiß, und für ein Volk, das mich nicht kennt und sich kein bisschen für mich interessiert?«

»Mit dem letzten Teil irrt Ihr Euch, Herr. Ihr irrt Euch sogar gewaltig«, schaltete sich Archer ein.

Er hatte während Carrions Geschwafel die Schmiede betreten und trug Schüsseln mit Eintopf auf einem Tablett zu dem kleinen Tisch auf der anderen Seite der Feuerstelle. Nun war er jedoch stehen geblieben und betrachtete Carrion sehr ernst. »Die Fae und das Volk von Yvelia kennen Euch vielleicht nicht, Mylord Swift, aber sie sorgen sich sehr um Euch. In vielen Häusern werden täglich Gebete für Euch gesprochen, und das schon seit dem Tag, an dem Eure Eltern, nun ja …« Er verzog das Gesicht. »… an dem uns Eure Eltern genommen wurden. Rurik und Amelia Daianthus waren gütige und gerechte Monarchen. Das einfache Volk war ihnen wichtig. Von Ajun bis West-Dow träumen die Leute davon, dass der Daianthus-Erbe eines Tages zurückkehrt und dass die Grausamkeit, die sie jetzt erleiden müssen, endlich ein Ende findet.«

Das war mehr, als ich Archer jemals am Stück hatte sagen hören, ohne dass er anfing, nervös zu stottern. Seine Stimme war schrill und brach hin und wieder, aber sie zitterte kein einziges Mal.

Carrion starrte den Feuerkobold verdutzt an. Ein Muskel an seinem Kiefer zuckte, aber zur Abwechslung schwieg der Mann. Keine schnelle Erwiderung lag ihm auf der Zunge. Als er nichts sagte, machte Archer eine kleine, höfliche Verbeugung vor ihm, bevor er die Schüsseln mit dem Eintopf zum Tisch trug, sie dort abstellte und mit dem Rücken zu uns auf uns wartete. Er war so klein – vielleicht höchstens einen Meter groß. Seine winzige Statur erinnerte mich oft an ein Kind, obwohl er deutlich älter war als ich. Möglicherweise wirkte er genau aus diesem Grund derart unschuldig auf mich. Von allen yvelianischen Kreaturen, denen ich seit meiner unverhofften Reise durch das Quicksilver begegnet war, schienen mir die Feuerkobolde die liebenswürdigsten zu sein.

Als er sich umdrehte und uns anlächelte, ließ die Traurigkeit in seinen flammengefüllten Augen zum ersten Mal sein wahres Alter erkennen. »Ihr seid in unruhigen Zeiten nach Hause zurückgekehrt, Mylord«, sagte er nun. »Ihr habt so wenig von Eurem Königreich gesehen. Ihr kennt es nicht, aber es *kennt* Euch. Es kennt Euer Blut. Eure Familie hat Yvelia über Generationen regiert. Die Daianthus' waren nicht immer perfekt. Eure Vorfahren haben durchaus Fehler gemacht, doch sie strebten stets danach, sich zu verbessern, wenn sie vom rechten Weg abkamen. Und ihr Volk hatte für sie *immer* oberste Priorität. Ich weiß tief in meinem Herzen, dass Ihr das Gleiche tun werdet, Mylord Swift. Schließlich liegt es Euch im Blut.«

Carrions Gesicht hatte die Farbe von Asche angenommen. Er sah aus, als müsste er sich jeden Moment übergeben. Sein Blick folgte Archer, als der Feuerkobold ihm eine Schüssel Eintopf und einen Löffel brachte, doch er nahm ihn überhaupt nicht richtig wahr. Stattdessen war er sehr weit weg, vielleicht zurück in Zilvaren oder auch ganz woanders, in einem Winkel dieses Reichs, den er noch nicht einmal gesehen hatte.

»Für Euch, Mylady.« Ich war Carrions Beispiel gefolgt, hatte meine Gedanken schweifen lassen und deshalb ebenfalls nicht bemerkt, dass Archer mir den Eintopf brachte.

»Danke, Archer.« Ich nahm die Schüssel mit einem geistesabwesenden Lächeln entgegen, als mir ein Gedanke kam. »Du bist schon sehr lange hier in Cahlish, nicht wahr, Archer?«

Der Kobold schrak zusammen. »Oh, ich … äh … ja, Mylady. Schon bevor Mylord Fisher geboren wurde. Aber ich versichere Euch … Es gefällt mir hier sehr gut, Mylady. Ich möchte nicht … Ich möchte wirklich nicht von hier weggehen müssen.«

»Ich möchte auch gar nicht, dass du gehst, Archer. Wie kannst du so etwas auch nur denken?«

Er trat nervös von einem Fuß auf den anderen. »Nun, es ist unter meinesgleichen bekannt, dass eine neue Herrin, die ins Haus kommt, das Personal häufig durch Mitglieder ihres eigenen Gefolges ersetzt. Ebenso weiß unseresgleichen, dass eine neue Hausherrin oft bedeutet, dass man sich nach einer neuen Stellung umsehen muss.«

»Oh, ihr Götter, nein, Archer. Du musst dir keine Sorgen machen, das verspreche ich dir. Ich habe ja nicht einmal ein Gefolge und hatte in Zilvaren nicht einmal ein Haus …«

»Das stimmt«, bestätigte Carrion. »Sie war so wild wie eine Höllenkatze, schlich sich durch jedes offene Fenster und machte ein Nickerchen, wo immer sie konnte.«

Ich warf ihm einen pikierten Blick zu. »Na, vielen Dank auch, Carrion. Allerdings habe ich dich das nicht gefragt, weil ich dich rauswerfen will, Archer. Ich wollte nur wissen, ob du schon hier warst, als Edina noch hier lebte. Aber das musst du ja gewesen sein, wenn du deinen Platz in Cahlish schon vor Fishers Geburt eingenommen hast.«

»O ja. Ja, absolut. Ich kannte Lady Edina sehr gut. Sie war ruhig. Sehr rücksichtsvoll. Immer auf das Wohl anderer bedacht. Und außerdem eine sehr anmutige Dame, Mylady. Wenn sie sich bewegte, schien es, als würden ihre Füße kaum den Boden berühren.« Sein Tonfall wurde schwermütig, die Augen sahen noch glasiger aus als sonst. Das Feuer darin schien etwas heißer zu brennen. »Ich wusste lange Zeit nicht, dass sie ein Orakel war. Manche Seher werden distanzierter, je weiter sich ihre Gabe entwickelt. Sie wissen zu viel. Sie sehen zu viel. Aber nicht Lady Edina. Sie ist immer dieselbe geblieben. Selbst als dieses Monster nach ihr schickte und sie fortgehen musste …« Er schüttelte den Kopf. »Sie ertrug es mit Fassung und hat keinen Widerstand geleistet. Aber sie hatte Angst, das konnte ich deutlich erkennen. Ihr müsst wissen, dass sie auch immer gern in diese Schmiede gekommen ist!« Bei der Erinnerung wurde er wieder etwas munterer. »Sie hatte keine Ahnung von Metallarbeiten oder dem Schmiedehandwerk, dennoch kam sie häufig her und setzte sich auf diesen Stuhl, ja, genau auf diesen, den neben dem Euren, und meinte, sie besuche eine Freundin. Ich habe nie verstanden, was sie damit meinte, aber … aber!« Er reckte einen dicken Zeigefinger in die Luft, und mir fiel zum ersten Mal auf, dass Archer an jeder Hand nur *drei* Finger und einen Daumen hatte.

»Ihre Lieblingsblumen wuchsen immer hier draußen im Innenhof entlang der hinteren Mauer. Ich habe sie oft für sie gepflückt. Sie liebte ihren Duft. Wartet hier! Ich hole Euch welche.«

»Archer! Das ist nicht nötig, Archer. Draußen und fern des Feuers ist es kalt!«

Doch er beachtete mich nicht und stürmte aus der Schmiede. Schon nach wenigen Sekunden stand er kniehoch im Schnee und war kaum mehr als ein glimmender Funke in der Dunkelheit.

»Die Feuerkobolde sterben aus. Wusstest du das?« Carrion schob sich einen Löffel Eintopf in den Mund, aß jedoch mit weit weniger Begeisterung als sonst. Er schien kaum noch Interesse an der Mahlzeit zu haben, was bedeutete, dass die Lage wirklich ernst sein musste.

»Das wusste ich nicht«, gestand ich. »Woher weißt *du* das?«

Er zog die linke Schulter hoch, als wollte er ein Achselzucken andeuten. »Das hat mir eine Wassernymphe verraten.«

»Ach ja? Was hat dir die Wassernymphe denn noch erzählt?«

»Dass es unhöflich ist, sich nach den persönlichen Gesprächen anderer Leute zu erkundigen.«

»*Diese* Lektion ist offensichtlich nicht bei dir angekommen.«

»Was soll das denn …«

Draußen im Hof entzündete sich eine Feuerkugel, eine Säule aus flammendem Orange loderte im Dunkeln auf. Ich ließ den Löffel fallen. Er landete klappernd in meinem Eintopf, der auf die Werkbank spritzte. Eine Waffe. Ich brauchte eine Waffe. Ich griff nach dem erstbesten Gegenstand und stürmte mit pumpenden Armen hinaus.

»Hilfe!« Archers entsetzter Schrei dröhnte laut in meinen Ohren. *»Hilfe!«*

Der Feuerkobold hatte die große Lebenseiche in der Mitte der Lichtung bereits hinter sich gelassen, sein Körper war in Flammen gehüllt … und ein *Fresser* stürzte sich gerade auf ihn.

»Archer!«

Mein Blut sang laut in meinen Ohren. Magie jagte meinen rechten Arm hinauf, und meine Runen leuchteten strahlend blau in der Dunkelheit. Kupfergeschmack überzog meine Zunge. Die Eckzähne. Oh, ihr Götter, meine Eckzähne waren in meinem Mund so lang geworden, dass sie sich in meine Unterlippe bohrten.

Es dauerte nur eine Sekunde, die Lichtung zu überqueren, doch es war eine Sekunde zu viel. Der Fresser hatte Archer am Arm gepackt und versuchte, ihn über die Mauer zu ziehen.

Zu Lebzeiten war er ein Mann gewesen. Ein großer Mann mit langem sattbraunem Haar, das mich an Ren erinnerte. Jetzt, aus der Nähe, konnte ich die Kriegszöpfe darin sehen und dass er die abgenutzte braune Lederkleidung eines Renegaten trug. Mein Herz setzte einen Schlag aus, als mir der Gedanke durch den Kopf schoss – war er es? War ihm auf seiner Reise etwas Schreckliches zugestoßen? Doch der Fresser verdrehte sich auf unnatürliche Weise von der Taille aufwärts um ganze hundertachtzig Grad, um über die Schulter zurückzublicken, während er versuchte, die Mauer zu erklimmen, und da sah ich sein Gesicht.

Ein breites, flaches Gesicht mit markantem, kantigem Kiefer. Eine schiefe Nase. Lippen, die zu dünn und zudem zerfetzt waren. Der Mann war seit Tagen tot gewesen, bevor er wieder auferstanden war. Und der Verfall …

Oh, ihr Götter!

»Infiziert! Er ist *infiziert*!« Ich kam fünf Schritte vor ihm schlitternd zum Stehen, und das Entsetzen ließ meine Nervenenden rasseln wie die Schlüssel am Bund eines Kerkermeisters.

Dicke schwarze Adern breiteten sich wie Spinnweben unter der fahlen Haut des Fressers aus. Seine Augen waren vollständig schwarz. Ein seltsames weißes Licht pochte in der wächsernen Kehle und glomm in seiner Brust. Ein Arm stand jetzt in Flammen, aber aus irgendeinem Grund blieb der Rest seines Körpers von Archers Feuer unbeeinflusst.

»Mylady!«, wimmerte Archer. *»Bitte!«*

Der Feuerkobold war ein einziger Feuerball, in dessen Zentrum sein steinähnlicher schwarzer Körper strampelte und um sich trat. Doch sosehr er sich auch anstrengte, er konnte sich nicht befreien. Der Fresser fletschte knurrend die Zähne und sprang dann die Mauer hinauf, wobei er sich mit der freien Hand an den dicken Efeuranken festhielt, die das Mauerwerk bedeckten.

Ich reagierte, ohne nachzudenken.

Sofort schleuderte ich die Klinge, die ich in der Hand hielt – nicht Erromar oder Selanir, sondern die *Nullklinge*. Ich musste sie von der Werkbank mitgenommen haben. Verdammt! Ich schleuderte sie durch die Luft, betete inständig, während sie auf ihn zuflog … und atmete erleichtert auf, als sie die Schulter des Fressers durchbohrte und ihn an der Wand festnagelte. Doch meine Erleichterung währte nur kurz. In dem Augenblick, als der Dolch den Fresser traf, versank er *in* seinem Körper, als würde er davon aufgesaugt. Das Monster warf den Kopf zurück und stieß einen grauenhaften Schrei aus, der mehr nach Ekstase als nach Schmerz klang. Die Muskeln an seinem Rücken schwollen an und vervielfachten sich, auch sein Bizeps wurde doppelt so groß. Er reagierte irgendwie auf die Klinge, wuchs, wurde stärker.

Entsetzen und Faszination rangen in mir. »Was zum Teufel und allen fünf Höllen …?«

Archer wimmerte und hing schlaff im Griff des Fressers. Der Kobold bestand aus festem Gestein und war so schwer wie einer der kleinen Findlinge am Ufer des Darn, aber der Fresser schleppte ihn mit sich, als würde er rein gar nichts wiegen.

»Er nimmt ihn mit! Er fliegt über die Mauer!«, schrie Carrion hinter mir.

Wenn es ihm gelang, über die Steinmauer zu klettern, wäre es vorbei und wir würden Archer nie mehr wiedersehen.

Diesmal zog ich Erromar. Ich sprang dem Fresser hinterher an die Mauer und war fest entschlossen, ihm den Kopf abzuhacken, aber als ich mit dem Schwert zuschlug und das Metall auf der Suche nach seinem Ziel sirrend die Luft durchschnitt, stieß der Fresser ein grässliches Gebrüll aus und ruckte nach hinten, wodurch die Ranken, an denen er sich festhielt, von der Wand abrissen. Sowohl der Fresser als auch Archer stürzten nach hinten … direkt auf *mich*.

Ich landete als Erste am Boden.

Mein Kopf explodierte vor Schmerz, und Gedanken zersplitterten und zerbarsten, als der Fresser mir mit voller Wucht auf die Brust prallte.

»Saeris!« Carrion war nicht weit entfernt, nur wenige Schritte. Er hielt Simon in den Händen und stürmte los …

»Carrion, sei *vorsichtig*!«

Ich war nicht ganz Fae. Der Biss eines normalen Fressers würde mir wahrscheinlich nicht allzu viel anhaben – allerdings war ich mir da nicht hundertprozentig sicher –, aber für Carrion konnte er tödlich enden. Und das hier war noch dazu kein gewöhnlicher Fresser. Ich hatte mich damals beim Angriff der infizierten Fresser nicht am Flussufer in Irrín aufgehalten und die Verwüstung, die sie hinterließen, auch nicht mit eigenen Augen gesehen, aber ich wusste, wie schnell sich die Fäulnis ausbreitete. Ich wusste, wie *leicht* sie gleichermaßen auf Lebende wie Tote überging.

»Fass ihn nicht an!«, brüllte ich.

Ich hätte mir keine Sorgen machen müssen. Kaum kam Carrion dem Fresser nahe und wollte ihn von mir herunterziehen, fauchte die Kreatur und schlug ihn weg.

Es ging alles so schnell.

Carrion krachte gegen die Mauerecke des Innenhofes und stieß ein gepresstes *»Arg!«* aus, als er versuchte, sich wieder aufzurichten. Hinter ihm erblühten plötzlich die Ranken, die das bröckelnde Mauerwerk überwucherten, tausend winzige weiße Blüten gingen vor meinen Augen schlagartig auf und verwelkten im gleichen Moment. Vertrocknete Blütenblätter regneten auf den Schmuggler herab und landeten in seinem Haar, während er sich von der Mauer abstieß.

»Mylady!« Archer lag auf dem Rücken, strampelte mit den Beinen und versuchte verzweifelt aufzustehen. Der Fresser war von mir heruntergerollt und schlich nun auf allen vieren über den verdreckten Schnee, um einen besseren Angriffswinkel zu finden. Ein zähflüssiges schwarzes Sekret tropfte von seinen abscheulichen, zerborstenen Zähnen, und er kam immer näher.

Meine rechte Hand schmerzte, denn meine Magie flehte pochend darum, freigesetzt zu werden, doch ich hörte noch immer Fishers Stimme im Kopf. Er hatte seine Magie gegen die infizierten Fresser eingesetzt, denen er an den Ufern des Darn begegnet war. Renfis ebenso, und sie beide hatten den Infizierten nicht schaden können. Ganz im Gegenteil hatten die Fresser ihre Magie sogar noch in sich aufgesogen, und ich wollte diesem elenden Drecksding auf gar keinen Fall noch etwas von meiner Magie schenken, nachdem ich ihm schon die verdammte Nullklinge überlassen hatte.

»Er springt gleich los, Saeris!«, warnte mich Carrion. »Pass auf. Ich schneide ihm den Weg ab …«

»Nein, Carrion! Bleib zurück!«

Wie Carrion richtig erkannt hatte, sprang der Fresser los. Doch es war nicht der Schmuggler, den ich losstürmen und das rasende Monster zu Boden werfen sah, sondern Archer.

»Lauft, Mylady!«, rief er.

Flammen erfüllten mein Sichtfeld, und ein durchdringender, schmerzverzerrter Schrei zerriss die Nacht.

»Archer! Nicht!«

Der Fresser schlug Archer die Zähne in den Hals und riss ihm die Kehle weit auf. Ich hätte es nicht für möglich gehalten, dass ein Feuerkobold von Zähnen oder Klingen verletzt werden konnte, aber ich sah es mit eigenen Augen, der blanke Horror kroch mir die Wirbelsäule hinauf.

Strahlen glühenden orangegelben Magmas schossen aus Archers Kehle. Sie leuchteten so grell, dass mir die Augen brannten, als sie auf den Fresser niederprasselten und auf seiner Brust, dem Gesicht, den Armen landeten. Der Fresser reagierte zunächst überhaupt nicht auf das …

Augenblick mal!

Nein. Er reagierte durchaus.

Das Monster krümmte sich und riss die tintenschwarzen Augen

auf, als ein Bewusstsein zurückkehrte, das zuvor nicht da gewesen war. Er öffnete den Mund viel zu weit und klappte ihn immer wieder auf und zu, während der zerfetzte schwarze Stumpf seiner Zunge herausragte und der Fresser einen lautlosen Schrei ausstieß. Seine wächserne Haut schien langsam von seinem Körper zu schmelzen. Überall dort, wo das glühend heiße Magma die Kreatur berührte, quollen die knotigen schwarzen Adern direkt unter der Haut hervor und platzten auf, wobei der in ihm vorherrschende übelriechende Verfall aus ihnen herausströmte.

Das widerliche Sekret landete als dickflüssige Masse auf dem Schnee. Zuerst verhielt es sich ähnlich wie Quicksilver – es sammelte, tastete, suchte –, aber dann fing es an zu rauchen. Zu blubbern. Zu *kochen*.

Sprache war dem verwesten Geist eines Fressers fremd, und doch klang es so, als wollte er um Hilfe schreien, während die Fäulnis in ihm Blasen schlug und ihn von innen heraus verbrannte. Er krampfte und zuckte, krümmte die Finger und sackte nach hinten in den Schnee …

»Archer!« Die Flammen des Feuerkobolds waren erloschen. Er lag auf der Seite, seine Beine zuckten, und nur aus wenigen kleinen Rissen in seiner zerklüfteten, felsigen Haut an seinen Armen und auf der Brust drang ein schwaches Glimmen.

»Verdammt noch mal«, flüsterte Carrion. Innerhalb eines Herzschlags war er neben dem Kobold in die Knie gegangen. »Stirbt er?«

»Ich weiß es nicht! Ich …« Ich streckte die Hand aus, wusste nicht, was ich tun sollte, war mir nicht sicher, ob ich ihn überhaupt berühren durfte oder *konnte*. Am Ende blieb mir keine Wahl. Archer *brauchte* unsere Hilfe. Meine Handflächen zischten, und mir wurde die Haut versengt, als ich ihn packte und auf den Rücken drehte. Die Augen des Kobolds waren offen, aber die Flammen, die sonst darin tanzten, waren fast vollständig verloschen.

Archer öffnete den Mund und rang keuchend nach Luft, aber es kam nur ein raues Krächzen über seine Lippen. Seine Kehle war völlig zerfetzt. Glut brannte an den Rändern der Wunde. Etwas, das an geschmolzenes Gestein erinnerte, sickerte träge aus dem Riss, den die Zähne des Fressers hinterlassen hatten, und stank fürchterlich, als würden die Dämpfe direkt aus einer der fünf Höllen kommen. Archer tastete suchend mit der Hand in der Luft herum, griff nach irgendetwas, irgendjemandem, und seine Augen, in denen das Feuer immer weiter erlosch, waren voller Angst, als er mich erblickte.

»Wir müssen ihn reinbringen«, stieß ich hervor. »Ist das Monster tot?« Ich konnte mich nicht einmal dazu durchringen, den Fresser anzusehen.

»Ja«, antwortete Carrion. »Es sieht aus wie dieser Eintopf. Diese Nullklinge ist alles, was davon noch übrig ist.«

»Okay, gut. Kannst du losrennen und … Wir brauchen etwas, um Archer hochzuheben. Er ist zu schwer.« Tränen brannten mir in den Augen. Meine Kehle schmerzte fürchterlich; allein das Sprechen fühlte sich an, als würde ich Rasierklingen ausspucken.

»Scheiß drauf«, knurrte Carrion. Er hockte sich ans andere Ende von Archers Körper und sah mir direkt in die Augen. »Du nimmst die Hände, ich die Füße.«

Der Kobold versuchte, sich uns zu entziehen, als wir ihn vom frostigen Boden hochhoben; selbst jetzt, im Angesicht des Todes, wollte er uns nicht mit seiner Hitze verletzen. Doch wir waren fest entschlossen und nur fünfzehn Meter entfernt von der Schmiede. Die Verbrennungen würden wehtun, die Narben hässlich sein, aber wir würden unseren Freund nicht draußen im Schnee sterben lassen.

35

BRIMSTONE

KINGFISHER

»Es wird Brimstone genannt und ist nicht ganz wie unser Blut. Aber es ist das, was einen Feuerkobold am Leben erhält«, erklärte Lorreth.

Archer lag auf dem moosbedeckten Sockel und hatte die Augen geschlossen. Er sah aus wie ein kleiner Steinhaufen. Schweiß rann mir über die Schläfe und die Wange und tropfte mir vom Kinn, während ich auf ihn hinabstarrte und meine Wut mit jeder Sekunde wuchs.

Natürlich war es Brimstone.

Selbstverständlich war es nichts anderes.

Lorreth war gerade durch das Schattentor getreten, als ich die Schreie im Hof hörte. Iseabail war wenige Sekunden vor ihm eingetroffen. Ich war sofort aus dem Speisesaal gestürzt, ohne mit einem der beiden viele Worte zu wechseln. Jetzt befanden wir uns alle in den Eingeweiden des Anwesens tief unter der Erde, wo die Feuerkobolde untergebracht waren. Es gab hier unten im Felsbett ein ganzes Dorf von ihnen, das sogar noch unterhalb der Fundamente errichtet worden war. Die Kobolde unterhielten mehrere Tausend Feuer und sorgten dafür, dass die Temperaturen unerträglich hoch blieben. Die Luft war so heiß, dass sie in den Augen brannte und einem die Feuchtigkeit aus dem Körper saugte, als wäre man ein Tuch, das ausgewrungen wird. Wir würden nicht lange hierbleiben können, denn das hätte unseren Tod bedeutet. Wir würden bei lebendigem Leib gekocht, und das würde niemandem nützen, am allerwenigsten Archer.

Saeris und Carrion hatten ihn gerettet.

Die beiden sahen aus, als würden sie in ihrem eigenen Schweiß ertrinken, als sie am Ende dessen standen, was als Archers Bett durchging. Ihre Hände waren geschwollen und mit dicken Blasen übersät, aber keiner von ihnen gab einen Mucks von sich. Sie starrten auf Archers Brust und warteten auf das kaum merkliche Heben und Senken, das anzeigte, dass er noch atmete, während Lorreth die Erklärung lieferte, zu der ich nicht in der Lage war.

»Es ist eigentlich ein Element. Brimstone. Eine Art Magie für sich. Sie verleiht den Feuerkobolden Leben.«

»*Und* tötet die Fäulnis«, ergänzte Carrion.

»Ja. Es sieht ganz danach aus.« Lorreths besorgter Blick zuckte zu mir. »Der Fresser da oben wurde zerstört. Er scheint teilweise geschmolzen und dann zu Asche verbrannt zu sein. Die Fäulnis hatte sich bereits auf die Reben entlang der Mauer ausgebreitet, aber wir haben etwas von dem Brimstone verwendet, den Archer dort oben verloren hat, um die betroffenen Pflanzen zu verbrennen, und ja, dadurch wurde auch die Ausbreitung aufgehalten.«

»Okay. Das sind gute Nachrichten«, sagte Saeris. »Brimstone

stoppt die Fäulnis. Großartig! Warum seht ihr beide dann so aus, als würdet ihr gleich Löcher in die Wände schlagen?«

Sie sah mich an und selbst jetzt, da ihr Strähnen dunklen Haars an den Wangen klebten, war sie wunderschön. Dann fragte sie direkt in meinen Geist, sodass nur ich sie hören konnte: *Was entgeht uns hier? Sollten wir nicht feiern?*

Wir können den Brimstone nicht verwenden, Osha.

Iseabail, die seit ihrer Ankunft auffallend still gewesen war, trat an Archers Bett. Sie trug die traditionellen Lederhandschuhe ihres Clans, auf denen die wirbelnden Linien eingeprägt waren, die für die gefrorenen Wasser östlich der Balquhidder-Ländereien standen. Ihr rotes Haar war geflochten und ordentlich zusammengebunden. Noch vor wenigen Wochen war sie in den Augen ihres Volkes eine Novizin gewesen, als sie nach Cahlish gekommen war, und ihr offenes Haar und die fließenden Röcke hatten sie als solche gekennzeichnet. Jetzt kehrte sie als Priorin zu uns zurück und war entsprechend der Arkanlinie ihrer Familie gekleidet. In den wenigen Tagen, die sie fort gewesen war, hatte sie die wohl intensivste Prüfung ihres Lebens bestanden. Sie war vermutlich erschöpft und verletzt, und dennoch war sie nach Cahlish zurückgekehrt, um uns zu helfen.

»Wie Lorreth bereits sagte, ist der Brimstone der Feuerkobolde wie unser Blut, und doch ist er es auch wieder nicht«, erklärte sie. »Der Brimstone hält sie am Leben, fließt wie Blut durch ihren Körper und hält ihre Kerntemperatur hoch. Im Gegensatz zu Blut können sie jedoch nicht viel davon verlieren, höchstens ein paar Tropfen. Er erneuert sich nicht wie unser Blut. Es gibt nur eine begrenzte Menge an Brimstone in Yvelia, und jeder Tropfen davon ist für die Kobolde bestimmt. Wenn sie sich fortpflanzen wollen, beschließt die ganze Gemeinschaft, einen kleinen Teil von sich zu spenden. Archer wird nur deshalb überleben, weil andere Mitglieder seines Feuers ihm etwas von ihrem eigenen

Brimstone gegeben haben, um seine Kerntemperatur wieder anzuheben.«

»Seines *Feuers*?«, wiederholte Carrion.

Iseabail nickte. »So bezeichnen sie eine einzelne Gemeinschaft von Feuerkobolden. Seine Familie.«

»Dann haben sie keinen Sex?«

Unter normalen Umständen hätte ich den Schmuggler dafür angefahren, dass er in so einer ernsten Situation derart oberflächlich war, doch diesmal war seine Frage frei von jeglicher Anzüglichkeit. Carrion schien wirklich verwirrt zu sein. Er löcherte Iseabail mit Fragen über die Feuerkobolde, während meine Gefährtin auf der Unterlippe herumkaute und Archers reglose Gestalt nicht aus den Augen ließ. Obwohl sie schwieg, wusste ich, woran sie dachte. Ich wartete nur darauf, dass sie es aussprach.

Nach langer Stille hörte ich erneut ihre Stimme in meinen Kopf. *Wir können den Brimstone nicht benutzen. Wenn wir genug davon zusammenbekommen wollen, um die Fäulnis auszurotten und die befallenen Fresser zu vernichten, müssten alle Feuerkobolde in Yvelia sterben.*

Ja.

Wir sind also immer noch am Arsch.

Ja.

Oh, ihr Götter, ich brauche einen Drink.

Ich seufzte schwer, eine weitere Schweißperle tropfte von meinem Kinn. *Ich auch.*

***

»In Zilvaren habe ich immer gedacht, die Stadt müsste von den Dächern aus größer wirken.« Saeris trank einen Schluck aus dem Flachmann und gab ihn mir dann zurück. Sie starrte auf den lichter werdenden Wald hinaus, der das Anwesen umgab, und zum

Horizont. »Tat sie aber nicht. Ich konnte von den Dächern aus die Mauern jedes Bezirks sehen. Ich konnte die Mauern sehen, die uns einsperrten wie Gitter vor einem Fenster.« Sie verzog bei der Erinnerung das Gesicht und machte mit der Kante der bandagierten Hand eine Bewegung, als würde sie die Luft durchschneiden. Te Léna hatte sie so gut wie möglich geheilt, doch die Verbrennungen waren schwer gewesen. Es würde eine Weile dauern, bis sich Saeris' Hände wieder ganz erholt hatten. »Hier oben gibt es keine Mauern. Keine Gitter vor einem Zellfenster. Die Welt fühlt sich an, als würde sie endlos weitergehen.«

Bald würde die Sonne aufgehen. Saeris war erschöpft und hatte vielleicht auch Schmerzen, aber als sie darum gebeten hatte, aufs Dach zu dürfen, hatte ich es nicht über mich gebracht, ihr diese Bitte abzuschlagen. Nach der drückenden Hitze in Archers Heim hatte ich die frische Nachtluft ebenfalls gut gebrauchen können.

Das Land rund um Cahlish war dicht mit Bäumen bewachsen, die noch die Namen meiner Ahnen kannten. Meine Mutter und mein Vater hatten sich in diesen Wäldern kennengelernt. Sie hatten dort unter den schneebedeckten Ästen miteinander geflirtet. Was für Geschichten ich über ihre Jugend gehört hatte – zwei sehr ernste Menschen, die durch die Liebe zu Narren wurden.

»Mein Vater hat da draußen einen Zeh verloren.« Ich deutete auf das kleine dunkle Waldstück direkt vor der Anhöhe des nächsten Hügels. »Siehst du die schattige Stelle, an der kein Schnee liegt?«

Saeris spähte in die Richtung, in die ich zeigte, und nickte.

»Dort lebt ein Graven.«

Sie sah mich mit großen Augen an. »Was ist ein Graven?«

»Hm, eine Art ...« Ich überlegte, wie ich ihn beschreiben sollte. »Halb Satyr, halb Troll? Mit einer Prise Basilisk obendrein.«

»Was ist ein Basilisk?«

Der Abscheu in ihrer Stimme entlockte mir ein leises Lachen.

Ich trank einen Schluck von dem Whisky, den ich für uns mitgebracht hatte, und reichte ihr erneut den Flachmann. »Eine Schlange. Jedenfalls so etwas in der Art. Nur größer. Und wütender.«

»Dann ist ein Graven also zum Teil Troll, zum Teil Satyr und zum Teil Schlange.« Sie fuhr sich schniefend mit dem Handrücken über das Gesicht; an ihren Wimpern hingen Schneeflocken. »Ich kann mir nicht einmal ansatzweise vorstellen, wie diese Kreatur aussieht, aber gut. Und was ist mit diesem Graven?«

»Er lebt da draußen in einer kleinen Holzhütte.« Ich zeigte abermals auf die schattige, schneefreie Stelle im Wald. »Er stellt Tinkturen und Salben und dergleichen her. Vor sehr langer Zeit haben die Leute mit dem Graven gehandelt, um Tränke und Zauber zu bekommen, von denen sie glaubten, dass sie Flüche brechen, Krankheiten heilen oder jemanden unsterblich in sie verliebt machen konnten. Mein Vater besaß seine eigene Magie, aber er war wie ich. Er beherrschte nur Schatten und nicht viel mehr. Als er meine Mutter kennenlernte, musste er sich daher allein auf seinen Charme verlassen, und er hatte nicht gerade großes Vertrauen in diese Fähigkeiten. Darum beschloss er eines Tages, den Graven aufzusuchen.«

»Um sich einen Liebestrank zu besorgen?« Saeris verdrehte angesichts der Lächerlichkeit des Ganzen die Augen. Ich tat es ihr gleich. »Ganz genau. Und der Graven sagte zu ihm: ›Was hältst du von folgendem Vorschlag? Ich werde dir meinen stärksten und wirkungsvollsten Liebestrank geben. Einen Trank, der so mächtig ist, dass das Objekt deiner Begierde deinen Avancen nicht widerstehen kann. Sie wird für immer die Deine sein, wenn sie den Trank zu sich nimmt, den ich für dich brauen werde.‹«

»Und? Wo war der Haken? Welchen Handel musste er eingehen?«

Meine Gefährtin war klug und lernte schnell.

Mit sanftem Lächeln nahm ich ihr die Flasche ab und trank

noch einen Schluck. Der Whisky wärmte mich bis hinunter in den Bauch. »Der Graven sagte zu meinem Vater: ›Ich gebe dir diesen Trank, und du wirst dein Leben mit einer Frau und einer Familie verbringen und unfassbar glücklich sein. Du wirst mächtige Schutzzauber erschaffen können und ein Vorbild für dein Volk sein und für jeden, der dir folgt und dich unterstützt.‹ Und mein Vater war beeindruckt von dieser Aussicht und erwiderte, wie du bereits so scharfsinnig vermutest hast: ›Wunderbar! Das ist mehr, als ich mir jemals erträumt habe. Was verlangst du im Gegenzug für diese Gaben?‹ Und der Graven antwortete: ›Deinen rechten Fuß. Ich verlange deinen ganzen rechten Fuß.‹«

»Was?«

»Mm-hm. Seinen Fuß. Es wollte seinen Fuß. Und mein Vater sagte …«

Ich zeigte auf Saeris, die verwirrt die Nase rümpfte und fragte: *»Warum?«*

»Und der Graven entgegnete: ›Ich habe diese gespaltenen Dinger so satt und wollte schon immer mal zwei richtige *Fae*-Füße haben, auf denen ich anständig herumlaufen kann. Vor einer Weile habe ich mit jemandem um einen linken Fuß gefeilscht, und seitdem bin ich auf der Suche nach dem rechten.‹ Und der Graven zeigte meinem Vater einen abgetrennten linken Fuß, der auf einem roten Samtkissen vor dem Kamin lag, und weigerte sich, noch mehr dazu zu sagen.«

»Aber dein Vater wollte seinen Fuß nicht gegen den Trank eintauschen«, schlussfolgerte Saeris.

»Nein, das wollte er nicht. Daher sagte der Graven: ›Gut. Du willst dich also nicht von deinem Fuß trennen, aber ich hätte noch eine andere Idee: Wenn ich in der Sonne stehe, werfe ich keinen Schatten, und das macht die Leute nervös. Sie spüren, dass ich anders bin, und sie laufen vor mir davon. Gib mir deine Schatten, und ich gebe dir meinen allerbesten Liebestrank.‹«

»Doch er hat wieder Nein gesagt«, vermutete Saeris.

»Die Schatten meines Vaters waren seine größte Stärke. Selbstverständlich konnte er das nicht tun. Der Graven war zu diesem Zeitpunkt schon sehr frustriert und der Verhandlungen überdrüssig, darum meinte er: ›Okay. Das ist mein letztes Angebot. Du gibst mir nur einen deiner Schatten, einen, der meiner Meinung nach zu mir passt, und dann sind wir quitt.‹ Mein Vater überlegte, und nachdem er sich entschieden hatte, dass ein einzelner Schatten ein bisschen Magie war, das er aufgeben konnte, willigte er ein. Der Graven mischte irgendein stinkendes Gebräu zusammen und gab es meinem Vater, und im Gegenzug übergab mein Vater ihm den neuen Schatten. Der Handel war abgeschlossen. Der Graven begleitete meinen Vater bis zur Tür seiner Hütte und trat hinaus, um seinen neuen Schatten zu bewundern, aber es war Mittag, und die Sonne stand hoch am Himmel.«

»Daher warf der Graven auch keinen Schatten.« Saeris stöhnte auf.

Ich nickte. »Er griff nach einer Sense und jagte meinem Vater hinterher. Dabei beschimpfte er ihn als Lügner und Betrüger und bemerkte überhaupt nicht, dass sich der Winkel der Sonne verändert hatte, während er ihn durch den Wald hetzte, und dass nun der Schatten eines majestätischen Ochsen an seinen Satyrhufen haftete. Es schwang die Sense hin und her und versuchte, meinem Vater den rechten Fuß abzuhacken. Beinahe wäre ihm das auch gelungen, aber letzten Endes schnitt er ihm nur den kleinen Zeh ab.«

Saeris blickte stirnrunzelnd in den dunklen Bereich des Waldes. Ich überließ sie eine Weile ihren Gedanken. Nach einer Weile fragte sie: »Und der Liebestrank? Hat er gewirkt?«

Ich lachte leise. »Nein, Osha. Mein Vater war damals jung und töricht und wusste es nicht besser, aber so etwas wie Liebestränke gibt es nicht. Man kann keine Person dazu bringen, eine andere wirklich zu lieben. Das würde ihr den freien Willen rauben. Meine Mutter liebte meinen Vater um seinetwillen. Am Ende hat sein Charme eben doch gereicht.«

Saeris dachte lange darüber nach. »Hat dir deine Mutter diese Geschichte erzählt?«

Ich schluckte einen Mundvoll Whisky hinunter, verzog das Gesicht, als er in meiner Kehle brannte, und schraubte die Kappe wieder auf die Flasche. »Nein, das war Archer. Fast alle Geschichten, die ich über meinen Vater kenne, habe ich von ihm gehört. Aber jetzt lass uns reingehen. Es wird bald hell, und es gibt da noch etwas, das ich dir zeigen möchte, kleine Osha.«

***

Die Jagdhütte war im Licht der Morgendämmerung in ein zartes Blau getaucht. Unten rauschte der Fluss vorbei und sang das gleiche Lied, das er von hoch oben in den Bergen bis hinab zum Meer trug. Saeris wandte das Gesicht der Morgensonne zu und genoss die ersten Sonnenstrahlen, die über den Omnamerrin ins Tal hinabfielen.

»Mir war gar nicht bewusst, wie sehr ich das vermisst habe«, flüsterte sie. »In letzter Zeit war einfach alles so verrückt.«

Saeris neigte nicht zu unnötigen Tränen. Sie weinte, wenn sie wütend war, aber nicht aus Traurigkeit. Aber ich wusste, dass sie heute Morgen traurig war, denn als sie die Augen aufschlug und beobachtete, wie die Sonne über die Berge lugte, lief ihr eine einzelne Träne über die Wange.

»Du kannst jederzeit hierherkommen und es genießen.« Ich trat hinter sie, legte ihr einen Arm um die Taille und zog sie eng an mich, bis ihr Rücken fest an meiner Brust ruhte. »Ein Traum ist nur eine Erfindung. Eine Manifestation dessen, was sein *könnte*. Nichts als Zwischenwelten und Geflüster aus anderen Reichen.

Ich hatte so das Gefühl, dass dir die Sonne hier nichts anhaben würde.«

Aus dem Schornstein der Hütte stieg munter Rauch auf, aber wir waren noch nicht hineingegangen. Die Luft war frisch und klar, der weite, offene Himmel über uns fühlte sich nach Freiheit an. Saeris war viel zu klein, als dass ich das Kinn auf ihre Schulter legen konnte, daher bettete ich es stattdessen sanft auf ihren Scheitel und summte leise vor mich hin.

»Was machen wir wegen …« Ich ließ sie den Satz nicht beenden.

»Schweig, Osha«, flüsterte ich ihr ins Haar. »Die Fäulnis. Ammontraíeth. Everlayne. Unsere Probleme laufen uns nicht davon. Sie werden genau da sein, wo wir sie zurückgelassen haben, und auf uns warten, wenn wir wieder aufwachen. Lass uns jetzt einfach mal kurz durchatmen. Das haben wir uns verdient.«

Ich wusste, dass es stimmte, war sogar felsenfest davon überzeugt. Es war einfach, es zu jemand anderem zu sagen, auf alles zurückzublicken, was wir in letzter Zeit durchgemacht hatten, und zu erkennen, dass jeder, der auch nur die Hälfte davon erlebt hatte, eine kurze Ruhepause verdient hätte. Aber in dieser Hinsicht war ich genauso schuldig wie Saeris. Mir schossen die Gedanken kreuz und quer durch den Kopf, Hunderte von ihnen verlangten nach Aufmerksamkeit, Fragen wollten beantwortet werden. Es kostete mich sehr viel Kraft, meine Sorgen vorübergehend zu vergessen.

Saeris wandte sich vom Tal ab, schlang mir die Arme um die Schultern und blickte zu mir auf. Ihre Wangen waren von der Kälte gerötet, die Augen blasser als der Himmel und dabei doppelt so strahlend. Auch die Spitzen ihrer Ohren waren rot. Ich berührte ihr linkes Ohr mit einem Finger und lächelte sanft. »Ich hatte mich so daran gewöhnt, dass sie rund sind«, sagte ich. »Als ich sie das erste Mal gesehen habe, war ich allerdings entsetzt.«

»Wow, *danke.*«

Ich musste lachen. »Entschuldige. Ich wollte dich nicht beleidigen.« Ich tippte erneut gegen das spitze Ohr. »Ich war nur sehr … *sehr* besorgt. Es ist schwierig, Menschen an einem Ort wie diesem am Leben zu erhalten. Ich …« Selbst jetzt stockte mir bei diesem Geständnis die Stimme. »Ich wollte dich nicht verlieren.«

In der Vergangenheit hatten mich schon andere Frauen bewundernd angesehen. Ich ließ sie gewähren und schien stets auf immer größeren Abstand zu gehen, je näher sie mir zu kommen versuchten. Wenn mich Saeris jedoch mit ihren blauen Augen ansah, hatte ich keine Wahl und war ihr schutzlos ausgeliefert. Sie zwang mich schlichtweg in die Knie. »Du hattest eine seltsame Art, das zu zeigen«, meinte sie mit schiefem Grinsen. »Und dennoch hast du mich selbst als Mensch mit dem Schwert trainieren lassen.«

Ich zog die Augenbrauen hoch. »Hätte ich dich etwa davon *abhalten* können?«

»Theoretisch schon«, antwortete sie. »Du hättest mich zwingen können, hier in Yvelia keine Waffe anzufassen, und ich hätte es nicht gekonnt.«

»Hm. Ja, nun …« Ich küsste sie sanft und strich mit den Lippen über ihre Schläfe. »Du hättest nie wieder mit mir gesprochen. Und außerdem … Ich kenne dich, Saeris Fane. Sogar als zerbrechlicher Mensch warst du stark. Unabhängig. Es hätte dir das Herz gebrochen, wenn ich dich vor dieser Welt abgeschirmt hätte. Du musstest deine eigenen Entscheidungen treffen. Letzten Endes habe ich das verstanden. Und auch jetzt sehe ich es. Jeden Tag aufs Neue. Du hast das *Recht,* deinen eigenen Weg zu beschreiten. Ich werde dir das nicht nehmen, indem ich darauf bestehe, dich zu tragen.«

Sie schwieg eine Weile und dachte darüber nach. Der Wind frischte auf, spielte mit ihrem Haar und wehte es ihr ins Gesicht. Eine Wolkenbank schob sich vor die Sonne und raubte dem Tal die Farbe. Schließlich holte Saeris tief Luft und seufzte. »Danke«, sagte sie leise. »Danke dafür, dass du nie versucht hast, mich zu kontrollieren.«

Es war seltsam, sich dafür zu bedanken. Ich hatte keine Ahnung, wie die Männer in Zilvaren waren, aber ich hatte mich nie auch nur einen Moment der Illusion hingegeben, dass ich eine Geliebte *kontrollieren* müsste. Trotzdem behielt ich all das für mich. Sie musste es nicht hören. Stattdessen beugte ich mich zu ihr hinab und flüsterte ihr ins Ohr: »Du bist ein Wildfeuer, Saeris Fane. Dich kann man nicht bändigen.«

Sie lehnte lachend den Kopf zurück, sodass er an meiner Brust ruhte. »Das fasse ich als Kompliment auf.«

»Das solltest du auch.«

»Und was ist, wenn mir das alles eines Tages zu viel wird und ich getragen werden *möchte*? Wenigstens für eine Weile?«

»Dann wäre es mir eine Ehre und ein Privileg, dies zu tun, Saeris. Daran darfst du *niemals* zweifeln. Wann immer ich dich auffangen soll, werde ich da sein, bereit und willens. Ich werde mich für dich dem Bluthof stellen, wenn du das wünschst. Ich stelle mich Belikon, Madra und jedem oder allem, das dir schaden will.«

In diesem Moment brach die dicke Wolkenschicht auf, und Saeris zuckte reflexartig zusammen, da ihr Vampirblut ihr riet, sich vor den Sonnenstrahlen zu verstecken. Sie schnaufte durch die Nase und entspannte sich, als ihr wieder einfiel, dass das Licht ihr hier nichts anhaben konnte.

»Dann musst du auch die Sonne für mich bezwingen«, meinte sie nachdenklich.

»Nur zu gern. Und ich werde *dein* Schatten sein.«

Ich drückte sie ein wenig fester an mich, weil ich ihre Nähe spüren wollte. »Du solltest eines wissen, Saeris … Ich bin der Sohn meines Vaters. Meine Schatten waren schon immer meine Stärke.«

36

WENN ICH DAS NUR KÖNNTE

SAERIS

»Saeris! Saeris! Er ist *wach*!«

Ich schrak aus dem Schlaf hoch und war viel zu durcheinander, um zu begreifen, wo ich war oder was geschah. Kurz dachte ich, ich wäre noch in Zilvaren und halb im Delirium, weil ich versucht hatte, den Hellllicht zu verschlafen. Die Wirklichkeit kehrte Stück für Stück zurück … und dann bemerkte ich Archer, der mit tellergroßen Augen über das Fußbrett spähte.

Moment mal, *was*?

Ich setzte mich zu schnell auf, und vor meinen Augen verschwamm alles. »Archer! Du bist hier! Du bist wach!«

Der Feuerkobold hatte zwar keine Augenbrauen, doch seine irritierte Miene war trotzdem gut zu erkennen. »Nicht *ich*, Mylady. Euer Bruder. *Mylord Hayden* ist aufgewacht!«

Neben mir lag Fisher auf dem Bauch, die tätowierten Arme ausgestreckt, beide Hände unter das Kopfkissen geschoben. Als er sich hochstemmte und verschlafen auf die Ellbogen stützte, standen ihm die Haare in alle Richtungen zu Berge. Im selben Moment, als er registrierte, wer da am Fußende des Bettes verharrte, richtete er sich auf und strich sich die Locken aus dem Gesicht. »Archer. Was bei allen fünf Höllen machst du hier?«

Der Feuerkobold trat einen Schritt zurück, und eine kleine Flamme züngelte auf seiner Schulter. »Ich, Mylord? Nun, ich wollte Mylady nur mitteilen, dass ihr Bruder …«

»Nein, warum bist du hier oben im Haus? Warum *arbeitest* du?«

»Es … es tut mir leid, Mylord. Ich habe versucht, den Fresser aufzuhalten …«

»Ist schon gut, Archer. Du hast mehr getan, als du hättest tun sollen. Ich wollte damit nur zum Ausdruck bringen, dass du bei deinem Feuer sein solltest, um dich von deinen Verletzungen zu erholen.«

»Oh.« Der Feuerkobold entspannte sich. »Das ist schon in Ordnung, Mylord Fisher. Feuerkobolde brauchen nach Verletzungen keine Erholungszeit. Wir sind entweder am Leben oder tot.« Er stieß ein quietschendes Lachen aus. »Der Brimstone, den meine Brüder mir gespendet haben, hat die ganze Nacht gebraucht, um abzukühlen. Sobald meine Wunden wieder fest waren, bin ich gerade rechtzeitig aufgewacht.«

Er drehte sich um, hob die Hände in die Luft und wackelte mit den Hüften, um einen kleinen Tanz aufzuführen, der viel mutiger wirkte als sonst. Als er den Tanz beendet hatte, räusperte er sich und fügte ziemlich ernst hinzu: »Ich bin drei Zentimeter größer als früher.«

»Oh. Äh … Glückwunsch! Gut gemacht«, sagte ich zu ihm.

Er neigte den Kopf und nahm das Kompliment an. »Euer Bruder ist im Salon, Mylady. Er kann es kaum erwarten, Euch zu sehen.«

Hayden.

Endlich war er hier und wach. In meinem Inneren brodelte es vor Aufregung, doch ich zwang mich zur Ruhe, als ich aufstand und mich bereit machte, um zu ihm zu gehen. Schon lange vor ihrem Tod hatte ich meiner Mutter versprochen, auf ihn aufzupassen. Ihn aus Schwierigkeiten herauszuhalten und dafür zu sorgen, dass er nicht in Madras Zellen landete. Dieses Versprechen zu ehren, war ein Vollzeitjob gewesen. Ich hatte ihn aus unzähligen Situationen gerettet, in denen er Wasser oder Geld verspielt hatte, das er gar nicht besaß. Ich hatte ihn mehr als nur einmal vor Carrion beschützt. Was ich alles geopfert, verkauft oder eingetauscht hatte, nur damit mein Bruder nicht an Dehydrierung starb … und dann hatte ich ihn hierhergeholt. In Yvelia gab es Wasser im Überfluss. Auch an Lebensmitteln mangelte es nicht. Aber nach allem, was ich getan hatte, um Hayden in Zilvaren am Leben zu halten und zu beschützen, befürchtete ich nun, dass ich ihn letzten Endes genau dadurch ins Verderben stürzte, dass ich ihn hierhergebracht hatte.

Angesichts der Fäulnis und allem, was in Yvelia vor sich ging, wäre es für Hayden vielleicht sicherer gewesen, in der Wüste zu bleiben.

Die Ironie des Ganzen war viel zu bitter, um sie zu ertragen. Was mutete ich ihm da nur zu?

Was würde er tun?

Fisher hatte es selbst gesagt, als wir zur Ruhe gekommen waren: Es war schwer, Menschen an einem Ort wie diesem am Leben zu halten, und noch immer wusste ich viel zu wenig über die Politik der Fae und Yvelias Regeln. Ich hatte kaum an der Oberfläche dessen gekratzt, was es bedeutete, ein Teil dieses Reichs zu sein, und jetzt hatte ich auch noch meinen Bruder hergebracht. Bei meiner

Ankunft war ich der einzige Mensch in Yvelia gewesen. Jetzt lastete diese Bürde auf Hayden … und ich hatte keine Ahnung, wie er damit zurechtkommen würde.

Während ich mich langsam anzog, musterte ich Fisher aus dem Augenwinkel, der sich ebenfalls ankleidete. Seine Rückenmuskeln bewegten sich, als er sich ein Hemd überstreifte, sich zu mir umdrehte und geschickt mit den tätowierten Fingern das Hemd zuknöpfte. »Ich spüre, wie du dir Sorgen machst«, begann er leise.

Ich senkte den Kopf und zog mir die Stiefel an. »Du musst mir nicht sagen, dass ich das nicht tun muss, denn das wäre sinnlos«, entgegnete ich. »Er ist mein Bruder.«

»Das hatte ich auch nicht vor.« Fisher streifte sich die Lederrüstung über und brachte den Brustpanzer in Position. Im Handumdrehen hatte er die Gurte über die Rippen geschlungen und sie befestigt. »Es gibt mehr als genug Gründe, sich zu sorgen. Die Zukunft deines Bruders ist höchst ungewiss, doch das gilt für uns *alle*.« Die Dielen knarrten, als er das Schlafzimmer durchquerte und sich vor mich stellte. »Aber wir werden es gemeinsam angehen, Osha. Wir werden das alles zusammen durchstehen und die Situation mit der Zeit auch deutlich besser einschätzen können.«

Ich lächelte ihn traurig an. »Eigentlich wollte ich wirklich, dass du mir sagst, ich soll mir keine Sorgen machen«, gab ich zu. »Kannst du das für mich vielleicht noch umformulieren?«

Kingfishers Augen funkelten vor Belustigung, als er sich zu mir herunterbeugte, um mich zu küssen. »Wenn ich das nur könnte, Osha! Wenn ich das nur könnte!«

***

Cahlish war ein riesiger Ort voller versteckter, geheimer Ecken und Winkel. Ich hatte Tage damit verbracht, alles zu erkunden, als Fisher mich hiergelassen hatte, nachdem ich im Speisesaal von dem Fresser angegriffen worden war, aber es gab noch immer ganze Flügel des Anwesens, die ich bislang nicht betreten hatte. Räume, in die ich noch keinen Fuß gesetzt hatte.

Dies hier war einer davon.

Der südliche Salon, wie Archer ihn nannte. Eine Reihe hoher Fenster gab den Blick auf einen in Weiß gehüllten Rosengarten frei. Die Knospen an den dornigen Sträuchern waren trotz der Kälte ganz geöffnet, und auf der anderen Seite der Scheibe wogte ein Meer samtener Blüten, deren Blätter dunkel wie Blut und mit Schnee bestäubt waren.

Vor dem knisternden Kamin stand ein gesteppter Sessel. An den Wänden hingen vergoldete Porträts. Ein Schreibtisch war so ans Fenster gerückt worden, dass wer immer hier seine Korrespondenz verfasste, beim Nachdenken über seine Worte den Blick in den Garten genießen konnte. Auf der anderen Seite des Schreibtisches sah ich nun Hayden mit den Händen in den Taschen, der nach draußen starrte.

Die Tür knarrte, als ich den Raum betrat, was ihn zusammenzucken ließ. Er fuhr herum, und die blonden Locken sahen so wild aus wie eh und je, sein Gesicht war tief gebräunt, die Lippen wirkten spröde. Er riss die Augen auf, sobald er mich sah, sagte jedoch keinen Ton. Ich hatte mir diese Szene so oft ausgemalt, seitdem ich nach Yvelia gekommen war, aber jetzt, da Hayden hier war und es tatsächlich passierte, traf es keine einzige, die ich mir vorgestellt hatte. Mein Bruder wirkte nicht froh darüber, hier bei mir zu sein, sondern eher *verängstigt*.

»Es stimmt also. Er hat dich nicht umgebracht – dieser riesige Mistkerl mit den spitzen Ohren.«

Ich senkte den Kopf und wusste nicht, ob ich über seine Worte lächeln sollte oder nicht. »Nein, das hat er nicht.«

»Wo ist er denn jetzt?«

»Sein Name ist Kingfisher. Und er ist losgezogen, um einen

unserer Freunde zu holen. Er wollte ihn eigentlich gestern zurück nach Cahlish bringen, aber … es kam etwas dazwischen.«

Archer, der mir auf dem Hof zu Hilfe eilte.

Archer, der fast gestorben wäre, um mich zu retten.

Ich blinzelte die Erinnerung an den Brimstone, der aus seiner Kehle strömte, rasch weg.

Hayden schnaubte. Er trat vom Fenster weg, durchquerte den Raum, stellte sich vor mich und musterte mich von Kopf bis Fuß. Sein Nasenrücken war mit Sommersprossen übersät.

Er ging langsam einmal um mich herum und nahm mich gründlich in Augenschein; als er meine Ohren sah, die durch das offene Haar herausragten, spannte er zwar die Schultern an, gab jedoch keinen Kommentar dazu ab. Schließlich blieb er mir gegenüber stehen, ohne die Hände aus den Taschen zu nehmen.

»Du siehst gut aus«, sagte er steif. »Gesund. Carrion sagte mir schon, dass du dich verändert hast.« Er runzelte die Stirn, und sein Blick wurde distanziert. »Er sagte, du wärst etwas anderes geworden. Wie er«, ergänzte er leise. »Jetzt verstehe ich es.«

»Tust du das?«

Er nickte. »Madra hat allen erzählt, dass du tot bist. Ermordet von Fae-Rebellen. Sie hat eine sehr überzeugende Rede gehalten.«

»Das kann ich mir vorstellen.«

»Sie machte dich zu einer Märtyrerin für ihre Sache. Sie benutzt deinen Namen und deine Geschichte, verdreht alles und lässt dich wie eine Art Zilvaren-Patriotin erscheinen, die ihre Stadt geliebt hat. Sie sagt, du hättest für sie gearbeitet, wärst eine treue Untertanin gewesen und von Fremden mit verbotener Magie brutal ermordet worden.«

»Und die Leute *glauben* ihr?«

Hayden zuckte mit den Achseln. »Ich weiß es nicht. Schwer zu sagen. Madra hat schon immer seltsame Dinge über die Fae erzählt. Besonders um diese Jahreszeit, wenn das Equinox-Fest bevorsteht.«

»Ich meine nicht, was sie über die *Fae* erzählt, Hayden, sondern das über *mich*. Dass ich für sie gearbeitet hätte. Dass ich eine loyale Zilvaren-Untertanin gewesen wäre!« Schon die bloße Vorstellung war absurd. Madra hatte in ihrem Leben schon viele Lügen erzählt, aber diese war die dreisteste von allen. Ich hatte mich mein ganzes Leben lang gegen ihre Herrschaft aufgelehnt und alles getan, um Zwietracht und Chaos in ihrem Haus zu stiften, ohne mich dabei selbst umzubringen, und jetzt verbreitete sie das Gerücht, ich hätte die ganze Zeit für sie gearbeitet? Was im Grunde genommen bedeutete, dass ich meine Nachbarn ausspioniert und ihr heimlich Informationen zugeflüstert hätte, die nicht für ihre Ohren bestimmt waren. Es bedeutete, dass ich eine Verräterin und Lügnerin wäre und meine Freunde hintergangen hätte.

Hayden sah mir nicht in die Augen. »Sie gab der ganzen Stadt zu deinen Ehren zusätzliche Essensrationen und die dreifache Wassermenge. Für deinen Dienst an der Krone.«

»Wie bitte?«

»Die Leute im Dritten wollten das nicht annehmen. Sie schütteten ihr Wasser auf der Straße aus. Sie verfütterten ihr Brot an die Krähen. Und sie verfluchten dich dabei.«

Diese verdammte *Hexe*!

Ich wollte keine Heldin für mein Volk sein. Es war mir egal, ob die Leute jemals meinen Namen erfuhren. Alles, was ich getan hatte, um Zilvarens Rebellen zu helfen, war im Verborgenen und im Stillen geschehen. Ich hatte nie Aufmerksamkeit erregen wollen. Und ganz sicher brauchte ich niemanden, der mir für meine »guten Taten« auf die Schulter klopfte. Aber die Vorstellung, dass die Leute aus dem Dritten, *meine* Leute, meinen Namen verfluchten und aus Protest zusätzliches Wasser ablehnten … Verdammt! Mir wurde speiübel.

»Ich muss zurück und das richtigstellen. All meine Kontakte in der Stadt …«

»Spar dir die Mühe, Saeris.« Hayden sah mich jetzt an, und die kalte, harte Wahrheit in seinem Gesicht traf mich wie ein Schlag. »Sie wollen dich nicht.«

»Aber Elroy …«

»Elroy glaubt, dass du unschuldig bist. Er verteidigt dich jedes Mal, wenn jemand ein schlechtes Wort über dich verliert.«

Das war immerhin eine Erleichterung. Natürlich kannte der alte Mann die Wahrheit. Er kannte sie besser als jeder andere. Aber die anderen? Viele von ihnen hatten mir vertraut. Viele hatten mit mir gehandelt, sich auf mich verlassen – und jetzt glaubten sie, ich hätte sie an die Wachen verraten?

Das war ein kluger Schachzug. Jemanden zu diskreditieren, dem die Leute aus dem Dritten vertraut hatten. Sie dazu bringen, an *jedem* zu zweifeln, der sich gegen Madra stellte. Sie davon zu überzeugen, alle aufrührerischen Aktivitäten einzustellen, da keiner mehr wissen konnte, wer der Königin *ihren* Namen ins Ohr flüstern würde.

»Er wurde grün und blau geprügelt.« Haydens raue Stimme holte mich aus den rasenden Gedanken. »Elroy. Jedes Mal, wenn er sich für dich einsetzt, verpasst ihm jemand einen Schlag. Er hatte in letzter Zeit so oft aufgerissene Lippen und blaue Augen, dass er längst nicht mehr so zäh ist, wie er sich sieht.«

Ruckartig hob ich den Kopf, als ein beunruhigendes Puzzlestück in meinem Inneren an seinen Platz rutschte. *Elroy glaubt, dass du unschuldig bist.* Das hatte Hayden gesagt. *Elroy* glaubt und nicht *wir wissen.*

Mein Bruder hatte nicht einen einzigen Kratzer. Keine Schnittwunden, keine Schrammen, keine blauen Flecken.

Ihn hatte in letzter Zeit niemand verprügelt.

Mir fiel plötzlich auf, dass er mich seit Betreten des Raums kein einziges Mal angelächelt hatte. Mich verdammt noch mal nicht umarmt hatte. Noch nicht einmal erleichtert wirkte, mich zu sehen.

Wie betäubt wich ich einen wackeligen Schritt zurück und neigte in der vergeblichen Hoffnung, dass ich vielleicht besser verstehen könnte, was in ihm vorging, den Kopf zur Seite. »Du glaubst wirklich, ich hätte das alles getan, nicht wahr?«, flüsterte ich.

Hayden presste die Lippen zusammen und wandte den Blick ab.

»Du denkst, ich hätte meine Freunde verraten. Du denkst, ich hätte tatsächlich für sie gearbeitet!«

»Das habe ich nicht *gesagt*«, blaffte er.

»Aber du streitest es auch nicht ab! Bei allen Göttern und Sündern, du glaubst allen Ernstes, dass ich für sie gearbeitet habe!«

»Ich weiß es nicht!«, fuhr er mich an. »Wie zum Teufel und allen fünf Höllen soll ich das auch wissen? Du hast mich in keinen deiner Pläne eingeweiht. Nach Helllicht hast du mich nie irgendwohin mitgenommen. Du warst immer auf irgendeiner geheimen Versammlung oder sonst wo. Du hast nie ein Wort darüber verloren, wohin du gehst!«

»Und das muss bedeuten, dass ich mit den Wachen unter einer Decke gesteckt habe? Willst du mir das damit sagen?«

»Vielleicht.« Er presste die Kiefer zusammen und sah mich von oben herab an. »Du hast mich ausgesperrt. Hast mich meilenweit von allem ferngehalten, was wichtig war. Ich weiß nichts, Saeris, und das ist deine Schuld. Und wir hatten immer mehr Wasser und mehr Essen als alle ande…«

Er beendete den Satz nicht. Das konnte er auch nicht, da meine Faust in seinem Gesicht landete. Haydens Kopf schnellte so ruckartig herum, dass ich einen Moment lang befürchtete, ich hätte zu hart zugeschlagen und ihm etwas gebrochen. Doch die Wut, die sein Kommentar in mir entfacht hatte, loderte jetzt erst richtig auf, und ich hoffte fast, ich hätte ihm *wirklich* etwas gebrochen. Erbost packte ich ihn am Hemdkragen und stieß ihn von mir weg.

»Bei den fünf Höllen, Hayden! Mehr Essen?« Ich stieß ihn erneut mit Nachdruck zurück. »Mehr Wasser?«

Noch mal. Härter. Tränen trübten mir die Sicht. Ich bohrte ihm den Finger ins Gesicht und wollte etwas sagen, doch aus meiner Kehle drang nur ein Laut ungezügelten Zorns, und ich musste es ein weiteres Mal versuchen. »Ich musste *bluten*, um dich am Leben zu halten und damit wir überhaupt *irgendwas* hatten und du nicht in diesem verdammten Sand verhungert bist. Ich musste auf dem Bauch durch die Abwasserkanäle kriechen, um zu den königlichen Reservoirs zu gelangen. Einmal die Woche habe ich das für dich gemacht. Weißt du, wie widerlich das war? Und hast du mich *jemals* klagen hören?« Ich stieß ihn so heftig von mir weg, dass er diesmal hinfiel, aber wie immer landete Hayden Fane weich. Der gesteppte Sessel fing ihn auf und bewahrte ihn davor, unsanft mit dem Hintern auf dem Teppich zu landen.

Ich hatte den Geschmack von Galle und Kupfer im Mund. Hitze stieg in meiner Kehle auf, drang aus den tiefsten Tiefen meiner Seele empor. »Ich habe dir nicht gesagt, was ich jeden Tag getan habe, weil ich mich ständig in angespannte Situationen und an verdammt schreckliche Orte begeben musste, um unangenehme Dinge zu tun«, spie ich ihm entgegen. »Ich habe dich nicht dorthin mitgenommen, weil ich nicht wollte, dass das Leben für dich so hart ist wie für mich. Aber jetzt sehe ich, dass ich dir damit einen Bärendienst erwiesen habe. Du hast diese … diese verdammte *Illusion*, das Leben müsse einfach sein, als würde es dir etwas schulden, und das ist allein meine Schuld.« Ich schlug mir mit der Faust gegen die Brust und presste die Kiefer so fest zusammen, dass es schmerzte. »Ich habe mich selbst kaputtgemacht, um auf dich aufzupassen. Ich bin in jeden anderen Bezirk von Zilvaren geschlichen, habe geraubt, gestohlen, gefeilscht und gehandelt – nur um sicherzustellen, dass du es bequem hattest und dass du immer satt warst. Und dann besitzt du die *Dreistigkeit*, mir den Rücken zuzuwenden und mich der schlimmsten Sache zu beschuldigen, die ich mir überhaupt vorstellen kann, nur weil ich dir das Leben zu verdammt einfach gemacht habe, während alle anderen um uns herum leiden mussten.«

»Saeris …«

»Halt die Klappe, Hayden. Halt verdammt noch mal die Klappe.«

»Nein. Deine Hand«, flüsterte er. »Mit deiner *Hand* stimmt was nicht.«

***

Eine weitere Rune brannte.

Diesmal war es die Rune für Brimstone.

Sie schlängelte sich kunstvoll um die massive Quicksilver-Rune, damit verschlungen und verbunden und dennoch eigenständig. Falls das überhaupt möglich war, tat es diesmal doppelt so weh wie bei der Quicksilver-Rune, und die Feuerspuren, die meinen Arm hinaufzogen, reichten bis zum Ellbogen. Eine Stunde lang hielt ich mir einfach den Arm, atmete und versuchte, den Schmerz wegzumeditieren. Nur die Götter allein wussten, ob das Atmen und Meditieren wirklich halfen, aber schließlich erloschen die glimmenden Glutreste, die die Rune in mein Fleisch gebrannt hatte, und das Symbol leuchtete nun in einem sanften Rot.

Erst dann rannte ich in Fishers Schlafzimmer und an den Ort, der einst mein Gefängnis gewesen war. Der aber jetzt den einzigen Platz in ganz Cahlish darstellte, an dem ich mich sicher fühlte. Umgeben vom Duft meines Gefährten, setzte ich mich auf den Teppich, lehnte den Rücken seitlich ans Bett und holte endlich das Buch heraus.

Nicht den Folianten, den Algat mir gegeben hatte. *Edinas* Buch.

Liebes Kind, ich weiß, dass du mir im Moment vielleicht nicht sehr vertraust. Ich habe dich mit meiner Bitte, dieses Buch vor meinem Sohn geheim zu halten, in die Irre geführt, und ich entschuldige mich für alle Unannehmlichkeiten, die das verursacht haben mag. Ich bin keine Frau, die sich auf grausame Spielchen einlässt, und es bereitet mir keine Freude, dich zu täuschen. Ich kann nur hoffen, dass du mir diese List verzeihst und dass du eines Tages verstehst, warum ich sie anwenden musste.

Ich fürchte, ich muss dich um ein feierliches Versprechen bitten, obwohl der Betrug noch so frisch ist. Mit diesem Wagnis breche ich sämtliche Gesetze des Universums, aber damit es gelingt, darfst du in diesem Buch nicht weiterblättern. Du wirst Dinge lesen, die dich aus Angst vor dem, was noch kommt, davon abhalten werden, dich den vor dir liegenden Herausforderungen zu stellen, doch dann wären wir alle verloren.

Ich flehe dich an, tu es bitte nicht.

Jeder Eintrag in diesem Buch wurde im Hinblick auf einen bestimmten Zeitpunkt geschrieben. Damit dies alles Früchte trägt, müssen die Dominosteine in der richtigen Reihenfolge fallen.

In diesem Zusammenhang muss ich zugeben, dass es viele Möglichkeiten gibt, sich dem zu nähern, was als Nächstes kommt, und so gut wie alle davon werden dich umbringen.

Deine zweite Rune ist erwacht. Inzwischen weißt du sicher, dass Brimstone in Yuelia nicht länger eine so reichhaltige Ressource ist wie einstmals. Im Laufe der Geschichte mieden Alchemisten den zweiten Ast der Tria Prima, und das nicht nur, weil er zu mächtig und schwer zu beherrschen ist, sondern weil sein einziger Sinn offensichtlich mit Tod und Zerstörung verbunden zu sein *scheint. Selbst im Wissen, dass du diese Rune meistern musst, schmerzt es mich, dir dazu zu raten, denn diese Magie an deine Seele zu binden, wird dich teuer zu stehen kommen.*

Du wirst eine Tür in dir aufstoßen müssen, die sich danach nur schwer wieder schließen lässt. Ich werde – kann – dich nicht anlügen. Du wirst dich verändern, wenn du dich entscheidest, diesen Pfad zu beschreiten. Doch mit der Brimstone-Rune in dir besteht die Möglichkeit, dass du Yuelia vor dem Schleier retten kannst, den ich auf das Land herabsinken sehe. Wenn du beschließt, diese Rune abzulehnen, gibt es immer noch andere Möglichkeiten, um die Dunkelheit abzuwehren, aber die Chancen, dass einer dieser Pläne aufgeht, sind im Vergleich dazu gering.

Der Fairness halber erkläre ich dir zunächst, wie du deine Brimstone-Rune ablehnen kannst …

Ich las weiter, überflog Edinas elegante Handschrift und verschlang ihre Worte. Sie hatte also alles gewusst. Alles gesehen. Es war alles hier: eine Landkarte, um das Chaos und den Schmerz zu überleben, die vor mir lagen. Es war nahezu unmöglich, nicht einfach durch das Buch zu blättern und das Ende zu lesen, um zu erfahren, was das Blatt vielleicht zu unseren Gunsten wenden könnte … aber Edinas Warnung hallte mir immer wieder durch den Kopf.

Du wirst Dinge lesen, die dich aus Angst vor dem, was noch kommt, davon abhalten werden, dich den vor dir liegenden Herausforderungen zu stellen, doch dann wären wir alle verloren.

Die Warnung erfüllte mich nicht gerade mit Zuversicht. Das Buch war schließlich *dick*. Doch während ich Edinas Anweisungen las, wie ich die Brimstone-Rune ablehnen konnte – ich müsste meine Hand ins Quicksilver tauchen und ihm befehlen, mir die Magie zu entreißen –, erklärte sie mir außerdem, dass die erste Hälfte des Buchs ein Leitfaden für meine Kräfte war. Die *zweite* Hälfte enthielt Anweisungen zur Fäulnis.

Der Anfang ihrer Prophezeiungen lautete folgendermaßen:

Bezüglich des Equinox-Balls: Schlag diese Seite auf,
bevor du deine Gemächer verlässt.
Ein Termin erwartet dich.

Stunden später steckte meine Nase noch immer in Edinas Buch. Ich hatte an einem einzigen Abend mehr von ihr gelernt, als ich in einem ganzen Leben in den Bibliotheken von Yvelia an Bruchstücken hätte zusammentragen können. Und ich hatte ehrlich gesagt Angst. Die Alchemisten waren oft von ihren Kräften verdorben worden. Ihr Schicksal wurde nicht nur von ihrer Willenskraft bestimmt, sondern auch von der Herkunft ihres Bluts. Wenn ich als Alchemistin zur Welt gekommen war, dann gab es irgendwo in meiner Ahnenreihe mit Sicherheit einen Fae. Da ich nichts über diese Person wusste, hatte ich auch keine Ahnung, ob ich laut meiner Veranlagung dazu neigte, der Magie zu verfallen, und das allein war schon beängstigend. Aber es gab noch so viel mehr.

Alchemisten hatten nicht nur Quicksilver kanalisiert. In manchen Fällen waren sie derart damit verschmolzen, dass sie eins mit ihm wurden und zu silberäugigen Herolden der Götter aufstiegen. Diese Alchemisten waren es, die Belikon und seinesgleichen dazu getrieben hatten, die Alchemia-Linie auszurotten und sie aus diesem Reich und allen anderen zu tilgen – weil sie über alle Maßen mächtig geworden waren und dadurch den Herrschaftsanspruch des Triumvirats bedrohten.

Beim Lesen ließ der Schmerz in meiner Hand allmählich nach, bis das neue Runenzeichen auf meinem Handrücken verheilt war.

Es war nur noch ein Umriss und nicht ausgefüllt wie die Quicksilver-Rune davor. Unvollständig. Eine Tür, die ins Nichts führte. Noch lag keine Magie darin. Das konnte ich spüren. Aber vielleicht würde sich das bald ändern.

Fisher traf mich starr ins Leere blickend an, völlig damit beschäftigt, all das zu verarbeiten, was ich gelesen hatte, noch dazu genau in dem Moment, als die Dämmerung den Himmel violett färbte und die Nacht einläutete. Er hielt Onyx in den Armen; mein Gefährte hatte den kleinen Fuchs mitgenommen, als er Cahlish im Laufe des Tages für einige Stunden verließ, und nun freute er sich umso mehr, mich zu sehen.

Onyx jaulte laut auf, schlüpfte aus Fishers Armen und sprang mir entgegen. Er prallte gegen meine Brust, überschlug sich und streckte die Hinterbeine in die Luft, während kleine weiße Fellbüschel durch die Luft wirbelten.

»Bei den Göttern! Du bist unmöglich.« Schniefend zerzauste ich Onyx' Fell, kraulte ihn an den Seiten und an seiner Lieblingsstelle hinter den Ohren.

Fisher roch nach frischem Schnee, Rauch und einem Hauch von Puderzucker, was mir verriet, dass er lange genug bei Wendy geblieben war, um mit ihr eine Tasse Tee zu trinken und sich einen Bettell-Keks zu gönnen, bevor er aus Ballard zurückgekehrt war. Ich nahm seine Hand, und er strich mit den Fingerspitzen über meine, als er über mich hinwegstieg und sich neben mir auf den Boden setzte, um sich ebenfalls ans Bett zu lehnen. Erst da bemerkte ich, wie erschöpft er aussah.

Onyx war damit beschäftigt, mir das Ohr abzulecken. Ich streichelte ihn abgelenkt und runzelte die Stirn, als ich meinen Gefährten musterte. »Was ist? Was hast du?«

Er drehte den Kopf nach rechts und sah mich an. »Ren«, sagte er. »Er sollte den Darn entlangreiten und dann hinauf ins Shallow-Gebirge, um mit den Gilaria-Fae zu verhandeln, im Anschluss durch die Wälder nach Ballard und weiter nach Inishtar, wo ich ihn abholen wollte. Ich bin zuerst nach Inishtar gegangen, aber die Satyrn haben ihn nicht gesehen. Sie wussten auch nichts von der Fäulnis. Ich musste sie selbst auf den neuesten Stand bringen. Danach bin ich weiter nach Ballard, um herauszufinden, ob Ren vielleicht dort auf mich wartet, aber Wendy hatte ihn auch nicht gesehen. Schließlich habe ich noch Royan, den König der Gilaria-Fae, aufgesucht. Ren hat sie tatsächlich gewarnt. Sie haben bereits Schritte unternommen, um ihre Städte in den Bergen unter Quarantäne zu stellen. Royan sagte, Ren habe ihre Festung vor eineinhalb Tagen verlassen und wurde seitdem nicht mehr im Shallow-Gebirge gesehen.«

»Was?«

»Ich war in jeder Kleinstadt zwischen Gilaria und Ballard und habe mich erkundigt, ob man ihn gesichtet hat, aber niemand hat ihn gesehen oder etwas von ihm gehört.«

Ein eiskaltes, bleischweres Gefühl breitete sich in mir aus. »Du glaubst doch nicht etwa … Belikon …«

Fisher schüttelte den Kopf, und dunkle Locken streiften seine Schultern. »Nein. Ren ist schlauer als sämtliche von Belikons Wachen zusammen. Er bewegt sich auf den Waldwegen wie ein Geist. Es besteht nicht die geringste Möglichkeit, dass ihm irgendjemand zufällig begegnet ist und ihn im Namen des Königs zurück zum Winterpalast beordert hat. Nein, das hier ist etwas anderes. Ich kann es nur noch nicht benennen.«

»Glaubst du, dass er in Gefahr ist?«

Fisher warf mir einen Seitenblick zu, der diese Frage eindeutig beantwortete. »Wir sind alle in Gefahr, Osha. Aber ja, ich glaube, Ren könnte in großen Schwierigkeiten stecken. Und ich habe keine Ahnung, wie wir ihn finden sollen, um ihm da rauszuhelfen.«

37

DREI MINUTEN

KINGFISHER

Das blaue Buch lag auf Saeris' Nachttisch in ihren Gemächern in Ammontraíeth. Ich vermied es, so gut ich konnte, es anzusehen, aber es war nicht leicht, meine Neugier derart im Zaum zu halten. Ich würde das Buch nicht aufschlagen. Ich wollte es nicht einmal anfassen. Aber die Tatsache, dass meine Mutter das ganze Werk geschrieben hatte, ließ genau dort, wo mein Herz sein sollte, ein schmerzhaftes Loch in meiner Brust entstehen.

Vor Malcolms Labyrinth hatte es Tage gegeben, an denen ich ihre Anwesenheit so stark gespürt hatte, dass ich wusste, sie war da, stand am Fenster oder saß am Kamin und las ein Buch. Jahrelang hatte ich das Gefühl gehabt, dass sie an meiner Seite war, wenn ich durch die Gänge des Anwesens schritt, und ich hatte mir Vorwürfe gemacht, dass ich mir solche kindischen Fantasien erlaubte.

Ich glaube, ein Teil von mir hat irgendwie gewusst, dass sie noch immer bei mir war. Ich hatte oft mit ihr gesprochen, wenn ich allein war und dachte, niemand könnte mich hören. Ich hätte alles dafür gegeben, noch einmal ihre Stimme zu hören. Und nun lag ein ganzes Buch von ihr keine fünf Meter von mir entfernt – in gewisser Weise eine Chance, ihre Stimme erneut zu hören –, und doch würde ich niemals lesen können, was sie auf diesen Seiten geschrieben hat, denn sie hatte es nicht für mich verfasst.

Das war in Ordnung. Ich hatte immer noch eine Kindheit voller Erinnerungen an meine Mutter. Sie reichten aus, um den Schmerz ihres Verlustes zu lindern. Und es war nur richtig, dass Saeris ihre eigene private Verbindung zu Edina von den Sieben Türmen bekam. Meine Mutter hätte es so gewollt.

Aber das Buch. Stand darin vielleicht etwas über Rens Verbleib? Durchaus möglich. Vielleicht machte ich mir auch völlig umsonst Sorgen, und Ren war in Sicherheit und längst auf dem Rückweg nach Cahlish. Saeris hatte mir den Wunsch meiner Mutter erklärt, dass sie nicht im Buch weiterblättern durfte, weshalb wir auch nicht auf diese Weise herausfinden konnten, wo er steckte. Vor dem Verlassen des Anwesens vor einer Stunde hatte ich Iseabail damit beauftragt, nach dem General zu senden und ihn vielleicht auf diese Weise aufzuspüren. Allerdings war das eine bekanntermaßen unzuverlässige Methode, jemanden zu finden, und wir würden so auch erst Antworten bekommen, wenn wir erneut mit der Hexe sprachen. Was wiederum bedeutete, dass wir diesen Ball krank vor Sorge überstehen mussten.

»Also, das … das ist *lächerlich.*« Saeris wirkte ausgesprochen verstimmt, als sie mit den Händen über die Vorderseite ihres Kleides strich. Die Selkie-Schneiderin hatte sie erst vor wenigen Augenblicken in das Kleid hineingenäht und war voller Stolz auf das von ihr geschaffene Meisterwerk wieder gegangen. Doch kaum hatte sich Saeris' Zimmertür hinter ihr geschlossen, hatte meine Gefährtin bereits verzweifelt versucht, sich wieder aus dem Kleid zu befreien.

Ich saß auf der Chaiselongue, hatte die Beine vor mir ausgestreckt, die Arme auf die Rückenlehne gelegt und genoss den Anblick meiner Gefährtin, die ausgesprochen königlich aussah. »Du bist wunderschön«, teilte ich ihr mit. Selbst mir war aufgefallen, dass meine Stimme tiefer wurde, wenn wir allein waren. Der dunkle, räuberische Teil von mir zerrte an den Ketten, wollte befreit werden und sich ungestraft sämtlichen Ausschweifungen hingeben, zu denen er ohne die zügelnde Hand am Kragen fähig wäre.

Sie war mein.

Und manchmal war das Verlangen, sie über einen Tisch zu beugen und vor aller Augen wild und heftig zu nehmen, um allen zu demonstrieren, dass sie die Meine war, kaum zu ertragen. Allein der bloße Gedanke daran ließ meine Erektion in der Hose zucken.

Saeris warf mir über die Schulter einen fragenden Blick zu, und ein vielsagendes Lächeln umspielte ihre Lippen. »Und was rieche ich da?«, fragte sie mit neckisch-unschuldigem Tonfall.

»Denselben Duft, der jedes Mal, wenn wir im Winterpalast allein waren, von *dir* ausging«, knurrte ich. Gelassen erhob ich mich und bewegte mich auf Saeris zu. Ich wollte ihren Anblick ganz in mir aufnehmen. Diesen Moment auskosten, in dem ihre Pupillen sich weiteten, ihre Erregung von einem Hauch Panik überlagert wurde.

Ihr Gesicht war mir zugewandt, sie hatte die Lippen in Erwartung eines Kusses leicht geöffnet … aber ich stellte mich hinter sie, legte ihr die Hände auf die Hüften und drückte sie nach vorn.

»Schau in den Spiegel«, befahl ich.

Saeris schnaubte, vielleicht vor Enttäuschung, doch sie befolgte meine Anweisung. Gemeinsam standen wir dort und spiegelten uns im Glas: zwei blasse Gestalten, beide schwarzhaarig, eine mit blauen, die andere mit grünen Augen. Saeris' Arme waren bereits mit langen Seidenhandschuhen aus demselben Stoff wie ihr Kleid bedeckt. Schwarz wie ein Mord, wie Sünde und Tinte, wie die Leere des Himmels in einer Mittwinternacht. Es war die Art von Kleid, wie ich sie seit meiner Zeit als Faeling nicht mehr gesehen hatte, wenn ich bei einem der vielen Bälle, die meine Eltern in meiner Kindheit veranstaltet hatten, um die Röcke meiner Mutter herumschlich. Ich hatte dann jedes Mal aufs Neue die prächtig gekleideten Gäste bestaunt – ihre langen Fräcke, die Turnüre, Korsetts, viereckigen Schnallenschuhe und den schweren Duft von Parfüm in der Luft aufgesaugt.

»Sieh dich an«, sagte ich zu meiner Seelengefährtin. Die Schneiderin hatte ihr Make-up auftragen wollen, doch Saeris hatte sich strikt dagegen gewehrt. Sie waren sich deswegen richtiggehend an die Gurgel gegangen, aber schließlich hatte Saeris ein wenig rosiges Rouge auf den Wangen und etwas Mascara für ihre Wimpern zugelassen. Man konnte kaum erkennen, dass sie überhaupt geschminkt war. Ihre Haut war makellos, die Wangenknochen hoch, ihre Augen strahlend und klar. Und das Kleid …

Ihre Taille war ohnehin schon schmal, aber das Korsett schnürte sie noch enger ein. Das Dekolleté war verführerisch tief und hob ihre Brüste sogar noch an, sodass ihr Ausschnitt bei jedem Atemzug voller wirkte. Die Röcke waren ausladender, als es an anderen Fae-Höfen Mode war, und eher traditionell geschnitten, doch sie ließen Saeris königlich wirken.

Mein schwarzes Abendensemble, das über ihre Schulter zu sehen war, passte hervorragend zu ihrem Kleid und war an den Manschetten und am Kragen mit dem gleichen Samtbesatz verziert.

Schwarz auf Schwarz auf Schwarz.

Meine Schatten ergossen sich über ihre Schulter und wanderten ihren Hals hinauf, streichelten sie und ließen ihren Atem stocken; sie bekam unter dem Einfluss meiner Magie eine Gänsehaut. Ich wusste *genau*, was ich tat, als ich mich zu ihr hinunterbeugte, den Blickkontakt im Spiegel hielt und ihr leise ins Ohr flüsterte: »Ein geringerer Mann würde hier und jetzt seine Zähne in dich schlagen und dich ficken, bis du schreist.«

Sie fuhr sich mit der Zunge über die Lippen. Ich konnte sehen, wie ihr Puls in der Kehlgrube pochte. »Eine geringere Frau würde dich darum anflehen«, erwiderte sie.

Oh, meine kleine Osha. Sie verstand es, an einer gefährlichen Grenze zu balancieren. »Es wäre unklug, mich zum Handeln zu provozieren, Osha. Erst recht, wenn du so aussiehst. Ich liebe es, derart schöne Dinge zu verunstalten.«

»Ach ja?«

Ich ersetzte meine Schatten durch eine Hand und schlang die Finger leicht um ihren Hals. »Mhm.«

»Und wie würdest du mich verunstalten?«, flüsterte sie.

Es wunderte mich nicht, dass sie das fragte. Ich fuhr mir mit der Zunge über die Eckzähne, packte ihre Röcke und schob sie bis zu ihrer Taille hoch. Das Ganze musste ich noch zweimal wiederholen, bevor ich alle Tüllschichten zusammengerafft hatte und mit der linken Hand festhielt. Bedauerlicherweise musste ich deswegen ihren Hals loslassen – ich liebte das Gefühl, wie ihr Puls unter meinen Fingern flatterte –, aber ich brauchte die andere Hand dringend. Saeris sah mir im Spiegel zu, wie ich die Hand an ihrem Körper hinuntergleiten ließ, und ihre Pupillen verschluckten ihre Iriden, während ich über ihre entblößten Schenkel strich. Mit einem anerkennenden Knurren nahm ich zur Kenntnis, dass sie meinen Dolch wieder am Oberschenkel befestigt hatte.

»Braves Mädchen!«

»Wenn du nur … überprüfen willst … ob ich bewaffnet bin, dann … hätte ich dir die Zeit ersparen und es dir sagen können – oh, ihr Götter!« Sie riss den Mund auf, denn ich hatte keine Zeit vergeudet, sondern ihren schwarzen Seidenslip zur Seite gezogen, um mit den Fingern über ihre feuchte Mitte zu fahren. Sie stieß einen weiteren atemlosen Fluch aus, als ich ihre Klitoris streichelte, und ihre Beine fingen bereits an zu zittern.

Gut.

Ich wollte mehr tun, als sie nur zum Zittern zu bringen.

Ich wollte sie am ganzen Körper beben lassen.

Sie sollte vor Verlangen nach mir *schwach* werden.

Ihre Schuhe waren wunderschön, funkelnd schwarz, die Absätze atemberaubend, ein schwarzes Seidenband schlang sich vorn um die Knöchel. Ich schob das rechte Bein zwischen ihre und hob es leicht an, damit sie sich etwas breitbeiniger hinstellte und mir einen besseren Zugang gewährte.

Saeris schloss die Augen, drehte den Kopf und lehnte die Wange an meine Brust. »Was machst du da?«, flüsterte sie.

Verdammt! Ich brauchte noch eine Hand …

Aber Magie würde helfen. Meine Möglichkeiten waren begrenzt, doch meine niedere Magie stand mir immerhin zur Verfügung. Kleine Illusionen. Andere Spielereien. Als ich jedoch versuchte, meine Schatten herbeizurufen, führte das nur zu Frustration. Mir waren die Hände gebunden, das ganze Ausmaß meiner Magie blieb außer Reichweite. Auf meinen Ruf reagierten bloß durchscheinende Schattenfäden, die allerdings zumindest fürs Erste vollkommen ausreichen würden.

Die Götter hatten meinen Vater mit seinen Schatten beschenkt, damit er mit ihnen Gutes tun konnte. Mein Vater hatte sie zu demselben Zweck an mich weitergegeben. Im Laufe des Lebens hatte ich sie oft benutzt, um vielen Leuten zu helfen und sie zu beschützen … aber in diesem Moment nutzte ich sie, um Saeris' geraffte Röcke an ihre Hüften zu drücken, damit ich ihr Kinn packen und ihren Blick wieder auf den Spiegel richten konnte. Würden die Götter mich für diesen schamlosen Machtmissbrauch bestrafen? Scheiß drauf. Sollten sie doch. Ich würde meine Gaben im Laufe meines Lebens an Saeris' Seite noch für weitaus skandalösere Dinge einsetzen, und wenn das bedeutete, dass ich nach meinem Tod in den Feuern der Verdammnis schmoren musste, dann war das ein Preis, den ich zu zahlen bereit war.

»Eine Königin sollte das politische Parkett niemals gestresst betreten, Osha«, säuselte ich. »Ich werde dir nur ein wenig behilflich sein, versprochen.«

Sie war schon so unfassbar feucht. Heiß. Erregt. Ich starrte sie im Spiegel an und lächelte, weil ihr Verlangen derart offensichtlich war. Bevor ich eine Bemerkung machen konnte, stöhnte Saeris. »Hör auf, mich auf die Folter zu spannen«, flehte sie. »Ich kann nicht anders. Ich …«

»Weil du mich willst?« Meine Stimme klang rau.

»Ja.« Ihre Stimme glich einem Flehen.

Ich zog die Finger aus ihrem Schoß zurück und hob den Zeige- und Mittelfinger so, dass sie sie sehen konnte: nass, glänzend, mit ihrer Erregung bedeckt. »Dafür würde ich dich nie auf die Folter spannen, Osha. *Das* ist für mich das Heißeste auf der Welt. Nichts macht mich so wahnsinnig wie das. Und ich will dich genauso sehr, wie du mich willst. *Immer.* Ich klemme mir in diesem Drecksloch den Schwanz in den Hosenbund, damit diese Blutsauger nicht auf dumme Gedanken kommen.«

»Fisher …«

»Ich würde das am liebsten festhalten, wenn ich könnte«, sagte ich. »Jetzt hör auf, dir Sorgen zu machen, und sieh hin.«

»Saeris?« Taladaius stand vor der Tür. Ich hatte seine Anwesenheit schon vor einigen Augenblicken gespürt, aber immerhin hatte

er bisher den Anstand besessen, den Mund zu halten. Anscheinend war seine Geduld jetzt jedoch am Ende.

Ich hielt Saeris' Kinn fest, damit sie geradeaus sah. »Antworte nicht.«

»Aber …«

»Dein Körper gehört während der nächsten drei Minuten mir. *Ergib dich mir.*« Sie wollte es nicht. Der Befehlston in meiner Stimme ließ sie dagegen ankämpfen, gegen mich ankämpfen, aber sie brauchte das. »Liebst du mich?«

»Was! Das … ist nicht fair.«

»Tust du es?«

»Ja! Natürlich liebe ich dich.«

Ich grinste sie wölfisch im Spiegel an. »Wenn du mich liebst, musst du dich mir manchmal auch ergeben.«

»Du verlangst meinen Gehorsam?«

Ich ließ die Hand wieder zwischen ihre Schenkel gleiten und liebkoste den Knoten aus empfindlichen Nervenenden. »Nein, Osha. Ich will dein *Vertrauen*.«

»Ah! Habe ich denn … deins?«

Ich küsste ihren Hals, ohne den Blickkontakt im Spiegel zu unterbrechen. »Alles, worum ich dich bitte, gebe ich dir ebenso frei und aus vollem Herzen zurück. Immer. Das verspreche ich dir.« Meine Eckzähne streiften die Haut direkt unterhalb ihres Ohrläppchens und ließen sie für einen Moment erstarren. Sie sackte gegen mich, verlor die Kontrolle über ihre Muskeln und schloss flatternd die Lider.

»Saeris! Es ist Zeit!«

Sie riss die Augen wieder auf. »Ich brauche *drei Minuten*, Tal!«

Ich gluckste leise vor mich hin. »Braves Mädchen, Osha!«

Tal zischte auf der anderen Seite der Tür. »Ihr wisst, dass ich euch da drin hören kann. Oh, ihr Sünder. Ich warte am Ende des Flurs.«

Saeris drückte sich wimmernd gegen mich und rieb den Hintern an meiner zunehmend schmerzhaften Erektion. Ich ließ sie gewähren und ignorierte das Auflodern meines Verlangens und wie mein Körper Aufmerksamkeit forderte. Das hier war für *sie*, nicht für mich. Es würde genug andere Gelegenheiten geben, in denen die Rollen vertauscht sein würden, aber jetzt …

Saeris fing an zu zittern.

Ich drang mit den Fingern in sie ein und schnaubte zufrieden, als sie leise stöhnte. »Ich werde dich jetzt kommen lassen. Und die restliche Nacht wird jeder, der sich dir bis auf einen Meter nähert, den Orgasmus riechen, den ich dir schenken werde.«

Ja, es war archaisch.

Ja, es war kleinlich.

Nein, es war *nicht* sehr fortschrittlich von mir, sie auf diese Weise markieren zu wollen.

Doch das war mir scheißegal.

Diese Frau, die heller leuchtete als die Sonnen ihrer und meiner Heimat zusammen, war meine Seelengefährtin, und jedes einzelne Mitglied dieses Hofes sollte an diese Tatsache erinnert werden.

»Oh, ihr Götter!« Saeris keuchte.

»Gut?«

Sie nickte.

Ich beugte mich vor und presste den Mund direkt an ihre Ohrmuschel. »Achte genau auf meine Hand«, hauchte ich. »Sieh zu, wie ich dich mit den Fingern ficke. Siehst du, wie schön du da unten aussiehst, wenn ich dich streichle. Siehst du es?«

Meine Hand bedeckte sie zwar fast vollständig, aber alle paar Sekunden tauchte ein Hauch von zartem Korallenrosa auf.

Saeris stöhnte und bohrte die Finger in den raschelnden Stoff ihrer Röcke. »Ja«, keuchte sie. »Ja!«

Aus dem Zittern wurde ein Beben, bis sie schließlich am ganzen Körper zuckte.

Sie war so kurz davor zu kommen.

»Jetzt sieh mich an«, forderte ich. »Lass die Augen ja auf. Hör mir zu. Ich will spüren, wie du dich um meine Finger verkrampfst, Saeris Fane. Ich will diesen Ausbruch von süßer, feuchter Hitze in meiner Hand spüren, wenn du kommst. Tu es für mich. So ist es gut. Tu es jetzt.«

Sie verkrampfte sich, biss die Zähne zusammen, blähte die Nasenflügel auf … und kam.

Dabei wirbelten schwarze Fäden meinen Arm hinunter und breiteten sich von meiner Haut auf ihre aus. Keine Magie, sondern Tinte. Eine weitere Tätowierung. Wunderschöne Rosen erblühten auf ihren Oberschenkeln, während sie stöhnte – ein ganzer Strauß, schattiert mit zarten Punkten, die sich dennoch deutlich von der blassen cremefarbenen Perfektion ihrer Haut abhoben.

Die ungezähmte Bestie in mir brüllte, als Saeris einen wortlosen, verzweifelten Schrei ausstieß, sich an meinen Arm klammerte, sich an meiner Hand rieb und ruckartig das Becken bewegte.

»So ist es gut. Atme. Atme. Atme.«

Sie schrie abermals auf. Das Geräusch war hemmungslos und wunderschön, Musik in meinen Ohren. Es klang so kehlig und frei, und dann kehrte sie langsam wieder auf den Boden der Tatsachen zurück.

»Große Götter … Ich … Ich …« Sie versuchte, sich abzustützen, und beugte sich vor, geriet jedoch ins Taumeln und verlor fast das Gleichgewicht.

»Ganz ruhig, Osha.« Ich legte sanft die Arme um sie und stützte sie, als wäre sie betrunken.

»Wow!« Sie blinzelte schnell, als könne sie nicht richtig sehen. »Die sind … riesig«, keuchte sie und betrachtete die Tätowierungen auf den Oberschenkeln. »Aber … *wunderschön.*«

Mit einem schelmischen Grinsen steckte ich mir langsam die

Finger in den Mund, leckte sie sauber und zwinkerte ihr im Spiegel zu. »Sag nicht, ich würde dir nie Blumen schenken, Osha.«

»Bei allen Göttern!« Sie schüttelte den Kopf und zitterte noch immer leicht. »Wie soll ich jetzt da rausgehen? Ich kann ja kaum stehen.«

Sie übertrieb mal wieder maßlos. »Du schaffst das schon«, neckte ich sie und lachte leise, während ich ihr half, wieder Halt zu finden. Als es so aussah, als ob ihre Beine nicht mehr nachgeben würden, ging ich vor ihr auf die Knie und löste vorsichtig den Zauber, mit dem ich ihre Röcke festgehalten hatte. Langsam und sorgfältig richtete ich die Unterröcke Schicht für Schicht und achtete darauf, dass kein Tüll zerknittert war oder irgendwo hervorstand. Danach ließ ich den schweren Stoff ihres Gewands wieder hinabgleiten und strich alles glatt, bis sie genauso ordentlich aussah wie nach dem letzten Handgriff der Schneiderin.

Als ich aufsah und ihr zuzwinkerte, wirkten ihre Augen noch immer ein bisschen glasig. »Fühlst du dich jetzt weniger gestresst?«, erkundigte ich mich.

Meine Gefährtin blähte die Wangen auf und schüttelte langsam den Kopf. »Mir klingeln so sehr die Ohren, dass ich keine einzige dieser Petitionen überhaupt verstehen werde, Fisher.«

Ich stand auf und drückte ihr einen schnellen, keuschen Kuss auf die Lippen. »Gern geschehen. Und jetzt komm. Wenn wir Tal noch eine Minute länger warten lassen, könnte sein Kopf tatsächlich implodieren.«

»Okay. Ja, lass uns … Oh, warte, nein! Ich muss …« Saeris eilte durch das Zimmer und hob das Buch auf, das immer noch auf dem Nachttisch lag. »Das hätte ich fast vergessen. Ich muss die nächste Seite im Tagebuch deiner Mutter lesen.«

Sie blätterte durch die vordere Hälfte des Buchs und hielt inne, während ihr Blick schnell immer wieder über die Seite wanderte. Der Ausdruck postorgastischer Benommenheit verschwand aus ihrem Gesicht, als sie das Geheimnis ergründete, das ihr enthüllt wurde, und es zu begreifen versuchte. Dann hob sie den Kopf, nickte kurz und legte das Buch ans Fußende des Bettes, wobei ihr Gesicht einen seltsam entschlossenen Ausdruck bekam.

»Also gut. *Jetzt* bin ich bereit. Gehen wir.«

38

NACHFAHRIN VON NIEMANDEM

KINGFISHER

Der Tränensaal sah völlig anders aus.

Die Bänke waren verschwunden. Lange Tische säumten den gewaltigen Raum zu beiden Seiten, und die Mitte des Saals war für den Tanz reserviert. Hohe Säulen aus Equinox-Licht schwankten und tänzelten entlang der Wände, und die geisterhaften, hitzelosen Flammen stiegen fast bis zur gewölbten Decke hoch über unsere Köpfe empor. Fae-Domestiken mit glasigen Augen, gekleidet in das Rot des Bluthofes, trugen Krüge mit Wein zu den Hunderten von Hochadel-Vampiren in edelster Kleidung, die sich hier versammelt hatten und sich trotz der zu fahlen Haut und der harten, kalten Herablassung in den Augen durchaus als schön bezeichnen ließen.

Viele der weiblichen Hochadel-Vampire flüsterten hinter Spitzenfächern oder vor den Mund gehaltenen Händen, und ihre giftigen Blicke huschten verstohlen in Saeris' Richtung. Ich saß lässig neben ihr auf dem Stuhl und spielte das Spiel mit. Dabei wollte ich ihnen am liebsten die Schlangenzungen herausreißen, weil sie Saeris' Namen auch nur ausgesprochen hatten. Das tat ich natürlich nicht, denn das würde für Aufsehen sorgen – und den Ball vorzeitig beenden –, und nach dem, was bei Saeris' Krönung geschehen war, bezweifelte ich, dass man mir verzeihen würde, zwei Zeremonien hintereinander ruiniert zu haben. Tal würde mir bei lebendigem Leib die Haut abziehen, wenn ich die Dinge noch weiter verkomplizierte. Daher blieb ich sitzen, benahm mich vorbildlich und ruinierte nichts für niemanden.

Dies war erst das zweite Mal seit unserer Ankunft in Ammontraíeth, dass Saeris vor ihrem Hof auf dem Thron saß. Sie trug ein funkelndes goldenes Diadem, das mit Diamanten besetzt war. Nun, da die Anwesenden nicht länger vor ihr knieten, waren ihre Schultern entspannt, und ihr Blick schweifte sanftmütiger über die versammelten Hochadel-Vampire, wenngleich sie sich etwas zu fest an die Armlehnen des Stuhls klammerte. Die Knöchel liefen sogar schon weiß an.

Es liegt Blut in der Luft, sagte sie in meinen Gedanken. *So viele verschiedene Personen, die freiwillig Blut lassen. Ich kann es riechen.*

Mit einem lässigen Rollen der Schultern nickte ich in Richtung eines Fae-Mannes am Fuß des Podests, der einem Hochadel-Vampir Wein einschenkte. Kaum hatte er das Glas gefüllt, stellte er den Krug ab und ritzte sich mit einem dornenbesetzten Metallring, den er am Daumen trug, in die Innenseite des Handgelenks, sodass Blut hervorströmte. Er hielt das Handgelenk über das Glas des Vampirs und ließ zwei, drei, vier Blutstropfen in den Wein fallen. Der Adlige fletschte die Zähne und war eindeutig verstimmt wegen der geringen Menge, die ihm der Fae-Mann gönnte, doch dieser schloss nur die bereits blutbesprenkelte Manschette seines Hemds, nahm den Krug und ging weiter zum nächsten Hochadel-Vampir mit leerem Glas.

Das geht jetzt die ganze Nacht so weiter, sagte ich zu Saeris. *Am Ende sind sie alle vom Wein benebelt und durch das Blut völlig außer Rand und Band.*

Warst du schon einmal auf einem dieser Bälle?

Nein. Aber wir haben alle Geschichten darüber gehört.

Die schwarzen Diamantohrringe an Saeris' Ohren funkelten im schummrigen Licht, als sie sich Tal zuwandte, der zielstrebig die Stufen zu uns hinaufstieg. Er trug heute Abend einen taubengrauen Anzug aus feinem Stoff. Die Farbe wäre für einen gewöhnlichen Mann mit alabasterfarbener Haut und mondsilbernem Haar eine törichte Wahl gewesen, aber Tal war kein gewöhnlicher Mann. Während andere in dem hellen Grau blass ausgesehen hätten, verlieh es dem Hüter der Geheimnisse eine ätherische, ausgesprochen Fae-hafte Ausstrahlung, die die meisten Hochadel-Vampire verloren, sobald sie die Wandlung vollzogen hatten.

Tals lockeres weißes Hemd war bis zu seinem Solarplexus aufgeknöpft; als er sich tief vor Saeris verbeugte, hielt er sich zwar eine Hand vor die Brust, vermochte dadurch jedoch kaum etwas zu verbergen.

Ich hatte Tal schon oft ohne Hemd gesehen. Wir hatten gemeinsam in den Gewässern am Fuß der weißen Klippen von Inishtar gebadet, damals, als sein Herz noch in der Brust schlug und er große Pläne schmiedete, wie er seine Eltern blamieren könne, indem er Kartograf wurde und auf einem Schiff durchbrannte, um unerforschte Länder zu dokumentieren. Im Labyrinth hatte er mir auch unzählige Male sein Hemd überlassen. Nach einer Begegnung mit Morthil wachte ich meist frierend und nackt auf einer nassen Steinplatte wieder auf, die sich gerade so außerhalb der Reichweite des Dämons befand. Meist wusste Tal längst, dass Morthil mich erwischt hatte, und wartete bereits mit einem frischen Satz Kleidung auf mich, wenn ich zu mir kam. Manchmal traf es ihn allerdings unvorbereitet, wenn mein ausgestreckter, nackter Körper plötzlich vor ihm lag. Nicht ein einziges Mal hatte er gezögert, sondern sich stets ausgezogen und mir seine Kleidung überlassen. Es gab auch keinen Grund, der dagegensprach; *seine* Magie ließ sich sogar in dieser vergifteten Grube heraufbeschwören. Er war ein Geschöpf des Bluthofes, und es stellte für ihn nicht das geringste Problem dar, sich neue Kleidung herbeizuzaubern.

In jedem Fall hatte ich seine Brust schon viele Male gesehen, auch in letzter Zeit, was bedeutete, dass die umfangreiche Tätowierung, die ich nun bemerkte, neu sein musste.

Ich beäugte ihn fragend, was er sofort registrierte, mir als Erklärung aber lediglich ein leises, verstohlenes Lächeln lieferte. »Wir sind bald bereit für die Petitionen, Saeris«, sagte er. »Es gibt fünf Bewerber mit fünf Vorschlägen, wie sie dir nützlich sein können. Wir werden in etwa dreißig Minuten anfangen, und es wäre besser, wenn wir das vor dem Abendessen erledigen.«

Saeris nickte.

»Und jetzt diese andere Angelegenheit?«, schlug Tal vor.

»Ja?«

»Wenn es dir recht ist, würde ich das gern jetzt erledigen, bevor sie alle zu betrunken sind, um sich daran erinnern zu können.«

Die Lossagung.

Saeris hatte mir erzählt, dass Tal das Band zwischen ihnen lösen wollte, aber sie hatte nichts davon gesagt, dass ihn das derart nervös machte. Vielleicht hatte sie die Anzeichen nicht bemerkt: wie sich, wenn er darüber sprach, eine Furche zwischen den Augenbrauen bildete. Wie er die Hand ausstreckte, sie zur Faust ballte und wieder ausschüttelte, als würde er sich auf einen Kampf vorbereiten. Fairerweise war an dem Mann nichts offensichtlich Nervöses … aber ich kannte ihn. Kannte ihn schon mein ganzes Leben lang. Und diese kleinen Ticks ließen etwas in mir aufhorchen.

Meine Gefährtin rutschte unbehaglich auf dem Thron hin und her, aber sie nickte. »Gut. Ja, bringen wir es einfach hinter uns.«

Tal strahlte. »Ausgezeichnet.«

Ich beugte mich zu ihr hinüber und flüsterte: »Weißt du, wie das abläuft?«

»Nein. Ich dachte, er … sagt einfach allen, dass er nicht länger mein Ahnherr sein will.«

»Nicht ganz.«

Ich wurde daran gehindert, es ihr zu erklären, als Tal die Stufen des Podiums hinunterlief, einem vorbeigehenden Fae-Domestiken einen silbernen Eimer aus der Hand nahm, das Eis darin auf den Boden kippte und die Stufen wieder erklomm. Er drückte Saeris den Eimer in den Schoß und drehte sich dann mit theatralisch ausgestreckten Armen um.

»Edle Hochadel-Vampire von Sanasroth, ich bitte um eure Aufmerksamkeit!«

Die sanfte Musik, die bis dahin spielte – eine Art Zupfinstrument – brach mit einem schiefen Ton ab. Es dauerte einen Moment, bis das Murmeln und die Gespräche im Saal verebbten, aber schließlich senkte sich eine gespannte Stille über die versammelten Vampire herab.

»Seid alle willkommen. Heute Abend sind wir zusammengekommen, um unser Equinox zu feiern – ein Geschenk der Götter, das unseren Hof erhellt, wo sonst nichts leuchten kann. Wie in jedem Jahr wird es Gesang geben, Tanz und ein Festmahl, aber zuerst weichen wir ein wenig von unseren üblichen jährlichen Festlichkeiten ab. Ein neuer Lord muss dem fünften Punkt unseres Sterns zugewiesen werden, was bedeutet, dass einer von euch aufsteigen muss, um dem Hof zu dienen. Es müssen immer fünf sein.«

»Es müssen immer fünf sein! Es müssen immer fünf sein!«

Der Ruf ging durch die Reihen der Hochadel-Vampire und durch die Halle.

Taladaius nickte.

Während er den Ablauf erläuterte, näherte sich ein schmächtiger, niederrangiger Vampir mit einer Platte mit Süßigkeiten in den Händen zaghaft dem Podium. Er konnte höchstens seinen siebzehnten Geburtstag hinter sich gehabt haben, als er die Verwandlung durchlaufen hatte, und er würde niemals erfahren, wie es gewesen wäre, erwachsen zu werden und seine Magie zu entfalten. Zitternd hielt er Saeris das Tablett hin und war eindeutig zu nervös, um die letzten Stufen des Podiums hinaufzusteigen.

Saeris winkte ihn zu sich.

Der niederrangige Vampir war schwach, und das an einem Ort, an dem Schwäche die Überlebenschancen schmälerte. Deshalb gehörte er zu den Hörigen. Kauernd erklomm er die letzten Stufen, und die Hände zitterten so stark, dass die Süßigkeiten auf dem Tablett wackelten …

»Ich bin nicht hungrig«, sagte sie leise. »Komm her. Du musst etwas für mich tun.« *Nein, sag nicht bitte oder danke.* Die Königin von Sanasroth bettelte nicht um Gefälligkeiten, und niederrangige Vampire hatten keinen Anspruch auf Nettigkeiten.

Was hast du vor, Osha?, fragte ich sie.

Äußerlich reagierte sie nicht darauf, dass ich sie im Geist angesprochen hatte. Sie legte eine Hand an das Ohr des niederrangigen Vampirs und raunte ihm etwas zu, antwortete mir dabei jedoch gleichzeitig und bewies dabei eine bemerkenswerte Fähigkeit zur Konzentration. *Das erzähle ich dir bald. Im Moment muss ich es für mich behalten. Tut mir leid. Ich wünschte, ich könnte es erklären, aber das kann ich nicht.*

Ah! Es hatte also etwas mit dem Tagebuch zu tun.

Ich lehnte mich entspannt zurück und konzentrierte mich wieder auf Tals Auftritt auf dem fünfeckigen Mosaik unterhalb des Podiums. *Schon in Ordnung, Osha. Das reicht mir. Ich frage nicht noch mal.*

Der niederrangige Vampir wich vor Saeris zurück und starrte sie an, als hätte sie den Verstand verloren. Sie sah ihn fragend an. »Und? Jetzt geh. Tu, worum ich dich gebeten habe, und ich werde dafür sorgen, dass du belohnt wirst.«

»Belohnt?« Skepsis funkelte in den Augen des Jungen.

»Ja. Dich erwartet eine Bezahlung in Form von Blut«, bestätigte Saeris. »Und jetzt geh.«

Das ließ er sich nicht zweimal sagen. Bei der Erwähnung von Blut stürzte er vom Podium und verschwand in der Menge, die weiterhin Tals Worten lauschte. Ich folgte ihm mit dem Blick und beobachtete, wie sein Kopf immer mal wieder aus der Menge auftauchte, bis er durch eine mit Vorhängen abgeschirmte Nische entschwand.

»Aber bevor all das geschieht, gibt es noch etwas, das ich persönlich ansprechen möchte. Als wir uns das letzte Mal hier versammelt haben, um unsere neue Königin willkommen zu heißen, wurden Anschuldigungen erhoben und behauptet, ich würde darauf hoffen, sie zu kontrollieren. Verleumderische Behauptungen, dass ich sie für meine eigenen Zwecke lenken wolle. Bei der Krönung gab es angesichts der Geschehnisse keine Gelegenheit, diese Behauptungen zu entkräften …«

Hunderte wütender Augenpaare richteten sich auf mich.

Ich schenkte der Menge ein seliges Grinsen.

»… aber jetzt, da wir einen *ruhigeren* Moment erreicht haben, stehe ich vor euch allen und gebe eine Erklärung ab. Ich trachte nicht nach dem sanasrothischen Thron. Ich habe nicht vor, Saeris Fane, die Regentin dieses Hofes, zu kontrollieren.«

Am Kopfende des Tisches zu meiner Rechten machte sich Unruhe breit. Ich brauchte nicht einmal hinzusehen, um zu wissen, dass Zovena im Zentrum des wütenden Getöses saß, aber ja, da war sie und starrte Taladaius erbost an. Ich konnte fast sehen, wie der Dampf aus ihren Ohren quoll.

Tal, der schon immer ein geübter Redner gewesen war, ignorierte die Störung und fuhr mit seiner Ansprache fort. »Ich will keine Macht über die anderen Lords der Mitternacht ausüben und habe das auch nie gewollt. Und ich werde euch das hier und jetzt nur zu gern beweisen. Ich, Taladaius Helyer, einst ältester Sohn des Hauses Helyer, Hüter der Geheimnisse und Lord der Mitternacht, entsage hiermit dem Geschenk meines Bluts!« Er hob erneut die Arme und wandte sich von der Menge ab, um uns anzusehen. Seine Züge waren finster, die Augen stahlhart und stürmisch wie Gewitterwolken. Er zwinkerte Saeris zu und sprach noch lauter, sodass seine Stimme durch die Halle donnerte: »Ohne Groll und mit tiefstem Respekt und großer Demut rufe ich mein Blut zurück, Saeris Fane, Königin von Sanasroth. Ich widerrufe die Abstammung und Protektion, damit du allein stehst, genau wie ich. Ich rufe die Götter und Dämonen dieses Reichs an. Es ist mein Wille!«

Ich wartete darauf, dass Tal in die Hände klatschte, denn ich wusste, was damit einhergehen würde. Die Druckwelle tobte durch den Saal und brachte den Boden unter dem Palast zum Beben. Die Erschütterung war so schnell verschwunden, wie sie aufgekommen war, aber der Brimstone-Geruch hing noch in der Luft und brannte in der Nase. Neben mir schnitt Saeris eine Grimasse. Sie sah mich an, und die Verwirrung stand ihr ins Gesicht geschrieben.

»Was bei allen fünf Höllen …?«, flüsterte sie.

Und dann sackte sie nach vorn und erbrach einen Blutschwall in den leeren Eiskübel, den Tal ihr vor der großen Rede gegeben hatte.

Das ist normal und gleich vorbei. Du hast nicht viel von seinem

Blut getrunken, sagte ich zu ihr. Das Zurückrufen des Bluts war eine seltene und unsaubere Angelegenheit. Ich hatte es nie mit eigenen Augen gesehen und nur Geschichten darüber gehört. Im Laufe der Jahrhunderte hatte Malcolm jeden einzelnen Hochadel-Vampir an diesem Hof geschaffen.

Gelegentlich hatte ihn einer von ihnen verärgert, und dann hatte er einen Grund gehabt, sein Blut zurückzufordern.

Er hatte seinen Hofstaat um sich geschart und daraus ein Spektakel gemacht, einerseits zur öffentlichen Demütigung seines Sprösslings, andererseits, um seinen weiteren Kindern zu zeigen, was ihnen blühte, wenn sie aus der Reihe tanzten. Ein Hochadel-Vampir überlebte eine derartige Lossagung. Auf dem Papier änderte sich wenig. Sie lebten noch – jedenfalls insofern ein Vampir überhaupt lebte … aber sie waren Verstoßene. Vom königlichen Blut abgeschnitten. Oft war Malcolm noch weiter gegangen und hatte den Hochadel-Vampir nach dem Zurückrufen seines Bluts offiziell geächtet, und das war für die meisten in der Tat ein Todesurteil.

Tal konnte Saeris nicht verstoßen. Er hatte schöne Worte über keinen Groll und großen Respekt gesagt, aber das, was er hier heute Nacht getan hatte, beschämte sie dennoch – jedenfalls nach dem Präzedenzfall, den Malcolm geschaffen hatte. Es war selbstsüchtig und derart untypisch für Tal, daher wollte ich zuerst auch gar nicht glauben, dass es tatsächlich geschehen würde, als mir Saeris davon erzählt hatte. Und doch waren wir nun hier. Später würde ich den Mistkerl an die Wand nageln und eine Erklärung dafür verlangen, was das Ganze eigentlich sollte, da er doch zuvor so besorgt gewesen war, dass Saeris vor dem Hof schwach wirken könnte.

Saeris ertrug das Schauspiel mit beachtlicher Würde, vor allem, wenn man bedachte, dass sie vor einem ganzen Hofstaat, der sie verabscheute, Blut erbrach. Es war in der Tat schnell vorbei, so wie ich es ihr versprochen hatte. Nur wenige Mundvoll Blut war sie Tal schuldig.

Als sie fertig war, nahm Tal ihr den Eimer ab und verbeugte sich tief. »Danke. Tut mir wirklich leid.« Blitzschnell wandte er sich wieder der Menge zu, wobei grelles grünes Licht über seine Haut zuckte, als er zum Hof sprach. »Seht her! Saeris Fane, die Erste ihres Namens. Nachfahrin von niemandem. Erhebt euch für eure Königin!«, brüllte er.

Es ließ sich nicht leugnen: Wenn er wollte, konnte er eine verdammt gute Show hinlegen. Doch zu welchem Zweck, das war mir bislang ein Rätsel. Immerhin brachte er den gesamten Bluthof dazu, aufzustehen und widerwillig die Gläser zu heben.

»Möge sie die letzte Monarchin sein, die dieser Hof jemals sieht!«, rief Tal und schnappte sich ein Glas vom Tablett eines vorbeigehenden Domestiken. »Möge sie zum Ruhme dieses heiligen Hofes alles überwinden. Möge sie eine neue Ära und einen neuen Anfang für das Volk von Sanasroth einläuten! Auf Königin Saeris!«

Der Trinkspruch war verwirrend. Wäre auch nur einer der Vampire halbwegs nüchtern gewesen, hätte er Tals ungewöhnliche Worte hinterfragt, doch die eine Hälfte des Hofes war längst betrunken, und die andere holte rasch auf. Ein Meer von Gläsern wurde in die Höhe gereckt, und das Licht spiegelte sich in ihren goldenen Rändern und erzeugte ein funkelndes Schauspiel, als ganz Ammontraíeth den Namen meiner Gefährtin ausrief: »Königin Saeris!«

Auf das Geschrei folgte unmittelbar Stille, als die Hochadel-Vampire ihre Gläser leerten. Es spielte keine Rolle, dass sie dabei vermutlich innerlich ihren Namen verfluchten – sie tranken trotzdem.

Immerhin Blut und Wein.

Blut und Wein.

Scheinbar zufrieden stieg Taladaius die Stufen des Podiums

hinunter und stellte sein Glas auf den Tisch zu seiner Rechten. »Und nun gibt es fünf loyale Mitglieder dieses Hofes, die in die Position des Lords aufsteigen wollen, um sich einen Teil der Macht zu sichern und als Beschützer des Hofes zu dienen. Ich rufe Kavan Dahlish auf, seinen Fall vorzutragen!«

Kavan Dahlish war ein Koloss und überragte mit seinen gut zwei Meter zwanzig alle anderen, als er sich den Weg durch die Menge bahnte und in der Mitte des fünfzackigen Sterns stehen blieb.

In dem Moment, als er sich umdrehte und vor dem Podium verbeugte, erkannte ich ihn.

Sein dichtes dunkles Haar fiel ihm bis über den Rücken; zu Lebzeiten war er ein großartiger Krieger gewesen. Tapfer und mutig. Und witzig obendrein. Seine Nase war platt und mehrfach gebrochen. Für einen oder zwei der Brüche war ich persönlich verantwortlich gewesen, und zwar bei wilden Trainingskämpfen, die oft in beiderseitigem Blutvergießen geendet hatten.

Seine Augen waren jetzt ausdruckslos und dunkel. Einst waren sie blau gewesen. Er verengte sie unmerklich, als er zuerst nicht Saeris, sondern mir zunickte. »Kommandant.« In der Begrüßung lag keinerlei Wärme, aber immer noch mehr als in der, die Saeris galt. »Hoheit.«

Meine Haut kribbelte überall, meine Tätowierungen waren unter der Kleidung in Aufruhr. Wie *dumm* von mir! Ich hatte einen schweren Fehler begangen. Malcolm hatte die Schlachtfelder so vieler unserer Kämpfe durchstreift. Die Krähen fraßen von den Gefallenen und pickten ihnen die Augen aus, und Malcolm hatte im Grunde genommen genau dasselbe getan. Nur hatte er ihnen die *Seelen* geraubt, statt sie friedlich ins Jenseits übergehen zu lassen.

Er wollte die Größten. Die Stärksten. Jene, deren Kampfgeist nicht erloschen war. Denn Kavan wäre niemals kampflos gegangen. Malcolm hätte ihn zwingen müssen, sein Blut zu trinken.

Wie viele meiner Krieger hatte er sich auf diese Weise unterworfen, sie dem Tode entrissen und dazu gebracht, aus seinen verdorbenen Adern zu trinken, bevor sie hörig gemacht und seinem Willen unterworfen wurden?

Ich sah rot vor Wut. Ein sinnloses, ohnmächtiges Gefühl breitete sich in mir aus. Was sollte ich mit dem Hass anfangen, der in mir brodelte, wenn der Mann längst Asche im Wind war? Es gab niemanden, den ich anschreien konnte. Niemanden, dem ich die Schuld geben konnte. Es gab nur den Krieger, den ich einst Freund genannt hatte, der unter meiner Aufsicht gestorben und zu einem ewigen Dasein der Erniedrigung und Verderbtheit verurteilt worden war.

»Ich diene diesem Hof seit zweihundertsieben Jahren, Hoheit. In dieser Zeit habe ich viele Hauptmänner in der Kunst der Belagerung ausgebildet. Ich habe mehrere Bataillone der Horde zu siegreichen Feldzügen geführt. Ich habe die Armeen unseres Feindes an die Tore der Höllen getrieben und ihre Leiber hineingeworfen.«

Ein tiefes Dröhnen übertönte Kavans Stimme.

Er starrte mich an, während er eine Litanei von Grausamkeiten aufzählte, die ihm Malcolms Lob und Anerkennung eingebracht hatten, während mir das Blut in den Adern gefror.

Die Ausbildung, die er von *mir* erhalten hatte. Die Fähigkeiten, die *ich* ihm beigebracht hatte. All das war letzten Endes gegen uns verwendet worden.

Kavan hatte gewusst, wie man eine Waffe führt. Er hatte im Schatten gestanden und dabei zugesehen, wie die Monster, die ihn getötet hatten, die Freunde zerfleischten, die er einst zu beschützen geschworen hatte.

Während seiner Rede war die Bitterkeit, die *Anklage* in seinen Augen deutlich zu erkennen. *Du hast mich hier zurückgelassen. Was hast du denn erwartet?*

»Ich bin zwar keines der ältesten Mitglieder dieses Hofes, aber ich habe Sanasroth Ruhm gebracht und den Willen meines Herrn erfüllt. Ich schlage vor, dass ich als Ammontraíeths neuer Lord der Mitternacht gewählt werde, und zwar als Hüter des Krieges.«

Geht es dir gut?

Saeris' Blick war auf Kavan gerichtet. Sie ließ sich nicht anmerken, dass sie mein Unbehagen wahrgenommen hatte, doch in letzter Zeit waren wir sehr empfänglich füreinander geworden. Ich konnte spüren, wenn sie angespannt war. Besorgt. Anscheinend galt das auch in die andere Richtung.

Es geht mir gut. Alles okay. Er war nur … Er war einer meiner Leute.

Oh, ihr Götter, Fisher! Das tut mir so leid.

Zu dem Krieger sagte sie: »Danke für Eure Dienste an diesem Hof, Kavan. Ich werde Euer Gesuch eingehend prüfen, bevor ich eine Entscheidung treffe.«

Der Krieger verbeugte sich tief. Sein dunkler, angespannter Blick verweilte eine Sekunde lang auf Saeris, bevor er zu mir glitt. Einst hätten seine Augen vor Lachen und Feuer geglüht. Jetzt waren sie kalt und voller Hass.

Mir brach das Herz.

Wie hatte ich nur so verdammt blind sein können?

Wenn meine Kämpfer auf dem Schlachtfeld gefallen waren, tröstete ich mich mit dem Gedanken, dass sie endlich Frieden gefunden hatten und in die Arme geliebter Menschen und ihrer Ahnen zurückgekehrt waren, die vor ihnen gegangen waren. Nicht einmal eine Sekunde lang hatte ich mir vorgestellt, dass sie hier sein könnten, litten und gequält wurden, und dass sie mir die Schuld daran gaben, weil ich sie ihrem Schicksal überlassen hatte. Wie hatte ich das nicht in Betracht ziehen können?

Saeris' Stimme klang, als wäre sie unter Wasser. »… Ibanwae. Sagt mir, wie wollt Ihr diesem Hof dienen?«

Kavan war gegangen.

Eine Hochadel-Vampirin hatte seinen Platz eingenommen und verbeugte sich, wobei sie den Blick stur auf den Boden richtete. Ihr Haar war eine krause schwarze Masse und so voluminös und bauschig, dass es fast ihren ganzen Kopf verdeckte. Sie trug ein hochgeschlossenes schwarzes Kleid mit langen Ärmeln, dessen Röcke den Boden berührten und die Füße verdeckten. Abgesehen von Kopf und Händen war jeder Teil ihres Körpers bedeckt.

Ihre Stimme hallte als heiseres Flüstern durch den Saal. »Hoheit. Jedes Mitglied dieses Hofes kennt mich. Ich bin schon von Anfang an hier, als unser Volk zum ersten Mal im Namen des Königs Blut vergoss. Meine Hände entwarfen und überwachten den Bau des prächtigen Palastes, den Ihr heute Euer Eigen nennt. Mein ehrenwerter Vater hat mir das Ingenieurwesen und den Bau von Belagerungsmaschinen und Kanalsystemen sowie die gesamte Infrastruktur und Planung der Errichtung der Zahnräder anvertraut. Besonders erfreut war er über die Kriegswaffen, die ich in seinem Namen geschaffen habe. Waffen aus Eisen, gemacht, um dem widerlichen Fae-Abschaum, der unser Zuhause bedrängt und uns von unserem glorreichen Ziel abbringen will, unvorstellbare Schmerzen zuzufügen.«

Widerlicher Fae-Abschaum.

Ich konnte nur ihren Scheitel sehen, mir ihren Gesichtsausdruck jedoch deutlich vorstellen, als sie diese Worte ausspie, ohne den Blick vom Boden zu heben.

»Ich bewerbe mich als nächster Lord der Mitternacht und bitte darum, zur Hüterin der Schmerzen ernannt zu werden, damit ich mich erneut um die Entwicklung von Geräten bemühen kann, die die Fae-Hunde ein für alle Mal in die Schranken weisen …«

Saeris unterbrach die Frau: »»Was genau ist unser glorreiches Ziel, Ibanwae?« Unerschüttert. Ruhig sogar. Doch innerlich *tobte* meine Gefährtin.

Der Name Ibanwae war so alt und aus der Mode, dass man ihn außerhalb dieses Hofes wohl schon seit Jahrhunderten nicht mehr ausgesprochen hatte. Die Frau, der er gehörte, blickte auf und enthüllte ein Gesicht voller Tätowierungen. Genauer gesagt waren es Runen, allerdings tote. Schon lange inaktiv. Der Magie beraubt und durch die Zeit aschgrau geworden. Es war ein Schild. Einst war diese Frau Alchemistin gewesen.

Ihre Augen waren schwarz, die Pupillen gingen in die Iriden und diese ins Weiße über. Offener Hohn begegnete Saeris' Frage, als sich die Frau langsam zu voller Größe aufrichtete. »Dasselbe glorreiche Ziel, das Sanasroth schon *immer* angestrebt hat, Majestät. Die Herrschaft über die anderen Höfe. Totale Überlegenheit über die Fae. Obligatorische Blutzehnte. Aufzuchtbetriebe. Fressfarmen …«

Saeris hob die Hand. »Ja, danke. Das genügt.«

Ibanwae schnaubte, und ihre toten Runen verzogen sich, als ihre Miene ihre Verärgerung widerspiegelte. »Missfällt Euch die Realität an Eurem Hof, Majestät?«, fragte sie. »Vielleicht seid Ihr ja einfach nicht dafür geschaffen, über ein Volk wie dieses zu herrschen.« Sie breitete die Arme aus und deutete auf die anderen Hochadel-Vampire.

Schwere Stille senkte sich über die Menge. Rechts lehnte Tal an der Wand am Fuße des Podiums und hatte die Arme vor der Brust verschränkt. Sein Gesicht war ausdruckslos, der Blick auf Saeris gerichtet, und er wartete genau wie alle anderen auf ihre Reaktion.

Saeris betrachtete Ibanwae und strahlte eine stolze, kühle Gelassenheit aus, die ich bewundernswert fand. Sie wirkte in diesem Moment wie der Inbegriff einer unerschütterlichen Königin – so unerreichbar und kalt wie die fernen Berge. Auf die Stichelei ging sie überhaupt nicht ein, sondern starrte die Frau einfach nur an. Die Hochadel-Vampirin deutete Saeris' Schweigen als Zeichen, sie in die Defensive gedrängt zu haben; ein spöttisches Grinsen huschte über ihr Gesicht, während sie den anderen Vampiren am Fuß des Podiums verstohlene Seitenblicke zuwarf, die offensichtlich vorgetreten waren, um sie sprechen zu hören und sie zu unterstützen. Doch nach einer langen, wirklich langen Weile verblasste das Grinsen der Vampirin zunehmend.

Saeris blinzelte nicht einmal.

Jemand räusperte sich.

Am Tisch zur Linken bewegte sich jemand, wodurch ein Stuhl unter der Gewichtsverlagerung protestierte.

Und noch immer starrte Saeris die Frau an.

Ibanwae senkte erneut den Blick. »Ihr versteht hoffentlich, dass ich den Thron nicht beleidigen wollte …«

»Ich verstehe Gewalt«, fiel Saeris ihr ins Wort. Sie sprach leise, ohne jegliche Emotion. Doch der gesamte Saal vernahm ihre Worte. »Ich verstehe … dass sie ein *Werkzeug* ist.« Sie wartete. Blickte über Ibanwae hinweg und nahm die Hochadel-Vampire in ihrer Spitze und dem Satin in Augenschein, genau wie die goldgeränderten, gravierten Weingläser, in denen das Blut der Fae schimmerte, und sie richtete ihre Worte an sie alle. »Ich verstehe, dass die Hochadel-Vampire von Sanasroth in den letzten tausend Jahren außer Kontrolle geraten sind. Ich verstehe, dass Malcolm hier das Chaos regieren ließ, während er in einem Krieg kämpfte, den er nicht gewinnen konnte. Einem Krieg, der Sanasroth all seine Ressourcen gekostet und stetig seinen Reichtum erschöpft hat. Es wird keine Aufzuchtbetriebe geben. Es wird keine Fressfarmen geben. In den kommenden Jahren werden wir uns auf den Wiederaufbau dieses Hofes konzentrieren …«

»Und während wir wieder aufbauen«, rief eine scharfe Stimme, »was sollen wir dann essen?«

Diese verdammte Zovena!

Eines Tages würde ich sie verbrennen, bis nur noch Asche von ihr übrig war, und dann ihre götterverdammten Zähne als Ohrringe tragen.

Sie war aufgestanden und marschierte um den Tisch herum in Richtung Podium. Ihre gackernden, einfältigen Freundinnen traten beiseite und machten ihr Platz. Sie trug ein blutrotes Samtkleid, das ihrer Gestalt eine gefährlich anmutende Silhouette verlieh, und hatte sich das blonde Haar kunstvoll geflochten und um den Kopf geschlungen. Rubine funkelten an ihrer Kehle und den Ohren. Jeder Finger war mit Gold und Edelsteinen geschmückt. Auf dem Kopf trug sie einen Lorbeerkranz aus Goldblättern, der verdächtig wie eine Krone aussah.

Saeris ignorierte die Viper, ihre Aufmerksamkeit blieb weiterhin auf Ibanwae gerichtet. »Diese Bestrebungen, von denen Ihr sprecht, sie sind keine Endziele. Für mich klingt es so, als seien die Ziele für alle in Sanasroth Sicherheit, Schutz, Legitimität und Nahrung.«

»Pah!« Zovena schnaubte. Sie schritt mit wutentbrannten Augen vor dem Podium auf und ab, während sie sich an die Hochadel-Vampire wandte. »Ist das nicht genau das, was ich gerade gesagt habe? Nahrung, Hoheit. Wir müssen wissen, was – oder vielmehr *wen* – wir essen werden!«

Saeris erhob sich nicht von ihrem Platz. Sie runzelte nicht einmal die Stirn, sondern schnippte nur mit den Fingern in Richtung des Tisches zur Rechten, woraufhin ein Leuchter – der in der Tat von acht zitternden Equinox-Lichtern gekrönt war – vom schneeweißen Tischtuch emporflog und sich in der Luft drehte. Er verwandelte sich in ein sechzig Zentimeter langes Metallstück, traf Zovena von hinten und legte sich um ihren Hals. Die Herrin der Feierlichkeiten stieß einen schrillen Schrei aus, als der deformierte Leuchter nach unten sauste und sie von den Beinen riss. Er landete mit einem lauten, metallischen Knall auf dem obsidianschwarzen Boden, bohrte sich ins Gestein und nagelte Zovena am Hals dort fest.

Ich bin mir ziemlich sicher, dass du ihr gerade den Kiefer zertrümmert hast, sagte ich in Saeris' Kopf.

Sie wird sich davon erholen, lautete die bissige Antwort meiner Gefährtin.

Ich zog den Hals ein, wodurch ich mein Lächeln verbarg, bis es mir gelang, es aus meinem Gesicht zu verbannen.

»Ah! Du … *Schlampe*!« Zovena zerrte und zog, aber sosehr sie sich auch bemühte, so stark sie auch war, sie konnte den verformten Leuchter nicht aus dem Boden bekommen. Das Metall diente niemandem außer Saeris. »Lass mich frei!«, schäumte sie.

Ibanwae, deren Petition mit ähnlicher Energie begonnen hatte wie Zovenas Ausbruch, starrte auf die andere Frau hinab, die mit dem Hals am Boden festgenagelt war, und schluckte schwer. »Ich möchte …« Sie verstummte, als sich Saeris langsam von ihrem Thron erhob und die Stufen hinabstieg.

Mir sträubten sich die Nackenhaare, und jeder Instinkt in mir schrie, dass ich aufspringen und mich zwischen meine Gefährtin und die Gefahr stellen sollte, die vor ihr aufragte.

Aber das konnte ich nicht tun. Ich durfte ihre Autorität vor diesen Blutsaugern nicht untergraben. Daher blieb ich, wo ich war, und die Untätigkeit brachte mich fast um. Aber was hatte sie vor? Und warum erregte es mich verdammt noch mal so sehr?

Mit entspannten Schultern, geradem Rücken und erhobenem Haupt stolzierte Saeris die Stufen hinab und um Zovena herum. Sie zog sich einen Stuhl von einem der Tische heran, dessen Hinterbeine laut über den Boden schabten, stellte ihn direkt neben die am Boden liegende Frau, setzte sich darauf und legte Zovena die Fersen auf den Rücken.

»Schweig«, befahl sie, bevor der empörte Lord der Mitternacht sie abwerfen konnte.

Zovena kreischte nur noch lauter. »Runter von mir, du dämliche F…«

»Sei still.«

Sie blieb so ruhig wie das Auge eines Sturms. Brutal. Grausam. Tödlich. Selbst ich hätte es in diesem Moment nicht gewagt, mich mit ihr anzulegen, während Saeris die Füße auf dem Rücken einer Frau abstützte, vor der fast der gesamte Hof Angst hatte. Während mein Verlangen kaum noch zu bändigen war. Ich wünschte mir nichts sehnlicher, als in ihr zu sein. Es hatte etwas zutiefst Erregendes, meine Gefährtin ihre Macht derart selbstverständlich ausspielen zu sehen. Saeris drehte sich zu Ibanwae um und zupfte sich einen Fussel vom Rock. »Was sagtet Ihr doch gleich?«

»Hüterin der Schmerzen«, erwiderte die Frau mit funkelnden Augen und etwas zittriger Stimme. »*Ich* möchte die Hüterin der Schmerzen sein.«

***

Drei weitere Petitionen.

Ein Möchtegern-Hüter des Geldes. Ein Möchtegern-Hüter der Wahrheiten. Eine Möchtegern-Hüterin der Altertümer.

Die Minuten verstrichen, während Saeris die Bewerber anhörte, und sie bewegte sich nicht von ihrem Platz. Ihre Füße ruhten weiterhin auf Zovenas Rücken. Während der Verhandlungen zog sie einen Dolch aus der Scheide an ihrem Oberschenkel und begann, sich mit der Klinge die Fingernägel zu reinigen. Zovena rührte sich nicht und sagte kein Wort.

Erst als alle Petitionen vorgetragen waren, erhob sich Saeris sehr langsam von ihrem Stuhl. Sie ließ sich dabei alle Zeit der Welt, hakte den kleinen Finger unter das Metallband, das sich in Zovenas Hals bohrte, und zog ganz sanft daran, bis es sich löste.

»Du darfst dich bewegen. Du darfst sprechen«, sagte sie in gelangweiltem Ton, während sie sich von der zitternden Frau abwandte und die Stufen wieder hinaufstieg.

Zovena sprang auf die Beine und war wütend wie eine fauchende Viper, doch ihre feindselige Haltung interessierte mich nicht im Geringsten. Aber Tals gequälte Miene, als er demonstrativ den Blick von ihr abwandte und stattdessen einen Punkt auf dem gegenüberliegenden Wandteppich fixierte? Kein Wandteppich der Welt verdiente *derart* viel Aufmerksamkeit.

»Hältst du das alles für ein Spiel?«, rief Zovena.

Saeris hatte bis zu ihrem Thron noch drei Stufen zu gehen. Sie blieb stehen, sah mir kurz in die Augen, drehte sich dann, begleitet vom Rascheln ihrer Röcke, um und konzentrierte sich nun ganz und gar auf Zovena.

»Du scheinst die Dynamik zwischen uns zu verwechseln, Zovena. Ich bin deine Königin. Ich könnte dich zwingen, zu meinen Füßen zu sitzen, und du würdest dich in dem Wissen beugen, dass der Tod durch meine Klinge auf dich wartet. Du hältst meine Geduld für Schwäche. Für Nachsicht. Aber stell mich ruhig weiter auf die Probe, und du wirst die *Grenze* dieser Geduld kennenlernen.«

Seit dem Moment, in dem Saeris den Saal der Tränen betreten hatte, um gekrönt zu werden, hatte sie eine Rolle gespielt. Und sie hatte diese Rolle gut gespielt. Aber jetzt spielte sie nicht länger. Sie war Zovena genauso leid wie ich, was umso beeindruckender war, wenn man bedachte, dass sie die Frau erst seit Kurzem kannte. Ich zweifelte keine Sekunde daran, dass sie Zovena mit einem Lächeln auf den Lippen zur Strecke bringen würde, sobald sich die Gelegenheit dazu bot. Zovena zitterte am ganzen Leib, weil es ihr derart schwerfiel, ihre Erwiderung zu unterdrücken. Unzählige Jahre hatte sie im warmen Licht von Malcolms Gunst gestanden. Ungebremst. Unangefochten. Geliebt von ihrem König. Es musste für sie unerträglich sein, sich nun ausgegrenzt zu fühlen und im Schatten der Frau zu stehen, die ihn getötet hatte.

Taladaius schlenderte über den fünfzackigen Stern, und ein lockeres Lächeln umspielte seine Lippen, aber um die Augen lag eine Anspannung, die eindeutig auf Besorgnis beruhte. »Es ist so weit, ihr Hochadel-Vampire von Sanasroth!«, rief er. »Die Petitionen wurden vorgetragen!« Er hob die Hand und präsentierte Ereths Ring so, dass alle ihn sehen konnten. Der große bernsteinorangefarbene Edelstein in der Mitte fing das Equinox-Licht ein und erzeugte Regenbogen an den Wänden. »Es ist Zeit herauszufinden, wer unser nächster Lord wird und den fünften Ring der Mitternacht erhält …«

»Tatsächlich gibt es noch eine weitere Petition, die wir uns anhören müssen, Taladaius«, erwiderte Saeris kühl. Sie nahm auf ihrem Thron Platz und strich sich in aller Ruhe die Röcke glatt.

Tals Gelassenheit geriet ins Wanken, als er zum Podium hinaufblickte. Die Halsmuskeln arbeiteten. Der flüchtige Ausdruck auf seinem Gesicht schien zu fragen: *Was in aller Welt machst du da, Saeris Fane?* Er wusste nichts von einem sechsten Kandidaten, der den Ring in seiner Hand anstrebte. Mir war das ebenfalls neu, was bedeutete, dass diese überraschende Ankündigung etwas mit dem Tagebuch zu tun haben musste.

»Unsere Königin überrascht uns«, sagte Taladaius angespannt. »Was für ein Glück wir doch haben!« Er schluckte schwer, bevor er die Hand um den Ring schloss, den er immer noch in die Luft reckte, und an seine Seite sinken ließ. Mit einer schwungvollen Verbeugung ergänzte er: »Wie es Euch beliebt, Hoheit. Wem sollen wir das Wort erteilen?«

Die Anspannung im Tränensaal war zuvor ohnehin schon zum Schneiden dick gewesen, aber sie wurde erstickend, als unter den Hochadel-Vampiren nun Streit ausbrach. Saeris hatte die Gestalt, die aus dem Meer der Vampire auftauchte, längst entdeckt, und von den Tischen hallten empörte Schreie herüber, als die Hochadel-Vampire des Bluthofes endlich sahen, wen ihre Königin als Letztes anzuhören gedachte.

Genau so hatte ich ihn in Erinnerung: in lederner Kampfmontur, mit einem Schwert auf dem Rücken und hoch erhobenem Haupt.

Gold blitzte in seinem Mund auf, als er vor dem Thron niederkniete und leicht verlegen lächelte. Seine Stimme hallte laut und deutlich durch den Saal, als er erklärte: »Mein Name ist Foley Briarstone, und ich bin gekommen, um meiner Königin zu Diensten zu sein.«

Aber sein skeptischer Gesichtsausdruck verriet etwas ganz anderes.

Ich hoffe, du weißt, was du tust, Halbblut.

39

HÜTER DER GEHEIMNISSE

SAERIS

Ziehe einen sechsten in Betracht. Du kannst nur dem Wolf mit den Goldzähnen trauen.

Eintrag aus dem Tagebuch
von Edina von den Sieben Türmen

»Geächtet! Geächtet!«

Die Schreie waren ohrenbetäubend.

Taladaius wirbelte herum und war viel zu verwirrt, um etwas zu sagen. Neben mir hielt sich Fisher eine Hand vor den Mund und lachte leise. *Du weißt wirklich, wie man ein Feuer entfacht,* sagte er amüsiert. *Amüsierst du dich?*

Nein! Das ist kein Spaß, Fisher. Das ist verdammt stressig!

Es schien, als würde Foley meine Gefühle teilen. Er war auf den Knien und verzog jedes Mal das Gesicht, wenn ihn etwas von hinten traf; die Hochadel-Vampire warfen Dinge nach ihm. Essensreste. Besteck. Einen Schuh. Ein Teller segelte durch die Luft, und da musste ich einschreiten. »Genug! *Hinsetzen*«, knurrte ich. »Ich ernenne Foley Briarstone zum Freund dieses Throns!«

Das war alles, was gesagt werden musste. Der Erlass, den ich bei meiner Krönung ausgesprochen hatte, regelte alles Weitere. Kein Mitglied des Bluthofes durfte jemanden verletzen, den ich zum Freund erklärte. Mit acht kurzen Worten hatte ich sichergestellt, dass niemand in Ammontraíeth Foley jemals wieder etwas antun konnte.

»Was ist das für eine Farce?« Algat hatte sich bisher nicht im Saal blicken lassen, bahnte sich jetzt jedoch einen Weg durch das Gewirr von Hochadel-Vampiren und schob Taladaius zur Seite, um zu Foley zu gelangen. Sie umrundete den Mann, während ihr kleiner schwarzer Schattenkater um ihre Füße herumschlich. Guru miaute, als er Foley sah, streckte sich und rieb den Kopf an Foleys Oberschenkel. Algat sah das und fauchte. Sie fletschte die rattenartigen gelben Zähne und *trat* nach dem Kater. Damit hätte sie ihn vermutlich verletzt, doch einen Sekundenbruchteil bevor ihr Fuß ihn berührte, löste sich Guru in einen Schattenfleck auf; offensichtlich war die Kreatur darin geübt, ihren Stiefeln auszuweichen.

»Er hat hier nichts zu suchen«, zischte sie und zeigte mit dem Finger auf Foley.

»Es ist mein Wille.«

Foley war knallrot angelaufen. Auch die Spitzen seiner Ohren waren gerötet. Guru war wieder aufgetaucht und auf seinen Schoß gesprungen, wo er um Zuwendung bettelte. Der Mann schien nicht zu wissen, was er tun oder wohin er blicken sollte. Er streichelte den Kopf des Katers, ohne jemandem in die Augen zu sehen.

Die Hexe stotterte vor Wut. Sie erinnerte mich an eine der alten Frauen, die früher vor dem Kalas standen, Leute anspuckten, die aus dem Gebäude kamen, und ihnen zuriefen, ihre Seelen seien wegen Unzucht und Trunkenheit verdammt. »Er kann diesem Hof nicht dienen. Wie soll das möglich sein, wenn er sich weigert, Sanasroth die Treue zu schwören?«

Algat bemerkte noch, während sie das sagte, dass ihr Argument wenig überzeugend war. Der Blick ihrer trüben Augen wanderte zum Hazrax, das reglos und schweigend am Ende seiner Spitze des Sternmosaiks unterhalb des Podiums stand und die langen Hände in den glockenförmigen Ärmeln seines Gewands verbarg. Sie wusste bereits, was ich sagen würde.

»Das Hazrax ist kein Mitglied dieses Hofes. Es hat weder Sanasroth noch einem einzigen Vampir hier die Treue geschworen, und doch ist es seit vielen Jahrhunderten ein Lord der Mitternacht.«

»Ja, aber das ist …«

»… etwas anderes? Ich wüsste nicht, wieso.« Da spürte ich es: den drängenden Stoß gegen die Wand, die meinen Geist abschirmte. Es war Algat, die verzweifelt versuchte, in meinen Verstand einzudringen, obwohl ich es ihr verboten hatte. Trotzdem versuchte sie es weiter … und meine Wut schwoll an wie eine von den Göttern persönlich heraufbeschworene Woge der Vergeltung. Ich stellte mir Dutzende Messer vor, die alle mit der Spitze zur Wand in der Luft schwebten, und öffnete die Mauer kurz, um die Klingen nach vorn schnellen zu lassen, dann zog ich sie so schnell wie möglich wieder hoch.

Algat schwankte, ihre Augenlider flatterten und fielen zu, während Blut aus ihrer Nase strömte und ihr Kinn hinunterfloss.

Bei ihr würde es kein vorsichtiges Herantasten mehr geben. Wenn sie sich nicht an die Regeln hielt, würde ich sie eben dazu zwingen. Wollte sie Gewalt, dann bekam sie diese.

»Was hast du getan?« Der Schrei kam von Zovena. Die Frau

hegte keinerlei Sympathie für Algat, aber hier bot sich ihr die Gelegenheit, eine Szene zu machen, und die musste sie ausnutzen. Außerdem hatte sie Angst, das konnte ich riechen, der Geruch erinnerte an verschmutzte Bettwäsche und Fieber. Sie hatte Angst, dass sie die Nächste sein könnte.

»Heute ist ein Tag des Lernens«, erklärte ich. »Algat wird sich wieder erholen. Aber sie sollte vorsichtiger sein, welche Grenzen sie zu überschreiten versucht.«

Die Hüterin der Aufzeichnungen schwankte unsicher, doch nach wenigen Momenten hatte sie ihr Gleichgewicht wiedergefunden und bedachte mich abermals mit einem bösen Blick. Algat wischte sich übers Kinn und schmierte dabei das Blut über das ganze Gesicht, das sie wegzuwischen versuchte. »Ich bitte um Verzeihung«, krächzte sie. »Ich wollte Euch nur zur *Vernunft* bringen. Das Hazrax zählt in diesem Fall nicht. Es mischt sich nicht in die Politik ein. Es stimmt nie ab. Dieser Mann würde jedoch beides tun, und zwar zum Nachteil dieses Hofes. Wenn er keinen Eid ablegen will …«

»Es war Malcolm, dem ich nicht die Treue schwören wollte«, sagte Foley leise. »Bei *ihr* sieht die Sache schon anders aus.«

Verdammt!

Damit hatte ich nicht gerechnet.

Seitdem er in der Bibliothek versucht hatte, mich umzubringen, hatte sich offenbar einiges geändert. Ich hätte mir nie träumen lassen, dass ich diese Worte einmal aus Foleys Mund hören würde. Mit ernster Miene und klarem Blick deutete er auf die Treppe und fragte wortlos, ob er sich dem Thron nähern dürfe.

Ich nickte nur.

Der Mann fiel vor mir auf die Knie und zog einen Dolch aus der Scheide an seinem Gürtel, den er mir präsentierte.

Seltsame, traurige Augen mit senkrecht geschlitzten Pupillen sahen mich an. »Ich wurde kürzlich daran erinnert, dass ich ein

Wolf bin«, sagte er mit leisem Lächeln. »Und Wölfe verstecken sich nicht in staubigen Bibliotheken und haben Angst vor ihren eigenen Schatten. Ich gelobe *dir* meine Treue, Saeris Fane. Ich werde deinem Willen folgen, solange ich atme. Und wenn ich diese Welt verlasse und in die nächste komme, werde ich deine Banner dorthin tragen und auf deinen Befehl hin die Himmelstore in deinem Namen stürmen.«

Er schloss die Hand um seine Klinge und zog sie durchs Fleisch, um sie mit dunkelstem Blut zu färben. Ich nahm die Waffe entgegen und ließ mit der Spitze einen Tropfen meines Bluts hervorquellen, das noch immer leuchtend rot war wie das der Lebenden.

»Ich akzeptiere dich als meinen eingeschworenen Gefolgsmann«, erklärte ich. »Ich akzeptiere deine Treue und deine Dienste. Im Gegenzug biete ich dir den Schutz meines Hauses und ernenne dich zum Lord der Mitternacht.«

Ich beugte mich vor und gab ihm den Dolch zurück. Foley nahm ihn entgegen, und dabei nutzte ich die Gelegenheit, die Luft um uns herum zu dämpfen, sodass kein anderer hören konnte, was ich ihm zuflüsterte. »Warum hast du deine Meinung geändert?«, fragte ich amüsiert.

Er stieß ein unsicheres, heiseres Lachen aus. »Ach, ich dachte mir, wenn er bereit ist, dir zu folgen«, er nickte in Fishers Richtung, »dann wäre es verdammt idiotisch von mir, das nicht auch zu tun, oder?«

Kingfisher schnaubte leise, aber ich konnte sehen, dass er zufrieden war. Ich war im Begriff, Foley zu sagen, dass er sich irrte und dass Fisher mir keineswegs folgte, doch der Gedanke schaffte es nie über meine Lippen. Ein Ruf durchschnitt die Luft, gefolgt von einem weiteren.

»Was ist denn jetzt schon wieder?« Nur einen Moment Ruhe. War das wirklich zu viel verlangt?

Als ich herauszufinden versuchte, wer da gerufen hatte, stellte ich fest, dass alle Anwesenden nach *oben* blickten. Zuvor war es unmöglich zu erkennen gewesen, aber die gewölbte Decke bestand aus Paneelen, die sich nun voneinander lösten.

»Es ist da!«, rief jemand. »Es ist da!«

»*Was* ist da?« Ich drehte mich auf dem Stuhl – meinem *Thron* – um und wusste noch immer nicht, was der Grund für diesen Aufruhr war, aber Kingfisher nahm meine Hand und drückte sie.

»Das Equinox-Licht, Osha. Der Geist der Götter.« Er zeigte gen Nachthimmel und nach Westen, wo eine leuchtend grüne, funkelnde Lichtwoge mit unglaublicher Geschwindigkeit über den Himmel raste.

»Sie sind mit uns«, murmelte Foley und presste den Zeige- und Mittelfinger zwischen die Brauen auf die Stirn. Viele der Hochadel-Vampire taten es ihm gleich, was mich überraschte. Ob sie dieses Leben nun selbst gewählt hatten oder ob es ihnen aufgezwungen worden war – unsterblich, eine Perversion der Natur, die niemals die Ruhe und den Frieden des Lebens nach dem Tod kennen würde –, es lag nahe, dass sie an diesem gottlosen Ort nicht von den Göttern wahrgenommen wurden. Und doch gab es immer noch einige unter ihnen, die die Götter verehrten. Sie senkten ehrfürchtig den Kopf, als Wind durch den Saal fegte, das blassgrüne Licht wie ein flatterndes Banner über sie hinwegzog und den Nachthimmel von Horizont zu Horizont erfüllte.

Es war wunderschön und übertraf alles, was ich je zuvor gesehen hatte. Selbst die Aurora am Himmel, nachdem Lorreth Avisiéth seinen Namen gegeben hatte, war nicht so spektakulär gewesen.

Das Equinox-Licht der Fackeln im Saal flammte auf und wurde heller. Die Feuer in den Kaminen loderten auf und schlugen brüllend an den Rückwänden empor. Es war, als würden die im Schwarzen Palast bereits vorhandenen Equinox-Lichtquellen durch die Ankunft des wabernden grünen Banners am Nachthimmel neu gestärkt werden.

Die Hochadel-Vampire vergaßen Zovenas Versuche, Zwietracht zu säen.

Sie vergaßen Algat und den Vampir mit den goldenen Zähnen, der zu meinen Füßen kniete.

Sie vergaßen Tals Inszenierung und die allgegenwärtige Bedrohung, die der Gefährte an meiner Seite darstellte. Alle Mitglieder des Bluthofes reckten gleichzeitig die Hälse und blickten staunend nach oben.

***

Musik erfüllte die Luft – ein wildes, frenetisches Stück voller schriller Höhen und abrupter Crescendi. Die Hochadel-Vampire wirbelten auf der Tanzfläche umher und drehten sich wild mit ihren Partnern, sodass die Rockschöße und weiten Röcke bei jeder Drehung in die Luft flogen. Über allem leuchtete das Firmament, und Sterne funkelten durch das Equinox-Licht hindurch wie durch einen Schleier aus hauchdünner jadefarbener Seide.

Die Domestiken füllten die Weingläser der Hochadel-Vampire nach und gaben stets einen Tropfen ihres Bluts in jeden Becher, und die Vampire tranken. Die ganze Szene gab einen beeindruckenden Anblick ab, den ich nur zu gern gegen den Frieden und die Ruhe von Cahlish und die Anwesenheit meiner Freunde eingetauscht hätte.

Te Léna und Maynir waren auf dem Anwesen geblieben, um auf Everlayne aufzupassen. Danya befand sich noch immer im provisorischen Kriegslager. Iseabail suchte weiterhin nach Ren. Lorreth hatte mit uns nach Ammontraíeth zurückkehren wollen, aber Fisher hatte sich geweigert und ihn stattdessen angewiesen, bei den Kriegern im behelfsmäßigen Lager nach dem Rechten zu sehen. Carrion hatte lautstark protestiert, als ich ihm mitteilte, dass er nicht zum Ball kommen dürfe, aber er war der Einzige, den

Hayden auf dem Anwesen näher kannte, und ich wollte jemanden dort haben, der ihn im Auge behielt. Denn es wäre typisch für meinen Bruder gewesen, Cahlish nach unserem Streit aus Trotz Hals über Kopf zu verlassen, und das wollte ich keinesfalls erlauben. Ich war zwar wütend auf ihn, aber nicht wütend genug, um ihn von irgendeiner heimtückischen Kreatur mit messerscharfen Zähnen fressen zu lassen.

Und wir hatten immer mehr Wasser und mehr Essen als alle anderen.

War er wirklich so blind? Kannte er mich denn überhaupt nicht?

Ich hatte mit aller Macht darum gekämpft, ihn aus Zilvaren zu retten, und trotzdem hatte er mich die ganze Zeit für eine *Verräterin* gehalten?

»Tanz mit mir.«

Ich sog scharf die Luft ein und sah Fisher an. Seine Augen waren heute Nacht dank des Equinox am Himmel sogar noch grüner. Er war zwar noch nicht aufgestanden, streckte mir jedoch die Hand entgegen und sah nicht so aus, als würde er sich von seinem Wunsch abbringen lassen.

»Ist das der Moment, in dem du mir sagst, dass du nicht tanzen kannst, Osha?«, murmelte er. »Der Moment, in dem du behauptest, du kennst die Schritte nicht oder hättest zwei linke Füße?«

Ha! Er glaubte, er hätte mich längst durchschaut. Es gab jedoch immer noch Dinge, die Kingfisher vom Ajun-Tor erst noch über mich herausfinden musste. Und auch wenn ich die Schritte der eleganten Tänze, die hier in Yvelia beliebt waren, nicht kannte, lernte ich doch schnell und war leichtfüßig. Mich durfte man *nicht* unterschätzen. Lächelnd betrachtete ich Fishers Hand und ergriff sie schließlich.

»Ich komme schon klar«, versicherte ich ihm.

Keine Minute später befanden wir uns mitten unter den Hochadel-Vampiren auf der Tanzfläche, und Fisher wirbelte mich herum. Er beherrschte die Tanzschritte mühelos und bewegte sich sicher und anmutig im Einklang mit den Vampiren um uns herum.

Ich versuchte, mir das Lächeln zu verkneifen, als er mich nach einer Pirouette hochhob und meine Füße kaum noch den Boden berührten.

»Amüsiert Ihr Euch, Majestät?«, murmelte er mit kaum verhohlenem Grinsen.

»O nein. Ich bin nur überrascht, *dich* so selbstbewusst auf einer Tanzfläche zu sehen.«

Er zog mich enger an sich, senkte die Stimme, und sein warmer Atem streifte meinen Hals. »Tanzen ist wie Kämpfen, Osha. Es ist auch wie Sex. Und ich bin stolz auf meine Fähigkeiten in allen Disziplinen.«

Ich musste lachen. »Ach? Tatsächlich?«

»Hm. Ja. So ist es.« Das Grübchen in seiner Wange tauchte kurz auf, was sehr zufriedenstellend war.

»Dann hast du in diesen Disziplinen vermutlich schon sehr viel Übung?« Ich neckte ihn, und das wusste er genau. Er blähte die Wangen auf und tat so, als würde er über die Frage nachdenken.

»Nun. Ich habe schon einige Leute auf meinem Schwert aufgespießt«, antwortete er verschwörerisch. »Und die Zahl der *Kämpfe*, an denen ich teilgenommen habe, kann ich längst nicht mehr zählen.«

»Hey!« Ich wollte ihm in die Rippen stoßen, aber in diesem Moment fanden seine Hände meine Taille, und er hob mich in die Luft und drehte sich einmal mit mir im Kreis, bevor er mich sanft wieder absetzte – ein Teil des Tanzes, den gleichzeitig auch die anderen Hochadel-Vampire auf dem Parkett ausführten. Fishers Augen strahlten, und der Faden aus Quicksilver in seiner Iris war kaum zu erkennen, als er meine Hand nahm und mit mir in die entgegengesetzte Richtung durch den Saal rauschte.

»Ich will lieber gar nichts über dieses ganze *Aufspießen* wissen«, erklärte ich und täuschte Missbilligung vor. »Obwohl, vielleicht bist du darin ja doch nicht so gut, wie du denkst, und brauchst noch ein bisschen Übung.«

Er zog erst den linken Mundwinkel und danach die Augenbrauen hoch. »Ach? Du hast Anmerkungen?«

»Ja. *Ausführliche* sogar.«

Jetzt war es an Fisher, den Gekränkten zu spielen. Seine Lippen berührten meine Schläfe, als er mir zuraunte: »Und ich dachte, ich hätte jedes Mal eine reife Leistung hingelegt, wenn du darum gebettelt hast, mich in dir zu spüren.«

Bei allen Göttern und Sündern, er wollte mich wohl hier in aller Öffentlichkeit um den Verstand bringen. »Ich wüsste zu gern, wie viele Vampire deine Prahlerei gerade hören können.«

»Alle, hoffe ich. Sie können dich schon an mir *riechen*.«

»Fisher …«

»Sie haben Glück, dass ich dich nicht hier aus diesem Kleid zerre und über diesen verdammten Thron beuge, Saeris«, knurrte er.

Oh, ihr Götter! Das Blut rauschte in meinen Ohren. »Das würdest du nicht *wagen*.«

Er sah mich an, und sein Lächeln wurde ernster. Dann schloss er halb die Augen, in denen sich auf einmal ein träges Verlangen breitgemacht hatte. »Da hast du recht«, stimmte er mir zu. »Ich möchte dein Kleid nicht ruinieren.«

Ich hatte erwartet, dass das Aufbrausen der Begierde, das ich immer verspürte, wenn ich in seiner Nähe war, etwas nachlassen würde, da wir nun miteinander schliefen, doch so war es nicht. Das genaue Gegenteil war der Fall, denn mein Verlangen nach ihm schien von Tag zu Tag größer zu werden. Ich blickte zu ihm auf und erinnerte mich daran, wie er aussah, wenn er in mir war, wie der Schweiß seine Stirn benetzte und er nach Salz, Minze und *so* götterverdammt süß schmeckte, wann immer er meinen Mund mit der Zunge eroberte.

Ich konnte den Blickkontakt nicht länger ertragen.

Meine Liebe zu ihm war zu gewaltig.

Kein anderes Gefühl kam an dieses heran. Nicht einmal mein Hass auf Madra.

Nicht der Schmerz, den ich wegen Everlayne empfand, die allein in einer unbekannten Hölle litt. Nicht die Sorge, weil Ren verschwunden war. Nichts von alldem war damit vergleichbar. Die Welt könnte untergehen, und meine Liebe zu diesem Mann würde meine Angst dennoch übertreffen. Manchmal hatte ich das Gefühl, diese überwältigende Liebe müsste mich einfach zerreißen.

Fishers Blick brannte, als ich es wieder wagte, ihn anzusehen. Er wusste genau, was ich gerade gedacht hatte. Ich war mir fast sicher, dass er dasselbe fühlte.

»Du scheinst sehr auf Kleider fixiert zu sein«, sagte ich leise.

»Findest du?« Seine Stimme war rau.

Ich nickte. »Jedes Mal, wenn ich meine Gemächer hier betrete oder deine in Cahlish …«

»Unsere«, korrigierte er mich.

Ich zog den Kopf ein. »Jedes Mal, wenn ich unsere Gemächer in Cahlish betrete, liegt dort ein neues Kleid auf dem Bett und wartet auf mich.«

Er zögerte einen Moment, bevor er ganz vorsichtig antwortete: »Gefällt dir das etwa nicht?«

»Doch, das tut es. Ich …« Bei den Göttern, warum fiel es mir so schwer, das in Worte zu fassen? Es sollte nicht so kompliziert sein. »Es fühlt sich einfach an, als würdest du versuchen … mich zu *zähmen.*«

Er blieb mitten auf der Tanzfläche stehen. Wie durch ein Wunder stieß niemand mit uns zusammen; die anderen Tänzer wichen uns mit anmutiger Leichtigkeit aus, während Fisher mich mit gerunzelter Stirn und sichtlich irritiert musterte. »Und wie bei allen fünf Höllen sollte mir das gelingen, Osha? Ich hätte vermutlich mehr Glück, eine deiner Höllenkatzen zu zähmen.«

»Keine Ahnung. Ich wollte nur …« Noch immer rang ich nach den richtigen Worten.

Fisher trat auf mich zu und legte mir die Hände an die Wangen. »Du sollst niemand anders sein als die Person, die du bereits bist, Saeris. Die Kleider sind nur …« Er runzelte die Stirn. »Sie sind eine *Einladung*. Das Leben, das du in Zilvaren geführt hast, war hart. Du musstest alles allein bewältigen. Aber jetzt hast du mich, und – nein, warte. Lass mich ausreden. Jetzt hast du mich, und nur weil ich dein Gefährte bin und du meine Gefährtin bist, erwarte ich noch lange nicht, dass du nur noch hübsch aussiehst und brav herumsitzt oder … oder dass du deine Waffen niederlegst und ein anderes Leben führst. Das würde ich niemals von dir verlangen. Aber du musst hier nicht nur eine Rolle spielen, Saeris. Du kannst viele haben. Du kannst deine Lederkleidung tragen und jeden Tag im Jahr kämpfen. Ich würde dich niemals darum bitten, das nicht zu tun. Aber manchmal, wenn du *willst* … darfst du auch sanft sein. Du darfst aufhören, der Welt die Zähne zu zeigen, und dir eine Verschnaufpause gönnen. Weil ich für dich da bin.«

Die Tänzer wirbelten vorbei und zogen Samt, Seide und Damast hinter sich her, und ich ließ diese Worte in meine Seele eindringen.

Weil ich für dich da bin.

Er war wirklich für mich da, nicht wahr? Er war der Anker, der mich davor bewahrte, wegzutreiben. Sogar hier, an diesem schrecklichen Ort, hatte er mich nie allein gelassen.

»Komm.« Fisher nickte, als hätte er gerade eine Entscheidung getroffen. »Komm mit. Ich möchte dir etwas zeigen. Es dauert auch nur einen Moment, und dann bringe ich dich hier raus.«

Ich folgte ihm. In diesem Moment wäre ich mit ihm überall hingegangen, doch wir gingen nicht weit – nur aus dem Strom der Tänzer heraus und weg von den langen Tafeln, an denen noch viele sauertöpfische Hochadel-Vampire saßen und finstere Bemerkungen in ihren Wein murmelten. Fisher blieb vor einem kleinen runden Tisch stehen, der vor einem besonders dramatischen Wandteppich platziert war.

Ich betrachtete ihn und das ausgelassene Treiben, das darauf abgebildet war. »Was macht der Kerl da mit der Ziege?«, fragte ich.

»Ignorier die Ziege«, tadelte mich Fisher. »Sieh dir lieber das an.«

Ein riesiges Blumenarrangement dominierte den kleinen Tisch. Verschiedene Blüten, vermutlich wegen ihrer sich ergänzenden Violetttöne ausgewählt, waren kunstvoll in einer glänzenden goldenen Vase arrangiert und sahen atemberaubend schön aus. Fisher deutete auf die schönste Blüte von allen, die sich in der Mitte des Gestecks befand. Sie war nicht die größte, hatte jedoch die auffälligste Farbe und schillerte beinahe. Ihre Blütenblätter waren am Rand leicht gewellt und in der Mitte eingezogen, um sich an den Enden herzförmig auszubilden. Auf jedem Herz funkelte ein winziger Tautropfen wie ein Diamant.

»Nicht.« Fishers Hand schloss sich um meine und hinderte mich daran, die Blume zu berühren. »Sie würde dich nicht umbringen, aber du würdest dich auf jeden Fall hundeelend fühlen.«

»Ist sie giftig?«

»Für die meisten ist sie tödlich.« Er schenkte mir ein schiefes Lächeln. »Aber du bist stärker als die meisten. Hier nennt man sie *Veridius.* Turm der Heiligen. An den Fae-Höfen heißt sie Witwenfluch. Du hast schon davon gehört.«

Das hatte ich in der Tat. »Lorreth gab mir und Carrion in Gillethrye etwas davon, das wir kauen sollten. Wir hatten uns die Rippen gebrochen, als wir auf die Oberfläche des Sees geprallt waren. Das hat uns für eine Weile die Schmerzen genommen.«

Fisher nickte. »Lässt du diesen kleinen Tautropfen mit deiner Haut in Kontakt kommen, nimmt er dir den Schmerz, und zwar für immer«, sagte er. »Witwenfluch zu kauen, ist ungefährlich, wenn das Gift zuvor von den Blüten beseitigt wurde und die Blätter einige Tage eingeweicht und getrocknet worden sind. Solange du die Blätter nicht schluckst, sondern nur darauf herumkaust, kann dir nichts passieren. Aber ich habe dich nicht hergebracht, um dir eine Lektion in Pflanzenkunde zu erteilen. Ich wollte dir zeigen, dass die schönsten Dinge manchmal auch die tödlichsten sind. Ein Kleid kann dich nicht schwach machen. Es macht dich nicht verletzli…«

»Hilfe!« Der markerschütternde Schrei übertönte die Musik.

Im Handumdrehen hatte Fisher Nimerelle gezogen und suchte die Menge ab, um herauszufinden, woher der Schrei gekommen war.

»Bei den Göttern! Was … was *geschieht* hier?« Am Nebentisch saß ein Hochadel-Vampir über sein Gedeck gebeugt und zitterte, während ihm ein dicker Strom stinkenden schwarzen Bluts aus dem Mund quoll und auch aus seinen Augen, der Nase und den Ohren rann.

»Hilfe!« Der Ruf erklang erneut, diesmal auf der anderen Seite des Saals.

Und ein weiteres Mal hinter uns. »Erbarmen! Bitte!«

Eine rothaarige Frau im königsblauen Kleid sackte auf die Knie, und Blut sprudelte aus ihrem Mund, als sie zu Boden ging und sich zuckend auf dem Obsidianboden wand.

Fisher sah sich mit weit aufgerissenen Augen um. »Was bei allen Göttern ist das?«, flüsterte er. »War es … war es das, was im Tagebuch stand?«

»Nein! Nein, da stand, dass ich Foley als Lord benennen solle! Von dem hier stand da nichts!«

Links und rechts erbrachen Hochadel-Vampire Blut, das ihre

feinen Kleider befleckte. Männer wie Frauen gingen zitternd und panisch nach etwas greifend zu Boden, während sie die blutunterlaufenen Augen verdrehten.

Bald krümmten sich die meisten Vampire auf dem Boden des Saals. Und in ihrer Mitte stand Taladaius, der sie wie ein silberhaariger Vorbote des Todes überragte. »Brüder und Schwestern!«, rief er. »Endlich ist der Tag eurer Abrechnung gekommen!«

»Was zum *Teufel* …?«, zischte Fisher.

»Eure Völlerei ist euer Untergang! Nun folgt euer endgültiger Tod. Aber wer bin ich, dass ich euch nicht noch eine letzte Chance auf Erlösung gewähre? Die Domestiken, an denen ihr euch den ganzen Abend so gierig gelabt habt, gehen gleich mit Glasphiolen durch den Saal. Nehmt eine Phiole und schluckt den Inhalt, und ihr werdet eine schmerzhafte Verwandlung durchmachen. Nein, keine Verwandlung, vielmehr werdet ihr wiedergeboren und kehrt ins Leben und eure Fae-Körper zurück, um euch den Schrecken zu stellen, zu denen ihr geworden seid! Weigert euch, und ihr fahrt auf direktem Weg zusammen mit den anderen Dämonen und mit mir in eine der fünf Höllen!«

»Was in aller Welt hat er getan?« Fisher stürmte auf den Lord zu und stieg über die sich am Boden windenden Hochadel-Vampire hinweg. Ich blieb direkt hinter ihm, und meine Gedanken überschlugen sich angesichts der Szenen, die sich rings um uns herum abspielten.

»Tal! Tal, hast du jetzt völlig den Verstand verloren?« Fisher packte den Lord und schüttelte ihn. »Was hat das zu bedeuten?«

»Das hätte schon vor langer Zeit passieren müssen. Sie werden sich nie ändern, Fisher«, erwiderte Tal. »Dazu sind sie nicht fähig, denn sie sind durch und durch böse. Und ich wollte das nicht auf deine Schultern laden. Ich wollte nicht, dass du diese Last tragen musst. Ich wollte es auch dir nicht antun, Saeris.« Sein Blick suchte den meinen. »Ich habe die schwere Entscheidung getroffen, damit ihr es nicht tun müsst. Das war mein letzter Akt als Lord der Mitternacht. Jetzt werde ich für die Sünden bezahlen, die ich begangen habe.«

Wir hätten das Weinglas in seiner Hand früher bemerken und ihn davon abhalten müssen, das zähflüssige rote Blut darin zu trinken. Entsetzt mussten wir jetzt zusehen, wie Tal es herunterschluckte – was auch immer sich in seinem Glas befand, war eine weitaus größere Dosis als die, die er den anderen Hochadel-Vampiren verabreicht hatte. Bei ihm gab es keine Verzögerung. Das Gift wirkte sofort. Blut schoss ihm in die Augen und rann aus seiner Nase.

»Sagt Everlayne … dass es mir … leidtut«, stieß er hervor.

Dann brach er zuckend zusammen.

40

URTEIL

SAERIS

Schwarz.

Stinkend.

Faulig.

Das Blut auf dem Boden war zwei Fingerbreit hoch und unglaublich glitschig. Ich konnte mich kaum auf den Beinen halten, als ich auf einen Domestiken zurannte, der sich zu einer Hochadel-Vampirin hinunterbeugte und ihr etwas auf die Lippen drückte. Ihre Augen blitzten anklagend auf, als sie seine Hand wegschlug, die Erlösung verweigerte, die er ihr anbot, obwohl sie fast in dem übelriechenden Blut ertrank, das sie gestohlen hatte.

»Los, gib es mir!« Ich streckte die Hand aus, damit der Domestik mir eine Phiole aus der Ledertasche reichen konnte, die er umhängen hatte, aber er schüttelte den Kopf. »Nicht für ihn«, meinte er. »Er sagte, dass wir das nicht dürfen.«

»Ist mir *scheißegal*, was er dir gesagt hat.« Ich riss dem Domestiken die Tasche weg und lief zurück zu Tal, der zitternd am Boden lag und um sich schlug … aber Foley war vor mir da und rammte seine Finger zwischen Taladaius' Zähne.

»Ausgleichende … Gerechtigkeit«, knirschte er. »Ich habe ihm gesagt, dass ich nicht als Vampir zurückkehren will. Gut, jetzt hat *er* keine Wahl. Er wird so oder so als Fae wiederkommen … ob es ihm gefällt … oder *nicht*!«

Taladaius gefiel es ganz und gar nicht. Er wütete und spuckte um sich, aber Foley schüttete ihm den Inhalt der Phiole in den Mund und massierte Tal den Hals, bis er schlucken musste.

Der Vampir hörte auf zu kotzen, aber dann … quoll grässlicher weißer Schaum aus seinem Mund und bildete eine blubbernde Lache auf dem Boden. Ich war mir nicht sicher, was ich schlimmer fand.

Auch andere lagen auf dem blutüberschwemmten Boden und schäumten aus dem Mund. Nicht so viele allerdings, wie ich vermutet hätte. Einer von acht Hochadel-Vampiren? Nein, weniger. Einer von *zehn* hatte sich entschieden, weiterzuleben und sich den Folgen der Jahre in Ammontraíeth zu stellen.

Foley richtete sich keuchend auf und blickte auf den zitternden Tal hinunter.

»Wieso bist du unversehrt?«, fragte ich.

»Er meinte, ich solle den Wein nicht trinken. Ich dachte, er wolle mich wegen des Bluts darin warnen, das konnte ich schon riechen. Aber … ich hätte das Zeug sowieso nicht getrunken.«

»Er hat dafür gesorgt, dass keiner der Domestiken uns Wein mit Blut gegeben hat«, fügte ich hinzu und rieb mir die Stirn. »Er … Scheiße, *deshalb* wollte er sich von mir lossagen!« Ich schloss die Augen, schüttelte den Kopf. »Das hängt *alles* zusammen. Das Blut, meine ich. *Malcolms* Blut hat diese Hochadel-Vampire verwandelt. Das muss irgendeine Magie sein.«

»Keine Magie, ein Zauber«, sagte Fisher. »Um Malcolms Linie zu schaden. Tal hat dich von Malcolms Blut ferngehalten, damit es keine Wirkung auf dich hat. Das hat er vor langer Zeit auch mit dir gemacht, Foley.«

»Und … etwa auch mit *mir*?«

Ich drehte mich zu der Stimme um und versuchte zu begreifen, was ich vor mir sah: Zovena, aber nicht in dem Zustand, in dem sie gewesen war, während ich sie als Fußmatte benutzt hatte. Ihre Wangen waren rosa, die Augen blau. Ich hörte ihren Herzschlag, obwohl ich drei Meter von ihr entfernt stand. Tränen strömten ihr übers Gesicht, ihre Nasenflügel bebten, während sie auf Tal hinunterstarrte. »Er hat mich in einen Alkoven gezerrt, während ihr getanzt habt. Es ging mir gar nicht gut, mir war schwindelig. Ich …« Sie blinzelte. »Er hat mich überwältigt. Ich habe geschmeckt, was er mir da in den Mund gekippt hat … Es war sauer und … süß, und ich sah nur noch Sterne vor Augen. Dann bin ich aufgewacht und … und …« Sie sah *mich* an, als könne ich erklären, was ihr widerfahren war. Was ich aber nicht konnte.

Tal hatte das nicht erwähnt. Mit keinem Wort.

»Er hat irgendeinen Anfall«, unterbrach uns Foley.

»Gebt ihm etwas zum Draufbeißen«, befahl Fisher. »Damit er sich nicht selbst verletzt.« Er beäugte den Boden des Tränensaals, schien etwas zu suchen. Dann wandte er sich zu mir und fragte: »Bist du okay? Geht es dir gut?«

»Ja, alles in Ordnung.«

»Gut. Kannst du hier auf mich warten, bitte? Und Foley mit Tal helfen?«

Ich nickte. »Ja. Ich …«

Fisher fuhr herum, packte Zovena am Arm und hastete los, sorgfältig den Leichen ausweichend.

Alles geschah so schnell. Hunderte Vampire lagen tot oder sterbend am Boden. Die Luft war klebrig, roch so durchdringend nach Kupfer, dass mir fast übel wurde. Tal lag auf der Seite, von Kopf bis Fuß heftig zitternd. Seine Augen waren verdreht. Seine bleiche Haut war mit Blut bespritzt, der schöne taubengraue Anzug ruiniert.

»Wird er sich erholen?« Blöde Frage, absolut dumm. Nein, *natürlich nicht*. Tal hatte den Inhalt dieser Phiole nicht trinken wollen. Er hatte dieses buchstäbliche Blutbad inszeniert und nicht vorgehabt, Zeuge davon zu werden.

Foleys düstere Miene sagte all das und noch mehr. Aber ich sah auch eine grimmige Entschlossenheit in seinem Blick. Er hatte nicht die Absicht, den Lord der Mitternacht kampflos aufzugeben. »Er beruhigt sich«, brachte er mühsam hervor. »Tal wird es schaffen.«

War es so auch im Labyrinth gewesen, nachdem Malcolm mich angegriffen hatte? Mein Blut am Boden verspritzte. Tal, der sich bemühte, mich zu retten? Ja, es musste wohl so ähnlich gewesen sein. Aber …

Fisher hatte stellvertretend für mich gehandelt. Er hatte für mich die Zustimmung gegeben. Und jetzt zwangen wir dem silberhaarigen Mann zu meinen Füßen gegen seinen Willen diese Veränderung auf.

Aber das war mir egal.

Ich wollte ihn nicht loslassen. Und seine Freunde wollten das auch nicht.

Tal stieß ein Röcheln aus und krümmte sich. Seine Augen flogen auf. Foley fiel auf den Hintern und schlug die Hände vors Gesicht. Die Zuversicht, die er gerade noch kundgetan hatte, war wohl vorgetäuscht gewesen, denn er gab jetzt einen halb erstickten Laut von sich, der deutlich nach Erleichterung klang.

»Was … habt ihr getan?«, krächzte Tal. Sein Blick irrte wild umher, aber zumindest zitterte er nicht mehr. Er presste eine Hand auf den blutüberschwemmten Boden, als wolle er sich abstützen, weil der Raum sich wohl vor seinen Augen drehte.

»Du kannst nicht … *das hier* anrichten … und dann *abhauen*!« Ich hatte meine Gefühle nicht mehr im Griff. Bestimmt würde ich gleich zu schluchzen anfangen. Ein Teil von mir sah das Blutbad ringsum und war froh darüber. Die meisten Hochadel-Vampire aus Sanasroth gab es nicht mehr. Sie hatten in ihren wahren Tod eingewilligt, anstatt sich zurückzuverwandeln. Aber wir hatten einen *Plan*, verdammt, und Tal hatte einfach seinen *eigenen* geschmiedet, ohne uns einzuweihen.

»Warum?« Ich kniete mich neben ihn und strich ihm das silbrige Haar aus dem Gesicht. »Warum hast du das getan?«

Aber Taladaius schloss nur die Augen, als sei mir die Antwort bekannt und er wolle sie nicht wiederholen. Eine Träne erschien in einem Augenwinkel, glitzernd wie kristallklares Wasser, und tropfte langsam über einen Nasenflügel auf den blutigen Boden. »Ihr müsst mich loslassen. Ich kann nicht bleiben«, flüsterte Tal.

»Heuchler«, fauchte Foley.

Tal schlug die Augen wieder auf, die so gewittergrau waren wie immer. Verzweiflung zeichnete sich auf seinem Gesicht ab, als er Foley ansah. »Du verstehst nicht …«

»Und ob ich verstehe«, knurrte Foley. Rasende Wut hatte ihn erfasst. Er beugte sich vor, um Tals Kinn zu packen, damit er nicht mehr wegsehen konnte. »Du hast mir immer wieder gesagt, die eigenen Charakterzüge würden sich nicht verändern, wenn man zum Vampir wird, sondern sich nur verstärken. Aber sieh dich doch um. Diese Kreaturen zerfallen jetzt zu Staub, weil sie bis in ihr schwärendes Mark böse waren. Sie haben den Tod und nicht das Leben gewählt, weil sie ihre Macht nicht einbüßen wollten. Die waren durch keinen Eid zu den Gräueltaten gezwungen, die sie begangen haben. Das haben sie *aus freiem Willen* getan. Du …«

Foley verstummte und schüttelte Tal, als er versuchen wollte, sich abzuwenden. »Du dagegen trägst keine Verantwortung für deine Taten. Du wurdest zu den Grausamkeiten *gezwungen*, die du begangen hast. Malcolm *wusste*, wie sehr dich das innerlich zerreißen würde.«

Tal schloss erneut die Augen, während mehr Tränen über sein Gesicht rannen, das sich jetzt gequält verzog. »Lasst mich …«, flüsterte er.

»Du wirst dir selbst vergeben«, drängte Foley. »Du *musst*. Und währenddessen kannst du dieses unsinnige Schuldgefühl dazu nutzen, etwas wiedergutzumachen. Das zu heilen, was Malcolm zerstört hat, Tal. Es gibt immer noch *Hoffnung*.«

Taladaius' Kopf kippte abrupt nach hinten, als ihn ein neuer Anfall überkam, doppelt so heftig wie der vorherige. Tal bebte am ganzen Körper, sein Gesicht war vor Schmerz verzerrt.

Das war schlimmer, als mitzuerleben, wie meine Freunde in Zilvaren starben. Da hatte es einen konkreten Feind gegeben. Aber Tals eigener Körper schien hier der Feind zu sein, und dagegen konnte ich nicht ankämpfen. »Warum wird es bei ihm nicht besser? Die anderen …«

Andere ehemalige Hochadel-Vampire wanderten zwischen den Toten umher, so benommen, als seien sie gerade aus einem Albtraum erwacht. Sie stiegen über die Leichen ihrer Liebsten und Freunde, blickten verstört um sich. Die meisten schluchzten, wirkten aber ansonsten unversehrt. Tal jedoch, der erneut Schaum vor dem Mund hatte, krallte die Hände in die Brust, als winde er sich im Todeskampf.

»Los, wir müssen weg von hier.« Fisher war wieder aufgetaucht, schob Zovena vor sich her. Die blonde Schlampe stolperte, kam ins Taumeln. Sie hatte ihre Schuhe irgendwo verloren, und ihr hübsches rotes Kleid war schmutzig und zerrissen. »Ich kann Algat nirgendwo finden«, meinte Fisher. »Habe alles abgesucht.

Ich hatte sie aber noch auf der Tanzfläche gesehen, bevor ich dich von da weggeholt habe, Osha. Sie hatte keine Zeit zu flüchten, bevor Tal seine Nummer hier durchgezogen hat.«

»Und das heißt jetzt …«

»Das heißt vermutlich, dass sie aus einer Phiole getrunken hat und keine Hochadel-Vampirin mehr ist«, antwortete Fisher. »Und glaube mir, wenn du sie schon als Vampirin schlimm fandest, dann willst du ihr als Hexe ganz bestimmt nicht begegnen.«

***

Tals Ring; Zovenas Ring; eine goldene Halskette mit dem Briarstone-Familienwappen: drei neue Reliquien im Handumdrehen hergestellt.

Keine Scherze. Keine Geheimnisse. Keine Erinnerungen.

Das Quicksilver hatte sich mit dem Schmuck verbunden, als sei es das Natürlichste auf der Welt. Tal war bewusstlos, als wir in das Becken stiegen, deshalb trug Fisher ihn. Foley umklammerte fest Zovenas Handgelenk, als sie im Silber verschwanden. Ich folgte ihnen, warf aber noch einen Blick über die Schulter. Die Bewohner von Ammontraíeth, zu Fae geworden, waren verwirrt. Sogar unten in den Zahnrädern waren alle Hochadel-Vampire tot, und verstörte Fae streiften durch die Straßen, wussten nicht, was sie tun sollten, wo sie hingehen sollten. War ich noch ihre Königin? War das noch ihre Heimat? Jetzt zu verschwinden, war sicher nicht die beste Idee, aber was sollten wir sonst tun?

In der Schmiede von Cahlish hielten sich nur ein paar Hühner auf, die überrascht gackerten, als wir aus dem Quicksilver auftauchten. Mir drehte sich der Kopf. Wegen Zovenas dauerndem Schluchzen konnte ich keinen klaren Gedanken fassen.

Die Nachtluft war schneidend kalt, als wir über den Hof zum Haus gingen. Hoch aufragend wie ein stolzer Wächter, erhellte es die Dunkelheit in strahlendem Licht, und mein Herz schlug schneller, als die Eingangstür in Sicht kam. Ein Teil von mir wollte gern glauben, dass wir in Sicherheit wären, sobald wir das Haus betraten – was natürlich naiver Blödsinn war. Ich erlaubte mir dennoch, daran festzuhalten. Für die nächsten vierundzwanzig Stunden musste ich mir das einfach gönnen, um nicht unter der Last all dessen zu kollabieren, was sich derzeit ereignete.

Taladaius war zu sich gekommen und zuckte wieder heftig, versuchte dabei zu sprechen. Er rang nach Luft, als habe er vergessen, wie man atmet. Aber ich vermutete, dass er es tatsächlich vergessen hatte … Immerhin lag es tausend Jahre zurück …

Zovena tappte schniefend hinter Fisher her und gab ab und zu ein gequältes Schluchzen von sich, sprach aber nicht. Sie war geschwächt und kam vor Erschöpfung immer wieder ins Stolpern.

Fisher öffnete die Tür und bedeutete mir, dass ich vorgehen solle, was auch gut so war – denn kaum hatte ich Cahlish betreten, stand ich vor meinem Bruder, der einen schweren Schürhaken von einem der Kamine drohend erhoben hatte.

Hayden riss verblüfft die Augen auf, als er mich sah. »Was bei den fünf Höllen ist mit dir passiert?« Er runzelte die Stirn. »Und was hast du da an?«

Wir waren so überstürzt aus Ammontraíeth geflüchtet, dass ich mich logischerweise nicht mehr umgezogen, sondern mir nur in letzter Sekunde Edwinas Buch geschnappt hatte. »Ein *Kleid* habe ich da an, Hayden«, sagte ich müde. »Wo ist Carrion?«

»Oben. Hat mich runtergeschickt, damit ich ihm was hole. Als ich den Krach an der Tür gehört habe, dachte ich, da seien Einbrecher. Warum bist du so *nass*, Saeris? Ist das *Blut*?« Mein Bruder schien immer verwirrter, während die anderen hereinkamen – zuvorderst Fisher, den er natürlich kannte, im Gegensatz zu dem zuckenden Tal, Foley und Zovena. Wir wirkten alle, als seien wir durch die Mangel gedreht worden. »Ihr seht gar nicht gut aus.

Ich dachte, ihr geht zu einem *Fest.*« Hayden umklammerte den Schürhaken fester, offenbar unsicher, ob der doch noch zum Einsatz kommen sollte.

»Wo ist Te Léna?«, fragte ich. »Hast du sie gesehen?«

»Immer noch im Speisesaal, glaube ich«, antwortete er. »Wir waren erst vor Kurzem mit dem Abendessen fertig, ich wollte gerade ins Bett gehen.«

»Bett? Ja, gute Idee wahrscheinlich.« Bei den Göttern, es war noch nicht mal Mitternacht. Die große Standuhr im Flur zeigte erst kurz nach halb zwölf an, aber das wusste Hayden wahrscheinlich gar nicht. Ich hatte eine ganze Weile gebraucht, um mich an yvelianische Uhren zu gewöhnen. Unsere Sonnenuhren in Zilvaren waren weniger kompliziert als die Fae-Chronometer, aber auch wesentlich ungenauer. »Dann geh doch einfach schlafen, und wir … reden morgen über alles, okay?« Warum hörte ich mich so seltsam an? So *steif*? Ich erkannte meine eigene Stimme kaum.

Hayden schnaubte ärgerlich, ließ aber zumindest den Schürhaken sinken. »Du willst mich also wegschicken? Mir mal wieder die Wahrheit vorenthalten? Weil das das letzte Mal so *gut* funktioniert hat?«

Ich liebte ihn wirklich. Das ging gar nicht anders. Aber bei den Göttern, er machte es mir manchmal schwer. »Na schön. Weißt du, was, Hayden?« Ich warf die Hände in die Luft. »Wie du willst. Du möchtest gern alles erfahren? Kein Problem. Hör dir gern alles an. Du wirst dir gleich wünschen, du hättest nichts gewusst, so viel kann ich dir schon mal versprechen.«

***

Ich konnte mich kaum noch wach halten. Saeris war blass wie ein Geist neben mir am Tisch. Wir hatten keine Zeit zum Waschen gehabt, deshalb hatte ich uns mit meinen Schatten gesäubert. Tal war wieder bewusstlos und lag oben in einem Zimmer. Zovena schluchzte immer noch und war so aufgelöst, dass sie nicht mal bemerkte, als ich mit meiner Magie das Blut von ihrem Kleid entfernte.

Nachdem ich bei allen für saubere Kleidung gesorgt hatte, waren uns von Archer unsere Zimmer gezeigt worden. Dann hatte Te Léna sich eine Stunde lang unserer Verletzungen angenommen. Anschließend saßen wir alle zusammen am Tisch, und ich berichtete ihr und Maynir von den Ereignissen in Ammontraíeth. Etwa bei der Hälfte der Geschichte kam Carrion hereingehastet, mit einem kleinen blauen Topf voller Erde in den Händen und einem Dolch zwischen den Zähnen. Der Schmuggler blieb wie angewurzelt stehen, als er uns am Tisch sitzen sah. »Habe ich was verpasst?«, fragte er undeutlich um den Dolch herum. »Ich habe *eindeutig* was verpasst.«

»Setz dich hin und hör zu«, befahl ich. Bis vor Kurzem hätte ich Carrion jetzt gesagt, er solle das Weite suchen und die Scheißtür hinter sich zumachen. Aber mir waren inzwischen ein paar Gedanken gekommen, die ich nicht länger ignorieren konnte. Es würde nicht mehr lange dauern, bis wir über den yvelianischen Thron nachdenken mussten, und Swift würde sich gewiss nicht weniger lächerlich aufführen, wenn ich ihn weiter wie einen Narren behandelte. Es gefiel mir nicht, aber seine Bemerkung in Zilvaren war mir in Erinnerung geblieben.

Carrion zog überrascht die Augenbrauen hoch. »Ich wollte nur gerade ein paar Pflanzen rausbringen …«

»*Setz dich,* Carrion.«

Ein Lächeln breitete sich langsam auf seinem Gesicht aus. »Du willst, dass ich bleibe. Du hast mich *vermisst.*«

»Wenn du nicht sofort den Dolch aus dem Mund nimmst und dich hinsetzt, haue ich dir diesen Topf über den Kopf, ich schwöre es«, murmelte Saeris.

»Okaaaay. Alles gut. Ich sitze ja schon.« Carrion zwinkerte meiner Gefährtin zu, während er sein Zeug abstellte und sich niederließ. Noch immer herrschte Leere am Tisch, zu viele Stühle blieben unbesetzt. Lorreth und Danya waren im Kriegslager. Nur die Götter wussten, wo Renfis abgeblieben war. Und noch jemand fehlte. Eine Person, mit der ich mich *auf jeden Fall* unterhalten wollte.

Sie tauchte auf, als ich Te Léna und Maynir gerade schilderte, wie wenige der Hochadel-Vampire die Chance genutzt hatten, wieder zu Fae zu werden. Abruptes Schweigen trat ein, als Iseabail hereinkam.

Sie wirkte nicht, als wolle sie etwas vortäuschen. Strahlte keinerlei Betretenheit oder Reue aus.

Ich sah sie an und hielt ihrem Blick stand.

»Iseabail, komm, setz dich zu uns.« Te Léna war immer warmherzig, obwohl die Stimmung im Raum jetzt frostig geworden war. »Fisher erklärt uns gerade, was sich in Ammontraíeth ereignet hat.«

»Darüber ist *sie* genauestens im Bilde – nicht wahr, Iseabail?«, sagte ich.

Die Hexe presste die Hände an ihren Rock, vermutlich, um sie abzuwischen, weil sie schweißnass waren – aus verdammt guten Gründen. »Ja«, erwiderte sie mit klarer Stimme. »Und du möchtest bestimmt gern, dass ich etwas bereue, Kingfisher. Tue ich aber nicht. Das kann ich gar nicht.«

»Du hast meine Gefährtin in Gefahr gebracht«, knurrte ich.

Saeris, die zu meiner Linken saß, wandte den Blick von der

rothaarigen Hexe ab und sah mich an. Mit ihrer schnellen Auffassungsgabe hatte Saeris schon zwei und zwei zusammengezählt, schien aber dennoch nicht wütend auf Iseabail zu sein, die am Kopfende des Tisches stand. Saeris legte eine Hand auf die meine und seufzte erschöpft. »Ich bin nicht verletzt worden. Das war eindeutig nicht deren Absicht.«

Carrion stützte das Kinn in eine Hand und sagte: »Wovon bei allen fünf Höllen redet ihr?«

Ruhig und gelassen antwortete Iseabail: »Sie sind wütend auf mich wegen dem, was sich heute Abend ereignet hat.«

Te Léna erahnte alles, ebenso wie Maynir. Die Heilerin und ihr Mann warfen sich einen betroffenen Blick zu. »Du wolltest nicht mehr hierher zurückkommen, um uns zu helfen, oder?«, fragte Te Léna. Niemand hätte es ihr übel genommen, wenn sie über den Verrat der Hexe wütend gewesen wäre. Aber es war noch schlimmer: Die Heilerin war verletzt. Weil sie geglaubt hatte, eine Freundin gefunden zu haben.

Iseabails trotzige Miene veränderte sich angesichts dieses Vorwurfs, aber sie hielt sich weiterhin aufrecht, mit hocherhobenem Kinn. »Es tut mir leid, Te Léna. Ich hatte Freude daran, mit dir Zeit zu verbringen und von dir zu lernen, aufrichtig. Ich wollte euch auch wirklich helfen, Ren zu finden, aber ich brauchte einen Grund, um mich hier in Cahlish aufzuhalten. Ich musste in der Nähe sein, damit der Zauber wirkt.«

»Ah! Jetzt verstehe ich«, sagte Carrion. »Du bist für den Tod der Hochadel-Vampire verantwortlich. *Du* hast Tal diese Phiolen gegeben, um den Bluthof zu vernichten!«

»Ich habe getan, was getan werden musste. Wisst ihr, wie lange wir auf die Gelegenheit gewartet haben, Zugang zu Ammontraíeth zu bekommen? Wisst ihr, wie lange …«

»Du hast meine Gefährtin *in Gefahr gebracht*«, wiederholte ich.

Iseabail biss sich auf die Unterlippe und blickte auf ihre Hände hinunter. Aus klaffenden Wunden an den Handgelenken tropfte Blut auf den Boden des Speisesaals.

Ich schloss die Augen und lachte freudlos. »Sobald das Blut in den Phiolen wirkte, waren die Hochadel-Vampire von der Herrschaft des Bluthofes befreit, nicht wahr?«

»Ja«, antwortete die Hexe.

»Sie hätten uns jederzeit angreifen können.«

»Ja.«

»Und es war dein Blut, das die Domestiken in deren Gläser gegeben haben, oder?«

»Ja. Tal hat sie mir zum Fluss gebracht, und ich habe sie mit Siegeln markiert. Als sie sich schnitten, habe ich durch ihre Adern geblutet. Eigentlich nur ein einfacher Übertragungszauber. Mein Blut …«

»Dein Blut ist ein Fluch für alle Vampire. Es tötet sie – außer sie nehmen das Heilmittel, das dein Clan erfunden hat.«

»Ja.«

Wieder und wieder antwortete Iseabail ohne Scham und Bedauern mit Ja. Schatten quollen aus mir hervor, wehten wie Rauch an den Armlehnen des Stuhls entlang und krochen über den Tisch auf die Hexe zu.

»Fisher«, mahnte Saeris. »Mir ist nichts passiert. Es ist okay, wir können damit anders …«

»Du hast Tal angelogen«, sprach ich weiter.

Die Hexe beobachtete zunehmend ängstlich, wie die Schatten näher kamen. Ihre Furcht vibrierte in der Luft. »Das war nicht zu vermeiden. Hätte er gewusst, dass die Hochadel-Vampire dich oder Saeris angreifen konnten, hätte er niemals in den Plan eingewilligt. Es ist mir wirklich unangenehm, dass ich ihn anlügen musste, ich fühle mich schlecht deshalb. Und ich würde jede Bestrafung von ihm hinnehmen, wenn er sich entschlossen hätte, wiedergeboren zu werden, aber …«

»Tal lebt«, fauchte ich. »Du scheinst mühelos Freunde von dir sterben zu lassen, aber wir sind da anders …«

Iseabail blieb der Mund offen stehen, und sie trat einen Schritt auf den Tisch zu, machte dabei Abwehrzeichen mit den Händen, um meine Schatten zurückzudrängen. »Tal *lebt*?«

»Du kannst meine Magie nicht mehr lange abwehren, Iseabail. Du bist hier in *meinem* Haus …«

»Das ist mir egal, Fisher! Töte mich von mir aus! Ich wusste, dass ich einen Preis für all das bezahlen werde. Dafür wurde ich *geboren*!« Sie sprach schnell, und ihre Hände zitterten, als meine Schatten gegen die Abwehr pressten. Ich würde nicht lange brauchen. Ein fester Stoß von mir, und ich würde sie durchbrechen. Ich würde die Hexe verdammt noch mal *umbringen* für das, was sie getan hatte. »Hör mir zu! Warte!«, rief sie schrill aus. »Ist Tal hier?«

»Er liegt oben und ruht sich aus«, knurrte Foley. Er hatte sich bisher rausgehalten, schien aber nicht länger schweigen zu können. »Alle fünf Minuten hat er Krämpfe. Er wird sich vielleicht nie mehr von diesem *Scheißzeug* erholen, was wir ihm in den Rachen kippen mussten.«

»Ihr müsst mich zu ihm bringen. Sofort!«

»Mit absoluter Sicherheit werden wir das nicht …«

»*Warum?*«, verlangte ich zu wissen. Die Hexe wirkte eindeutig verängstigt.

Iseabail atmete mühsam ein, und die Hände zitterten heftiger, als meine Schatten noch mehr Druck erzeugten. Sie sah mich unumwunden an und antwortete hastig: »Die Siegel, mit denen ich die Domestiken markiert habe, waren nicht groß genug. Nicht stark genug. Ich konnte nicht das Risiko eingehen, dass die Hochadel-Vampire die Magie an ihnen spüren oder große Zeichen sehen würden. Ich brauchte einen viel größeren Kanal, um den Zauber zu wirken, einen, der die Energie zu den Domestiken zurücklenken und ihn vervollständigen würde.«

»Wovon redest du da, Iseabail?« Saeris sprang schon auf, um mir zu folgen. Während die Hexe sprach, war mir schlagartig etwas klar geworden, und ich lief zur Tür.

Das verfluchte Tattoo.

Das ich auf Tals Brust unter seinem offenen Hemd gesehen hatte, im Tränensaal. Es war gar kein Tattoo, sondern ein *Hexenmal.*

Scheiße!

Ich schoss an Iseabail vorbei, holte meine Schatten zurück. »Wird es ihn umbringen?«, schrie ich.

Sie gab ihre Abwehr auf und rannte uns nach. »Wenn ich nicht sofort bei ihm bin, wird es uns *alle* umbringen!«

Als wir das Zimmer erreichten, brannten bereits die Vorhänge. Und die Bettdecke. Die Farben des Ölgemäldes an der Wand schmolzen und rannen über den Goldrahmen. Taladaius lag so da, wie wir ihn hingelegt hatten, in der Hoffnung, dass er sich erholen würde. Flammen züngelten um ihn herum, hatten aber bislang nur sein Hemd verbrannt, sodass das monströse Hexenmal, das seinen kompletten Brustkorb bedeckte, vollständig zu sehen war.

»Zareth helfe uns«, zischte Te Léna, als sie nach uns hereingestürmt kam. »Was bei allen fünf Höllen hast du dir dabei gedacht, Iseabail? Die Knoten dieses Mals kann man doch nie und nimmer lösen!«

Die Linien waren fest geknüpft, Aberhunderte von Zaubern bildeten ein Gewebe, für dessen Entwirrung ein ganzer Hexenzirkel einen Monat gebraucht hätte. Te Léna hatte recht: Wir waren geliefert.

»Ich muss es zumindest *versuchen*«, rief Iseabail. »Ich habe sie geknotet, ich kann sie auch lösen!«

»Warum hast du ihm das angetan?« Maynir wich vor der Hitze der Flammen und dem Anblick des Hexenmals zurück, als würde er am liebsten davonlaufen.

Als Iseabail sich ans Werk machte, leuchtete das Hexenmal auf, erkannte seine Schöpferin. Mit fliegenden Händen zog sie an den Fäden, löste so schnell wie möglich einen Knoten nach dem anderen. »Er sollte das Mal *mitnehmen*«, stieß sie durch zusammengebissene Zähne hervor. »Er hat gesagt, er würde sterben! Der Zauber wäre mit *ihm* erloschen!«

Es war zu spät.

Wir hatten den Fall des Bluthofes und so viele gefährliche Situationen überlebt und würden jetzt am Hexenmal aller Hexenmale scheitern. Was für ein scheißblöder Scherz.

Foley stand wutentbrannt in der offenen Tür. Carrion hielt neben ihm den Dolch in der Hand, den er vorher zwischen die Zähne geklemmt hatte, aber da war niemand, den er damit attackieren konnte. »Was ist denn hier los?« Auch er schrak vor der Hitze zurück. »Warum steht Tal in Flammen?«

»Das Hexenmal auf seiner Brust ist geborgte Magie. *Dunkle* Magie. Sie verleiht demjenigen Macht, der es knüpft. Aber wenn man es nicht überwacht, *stiehlt* es Magie und wird irgendwann ein Portal öffnen, das nicht mehr geschlossen werden kann.« Te Léna musste schreien, um das Knattern der Flammen und Iseabails Beschwörungen zu übertönen.

»Was für ein Portal?«, fragte Saeris. Ich hatte sie mit dem Körper vor den Flammen geschützt, aber jetzt trat sie hinter mir hervor und ging zum Bett. Ihre rechte Hand leuchtete so grell wie ein funkelnder Stern. »Was ist hinter diesem Portal?« Sie sprach nicht laut, wurde aber trotzdem von allen gehört.

»Das Reich, in dem alle dunkle Magie herrscht«, antwortete Te Léna. »Das *Dämonenreich.* Ich werde den Namen nicht aussprechen!«

Iseabails Finger zupften und zogen mit rasender Geschwindigkeit, doch sie waren nicht schnell genug. Dieses Hexenmal hätte niemals gelöst werden sollen. Es war ein Todesurteil und der

Grund, aus dem Tal uns angefleht hatte, ihn sterben zu lassen. Er hatte gewusst, welche Zerstörungskraft er auf der Haut trug, und hatte versucht, das hier zu verhindern. Aber keiner von uns hatte auf ihn hören wollen.

»Ich kann sie fühlen«, murmelte Saeris. »Sie wollen zu uns vordringen. Sie sind … *hungrig.*« Ihre schöne Frisur für den Ball hatte sich aufgelöst, ihr Haar sah wirr und durcheinander aus.

Vorsicht, Osha. Die Flammen sind echt. Sie können dich erfassen. Ich ging ihr nach, griff nach ihr und bereute es augenblicklich. In dem Moment, in dem die Runen auf meiner Hand die identischen auf ihrer Hand berührten, blitzte Licht auf, so grell wie bei einer Explosion. Ein mörderischer Schmerz fuhr mir in den Arm, schoss dann in meinen Kopf und zwang mich in die Knie. Ich konnte nicht mehr denken. Nicht mehr atmen. Jemand schrie irgendwo – es war Hayden, der seine Schwester anschrie, sie solle umkehren. Foley hielt ihn fest, damit er sich nicht in das brennende Zimmer stürzte.

Flammen schlugen bis zur Decke hoch, verschlangen den dort aufgemalten Nachthimmel mitsamt aller Sterne.

Die Höllen nahten.

Die Höllen waren *hier.*

Doch dann lehnte sich Saeris über Tal und presste beide Hände auf seine Brust. Ihr rechter Arm erstrahlte in bläulich weißem Licht.

Zwischen zwei Herzschlägen, als meine blockierte Lunge versuchte, sich mit Luft zu füllen, aber scheiterte, löste sich Iseabails Knotengeflecht auf, und die Flammen der Höllen erloschen.

41

BEGREIFEN

SAERIS

»Sie hat nicht mal *versucht*, Ren zu finden.«

Sonnenstrahlen fielen durch die Bäume, zeichneten ein geflecktes Muster aufs Gras. Durch eine freie Stelle zwischen den Ästen konnte ich zum strahlend blauen Himmel aufblicken, wo hoch oben ein Vogel kreiste, ein schwarzer Punkt. In der feuchten, warmen Luft brummten Insekten. Fisher wanderte barfuß über die Wiese, riss wütend Blätter von einem Ast, den er aufgehoben hatte, und fluchte dabei lautstark auf Alt-Fae vor sich hin – gewiss irgendwelche üblen Verwünschungen, die ich aber nicht verstand.

Ich zog die Knie an die Brust und genoss die Wärme der Sonne auf den Armen. Wir waren beide extrem erledigt gewesen, als wir einschliefen, und ich hatte nicht erwartet, dass wir träumen würden, doch da waren wir nun in Ballard. Fisher hatte mir erzählt, dass Ballard in seiner Kindheit einer seiner Lieblingsorte gewesen war. Die kleine Lichtung war von Wald umgeben, und an einer Seite plätscherte ein Bach. Silbrige Fische glitzerten wie Messer im Wasser und schwammen gegen die Strömung an.

Ich band mir den Grashalm, mit dem ich gespielt hatte, um den Zeigefinger, während ich versuchte, Ordnung in meine Gedanken zu bringen. In den Träumen fiel es mir manchmal schwer, mich zu konzentrieren. Es kam mir dann vor, als fehle irgendeine Information, und es gelang mir nicht, sie zu finden, sosehr ich mich auch anstrengte.

Die Haare der meisten Leute wirken in der Sonne heller, ein bisschen rötlich oder bräunlich. Aber Kingfishers Haar sah im hellen Licht schwärzer denn je aus. Die schulterlangen welligen Haare wehten nach hinten, sodass die spitzen Ohren zum Vorschein kamen. Wie seltsam er doch war! Ein Winterwesen. So nannte er sich selbst. Die blasse Haut, die eisgrünen Augen, die Schatten. Am wohlsten schien er sich zu fühlen, wenn Schneeflocken sich auf seinen Schultern niederließen und die Wangen von der Kälte gerötet waren. Hier jedoch zeigte sich ein anderer Teil von ihm. Er gehörte ebenso hierher wie nach Cahlish oder an die Ufer des Darn. Ballard passte gut zu ihm. Und als ich ihn hier beobachtete, barfuß, das Hemd weit geöffnet, sodass die kühnen, geschwungenen Tintenlinien zu sehen waren …

Seine Augen loderten vor Wut, als er sich zu mir umdrehte und mit dem Ast auf mich zeigte. »Sie hätte nur fünf Minuten dafür gebraucht. Fünf *Minuten*!« Jetzt stieß er den Stock himmelwärts, als wolle er jedes Wort betonen. »Und nun sieh nur, was jetzt los ist. Ammontraíeth ist ein verfluchter Friedhof, Tal ist halb tot, im Anwesen sind Zovena *und* eine Hexe in zwei separaten Zimmern eingeschlossen, und wir wissen *immer noch nicht*, wo Renfis steckt!«

»Du trampelst da grade einen neuen Pfad ins Gras«, merkte ich an.

»Und! *Und!*« Er wirbelte herum und schleuderte den Stock in den Fluss. »Du hast eine neue Rune, und wir haben nicht die leiseste Ahnung, was sie bedeutet!«

Die dritte Rune war in dem Moment erschienen, als ich Tals Brust berührt hatte. Ich hatte nicht geplant, in das brennende Zimmer zu gehen. Und auch nicht, das Hexenmal anzufassen. Etwas hatte mich vorwärtsgezerrt, mit solcher Wucht, dass ich nicht dagegen ankam. Mein Körper hatte mir nicht mehr gehorcht. Das war ein furchterregendes Gefühl gewesen, das ich nicht noch einmal erleben wollte, aber ich hatte Tal tatsächlich helfen können. Und nicht nur das. Den anderen zufolge hatte ich ihn *gerettet* und ein Höllentor davon abgehalten, Cahlish zu vernichten. Darüber sollte ich mich wahrlich nicht beklagen, auch wenn niemand von uns verstand, was da geschehen war.

Ich streckte die Hand aus und wackelte mit den Fingern. »Kannst du bitte mal herkommen?«

Er biss die Zähne zusammen und beäugte mich argwöhnisch. »Wenn ich zu dir komme, kann ich hier nicht mehr auf und ab tigern.«

»Ach wirklich?«, erwiderte ich mit gespielter Bestürzung. »Oje!«

»Wenn ich zu dir komme, kann ich nicht mehr auf Iseabail wütend sein.«

Ich wedelte noch heftiger mit den Fingern. »Bringt es dich irgendwie weiter, wenn du wütend auf sie bist?« Er warf mir einen verdrossenen Blick zu, der mich zum Lachen gebracht hätte, wäre dieser Tag nicht einer der schlimmsten Scheißtage gewesen, die ich je erlebt hatte. »Kannst du bitte jetzt einfach herkommen und mich in den Arm nehmen?«

Das wirkte. Fisher ließ die Hände sinken und starrte mich einen

Moment lang mit brennendem Blick an, bevor er schließlich zu mir getrabt kam. In der nächsten Sekunde saß er im Schneidersitz vor mir und zog mich auf seinen Schoß, arrangierte meine Beine so, dass sie seine Taille umschlossen. Die Hände lagen unter meinen Oberschenkeln, und er begann mit den Daumen die Verspannungen in meinem unteren Rücken zu massieren, während er mich ansah.

»Du hast darum gebeten, in den Arm genommen zu werden«, sagte er leise.

»Habe ich, ja.«

»Hast du jemals jemanden darum gebeten?«

Ich schüttelte den Kopf, schlang die Arme um seinen Nacken und verbarg mein Gesicht an der Halskuhle. »Nein. Und wenn du jemandem erzählst, dass ich das getan habe, werde ich es vehement leugnen.«

Er lachte, und seine Stimme klang tief und dunkel. »Von uns beiden kann nur einer nicht lügen, Osha. Ich denke, die Leute werden wissen, wem sie glauben können.«

»Götterverfluchter Firinn-Stein.«

Sein Lachen übertrug sich, ich spürte es im ganzen Körper. So ein tröstliches Gefühl. Fisher ließ eine Hand über mein Haar gleiten, bis hinunter zum Rücken. Er hatte es nie gesagt, liebte es aber, mein Haar zu streicheln. Ich wusste nicht, warum, wollte ihn aber auch nicht fragen. Die Berührung tat so gut, beruhigte mich mehr als alles. »Also«, flüsterte er, »willst du über die Tatsache reden, dass es wieder ein Heilmittel gegen den Blutfluch gibt?«

Und das war's dann gewesen mit meiner Ruhe.

»Nein, eigentlich nicht«, murmelte ich an seinem Hals.

Er lehnte sich zurück, bis er mir in die Augen blicken konnte. »Warum nicht? Was verbirgst du vor mir?«

»Ich verberge nichts. Ich versuche zu *begreifen.*« Mit einem Stöhnen ließ ich mich nach hinten fallen und warf die Arme über den Kopf. Wobei ich eigentlich noch auf Fishers Schoß saß. Irgendwie zumindest. Meine Beine waren jedenfalls noch um seine Taille geschlungen.

Er zog die Augenbrauen hoch und blickte amüsiert auf mich hinunter. Mein Hemd war hochgerutscht, und ein kleines Lächeln umspielte Fishers Lippen, während sein Blick über meinen Bauch wanderte, über die nackte Haut, die da zum Vorschein gekommen war. Ganz langsam bewegte er die Hände und legte sie auf die Stelle, die er entdeckt hatte. Ich spürte die rauen Finger und konnte nicht widerstehen.

»Was ist das für ein Ausdruck auf deinem Gesicht, Kingfisher?«

Er zog die Augenbrauen hoch. »Ausdruck? Ist da ein *Ausdruck*?«

Ich nickte. Das Gras kitzelte mich an den Ohren. »Ja, wohl.«

»Ach, weiß nicht.« Er zuckte die Schultern und sah zum Fluss hinüber. »Der Arsch meiner Gefährtin reibt sich an meinem Schwanz, während sie vor mir liegt und ich ihre Hüftknochen sehen kann …«

»Du magst also meine Hüftknochen?«

Ohne hinzuschauen, ließ er die Fingerspitzen darübergleiten, schlang dann abrupt die Hände um meine Taille und drückte sie fest. »Ich *liebe* deine Hüftknochen«, sagte er. »Und ich liebe es, wie deine Brüste aussehen, wenn sie sich gegen den Stoff pressen wie gerade jetzt. Wenn da ein *Ausdruck* auf meinem Gesicht ist, dann weil ich wahnsinnig abgelenkt bin durch dich, obwohl ich furchtbar ernsthafte Dinge mit dir besprechen will.«

Wahnsinnig abgelenkt? Das gefiel mir. Ich bewegte den Hintern ein bisschen hin und her, damit das Hemd noch höher rutschte. »Ich will aber gar nicht über *furchtbar ernste Dinge* reden.«

Sein Blick richtete sich wieder auf meinen Bauch und wanderte dann so langsam wie ein Eisberg höher zu meinen Brüsten. »Ich hatte erwartet, dass du es aufregend finden würdest, eine Fae zu werden«, meinte er.

»Schon, ja. Tue ich auch. Aber …« Ich hakte die Daumen in die Taschen meiner Hose und zog sie bis unterhalb meiner Hüftknochen. Sie saß jetzt skandalös, beinahe unanständig weit unten.

Jetzt lächelte Fisher so breit, dass seine Eckzähne zu sehen waren, und schüttelte langsam den Kopf. »Glaubst du, ich wüsste nicht, was du da gerade machst?«

»Ich mache gar nichts«, log ich.

Er blickte finster drein. »Glaubst du etwa …« Seine Hände glitten an meiner Taille hinauf. »Das ist das erste Mal …« Er biss sich auf die Unterlippe, als ich erbebte. »Dass eine schöne Frau …« Jetzt wanderte eine Hand unter mein Hemd und schob es nach oben. »Versucht, mich zu verführen?« Er kniff mir in die Brustwarze, zwirbelte daran, während er das Wort *verführen* aussprach.

Ich zog scharf die Luft ein und bäumte mich auf, als der Schmerz durch meinen Körper schoss und sich zwischen den Beinen niederließ.

Fishers Augen loderten, und die Tattoos an seinem Hals wirbelten, als sie unter seiner Haut zum Leben erwachten.

»Nur ein klein wenig.«

»Nur ein klein wenig?«

»Mm.« Ich hob die Hüften wieder an und presste den Hintern nach unten. Fishers Augenlider flatterten. »Okay. Nur ein klein wenig also. Ich erlaube dir, dass du mich *nur ein klein wenig* verführst, wenn du meine Frage vernünftig beantwortest.«

»Das war eine Frage?«, neckte ich ihn.

»Jetzt sag es mir«, knurrte er. »Warum ist das keine Neuigkeit? Ich kann Iseabails Methoden zwar nicht gutheißen, aber es gibt keine Hochadel-Vampire in Ammontraíeth mehr, *du* musst also auch keine von ihnen mehr sein.«

Bei allen Göttern! Ich würde nicht bekommen, was ich wollte, wenn ich nicht vorher seine Frage beantwortete, oder? Aber dieses Thema war schwierig, zu heikel, um es jetzt anzugehen. Dennoch holte ich tief Luft und sagte die Wahrheit, obwohl das vielleicht nur Unglück bringen würde. »Und wenn es nicht funktionieren wird? Ich bin keine vollständige Vampirin, nicht wahr? Wenn mich das nun *umbringt*?«

»Es wird dich nicht umbringen«, entgegnete Fisher und drückte mit einer Hand meinen Busen, während die andere mir die Hose öffnete.

Ich schloss die Augen, gab mich dem hin, was er da gerade tat. »Aber wenn …«

»Was?«, flüsterte er.

»Wenn ich *nicht* sterbe? Wenn ich wieder *ein Mensch* werde? Das Zeug in den Phiolen hat Tal und die Hochadel-Vampire in ihren ursprünglichen Zustand zurückversetzt. Und wenn das bei mir dann auch passiert?«

Fisher sah so ungerührt aus, als sei das nicht beängstigend. »Dann wirst du wieder ein Mensch«, antwortete er.

»Und wenn ich dann alt werde und sterbe?«

Er zuckte mit den Schultern. »Dann wirst du eben alt und stirbst.«

»Und du würdest einfach … einfach …« Es kam mir nicht über die Lippen. Er würde tun, was er immer tat. Er würde dem Volk von Yvelia zur Seite stehen und gegen Belikon und alle kämpfen, die eine Bedrohung für seine Lieben darstellten, und so wollte ich das auch. Ich würde nicht wollen, dass er alles aufgab, wenn ich nicht mehr da war, aber …

»Ich würde *mit dir* gehen, Osha.« Er hörte sich an, als sei es Irrsinn, etwas anderes zu glauben.

Mein Herz zog sich zusammen. Er meinte das ernst – ich sah es in seinen Augen – und wirkte völlig unbeeindruckt von der Vorstellung. »Hier bin ich jung«, sagte er. »Und ja, es gibt noch vieles, was ich in diesem Reich sehen und erleben möchte. Aber niemals ohne dich.«

»So *einfach* ist es aber nicht, Fisher.«

Er legte den Kopf schräg. »Ach nein?«, meinte er leise. »Mir erscheint das sehr einfach. Würdest du nicht mitkommen und im Jenseits mit mir zusammen sein wollen, wenn ich sterben sollte?«

»Doch, natürlich!«

»Dann lass meine Liebe so stark sein wie deine.« Seine Stimme klang so zärtlich, dass mir Tränen in die Augen schossen.

»Aber wenn es so ein Jenseits gar nicht gibt?«

Er lächelte traurig und ließ einen Moment lang den Kopf hängen. Als Fisher wieder aufblickte und mich anschaute, sah er liebevoll und frustriert zugleich aus. »Dann ist das eben so«, sagte er. »Dann ist da nur nichts. Aber das wäre trotzdem besser, als hier ohne dich zu sein.«

»Lass das. Hör auf.« Ich drückte mir die Handballen auf die Augen. »Du bringst mich zum Weinen.«

»Du weinst doch schon«, raunte er. »Na komm. Komm wieder hoch. Ich brauche dich.«

Ich brauche dich.

Dass ich diese Worte einmal von ihm hören würde, hätte ich nie geglaubt. Fisher war feindselig gewesen, als er mich durch das Quicksilver in dieses Reich gebracht hatte. Kalt und aggressiv war er gewesen, und ich hatte ihn mit neunundneunzig Prozent meines Herzens gehasst.

Aber das eine Prozent? Das hatte schon ihm gehört. Und jetzt gehörte ihm *mein ganzes Herz*, und er hielt an mir fest, als sei ich das Einzige, das für ihn in seinem ganzen Scheißuniversum zählte.

Verlangen pulsierte immer noch in meinem Bauch, aber da war noch etwas anderes dazugekommen, etwas Tieferes. Ich wollte nicht nur Kingfishers Körper, sondern auch seinen Geist und seine Seele. Ich wünschte mir, dass die Zeit stillstehen würde, damit wir hierbleiben könnten, wo nichts unseren Frieden störte und wo wir einfach nur in Ruhe *leben* könnten.

Und in diesem Moment wäre ich selbstsüchtig gewesen. Hätten wir in Ballard bleiben, im Gras liegen und uns für immer in den Armen halten können, hätte ich das getan.

Aber alle Träume endeten irgendwann.

***

Ich zuckte zusammen, und in meinem Magen rumorte es, als ich mich zur Schmiede aufmachte. Die Sonne ging gerade erst auf, setzte meinem Körper aber schon übel zu. Eigentlich hätte ich vor etwa einer Stunde eingeschlafen sein müssen, war aber gerade erst aufgewacht. Mein Körper war völlig aus dem Rhythmus, ich wusste nicht mal mehr richtig, wo ich mich befand.

»Hey. Wohin willst du so schnell?« Carrion kam mir im Gang entgegen. Seine Haare standen in alle Richtungen ab, und er hielt einen Bücherstapel in den Händen. Das Hemd sah total zerknittert aus.

»Du warst gar nicht im Bett, oder?« Ich ging weiter, ohne anzuhalten, worauf Carrion natürlich kehrtmachte und sich mir anschloss.

»Nein, war ich nicht«, bestätigte er.

»Bist du nicht müde? Wie bei allen fünf Höllen kommst du mit so wenig Schlaf aus?«

Carrion winkte ab. »Ach, du weißt schon. Jahrhundertelange Übung mit Laster und allerlei Verbrechen. Aber im Ernst, wo willst du hin? Ich könnte deine Hilfe bei etwas gebrauchen.«

Das letzte Mal hatte ich das von Carrion zu hören bekommen, als er mich dazu überredete, in einen von Madras Lebensmittelläden einzubrechen. Das hatte er zumindest *behauptet*. Das Gebäude im Herzen hatte sich dann aber als Stoffladen erwiesen, und ich sollte nur für Ablenkung sorgen, damit Carrion einen Stoffballen stehlen konnte, den die Händlerin ihm nicht verkaufen wollte. Ich war von zwei Wächtern durch die Stadt gejagt worden und hatte deshalb neun Stunden auf einem schrecklich heißen Dachboden verbringen müssen, und … Na ja, jedenfalls kam nie etwas Gutes dabei heraus, wenn Carrion mich um Hilfe bat.

»Was es auch ist, die Antwort lautet Nein«, erwiderte ich.

»Was? Ach, komm schon! Sei nicht so, Fane.«

»Ich muss wegen gestern mit Iseabail sprechen. Es ist wichtig, dass ich rauskriege, was genau sie gemacht hat und welche Auswirkungen das Heilmittel hat …«

»Das klingt eher nach einer Sache für *Fisher.*«

Götter, er nervte wirklich. »Es ist eine Sache *für mich*, Carrion.« Ich deutete auf mich selbst. »*Ich* bin die Halbblut-Vampirin. *Mein* Hof war betroffen.«

»Whoa! Seit wann sind deine Adern silbern?« Er versuchte, mein Handgelenk zu ergreifen, und ließ dabei beinahe seine Bücher fallen. »Und übrigens haben wir noch gar nicht über deine neuen Tricks gesprochen, die du jetzt machen kannst. Du hast den Alchemia-Schild aufleuchten lassen, als du gegen die Wachen gekämpft hast. Das war cool. Was für Zeichen waren da drauf?«

»Keine Ahnung, Carrion. Ich versuche immer noch, das rauszubekommen. Vermutlich sind es andere Elemente magischer Strömungen, die ich vielleicht eines Tages beherrschen werde.«

»Bei allen Göttern und Sündern.« Er pfiff durch die Zähne. »Das hört sich nach sehr viel Macht an. Meinst du, dass du dich irgendwann auch unsichtbar machen kannst? Wenn ich Zugang zu Magie hätte, wäre ich vor allem an Unsichtbarkeit interessiert.«

»Ich würde ja gern so tun, als wüsste ich nicht, weshalb, Carrion, aber ich kenne dich leider viel zu gut. Hör zu, Fisher ist bei Tal und Foley. Ich muss einiges erledigen, bevor ich nach Ammontraíeth zurückgehe, und habe keine Ahnung, wo mein Bruder steckt. Was genau brauchst du?«

Carrion schob einige Bücher zurecht, damit er den Stapel besser tragen konnte. »Na ja, wenn du so beschäftigt bist …«

Ich blieb stehen und starrte ihn an. »Kannst du es jetzt bitte endlich ausspucken?«

»Dann hilfst du mir also?«

»Nein, ich will erst wissen, worum es geht, um einschätzen zu können, ob ich es verhindern muss. Und *dann* werde ich entscheiden, ob ich dir helfe.«

»Du bist so misstrauisch«, murrte er. »Na, egal. Du musst mitkommen.«

»Und dann?«

»Und dann musst du mir sagen, ob ich verrückt werde.«

»Hast du vor, irgendwas in Brand zu stecken?«, fragte ich.

»Nein.«

»Etwas in die Luft zu jagen?«

Carrion verzog das Gesicht. »Seit ich hier bin, habe ich *gar nichts* in die Luft gejagt.«

Ich verschränkte die Arme vor der Brust.

Was den Schmuggler dazu brachte, mit den Augen zu rollen. »Also gut. Nein, ich werde nichts in die Luft jagen.«

Ich stieß einen tiefen Seufzer aus und hob ergeben die Hände. »Okay. Zehn Minuten, ja?«

»Vorsicht, Sonnenschein«, sagte er grinsend. »Was ich in zehn Minuten alles mit dir anstellen könnte. Whoa, wa… warte! Autsch! Das hat wehgetan! War doch nur *ein Witz*! Ich lasse gleich noch meine Bücher fallen!«

Ich rammte ihm kein zweites Mal den Ellbogen in die Rippen. Stattdessen nahm ich die drei obersten Bücher vom Stapel und warf Carrion einen halb amüsierten Blick zu. »Du spielst einfach gern mit der Gefahr, nicht wahr?«

»Ah, du kennst mich.« Er zwinkerte mir vielsagend zu. »Ich flirte mit *fast allem*, wenn ich Gelegenheit dazu habe.«

Als wir in Cahlish landeten, waren Carrion und ich im gleichen Zimmer aufgewacht – ein großes Zimmer, in dem damals vier Betten standen. Das war jetzt ganz und gar Carrions Zimmer, und inzwischen stand darin nur noch ein Bett. Es gab Regale voller Bücher. Einen Sessel an einem der Fenster. Ein Schrank war vorher bereits vorhanden gewesen, inzwischen war ein zweiter dazugekommen, obwohl Carrion, den diversen Kleiderhaufen nach zu schließen, offenbar keinen davon benutzte. Die Fenster waren beschlagen, was vermutlich auf die Unzahl an Topfpflanzen zurückzuführen war, mit denen das Zimmer angefüllt war. Dieser Raum ähnelte … na ja, keine Ahnung. So etwas hatte ich noch nie zuvor gesehen.

»Was bei allen fünf Höllen treibst du hier eigentlich, Swift?«, fragte ich. »Hast du das ganze Zeug hier gestohlen?«

»Was? Nein! Wie kann ich es gestohlen haben, wenn alles unter einem Dach ist? Ich habe es nur *umgelagert*. Das ist was ganz anderes.«

»Ah ja.« Ich sah mich um. An den Wänden waren Zeichnungen befestigt, auf dem Fensterbrett standen mehrere Whiskyflaschen. *Die* hatte er garantiert gestohlen. Eine erdverschmierte Schaufel lag am Fußende des Bettes, von dem aus schmutzige Pfotenabdrücke Richtung Schrank führten.

Ich hörte das klägliche Winseln, bevor ich verstand, was ich da hörte … aber dann wurde es mir klar.

Ich stürmte quer durchs Zimmer und riss die Schranktür auf. Und da lag Onyx, eingerollt auf einer dicken grünen Decke.

»Carrion! Du hast ihn im *Schrank* eingeschlossen?«

»Nein, er legt sich manchmal zum Schlafen da rein. Der Wind muss die Tür zugeschlagen haben.«

Der Wind. Echt wahrscheinlich. Aber ich merkte meist, wenn Carrion log, und das schien jetzt nicht der Fall zu sein. Onyx streckte sich, und die rosa Zunge rollte sich auf, als er gähnte.

Dann sprang er schläfrig aus seinem selbst gebauten Nest und blickte so erwartungsvoll zu mir auf, als wolle er fragen: *Okay, und was stellen wir jetzt an?*

Ich kraulte dem Fuchs den Nacken und sah dabei zu Carrion. »Du wolltest zu irgendwas meine Meinung hören?«, rief ich ihm in Erinnerung. »Ich sollte mitkommen, um dir zu sagen, ob du verrückt wirst, weißt du noch?«

»Ja, weiß ich«, meinte er mit etwas schriller Stimme. »Sieh dir das mal bitte an.« Er ging zu dem nächstgelegenen Fenster und deutete auf den Sims.

Onyx heftete sich so dicht wie mein Schatten an meine Fersen, als ich zu Carrion trat, um die Sache in Augenschein zu nehmen. »Warum hast du überhaupt so viele Bücher hier?«, murmelte ich. »Du kannst doch in der Bibliothek lesen.«

»Aber nicht nackt.«

»Du solltest die Bücher auch hier nicht nackt lesen, das ist *unhygienisch* …«

»Entspann dich. War nur ein Witz. Ich lese sie hier, weil ich niemanden stören möchte. Und außerdem … ist das privat. Ich recherchiere.«

»Was recherchierst du denn?«

»Ah, allerhand. Du weißt schon … so yvelianisches Zeug. Über den Hof.«

»Also Geschichten über den Winterpalast, oder wie? Und die Pflichten und Aufgaben eines … *Königs* vielleicht?«

Carrion lief rot an. »Kann schon sein. Mach bitte keine große Sache daraus. Und sag niemandem etwas davon. Ich habe es mir nicht anders überlegt oder so. Ich recherchiere nur ein bisschen.«

»Carrion, das *ist* aber eine große Sache. Stell dir doch nur vor, was passiert wäre, wenn jemand von königlichem Blut sich gegen Madra gestellt hätte. Die Leute wären … sie …« Mein Gedanke entfleuchte mir, weil ich auf die Pflanze in dem blauen Topf auf dem Fenstersims starrte. Die glänzenden Blätter waren leuchtend grün, und die Pflanze war über und über mit kleinen kelchförmigen Blüten bedeckt, die am Ende leicht eingerollt waren. Während ich hinsah, bildeten sich weitere, die zunächst grün waren und dann vor meinen Augen weiß wurden.

»Siehst du, deshalb habe ich dir nichts davon erzählt. Du bist zu vorschnell. Ich recherchiere wirklich nur. Ich weiß nicht mal, wie ich meinen Thron zurückgewinnen könnte. Ich …« Er schüttelte heftig den Kopf. »Es fühlt sich auch ganz falsch an, ihn als *meinen* Thron zu bezeichnen. Ich denke eben nur, dass …«

»Carrion«, flüsterte ich.

Je mehr er sprach, desto mehr Blüten entstanden an der Pflanze neben ihm. Neue Ranken wuchsen und wurden rasch zu Zweigen.

»… und selbst wenn ich mir den Winterpalast zurückholen wollte … wie sollte ich das denn überhaupt machen? Müsste ich Belikon zum Duell herausfordern oder so was? *Das* würde ich nämlich ganz bestimmt nicht tun. Und dann gibt's da auch noch fünf Millionen andere Dinge zu überlegen …«

»Carrion?«

»… ich bin kein Scheißduellist, Saeris. Dieser böse Dreckskerl könnte mich im Handumdrehen umbringen …«

»Carrion!«

Er beendete seine Tirade und warf die Hände in die Luft. »Was?«

»*Siehst* du das?« Ich deutete auf die Pflanze. Sie war schon doppelt so groß wie vor einer Minute und üppig mit diesen zarten weißen Blüten bedeckt. »Diese Pflanze … wächst wie wild.«

»Ah ja. Das wollte ich dir zeigen. Das machen die nämlich alle. Ich habe erst gestern angefangen, diese Pflanzen heranzuziehen. Alle waren winzige Stecklinge oder nur Samen, und jetzt … tja …« Er wies auf das Zimmer, das wie ein Garten aussah. Dann eilte er zum Bett, nahm ein aufgeschlagenes Buch vom Nachttisch und kam zu mir zurück. »Sieh her.« Er tippte auf die Seite. »Diese Blätter sind doch gleich, oder nicht?« Die abgebildete Pflanze war identisch mit der im blauen Topf. Ich betrachtete beide genau, bevor ich nickte.

»Scheint so, ja.«

Carrion klappte das Buch zu. »Diese Pflanze hat angeblich gar keine Blüten«, sagte er. »Stattdessen verbreitet sie alle zehn Jahre Sporen. Aber das hier … sind doch wohl Blüten? Die entstehen, wenn ich spreche, oder? Ich werde also nicht verrückt, oder?«

Während er das sagte, bildeten sich neue grüne Blüten, die rasch heranwuchsen und weiß wurden. »Nein, Carrion, du wirst nicht verrückt. Genau das geschieht tatsächlich.«

»Hältst du das für normal?«

Ich wollte ihm als Antwort gerade die Frage stellen, was denn *überhaupt noch* normal war, als das Haus plötzlich heftig erbebte. »Was bei allen fünf Höllen …?«, entfuhr es mir.

Carrion sah so verstört aus, wie ich mich fühlte, als er aus dem Fenster blickte und auf etwas deutete. »Dahinten, bei den Bäumen«, meinte er.

Und tatsächlich. Mir blieb fast das Herz stehen, als ich die schwarzen Gestalten sah, die aus dem Wald auftauchten. Nicht etwa zehn. Auch keine Hunderte. Sondern *Tausende.*

»Heilige Scheiße!« Carrion pfiff durch die Zähne. »Ist das …?«

Die Horde? Das dachte er. Und das wagte ich nicht zu fragen. Doch nein. Als die Gestalten sich am Waldrand sammelten und Reihen bildeten, sah ich, dass es nicht ein Heer von Fressern war.

Sondern die Krieger von Irrín.

Sie hatten ihr behelfsmäßiges Lager verlassen und marschierten mit zehntausend Leuten auf Cahlish zu. An der Spitze ritt Lorreth von den Gespaltenen Türmen.

42

SCHWARZE DÄMMERUNG

SAERIS

»Scheiße, ich wusste es! Ich wusste, dass diese Hexe nichts Gutes im Schilde führt. Ich hab's doch gesagt!«

Lorreth hatte klatschnasse Haare. Als das Heer sich dem Anwesen genähert hatte, begann es zu regnen, und Lorreth und Danya waren durchnässt bis auf die Haut. Beide hinterließen Wasserpfützen, während sie unruhig im Salon von Cahlish auf und ab gingen.

Das gesamte Mobiliar war mit weißen Tüchern verhüllt. Staubwolken wirbelten durch die Luft, sichtbar im kalten weißen Licht, das durch die Fenster fiel und Fishers Silhouette umriss. Er lehnte an einem Tisch und massierte sich mit einem Stöhnen die Stelle zwischen den Augenbrauen. »Ich glaube kaum, dass irgendjemand jetzt ›Ich hab's doch gesagt‹ hören möchte, Bruder«, grollte er.

Lorreths Nasenflügel bebten, und er hatte erzürnt die Fäuste in die Seiten gestemmt, nickte aber. »Du hast recht. Das ist Arschlochverhalten. Entschuldige, ich war einfach … Sie sind *Hexen*«, setzte er dann hinzu, als erkläre das alles.

»Ich weiß, ich weiß.« Fisher klang so müde. »Wir beschäftigen uns später mit Iseabail. Im Moment macht mir viel mehr Sorgen, was du gerade berichtet hast. Lass uns das noch mal genauer besprechen, okay?«

»Danya hat es beobachtet«, antwortete Lorreth. »Lass es dir besser von ihr erzählen.«

Die Kriegerin fröstelte leicht, als sie vortrat und detaillierter zu schildern begann, was Lorreth zuvor berichtet hatte. »Ein paar Krieger haben es vor zwei Tagen bemerkt. Der nordwestliche Hang des Omnamerrin ist mit schwarzen Adern bedeckt. Die Fäulnis hat Kanäle gebildet, pflügt sich durch den Schnee. Innerhalb eines Tages erreichte sie den Fuß des Berges und kurz darauf das Lager. Wir haben den Boden verbrannt, um sie einzudämmen, was aber nicht gelungen ist. Als Lorreth gestern ankam, haben wir versucht, durch das Schattentor zurückzukommen, um euch zu warnen, waren aber zu spät dran. Es war bereits geschlossen. Deshalb sind wir sofort losgezogen, haben jedoch unterwegs dreiundzwanzig Krieger an die Fäulnis verloren. Sie bewegt sich jetzt sehr schnell, viel schneller als zuvor.«

»Und wann wird sie Cahlish erreichen?«, fragte Fisher.

Danya zuckte die Schultern. »In vielleicht zwölf Stunden? Maximal sechzehn.«

»Götterverfluchte Scheiße«, zischte Fisher.

Lorreth trat vor, die Daumen in den Gürtel gehakt. Er schien zu zögern, rang sich dann aber doch zum Sprechen durch. »Wir wissen von dem Buch, Saeris. Vielleicht wäre angesichts unserer düsteren Lage jetzt der richtige Zeitpunkt, um nachzusehen, ob Lady Edina vielleicht einen weisen Ratschlag für uns hat.«

Das Buch. Natürlich. Ich hatte es aus diesem Grund mit nach

unten gebracht, aber dann wegen der allgemeinen Aufregung ganz vergessen. Ich zog es aus der Lederrüstung hervor …

»Ja, sieh bitte nach, Osha«, sagte Fisher. »Aber es sollte ganz allein deine Entscheidung sein. Ich habe das Gefühl, dass diese Unterstützung meiner Mutter nur dir und dir ganz allein zugedacht ist …« Mein Gefährte sah Lorreth an. »Ich weiß, dass dieser Vorschlag gut gemeint ist. Aber Osha sollte nicht gezwungen werden.«

Der Krieger senkte den Kopf. »Selbstverständlich nicht.«

»Alles gut. Wenn wir einen Ratschlag brauchen könnten, dann gewiss jetzt.« Ich hielt den Atem an, als ich das Buch aufschlug und zu der Stelle blätterte, wo ich es zuletzt aufgeschlagen hatte.

Ziehe einen sechsten in Betracht. Du kannst nur dem Wolf mit den Goldzähnen trauen.

Ich blätterte um und blinzelte heftig, um die Worte zu erkennen, die mir vor den Augen verschwammen.

Lies nach dem Equinox-Licht weiter.

Verflucht! Ich hatte nicht daran gedacht, mir nach dem Ball die nächste Seite anzusehen. Hatte außer Acht gelassen, wie Edina sich mir bislang mitgeteilt hatte. Jetzt stellte sich heraus, dass es direkte Hinweise gab, und ich hatte bereits einen Eintrag versäumt. Mir brach der kalte Schweiß aus, als ich auf der nächsten Seite weiterlas.

Mach Zareths Werk nicht rückgängig. Du bist aus gutem Grund so, wie du bist. Trink nicht aus der Phiole. Verhindere, dass dein neuer Lord daraus trinkt.
Die Zeit wird kommen, aber noch nicht jetzt.

Bei allen Göttern! Mir fuhr der Schreck in die Glieder. Vor wenigen Stunden noch hatte ich es in Erwägung gezogen. Fae zu sein, und zwar *ausschließlich*, war verlockend, aber ich schien mein halbvampirisches Blut vorerst noch zu brauchen, ebenso wie Foley. Warum, konnte ich nur erahnen, aber Edina hatte gewusst, dass es einen Grund geben würde, Iseabails Heilmittel nicht zu schlucken. Um ein Haar hätte ich die Warnung übersehen. Das war eine Menge Information auf einmal. Zu viel vielleicht sogar, aber ich hatte keine Zeit, um alles zu begreifen. Das Papier raschelte, als ich erneut umblätterte.

Lies weiter bei den weißen Kliffs.

Ich starrte auf Edinas elegante, fließende Handschrift und versuchte verzweifelt, ihr etwas zu entnehmen. Etwas, das *jetzt* hilfreich für uns sein könnte.

»Was ist?«, fragte Lorreth. »Was steht da?«

Frustriert schlug ich das Buch zu. »Da steht, dass ich erst bei den weißen Kliffs weiterlesen kann, was auch immer das sein soll. Es steht nichts darüber drin, wie wir mit der Fäulnis umgehen könnten.«

Lorreth sah sofort Fisher an. »Da haben wir's.«

»*Was* haben wir?«

»Die weißen Kliffs, Osha«, antwortete Fisher. »Damit ist für uns alles klar. Wir müssen Cahlish evakuieren und nach Inishtar ziehen, und zwar schnell. Ich muss uns das verflucht größte Schattentor öffnen, das ich jemals erschaffen habe, und wir müssen die Truppen hindurchgehen lassen. Alle müssen in Sicherheit gebracht werden.«

»Das soll der Plan sein?«, fragte Danya mit versteinerter Miene. »*Rückzug?* Wegen einer einzigen handschriftlichen Zeile in einem Buch? Ich weiß, dass deine Mutter ein mächtiges Orakel war, aber das ist schlichtweg lächerlich.«

»Was sollen wir denn sonst tun, Danya? Diese Bedrohung ist keine Armee, gegen die wir antreten und kämpfen können. Unsere Waffen können die Fäulnis nicht töten. Unsere Magie nährt sie nur noch, verflucht! Jede Person, die davon infiziert wird, ist im nächsten Moment unser Feind. Wir müssen uns neu sammeln und überlegen, wie wir …«

»Was wir brauchen, ist *Brimstone.*« Ein schockiertes Schweigen trat ein. Danya atmete tief ein, bevor sie weitersprach. »Lorreth hat mir erzählt, was mit Archer passiert ist. Er sagte, der infizierte Fresser starb auf der Stelle, als der Brimstone ihn berührte. Hätten wir davon genügend, könnten wir die Fäulnis stoppen, bevor sie das ganze Reich verseucht …«

»Also gut.« Fisher stieß sich von dem verhüllten Tisch ab und stürmte durchs Zimmer. Er riss einen Dolch aus der Scheide am Gürtel und drückte die Spitze gegen Danyas Brust. »Dann los. Geh da runter ins Feuer, und töte unsere Freunde. Oder warte, nein.« Er zog den Dolch zurück. »Ich soll es machen, oder? Ich werde runtergehen und die Wesen aussaugen, die geschworen haben, meiner Familie zu dienen und sie zu beschützen …«

»Du bist übertrieben dramatisch …«

Die beiden schrien sich gegenseitig wutentbrannt an, bis Lorreth brüllte: »SCHLUSS! HÖRT AUF, ALLE BEIDE!«

Sie verstummten, aber nur einen Moment lang. Dann verkündete Danya: »Du hast vergessen, wie man ein guter Anführer ist. Wenn du dich der Aufgabe nicht mehr gewachsen fühlst, dann tritt beiseite. Manchmal müssen Opfer gebracht werden.«

Das Lachen, das mein Gefährte jetzt ausstieß, war bitter und kurz. »Ich weiß«, sagte er dann langsam, »dass jede Person, die bereit ist, das Leben ihres Volkes zu opfern und als Kollateralschaden zu betrachten, als Anführer nichts taugt. So einer will und werde ich *niemals* sein …«

»Dann bist du für die Rolle eben ungeeignet«, fauchte Danya.

Hilflos, so fühlte ich mich, als ich das mit ansehen musste. Aber wenn Danya noch ein einziges Mal so mit Fisher reden würde, hatte ich fest vor, sie mit einem Speer an die Wand zu nageln.

Lorreth hielt beschwichtigend die Hände hoch, versuchte erneut, die Stimme der Vernunft zu sein. »Ihr habt beide recht. Wir sollten Cahlish unbedingt evakuieren. Und ja, der Brimstone ist unsere beste Chance, die Fäulnis aufzuhalten. Aber wir müssen die Kobolde nicht vernichten, um uns genügend Brimstone dafür zu beschaffen, nicht wahr? Es gibt eine andere Möglichkeit.«

Fisher schüttelte bereits den Kopf. Noch nie hatte ich ihn so vehement erlebt. »Nein, kommt nicht infrage.«

Danyas Lachen klang leicht irr. »Du hast deinen Scheißverstand eingebüßt, Barde.«

»Was meint ihr?«, fragte ich. »Was ist diese andere Möglichkeit?«

»*Nein«,* wiederholte Fisher. »Lorreth hat unrecht. Es gibt keine andere Möglichkeit.« Sein Tonfall schloss jede Diskussion aus.

»Das war's dann also?«, versetzte Danya. »Du hast so hart dafür gekämpft, an diesen Ort zurückzukehren, und jetzt willst du einfach abhauen, ohne Plan und Idee, wie wir das alles überleben sollen?«

»Uns wird schon etwas einfallen.« Fisher klang fest entschlossen, Danya dagegen sah keineswegs überzeugt aus. Sogar Lorreth wirkte etwas unsicher.

»Kommt schon«, sagte er. »Es bringt uns allen nichts, wenn wir zerstritten sind.«

»Ihr habt doch alle den Verstand verloren«, knurrte Danya, während sie wütend davonmarschierte.

Fisher deutete mit der Dolchspitze auf sie. »Ganz im Ernst, Danya, wenn du auch nur einem von diesen Kobolden ein Haar krümmst, bringe ich dich eigenhändig um.«

»Fisher …«

Er fuhr zu mir herum, sah bleich und gequält aus, als er mir einen Kuss auf die Stirn drückte und dann zurückwich. »Ich weiß, was du fragen willst. Ich weiß, dass du verstehen willst. Und ich *werde* dir auch alles erklären«, sagte er. »Versprochen. Aber … jetzt brauche ich erst mal etwas Zeit. Und dein Bruder braucht *dich*, Osha.« Fisher wies mit dem Kopf zum Fenster. Regen prasselte an die Scheiben, aber ich sah dennoch die Gestalt, die allein draußen auf dem verschneiten Rasen stand. Wie lange hielt sich Hayden schon dort auf? Wieso hatte ich ihn nicht bemerkt? »Geh zu ihm. Ich komme bald nach. Versprochen.«

***

Hayden trug keine Schuhe.

Sein Haar klebte ihm am Kopf, die Locken hingen triefend nass herab. Stirnrunzelnd starrte er zum Himmel hinauf. Er sah mich nicht an, als ich zu ihm trat, spürte aber meine Anwesenheit. Ich hatte mir eine Kapuze über den Kopf gezogen, um mich vor dem Wolkenbruch zu schützen, aber die Jacke half auch gegen das trübe Sonnenlicht, das an einer Stelle schon wieder durch die Wolken drang.

»Hay, was ist los?« So hatte unsere Mutter ihn genannt. Seit ihrem Tod hatte ich den Namen nicht mehr benutzt, um keine Erinnerungen bei meinem Bruder auszulösen. Ich war am Boden zerstört gewesen und hätte uns nicht über Wasser halten können, wenn wir beide *ertranken*. Schwach von mir. Ich hätte ihm seinen Kosenamen lassen sollen. Diesen Teil von ihr.

»Ich … ich weiß nicht mehr, wer ich hier sein soll, Saeris. Alles ist so … *anders*«, sagte er.

»Ich weiß. Das stimmt. Man muss sich an vieles gewöhnen, aber anders muss doch nicht *schlecht* sein, oder?«

Er blinzelte, das Wasser rann ihm in die Augen, und er sah

verwirrt aus. »Ich weiß nicht. Ich weiß es wirklich nicht. Ich meine … das hier?« Er wischte sich Wasser vom Gesicht, schüttelte den Kopf. Tropfen fielen in den Schnee. »Ich hatte keine Ahnung, dass es so einen Ort geben kann.« Hayden schluckte. Dann sah er mich an. »Wer soll ich hier sein, Saeris?«

»Wer warst du in Zilvaren?«, stellte ich die Gegenfrage.

»Ich weiß nicht. Ich … ich habe einfach immer geglaubt, du würdest mir sagen, was ich tun muss. Wie ich sein sollte. Du warst immer da und immer so stark. Du hattest immer einen Plan.«

Oh, bei den Göttern! Ich hätte beinahe gelacht. Wenn er nur wüsste … Traurig ergriff ich Haydens Hand und drückte sie. »Ich hatte nie einen Plan, Hay. Und du musstest dir immer schon selbst überlegen, wer du sein willst. Das war noch nie meine Entscheidung. Ich weiß, dass das alles überwältigend ist. Ich weiß, dass du das Gefühl hast, hier noch schlechtere Karten zu haben als in Zilvaren. Mit der Fäulnis und den Fressern und allem, was hier passiert. Ich verstehe das. Yvelia scheint nicht gerade ein sicherer Ort zu sein. Ich kann gut verstehen, wenn du zurückgehen willst.«

Hayden biss die Zähne zusammen und schluckte, während er überlegte. Dann schüttelte er den Kopf. »Nein. Ich habe ja nur noch dich. Wenn du hierbleibst, dann tue ich das auch. Tut mir leid, dass ich an dir gezweifelt habe. Und es tut mir auch leid, dass ich alles, was du für mich im Dritten getan hast, nicht genügend gewürdigt habe. Ich werde mir was einfallen lassen. Ich möchte mich hier nützlich machen, Saeris, keine Last sein.«

»Wir werden für alles Zeit haben, mach dir deshalb keine Sorgen. Komm, lass uns reingehen. Du holst dir noch den Tod hier draußen im Regen, Hayden. Es ist doch eiskalt.«

Mein Bruder schniefte und wischte sich mit dem Handrücken die Nase, bevor er nickte und sich Richtung Haus wandte. Wegen des Regens hatte ich es nicht erkennen können, aber Hayden weinte.

Wir waren schon kurz vor der Eingangstür, als mich das gleiche eigenartige Gefühl, dass mich in Tals brennendes Zimmer getrieben hatte, wieder überkam. Ich wollte mit Hayden reingehen, aber etwas hielt mich davon ab. Irgendeine Kraft zog mich in den Regen zurück, und es fühlte sich an, als drücke eine eiserne Hand meine Eingeweide zusammen.

»Geh schon mal vor, ich komme gleich nach«, sagte ich.

»Alles in Ordnung mit dir? Du siehst besorgt aus.«

»Ja, alles gut, wirklich. Ich … muss mir nur rasch was aus der Schmiede holen. Und über den Hof ist der Weg kürzer.«

Hayden hatte keine Ahnung, wo sich die Schmiede befand. Er kannte sich auch mit der Anlage von Cahlish nicht aus, sonst hätte er sofort gemerkt, dass ich log. Er spürte, dass etwas nicht stimmte, nickte aber und ging hinein.

Was gut so war.

Denn als ich wenige Momente später um die Ecke bog, entdeckte ich den Grund für das unangenehme Ziehen in meinem Bauch … Und Hayden wäre vermutlich in Ohnmacht gefallen, wenn er dem Hazrax begegnet wäre.

***

»Verzeih den Regen«, sagte es. »Aber ich habe nichts übrig für Kälte. Regen ist zumindest etwas wärmer als Schnee.«

»Warum seid Ihr hier?«

Der Kopf der sonderbaren Kreatur neigte sich zur Seite, es zog die Lippen hoch und entblößte die nadelspitzen Zähne – Abscheu konnte man kaum deutlicher zum Ausdruck bringen. »Du hast keinerlei Manieren, nicht wahr? Was für ein wildes Ding du bist! Ich glaube, als wir uns zum letzten Mal unterhielten, pflegten wir das Ritual der Konversation, oder nicht?«

»Ich habe keine Zeit für Konversation. Auf der anderen Seite des Gebäudes wartet ein Heer mit Abertausenden Leuten. Die Fäulnis, die das ganze Land verseucht, wird bald Cahlish erreichen. Es gibt Kranke hier. Meine Freunde müssen in Sicherheit gebracht werden, und Ihr habt mich gerade buchstäblich von allen möglichen Dingen weggezerrt, die ich dringend erledigen muss. Also verzeiht, wenn ich die Etikette nicht einhalte.«

Der Regen wurde heftiger, prasselte an die Wände und dröhnte wie ein Trommelwirbel auf das Blechdach, unter dem wir standen. Die gespaltenen Nasenflügel des Hazrax zuckten, als es zischte: »Wäre aber deutlich klüger.«

»Warum seid Ihr hier?«

»Ich muss zugeben, dass ich dieses Geschehen in Ammontraíeth gestern nicht vorausgeahnt habe. Das war ja ein ziemliches Spektakel«, antwortete das Hazrax in vorwurfsvollem Tonfall.

»Ich bin dafür nicht verantwortlich«, sagte ich.

»*Das* ist mir sehr wohl bewusst«, erwiderte es. »Mittlerweile bin ich über den Pakt mit der Hexe im Bilde. Riskantes Spiel seitens des Balquhidder-Clans, derart dunkle und üble Magie einzusetzen, um die Vampire zu vernichten. Vielleicht wird der Clan davon profitieren. Vielleicht aber auch nicht, das wird sich erst mit der Zeit zeigen. Ich muss jedoch zugeben, dass dieser Schachzug mir ziemlich viel vermasselt hat.«

Das Hazrax gab einen bizarren Klicklaut von sich, den weder Mensch noch Fae hätte imitieren können, und schüttelte langsam den haarlosen Kopf. »Weißt du, dass du erst die dritte Person bist, der gegenüber ich in einem Jahrtausend mein Schweigen breche? Ich muss schon sagen, eine sonderlich anregende Gesprächspartnerin bist du nicht.«

Ich funkelte es finster an, weigerte mich aber, auf die Provokation einzugehen.

Die Augen der Kreatur verengten sich vermutlich vor Ärger.

»Wie du wünschst. Ich bin hier, um meine Hilfe anzubieten, Kindkönigin.«

»Was für eine Hilfe?«

Jetzt war ein rasselndes, pfeifendes Geräusch zu vernehmen. *Lachte* das Hazrax etwa? »Ein Geschenk in zwei Teilen«, antwortete es. »Den ersten Teil hast du gestern Nacht erhalten.«

»Wovon redet Ihr?«

Die Augen, schwarz und bodenlos, richteten sich auf meine Hand.

Ach, verfluchte Scheiße! »Das hier?« Ich hielt die Hand mit den Runen hoch. »Die kommt von Euch?«

»In der Tat. Die meisten deiner Runen musst du dir erarbeiten, aber manche gibt es geschenkt. Und diese kam gerade rechtzeitig, meinst du nicht auch?«

»Was bewirkt die Rune? Was bedeutet sie? Keiner kennt sie.«

»Natürlich nicht. Es ist Blasphemie, dergleichen auf Papier zu verewigen, Königsmörderin. Diese Rune ist mein Name. Sie verleiht dir keine magischen Kräfte, wie andere Runen es tun. Die *Fähigkeit,* die du durch sie bekommst, ist kompliziert. Mit ihr kannst du etwas … *auflösen.* Oder vielleicht …« Das Hazrax verzog das Gesicht, aber ich konnte die Miene nicht deuten. *»Zerbrechen?«*

Mein Blut fühlte sich wie Eiswasser an, und mir war kotzübel. »Und wenn ich diese Rune nicht haben will? Wenn ich nicht Euren *Namen* auf meiner Haut haben will? Was dann?«

Das Hazrax zupfte an den Gewändern und schob seine absurd langen Hände dann in die Ärmel. »Du würdest ein Geschenk zurückgeben? Und noch dazu eines, das dir so viel Macht gibt? Glaube mir, du wirst bald dankbar dafür sein. Du solltest *jetzt bereits* dankbar dafür sein. Die Rune hat letzte Nacht deinem Freund das Leben gerettet.«

Was wollte es, eine verfluchte Dankeskarte? »Ich will Euch nichts schuldig sein«, stellte ich klar.

»Du hast diese Fähigkeit umsonst bekommen«, erwiderte das Hazrax. »Du stehst dafür nicht in meiner Schuld. Es ist eine stille Rune, die bereits in deine Seele eingeschrieben ist. Sie wirkt als Fundament für die anderen, die du bereits hast, und für jene, die du noch bekommen wirst. Eine Weile jedenfalls. Sie wird dir Zeit verschaffen, während du die Brimstone-Rune versiegelst.«

»Aber warum? Warum habt Ihr sie mir gegeben?« Wenn die Rune sich tatsächlich als so nützlich erweisen sollte, wie die Kreatur behauptete, war sie in der Tat ein Segen. Aber ich hatte schon genug Übel in Yvelia erlebt, um zu wissen, dass hier nichts umsonst war. Es ergab keinerlei Sinn, dass diese Rune mir angeblich Zugang zu großer Magie verschaffen sollte. Und schon gar nicht, dass sie mir geschenkt wurde.

»Betrachte es als Entschuldigung«, fuhr das Hazrax fort, »für das, was noch kommen wird. Ich habe auch gesehen, was dein Orakel erblickte, und deine Zukunft wird schwierig. Manch einer würde vielleicht behaupten, dass zu Anteilen ich dafür verantwortlich bin.«

»Was habt Ihr gesehen? Um der Liebe der Götter willen, was kommt denn *noch*?« Das Hazrax wirkte einen Moment lang undeutlich, die schwarzgrauen Konturen schienen zu verschwimmen. Als ich blinzelte, sah ich es wieder scharf.

»Keine weiteren Fragen«, sagte es. »Ich muss dir den zweiten Teil des Geschenks geben und dann verschwinden.«

Das Hazrax schwebte auf mich zu und streckte die Hand aus. Auf der wachsbleichen Haut glitzerte Gold, und im nächsten Moment fiel mir ein Ring vor die Füße: der, der es als Lord der Mitternacht auszeichnete. In der Mitte saß ein großer geschliffener Rubin, der in der Dämmerung funkelte.

»Gib ihn dem Abtrünnigen mit dem goldenen Lächeln«, befahl das Hazrax. »Er wird ihn brauchen.«

Ich starrte auf den Ring, dann auf das abscheuliche Ding, das über mir aufragte, während meine Gedanken sich überschlugen. »Man nennt Euch das Hazrax. Aber das ist nicht der Name, der jetzt in meine Haut geschrieben ist, oder?«

»Kluges Kind. Das stimmt.«

»Ihr werdet mir niemals verraten, wer Ihr seid, nicht wahr?«

Das Hazrax ließ ein Nadellächeln aufblitzen. »Warum sollte ich auch, wenn du so schlau bist und dir alles selbst zusammenreimst, Königsmörderin? Du hast doch alle Rätsel schon *beinahe* gelöst.«

43

BLINDE PUNKTE

KINGFISHER

»Tut mir leid, ich habe mein Bestes gegeben, aber ich sehe ihn nirgendwo. Ich habe das gesamte Reich abgesucht, aber er ist nicht aufzufinden. Du weißt so gut wie ich, Fisher, dass dieses Reich voller blinder Punkte ist. Dass ich ihn nicht finde, heißt deshalb noch lange nicht, dass er nicht hier ist. Sondern lediglich, dass sein Blut irgendwie vor mir abgeschirmt wird.«

»Du glaubst also, dass es Absicht ist? Dass jemand ihn entführt und versteckt hat?«

Iseabail war nicht mehr in ihrem Zimmer.

Ich hatte sie nicht freilassen wollen, aber ich hatte keine Wahl.

Sie hatte sich geweigert, mir Rede und Antwort zu stehen, solange sie eingeschlossen war und behandelt wurde wie eine Gefangene … obwohl sie natürlich genau das war. Ich hätte sie aber ohnehin nicht länger einsperren können, weil bereits die Hälfte aller Leute vom Anwesen durch das gewaltige Schattentor verschwunden war, das ich an dem Abhang zum Wald heraufbeschworen hatte. Der Rest wartete geduldig darauf, die Evakuierung von Cahlish abzuschließen. In Kürze würde ich auch Iseabail durchschicken müssen mitsamt den anderen … bis auf Ren, *weil Ren immer noch nicht auffindbar war.*

Jetzt hielten wir uns gerade in einem der Salons auf. Früher war er das Studierzimmer meines Vaters gewesen, aber daran konnte ich mich nicht mehr erinnern.

»Quicksilver-Becken«, fuhr die Hexe fort. »Koboldkolonien. Die Schwarzmärkte in Dow und auf Tarran Ross. Es gibt so viele Orte, die entweder gegen externe Magie geschützt sind oder aber selbst so viel mächtige Magie enthalten, dass sie alle anderen Energien schlucken. Kristallpendeln ist …«

»Ja, ich weiß selbst, dass es nicht perfekt ist, verflucht!« Die Dielen knarrten, als ich am Fenster auf und ab tigerte und mir durchs Haar fuhr. »Versuch es noch mal«, verlangte ich. Dann fügte ich aus Gewohnheit und mit einer Prise Verzweiflung hinzu: *»Bitte.«*

Lorreth, der seit einer halben Stunde an der Tür stand und die Hexe mürrisch beobachtete, warf mir einen giftigen Blick zu, der besagte, dass ich ihn gerade hintergangen hatte. »Wir sollten sie einfach in den Kerker im Keller werfen und der Fäulnis überlassen«, knurrte er.

Iseabail hatte Saeris in Gefahr gebracht. Sie hatte Tal in fürchterlichster Weise ausgenutzt, weshalb wir *alle* fast ums Leben gekommen wären. Sie war zurzeit sicher eine der meistgehassten Personen in weitem Umkreis. Dennoch würde ich sie nicht in einen Kerker sperren und der Fäulnis überlassen. Dieses Schicksal wäre schlimmer als der Tod, das wollte ich nicht verantworten.

Iseabail fuhr wütend über Lorreths Bemerkung auf, erwiderte

aber nichts, würdigte den Krieger keines Blickes. Zu mir sagte sie: »Also gut. Ich versuche es noch mal für dich, aber du solltest dir kein anderes Ergebnis erhoffen. Ich starre schon so lange auf diese Karte, dass mir wahrscheinlich bald die Augen eintrocknen und aus dem Kopf fallen. Wenn es möglich wäre, hätten wir das schon vor fünf Stunden bekommen.«

Was erwartete sie jetzt von mir? Dass ich sagte: *Okay, das war's dann, wir geben die Suche nach Ren auf?* Ich warf ihr einen strafenden Blick zu. »Versuch es … einfach noch mal, Iseabail.«

Als sie aus Nevercross zurückkehrte, war mir nicht entgangen, dass man sie in der Zwischenzeit zur Priorin ernannt hatte. Nur den angesehensten Ältesten des Balquhidder-Clans war es gestattet, ihr Haar geflochten und auf diese Art hochgesteckt zu tragen, wie Iseabail es jetzt tat. Normalerweise musste eine Hexe hundert Jahre alt sein, bevor sie als Priorin überhaupt in Erwägung gezogen wurde. Iseabail hatte noch nicht einmal ihr erstes Jahrhundert vollendet. Sie war von ihrem Clan für den Zauber ausgezeichnet worden, den sie gegen Ammontraíeth gewoben hatte. Was mir auch einleuchtete. Schließlich hatte sie im Alleingang binnen einer Nacht Tausende Hochadel-Vampire vernichtet – was dem Balquhidder-Clan in all den Jahren nicht gelungen war, seit er das Heilmittel für den Blutfluch entdeckt hatte, mit dem die Fae belegt worden waren.

Aber die Hexen achteten streng auf Ehre und Tradition. Sie *erschufen* Regeln, anstatt sie zu brechen. Und von dunkler Magie hielten sie rein gar nichts. »Wenn du das hier erledigt hast, schicke ich dich nach Nevercross zurück«, erklärte ich und lehnte mich an die Wand. Iseabails Kopf fuhr hoch, während Lorreth sich im gleichen Moment straffte und mich mit seinen dunklen Augen ungläubig anstarrte. »Ich komme mit und statte der Hohepriesterin einen Besuch ab. Und vielleicht nehme ich auch Tal mit«, fügte ich hinzu.

Das Pendel in den Händen der Hexe schwang wild aus – nicht weil sie Ren gefunden hatte, sondern weil ihre Hände zitterten. Langsam richtete sie sich auf und löste den Blick von der detaillierten Karte der Höfe, über der sie gebrütet hatte.

»Warum willst du das tun?«, fragte sie steif. »Ich dachte, du hättest hier viel zu viel zu erledigen, mit deiner Schwester und Ren und der Evakuierung.«

Ich sah sie eine Weile stumm an. Ließ sie so lange schmoren, bis ich fand, es war genug. »Na ja, die Hexen haben uns allen einen großen Gefallen getan, indem sie den Bluthof gesäubert haben. Dafür möchte ich mich *bedanken*. Es wäre nachlässig von mir, dieses Opfer nicht entsprechend zu würdigen.«

»Das ist völlig unnötig. Wir haben das nicht für die Fae getan, Kingfisher, sondern für das Wohl unseres Clans. Deshalb war es auch kein Opfer.«

»Aber gewiss doch«, erwiderte ich lässig. »Der Hohe Rat hat dunkle Magie schon vor Jahrtausenden untersagt. Deshalb wurde Algat aus dem Kinross-Clan verstoßen, nicht wahr? Wenn die Obersten gewalttätige Säuberungen und den Einsatz des dunklen *Höllentor*-Zaubers erlaubt haben, um Sanasroth von den Hochadel-Vampiren zu befreien, wurde durchaus ein Opfer gebracht. Man hat nämlich die Ethik geopfert. Die Moral. Die …«

»Schluss.« Das Wort hallte von den Wänden wider.

Ich hatte sie im Griff.

Anfänglich war es nur ein Verdacht meinerseits gewesen, aber jetzt war er bestätigt worden: Die Matriarchinnen von Iseabails Clan wussten nichts von ihrer Tat. Ein tödliches Lächeln breitete sich auf meinem Gesicht aus, zäh wie Honig. »Was hast du ihnen weisgemacht?«, fragte ich mit verengten Augen. »Hast du behauptet, du hättest die Hochadel-Vampire davon *überzeugt*, dass es von Vorteil für sie sei, in ihren angeborenen Zustand zurückzukehren?«

Iseabail hielt meinem Blick trotzig stand, während ihr Gesicht ausdruckslos wurde. »Ja«, antwortete sie. »Genau das habe ich ihnen gesagt.«

Lorreth gab einen angewiderten Laut von sich, und die Lederrüstung knarrte, als er aus dem Fenster blickte, fassungslos den Kopf schüttelnd. Nicht nur einmal hatten die Hexen sich bemüht, jene Hochadel-Vampire, die das Heilmittel verschmähten, zur Einsicht zu überreden. Die Fae-Könige hatten es ebenso versucht. Rurik Daianthus von Yvelia. Royan von Gilaria. Shara von Lìssia. Niemandem war es gelungen, die Hochadel-Vampire davon zu überzeugen, dass sie als Angehörige der Fae-Höfe besser dran wären. Weshalb die Hexen geglaubt hatten, Iseabail könnte das vollbringen, war mir ein Rätsel.

Ich schnalzte mit der Zunge und schüttelte in gespielter Empörung den Kopf. »Meine Güte! Sie werden wohl enorm enttäuscht sein, wenn sie erfahren, was für ein Scheiß*blutbad* du da angerichtet hast, oder?«

»Du wirst es ihnen nicht sagen.« Iseabail schoss um den alten Schreibtisch meines Vaters herum und hob die Hände. Meine Schatten waren bereit, aber Lorreth war schneller. Er nutzte seine Magie äußerst selten. Einmal hatte er mir erzählt, dass sein Volk einen Eid schwor, die angeborene Magie niemals einzusetzen. Sein Volk lebte in der Tundra im Norden und fristete dort mühsam sein Leben. Es waren seltsame Leute mit einem seltsamen Glauben. Ihre Magie betrachteten sie als etwas Heiliges, das sie durch ihre eigene Geburt versehentlich der Natur gestohlen hatten. Wer die gestohlene Magie anwandte, verhöhnte damit die Götter. Für Lorreths Familie war das eine schlimmere Sünde als Mord, ob die Magie nun geerbt, nur klein oder sonst wie sein mochte.

Obwohl Lorreth ganz anders als seine Eltern war und ihrem Glauben nicht folgte, war er dennoch bei ihnen aufgewachsen, und manches haftete einem an, ob man wollte oder nicht. Ich hatte bislang nur zweimal erlebt, dass mein Freund seine Magie anwandte, beide Male, um jemanden zu retten. Würde ich ihn später fragen, warum er es jetzt tat, würde er vermutlich sagen, weil er mich vor Iseabail schützen wollte, und das würde er auch tatsächlich *glauben.* Aber ich sah seine Miene, als er die Hände ausstreckte – er war rasend vor Wut.

Iseabail wurde in die Luft gerissen und flog rückwärts, knallte gegen das große staubige Regal. Bücher fielen heraus, eine Vase mit Trockenblumen stürzte um und zersplitterte am Boden. Weiße Lichtstrahlen loderten an den Handgelenken und Knöcheln der Hexe und fesselten sie an das Regal. Ein Lichtband schloss sich um ihren Hals und zog sich fest zu.

»Ich …«, würgte Iseabail, »wollte … nicht …«

»Sei still«, knurrte Lorreth.

Die Hexe warf mir einen flehenden Blick zu. »Du … bleibst … einfach stehen? Du bist nicht der … edelmütige, erhabene … Held, der du … vor deinem Freund … vorgibst zu … sein …«

Held? Ich hätte beinahe gelacht. Bei den Göttern, das lockte mich enorm. Etwas so Lächerliches war mir im ganzen Leben noch nicht zu Ohren gekommen. »Ich gebe gar nichts vor«, entgegnete ich. »Durch Saeris werde ich weichherziger, als ich sein sollte. Schätze mich lieber nicht falsch ein. Für ihre Sicherheit würde ich alle möglichen gewissenlosen Dinge tun. Ich würde meine Gefährtin und meine Freunde in ein anderes Reich bringen und dieses hier abfackeln, wenn Saeris das wünschen würde. Ich habe alles gegeben, um das Volk von Yvelia zu beschützen, und im Gegenzug hat man mich bespuckt und nach meinem Kopf verlangt. Und in Kürze werde ich wegen dieser götterverfluchten Fäulnis mein Zuhause verlieren. In mir ist kein Funken Liebe mehr für diesen Ort und nur noch sehr wenig Gutes. Ich fürchte, wenn du einen Helden suchst, musst du dich anderswo umschauen.«

Iseabail blinzelte, weil ihre Augen tränten, aber ihr anklagender Blick war dennoch schneidend. »Du meinst … das nicht so«, krächzte sie. »Ich sehe dich … deine *Seele.* Du würdest kämpfen und bluten … für dieses … Reich …«

»Lorreth!« Die Tür zum Salon stand offen, und Saeris kam hereingestürzt, tropfnass, und starrte bestürzt auf die Szene, die sich ihr bot. »Was tust du da?«

Der Krieger reagierte, als sei er gescholten worden. Seine Magie erlosch knisternd, zurück blieb der durchdringende Geruch von Ozon. Die Hexe rutschte am Regal herunter und sackte hustend inmitten der heruntergefallenen Bücher zusammen. Als Lorreth sich abwandte, waren seine Ohren und Wangen glutrot, und er starrte auf den Fensterrahmen, um Saeris nicht ansehen zu müssen.

»Was bei allen fünf Höllen ist hier los?« Saeris brachte den Duft des Regens mit sich, als sie hereinkam und von Iseabail zu Lorreth und schließlich zu mir sah. »Foltern wir jetzt Leute?«, fragte sie ruhig.

»Es ist nicht schlimm«, keuchte die Hexe. »Lorreth wollte mich nicht verletzen.«

»Und ob ich das wollte, verflucht«, knurrte der Krieger.

In allen Clans gab es einzelne Hexen, die tatsächlich in die Seele einer Person blicken konnten. Es hieß, sie könnten einen Charakter mit einem einzigen Blick einschätzen. Gut. Böse. Liebenswürdig. Kalt. Für einige Hexen schienen unsere Seelen zugänglich und so leicht lesbar zu sein wie ein Buch. Iseabail hatte nie erwähnt, dass sie eine von dieser Sorte war. Aber sie hatte sich so sicher angehört, dass ich mir das gut vorstellen konnte.

Ungeachtet ihrer Fähigkeiten hatte sie außerdem recht, was Lorreth anging. Er hätte sie nicht verletzt. Die verdammte Hexe hatte ihn dazu gebracht, sich wie ein Narr aufzuführen – dass sein Volk eine Vorgeschichte mit dem Balquhidder-Clan hatte, wäre eine krasse Untertreibung gewesen –, aber er hätte ihr tatsächlich nichts angetan, auch wenn er das gerade selbst nicht glaubte.

Saeris warf dem Krieger einen vernichtenden Blick zu, als sie das Zimmer durchquerte und der Hexe aufhalf. »Habt ihr Ren gefunden?« Die Frage galt uns allen.

»Nein«, antwortete Iseabail. »Ich habe wirklich alles versucht, aber mit *meiner* Zauberart kann ich ihn nirgendwo aufspüren.«

»Okay. Wenn du sicher bist, dass er nicht auf dem Weg hierher ist, müssen wir uns später darum kümmern. Ich habe gerade Danya getroffen, als ich ins Haus kam. Sie sagt, die Fäulnis ist schon hier.«

***

Schwarze Ranken schlängelten sich über die Schneedecke auf den Rasenflächen. Wo die Fäulnis hinkam, schmolz der Schnee, der schon durch den Regen aufgeweicht war, und für einen kurzen Moment kamen Grashalme zum Vorschein, die dank der Schutzmaßnahmen meines Vaters noch grün waren. Zum ersten Mal seit Jahrhunderten erblickten sie das Tageslicht, nur um sofort zu welken, auszutrocknen und umzuknicken. Die zerstörerische Substanz breitete sich vor meinen Augen erschreckend schnell aus und kroch auf das Haus zu.

Die letzte Kriegereinheit trat eilig durchs Schattentor. Nur noch zweihundert Leute warteten jetzt in Reih und Glied, um weggebracht zu werden. Die ersten Truppen hatten große Truhen mitgenommen, die Familienringe und anderes Geschmeide enthielten, das Saeris früher auf mein Geheiß in Reliquien umgewandelt hatte. Die letzten trugen jetzt Truhen mit dem Silber, das wir aus Zilvaren mitgebracht hatten. Der Atem der Krieger bildete Wölkchen in der Luft, und sie lachten nervös, während sie beobachteten, wie die Fäulnis sich näherte. Sie waren bis an die Zähne bewaffnet mit Schwertern, Dolchen, Lanzen, Pfeilen und Bogen, und Magie flimmerte an den Fingerspitzen. Dennoch würden die Truppen gegen diesen Feind nichts ausrichten können.

»So schnell ihr könnt!«, rief ich. »Wenn ihr drüben seid, wartet am Lager! Geht nicht in das Dorf. Die Satyrn rechnen nicht mit uns. Beim letzten Mal, als so viele bewaffnete Fae bei ihnen vor der Tür standen, kam es zu einem blutigen Gemetzel. Sie sollen keinen falschen Eindruck bekommen!«

Bevor die Krieger und Kriegerinnen in einer Reihe nacheinander in den leuchtenden Rauch und die Schatten traten, warfen mir viele neugierige, aber auch unsichere Blicke zu. Alle kannten mich. Ich hatte sie einmal angeführt, war ihr Kommandant gewesen. War gemeinsam mit ihnen den steilen Berg des Sieges emporgestiegen und beim Rückzug wieder unten aufgeschlagen. Welches Grauen ich ihnen auch zugemutet hatte – ich selbst war stets an vorderster Front gewesen … Und dann hatte ich sie verlassen. Niemand hatte gewusst, warum. Niemand hatte gewusst, was aus mir geworden war. Dank Tal war Renfis im Bilde gewesen. Und Everlayne. Aber beide waren an den Eid gebunden, meinen Aufenthaltsort nicht zu verraten. Sie hatten meinen Truppen nicht erklären dürfen, dass ich sie nicht freiwillig verlassen hatte. Mittlerweile kannten alle die Wahrheit – die Einzelheiten über Gillethrye und die Ereignisse dort hatten sich wie ein Lauffeuer in Irrín nach unserer Begegnung mit Malcolm im Labyrinth verbreitet. Aber hundert Jahre waren eine lange Zeit, und Vertrauen ging viel schneller verloren.

Renfis war jetzt ihr Anführer. *Ren* hätte derjenige sein müssen, der sie durch das Schattentor in Sicherheit brachte, aber er blieb verschwunden, und ich war nur ein unzuverlässiger Ersatz.

Der Regen hatte seit einer Weile aufgehört. Die Abenddämmerung setzte ein, und düstere Wolken hingen so tief, dass Saeris sich draußen aufhalten konnte. Sie trug einen schweren Wollmantel und hatte die Kapuze aufgesetzt, um sich vorm letzten Tageslicht zu schützen. Als sie an dem schneebedeckten Abhang auf mich zukam, dicht gefolgt von Onyx, war ich wieder einmal überrascht, wie seltsam und zugleich *normal* es mir vorkam, dass sie hier war als meine Seelengefährtin. Saeris war nicht, was ich erwartet hatte. Sie war so viel mehr. Wie ein leuchtender Komet war sie in meinem Leben erschienen und veränderte alles.

Sie selbst hatte sich in den letzten Wochen auch verändert. Kraftvoll und selbstbewusst wirkte sie. Ihre Stiefel knirschten im Schnee, als sie sich mit entschlossenen Schritten näherte. In ihrer Lederrüstung hatte sie immer schon toll ausgesehen, aber jetzt schien die Montur wie geschaffen für sie. Überwältigender Stolz stieg in mir auf, als ich sah, dass sie ihre schwarzen Locken zu Kriegerzöpfen geflochten hatte – *Fae*-Kriegerzöpfe. Saeris war ein Teil dieser Welt geworden – ein Teil von *mir* –, und das fühlte sich genau richtig an.

Ihre Augen loderten zornig, als sie bei mir auftauchte, und ich machte mich auf eine wüste Abreibung gefasst. »Wir foltern niemanden«, sagte sie in eisigem Tonfall.

»Carrion foltert mich tagtäglich«, murmelte ich.

»Wenn wir Leute foltern, sind wir wie *die*«, fuhr sie fort, ohne auf meine Bemerkung einzugehen.

»Und wenn wir einen feindlichen Krieger gefangen nehmen, der Informationen hat, die wir brauchen?«, fragte ich.

Saeris warf mir aus den Tiefen ihrer Kapuze einen abfälligen Blick zu.

Ich hob die Hände. »Okay. Schon gut. Wir foltern niemanden.«

»Ich denke, wir sollten Iseabail nach Nevercross zurückschicken«, fuhr Saeris fort. »Es könnte sein, dass wir irgendwann erneut die Unterstützung der Hexen brauchen. Die werden wir aber nicht bekommen, wenn wir eine von ihnen gefangen halten.«

Entschlossenheit und strategisches Denken. Ich wusste, dass Saeris über beides verfügte, und es gefiel mir, dass beides jetzt zum Einsatz kam. Sie schmiedete Pläne und arbeitete daran, ihnen einen Schritt voraus zu sein, was mich mit Freude erfüllte. Ich nickte und sah zum dunkelnden Horizont, wobei ich versuchte, den Blick auf die schwarze Fäulnis zu vermeiden, die sich unaufhaltsam meinem Elternhaus näherte. »Du hast recht. Sobald alle das Tor passiert haben, sorge ich dafür, dass sie zu ihrem Clan zurückreist.«

»Und morgen früh möchte ich nach Ammontraíeth. Die ganzen Leute dort …«

»Für die bist du nicht verantwortlich«, sagte ich behutsam. »Wenn du das nicht möchtest. Es gibt den Bluthof nicht mehr, Saeris.«

»Aber Ammontraíeth ist noch da. Und *Sanasroth.* Außerdem wissen wir nicht, ob die Horde dortgeblieben ist, wo sie auf meinen Befehl hin bleiben sollte. Wenn die Fresser nun ausgebrochen sind, durch den Palast toben und alle Leute aussaugen, die beschlossen haben, zurückzukommen?«

Ich presste die Lippen zusammen, wollte die Frage nicht beantworten. Dieses Szenario war mir auch in den Sinn gekommen, und meine erste Reaktion war nicht sehr gnädig ausgefallen.

Waren all die grauenhaften Verbrechen vergessen, nachdem die Hochadel-Vampire wieder Fae geworden waren? Ich war scheißdankbar, dass ich darüber nicht zu entscheiden hatte.

»Die meisten dieser Leute hatten sich nicht freiwillig dafür *entschieden*, zu Vampiren zu werden«, fuhr Saeris fort. Sie konnte nicht wissen, was ich dachte, nicht einmal durch unsere enge Verbindung als Paar. Aber es lag nahe, dass sie auch über die Schuldfrage nachdachte. »Malcolm hat die meisten ermordet. Sie könnten ja vorher liebe, gute Menschen gewesen sein. Und trotz deines Stirnrunzelns gehe ich davon aus, dass du sie nicht einfach Fressern zum Aussaugen überlassen möchtest. Nur für den Fall, dass diese Leute keine Arschlöcher sind.«

»Nur für den Fall, dass diese Leute keine Arschlöcher sind. *Bei den Göttern!*« Ich lachte freudlos und endete mit einem tiefen Seufzer. Mir war ein unerfreulicher Gedanke gekommen, während wir redeten. Wenn das nun die Leute aus Gillethrye waren? Diejenigen, die ich nicht hatte retten können. Diejenigen, deren Verbrennung ich angeordnet hatte, als Malcolms Fresser über die Stadtmauer geklettert waren und in den Straßen Tod und Verwüstung hinterlassen hatten.

Was, wenn ich *tatsächlich* in der Lage gewesen wäre, sie zu retten? Saeris wollte sich auch davon überzeugen, und ich würde ihr diesen Wunsch nicht abschlagen. Ich würde sie nicht dazu verdammen, dieses quälende Schuldgefühl zu ertragen, mit dem ich Tag für Tag zu kämpfen hatte. »Wir werden Tal aber nicht mitnehmen«, sagte ich unvermittelt. »Ich glaube kaum, dass er das überstehen würde. Nach allem, was er in Ammontraíeth durchgemacht hat, ist es ohnehin besser für ihn, wenn er diesen Ort nie mehr wiedersieht.«

Saeris blickte mich mit großen Augen an. »Moment mal! Du stimmst mir zu? Wir gehen dorthin zurück?« Ihr Erstaunen war entzückend. Ich legte den Arm um sie und küsste sie unter der Kapuze auf die Wange.

»Ich sollte dir das lieber nicht sagen, da du offenbar gar nicht ahnst, wie viel Macht du über mich hast, aber … von mir bekommst du alles, was du willst, Saeris Fane. Immer. Was es mich auch kostet.«

Das war kein Versprechen, sondern die Wahrheit, die ich in Ehren halten würde. Obwohl die Fäulnis kurz davor war, Cahlish und meine letzte Verbindung zu meiner Familie zu vernichten, gelang mir irgendwie ein Lächeln. Es war bestimmt schief, aber immerhin. »Stets zu Euren Diensten, Königin Saeris«, flüsterte ich in ihr Haar.

Diesmal verdrehte sie wegen des Titels nicht die Augen. Zuvor hatte ihr Hofstaat aus Monstern bestanden. Es gab eine kleine Chance, dass einige Verbliebene nach den Ereignissen beim Equinox-Ball wieder rechtschaffen waren, und Saeris' Haltung gegenüber ihrem Volk hatte sich drastisch verändert. Nicht weil sie auf Macht oder Reichtum versessen war, sondern weil sie *Hoffnung* hatte und helfen wollte.

In Zilvaren hatte sie nie gute Karten gehabt. Madra war ein Monster, ihre Beamten waren korrupt gewesen. Die Leute in Saeris' Bezirk waren bettelarm und kämpften täglich ums Überleben, aber auch *die* hatte Saeris nie im Stich gelassen. Dass sie sich so sehr an Hoffnung klammern konnte, machte sie für einige vielleicht zur Närrin, für mich jedoch außergewöhnlich.

Für sie wollte ich mich bemühen, besser zu werden, besser zu *sein*. Jeden Tag meines Lebens würde ich mich verflucht anstrengen müssen, um mir ihre Liebe und Achtung zu verdienen. Ich fürchtete mich jedoch nicht vor dieser Herausforderung.

Saeris' Lächeln brachte etwas tief in mir zum *Schwingen*. Die Echos des Schicksals und der Welten vibrierten in meiner Brust und verhießen mir … *was?* Ich war nicht wie meine Mutter. Ich war nicht gesegnet mit Visionen von der Zukunft. Ich konnte einfach nur mein Leben leben und musste alles selbst herausfinden.

Saeris blickte über meine Schulter zum Anwesen hinüber, und die Heiterkeit verflog. »Sie kommen.«

Die Letzten von uns.

Zusammen gingen sie den Abhang am Haus hinunter: Te Léna und ihr Gefährte Maynir, der die in Decken gehüllte Everlayne trug; vorneweg Iseabail, deren scharlachrotes Haar in der weißen Schneelandschaft leuchtete und die mit einer Hand ihre Röcke raffte. Lorreth stützte Tal, der erschöpft wirkte, aber immerhin vollständig bekleidet und auf eigenen Beinen unterwegs war, wenn auch zittrig. Carrion, Foley und Hayden bildeten die Nachhut, und jeder von ihnen schleppte einen hohen Bücherstapel.

Erleichterung durchzuckte mich bei diesem Anblick. Aus einem Anwesen voller wertvoller Dinge waren es die *Bücher*, die gerettet wurden. Das Wissen aus diesen Folianten gab es sonst nirgendwo in Yvelia. Nachdem Belikon den Thron des Winterpalastes erobert hatte, war seine erste Handlung gewesen, alles aufzuspüren und zu zerstören, was seine Herrschaft bedrohen konnte. Denn er war nicht nur durch und durch böse, sondern auch schlau.

Er wusste, dass er, um das Volk zu unterdrücken, die Kontrolle über das Wissen haben musste. Verbirgt man die Wahrheit vor seinen Leuten, ist man im Besitz der Macht. Verbrennt man Bücher, kann man Geschichte umschreiben und die Zukunft neu erfinden.

Diese Bücher würden vervielfältigt und im Volk verteilt werden. Dafür würde ich sorgen, und wenn ich jedes einzelne selbst von Hand abschreiben müsste.

Die letzten Truppen waren durchs Tor geschritten, nur unsere kleine Gruppe war noch übrig. Uns stand etwas bevor, dessen Ausgang niemand von uns voraussehen konnte.

Everlayne wirkte in Maynirs Armen so winzig und zerbrechlich. Klein war sie immer schon gewesen, aber auch *stark*. Feurig und leidenschaftlich. Ich hatte immer gestaunt, wie ein so zartes Geschöpf so viel Energie in sich haben konnte. Jetzt sah sie geschrumpft aus – wie ein Echo ihrer selbst. Violette Schatten lagen um ihre Augen, die Haut war fahl und teigig. Ihr früher strahlend blondes Haar, nun zu einem einzigen dicken Zopf geflochten, war stumpf. Unter den fast durchscheinenden Lidern bewegten sich ihre Augen hektisch hin und her.

»Sie verbrennt von innen heraus und muss so schnell wie möglich wieder in einen geschützten Raum«, sagte Te Léna. »Ich bringe sie zu einer Freundin in Inishtar, der ich vertraue, Fisher.

Dort wird man gut für sie sorgen. Dann schicke ich Maynir mit Neuigkeiten zu dir.«

»Danke.« Obwohl Everlayne nur mit Belikon aufgewachsen war, hatte sie einen ebenso gütigen und liebenswerten Charakter entwickelt wie unsere Mutter. Blutsverwandtschaft verband uns, wenn der König auch versucht hatte, uns zu trennen. Sie war meine Schwester, und ich *wusste*, dass sie in diesem Körper war und darum kämpfte, zu uns zurückzukehren. Ich konnte sie *spüren*.

Te Léna und Maynir traten mit ihr durch das Schattentor. Als Nächste war Iseabail dran. Sie umarmte Saeris kurz, nickte mir knapp zu und war dann auch schon verschwunden.

»Wenn diese Satyrn nichts Stärkeres als Bier anzubieten haben, ziehe ich dich persönlich zur Rechenschaft«, bemerkte Lorreth, als er an uns vorbeiging. »Nur weil die nichts vertragen, gilt das noch lange nicht für alle anderen.«

»Dann finde ich dich wohl drüben in einer Taverne?«, fragte ich und zog eine Augenbraue hoch.

»Ich glaube, nach dem Ganzen hier könnten wir alle einen Drink gebrauchen. Dank dieser Kobolde habe ich höllische Kopfschmerzen.«

Er meinte vor allem die Feuerkobolde. Die anderen Kreaturen des Anwesens waren schon durchs Schattentor gegangen, aber die Feuerkobolde blieben unter der Erde. Lorreth hatte sich so tief in den Untergrund von Cahlish begeben, wie er es aushalten konnte, um Archer und seine Freunde zum Mitkommen zu überreden, doch sie hatten sich geweigert. Ohne die Hitze des Feuers könnten sie höchstens ein bis zwei Tage überleben. Und sie glaubten außerdem, dass ihr Brimstone sie vor der Fäulnis bewahren würde.

Wahrscheinlich hatten sie recht, aber es fühlte sich trotzdem nicht gut an, Freunde zurückzulassen.

Tal, noch bleicher als sonst, nickte mir zu. »Ich werde euch im Lager nicht zur Last fallen«, sagte er mit heiserer Stimme. »Sobald wir durchs Tor sind, möchte ich, dass ihr mich nach Bayland's End zurückschickt.«

Bayland's End. Das hatte ich seit Jahrhunderten nicht mehr gehört, und jetzt löste es einen Schwall nostalgischer Erinnerungen aus. Der Wohnsitz von Taladaius' Ahnen war in meiner Jugend ein sehr geliebter, wenn auch etwas heruntergekommener Schlupfwinkel gewesen. Gemeinsam hatten wir dort allerhand Unfug getrieben – zwei junge Faelinge, die ihre Magie entdeckten und allerlei Missgeschicke erlebten, während sie die Lektionen ihres Reichs erlernten. Taladaius wollte also zurückgehen. Ob seine Mutter ihn wieder aufnehmen würde, stand allerdings auf einem ganz anderen Blatt.

»Bayland's End liegt keine hundert Meilen von Cahlish entfernt«, sagte ich. »Die Fäulnis wird nicht innehalten, wenn sie hier gewütet hat. Sondern sich weiter ausbreiten und binnen weniger Tage auch bei dir vor der Tür auftauchen.«

Tal zuckte leichthin mit den Schultern. »Nur wenn ihr sie nicht vorher aufhaltet.« Ein kleines Lächeln umspielte seine Lippen. »Ich habe nämlich das Gefühl, dass ihr beide es bis morgen Abend geschafft haben werdet, der Fäulnis ein Ende zu setzen. Weil ihr beide gleich hartnäckig seid, wenn es darum geht, ein Ziel zu erreichen.«

Damit lag er nicht falsch. Tatsächlich entstanden die Grundzüge eines Plans in meinem Kopf. Es war ein kühner Plan, und bei den Göttern, er war gefährlich, aber wenn er gelingen würde …

… dann wäre Saeris in Sicherheit.

Und das Reich wäre ebenfalls in Sicherheit, zumindest für eine Weile.

Das Chaos, was ich dafür anrichten müsste, würde katastrophal sein. Manchmal war das Heilmittel gefährlicher als die Krankheit, aber wir würden Zeit gewinnen …

»Leute, habt ihr was dagegen, wenn ich schon mal vorgehe?

Diese Bücher sind enorm schwer.« Carrion grinste verlegen, als er über Tals Schulter spähte. Der Schmuggler trug drei Mäntel übereinander, und seine Hände steckten in Fäustlingen.

»Warum hast du dich so dick angezogen?«, erkundigte sich Saeris.

»Weil ich immer stundenlang in einer Schneeverwehung herumhocken muss, während alle anderen losziehen, um irgendwas Gefährliches zu machen. Ich liebe es ganz und gar nicht, zu frieren, Saeris.«

»Warum sagst du das in diesem Tonfall? Als ob ich schuld am Wetter wäre?«

»Weil es so ist. Du hättest dich in einen verdammten Krieger aus Gilaria – oder noch besser aus Lìssia – verlieben können. Doch nein – es musste natürlich einer aus der eisigen Einöde Yvelia sein.«

»Du weißt aber schon, dass du gerade über dein eigenes Land redest, ja?«, rief ich ihm in Erinnerung.

Doch Carrion trabte schon durchs Schattentor und war im nächsten Moment mitsamt den Büchern verschwunden.

»Das geile Schwein«, bemerkte Lorreth.

»Bitte *was*?« Saeris' Augenbrauen schossen in die Höhe.

»So heißt die Taverne, in der wir uns treffen werden.«

»Oh. Ach so, ja.«

Lorreth zwinkerte uns zu und machte sich gemeinsam mit Tal, den er weiterhin stützte, auf den Weg. Jetzt waren wir nur noch zu viert: Foley, Hayden, Saeris und ich.

Hayden beäugte beunruhigt über seinen Bücherstapel hinweg das Schattentor. »Ich gehe mit dir zusammen«, erklärte Saeris. »Du wirst dich auf der anderen Seite übelst beschissen fühlen, aber das passiert nur beim ersten Mal. Danach wird es dir nichts mehr ausmachen, durch die Tore zu gehen.«

»Na toll!« Er klang atemlos. Hätte er nicht mit eigenen Augen gesehen, wie die schwarze Fäulnis den Berg hinaufkroch, hätte er vermutlich darauf bestanden, in Cahlish zu bleiben. Doch jetzt kam es auf Sekunden an, uns lief die Zeit davon. »Bringst du bitte Onyx mit?«, sagte Saeris. »Ich kann nicht gleichzeitig ihn *und* die Bücher tragen und auch noch auf der anderen Seite Hayden auffangen.«

»Ich werde nicht wieder in Ohnmacht fallen«, protestierte er.

»Doch, wirst du«, konterte Saeris.

»Vermute ich auch«, meinte Foley gleichzeitig.

»Na klar. Ich habe den Fuchs. Mach dir keine Sorgen um ihn«, sagte ich beruhigend. »Geht nur los. Ich bin direkt hinter euch.« Ich küsste meine Gefährtin wieder auf die Stirn. »Ab mit euch.« Und dann sagte ich stumm zu ihr, damit nur sie es hören konnte: *Ich liebe dich, kleine Osha.*

Ich liebe dich auch.

Der Moment, als sie durch die Schatten trat und außer Reichweite, war qualvoll. Es fühlte sich an, als wäre ich vom Leben abgeschnitten worden, und nur die kalte Leere des Todes bliebe zurück. Ich zitterte und spürte ein unangenehmes Ziehen im Bauch, was aber sofort verflog, als ich mich auf Onyx hechten musste, der gerade im Alleingang Saeris nachlaufen wollte.

»Bei allen lebenden Göttern!«, sagte Foley. »Du hast es mir ja auf dem Dach erzählt, und ich habe dir auch wirklich geglaubt. Aber aus direkter Nähe mitzuerleben, wie du nach einer Frau schmachtest?« Seine goldenen Fangzähne glitzerten in dem trüben Licht, als er lachend den Kopf schüttelte. »Ich meine, ich hätte nie gedacht, dass ich das mal zu sehen bekomme.«

Ich funkelte ihn finster an und scheuchte ihn Richtung Tor. »Halt die Klappe, Foley. Ich kann nichts dagegen tun, okay?«

Er grunzte und stieß mir dann spielerisch mit dem Ellbogen in die Rippen. »Kommst du klar damit? Cahlish zu verlassen? Ich weiß, wie viel dir dieser Ort bedeutet.«

Bevor ich mich davon abhalten konnte, drehte ich mich um und blickte zurück auf das Anwesen. Es gab Häuser, die größer waren. Vornehmer. Prächtiger. Aber Cahlish war mein Elternhaus, und lange war es mein einziger Besitz gewesen. Von hier wegzugehen, fühlte sich an, als müsste ich einen sterbenden Verwandten zurücklassen, aber uns blieb keine andere Wahl. »Ich muss«, murmelte ich. »Wenn es eine Möglichkeit gibt, das Anwesen zu retten, werde ich sie finden. Und wenn nicht ...« Ich zuckte die Schultern. »Dann ist es sinnlos zurückzublicken. Wenn wir alles überstanden haben, werden wir uns neue Häuser bauen können.«

»Mm. Sehr pragmatisch gedacht«, meinte Foley amüsiert. »Du glaubst also, dass wir es schaffen werden? Das alles zu überstehen?«

Ich wandte mich wieder dem Schattentor zu und straffte mich. »Ja, das glaube ich. Muss ich auch.«

»Um ihretwillen?«, fragte er.

Ich warf ihm einen ergebenen Blick zu, verneinte die Frage aber nicht.

»Bei den Göttern, dich hat's ja schlimm erwischt.« Foley schlug mir grinsend auf die Schulter und verschwand durchs Schattentor. Ich hörte das Lachen meines Freundes noch, als ich ihm folgte, Onyx fest an meinen Brustpanzer gedrückt. Wind pfiff mir um die Ohren, die Welt wurde schwarz ... und dann verwandelte sich das Gelächter in etwas anderes.

Eine Stimme aus dem Raum zwischen den Welten.

»Hallo, Hund.«

44

INISHTAR

SAERIS

Erst kam der Rauch.

Dann der Schrei.

Das Blut gefror mir in den Adern, als er die Luft mit Grauen durchdrang.

»Schlag ihm den verdammten Kopf ab!«

Das war der Moment – *das* war der Sekundenbruchteil in der Zeit, der die Realität markierte und das Vorher vom Danach unterschied.

Ich lächelte immer noch, weil ich Hayden geneckt hatte. Spürte das flaue Gefühl im Magen, das man immer bekam, wenn man durch ein Schattentor ging … und dann waren wir in einer der Höllen.

Der Himmel war schwarz vor Qualm, beißender Gestank lag

in der Luft. Wir befanden uns auf einem Hügel, von dem aus man Aussicht über eine kleine Stadt hatte – Häuschen mit Terrakottadächern, weiter hinten weiße Kalkfelsen in endloser Dunkelheit. Blutverschmierte Fae-Krieger mit Schwertern in der Hand rannten vorbei. Lagerfeuer, außer Kontrolle geraten, brannten das lange trockene Gras nieder, und im roten Licht der Flammen wirkten die Krieger so monströs wie Ghule.

Am Fuß des Hügels explodierte ein Haus in einer meterhohen Feuersäule aus gleißendem Licht. Der Boden erbebte unter meinen Füßen. Ich schützte den Kopf mit den Armen und versuchte zu begreifen, was bei allen fünf Höllen hier los war. Dann reagierten meine Sinne endlich.

Hayden.

Wo verdammt war Hayden?

Ich griff nach den Kurzschwertern. Das Gewicht der Zwillings-Götterschwerter fühlte sich beruhigend an, als ich sie schwang und Kraft in meine Arme schoss.

Der Schild auf meiner rechten Hand beleuchtete das Chaos wie ein Leuchtfeuer.

Und ich entdeckte meinen Bruder auf den Knien im Gras, hustend und keuchend. Rundum lagen die Bücher verstreut. *»Hayden!«*

Drei Meter höchstens. Nur drei Meter. Ich konnte ihn erreichen. Meine Lunge brannte, als ich auf ihn zustürzte. Er war unverletzt. Keine Wunden. Kein Blut. Er versuchte, mich anzusehen, als ich vor ihm in die Hocke ging, aber seine Augen verdrehten sich. Ich schlug ihm mit Wucht ins Gesicht. »Nein! Bleib wach, Hay! Wir haben keine Zeit!« Er kam ein bisschen zu sich, richtete den Blick auf mich.

»Was bei allen fünf Höllen passiert hier?«

»Keine Ahnung, ich …« Eine weitere Flammensäule schoss himmelwärts und beleuchtete den Hügel. Ich hörte das Knurren schon, bevor ich den Fresser sah. Es war eine Frau. Oder war zumindest mal eine *gewesen*. Sie war nackt, mit schlaffen hängenden Brüsten und langem verfilztem Haar. Die Rippen waren so deutlich zu sehen, als würden sie jeden Moment durch die Haut platzen.

Die Zähne waren schwarz von Wundsekret, rot von Blut.

Sie hatte gefressen.

Als der Rauch sich klärte, sah ich einen weiteren Fresser, riesengroß, mit goldener Rüstung, auf deren blutbespritztem Brustpanzer eine Sonne abgebildet war. Er fixierte einen Fae-Krieger auf dem Boden, bückte sich dann und begann am Hals zu saugen. Der Körper des Fressers bewegte sich wellenförmig, während er den Fae aussaugte, dessen Hände verzweifelt herumtasteten und Gras ausrissen, während er sich zu wehren versuchte … Doch dann erschlafften sie, und er rührte sich nicht mehr.

»Saeris! Bei allen Göttern, Saeris! Da, links!«

Haydens Schrei riss mich aus der Lähmung.

Die nackte Fresserin stürmte auf mich zu. Ich sprang auf und riss die Schwerter hoch, durchbohrte die Vampirin. Licht blitzte in meiner rechten Hand auf, überstrahlte Erromars Klinge und strömte in die Fresserin. Sie leuchtete von innen auf, die Rippen schwarz wie Kohle unter der unnatürlich wachsbleichen Haut des Monsters. Es erzitterte von Kopf bis Fuß, stieß einen mörderischen Schrei aus und ging in Flammen auf.

Beweg dich, Saeris. Fuck, beweg dich.

Ich packte Hayden am Arm und riss ihn hoch. »Los, wir müssen rennen«, schrie ich.

Er blickte wild um sich. »Aber *wohin*?« Nach meinem ersten Gang durch ein Schattentor hatte Ren mich zu einem Bett getragen, und jetzt verlangte ich von Hayden, dass er rennen sollte. Fuck! Ich wusste nicht, in welche Richtung, überall war nur Rauch und Gemetzel, nirgendwo Schutz. Wir konnten nirgendwohin. Ich hielt verzweifelt Ausschau nach Fisher, aber … er war nirgendwo. Er …

Etwas prallte mit Wucht von hinten gegen mich, und ich ging hart zu Boden. Ein dumpfes Grollen näherte sich meinem Ohr, und dann spürte ich Finger, die versuchten, unter meine Rüstung zu dringen und Haut zu finden.

Ich rollte mich auf den Rücken, rammte dem Fresser das Heft eines Schwerts ins Gesicht. Er war erst frisch verwandelt, die Haut rosa. Ein Mann, vielleicht zwanzig Jahre alt. Menschlich. Er stieß einen schrillen klagenden Schrei aus. »Bitteeeeee. *Bitte!*«

Nicht nur frisch verwandelt, der hatte noch nicht mal gefressen, und ich sollte die Erste sein. Ich versuchte, ihn mir vom Hals zu halten, indem ich die Beine hochstemmte, um ihn zu Fall zu bringen, aber er war schwer, scheißschwer mit seiner Rüstung …

Zähne klackten viel zu nah, und ich sah voller Grauen, wie sie ihm abrupt aus dem Mund fielen und blitzschnell neue, spitz und scharf wie Nadeln aus dem Zahnfleisch drangen. Wie ein tollwütiger Hund stürzte er sich wieder auf mich, schlug die Zähne zusammen. Ich überkreuzte meine Schwerter wie Scherenklingen und trennte ihm den Kopf vom Körper.

Dann sprang ich auf und sprintete zu Hayden zurück.

»Halt dich rechts! Rechts, rechts, rechts!«, schrie jemand. Ich kannte die Stimme, hatte aber keine Zeit zu reagieren. Plötzlich wimmelte es überall von Fressern. Die aus Cahlish evakuierten Krieger kämpften tapfer, waren aber in der Unterzahl. Weißglühende Lichtblitze zuckten über den Hügel und fällten etliche Fresser, und der Geruch von Verkohltem und von Asche stieg mir in die Nase.

Ich parierte und schlug mit den Schwertern um mich, focht sämtliche Fresser nieder, die sich auf mich hechteten. Trennte Arme ab, schlitzte Bäuche auf und schlug so viele Köpfe ab, wie ich konnte.

Gemetzel und Geschrei, wo ich auch hinsah.

Aber ich hatte Hayden aus den Augen verloren, und ich hielt fieberhaft nach ihm Ausschau. Nebenbei erledigte ich weitere Fresser.

Engelsatem schoss knisternd durch die Luft, zumindest war also Lorreth irgendwo in dem Getümmel. Aber wo bei allen fünf Höllen war Fisher? Warum spürte ich ihn nicht?

Wo bist du? Komm schon, Fisher, gib Laut!

Erdrückende Stille.

War er gleich hinter dem Schattentor einem Fresser zum Opfer gefallen? War er einer von den Ausgesaugten, die tot hier herumlagen? Nein, ausgeschlossen. Das würde ich merken. *Ganz bestimmt.*

»*Hayden!*« Ich fuhr herum, schlitzte einen dürren Fresser auf und kam beinahe ins Schlittern, als seine Eingeweide wie glitzernde Schlangen vor mir zu Boden fielen. Trotzdem stürzte sich das Ding noch mit erhobenen Krallen auf mich, aber ich ließ die Schwerter wirbeln und schlug das Ungeheuer so wuchtig entzwei, dass der Kopf den Hang hinunterrollte.

»Saeris!« Um ein Haar hätte ich die blutgetränkte Gestalt attackiert, die durch den Rauch auf mich zugerannt kam, aber ich hielt inne, als ich die Goldzähne aufblitzen sah. »Dank den Göttern, du bist unversehrt«, keuchte Foley. »Wo ist Fisher? Wir brauchen dringend eine Taktik für diese Lage, und zwar sofort.«

»Er war doch bei dir! Seid ihr nicht zusammen durchs Tor gegangen?« Mir blieb fast das Herz stehen, und das laute Hämmern in meinen Ohren war auch keine Hilfe.

Foley fluchte auf Alt-Fae, wirbelte herum und versuchte im Chaos etwas zu erkennen. »Ich dachte, er sei bei dir! Er war direkt hinter mir. Ich bin erst gerade rausgekommen und in dem hier gelandet. Musste mich erst mal berappeln. Fisher …«

Ich hörte nicht, was er als Nächstes sagte, weil ein Fresser an ihm vorbeistürmte und ihn beinahe in seiner Eile umwarf, über mich herzufallen. Foley war schließlich Vampir, er hatte Fressern nichts zu bieten. Bei mir sah das anders aus. Ich war zur Hälfte Fae, und offenbar reichte auch der Geruch von nicht ganz reinem Fae-Blut vollkommen aus, um einen Fresser zur Raserei zu treiben.

Ich hob instinktiv die Hände und setzte meinen Schild ein, das weißblaue Licht strahlte grell auf. Die Quicksilver-Rune hatte *beinahe* Gestalt in der Luft angenommen, als der Fresser schnurstracks hindurchraste.

Die Kreatur prallte mit voller Wucht gegen mich, und mir stockte der Atem. Ich brauchte ihn nicht, aber ein Schock war es trotzdem.

Ich knallte hart auf den Boden, hob aber sofort die Füße, bevor das Ding mir die Zähne in den Hals schlagen konnte, und drängte es zurück. »STOPP!«, schrie ich dabei. Die Autorität, die mir zugefallen war, als ich zur Königin des Bluthofes gekrönt worden war – ich spürte sie in mir, so greifbar, dass ich sie nutzen konnte. »STOPP!«, wiederholte ich so gebieterisch wie möglich … was den Fresser nicht im Geringsten beeindruckte. Bei dem bewirkte meine Autorität rein gar nichts.

Fuck!

Ich wollte das Schwert in der Linken gerade in seinen Schädel bohren, aber der Kopf des Fressers war plötzlich verschwunden. Roter Sprühregen fiel auf mich herunter und benetzte meinen Brustpanzer, als Foley hinter dem kopflosen Vampir auftauchte, in der Hand eine Waffe, wie ich noch nie eine gesehen hatte: eine massive Kette mit einem Holzgriff an einem Ende und einer schweren, mit spitzen Dornen gespickten Eisenkugel am anderen.

Rote Flüssigkeit tropfte von den Dornen.

»Erst gestern habe ich dir die Treue geschworen, und heute

muss ich dir schon das Leben retten?«, meinte Foley. Hätte um uns her nicht dieses Horrorspektakel stattgefunden und wäre Fisher nicht verschwunden gewesen, hätte ich gedacht, er würde scherzen. Der kopflose Fresser kippte seitwärts ins Gras. Foley wollte mir aufhelfen, überlegte es sich aber anders, als er die beiden Götterschwerter in meinen Händen sah. Ich sprang auf, wischte mir das Gesicht ab und wandte mich Foley zu. »Sag mir bitte, dass Fisher mit dir aus dem Tor gekommen ist.«

»Das dachte ich. Aber als ich mich umgedreht habe, war er nirgendwo zu sehen. Das Schattentor hat sich geschlossen, und …«

Ich hatte es schon gewusst, bevor Foley es jetzt bestätigte. Fisher hätte unter allen Umständen über unsere Verbindung geantwortet, als ich nach ihm rief. Er war nicht durchs Tor gekommen. *»Hayden!«,* schrie ich wieder verzweifelt.

Erst Renfis.

Und jetzt war Fisher verschwunden?

Ich würde nicht auch noch meinen Bruder verlieren.

»Hayden! Wo bei allen fünf Höllen steckst du?«

Keine Reaktion. Er antwortete nicht.

Und dann entdeckte ich ihn plötzlich, reglos am Boden, halb verdeckt von hohem Gras. Sein Gesicht war bleich, die Augen geschlossen.

Nein. Nein, nein, nein, das durfte nicht wahr sein. Er war *nicht* tot. Ich hatte ihn nicht mitgeschleppt, damit er in irgendeiner verfluchten Einöde von einem elenden Fresser abgemurkst wurde. Hayden war noch am Leben. Er musste einfach …

Er lebte tatsächlich. Bei allen Göttern und Märtyrern, ich konnte seinen Herzschlag spüren – schwach zwar, aber er war da. Ich sank auf die Knie und tastete Hayden von Kopf bis Fuß ab, zutiefst dankbar, dass ich danach kein Blut an den Händen hatte.

»Er ist okay«, sagte Foley, »nur bewusstlos. Ist vermutlich ohnmächtig geworden. Was wir ja schon geahnt haben. Hier, halt das mal einen Moment.« Er reichte mir die eigentümliche Waffe, die noch schwerer war, als sie aussah. Und ziemlich unhandlich.

»Was *ist* das?«

»Ein Flegel.« Foley hob Hayden hoch und lud ihn sich auf die Schulter. »Das war das Erste, was ich gefunden habe, als ich aus dem Schattentor trat. Sehr praktisch, um Gegnern den Schädel einzuschlagen.« Nachdem Hayden sicher auf Foleys Schulter lag, streckte er die Hand nach seiner neuen Waffe aus. »Nicht so wirkungsvoll wie ein Götterschwert vielleicht, aber trotzdem nützlich. Komm, das Gefecht hier scheint nachzulassen, es sind nicht mehr so viele Fresser unterwegs. Wir sollten nach den anderen suchen.«

Dank des Engelsatems von Avisiéth, den Lorreth auf dem Schlachtfeld eingesetzt hatte, war er am leichtesten zu finden. Carrion war bei ihm. Sein kupferrotes Haar stand in alle Richtungen ab, während er mit Simon einen Fresser bekämpfte. Einigermaßen beeindruckt bemerkte ich, dass der Schmuggler inzwischen viel gewandter mit dem Schwert umgehen konnte, das ich für ihn geschmiedet hatte, als vor unserer Ankunft in Yvelia.

Der Vampir sackte ebenfalls kopflos zu Boden, und erst jetzt bemerkte uns Carrion.

Es war ein seltsames Erlebnis, dem dreistesten Schmuggler von ganz Zilvaren ins Gesicht zu blicken, ohne ein Grinsen darauf vorzufinden. Er sah wahrhaftig erleichtert aus, als er uns entdeckte. Dann folgte ein Lächeln, das aber die Augen nicht erreichte. »Ah, hier ist sie ja«, sagte er keuchend. »Wohl inzwischen zu sehr an königlichen Luxus gewöhnt, wie? Und wir müssen die Drecksarbeit erledigen?«

Ich blickte an mir herunter. Blut haftete überall an mir, ich *roch* es sogar. Ich hatte mich durch die Höllen gekämpft, um jetzt lebend vor ihm zu stehen, und das wusste er auch ganz genau.

Unversehens zog mich Lorreth in seine Arme. »Gnade den Göttern! Danke, danke«, trällerte er und drückte mich so fest, dass mir die Luft wegblieb. Als er mich losließ, sah ich seinen Zustand und wäre fast in Tränen ausgebrochen. Sein schweißgetränktes Haar klebte ihm im Gesicht. In seiner Lederrüstung klafften zwei Risse auf. Ein Arm blutete heftig. Außer Fisher trug kaum jemand eine Halsberge, aber die von Lorreth schien ihm das Leben gerettet zu haben. Tiefe Furchen waren in das Metall gekerbt, weil offenbar jemand versucht hatte, dem Krieger die Kehle herauszureißen, zum Glück aber gescheitert war.

»Ich habe Te Léna und Maynir mit Everlayne, Zovena und Iseabail nach Inishtar geschickt«, sagte er. »Ich hoffe, sie haben es geschafft.«

»Und was ist mit Tal?«, fragte Foley.

Lorreth stieß langsam die Luft aus. Avisiéth steckte mit der Spitze in der Erde; er musste das Götterschwert hineingebohrt haben, als er mich in diese knochenfeste Umarmung gezogen hatte. Jetzt nahm Lorreth es wieder an sich und steckte es achtungsvoll in die Rückenscheide. »Ich habe ihm gesagt, er soll mit den anderen gehen, aber er hat sich geweigert und stattdessen den Fressern kreuz und quer auf dem Feld den Garaus gemacht. Zuletzt habe ich ihn gesehen, als er mit seinem Schwert reihenweise Vampire umgemäht hat. Ich konnte da echt nicht mithalten. Er hat sich irgendwo dahinten in eine ganze Horde gestürzt, seither habe ich ihn nicht mehr gesehen. Aber wir werden ihn schon finden. Lasst uns gehen, wir müssen in die Stadt runter. Hier geht bald alles in Flammen auf.«

Foley und Lorreth fingen an, Pläne zu schmieden. Erst als sie schon den halben Hügel runtermarschiert waren, merkte ich, dass ich nicht mitkommen würde. Meine Hände zitterten, als ich das Buch aufschlug. Kein Buch aus der Bibliothek, sondern jenes, das ich im Brustpanzer immer bei mir trug. Mein wertvollster Besitz außer meinen Götterschwertern: Edinas Buch.

»Wo bleibst du denn, Saeris?«, schrie Foley. »Wir müssen weiter!«

Carrion war mir nicht von der Seite gewichen. »Was sagt es?«

Es dauerte einen Moment, bis ich die erste Hälfte durchgeblättert hatte. *Los, los, los, los.* Sie war da. Sie musste irgendwo sein, die Information, die ich jetzt brauchte. Eine Ewigkeit schien zu vergehen, während ich Zeilen überflog, in denen es um Alchemie und meine Magie ging. Mir stockte der Atem, als ich auf die Seite blickte, die ich mit den anderen zusammen in Cahlish gelesen hatte.

Lies weiter bei den weißen Kliffs.

Edina würde mir sagen, wohin ich gehen sollte und wo ich Fisher finden würde, und alles würde gut sein. Hoffnung stieg in mir auf, als ich die Seite zum dritten Mal umblätterte, und …

Ich blinzelte und versuchte zu begreifen, was ich da las.

Lies weiter nach dem Handel.

Was? Der *Handel*? Was bei allen fünf Höllen sollte das bedeuten? Wo war die andere Botschaft? Das war ein weiterer Hinweis auf die folgende. Aber die, nach der ich Ausschau hielt, gab es nicht. Ich blätterte zurück und sah erneut: Lies weiter bei den weißen Kliffs.

Bestimmt klebten die Seiten zusammen. So musste es sein. Ich zupfte wie verrückt an dem Papier, aber es blieb bei einer Seite, und es war auch keine herausgerissen worden. Es gab einfach keine weitere Botschaft.

»Saeris?«

Ich blickte auf. Lorreth stand vor mir und betrachtete mich besorgt. »Wir müssen vieles klären, aber nicht hier«, sagte er. »Es gibt sicher einen triftigen Grund, warum Fisher nicht durchs Schattentor gekommen ist, und ich gehe jede Wette ein, dass er morgen früh wieder bei uns ist. Aber jetzt muss ich dich erst mal in Sicherheit bringen. Er reißt mir den Kopf ab, wenn dir hier draußen etwas zustößt.«

Ich ließ mich mitziehen und verstaute das Buch wieder in meiner Rüstung. Nur allzu gern hätte ich Lorreths beruhigenden Worten geglaubt, aber es wollte mir nicht gelingen. Ich spürte es tief in mir. Etwas stimmte ganz und gar nicht.

***

An klaren Tagen konnte man das Archipel, das den Inselhof von Lìssia abschirmte, von den Kalkfelsen von Inishtar aus sehen. Die Inseln waren als *der Schild* bekannt. Das hatte ich unlängst in einem Buch gelesen, in dem auch eine Illustration der kleinen Stadt abgebildet gewesen war. Sie war von dem stolzen Satyrvolk, das dort beheimatet war, in die Felsen gebaut worden. Die Satyrn waren Architekten. Ingenieure. Mathematiker. Sie liebten Musik und Kunst und brachten ihren Kindern bei, Angst zu überwinden, indem sie die steilen Kalksteinkliffs erklommen und von oben ins Meer sprangen.

Doch das war nicht das Inishtar, das wir vorfanden, als wir in die Stadt kamen. Sondern ein brennendes Inishtar voller Blut. Frauen weinten über ihren toten Männern in den Straßen. Kindern irrten heulend umher und suchten nach ihren Eltern. Fast alle Fenster waren zersplittert. Ein Teppich aus Glasscherben knirschte unter unseren Füßen, als wir an zahllosen Häusern vorbeikamen, in denen Türen schief in den Angeln hingen. Immerhin standen die Häuser noch. Sie waren aus Granit und Kalkstein erbaut worden, um der salzigen Meeresluft zu trotzen. Türen konnten ersetzt werden. Die Fenster auch. Aber die Leben, die ausgelöscht worden waren …

Lorreth und Foley gingen voraus. Die beiden wussten, wie man durch die qualmenden Ruinen einer Stadt ging, ohne sich von dem Grauen rundum niederschmettern zu lassen. Für mich dagegen war das neu. Carrion neben mir wirkte bedrückt. Hayden war mittlerweile zu sich gekommen und hatte darauf bestanden, selbst zu gehen, sprach aber kein Wort. Er befand sich geistig irgendwo in weiter Ferne und bildete sich ein, das alles hier gäbe es nicht. Einen kurzen Moment lang war ich geradezu neidisch auf ihn. Wie wundervoll musste es sein, wenn man sich in seinen eigenen Kopf verkriechen und die Welt ausblenden konnte, in dem Wissen, dass andere die Entscheidungen trafen und sich mit den Folgen befassten.

Die Nähe zum Ozean weckte meine Sinne. Der Meeresgeruch war sogar stärker als der Rauch. Die rauschenden Wellen brandeten rhythmisch an den Fuß der Steilküste. Ich wusste, dass er nicht weit entfernt war – eine Wasserfläche, so endlos, dass sie den Horizont verschlang. Ich hatte mich darauf gefreut, das selbst zu erleben, aber nicht so. Nicht unter diesen Umständen.

Wir folgten einem gepflasterten Weg bis zum Rand der Felsen und verließen ihn dann. Lorreth ging voraus und bahnte uns einen Pfad zwischen Gestrüpp und Felsbrocken. Er folgte zweifellos einem Geruch, der für ihn stärker war als Rauch und salzige Luft, doch den nahm ich nicht wahr.

Schließlich kamen wir zu einem kleinen zweistöckigen Haus auf einem Felsvorsprung am Kliff. Auch hier waren die Fensterscheiben zerbrochen. Im Erdgeschoss fuhr der Wind ins Haus und peitschte die dicken Vorhänge.

»Hier drin sind sie«, sagte Lorreth müde und wies auf die Haustür.

Carrion und Foley hatten noch einige der Bücher bei sich, die wir aus Cahlish mitgenommen hatten, aber über die Hälfte war im Kampf verloren gegangen oder zerstört worden. Ich klopfte an die Holztür und zog scharf die Luft ein, weil mir dabei auffiel, dass meine Fingerknöchel wund und blutig waren. Ein Schlurfen war zu hören, dann ein Scharren an der Tür. Im nächsten Moment ging sie auf, und eine große Satyrin stand vor uns. Ihre Haut schimmerte mahagonifarben, in den goldgelben Augen glitzerten Silbersprenkel. Die krause Lockenpracht schien hastig zu einem Knoten auf dem Kopf gebunden worden zu sein, aus dem sich einzelne Strähnen herausringelten und ihr Gesicht umrahmten. Die Satyrin trug ein ärmelloses schwarzes Hemd, das ihre vielen Tattoos auf den Armen sehen ließ, und eine locker sitzende schwarze Hose, die auf Wadenhöhe endete, sodass zottiges grauschwarzes Fell und gespaltene schwarze Hufe zu sehen waren.

Sie stützte die Hände in die Hüften und beäugte uns missmutig. »Das könnt ihr vergessen. Ihr könnt bei den anderen Truppen in der Stadtmitte pennen. Hier ist kein Platz mehr.«

»Orellis, es ist okay! Das sind Freunde von uns.« Te Léna trat von hinten zu ihr. Die linke Wange der Heilerin war rußverschmiert und ihre Unterlippe aufgeplatzt, aber das Blut schien schon getrocknet zu sein. Te Léna war am Leben. Ich drängte mich an Orellis vorbei, fiel der Heilerin um den Hals und drückte sie so heftig, wie Lorreth zuvor mich umarmt hatte. Sie hielt mich auch ganz fest, und ich spürte, dass sie zitterte und ihr Herz wie wild pochte. »Wir haben uns solche Sorgen um dich gemacht«, flüsterte sie. »Um euch alle.«

»Wir uns auch um euch. Wo sind die anderen?«

Te Léna trat zurück und schniefte, als ihre Gefühle sich Bahn brachen. Sie deutete hinter sich. Ich sah Iseabail, die mit dem Rücken an einem Kamin aus Granit lehnte, der einen Großteil der behaglichen Küche einnahm. Die Hexe warf mir ein kleines Lächeln zu, das sofort erstarb, als sie Lorreth erblickte. Maynir saß an einem Tisch in der Mitte der Küche, den Kopf in beide Hände gestützt, als könne er ihn nicht mehr aus eigener Kraft hochhalten.

»Layne ist oben«, sagte Te Léna. »Immer noch bewusstlos.«

Ich sah mich um, weil eine Person fehlte. »Wo ist Zovena?«

Maynir schüttelte den Kopf. »Sie ist in der Menge verschwunden, als wir das Schlachtfeld verlassen haben. Wollte nicht auf uns hören, und ich wollte ganz bestimmt nicht meine Gefährtin allein lassen, um diese Hexe zu verfolgen.«

Zovena war also verschwunden. Und auch Tal hatte sich in das Getümmel gestürzt. Ein Teil von mir hatte gehofft, er würde hier sein. Aber der andere Teil hatte gewusst, dass es nicht so sein würde. Vielleicht würden wir später Zeit finden, uns zu überlegen, was das zu bedeuten hatte. Vorerst konnte ich mich nur auf das konzentrieren, was am dringlichsten war.

»Fisher ist nicht durchs Schattentor gekommen.«

Maynir richtete sich kerzengerade auf, und Te Léna berührte erschrocken ihren Hals. »Was soll das heißen, *er ist nicht durchs Schattentor gekommen*?«

»Mir ist klar, dass mein Haus gerade nicht sehr wetterfest ist, aber ich würde dennoch nicht gern weiter in der offenen Tür stehen, wenn es euch recht ist«, ließ sich Orellis vernehmen. Die Satyrin hörte sich nicht mehr verärgert, sondern eher ergeben an, weil sie mehr Gäste als geplant bekam. Sie trat beiseite und ließ alle ein.

***

Bumm! Bumm! Bumm! Bumm!

Foley schlug Nägel in Bretter, die Carrion und er draußen aufgetrieben hatten, um die Fenster zu verschließen. Die Nacht fiel dunkel und schwer über Inishtar, einer lastenden Trauer gleich, die uns alle niederdrückte.

Auf dem Tisch vor mir stand eine Tasse Kräutertee, der schon lange kalt geworden war. Orellis' zweijährige Faunin Lanny zappelte auf meinem Schoß herum, und die kleinen Hufe traktierten meine Oberschenkel, während sie an meinen Zöpfen zog und an ihren Fäustchen nuckelte.

»Die Schmiede ist durch die Explosion zerstört worden. Unser Schmied, Jaymes, ist dabei auch gestorben. Es gibt aber noch die alte Schmiede am Stadtrand. Nichts Großartiges, aber vielleicht könntet ihr da unterkommen?«, schlug Orellis vor.

»Das wäre bestimmt gut«, sagte ich, »aber ohne Zugang zu größeren Mengen Quicksilver kann ich ohnehin keine Reliquien anfertigen. Das war ja in Cahlish geplant. Dann hätte ich das Becken dort nutzen können, um damit die Ringe herzustellen, aber jetzt …«

Jetzt waren wir ewig weit entfernt von Cahlish, und die einzige Person, die mich hätte zurückbringen können, war verschwunden. Als hätte ich das ausgesprochen, sahen plötzlich alle Iseabail an. Sie war über die Karte auf der anderen Tischseite gebeugt und starrte stirnrunzelnd auf das Messingpendel zur Kristallsuche, das sich trotzig kein bisschen regte. »Es tut mir wirklich sehr leid, aber es gibt keinerlei Hinweis auf Ren und auch nicht auf Kingfisher. Und es kann auch nicht sein, dass sie einfach weit weg sind, denn dann würde ich trotzdem eine Reaktion bekommen. Aber da ist einfach gar nichts.«

Lorreth, der am Feuer saß, rieb sich mit beiden Händen das Gesicht. »Wir müssen sie finden. Und wir brauchen unbedingt die Reliquien, jetzt mehr denn je. Die Infizierten verbreiten sich wie ein Lauffeuer. Irgendetwas sagt mir, dass dieser Angriff von gestern Abend nur der erste von vielen war. Wenn noch mehr Infizierte die kleineren Städte zwischen hier und dem Gilaria-Vorgebirge erreichen, werden die ausgelöscht werden. Mit Reliquien könnten wir zumindest die Kleinbauernhöfe evakuieren.« Der Krieger hatte über eine Stunde lang die Klinge von Avisiéth geschliffen, bis Orellis ihn gebeten hatte, mit dem permanenten metallischen Schaben aufzuhören, damit die Kleine nicht aufwache. Was er getan hatte, aber Lanny war dennoch kurz danach wach geworden. Lorreth sah verbissen aus, als er Iseabail jetzt anschaute. »Bist du sicher, dass du nicht *absichtlich* keine Ergebnisse bekommst?«, fragte er tonlos.

Die Hexe ließ das Pendel auf die Karte sinken und wandte sich dem Krieger zu. »Wie viele Meilen sind es von Inishtar nach Nevercross, Lorreth von den Gespaltenen Türmen?«

Er zuckte die Schultern. »Ich weiß nicht genau. Zwei- oder dreitausend?«

»Und wie lange würde man dorthin brauchen?«

»Zu Pferd ein bis zwei Wochen. Wenn das Tier etwas taugt.«

Iseabails Worte hätten die Luft gefrieren lassen, hätten nicht außer dem Feuer mehrere Leute Wärme in der Küche verbreitet. »Ich *habe* kein Pferd, Lorreth«, fauchte sie. »Und auch keine zwei Wochen Zeit, um nach Nevercross zurückzugelangen. Ich muss sofort zurück zu meinem Clan, und Kingfisher ist die einzige Person, die das bewerkstelligen kann. Mir obliegt es, ihn so schnell wie möglich zu finden, deshalb …«

»Ach ja, es *obliegt* dir also?« Der Krieger starrte sie aufgebracht an.

Die Hexe lief rot an und fuhr wutentbrannt herum. Sie fixierte Carrion, der in einem Sessel saß, mit bohrendem Blick und deutete auf Lorreth. »Waren unter den Büchern, die ihr von Cahlish hergeschleppt habt, vielleicht Wörterbücher? Dieser *Herr* scheint Mühe zu haben, einfache Wörter zu verstehen.«

»Hey, zieh mich da nicht mit rein«, erwiderte Carrion. »Ich habe auch keine Ahnung, was ›obliegt‹ bedeuten soll.«

»Was es bedeutet, weiß ich«, knurrte Lorreth. »Ich *glaube* ihr nur nicht. Das ist ein großer Unterschied.«

»Es reicht!« Diese beiden nervten. Es hatte eine Weile gedauert, bis Iseabail sich zur Wehr gesetzt hatte, aber jetzt platzte ihr der Kragen, und das konnte ich durchaus verstehen. Die zwei Streithammel mussten nur einfach aufhören mit diesem Scheiß. »Lass das mit der Karte, Iseabail«, sagte ich. »Wenn das Kristallpendeln nichts bringt, müssen wir es aufgeben. Uns wird etwas anderes einfallen, um Fisher aufzuspüren.« Das *musste* ich einfach glauben. Eine andere Möglichkeit gab es gar nicht. »Fisher würde jedenfalls wollen, dass wir uns zuerst um die Verletzten und um Inishtars Schutz kümmern, bevor wir eine Mission starten, um ihn zu finden. Wir müssen Unterstützung beschaffen. Und währenddessen können wir uns alle überlegen, auf welche Weise wir nach ihm suchen wollen. Und darüber reden, in was wir hier hineingeraten sind.«

»Die Horde muss ausgebrochen sein«, meldete sich Te Léna zu Wort.

Foley, Lorreth und ich schüttelten gleichzeitig den Kopf.

»Diese Fresser waren menschlich, bevor sie sich verwandelt haben«, sagte Lorreth.

Foley ließ seinen Daumen knacken und blickte in die Flammen. »Sie haben nicht auf Saeris' Befehle reagiert.«

»Das waren *Zilvarer*«, fügte ich hinzu.

Orellis, deren Verwirrung ihr anzusehen war, blickte in die Runde. »Eine Armee von Fressern hat gerade mein Haus attackiert und viele aus meinem Volk getötet. Es spielt doch wohl keine Rolle, woher sie kamen?«

»Doch.« Ich grinste fröhlich Lanny an. Die kleine Faunin betrachtete mich mit großen Augen, und ihre Löckchen glänzten im Feuerschein, während sie versuchte, meine Unterlippe zu packen. »Das ist sogar sehr wichtig. Hat Inishtar ein Quicksilver-Becken?«

»Pffft.« Orellis verdrehte die Augen. »Natürlich nicht. Wir sind doch nur ein kleines Küstenkaff. Wieso sollten *wir* ein Reichsportal haben?«

Reichsportal. Das Wort hatte ich noch nie zuvor gehört, fand es aber passend. Orellis' Antwort überraschte mich nicht. Ich war inzwischen extrem sensibilisiert für Quicksilver und spürte es auch, wenn es viele Meilen entfernt war. Während wir redeten, hatte ich bereits die Quicksilver-Rune auf meinem Handrücken aktiviert, um zu überprüfen, ob ich in der Nähe ein Becken entdecken konnte. Nichts hatte sich geregt, aber ich hatte dennoch fragen wollen. »*Wo* ist denn das nächste Becken?«, erkundigte ich mich nun.

Lorreth antwortete: »Lìssia hat eines. Gilaria auch. Sie sind beide gleich weit von Inishtar entfernt, aber zwischen hier und den Gilaria-Bergen liegt das Shallow-Gebirge. Und zwischen *dem Schild* und den Wasser-Fae befindet sich ein Ozean.«

»Ohne Schattentor wird es *viel* zu lange dauern, zu einem dieser Orte zu reisen«, meinte Iseabail.

»Ich will deren Becken nicht zum Reisen nutzen. Jedenfalls noch nicht«, erklärte ich. »Sondern begreifen, wie es diesen Fressern gelungen ist, *hierher*zukommen. Einige von denen waren ganz frisch tot. Andere hatten noch nicht einmal gefressen. Deshalb können wir das Lìssia-Becken ausschließen. Die meisten Vampire am Darn hatten furchtbare Angst vor fließendem Wasser. Unter keinerlei Umständen haben die Fresser, die uns heute angegriffen haben, einen Kanal überquert. Aus Gilaria *könnten* sie zwar gekommen sein, aber für die Reise durch die Berge hätten sie Tage gebraucht. Dann wären sie in erheblich schlechterem Zustand gewesen, als sie Inishtar erreichten.«

»Was also bedeutet, dass Madra eine andere Möglichkeit gefunden hat, zwischen diesem Reich und Zilvaren unterwegs zu sein«, ließ sich Carrion vernehmen.

Daraufhin starrten ihn alle an, und er zog eine Augenbraue hoch. »Was denn, darf *ich* nicht auch mal ein bisschen herumspinnen? Das ergibt doch Sinn, oder nicht? Die infizierten Fresser, die Irrín überfallen haben, waren auch Zilvarer, und die sind nicht durch das Becken in Cahlish oder Ammontraíeth gekommen. Sie müssen anderweitig am Flussufer aufgetaucht sein. Und Madra manipuliert seit Jahrtausenden Magie in Zilvaren. Wer sagt denn, dass sie nicht genug angesammelt hat, um von dort nach hier reisen zu können?«

Seine Theorie ergab tatsächlich nicht nur Sinn, sondern war die einzige einleuchtende Erklärung. »Wäre das wirklich möglich?«, fragte ich Foley. Er hatte tausend Jahre lang in der Bibliothek von Ammontraíeth Bücher gelesen und recherchiert. Wenn jemand von uns die Antwort auf diese Frage kannte, dann er.

Der Vampir rutschte unbehaglich hin und her und richtete den Blick zur rußgeschwärzten Decke. »Ich bin bislang nicht auf Texte gestoßen, in denen von Reisen zwischen Reichen die Rede war, die ohne Quicksilver stattgefunden haben. Gelegentlich habe ich etwas über Individuen gelesen, die sich die Energien von anderen angeeignet haben, um ihre eigene Magie zu verstärken, aber … Magie, mit der man ein Portal zwischen den Reichen öffnen könnte? Dafür bräuchte man eine gigantische Menge Energie.«

»Eine Menge, die man sich in tausend Jahren zusammenstehlen könnte?«, fragte ich. »Eine Energiemenge, die man für eine gesamte Stadt bräuchte?«

Carrion starrte mich an, und seine Augen weiteten sich. Ich merkte, was gerade passierte: Wir setzten uns beide gleichzeitig das Bild zusammen. Foley war allerdings noch nicht zum gleichen Schluss gekommen wie ich. »Ich denke schon. Das wäre vermutlich genügend Energie, ja. Worauf willst du hinaus, Saeris?«

»Du hast es selbst gesagt, weißt du noch? Als wir uns zum zweiten Mal in der Bibliothek begegnet sind? Du sagtest …« Ich versuchte, mich an die genauen Worte zu erinnern. Und dann waren sie da, wie ein Glockenschlag in meinen Ohren. »›Man kann Magie nicht aus einer Stadt ausrotten. Wenn sie erst einmal in einer Gemeinschaft Fuß gefasst hat, verschwindet sie nie wieder. Sie findet immer einen Weg, sich zu entfalten, so oder so. Du hast dir nur nie die Mühe gemacht, danach Ausschau zu halten. Zum Beispiel tief in deinem Inneren.‹« Etwas anderes war mir auch noch in den Sinn gekommen, und mein Herz begann zu rasen. »Und was du über die Siegel in diesem Buch gesagt hast! ›Die stärkste Magie ist kreisförmig wie ein Rad. Es ist das Symbol der Ewigkeit, des Anfangs und des Endes. Es befördert Magie in einer Schleife, verstärkt sie und gibt ihr Kraft.‹«

Foley nickte, sah aber irgendwie verwirrt aus. »Ja, ich erinnere mich.«

»Zilvaren«, sagte ich atemlos. »Eine Stadt, angelegt wie ein Rad. Die Wände trennen die Bezirke, sind aber keine Speichen. Die ganze Anlage …«, mir drehte sich der Kopf, »… ist ein *Siegel.* Die ganze Zeit hat Madra die Stadt selbst benutzt, um die Magie der Einwohner abzuzapfen. Zilvaren selbst ist das größte magische Werk, das jemals geschaffen wurde.«

Diese Erkenntnis sorgte schlagartig für verblüfftes Schweigen. Dem Volk von Yvelia mochte es vielleicht nicht so wichtig gewesen sein, dass meine Heimatstadt von einer wahnsinnigen Despotin regiert wurde – es hatte schließlich seinen eigenen durchgeknallten Despoten, mit dem es sich herumschlagen musste. Aber dass Madra sich nun im Besitz derartiger Macht befinden könnte, machte alle sprachlos. Wenn das zutraf, war niemand mehr sicher. Madra konnte ein Portal öffnen und wo und wann es ihr gefiel, mehr Fresser hinschicken. Und *damit* wäre sie gefährlicher als Belikon für sein eigenes Volk in diesem Reich.

»Wäre es möglich, einen Schutzwall gegen ihre Magie zu erschaffen?«, fragte Te Léna schließlich.

Iseabail schien zu erschrecken, als die Augen aller sich auf sie richteten. »Nein. Diese Art von Magie …« Sie zögerte und blickte sich dann so unsicher in der Küche um, als wisse sie nicht, was sie als Nächstes sagen wolle. »Ihr wollt ein ganzes *Reich* schützen. Für diese Art von Zauber müssten Fae- und Hexenmagie zusammenwirken. Ihr bräuchtet einen gesamten Zirkel mächtiger Hexen und mindestens zehn starke Fae-Magier, um etwas derart Machtvolles zu kreieren. Und man bräuchte einen Gegenstand, der Madra gehört hat. Etwas, das sie nicht nur einmal berührt hat, sondern etwas ganz Persönliches, wenn man ihre Magie blockieren will.«

Ich reichte Lanny bereits an ihre Mutter weiter und stand auf. »Nun, offensichtlich gehörst du einem der mächtigsten Hexen-Clans an, die es jemals gegeben hat«, sagte ich zu Iseabail. »Wenn deine Schwestern begreifen, was hier auf dem Spiel steht, würden sie doch bestimmt mit uns zusammenarbeiten, um etwas zu erschaffen, das dieses Reich schützen kann. Und auch wenn ich keine zehn starken Fae-Magier kenne, kenne ich *einen*, und ich werde höchstpersönlich rauskriegen, wo bei allen fünf Höllen der steckt, und ihn wieder zu uns zurückbringen. Und der persönliche Gegenstand von Madra? Ich glaube, damit kann ich auch dienen.«

45

ERLÖSUNG

SAERIS

Gesamtzahl der Toten, soweit bekannt: 4769
Gesamtzahl der Infizierten: unbekannt
Geschätzte infizierte Landstrecken: 269 Meilen, zunehmend

Die Sonne stand blutrot am Horizont.

Unzählige Gedenklaternen schwebten in der Morgendämmerung gen Himmel, mit denen übermüdete Einwohner von Inishtar hofften, die Seelen ihrer Toten ins Jenseits zu begleiten.

An den Kliffs schrien Möwen erbost, weil die Ruhe ihrer Nester gestört wurde, und stürzten sich auf die Satyrn, die dort an der Arbeit waren. Wir wären um ein Haar zu spät gekommen.

»Wartet! Wartet, halt!«, schrie ich. Zwei männliche Satyrn mit zottigem braunem Fell an den Beinen und mächtigen gebogenen

Hörnern auf der Stirn kamen gefährlich ins Schwanken, als sie die Leiche festhielten, die sie gerade über den Felsenrand werfen wollten.

»Was bei allen fünf Höllen soll das?«, knurrte einer der beiden.

»Wir brauchen diese Leiche«, keuchte ich.

»Das ist eine von den Unreinen und noch dazu kopflos. Was wollt ihr denn damit?«

»Die mit … der Rüstung«, sagte Carrion atemlos. »Gibt es davon noch mehr?«

»Ja«, antwortete der andere Satyr ebenso unfreundlich wie sein Begleiter. »Aber die sind alle da unten.« Er wies mit dem Kopf über den Kliffrand. »Wenn ihr da ranwollt, müsst ihr den Trampelpfad runterkraxeln.«

Ich spähte nach unten, und mir wurde angesichts der Tiefe flau im Magen … und noch flauer, als ich die vielen Leichen sah, die unnatürlich verrenkt dort unten auf den schwarzen Klippen lagen. Die Morgensonne schimmerte auf den goldenen Rüstungen – der goldenen Rüstung, mit der all das hier begonnen hatte. Weiß gischtende Wellen brandeten heran und überfluteten die Toten, wichen dann zurück und gaben den Blick auf die makabre Szenerie erneut frei.

Auch Carrion blickte über den Kliffrand und dann auf die Felswand. »Ihr benutzt wirklich diesen Pfad?«, fragte er nervös.

»*Wir* schon«, antwortete der linke Satyr. »*Ihr* nicht. Der Weg ist nicht für tollpatschige Fae-Füße in den Felsen gehauen worden.«

Der hatte offenbar keine Ahnung. Fae waren alles andere als tollpatschig. Meiner Erfahrung nach waren sie außergewöhnlich leichtfüßig. Aber die Satyrn bewegten sich von Natur aus noch wendiger. Ich konnte nicht einmal einen Weg entdecken, weil diese Steilküste einfach nur steil war.

»Und ihr braucht gar nicht erst zu fragen, ob wir für euch da runtergehen«, meinte der Satyr mit den schnörkligeren Hörnern.

»Wir plündern keine Leichen. Die Gefallenen sollen ihre Besitztümer behalten. Sie sind vom Tod befleckt.«

»Wir wollen sie nicht ausplündern«, erwiderte Carrion angewidert. »Wir brauchen nur etwas von einem von ihnen. Wenn ich in eurer Haut stecken würde … obwohl, nein, wartet, ihr habt ja eher Fell, oder? Lasst uns diese Leiche hier untersuchen, und ihr habt uns vom Hals. Ach, weiß nicht, habt ihr überhaupt einen Hals …«

»Carrion, hör auf zu quatschen.«

Das tat er.

Ich trat auf die beiden zu, achtete darauf, dass mein Gesicht im Schatten der Kapuze blieb. Zum Glück wies an mir äußerlich wenig darauf hin, dass ich nur eine Halblut-Fae war, aber bei Tageslicht neigte meine Haut dazu, ein wenig zu dampfen. Die Hochadel-Vampire hatten den Bluthof selten verlassen, weshalb die Leute in Inishtar wahrscheinlich seit Jahrhunderten keinen gesehen hatten, aber ich wollte verhindern, dass jemand mich erkannte und Mutmaßungen über meine Absichten anstellte. »Wir sind keine Krähenvögel, wir wollen keine Wertgegenstände klauen. Jedenfalls … keine *echten.* Wenn wir uns den Toten hier nur ganz kurz ansehen dürften, lassen wir euch in Ruhe.«

»Scheiß-Fae«, zischte der linke Satyr. Die beiden beäugten uns feindselig, während sie die Leiche fallen ließen, die mit einem metallischen Klacken auf den Stein schlug.

»Macht, was ihr wollt«, sagte der mit den Schnörkelhörnern. »Aber werft den auf jeden Fall hinterher runter. Wir wollen nicht, dass der uns heimsucht, weil ihr ihm was weggenommen habt.«

Die Satyrn hatten eigenartige Glaubensvorstellungen. Und wie sich gerade herausstellte, schienen sie für Fae nicht viel übrigzuhaben. Mit einem Nicken bestätigte ich ihre Forderungen, und die beiden eilten davon und kletterten wendig die schroffe Felswand zu unserer Linken hinauf.

»So gemein«, sinnierte Carrion laut. »Wie kann man so übellaunig sein, wenn man den ganzen Tag *so* eine Aussicht vor Augen hat?« Er wies mit dem Kopf auf die eindrucksvolle Weite des Ozeans, aber ich richtete den Blick auf den Wächter zu meinen Füßen. Ich wollte diese Aussicht nicht genießen. Das konnte ich gar nicht, solange Fisher verschwunden war. Ohne ihn hatte nichts auf der Welt das Recht, schön sein.

Carrions Lächeln erlosch, während wir die Leiche umdrehten. Und als wisse er genau, was ich gerade gedacht hatte, sagte er: »Wir *werden* ihn finden, Saeris.«

Dann stieß er einen lauten Begeisterungsschrei aus, der sogar die Möwen erschreckte.

»Bei den Göttern, Carrion, da bleibt mir ja das Herz stehen!«

»Sei nicht albern. Dein Herz muss nicht mal schlagen. Und sag mal, freust du dich nicht? Guck doch!«

Wir hatten Glück. *Großes* Glück. Der Gegenstand, wegen dem wir hierhergerast waren, befand sich am Gürtel des Mannes. Der unterwürfige Scheißkerl war dumm genug gewesen, einen von Madras lächerlichen Pestbeuteln mit sich herumzutragen. Und *sie* war eingebildet genug, sich für eine Göttin zu halten. Die Pestbeutel waren gefüllt mit Asche von Opfern, die zu Madras Ehren verbrannt worden waren, enthielten aber auch … Haare von ihr.

Wir rollten den kopflosen Kerl über den Kliffrand, wie wir versprochen hatten, und sahen stumm zu, wie die Leiche in die Tiefe stürzte und unten auf den Felsen aufschlug. Andere hätten ein Gebet zu den Göttern verdient gehabt, damit ihre Seele Frieden finden konnte, der aber nicht. Wer er auch gewesen sein mochte, er hatte jedenfalls einem Monster gedient und war somit selbst eins gewesen.

Dann entfernten wir uns von der Steilküste und stiegen die Treppen hinauf, als ich plötzlich eine Gestalt bemerkte, die allein neben einem hohen Kalksteinfelsen saß. Ich erkannte sie auf den ersten Blick.

Es war Tal.

Ich drückte Carrion den Pestbeutel in die Hand. »Geh ohne mich weiter, und bring den so schnell wie möglich zu Iseabail und Te Léna. Sag ihnen, ich komme bald nach. Ich muss mich um etwas kümmern.«

***

Ich hatte mich geirrt.

Tal war nicht allein.

Neben ihm lag eine Gestalt mit zerrissenem rotem Kleid, das blonde Haar wirr um den Kopf ausgebreitet. Zovena sah aus, als schliefe sie, aber ich hatte mittlerweile genug Tote gesehen, um die besondere Blässe in ihrem Gesicht zu erkennen. Tal saß am Kliffrand und ließ die Beine baumeln. Er berührte Zovena nicht, obwohl er sie wohl hierhergebracht hatte. Der Wind fuhr durch sein silbernes Haar, das im Licht der blutroten Morgensonne orangefarben schimmerte.

Auf seiner anderen Seite lag ein Schwert. Tals Hände waren mit Schnitten und Schürfwunden übersät, Tränen strömten ihm übers Gesicht, während er unablässig den klobigen Ring am Daumen drehte.

Taladaius sah mich nicht an, als ich mich neben ihn setzte und zusah, wie er die Beine baumeln ließ. »Die Schicksalsgöttinnen«, wisperte er. »Jedes Mal, wenn ich zu sterben versuche, berauben sie mich meines Friedens.«

»Was machen wir jetzt, Tal?«

Die Muskeln an seinem Hals zuckten, als Tal schwer schluckte. Bislang hatte ich ihn immer nur in Schatten erlebt, seine Gesichtszüge umrissen in Grautönen oder grünlich im Equinox-Licht gesehen. Doch jetzt ließ ihn die Morgensonne in zartem Pfirsichgelb, Violett und Rosa schimmern. Er war verwandelt. Zum ersten Mal seit Jahrhunderten pumpte sein Herz warmes Blut durch den Körper, und einen Moment lang sah Tal jung aus. Doch als er sich mir zuwandte, erblickte ich uralten Kummer in seinen Augen.

»Ich wollte, dass Fisher mich nach Hause schickt, damit ich dort sterben kann. In Bayland's End. Wäre meiner Mutter ganz recht geschehen, diese unangenehme Belastung. Aber dann landeten wir in diesem Kampf, und es wimmelte von Fressern, und ein einziges Mal …« Seine Stimme brach, und er unterdrückte ein halbersticktes Schluchzen. »Ein einziges Mal konnte ich auf der richtigen Seite kämpfen.« Er schüttelte den Kopf und wischte sich die Tränen ab. »Dieses Schwert hier habe ich im Gras gefunden und aufgehoben. Dann bin ich auf den Tod zugestürmt. Ich wusste, dass er mich holen würde. Aber ich habe jeden Fresser getötet, der mir in die Quere kam. Und dann waren keine mehr übrig, und … ich habe *sie* auf dem Schlachtfeld gefunden.«

Tal richtete den Blick zur Sonne, deren Licht auf den Wellen des Ozeans glitzerte, vermied es, Zovena anzusehen. »Sie war eine furchtbare Person«, meinte er und stieß ein brüchiges Lachen aus. »Unwillkürlich musste ich die ganze Zeit über diesen Irrsinn lachen. Ich *weiß*, dass es Irrsinn war.« Er nickte. »Alles. Stell dir nur vor …« Er blinzelte, schien einen Moment lang etwas zu sehen, was mir jedoch verborgen blieb. »Stell dir vor, du liebst Kingfisher. Stell dir vor, du kannst nichts dagegen tun. Und dann stell dir vor, du bist ihm scheißegal und er nutzt jede Gelegenheit, um dir wehzutun. Und *dann* stell dir vor, du verkaufst deine Seele an den Teufel, damit du Fisher in die Hölle folgen kannst.« Ich konnte nicht mehr unterscheiden, ob er jetzt lachte oder weinte. »Freiwillig! *Ha!*«

»Tal …«

»Sie war schon tot, als ich sie gefunden habe. Ausgesaugt.« Er schniefte laut. »Und als ich dastand und sie ansah, habe ich darauf gewartet, dass die Trauer einsetzt, dass sie mich *erschlägt*, und weißt du, was?« Er legte den Kopf in den Nacken, schloss die Augen und seufzte tief. »Ich habe absolut *gar nichts* empfunden. Für sie war es immer nur ein Spiel. Ich weiß nicht, wie sie das gemacht hat. Ob es Hexerei war oder …« Er zuckte hilflos die Schultern. »Es war nicht echt, immer nur ein Spiel, und jetzt kommt es mir vor, als sei ich schlagartig erwacht, und alle Opfer, die ich gebracht habe, wären umsonst gewesen. Wie verflucht *dumm* ich doch gewesen bin.«

»Du bist nicht dumm, Tal.«

»Tausend Jahre …« Er starrte verstört in die Ferne, die Lippen halb geöffnet. »Deshalb bin ich hierhergekommen, um Zovena der See zu übergeben. Ich selbst wollte hier sterben … und wieder haben die Schicksalsgöttinnen mir meinen Frieden genommen.«

»Was meinst du damit?«

Taladaius deutete auf das Morgenlicht. Dann schloss er erneut die Augen, und die Sonne schimmerte orangerot auf seinem kantigen Gesicht. »Eintausend … und dreiundsechzig Jahre, fünf Monate … und drei Tage …« Seine Stimme verklang in einem Flüstern. »So lange ist es her, dass ich zuletzt die Sonne auf meiner Haut gespürt habe, Saeris. Wäre ich eine Stunde früher hier gewesen, hätte ich es getan. Ich wäre gesprungen.« Er öffnete langsam die Augen, und eine tiefe Ruhe schien ihn zu erfassen, als er über das Meer blickte. »Aber jetzt?« Ein schiefes wehmütiges Lächeln erschien auf seinen Lippen. »Wie kann ich mich zu weiterer Dunkelheit verdammen, wenn mir das Licht zurückgegeben wurde?«

Ich blieb stumm. Was sollte ich darauf auch erwidern? Ich nahm die Hand meines Freundes, und wir saßen lange schweigend da. Schließlich griff ich nach dem Schwert, das Tal gefunden und mitgenommen hatte. Es war ein schönes Ding mit schmaler Klinge, elegant wie ein Degen und tödlich scharf. Etwas daran erinnerte mich an Tal selbst.

Ich wusste, was ich tun musste – spürte, dass es richtig war. Mit sicherer Hand zog ich Erromar aus der Scheide und hielt das Götterschwert über die gefundene Waffe.

Silber war jetzt nicht vonnöten, auch keine Witze, Erinnerungen oder Verhandlungen. Die Quicksilver-Rune auf meiner Hand strahlte eine Sekunde lang grell weißblau auf, dann bildete sich an der Spitze meines Kurzschwerts ein schimmernder Metalltropfen. Als er rund und schwer war, tropfte er hinunter auf die andere Klinge und versickerte darin.

Tal beobachtete das Geschehen erstaunt. »Was machst du da?«

Ohne Vorwarnung durchzuckte ein heftiger Schmerz meinen Arm und schlug seine Zähne in meine Schulter. Ich legte mein Schwert hastig zwischen uns und schüttelte die Hand aus.

»Was ist los?«

»Ich habe eine Warnung abgekriegt«, sagte ich etwas verdrossen. »Habe es zu lange gehalten. Und du weißt so gut wie ich, dass ein Götterschwert nur von denen geschwungen werden darf, die es sich aussucht.«

Ich versuchte mir das Lachen zu verkneifen, als Tal mich verblüfft anstarrte. »Nicht dein Ernst, oder? Das da«, er deutete auf seinen Fund, »soll jetzt ein Götterschwert sein? Mehr braucht es dafür nicht?«

Lässig zuckte ich die Schultern. »Ein bisschen Quicksilver aus meiner Klinge. Ein bisschen Magie. Ein bisschen gute Absicht.«

Dem einstigen Vampir schien es die Sprache verschlagen zu haben. »Und es soll jetzt mir gehören?«

»Ja, es gehört jetzt dir.«

»Was soll ich damit machen?«

»Ich würde empfehlen, du nimmst es erst mal an dich.«

»Aber was … wenn es mich nicht erwählt? Wenn es mich nicht für würdig erachtet?«

»Du bist dieses Schwerts würdig, Tal.«

»Aber …«

»Wirklich.«

Er starrte mich lange an, an seinem Kiefer zuckten Muskeln. Dann ergriff er die Waffe, und sein Atem ging schneller, als er mit den Fingern an der Klinge entlangstrich, sein eigenes Blut spendete, damit das Schwert ihn einschätzen konnte. Ich bemerkte den Moment, als das Quicksilver zu wispern begann: Tal zuckte leicht zusammen, seine Schultern strafften sich, und während er zuhörte, huschte sein Blick zu mir.

Was übermittelt wurde, war nicht für meine Ohren bestimmt.

Tals Finger schlossen sich um das Heft, hielten es fest. Er nahm es in Besitz. Er und das Götterschwert waren eins geworden.

»Wie lautet sein Name?«, fragte ich. Das wurde allmählich zu einem Ritual, das ich mehr genoss, als ich ausdrücken konnte.

Tal atmete langsam und zittrig aus, während er das Schwert betrachtete. »Tarsarinn«, antwortete er. »Das bedeutet … Erlösung.«

Ich grinste. Das konnte ich mir trotz allem nicht verkneifen. »Passend. Gefällt mir.«

Dann stellte Tal die gleiche Frage wie Carrion, nachdem er sich mit Simon verbunden hatte. »Und … hat es Magie in sich? Wie Avisiéth und deine Kurzschwerter?«

Ich stupste ihn mit der Schulter an. »Das kann ich dir nicht sagen, fürchte ich. Es wird zwischen dir und den Göttern entschieden. Und was den Rest angeht: Ich bin nicht so anmaßend zu behaupten, ich wüsste, dass wir auf der richtigen Seite kämpfen. Ich *hoffe* es, aber das werden die Schicksalsgöttinnen beurteilen. Ob richtig oder falsch – ab jetzt wirst du jedenfalls *immer* mit *uns* kämpfen.«

Ein breites Lächeln trat aufs Gesicht des einstigen Hüters der Geheimnisse vom Bluthof von Sanasroth.

***

»Erklär mir, was du damit gemeint hast.« Das war keine Bitte. Ich bohrte mir hinterm Rücken die Fingernägel in die Handflächen, um so gelassen wie möglich zu wirken.

Wir waren nicht mehr bei Orellis. Sie hatte Freunde, die ihr Haus als Zufluchtsort dringender brauchten als wir. Und Nachbarn, die ihr Heim verloren hatten. Danya mochte unausstehlich sein, war aber eine gute Anführerin, die von ihren Kriegern und Kriegerinnen geachtet wurde. Im Nu hatte sie die nötige Logistik geschaffen, um am Rand von Inishtar ein Lager aufzuschlagen, und hatte auch bereits an alle Aufgaben verteilt, um Material für Reparaturen zu beschaffen und die zerstörte Stadt so schnell wie möglich wieder aufzubauen. Everlayne war in Sicherheit, in einem Zelt untergebracht mit Te Léna, die sie behütete. Wir anderen packten in der Stadt mit an und halfen, wo es ging.

Durch die Explosionen, die während der Kämpfe den Hügel erschüttert hatten, waren furchtbare Schäden entstanden. Inishtars Heilzentrum und das Gemeindehaus waren attackiert worden. Die Ursache der Explosionen blieb noch ein Rätsel, aber die Orte selbst sprachen Bände. Warum diese Gebäude ausgesucht worden waren, lag nahe. Ohne Gemeindehaus wurde es für die Einwohner schwieriger, sich zu versammeln, um sich zu beraten. Ohne Heilzentrum gab es keinen Ort, an dem Verletzungen behandelt und Leben gerettet werden konnten.

Foley und Maynir durchsuchten gemeinsam mit den Stadtobersten die Trümmer nach wichtigen Dokumenten. Lorreth, Carrion, Iseabail, Hayden und ich durchforsteten das Heilzentrum, um Arzneimittel zu retten, aber das Gebäude war stark beschädigt, und wir konnten gerade noch rechtzeitig entkommen, bevor das Dach einbrach.

Danach hatten Carrion, Hayden und Iseabail auf dem Marktplatz mit jugendlichen Faunen ein Spiel begonnen, bei dem sie einen Ball herumkickten und versuchten die Gegenmannschaft zu besiegen. Die Faune schienen eindeutig die Oberhand zu haben. Lorreth und ich standen auf der bröckelnden Steintreppe, die zum Gemeindehauseingang geführt hatte, und sahen zu, obwohl wir nicht bei der Sache waren.

Lorreth warf den Stein weg, den er in der Hand gehalten hatte, und runzelte besorgt die Stirn. »Ich habe unklug dahergeredet, Saeris. Was ich hätte lassen sollen. Fisher hatte recht. Der Vorschlag, den ich im Salon gemacht habe, war der reinste Irrsinn und hätte niemals funktioniert. Du solltest lieber so tun, als hätte ich nichts gesagt.«

Fuck, ich hätte am liebsten hemmungslos herumgebrüllt. Meine Wut und Frustration drohten jeden Moment aus mir herauszubrechen, ich hatte sie nicht mehr unter Kontrolle. Ein Wirbelsturm aus Panik, Angst und Verzweiflung tobte in mir, ohne dass jemand etwas davon merkte. Ich befand mich im Auge des Orkans, kämpfte tapfer, merkte aber, wie ich den Halt verlor. Eine Stunde würde ich vielleicht noch bestehen können. Ich wollte mich unbedingt darum bemühen. Aber so wie sich gerade alles entwickelte, hatte ich eher das Gefühl, dass meine Panik mir in wenigen Minuten den Boden unter den Füßen wegreißen und dann die Unvernunft siegen würde.

»Fisher hatte versprochen, mir alles zu erklären«, sagte ich. »Du warst *dabei*, als er mir das Versprechen gegeben hat. Deshalb musst *du* es jetzt an seiner Stelle halten, Lorreth.«

»Er ist nicht in irgendeiner wahnwitzigen selbstmörderischen Mission unterwegs, falls du das glauben solltest.«

»Doch, ganz genau *das* glaube ich. Das hat er nämlich in Gillethrye getan. Er hat mich in Ballard zurückgelassen und ist allein aufgebrochen, um Everlayne zu retten, erinnerst du dich?«

Lorreths Stirnrunzeln vertiefte sich. »Du machst mir das nicht gerade einfach, weißt du?«

»Gut. Das ist Absicht.«

Der Krieger setzte sich schwerfällig auf die Treppe, nahm eine Handvoll Steinbrocken und warf sie nacheinander die Stufen hinunter. »Er kann nicht losgezogen sein, um diesen Plan allein in die Tat umzusetzen, Saeris. Weil er dich dafür gebraucht hätte. Ohne dich ist das gar nicht machbar.«

»Super! Wenn er also diesen Plan nicht allein umsetzen kann, wirst du ja jetzt auch kein Problem damit haben, ihn mir zu offenbaren.«

Unten auf dem Platz stieß Carrion einen Jubelschrei aus und fuchtelte siegreich mit den Händen, weil er einen Treffer gegen die Faune erzielt hatte.

Lorreths Zähneknirschen entging mir nicht. »Das Problem ist, Saeris, dass *du* den Plan jedoch *ohne* Fisher ausführen könntest, und ich habe einfach die Befürchtung, dass du genau das für eine gute Idee halten könntest …«

»Ich verspreche dir, dass ich das nicht tun werde.«

Der Krieger warf mir einen zweifelnden Blick zu. »Verzeih mir bitte, Schwester, aber du bist nicht an einen Eid gebunden.«

Ich zog Selanir, bevor der Satz vollendet war – das Schwert namens Ehre. Dann trat ich zu Lorreth und hielt es vor mich, während ich mit einer Hand die Klinge umfasste. Mein Blut rann an der schimmernden Klinge entlang und tropfte von der Spitze auf den Stein. »Ich *schwöre*«, sagte ich. »Ich gelobe, dass ich nicht eigenmächtig handeln werde, es sei denn, ich habe Fishers Einwilligung und Unterstützung.«

Lorreth starrte auf mein vergossenes Blut.

»Bist du jetzt zufrieden?«, fragte ich.

Er holte tief Luft und begann zu sprechen.

Als er endete, hatte ich es kapiert. Es *war* ein unmöglicher Plan. Und beängstigend war er auch. Dennoch war ich froh, jetzt im Bilde zu sein, andernfalls hätte ich ihn nicht aus dem Kopf bekommen. Ich hätte vermutet, dass mein Gefährte ein weiteres

Mal ohne mich losgezogen wäre, um im Alleingang alles zu retten. Diese Vorstellung wäre unerträglich. Jetzt, da ich wusste, dass dem nicht so war … fühlte ich mich trotzdem nicht besser. Hätte Fisher sich auf irgendeine haarsträubende Mission begeben, hätte ich ihm folgen können. Aber nun hatte ich nicht die geringste Ahnung, wo er steckte und was er machte.

Über uns kreischten die Möwen zu Hunderten. Immer wieder fiel eine wie ein Stein vom Himmel ins Meer. Lorreth erklärte mir, dass sie auf diese Weise fischten.

»Sind die immer so?«, fragte ich. »So *viele*? Und so laut?«

Lorreth nickte. »Ja, immer. Vögeln sind unsere Kriege egal, Saeris. Denen ist es gleichgültig, dass gestern Nacht halb Inishtar vernichtet wurde. Das ist ihre Heimat, und ihnen ist es nur wichtig, ihre Nester und ihre Jungen zu behüten.«

Ich kaute an der Innenseite meiner Wange, während ich darüber nachdachte und zu diesen wild flatternden Vögeln aufsah. Es waren Hunderte, Tausende vielleicht sogar. Der Anblick rief irgendetwas in mir wach, das ich aber nicht zu fassen bekam. Es war wie eine Erinnerung, etwas, das sich unter der Eisschicht eines gefrorenen Flusses zu bewegen schien, nach einem Riss suchend, um aufzutauchen und frische Luft zu schnappen. Wenn ich noch ein Weilchen länger danach suchte, würde ich bestimmt …

Lorreth fluchte und ließ die Steine fallen. »*Sheascar.* Was ist das denn jetzt?« Ich bemerkte, wie er nach links zu der Straße, die zum Marktplatz führte, blickte … wo Scharen von Satyrn anmarschiert kamen, alle möglichen Waffen drohend erhoben. Schwerter. Dolche. Flegel von der Art, wie Foley gestern einen gefunden hatte. Sogar Heugabeln und Besen, und das Geschrei übertönte noch das der Möwen.

Das Spiel kam zum Erliegen. Als sich immer mehr Satyrn auf den Platz drängten, anstatt weiter zu den Kliffs zu gehen, war klar, dass sie sich wegen *uns* hier versammelten.

Eine kräftige Satyrin mit rabenschwarzem Haar, kurzen fellbedeckten Hörnern und zottigen schwarzen Beinen schritt zum Fuß der Stufen. Ihre Hand ruhte auf dem Heft eines Schwerts, das so lang war, dass es fast den Boden berührte. »Wo ist er?«, fragte sie barsch.

»Tut mir leid, Galwynnian. Kingfisher ist nicht bei uns. Und selbst wenn er hier wäre – er ist nicht verantwortlich für all das.« Lorreth wies mit beiden Händen auf die Verwüstung.

»Nicht Kingfisher«, erwiderte die Satyrin. »Der vergessene König.«

»Der vergessene *was*?« Ich ließ den Blick über die Menge schweifen und versuchte die Stimmung zu erfassen, was mir nicht leichtfiel. Die Satyrn waren stolze, ernste Wesen, die offenbar zum Aufbrausen neigten. Lorreth fluchte erneut leise, während er von der Treppe aufstand und sich aufrichtete.

»Jetzt ist nicht der richtige Zeitpunkt für Streit, Gal. Unter uns sind keine gekrönten Könige …«

»Phh«, machte die Satyrin ungehalten. »Schluss mit deinen Ausflüchten, Lorreth von den Gespaltenen Türmen. Ich lasse mich nicht von gewählten Worten blenden. Mir ist klar, dass keine gekrönten Könige unter euch sind. Der Bursche wurde noch nicht gekrönt, ist aber bei euch. Die Nachricht macht überall in den Südlanden die Runde. Ruriks Junge ist zurückgekehrt, und er reist mit dem Tod von Gillethrye.«

Ahhh, okay.

Scheiße!

Jetzt wusste ich genau, wen sie meinte. Auf der anderen Seite des Platzes hatte Carrion die Hände auf die Schultern von einem der männlichen Faune gelegt, mit denen sie gespielt hatten, und sah bestürzt aus. Zum ersten Mal bemerkte ich, dass es keine rothaarigen Satyrn gab. Von Iseabail abgesehen war Carrion der einzige Rotschopf hier, weshalb er unter allen hervorstach. Sogar von meinem Standort aus konnte ich sehen, dass er verlegen wurde. Dann nahm er die Hände von den Schultern des Fauns und wich langsam zurück in Richtung einer Gasse, die als Fluchtweg infrage kam.

Lorreth hätte einen exzellenten Pokerspieler abgegeben. Er sah absichtlich nicht zu Carrion hinüber, wohingegen ich ihn mit offenem Mund anglotzte. Hastig wandte ich den Blick ab und starrte auf meine Stiefel, aber zu spät. Es war schon passiert. Einer nach dem anderen auf dem Platz drehte sich zu Carrion um.

»Heilige Götter und Märtyrer!«, murmelte ich. Das konnte übel ausgehen. Auf dem Platz befanden sich Hunderte Satyrn, die kräftig, zornig und *bewaffnet* waren. Wenn sie vorhatten, Carrion etwas anzutun, konnten wir rein gar nichts dagegen unternehmen. Ich machte Anstalten, die Treppe hinunterzusteigen, aber Lorreth packte mich am Handgelenk und schüttelte den Kopf.

»Schon geschehen«, raunte der Krieger. »Lässt sich nicht mehr rückgängig machen. Manches muss er allein schaffen, Saeris. Lass ihn, ihm wird schon was einfallen.«

Carrion warf uns einen flehenden Blick zu. Hörner – gewunden, gerade, gebogen, aber allesamt spitz und tödlich – ragten in die Luft. Der Schmuggler stellte sich vermutlich gerade vor, wie zwei davon ihm die Eingeweide aus dem Leib rissen. Schreckliche Todesart – blutig, langsam, schmerzhaft. Doch als die anwesenden Satyrn den Kopf senkten, taten sie es nicht, um anzugreifen. Sondern sie fielen auf die Knie, legten ihre Waffen als Opfergabe auf den Boden und verbeugten sich vor dem Daianthus-Erben. In der Stille hörte man nur das Scharren von Hufen und das Klappern von Metall auf Stein.

»Aaah, bei den Göttern! Danach wird er *unerträglich* sein«, stöhnte ich.

Die Satyrn begannen zu singen, mit so tiefen Tönen, dass die kleineren Schuttsteine vor unseren Füßen zu vibrieren begannen und umherrollten. Noch nie zuvor hatte ich solche dunklen Laute gehört. Soweit ich wusste, hätten weder Menschen noch Fae den Basston in dieser wehmütigen Melodie imitieren können. Er war so kraftvoll, dass sogar die Luft in meiner Lunge zu schwingen schien.

»Was ist das?«, fragte ich Lorreth. »Was singen sie da?«

»Ein Willkommenslied. Das ist ein traditioneller Gesang der Satyrn. Sehr ausdrucksstark. Man würde das Lied einem Familienmitglied eines verstorbenen Freundes vorsingen, als so etwas wie ein Versprechen. Dass man die Liebe und den Respekt jetzt seinen Blutsverwandten schenken wird. Das ist ziemlich kompliziert. Die Satyrn haben für jeden Anlass ein Lied. Für meinen Geschmack sind die zu dramatisch und blumig.«

Die Satyrn schmetterten so donnernd, dass ich die Worte nicht identifizieren konnte. Aber trotz Lorreths wenig begeisterter Äußerung bekam ich eine Gänsehaut. Das Lied war bewegend.

»Was soll ich *tun*?«, fragte Carrion uns mit Lippenbewegungen über die geneigten Köpfe hinweg.

Ich zuckte mit einer Schulter, weil ich ihm die Frage nicht beantworten konnte.

Carrion runzelte die Stirn und ging vorsichtig zwischen den knienden Satyrn hindurch auf uns zu. Als sie das nach und nach bemerkten, wandten sie sich hastig auf den Knien um, damit sie ihm nicht den Rücken zukehrten.

Carrion sah leicht wahnsinnig aus, als er bei uns auf der Treppe ankam. »Das gefällt dir doch bestimmt, Fane.«

»Ich dachte im Gegenteil gerade, wie ungelegen das alles kommt. Ganz zu schweigen davon, wie enttäuscht die alle sein werden, wenn du ihnen mitteilst, dass du nicht gegen Belikon antreten wirst, um ihm den Thron streitig zu machen.«

Carrion schien gerade etwas erwidern zu wollen – zweifellos eine gpfefferte Gegenrede –, als der Gesang der Satyrn schlagartig verstummte. Die Satyrin, die Lorreth angesprochen hatte, hob den Kopf und sah Carrion feierlich an. »Wir heißen Euch in Inishtar willkommen, Majestät. Normalerweise hätten wir Eure Ankunft mit einem Fest gewürdigt, aber unter den gegebenen Umständen … ich hoffe, Ihr versteht …«

Lorreth drehte sich so, dass er zu Carrion sprechen konnte, ohne von Galwynnian gehört zu werden, und raunte: »Vorsicht! Sagst du jetzt irgendetwas, das bestätigt, dass du der yvelianische Thronerbe bist, ist das öffentlich, und du kannst keinen Rückzieher mehr machen. Was wiederum quasi bedeutet, dass du Belikon den Krieg erklärst.«

Ein freudloses Lächeln trat auf Carrions Gesicht. »O nein, Scheiße«, flüsterte er zähneknirschend.

»Würdet Ihr eine Ansprache halten?«, bat Galwynnian. »Es wäre uns eine Ehre, den Sohn und Erben von Rurik Daianthus sprechen zu hören.«

Carrion wippte auf den Fußballen vor und zurück und ließ den Blick über die Menge schweifen. Über uns kreischten klagend die Möwen, die sich stetig zu vermehren schienen und anmutig in den Luftströmen segelten.

Sekunden verstrichen.

Eine Minute.

»Irgendetwas solltest du schon sagen«, murmelte Lorreth.

»Ist ja gut. Gib mir einen Moment. Ich versuche mir etwas Bedeutsames einfallen zu lassen.«

Bei den lebenden Göttern! »Vergiss bedeutend«, zischte ich. Wenn er so weitermachte, würde er für einen politischen Zwischenfall sorgen. »Überleg dir was Kurzes, Freundliches.«

»Prima Idee. Ja, kurz und freundlich«, pflichtete Lorreth mir bei.

Die Satyrn schienen den Atem anzuhalten, als Carrion den Mund öffnete. Er wandte sich nach rechts, dann nach links, während er die Augenbrauen immer weiter hochzog. »Mein Name ist

Carrion. Es freut mich, euch alle kennenzulernen. Eure Hörner gefallen mir echt gut.«

Es gab vermutlich Historiker in der Menge. Irgendjemand würde diesen Moment gewiss festhalten – den Tag, an dem die Satyrgemeinschaft den Erben der Daianthus empfing –, und so würde dann wohl in den Geschichtsbüchern stehen, dass der vergessene König als Erstes gesagt hatte: *Eure Hörner gefallen mir echt gut.*

Lorreth stöhnte. Mir gelang es gerade so, mein eigenes Stöhnen zu unterdrücken. Da ich es kaum zum Aushalten fand, wie die Satyrn sich verwirrte Blicke zuwarfen, dabei aber versuchten, sich nichts anmerken zu lassen, schaute ich himmelwärts. Dabei fiel mir ein Vogel auf, der sich nach unten ins Meer stürzte … und in diesem Moment war sie da – die Erinnerung, die sich mir zuvor entzogen hatte.

Sie war in Reichweite gewesen. Und lag buchstäblich so nahe! Heilige Götter und Märtyrer, wie dumm war ich nur gewesen!

Ich hatte etwas übersehen.

Und jetzt wusste ich, was es war.

Ich entfernte mich von Carrion, während mein Puls wie Blitze durch die Venen zuckte. Lorreth fuhr zu mir herum, die Nasenflügel bebten argwöhnisch, weil er die plötzliche Veränderung an mir spürte. »Was ist los? Ist etwas passiert?«

»Da ist … etwas.« Unmögliche Antwort, aber ich hatte keine Zeit zu überlegen, wie ich erklären sollte, was ich gerade erlebt hatte. »Ich weiß vielleicht jetzt, wo ich Fisher finden kann.«

»Warte! Dann lass mich mitkommen!«

»Nein, tut mir leid, Lorreth«, schrie ich, während ich die Treppe hinunterrannte. »Bitte, du musst auf Hayden aufpassen! Wo ich hingehe, kannst du mir sowieso nicht folgen, ich muss das allein machen! Ich komme bald zurück und fertige die Reliquien an, versprochen!«

46

ZERBRECHEN

SAERIS

Im Lager herrschte geschäftiges Treiben. Fae-Krieger und -Kriegerinnen saßen um Lagerfeuer, aßen aus Blechschalen oder rangen im Schlamm. Satyrn wanderten zwischen den matschbefleckten Zelten umher und verhökerten gebratene Fleischspieße und gerösteten Mais. Die Gerüche von Essen – und Blut – lenkten mich ab, doch ich hatte keine Zeit für derlei. Ich hatte schon das halbe Lager abgesucht, als ich endlich fand, was – oder vielmehr *wen* – ich suchte. Sie stand bei einer Gruppe von Männern und betrachtete stirnrunzelnd ein zerknittertes Stück Papier. Als sie aufblickte, sah sie alles andere als begeistert aus.

»Saeris.« Sie faltete das Blatt zusammen und reichte es einem der Männer. »Was verschafft uns die Ehre?«

»Ich brauche deine Hilfe, Danya.«

Die Haare, die sie bei dem Angriff auf Irrín verloren hatte, wuchsen nach, aber langsam. Die geschorene Kopfseite war jetzt mit blonden Stoppeln bedeckt, die dunkler wirkten als ihr restliches Haar. Die Kriegerin zog eine Augenbraue hoch, sichtlich überrascht und verärgert. »Hilfe? Von *mir*?« Sie schnaubte. »Kann nicht sein. Unsere erhabene Alchemistin wird doch wohl nicht zugeben, dass sie irgendetwas braucht. Ich traue meinen Ohren kaum.«

Ich hatte keine Zeit für solche Spielchen. »Danya, seit ich hier bin, habe ich allen, die mir zuhören wollten, mitgeteilt, dass ich mit den Aufgaben überfordert bin, die mir gestellt werden. Ich habe nie irgendetwas anderes behauptet.«

Sie spuckte mit ausdrucksloser Miene auf den Boden.

»Ich muss mit dir reden.« Ich warf einen Blick auf ihre Freunde. »Unter vier Augen.«

»Wenn es um Swift geht, kannst du dich entspannen, *kleine Osha.* Ich habe kein Auge auf deinen Gefährten geworfen. Nicht längerfristig jedenfalls.« Sie sprach Fishers Kosenamen für mich so kalt aus, dass er lächerlich klang. Ihre Freunde lachten in sich hinein.

So wollte sie das also angehen?

Na gut.

Wenn Danya glaubte, ich würde sie nicht vor ihren Freunden demütigen, hatte sie sich geschnitten. Ich zog Erromar und Selanir und ließ die Klingen wirbeln, worauf sie auch ihr Schwert zog. Danya war eine erfahrene Kriegerin, die mehr Fresser getötet hatte, als ich zählen konnte, aber *ich* war keine Fresserin. Eine Fae-Kriegerin war ich auch nicht, sondern zuerst ein Mensch, und jetzt floss eine kräftige Portion Vampirblut in meinen Adern. Ich war schneller, als es mir zustand, und überdies stärker als Danya. Als die Klingen meiner Schwerter ihr Kinn streiften, blieb ihr nichts anderes übrig, als aufzugeben …

Aber sie war dumm.

Scheißüberheblich.

Sie hob die Hände, was aber eine Finte war. Stattdessen versuchte sie, mein rechtes Handgelenk zu packen und mir mein Schwert ins Gesicht zu drücken, aber in der Zeit hatte ich blitzschnell ein paar Züge weitergedacht.

Mein rechter Fuß glitt hinter ihren linken, und ich hebelte ihr Bein aus, drückte ihr dabei mit voller Wucht die linke Hand zwischen die Brüste. Sie flog durch die Luft, und ich jubelte stumm, als sie drei Meter weiter im Schlamm landete. Ich ließ mir den Triumph jedoch nicht anmerken. Als guter Anführer zeigt sich man nie schadenfroh über die Demütigung eines Verbündeten. Nicht dass ich Danyas Anführerin gewesen wäre … und ich war mir auch nicht hundertprozentig sicher, ob ich sie als *Verbündete* betrachtete. Dennoch war Häme kein guter Stil.

Jetzt lachten ihre Freunde nicht mehr, sondern wandten den Blick ab, während ich durch den Matsch auf Danya zustapfte, ihr die Hand hinhielt und mit regloser Miene wiederholte: »Ich brauche deine Hilfe.«

Sie funkelte mich finster an und fragte argwöhnisch: »Und weshalb sollte ich *dir* helfen, Alchemistin? Seit du hier bist, bereitest du mir nichts als Schwierigkeiten.« Sie beäugte die ihr hingestreckte Hand, als sei sie eine Giftnatter, die jeden Moment zubeißen könne.

»Du wirst mir helfen, weil wir auf der gleichen Seite stehen. Denn sooft du dich auch mit Fisher anlegst und so wütend du auch auf ihn sein magst, ist er doch immer noch dein Kommandant, und du liebst ihn.«

Sie widersprach sofort: »Ich liebe ihn ni…«

Ich fiel ihr ins Wort: »Doch, tust du. Nicht romantisch, du weißt, dass ich das so nicht meine. Du liebst Fisher für alles, was er für dieses Reich getan hat. Und weil er immer für dich da war …«

»Bis er es *nicht* mehr war«, fauchte sie. Ich war vertraut mit dem Zorn, der jetzt in ihren Augen loderte. Sie war wütend auf Fisher, aber nicht aus den Gründen, die sie vorgab.

»Ja, bis er es nicht mehr war«, pflichtete ich ihr bei. »Aber du bist nicht wütend auf *ihn*, weil er dich im Stich gelassen hat, nicht wahr, Danya? Du bist wütend auf dich selbst, weil du nicht von Anfang an mehr an ihn geglaubt hast. Du wusstest, dass Fisher seine Krieger niemals verlassen würde, und hast dennoch beschlossen, dich hinter der Lüge Belikons zu verstecken. Das war einfacher, als einen Freund zu verlieren, nicht wahr? Einfacher, als nicht zu wissen, wo er war und ihm deshalb nicht helfen zu können. Er gibt dir keine Schuld, Danya.«

»Halt den Mund«, zischte sie.

»Er weiß, dass du ihm geholfen hättest, wenn es dir möglich gewesen wäre.«

»Du hast doch keine Scheißahnung, wovon du redest!«

»Ich kenne Kingfisher«, sagte ich gedehnt. »Aber nicht einmal annähernd so lange wie du. Er war dein Bruder – *blutsverwandt* –, Jahrhunderte, bevor ich zur Welt kam. Und ich weiß, dass du in all den Jahren, in denen du an seiner Seite gekämpft hast, eine nicht zu brechende Bindung zu ihm aufgebaut hast. Diese Wut ist nur ein Schild, der dich vor Gefühlen schützen soll, denen du dich nicht stellen willst. Deiner Schuld und dem Wissen, dass du Fisher in Gillethrye im Stich gelassen hast. Du warst mit ihm auf der Mauer, nicht wahr? Du hast mit ihm gemeinsam die Stadt verteidigt, und als sie fiel, hast du sie mit ihm zusammen niedergebrannt. Und dann hast du auf die niederträchtigen Lügen eines Mannes gehört, der dir als böse bekannt war, und hast deinen Freund in diesem ewigen Labyrinth zurückgelassen …«

»*Schluss.*«

Ihre Stimme hatte die Schärfe verloren, das Wort klang klein, eher wie ein Schluckauf, hing zwischen uns in der Luft. Danya, im Schlamm auf die Ellbogen gestützt, starrte mich an, und das Licht spiegelte sich in ihren dunklen Augen. Sie war so starrsinnig, würde niemals zugeben, dass ich recht hatte, aber ableugnen konnte sie es auch nicht. »Was willst du von mir, Alchemistin?«, murmelte sie.

»Was ich von dir will? *Ha!*« Ein Lachen stieg in mir auf. Ich presste fest die Lippen zusammen, damit es nicht aus mir herausbrach und mich wie eine Irre wirken ließ. Es reichte schon, dass ich mich so fühlte. »Es ist etwas ganz Einfaches, Danya. Was du vermutlich sogar genießen wirst. Ich möchte, dass du mich so fest du kannst, ins Gesicht schlägst.«

Danya riss die Augen auf. »Was?«

»Ich möchte, dass du mich bewusstlos prügelst.«

Sie starrte mich fassungslos an. »Du bist wahnsinnig.«

»Ja, das stimmt wahrscheinlich. Aber es wird helfen, Fisher zu retten. Willst du ihn also ein weiteres Mal seinem Schicksal überlassen, oder helfen, Danya? Es gibt nämlich noch mindestens drei andere Leute, die ich darum bitten könnte …«

»Ich mache es. Ich meine, das wollte ich schon tun, seit ich dich kennengelernt habe. Wäre doch idiotisch, mir diese Gelegenheit entgehen zu lassen, oder?«

»Gut. Du solltest hierhin schlagen, unter …«

Sie sprang auf, stürzte auf mich zu und holte aus. Und natürlich unternahm ich nichts dagegen, ich hatte schließlich darum gebeten. Das wäre ja wohl sinnl…

***

Staubpartikel hingen in der eiskalten Luft, so reglos, als seien sie festgefroren, glitzernd im fahlen Licht, das durch die Fenster drang. An der langen Tafel war für acht Personen gedeckt. Eine Kupferschüssel auf dem Tisch erbebte, der Deckel klapperte. Auf Platten waren allerlei Köstlichkeiten angerichtet: gebratenes Geflügel, buttrige Gemüsesorten, kleine Pasteten und Saucieren. Sämtliche Speisen waren verdorben. Maden krochen über das Fleisch, Fliegen taten sich allem gütlich. An jedem gedeckten Platz standen Kristallkelche, gefüllt mit einer zähen schwarzen Flüssigkeit, in der sich … bei den Göttern, etwas *bewegte* sich darin.

Als mir klar wurde, wo ich gelandet war, nahm meine Umgebung Gestalt an. Dies war nicht die Jagdhütte. Ich hatte mich angestrengt darauf konzentriert, dort *nicht* aufzuwachen, bevor Danyas Faust mein Kinn traf. Und tatsächlich war ich nun da, wo ich sein sollte – in *Cahlish.*

Die Fenster im Speisesaal waren alle zersplittert wie beim ersten Mal, als ich den Fressern begegnet war. Im Kamin knisterte ein Feuer, aber die Flammen flackerten nicht gelb, nicht einmal in dem seltsamen Grün des Equinox-Lichts. Sie waren grau und schwarz wie Rauch und Schatten, jedoch gänzlich ohne Glanz oder Zauber. Dieses Feuer strahlte buchstäblich gar nichts mehr aus, es war jeder Kraft und Lebendigkeit beraubt.

Die Fäulnis bedeckte die Wände und kroch an den Fußleisten entlang. Die schwarzen Ranken dieser bösen Macht tasteten überall nach Organischem, um es zu verschlingen. Über das Haus war sie schon hergefallen. Die Farbe blätterte von Wänden. Die Teppiche waren zu Staub zerfallen, die Dielen darunter so brüchig und trocken wie alte Knochen.

Sogar hier, in meinem Traum, war Cahlish eingenommen worden. Das Anwesen war nur noch eine leere Hülle seiner einstigen Pracht, und es so verblichen und vernichtet zu erleben, zerrte mir an der Seele. Von den Gemälden blickten Männer und Frauen, allesamt Fishers Ahnen, so entrüstet auf mich herab, als gäben sie mir die Schuld am schrecklichen Zustand des Hauses und hofften, dass ich etwas dagegen unternehmen würde. Doch ich konnte nichts mehr tun. Cahlish war verloren.

»Fisher!«

Mein Schrei hallte durch das von der Fäulnis befallene Gebäude. Ich hielt die Luft an und wartete.

Wartete …

»Kingfisher! Wo bist du?«

Nur meine panische Stimme kehrte als Echo zu mir zurück.

Wo bist du?

… bist du?

Bei den Göttern, das war gar nicht gut. In der Jagdhütte hatte ich so viele Fragen gehabt. Wie zum Beispiel: »Hey, wie funktioniert das alles? Wie sind wir hierhergekommen? Wie können wir lenken, wo wir landen oder was wir an diesem Ort tun?« Und am allerwichtigsten: »Wirst du immer da sein, wo ich bin?« Doch ich hatte diese Fragen nicht gestellt, weil Fisher von der ganzen Sache ebenso überrascht zu sein schien wie ich. Er hatte keinen blassen Schimmer gehabt, warum wir in dieser Hütte gelandet waren, obwohl wir uns in zwei unterschiedlichen Reichen aufgehalten hatten. Und jetzt war ich bewusstlos in der Traum-Version von Cahlish und hatte keine Ahnung, ob Fisher hier war.

In Inishtar hatte ich zu schlafen versucht, aber in meinem Kopf hatte ein derartiges Chaos geherrscht, dass an Einschlafen nicht zu denken gewesen war. Deshalb hatte ich Danya im Lager aufgesucht. Deshalb der Bluterguss im Gesicht, den ich dann wohl haben würde, wenn ich zu mir kam …

»Fisher!«

Keine Antwort war zu hören. Rein gar nichts bis auf das triste Echo eines Hauses, das gestern noch voller Leben gewesen war. Sah es in Wirklichkeit dort jetzt auch so aus? Fraß sich die Fäulnis ins Mauerwerk und schlug ihre Wurzeln in das Fundament?

Es war herzzerreißend, das Anwesen so zu sehen, angegriffen und zerstört, aber ich hatte keine Zeit, diesen Verlust zu betrauern. Ich hatte gehofft, Fisher hier zu treffen, um mit ihm zu reden und zu erfahren, wo er wirklich steckte. Aber wenn er in meinem Traum nicht aufzufinden war, konnte ich es mir nicht erlauben, hier noch länger herumzutrödeln. Ich hatte eine weitere Aufgabe zu erledigen und konnte nur hoffen, dass es dafür nicht bereits zu spät war.

Die Tür brach aus den Angeln, als ich sie aufriss, und fiel zu Boden. Die Fäulnis schlängelte sich den Flur entlang, schwarz glänzende Fäden zuckten in der Luft, suchten und tasteten … *nach mir*? War ich dort real? Konnte die Fäulnis mich spüren, während ich den Korridor entlanghastete? Konnte sie mich hier auch infizieren? Das wollte ich lieber nicht herausfinden.

Meine Schritte hallten laut wider, als ich auf dem Weg zur Treppe an Salons vorbeirannte, an der Bibliothek und gewiss einem Dutzend weiterer verschlossener Türen. Ich setzte gerade den rechten Fuß auf die erste Treppenstufe, als ich ein monströses Krachen über mir hörte und noch im richtigen Moment aufblickte, um zu sehen, wie der gewaltige Kronleuchter aus der gesplitterten Decke brach.

»Fuck!«

Gerade noch rechtzeitig sprang ich zurück, bevor Hunderte Kristallteile vor mir auf den Stufen zersplitterten. Mein Puls tobte, während ich auf die Stelle blickte, an der ich eben noch gestanden hatte, und dann wieder zur Decke. Dort klaffte jetzt ein riesiges Loch wie ein knurrendes Maul, aus dem die Fäulnis hervorquoll und neben mir auf den Boden platschte.

Bei allen Göttern, das hier war wirklich gefährlich.

Ich musste so schnell wie möglich weg.

Das Haus erbebte in den Grundfesten, als ich, die Splitter meidend, die Treppe hinaufraste, zwei Stufen auf einmal. Hier hatte die Fäulnis die Fenster noch nicht zerbrochen, doch die glitzernden schwarzen Venen bedeckten bereits wie Spinnweben Wände und Scheiben, sodass kaum noch Licht hereindrang.

Die Tür zu Fishers Schlafzimmer am Ende des langen Gangs war geschlossen. Als ich sie öffnen wollte, riss ich fluchend die Hand zurück. Der Griff war eiskalt. Nein, schlimmer noch. Eine rote Quaddel entstand auf meiner Hand, so schmerzhaft brennend, als hätte ich gerade einen Schürhaken berührt, den man lange ins Feuer gehalten hatte. Es tat scheißweh, die Hand zu öffnen.

Ich fluchte noch mal kräftig vor mich hin.

»Du willst nicht, dass ich da reingehe, wie?« Das galt der Fäulnis. Und dem Haus selbst. Beide wollten mich eindeutig nicht hier haben. Ich beäugte die Tür – warum sah sie nicht so brüchig und rissig aus wie alle anderen im Haus? – und entschied, wo sie am besten meine Stiefelsohle zu spüren bekommen sollte. Dann trat ich wuchtig gegen eine Stelle am Griff …

… und nichts geschah.

Die Tür hielt stand.

Ich versuchte es noch einmal.

Und *noch* mal.

Und ein weiteres Mal.

Das Holz wies nicht mal eine Schramme auf, und ich hatte meine ganze Kraft eingesetzt. Meine Fae- und Vampirkräfte zusammengenommen hätten das verdammte Ding locker aus den Angeln reißen müssen, aber es rührte sich nicht von der Stelle. Ein Schrei stieg in mir auf und wollte nach draußen dringen, aber ich biss die Zähne zusammen und konzentrierte mich.

Ich musste hier nicht mit roher Kraft zu Werke gehen. Denn

ich hatte etwas Besseres. Ich hatte schließlich mit meiner Magie ein zehn Meter großes Loch in die Wand der Bibliothek von Ammontraíeth gerissen, oder etwa nicht? Ich würde verflucht noch mal eine Scheiß*tür* damit kaputt kriegen.

Mit ausgestreckter Hand sammelte ich Energie und versuchte mich daran zu erinnern, wie es sich in der Bibliothek angefühlt hatte, bevor ich dieses Riesenloch zustande brachte. Das Kribbeln, das Vibrieren, der mächtige Schwall, und dann die Adrenalinwelle, die mich durchströmte, als die Magie entflammte.

Sie stieg in mir auf. Ich hieß das Gefühl willkommen, versuchte die Wucht ein wenig einzudämmen, um zu dosieren, wie viel ich abgeben würde … und es funktionierte. Irgendwie zumindest. Der blauweiße Energiestrahl, der aus meiner Hand drang, war nicht ganz so gigantisch wie im Schwarzen Palast, aber nahe dran. Dort war ich verblüfft gewesen, als die Magie die Wand zerschmetterte. Ich hatte nicht einmal daran geglaubt, dass ich meine Kraft hier nutzen konnte; es war schließlich nur ein Traum.

Im selben Moment, in dem die Magie auf die Tür prallte – sowie auf den Rahmen und einen halben Meter der Wand links und rechts –, wusste ich, dass ich einen Fehler gemacht hatte. Das Geflecht der Fäulnis, das die Tür bedeckte, pulsierte, leuchtete grellweiß auf und verdoppelte sich dann.

Die Adern der schwarzen Macht dehnten sich aus, bildeten Knoten, und eine harte Schutzschicht entstand …

»Nicht dein Ernst, oder? Du willst mich wohl *verarschen*!« Die Fäulnis hatte meine Kraft wahrhaftig *aufgesogen*. Winzige weißblaue Kugeln glommen in den Ranken und glitten durch das komplizierte Geflecht, das jetzt die Tür blockierte. So ein Scheißfehler, ich hatte alles um ein Vielfaches verschlimmert. Als Fisher und Ren ihre Energie bei den infizierten Fressern eingesetzt hatten, waren die danach auch viel stärker geworden. Ich hätte mir denken können, dass der Effekt bei mir genauso sein würde.

Wie dumm kann man sein?

Okay. Mit der Magie klappte es also nicht. Mit brutaler Gewalt auch nicht. Wie dann also? Was übersah ich? Es musste schließlich einen verdammten Weg geben, in dieses Schlafzimmer zu kommen. Es war ein Traum. Da konnte das doch wohl nicht so schwer sein. Das war …

Ich erstarrte, nagte an der Unterlippe, während ich die verdammte Tür fixierte.

Es war *mein* Traum.

Ich war hier, weil ich ihn durch Willenskraft *erzeugt* hatte. In Zilvaren war es für mich als Kind ein Spiel gewesen, das Aussehen meiner Träume zu verändern. Mit meinem Willen hatte ich mir den Himmel rosafarben gefärbt und die Wüste zum Ozean gemacht. Später gestaltete ich meine Träume so, dass meine Mutter nicht tot war.

Ich würde doch wohl diese götterverfluchte Tür aufbekommen.

Konzentriert schloss ich die Augen. Stellte mir die Tür vor, von der Fäulnis befreit. In meiner Fantasie ließ sie sich ganz leicht öffnen, schwang beinahe von selbst auf. Ich öffnete die Augen wieder …

… und die Tür war noch *immer* geschlossen.

Die Götter und alle vier Winde sollten diesen Scheißort vernichten. Ich nagte am Daumennagel und überlegte fieberhaft. Wie sollte ich das anstellen? Ich konnte zur Schmiede zurückrennen und ein Brecheisen holen. Nein, das war sinnlos. Ich hatte schon genug Kraft eingesetzt, und das Ding hatte nicht einmal einen Riss. Das Brecheisen würde nichts ausrichten, und ich durfte keinesfalls die Fäulnis berühren. Die Tür war offensichtlich geschützt. Magie hielt mich davon ab, was bedeutete, dass ich Magie brauchte, um reinzukommen. Eine andere Art von Magie also. Etwas … Ich hörte auf, am Daumennagel zu kauen, und starrte auf meinen Handrücken.

Wow! Ich hatte einfach nicht richtig nachgedacht. Die Quicksilver-Rune dort war in metallischem Blauschwarz versiegelt. Die Brimstone-Rune war bislang nur umrissen. Um sie zu versiegeln, würde ich noch einiges leisten müssen. Ich musste recherchieren und Herausforderungen bewältigen. Edina hatte gesagt, das Versiegeln der Rune – erst danach konnte ich ihre Magie nutzen – würde einen hohen Preis haben. Von der Brimstone-Rune hatte ich noch nicht das geringste bisschen Magie gespürt. Sie war also vorerst nutzlos. Aber es gab noch eine dritte Rune. Bei allen Göttern, die *dritte* Rune, die ich vom Hazrax bekommen hatte! Die hatte ich ja auch noch! Und was hatte das Hazrax gesagt? Eine Rune, um etwas aufzulösen? Zu zerbrechen? Es hatte gesagt, sie gäbe mir keine Magie, sondern eine Fähigkeit. Wenn ich die bei der Tür zum Einsatz brachte …

Ich ging in mich und versuchte sie zu spüren. Da *war* tatsächlich eine Energie. Ich hatte sie schon gespürt, still, aber mächtig, als ich Iseabails Zauber auf Tals Brust aufgelöst hatte. In diesem Moment hatte ich mich davor gefürchtet. Ich hatte sie weder im Griff gehabt noch gewusst, was da passierte. Aber jetzt …

Ich presste die andere Hand fest auf die Hazrax-Rune. Sie erwachte und antwortete sofort. Die Tinte leuchtete nicht auf, und keine Energie durchströmte mich. Doch ich wusste, dass sie mich hörte, weil ich ein schwaches Vibrieren in den Fingerspitzen spürte.

»Zerbrechen«, hatte das Hazrax gesagt.

Ich versuchte den Schutzzauber an der Tür zu erfühlen und fand ihn, hauchzarte, flüchtige Magiestränge, die mir durch die Finger glitten, als ahnten sie, wie sie mir entkommen könnten. Ich hechtete mich in Gedanken darauf, packte sie mit aller Macht, und bevor sie mir wieder entkommen konnten, *zerbrach* ich sie.

Die Hazrax-Rune kribbelte kurz, und der Fäulnispanzer an der

Tür zerbröckelte. Vor einer Sekunde hatte das Ding vor Energie nur so gestrotzt – zugegebenermaßen einem großen Teil meiner *eigenen* –, doch jetzt waren die Ranken nur noch verdorrte Hüllen. Sie bröckelten und lösten sich auf, als die Tür endlich aufschwang … und den Blick auf Kingfisher freigab, der in dem hochlehnigen Stuhl am Kamin saß.

***

»Was bei allen fünf Höllen *machst* du? Hast du nicht gehört, wie ich versucht habe, die Tür aufzutreten?«

Fisher starrte ins Feuer. Sein Haar war nass, die Spitzen kräuselten sich in alle Richtungen. Wasser tropfte auf die Lederrüstung und den Holzboden, wo bereits eine große Pfütze entstanden war. Er saß wohl schon eine ganze Weile hier.

Es war kalt in dem Zimmer.

Auch hier flackerten die Flammen nur schattenschwarz und wolkengrau.

»Fisher? Fisher, ich bin hier! Sieh mich an!«

Er rührte sich nicht.

Als ich das Zimmer betrat, knirschte etwas Körniges unter meinen Sohlen. *Sand.* Der Sand aus Zilvaren, den Fisher erst vor wenigen Tagen aus seinen Stiefeln geschüttet hatte. Die beiden Häufchen waren immer noch da, in der Mitte des Zimmers. Bei diesem Anblick stiegen mir Tränen in die Augen. Fisher hatte mich an diesem Tag in den Armen gehalten. Mit mir gelacht. Mir gezeigt, wie es war, geliebt zu werden, mit Geist, Körper und Seele. Hier, in dem Bett auf der anderen Seite des Zimmers, hatte er mir gesagt, dass er die Sonnen opfern und auf die Sterne verzichten würde, wenn er mich so beschützen könne.

Und jetzt war er verschwunden und verloren für mich … denn ich spürte bereits, dass er *nicht* bei mir war.

Ich wollte nicht zu ihm gehen. Ich wollte ihn nicht ansehen … aber ich musste es tun, also ging ich um ihn herum.

Ich schlug die Hände vor den Mund, um das Schluchzen zu unterdrücken, als ich ihm gegenüberstand. Seine Augen wirkten verschleiert, das leuchtende Grün war schlammbraun und überschattet. Er war todesblass, die Haut eingefallen. Seine Unterlippe war weit aufgeplatzt, und Blut rann ihm unaufhörlich übers Kinn und tropfte auf die silberne Halsberge mit dem Wolfskopf, die er trug.

»Fisher?«

Er antwortete nicht. Schlimmer noch – er schien mich gar nicht gehört zu haben. Was er auch sah … es war jedenfalls nicht der Kamin und sein Zimmer in Cahlish. Und auch mich nicht. An den Ort, wo er sich jetzt befand, konnte ich ihm nicht folgen.

»Fisher, bitte …« Seine Hand fühlte sich eiskalt an, die Finger steif. Normalerweise trug er das gesamte Reich in diesen Händen, doch als ich jetzt seine Linke ergriff, war sie so schlaff und leblos, dass ich eine entsetzliche Sekunde lang wirklich glaubte, er sei tot.

Sein röchelnder Atem widerlegte das, aber weil die Lippen blau waren, fiel es mir schwer, diesen mühsamen Atemzügen zu vertrauen.

Ich drückte seine Hand und flehte ihn in Gedanken, aber auch laut an, etwas zu sagen.

»Fisher. Fisher, du hast es *versprochen.*«

Hatte er es versprochen? Ich wusste es nicht mehr. Die Fae gaben nur Versprechen, wenn sie hundertprozentig sicher waren, dass sie diese auch halten konnten. Er hatte also gar nicht versprechen können, dass er mich niemals verlassen würde. Denn der Tod würde einen von uns irgendwann ereilen …

»Wach auf«, flüsterte ich. »Wach … auf … verfluchte Scheiße!

Willst du mir das hier im Ernst antun? Mich im Stich lassen, und ich muss alles im Alleingang schaffen? Das …« Die Verzweiflung packte mich. »Das hier ist verdammt noch mal dein *Reich*, Fisher. Deine Freunde sind hier. Dein Volk. Und du willst einfach abhauen und es anderen überlassen, alle zu verteidigen?«

Sein rechtes Augenlid zuckte leicht, eine winzige Bewegung, blieb jedoch dann wieder reglos. Konnte er mich hören? Wusste er, wo er sich befand und dass ich hier war? Es ließ sich nicht feststellen.

»Fisher, wenn du mich liebst … wenn ich dir wichtig bin … und die anderen, dann kriegst du das hin und wachst jetzt auf. Wir brauchen dich. *Ich* brauche dich …«

»Spar dir deinen Atem, Königsmörderin.«

Die Stimme erwischte mich kalt. Ich war so auf Fisher fixiert gewesen, dass ich nicht gemerkt hatte, wie das Hazrax hereingekommen war. Es schwebte beim Bett, die Hände formell in die Trompetenärmel seines Gewands gesteckt. Die fahle Haut war schwarz geädert – wie bei den infizierten Fressern. Der einstige Hüter der Stille machte dabei wieder dieses unheimliche Klickgeräusch im Hals.

»Wartet. Bleibt, wo Ihr seid. Das ist nicht Euer Traum, verstanden? Ihr seid hier nicht willkommen.«

Das Hazrax schnaubte: »Ich bin überall willkommen, Saeris. Hast du so schnell vergessen, dass wir einen Pakt haben?«

»Der Pakt bestand darin, dass Ihr den Bluthof beobachtet. Ich überbringe nur ungern schlechte Nachrichten, aber den gibt es nicht mehr, Ihr müsst Euch also was anderes zum Beobachten suchen.«

Das Hazrax zog eine Grimasse, bei der die nadelspitzen Zähne zum Vorschein kamen. Ich hatte die Kreatur schon oft genug erlebt, um zu wissen, dass es jetzt lächelte. »Du bist wirklich ein hoffnungsloser Fall, Kind. Ich empfinde fast Mitleid mit dir.«

»Was soll das heißen?«

»Nun, als du mich in der Schmiede gefragt hast, ob ich mit dir den gleichen Pakt machen wolle wie mit Malcolm und ich eingewilligt habe, wurden die Bedingungen meiner Abmachung mit dem alten Vampirkönig auch die deinen. Im Kleingedruckten der Vereinbarung mit Malcolm wurde festgehalten, dass ich *ihn* beobachte, nicht seinen Hof. Es ist also irrelevant, ob der Bluthof existiert oder nicht, Saeris. Ich beobachte *dich.* Wo du auch bist, was du auch tust – du hast mir die Erlaubnis gegeben, dir zu folgen und alles mitzuerleben.«

Götterverfluchte Scheiße!

Schon wieder! Ich hatte es fertiggebracht, *schon wieder* einen entsetzlichen Pakt zu schließen! Sollte ich es je schaffen, diesem Albtraum zu entkommen und ein halbwegs normales Leben zu führen, würde ich mir jemanden zulegen, der meine Absprachen permanent überwachte. Dieses hinterhältige, niederträchtige, bösartige Stück Scheiße!

»Warum? Warum wollt Ihr überhaupt wissen, was ich tue? Das hat doch alles nichts mit *Euch* zu tun!«

Die Nasenflügel des Hazrax zuckten. »Naives Kind«, erwiderte es in bedauerndem Tonfall. »Selbstverständlich hat das alles etwas mit mir zu tun. Ich habe meine Finger überall im Spiel. Das wirst du noch bald genug merken, vermute ich.«

»Wartet! Der … der Gefallen! Ihr habt gesagt, ich könnte ihn jederzeit verlangen.«

Das Hazrax hickste und nickte. »Ja, das ist richtig.«

»Dann möchte ich jetzt davon Gebrauch machen. Könnt Ihr Fisher bitte zu mir zurückbringen?«

Das Hazrax schüttelte den Kopf. »Das liegt nicht in meiner Macht, fürchte ich. Es gibt Abmachungen, die das nicht zulassen.«

»Dann sagt mir, wo er ist!«

»Tut mir leid, auch das ist nicht möglich.«

Das Hazrax klang nicht im Mindesten reuevoll. Es schien sich im Gegenteil über meine Lage zu amüsieren und erfreut zu sein, dass es mir nicht helfen konnte. Mir reichte es endgültig. »Na schön«, knurrte ich. »Dann werde ich meinen Gefallen für Folgendes einsetzen: Ich möchte, dass Ihr verschwindet und mich für den Rest unseres einjährigen Pakts *nicht* mehr beobachtet. Und wenn Ihr wiederkommt, um neu zu verhandeln, solltet Ihr wissen, dass ich nicht an einer Fortsetzung interessiert bin.«

»Sei vorsichtig, Saeris«, warnte das Hazrax.

»Warum? Wenn Ihr jetzt behauptet, dieser Gefallen wäre nicht möglich, wäre das doch gelogen. Ich bitte Euch einfach nur, mich verflucht noch mal in Ruhe zu lassen. Und *das* liegt garantiert in Eurer Macht.«

»Das trifft zu«, erwiderte es und gab dieses sonderbare, gekünstelte Lachen von sich.

»Dann könnt Ihr es jetzt auch lassen, mir zu drohen ...«

»Ich *drohe* dir nicht, du dummes Kind«, fauchte das Hazrax, das jetzt gar nicht mehr amüsiert wirkte. »Ich schlage lediglich vor, dass du Vorsicht walten lässt, weil du per Absprache nur einen *einzigen* Gefallen einfordern kannst. Und den benötigst du jetzt gerade dringend, Saeris Fane.«

»War ja klar, dass Ihr das sagt! Kommt einfach meiner Bitte nach!«

Das Hazrax erzitterte, als werde es von der Magie, die unserem Pakt zugrunde lag, gezwungen einzuwilligen. Das hatte ich noch nie zuvor erlebt: dass es sich einer Abmachung widersetzte, wenn auch nur kurz. »Zuerst beantworte mir diese Frage: Warum bist du hierhergekommen, Kindkönigin?«, sagte das Hazrax schließlich.

»Wegen Fisher!«

Es schüttelte den Kopf. »Nein.«

»Ich bin hier, weil …« Dann fiel es mir plötzlich ein. Der Geistesblitz auf der Treppe in Inishtar. Die Information, an die ich mich erinnert hatte, während Carrion zu den Satyrn sprach.

»Ich gestatte dir, es dir anders zu überlegen«, sagte das Hazrax. »Du hast eine Minute Zeit, um die Aufgabe zu erledigen, wegen der du herkamst, und dir einen *anderen* Gefallen auszudenken. Ich würde dazu raten, dass du dich jetzt *beeilst.*«

Eine Minute. In genau sechzig Sekunden würde das Hazrax verschwinden, und ich würde es fast ein Jahr lang nicht mehr zu Gesicht bekommen. Das wäre herrlich. Aber … wenn es nun recht hatte? Wenn ich meinen Gefallen für etwas anderes brauchte?

Wieder erschauerte und erzitterte das Hazrax. »Du verschwendest Zeit!«, zischte es.

Ich ließ Fishers Hand los und sprintete durchs Zimmer. Der Nachttisch am Bett war mit Büchern voll. So viele Bücher. Bleistifte, am Boden die Scherben eines leeren Wasserglases, das ich versehentlich umgestoßen hatte. Ich achtete nicht darauf. Schnur. Ein Lederband …

Wo bei allen fünf Höllen war es?

Es war hier gewesen, das wusste ich ganz genau.

»Vierzig Sekunden …«

»Seid still! Das hilft nicht!« Ich hechtete über das Bett und hielt bei Fishers Sachen auf dem Nachttisch Ausschau danach. Dort hatte ich es nicht hingelegt, aber vielleicht war es irgendwie dahin gelangt. Fisher war ordentlicher als ich. Ein einziges Buch. Ein Kamm aus Elfenbein … nein, nein, hier war es auch nicht.

Scheiße! Wo konnte es sein? Wo nur? *Wo, verflucht?* Auf Fishers Schreibtisch lag rein gar nichts. Auch nicht auf dem Fenstersims, der ohnehin schon mit den schwarzen Adern der Fäulnis überzogen war. Die Regale …

»Fünfundzwanzig Sekunden.«

Diesmal vergeudete ich keinen Atem mehr auf diese Kreatur. Es konnte nirgendwo anders mehr sein! Keine Stelle …

Nein. Moment! Da! In den Bücherregalen!

Ich hatte es schon einmal hier gesehen. Als ich Archer hier vorgefunden hatte, der mir ein Bad einließ. Seine Freunde hatten ihm geholfen, und einer hatte währenddessen die Dinge betrachtet, die vor den Büchern im Regal standen. Lady Edinas kostbarster Gegenstand …

Ich rannte zu den Regalen und ergriff die Porzellanfigur des Vogels.

Der linke Flügel war ein wenig angeschlagen und die orangeblaue Farbe leicht verblasst, weil die Figur schon jahrelang hier stand, aber ansonsten war sie wunderschön. Und ich sah sofort, was darunter lag: ein zerknittertes Stück Papier.

Genau das Blatt, das ich vor einer Woche mit all dem anderen Zeug aus meinen Taschen auf den Nachttisch gelegt hatte.

Aber es war nicht mehr zerknittert.

Sondern es war kunstvoll gefaltet worden … zu einem Sterngucker.

Es war der *erste* kleine Vogel. Der Vogel, der seine Magie verloren und zu Boden gestürzt war, als er die Bibliothek verlassen hatte.

Die fehlende Seite aus Edinas Buch – nicht herausgerissen, weil sie überhaupt nie im Buch gewesen war. Ich hatte sie schon die ganze Zeit in meiner Nähe gehabt!

»Zehn Sekunden, Saeris!«, ließ sich warnend das Hazrax vernehmen.

Mit zitternden Händen entfaltete ich den Vogel und begann zu lesen.

Vor Aufregung verschwamm mir alles vor den Augen, während ich hastig Edinas säuberliche Handschrift überflog und versuchte, die enthaltene Information zu verarbeiten.

»Fünf Sekunden!« Das Hazrax klang jetzt aufrichtig besorgt.

Ich blickte auf, und mir brach der Schweiß aus, während ich so schnell wie möglich sprach. »Ich habe es mir anders überlegt, Beobachter! Ich bitte Euch um folgenden Gefallen: Bringt mich in den Wilden Wald!«

47

ES SEI DENN …

SAERIS

Dank Edinas Nachricht wusste ich jetzt genau, wo ich meinen Gefährten finden und wie ich ihn retten konnte. Nicht enthalten war allerdings die Methode, wie ich ihn so schnell wie möglich erreichen konnte. Das läge bei mir, hatte Edina geschrieben. Weshalb ich auch tat, was ich tun musste: Für eine einmalige Beförderung in den Wilden Wald handelte ich mir ein Jahr lang Beobachtung durch das Hazrax ein.

Ich umklammerte Edinas Anweisungen fest, als das Hazrax mir auftrug, mich bereit zu machen, aber als ich drei Sekunden später im Schnee liegend zu mir kam, war das Blatt verschwunden. Was nicht schlimm war, denn die Informationen waren in mein Gedächtnis gemeißelt, ich würde sie unter keinerlei Umständen vergessen.

Weiße Wölkchen bildeten sich vor meinem Mund. Die kahlen Äste der Bäume reckten sich wie gekrümmte Finger gen Himmel, der ausnahmsweise klar und mit atemberaubend glitzernden Sternen übersät war. Ich zuckte erschrocken zusammen, als urplötzlich das Hazrax in meinem Blickfeld auftauchte. Seine Augen glänzten in der Dunkelheit wie poliertes Silber.

Ich wartete darauf, dass es wieder eine rätselhafte Bemerkung machen oder mich zur Eile antreiben würde, aber es schwieg. Während ich mich hochrappelte, fröstelnd vor Kälte, und mir den Schnee abwischte, sagte ich: »Da Ihr ja so viel über all das hier zu wissen scheint – in welche Richtung muss ich gehen?«

Das Hazrax gab keinen Mucks von sich.

»Nicht Euer Ernst. Ausgerechnet *jetzt*? Nach Eurem ganzen Theater beschließt Ihr jetzt, wieder nur zu beobachten?«

Als die Kreatur mich wortlos anstarrte, deutete ich das Schweigen als äußerst unwillkommenes Ja. »Na gut. Schön. Ich brauche Euch sowieso nicht.«

Das stimmte tatsächlich, denn ich konnte Fisher jetzt spüren. Ungefähr zumindest. Was ich tatsächlich spürte, war der Quicksilver-Faden, der noch in seinem Auge festsaß. Es war nur eine winzige Menge, kaum der Rede wert. Bevor ich meine Quicksilver-Rune versiegelt hatte, wäre er wohl für mich gar nicht spürbar gewesen. Jetzt jedoch leuchtete das kleine Metallteilchen wie eine lodernde Flamme in der tiefen Finsternis.

Er war hier, und ich würde ihn finden.

Das Hazrax schwebte über dem Boden und folgte mir, als ich in den Wald aufbrach. Es sah gespenstisch aus, aber auch nicht unheimlicher als die Schatten, die hier ihr Unwesen trieben. Fisher hatte mir deren Dasein erklärt, als ich mich zum letzten Mal in diesem furchtbaren Wald befunden hatte: Es waren die Seelen der Verdammten, dazu verurteilt, in diesem Forst umherzugeistern. Als Strafe für ihre Untaten erlitten sie immer wieder aufs

Neue ihren grausigen Tod. Fisher hatte damals angeboten, mir das Zweite Gesicht zu geben, damit ich sie selbst sehen konnte, aber ich hatte wenig höflich abgelehnt. Doch inzwischen war ich eine Fae. Ich hatte das Zweite Gesicht, ob ich wollte oder nicht, und die Visionen, die mich verfolgten, während ich zwischen den Bäumen hindurchrannte, waren absolut entsetzlich.

Eine Frau in einem zerfetzten Kleid, die einen toten Säugling im Schnee hinter sich herzog.

Ein verstümmelter Mann, der in Flammen stand und schreiend quer über den Pfad vor mir raste.

Ein Mann, der mit Ketten an einen großen durchsichtigen Felsbrocken gefesselt war, verzweifelt gegen das Ertrinken ankämpfend …

Wo ich auch hinblickte, sah ich die Seelen der Toten, die endlos und immer wieder ihre Qual durchleiden mussten. Sie heulten und schrien, was mir einen Schauer nach dem anderen den Rücken hinunterjagte.

Aber Fisher war hier irgendwo. Seinem Zustand in meinem Traum in Cahlish nach zu schließen, durchlitt er dasselbe wie die Toten. Er war am Leben, aber *warum* geschah das alles? Und wie?

Ich war gerade mal fünf Minuten im Wald unterwegs, als ich unversehens auf einem Lagerplatz landete. Kein Feuer, kein Rauch. Nichts hatte darauf hingewiesen, dass hier Krieger im Dunkeln lauerten. Ich sah sie erst, als es schon zu spät war.

Fünf? Acht? Während ich sie zu zählen versuchte, zogen sie schon Schwerter und zückten Pfeil und Bogen.

Zehn mindestens.

Kein Wort fiel.

Das Blutvergießen begann.

Im Lager bei Danya hatte ich meine Kurzschwerter bei mir gehabt, nicht jedoch im Traum. Zum Glück befanden sie sich jetzt wieder an meinem Gürtel. Dem Hazrax war es irgendwie gelungen, mich mitsamt Waffen und allem aus Inishtar hierherzubefördern.

Dank den Göttern und allen vier Winden. Ich zog meine Schwerter und stürzte mich ins Getümmel.

Der Erste griff von links an. Die Klinge sauste an meinem Ohr vorbei, verfehlte jedoch ihr Ziel. Ich duckte mich, schob die Waffe durch Willenskraft von mir weg, stieß aber sofort auf Widerstand.

Ach Scheiße, Nullklingen.

Und alle, die mich hier überfielen, waren mit diesen unnatürlichen Waffen ausgestattet. Sie fühlten sich wie schwarze Löcher für mich an, die meine Energie und die Magie des Waldes wegsaugten. Ich konnte sie nicht manipulieren. Konnte sie nicht von mir weghalten, wie es bei einem normalen Schwert oder Dolch möglich gewesen wäre. Wie in der Grabkammer von Ammontraíeth musste ich gegen diese Arschlöcher auf gewöhnliche Weise kämpfen … aber ich war bereit dafür.

Die Dreckskerle hatten meinen Gefährten entführt und hielten ihn hier irgendwo gefangen, das wusste ich. Die hatten es verbockt, und Junge, dafür durften sie jetzt gleich ordentlich bezahlen.

Einer der Bogenschützen schoss. Sie hatten aus ihren Fehlern in der Gruft gelernt, die Pfeilspitzen bestanden nicht mehr aus Eisen, sondern waren aus demselben Material angefertigt wie die Nullklingen. Der Pfeil flog schnurgerade auf mich zu …

Ich duckte mich und schlug gleichzeitig die Klinge des nächsten Kriegers weg, der auf meine Flanke abzielte. Sein Nullschwert flog durch die Dunkelheit. Dann bohrte ich dem Kerl Erromar in die Rippen, worauf er schlagartig aufleuchtete.

Heiliges Feuer loderte aus den Augen und dem Mund des Mannes, als er starb.

In einem Baum rechts von mir war der Pfeil stecken geblieben, und ich riss ihn heraus und rammte ihn dem nächstbesten Krieger in den Hals. Als ich herumwirbelte, versetzte ich einer Kriegerin mit Selanir einen kräftigen Hieb von hinten gegen die Beine. Sie ging zu Boden, und bevor sie sich wieder aufrappeln konnte, sprang ich über sie hinweg und attackierte einen weiteren Angreifer. Der Kerl war riesig und hatte eine wüste Narbe, die sich von der linken Schläfe über Wange und Mund bis zum Kinn erstreckte. Knurrend umklammerte der Kerl mit beiden Händen meinen Hals und drückte zu.

Fuck! O fuck! Fuck …

Mir wurde schwarz vor Augen.

Plötzlich hörte ich in meinem Kopf Lorreth in einem früheren Kampf schreien: »Verflucht, beweg dich, Saeris! Oder willst du sterben?«

Nein, ich würde heute Nacht hier nicht sterben. Das kam gar nicht infrage.

Keines von diesen Arschlöchern würde mich daran hindern, meinen Gefährten zu finden.

Der Kerl zuckte, seine Augen weiteten sich, als er fassungslos an sich herunterblickte und die beiden leuchtenden Schwerter aus seiner Brust ragen sah. Als er mich fallen ließ, zog ich Erromar und Selanir aus seinem Leib und stieß dann noch mehrmals zu …

»Bei der Liebe zu allen Göttern, macht sie endlich fertig!«, hörte ich eine tiefe Stimme bellen. »Das ist eine einzige Frau! Streckt sie nieder!«

Diese Stimme verfolgte mich bis in meine Albträume. In Gillethrye hatte der Mann, zu dem sie gehörte, meinen Gefährten verhöhnt. Triumphierend hatte er Fisher dazu aufgefordert, zu erklären, mit welchem Pakt er zu hundertzehn Jahren Leiden verdammt worden war. Ich sah den Mann nicht, aber er war hier:

König Belikon de Barra, Dieb des Throns und Unterdrücker eines ganzen Hofes.

Ein Pfeilhagel schoss durch die Luft. Ich ließ mich zu Boden fallen und rollte mich weg, biss die Zähne gegen den Schmerz zusammen. Ich hatte meine Zunge erwischt. *Scheiße, tat das weh!* Ich verdrängte das heiße Pochen, befreite mich davon.

»Jetzt! Sie hat euch schon die Arbeit abgenommen! Setzt sie fest!«, brüllte Belikon. Einer der Bogenschützen warf sich gehorsam auf mich. Ich bohrte ihm Erromar in die Achsel, und die Spitze des weißglühenden Götterschwerts kam seitlich am Hals wieder zum Vorschein. Rauch quoll aus dem Mund des Schützen, dann starb er.

Dann kam der Nächste, noch einer und wieder einer. Alle hechteten sich auf mich, und ich ließ es zu. Ein mörderischer Schmerz durchzuckte mein Bein – den konnte ich nicht mehr verdrängen –, aber ich zwang mich, ihn auszuhalten, während ich den richtigen Moment abwartete.

Als ein viertes Paar Hände erneut meinen Hals umklammerte, ließ ich los.

Meine Quicksilver-Rune war nicht nur nützlich, um Metalle zu manipulieren und Reliquien anzufertigen. Sie eignete sich auch hervorragend dafür, sehr große Mengen Kraft in sehr kurzer Zeit zu verströmen.

Keiner der Angreifer hatte darauf geachtet, dass die Rune auf meinem Handrücken immer heller aufstrahlte und sogar bereits die knorrigen Bäume ringsherum beleuchtete. Belikon allerdings bemerkte es, aber viel zu spät, um seine Leute zu retten. »Zurück! Steht auf! Sie wird gleich …«

Mein Schild erglühte, und die verworrenen Alchemisten-Runen funkelten wie Sternschnuppen in der Luft. Die Quicksilver-Rune strahlte am hellsten und pulsierte. Als ich mein Handgelenk drehte, rotierte der Schild, und das Zeichen wurde größer …

Die Magie tobte in mir, schwoll an, vermehrte sich, wurde machtvoller …

Belikon blieb der Mund offen stehen, als er sah, wie mein Schild detonierte und die Krieger in die Luft schleuderte und vernichtete. Ein Nebel aus Blut und pulverisiertem Fleisch sprühte herab und sprenkelte den Schnee rot.

Hatte ich sechs von denen erledigt? Oder sieben? Ich hatte den Überblick verloren. Ich sprang auf und wartete den nächsten Angriff ab … aber nichts tat sich.

Belikon de Barra starrte so bewundernd auf den Schild, der noch immer in der Luft schwebte, dass mich Panik erfasste. »Spektakulär«, flüsterte er. »Noch nie zuvor habe ich derart verdichtete Kraft gesehen. Die darf auf der Welt nicht existieren, außer sie untersteht mir.«

»Tja, das hättest du dir mal überlegen sollen, bevor du alle anderen Alchemisten umgebracht hast, wie?« Ich legte die Handflächen aneinander, und der Schild erlosch. Belikon hätte ihn nicht sehen dürfen. Der Wahnsinn in seinen Augen sagte mir, dass er nicht mehr ruhen würde, bis er mich in irgendeiner Weise an sich fesseln konnte. Diese Aussicht war beängstigend.

»Hat man dir das weisgemacht? Dass ich für den Tod der Alchemisten verantwortlich bin? Da hättest du dich aber besser informieren sollen …«

»Ich will deine Lügen nicht hören …«

»Unverschämtes Weibsbild! Du findest zu viel Gefallen daran, Höhergestellte zu unterbrechen! Halt den Mund! Ohne meine Erlaubnis wirst du diesen Wald nicht verlassen«, bellte er.

Schwer atmend ließ ich Erromar und Selanir sinken, spuckte auf den Boden und verpasste Belikon den verächtlichsten Blick, den ich auf Lager hatte. »Ach nein?«

»Nein, wirst du nicht. Und du weißt auch genau, *warum*. Du wirst an dieser Stelle stehen bleiben und dich benehmen, weil du möchtest, dass dein Gefährte am Leben bleibt. Orious, zeig doch bitte der kleinen Alchemistin, wo ihr hochgeschätzter Hund die letzten Tage verbracht hat.«

Orious.

Dieses röchelnde, schleimige Stück Scheiße.

»Der ist auch hier?«

Ja. Der hagere Mann trat hinter einem Baum hervor, das Kinn hoch erhoben, während er mich ansah. »Ich hatte dich gewarnt, Mädchen. Du hast deine Chance gehabt. Das alles hier hätte viel einfacher sein können. Und weniger … *schmerzhaft* für dich.«

»*Fick dich*, Orious. Sag mir, wo Fisher ist.«

Links hinter Orious schwebte das Hazrax, unheimlich beleuchtet vom fahlen Mondlicht und beobachtend …

»Oh, er ist direkt vor dir, Mädchen«, säuselte Orious. »Siehst du ihn nicht?«

Belikons Seneschall trat beiseite, und plötzlich sah ich es tatsächlich. Der Wald schien über mich hereinzubrechen, die Bäume schwankten, und dann zerriss ein markerschütternder Schrei die Nachtluft. Zuerst dachte ich, er käme von einem der gepeinigten Schatten des Wilden Waldes. Doch dann schmeckte ich Blut, und mir wurde klar, dass ich selbst den Schrei ausgestoßen hatte. Ich hatte so laut geschrien, dass etwas in meinem Hals aufgeplatzt war.

Ein gewaltiger Baum ragte vor mir auf, an die fünfzehn Meter hoch, die Rinde so schwarz wie die Sünde. Ein breiter Riss spaltete ihn in der Mitte, so schwärend und modrig, dass er einer Wunde glich. Und mitten in dieser Wunde befand sich Fisher. Der untere Teil des Baumes sah aus, als sei er um Fisher herum zugewachsen, und zwar bis zu den Schultern. Mein Gefährte war in dem Baum gefangen, der ihn schon fast vollständig verschlungen hatte.

Die Augen hatte er geschlossen, die Wimpern lagen tintenschwarz auf den Wangen. Das Haar klebte ihm am Kopf. Fisher sah noch viel schlimmer aus als in meinem Traum, schien nur noch Sekunden vom Tod entfernt zu sein. Vor dem Baum lag Nimerelle auf einem großen flachen Stein. Dicker Rauch quoll aus der Klinge. Fishers Götterschwert schien alles andere als glücklich zu sein. »Was macht ihr mit ihm?«, flüsterte ich.

Belikon grinste wölfisch. »Du wirst dich vielleicht erinnern, Saeris, dass ich dir bei unserer ersten Begegnung gesagt hatte, dieser Kerl … dieser *Hund*, werde seiner gerechten Strafe nicht entkommen, nachdem er in meiner geliebten Stadt Gillethrye für Tod und Zerstörung gesorgt hat. Er floh ohne mein Wissen aus dem Palast und verbarg sich in einem illegal geschützten Unterschlupf. Da der Hund sich weigerte, vor den Hof zu treten, dem er diente, und Bericht zu erstatten über die Ereignisse in Gillethrye …«

»Du Scheißmonster. Fisher hatte nichts zu tun mit dem Tod dieser Menschen«, fauchte ich.

»… fanden der Prozess und die Urteilsverkündung in seiner Abwesenheit statt.« Belikons breites Grinsen wirkte nun seltsam verzerrt. »Wie du dir vielleicht denken kannst, wurde er wegen Massenmord schuldig gesprochen. Wieso er so viele seiner eigenen Leute getötet hat, bleibt mir ein Rätsel«, fuhr er mit gespielter Lässigkeit hinzu. »Aber als kluger und gerechter König, dem das Wohl seiner Bürger am Herzen liegt, konnte ich nur eines tun.« Er fixierte mich jetzt mit ausdrucksloser Miene, und ich sah die Kälte und Bosheit in seinen wässrigen Augen. »Ihn natürlich zu lebenslanger Haft zu verurteilen. Hier in einem Verlies.«

»Was geschieht mit ihm? Warum hält ihn der Baum fest?« Ich *hasste* das Zittern meiner Stimme und die Panik, die man heraushörte.

»Sage es ihr, Orious«, erwiderte Belikon gelangweilt. »Irgendwann wird auch diese Alchemistin etwas lernen. Und für uns ist es besser, wenn sie ihre Misere möglichst schnell begreift.«

Der speichelleckerische Orious verbeugte sich tief. »Gewiss,

Euer Majestät.« Er straffte sich und begann mit seiner Erklärung. »Du vermutest bestimmt, hier von Bäumen umgeben zu sein, doch das ist ein Irrtum. Die vermeintlichen Bäume waren früher ein Dryaden-Clan. Selbstgerecht und eingebildet, wie diese eben waren, meinten sie, sich mit einem der Hexenclans aus dem Norden anlegen zu müssen. Niemand weiß mehr genau, warum. Das spielt auch keine Rolle. Jedenfalls unterlagen sie bei dieser Fehde und haben seither unter den Folgen zu leiden. Die Hexen belegten die Dryaden mit einem Fluch, der sie zu einem Dasein als Verlies verdammte. Das Tageslicht, das ihr Lebensquell war, steht ihnen nicht mehr zur Verfügung, sie müssen sich stattdessen von Leid und Kummer anderer ernähren. Die Hexen haben die Dryaden in etwas verwandelt, das von ihnen verabscheut wurde … und so stehen sie heute noch, am Leben erhalten nur von der Angst und dem endlosen Schmerz jener, die in ihnen eingeschlossen sind. Die Gefangenen werden am Leben gehalten, es entsteht eine symbiotische Beziehung. Ziemlich faszinierend irgendwie. Ich …«

»Das reicht, Orious«, dröhnte Belikon. »Sie wird es wohl verstanden haben.«

Der Seneschall verstummte und verbeugte sich noch tiefer als zuvor.

Zu mir sagte der König: »Diese Dryaden befinden sich auf *meinem* Land und unterstehen mir. Sie gehorchen mir aufs Wort, im Gegenzug ernähre ich sie. Solltest du versuchen, diesen Baum zu fällen oder deinen Gefährten anderweitig zu befreien, wird er sofort getötet. Die Dryaden sind im Lauf der Jahre zu ziemlich biestigen Geschöpfen geworden.« Belikon lachte. »Ich muss zugeben, dass ich sie für ihre Fähigkeit bewundere, enorme Angst in ihren Gefangenen hervorzurufen. Manchmal, wenn man die Hand an die Rinde legt, zeigen einem die Dryaden die Symphonien des Grauens, die sie in den Seelen ihrer Häftlinge erzeugen.«

»Lass ihn *frei*«, wütete ich. »Du weißt genau, dass es Malcolms Horde war, die das Gemetzel in Gillethrye angerichtet hat. Fisher hatte damit nichts zu tun!«

»Kingfisher hat seit dem Moment seiner Geburt für nichts als Ärger gesorgt«, versetzte der König. »Ich werde ihn nur noch in dieser Form hier dulden, in der er nicht mehr für Aufruhr in meinem Volk und anderes Ungemach sorgen kann. Hier wird er bleiben, bis er keine Bedrohung mehr für meinen Thron darstellt. Hier wird er bleiben, bis ich mit eigenen Augen gesehen habe, wie du dich vor dem Firinn-Stein verneigst und dich per Eid dazu verpflichtest, in meinen Diensten zu stehen. Du wirst das ohne Klage hinnehmen, und nachdem du dich … als nützliches Werkzeug erwiesen hast, werde ich Fisher vielleicht in ein paar Tausend Jahren freilassen. Er wird nur noch so existieren, Mädchen«, höhnte Belikon. »Daran solltest du dich besser gewöhnen.«

Diese Absicht hatte ich nicht im Geringsten. Nicht in einer Million Jahren. Was Belikon natürlich nicht ahnen konnte. Er glaubte, ich säße in der Falle. Ich wies mit dem Kopf auf das Götterschwert, das auf dem Stein vor Fishers Verlies weiterhin schwarzen Rauch ausstieß. »Und Nimerelle?«, fragte ich. »Was geschieht mit Fishers Schwert, während er Tausende von Jahren in diesem Kerker festsitzt?«

Fiebrige Gier lag in Belikons Augen, als er den Blick auf Nimerelle richtete. »Da Kingfisher mich bestohlen und Solace entwendet hat, als er aus dem Palast floh, ist es nur gerecht, wenn ich nun *dieses* Schwert in meinen Besitz bringe. Das Verlies wird deinen Gefährten bald komplett umschlossen haben. Er wird dabei nicht sterben, aber in einem todesähnlichen Zustand ausharren. Die Bindung zwischen Schwert und Mann wird damit zerstört, und Nimerelle wird mir unterstehen. Was ebenfalls nur gerecht ist. Mit einem legendären Schwert wie diesem wird es mir gelingen, auch diejenigen auf die Knie zu zwingen, die sich mir widersetzen. Zum Wohle von Yvelia …« Die Worte erstarben auf seinen Lippen. »Augenblick! Was tust du da?«

Während er schwafelte, hatte ich die Zeit genutzt und Erromar und Selanir zusammengepresst. Die Götterschwerter vereinigten sich wieder zu einem. Solace erstand aufs Neue. Das einzelne Schwert war viel größer und nicht ganz so leicht zu handhaben, aber es gelang mir. Und für das, was ich vorhatte, brauchte ich *beide* Hände.

»Fisher bleibt nicht in diesem Ding eingeschlossen.« Das war eine klare Aussage. Eine Tatsache.

Orious stieß ein harsches Lachen aus, scharrte aber unruhig mit den Füßen. »Starrsinnig ohne Ende, Euer Majestät. Was hatte ich Euch gesagt? Die wird nie zur Vernunft kommen.«

Der König schenkte seinem Seneschall keine Beachtung, sondern beäugte mich argwöhnisch mit verkniffenen Augen. »Was verbirgst du vor mir, Mädchen? Was weißt du?«

Ich trat einen Schritt auf ihn zu. »*Ich* kenne die Geschichte des Götterschwerts auf diesem Stein. *Du* auch?«

Das Stirnrunzeln des Dreckskerls vertiefte sich. Er zog den Umhang fester um sich, zupfte ihn so zurecht, dass der Saum über seinen Füßen gerade ausgerichtet war. »Es ist ein Schwert, Halbblut. Wenn man es schwingt, schneidet es. Was gibt es da sonst noch zu wissen?«

»Die Götter selbst haben es Fisher übergeben. Wusstest du, dass es aus Eisen ist?«

Der König lachte abfällig. »Sei nicht albern. Kein Fae kann Eisen bewegen. Eine Sekunde in den bloßen Händen, und der Hund wäre tot gewesen. Er trägt es seit Ajun …«

»Seit Ajun. Ja. Ajun, wo er das Eisentor, das die Stadt schützt, mit seinen bloßen Händen geschlossen hat. Er wusste, dass ihn *das* töten würde. Und so wäre es auch gewesen, hätten nicht Bal und Mithin Mitleid mit ihrem Liebling gehabt. Sie haben ihn gerettet. Und ihm ein Eisenschwert geschenkt, weil er genügend Kraft gezeigt hatte, um es zu führen. Und dort auf dem Schlachtfeld wurde Fishers Freundin von dem Drachen getötet, gegen den sie kämpften. Dessen Schädel *du* hinter deinem Thron platziert hast, als hättest du selbst ihn besiegt.«

»Du hältst mir vor, dass ich etwas an mich genommen habe, was mir rechtmäßig zusteht? Die Kriegsbeute gehört *immer* der Krone, Närrin.«

Ein weiterer Schritt. Ich war fast nah genug. Beinahe …

»Ihr Name war Mirelle. Sie war die Zwillingsschwester von Renfis, der später General deiner Armee wurde.«

Belikon rümpfte angewidert die Nase und schüttelte den Kopf. »Soll ich jetzt irgendetwas empfinden? Ich kann mir doch nicht jeden merken, der in Diensten der Krone sein Leben lässt. Ich wusste nicht einmal, dass der Mann eine Schwester hatte.«

Ich schluckte mühsam die gallenbittere Flüssigkeit, die mir in den Hals stieg. »Sie starb schreiend. Fisher und die anderen Mitglieder der Lupo Proelia brachten die abscheuliche Bestie zu Fall, die aber bereits Fisher zwischen den Zähnen eingeschlossen hatte. Mirelle kam zu ihm. Ihr Geist vielmehr. Sie hatte ihre Seele an dieses Schwert gebunden, damit sie immer bei ihren Freunden sein konnte. Nach ihr hat Fisher es benannt. *Ni' Mirelle.* Auf Alt-Fae heißt das: *Für Mirelle.*«

Orious schnaubte und zog verächtlich die Oberlippe hoch. »Wir wollen keine Lektionen von dir über die Herkunft von Wörtern in einer Sprache, die du nicht beherrschst.«

Noch ein Schritt. Nur noch einer fehlte, dann war ich nah genug.

Ich überhörte die Bemerkung des Seneschalls demonstrativ. »Wie du dieser Geschichte entnehmen kannst, handelt es sich also nicht um ein gewöhnliches Schwert. Es besteht aus Eisen und beherbergt das Echo einer Seele, die wegen *dir* zu Tode kam. Ob

Kingfisher lebt oder nicht, ist für Nimerelle unerheblich. Du wirst dieses Schwert *niemals* benutzen können. Wenn das Metall dich nicht tötet, dann die Kriegerin, die ihm innewohnt.«

Belikon hatte eindeutig nicht gewusst, dass Nimerelle aus Eisen geschmiedet war. Götterschwerter erzeugten unweigerlich ein unbehagliches Gefühl bei Personen, mit denen sie nicht verbunden waren. Der König hatte sich sein Zögern damit erklärt und das Schwert überdies noch nicht ohne Handschuhe angefasst. Hätte er es mit bloßen Händen berührt, wäre das wegen der Vorgeschichte sein Todesurteil gewesen. Jetzt schien Belikon zu begreifen, dass er bei seinem Plan etwas übersehen hatte. Das verdarb ihm wohl gründlich seine Siegesgewissheit.

Er versuchte es zu überspielen. »Nun ja, macht nichts. Wenn niemand sonst von den Fae das Schwert berühren kann, werde ich mich seiner entledigen. Dann wird es an einer nicht gekennzeichneten Stelle vergraben. Oder in einen Felsschlund geworfen. Man wird es vergessen, und *du* wirst mir ein neues Götterschwert …«

»Eine gibt es«, unterbrach ich ihn.

Orious verzog empört den Mund, weil ich es gewagt hatte, dem erhabenen König ins Wort zu fallen. Belikon seufzte lediglich. »Eine *was*?«

»Eine Person, der Eisen nichts antun kann.«

»Sei so gut und kläre mich auf. Wer …«

»Ich.«

Ich rief das Schwert, und es kam zu mir.

Als Nimerelle von dem Stein am Fuße des Baumes hochschoss und durch die Luft flog, sprach ich ein stummes Gebet …

Bitte töte mich nicht. Bitte töte mich nicht. Bitte, bei allen Göttern …

Das Heft landete mit Wucht in meiner bloßen Hand, und der Wilde Wald schien zu erstarren, als ich die Finger um das mächtige Nimerelle schloss. Ein kurzer unangenehmer Schmerz zuckte mir den Arm hinauf, verflog jedoch schnell.

Ich hörte keine Stimme in meinem Kopf. Keine Schelte von dem kleinen Quicksilver-Faden, den es enthielt, von den Göttern, die es erschaffen hatten, oder der Kriegerin, der es gehört hatte. Zarter Wacholderduft stieg mir in die Nase. Ich hörte vergnügtes, fernes Lachen in einem Windhauch, der gar nicht da war. Und dann, gleichzeitig, stieg aus dem Götterschwert in meiner linken Hand eine weiße Lichtsäule auf … und das Götterschwert in meiner rechten stieß in einem Schwall Schatten und Rauch aus.

Zum ersten Mal in der Geschichte von Yvelia hatte ein Götterschwert sich einer Person anvertraut, mit der es nicht verbunden war. Weil Kingfisher mich liebte. Ich war hergekommen, um ihn zu retten … damit war sein Schwert zufrieden.

»Das ist nicht möglich«, flüsterte Belikon. Dass er das für unmöglich hielt, war klar. Ein Herz, in dem Hass und Furcht herrschten, konnte keine Wunder erleben. Dafür musste man Liebe, Freude und Vertrauen kennen, und diese Gefühle waren dem König so fremd wie mir vor Kurzem noch der Glaube von Yvelia.

»Er stirbt! In der Sekunde, in der du mit einem dieser Schwerter die Dryade berührst, ist er tot!«, brüllte Belikon.

»Die Schwerter sind nicht für die Dryade gedacht, Belikon.« Ich ließ sie herumwirbeln, schuf einen Reigen aus Licht und Schatten. »Sondern für *dich*.«

Ich hatte Belikons Kraft im Thronsaal des Winterpalastes zu spüren bekommen, wo ich am liebsten aus der Haut gefahren wäre. Und ein weiteres Mal in Gillethrye, als Fisher den König mit Nimerelle durchbohrt hatte, er aber *nicht* gestorben war. Diese Kraft schnellte jetzt gegen mich, als ich auf ihn zuschritt, und versuchte mich aufzuhalten. Doch ich war längst nicht mehr das Mädchen von damals, das machtlos zusehen musste, wie sein Gefährte gequält wurde. Ich verfügte jetzt über eigene Kraft, und die war ebenso mächtig wie die des falschen Königs.

Bei jedem Schritt, mit dem ich den Schutzschild durchdrang, den er um sich errichtet hatte, wurden Belikons Augen größer. »Was erhoffst du dir, Mädchen? Du kannst mich nicht töten.«

Sein Tod wäre ein Glück für Yvelia, aber mir war vollkommen klar, dass ich dieses Ziel heute Nacht nicht erreichen würde. Er würde an einem anderen Ort, in einer anderen Zeit durch eine andere Art den Tod finden. Ich musste ihn nur lang genug beschäftigen, um die Worte auszusprechen …

»Orious, ich habe genug von diesem Unsinn«, bellte Belikon. »Sag der Dryade, sie soll ihn vollständig umschließen.«

Scheiße! Wenn sich der Baum erst um Fisher geschlossen hatte, war Schluss. Ich musste handeln. Jetzt *sofort.*

Der Seneschall eilte zu dem Baum und legte eine Hand auf die Rinde, worauf er heftig erbebte.

Ich schleuderte Solace wie einen Speer. Das Schwert durchbohrte Orious mühelos, drang aus seiner Brust heraus. Aber es war schon zu spät. Ein ächzendes, stöhnendes Knarren erfüllte die Luft, und der gespaltene verletzte Baum begann sich um Fisher herum zu schließen.

Belikon stand plötzlich vor mir.

Er hatte sich blitzschnell bewegt. *Zu* schnell. Ich war nur für den Bruchteil einer Sekunde abgelenkt gewesen, und jetzt würde ich dafür bezahlen.

Die Luft wich aus meiner Lunge, als er mir die Faust in den Solarplexus rammte. Durch die Wucht hätte ich eigentlich rückwärtsfliegen und gegen den Baum – die Dryade – knallen müssen, aber das passierte nicht. Ich stand da wie angewurzelt. Belikon hatte *mein Inneres* gepackt. Er hatte mich nicht nur geboxt, sondern mit dem Schlag mein Brustbein durchdrungen und direkt ins Herz getroffen. »Das scheint die Ursache deiner Probleme zu sein«, sagte er. »So ein problembeladenes Stück Fleisch. Ob du wohl ohne es überleben könntest? Als Halbblut wirst du dein *Herz* wohl noch brauchen, Saeris. Willst du mich dazu bringen, es dir aus der Brust zu reißen? Oder fängst du vielleicht mal an, dich so vernünftig zu benehmen, dass ich es dir lassen kann?«

Ich konnte nicht antworten. Ich konnte zwar mein Herz davon abhalten zu schlagen, aber behalten musste ich es trotzdem. Panik erfasste mich, die Brust wurde mir eng …

»Falle auf die Knie, Saeris«, dröhnte Belikon. Ich spürte seinen Atem im Gesicht, übelriechend und nach Tod stinkend.

Monster.

Mörder.

Schuft.

Ich würde eher sterben, als mich an einen Dämon wie ihn zu binden. Blut quoll zwischen meinen Lippen hervor, rann über mein Kinn, erfüllte meinen Mund mit Eisengeschmack. »Ich habe … eine Nachricht … für dich«, flüsterte ich. »Von … deiner toten … Gemahlin.« Mir entging nicht, dass der Dreckskerl leicht zusammenzuckte. Ich würgte hervor: »Ich soll dir … sagen … niemals.« Blitzschnell rief ich Solace zurück und stieß Nimerelle im selben Moment so heftig in Belikons Bauch, dass das Schwert aus dem Rücken hervordrang wie bei Fishers Hieb damals in Gillethrye.

Der König ließ mich los und taumelte zurück, die Augen auf das Schwert gerichtet, das in seinem Bauch steckte, und auf die weißglühende Spitze des zweiten Schwerts, die aus seiner Brust ragte. Schatten wirbelten um Belikon herum, schneller und immer schneller, umhüllten ihn mit einem tödlichen Kokon. Schnitte entstanden überall auf seiner Haut, gekreuzt und blutend, heilten jedoch rasch wieder. Auf die gewaltigen Götterschwerter gespießt und umzingelt von Rauch sank der König in die Knie, legte aber dennoch den Kopf in den Nacken und lachte. »Nicht genug«, dröhnte er. »Es wird *nie* genug sein!«

In meiner Brust war jetzt ein Loch – ein scheißgroßes –, das aber schon zu verheilen begann, während ich auf die Dryade zustolperte. Wäre ich nur Fae oder Vampirin gewesen, hätte mich diese Verletzung wahrscheinlich umgebracht. Aber seit meine Fae-Kräfte sich mit den Vampirkräften vermischt hatten, schienen meine Heilfähigkeiten sich vervielfacht zu haben. Das verstand ich zwar nicht, nahm es aber gern hin. Zumindest würde ich lange genug am Leben zu bleiben, um mein Ziel hier zu erreichen, und nur das zählte.

»Ein an einen Eid gebundener Fae kann nicht von den Versprechen Abstand nehmen, die er gegeben hat«, sagte Belikon. »Auf Nichterfüllung steht der Tod. Hast du diese Lektion jetzt erst gelernt, Halbblut? Kingfisher untersteht schon mir. Du kannst dich ihm gern anschließen.« Der König machte Anstalten, Nimerelle aus seinem Bauch zu ziehen, hatte aber nichts zur Hand, womit er es berühren konnte.

Ich wandte mich ab und ging auf die Dryade zu. Nur noch Fishers Gesicht war sichtbar. Bald würde er ganz verschwunden sein. »Es sei denn …«, sagte ich halblaut. Die Wortwahl war entscheidend. Ich durfte nichts falsch machen.

»Was soll das heißen?«

»Namen haben hier große Bedeutung. Keine Macht in diesem oder einem anderen Reich kann einen Befehl außer Kraft setzen, den jemand mit Einsatz seines wahren Namens gegeben hat. Ein wahrer Name kann Eide entkräften und Türen öffnen.« Ich presste die Handfläche auf den Stamm der Dryade und spürte ihn zum ersten Mal wieder. Fisher war dort drin. Und er konnte mich hören.

Saeris …

Der Klang seiner Stimme in meinem Kopf, wenn auch schwach,

gab mir Mut. Ich richtete mich auf und sprach laut und klar, damit ich im ganzen Reich gehört wurde. Das war ein riskantes Manöver, und es *musste* gelingen. Ich verschränkte die Finger und begann zu beten. »Kingfisher vom Ajun-Tor, ich rufe dich hiermit mit deinem wahren Namen an. Ich erkläre alle Eide, die du geschworen hast, für null und nichtig. Erhebe dich, Khydan Graystar Finvarra, zu Ehren des Namens, der dir bei deiner Geburt gegeben wurde! Erhebe dich und *kämpfe*!«

48

TORHEIT

KINGFISHER
(KHYDAN GRAYSTAR FINVARRA)

Die endlose Dunkelheit zersplitterte.

Dabei löste sich der Eisklumpen in meiner Brust und explodierte wie ein neugeborener Stern, der seinen Platz am Firmament einnehmen will. Die Zeit schien zu schrumpfen, und als ich die Augen aufschlug, konnte ich den Wald um mich her deutlich erkennen.

Viele neue Informationen stürmten gleichzeitig auf mich ein.

Ich war *im* Schattentor gewesen.

Ich hatte Belikons Stimme gehört. Er hatte mir den Befehl gegeben, zu ihm zu kommen, und ich hatte mich nicht widersetzen können. Danach allerdings erinnerte ich mich nur noch verschwommen.

Jetzt wusste ich jedoch genau, wo ich war, und die Rede meiner

Gefährtin klang noch in meinen Ohren nach wie ein verzweifelter Ruf zu den Waffen.

Erhebe dich, Khydan Graystar Finvarra, zu Ehren des Namens, der dir bei deiner Geburt gegeben wurde! Erhebe dich und kämpfe*!*

Der Name hallte in meiner Brust wider und erweckte etwas tief in mir, im Fundament meiner Seele. Ich *kannte* ihn. Er war mir so vertraut wie die Sonne und der Himmel. Er gehörte zu mir, seit jeher, und jetzt hüllte er mich ein wie ein perfekt geschnittener Mantel.

Der Aufruf, der mit meinem Namen einhergegangen war, hatte Licht in meine Seele gebracht, aber als ich gehorchte, gebar er Dunkelheit und Rache. Meine Magie vibrierte, stieg schneller denn je aus der Quelle empor. Glitzernd und rasend vor Wut platzte sie heraus und vernichtete den Käfig, in dem ich eingesperrt war.

Nein, kein Käfig. Ein *Verlies.*

Splitter von morschem Holz flogen herum wie Geschosse. Die Luft war voller Rauch …

… und als er sich verzog, war das Erste, was ich inmitten der Verwüstung erblickte, meine Gefährtin. Sah ich sie wirklich? War sie gekommen, um mich zu retten? *Allein?*

Ihr Haar war wirr, die blauen Augen hatte sie weit aufgerissen. Ich sah Trotz und Schrecken darin. Mund und Kinn waren ebenso blutverschmiert wie ihr Brustpanzer. Als sie mein wachsendes Entsetzen bemerkte, stürzte Saeris auf mich zu. »Keine Sorge, es geht mir gut. Belikon …«

Oh, *den* hatte ich bereits bemerkt.

Der Dreckskerl kniete am Boden mit *zwei* Götterschwertern in der Brust. Sie reichten nicht aus, um ihn zu töten, aber das Eisen in Nimerelle schwächte ihn, und das allein genügte, um ihn am Aufstehen zu hindern. Er war wie für einen festlichen Anlass gekleidet. Der dicke dunkelbraune Pelzumhang war von feinster

Qualität, jetzt jedoch aufgrund der Schwerter natürlich ruiniert. Auf dem Kopf saß eine protzige Krone, die ich noch nie zuvor gesehen hatte, ein viel opulenteres Schmuckstück als der bescheidene Winterkranz, den er Rurik Daianthus gestohlen hatte. Blut quoll dem König aus dem Mund, dennoch lachte er, als ich auf ihn zuging.

»Wenn du dein Schwert wiederhaben willst, musst du es herausziehen. Und du kannst mir glauben, wenn ich dir sage, dass du das lieber nicht tun möchtest.«

Ich trat ihm ins Gesicht, so hart ich konnte, und Belikon kippte seitwärts. Die abscheuliche juwelengespickte Krone fiel ihm vom Kopf und rollte zwischen die Bäume.

»*Das* wollte ich schon lange tun.« Meine Stimme klang heiser. Ich hatte in dem höllischen Baumgefängnis der Dryade viel geschrien und offenbar auch laut.

Belikon lag auf der Seite, konnte sich wegen der Schwerter nicht auf den Rücken rollen. Ich hatte Fragen dazu, wie Nimerelle zwischen den Rippen dieses Arschlochs gelandet war, aber ich war geduldig und konnte warten.

»Meine Wachen sind überall in diesem Wald postiert«, sagte Belikon. »An denen werdet ihr nicht vorbeikommen.«

Ich legte den Kopf schief. »Ach nein?«

Wieder brach Gelächter aus ihm hervor, dann seufzte er. »Weißt du«, fuhr er blinzelnd fort, »du hast deiner Gefährtin nichts Gutes getan. Sie hat keine Ahnung davon, wie dieses Reich funktioniert. Weiß nichts über unsere Lebensformen. Nichts über die Regeln, die unserer Existenz hier zugrunde liegen.«

Ich überlegte, wo ich als Nächstes hinschlagen könnte.

Ein rasselnder Hustenanfall überkam den König, und er schnappte nach Luft. Als er sich beruhigt hatte, redete er weiter: »Sie kam hierher und hat deinen wahren Namen benutzt, um dich zu befreien. Und das ist gelungen. Doch das ist ein *nutzloser*

Sieg.« Er betonte die Worte, als sei ich begriffsstutzig. »Denn sie hat deinen wahren Namen … *in meiner Nähe* benutzt. Und mir damit eine mächtigere Waffe an die Hand gegeben, als ich jemals zu hoffen gewagt hätte. Du bist *erledigt,* Kingfisher. Oder sollte ich lieber *Khydan* sagen? Ich überprüfe einmal, ob die Aussprache korrekt ist, ja? Khydan Graystar Finvarra, ich befehle dir, dieses Schwert aus meiner Brust zu ziehen und damit deine hübsche kleine Gefährtin zu töten!«

Die Luft um mich herum erzitterte. Sein Wille brach über mich herein, stieß mich vorwärts und zwang mich dazu, nach Nimerelle zu greifen. Ich zog es heraus, marschierte damit zu Saeris, die noch immer schwankend und blutig an derselben Stelle stand. Ich hob das Schwert und richtete die Spitze der qualmenden schwarzen Klinge auf Saeris' Hals.

Dann sah ich meine Gefährtin mit bedauerndem Lächeln an. »Tut mir so leid, Osha.«

Sie zuckte nicht mit der Wimper. Bewegte sich nicht. Sondern lächelte ebenfalls traurig. »Macht nichts. Dich trifft keine Schuld.«

Ich holte aus, wirbelte im selben Moment herum und stieß das Schwert erneut in Belikons Brust, mit beiden Händen und so kraftvoll, dass Nimerelle am Rücken herausdrang und dieses erbärmliche Exemplar von Mann nun rücklings am Boden aufspießte.

»Aber … der Befehl … ich habe doch …«, stammelte Belikon.

Jetzt trat Saeris vor, um die Nachricht kundzutun. »Siehst du das hier?« Sie zeigte ihm ihren rechten Handrücken. Die schlichte Rune mit den verschränkten Linien, die sie mit dem Zeigefinger nachzeichnete, leuchtete nicht, aber Belikons Gesicht wurde grau wie Asche, als er sie sah. »Eine Rune zum Auflösen und Zerbrechen.« Sie verpasste ihm ein vernichtendes Lächeln. »Hast du wahrhaftig geglaubt, ich würde den wahren

Namen meines Gefährten vor dir aussprechen, ohne ihn vorher zu schützen? Dann ist es wohl nicht mehr weit her mit deinem scheißverworrenen Hirn. Ich konnte den Eid, den Fisher dir geschworen hat, nicht lenken und hinfällig machen. Aber hiermit konnte ich ihn *auflösen*. Und nachdem ich seinen Namen ausgesprochen und Fisher befreit hatte, was glaubst du, was ich dann getan habe, Belikon?«

»Sein Name. Du … du …«

Sie nickte. »Ja. Ich habe die Magie aufgelöst, die daran gebunden war. Jetzt kann ihn niemand mehr gegen Fisher einsetzen. Niemand wird ihn je wieder beherrschen.«

»Du armes … naives Ding …« Der König bleckte die blutbefleckten Zähne. »Du bist wirklich … dumm, wenn du das glaubst. Es wird immer Mittel geben, ihn zu steuern.«

Achte nicht auf ihn, Osha. Der redet nur, um dich zu provozieren. Lass uns verschwinden, bevor die Wachen auftauchen.

Ich wusste, dass wir nicht länger hier herumtrödeln durften. Wir hatten mächtig Glück gehabt. Ich war aus dieser Dryade befreit worden, und dafür konnte ich *richtig* dankbar sein. Normalerweise kommt man aus so einem Ding nicht mehr heraus, wenn man einmal drin ist. Saeris' Nasenflügel bebten, und sie strahlte puren Hass aus, als sie Solace aus dem Rücken des Königs riss – und im nächsten Moment nahmen wir eine abrupte Bewegung neben uns wahr, eine schwarze wirbelnde Robe. Ein gezackter Dolch bewegte sich rasant auf Saeris' Hals zu. Dann weißes Fell, wildes Knurren, spitze Zähne und kohlschwarze Augen.

Orious hätte Saeris um ein Haar die Kehle aufgeschnitten … aber plötzlich kam Onyx aus der Dunkelheit geflitzt und sprang dem dürren Seneschall ins Gesicht, schlug ihm knurrend die Zähne in die Wangen.

»Teufelshund!«, grollte der Seneschall und krallte seine Finger ins Fell des Fuchses, um sich zu befreien. »Ich dachte, du seist *tot*!«

»Onyx, *nein*!« Saeris ließ Solace in Belikons Brust stecken und stürzte zu Orious, bevor ich sie davon abhalten konnte. Sie hatte den Dolch gezückt, den ich ihr vor Wochen geschenkt hatte. Der Seneschall fluchte wie ein Berserker und versuchte den Fuchs abzuschütteln, der jetzt seine spitzen Zähne in Orious' Handgelenk schlug, woraufhin ein lauter Schmerzensschrei ertönte.

Onyx hatte Saeris das Leben gerettet, und jetzt stieß sie den Dolch aus Fae-Stahl dem Seneschall bis zum Heft in die Seite. Ich erzeugte gleichzeitig Rauchwirbel und schlang sie dem Arschloch um die Knöchel. Meine Magie wand sich um seinen Brustkorb, und ich wollte sie gerade zuziehen, um ihm die Rippen zu brechen, als Orious, knurrend wie eine tollwütige Bestie, herumfuhr und erneut ausholte. Die Waffe, eine Nullklinge, vollzog einen Bogen durch die Luft, suchte Fleisch.

Und sie fand es. Nur nicht das von Saeris.

Onyx jaulte schmerzverzerrt auf und fiel zu Boden, und der Seneschall jubelte. Der Fuchs war vor die Klinge gelaufen und hatte damit Saeris' Ende verhindert, aber Orious' Grinsen nach zu schließen, war er mit diesem Ergebnis gleichermaßen zufrieden. Er taumelte rückwärts, während er ein irres Gelächter von sich gab. »Endlich!«, zischte er. »Hab ich dichcchhhh…« Saeris zögerte keine Sekunde. Sie schlug die Zähne in den Hals des Seneschalls und riss ihm die Kehle heraus. Blut spritzte in den Schnee. Meine Magie schlug im nächsten Moment zu.

Hinein, befahl ich. *Zerstören.*

Meine Schatten begaben sich auf die Jagd. Ich hatte meine Magie noch nie dazu benutzt, Schmerzen zu verursachen, aber jetzt war das fällig. Rauch und Schatten zerfetzten den Hals des Seneschalls, rissen ihn förmlich in Stücke. Er starb qualvoll, das Schreien war ihm vergangen.

»Nein, nein, *nein*!« Saeris beugte sich über das kleine Fellbündel im Schnee. Onyx' Flanke war aufgerissen, er verdrehte die Augen.

Die Zunge hing ihm aus dem Mund, während er hechelte. Sein Fell war leuchtend rot.

Saeris fuhr herum, packte mich am Arm und zerrte mich zu dem kleinen Fuchs. »Hilf ihm!«, schluchzte sie. »Wie in Ammontraíeth! Mach das, was du da gemacht hast, als du ihn gehalten und berührt und … geheilt hast. Bitte. *Bitte!*«

Sie krallte die Finger verzweifelt in meinen Armschutz, und ich löste sie behutsam, zog meine Gefährtin an mich. »Ich kann nicht, Osha. Es tut mir leid«, flüsterte ich.

»Aber … du musst doch noch Heilmagie übrig haben. Die kleine. Nur ein bisschen. Er ist so winzig, das hast du selbst gesagt. Versuch es, bitte!«

Ich strich ihr übers Haar und hielt sie mit dem anderen Arm fest, als ich den Kopf schüttelte. »Es tut mir so leid.« Meine Stimme brach. »Wenn ich könnte, würde ich es versuchen, das schwöre ich dir. Aber es ist zu spät, Osha. Er ist schon nicht mehr da.«

Onyx hatte seinen letzten stockenden Atemzug getan, während sie weinte. Er hatte gezittert und einen heftigen Seufzer ausgestoßen, und jetzt lag er ganz still da.

Saeris stieß mich hart von sich weg und schüttelte so heftig den Kopf, als könne sie damit die Wahrheit vertreiben. »Nein. Nein. Er ist noch da. Er ist nicht tot!« Doch als sie sah, wie reglos der kleine Fuchs im Schnee lag, gab es kein Leugnen mehr. Sie sank schluchzend auf die Knie. »Ich habe ihn nicht in den Armen gehalten. Ich habe nicht … Er ist nicht mehr … und ich war nicht …«

Bei den Göttern! Ich musste sie trösten, aber wie sollte das gelingen, während mir selbst die Tränen über die Wangen strömten? Dennoch ging ich neben ihr in die Hocke und schlang die Arme um meine Gefährtin.

Kaltes Gelächter tönte durch den Wilden Wald, während wir trauerten.

»Dieser verfluchte Fuchs. Der hat uns Tag und Nacht belästigt, während wir auf dich warteten, Alchemistin«, krächzte Belikon. »Wir dachten, er sei einfach ein Wildtier … das Essen stehlen wollte. Hat drei meiner Männer verletzt. Und gestern Nacht hat es … Orious einen Finger … abgebissen. Hat die ganze Zeit das Lager … wach gehalten mit seinem … Jaulen … und … an dem Baum gekratzt.«

Der Baum.

Die Dryade, in der ich gefangen gewesen war. Ich hatte Onyx in den Armen gehalten, als ich ins Schattentor gegangen war, um Cahlish zu verlassen. Deshalb war der kleine Fuchs mit mir hier gelandet … und mir nicht von der Seite gewichen.

Saeris hob ihn behutsam hoch und wiegte ihn.

Samtige Ohren mit schwarzer Spitze.

Zarte weiße Wimpern.

Die Pfoten aufgerissen und blutend, ein weiteres Mal …

Er sah so winzig aus.

Doch das war er nicht.

In meinem ganzen Leben und all den Jahren, in denen ich in diesem Reich unterwegs war, war ich nie einem Wesen begegnet, das so machtvoll und mutig war wie dieser kleine Fuchs mit dem Herzen eines Wolfs.

Meine Gefährtin brach innerlich zusammen, aber das durfte nicht hier passieren. Die Sonne würde bald aufgehen, und im Wald waren wir nicht sicher. *Osha, wir müssen aufbrechen.* Ich sprach nur zu Saeris; dieser Dreckskerl, der am Boden aufgespießt war, verdiente kein weiteres Wort von uns beiden. *Nimm Onyx mit. Wir werden ihn ehren.*

»Für solch eine Torheit bezahlt man immer einen Preis«, rief Belikon. »Erlaube deinem Herzen Schwäche, und es wird dich zerstören.«

Meine Wut verdichtete sich bei diesen Worten. Für Saeris

musste ich mich zusammenreißen, aber bei allen lebenden Göttern, dieses Arschloch machte es mir verdammt schwer. Ich legte den Arm um sie. Würde sie tragen, wenn sie nicht gehen konnte. Aber vorher …

Ich trat zu dem Mann, der den Tod meines Vaters verursacht hatte.

Der mich seit meiner Jugend quälte.

Der meine Mutter ermordet hatte.

Der sich einen ganzen Hof angeeignet und sein Volk zum Spaß geopfert hatte.

Ein Mann, dem gegenüber ich nicht länger Eidgebunden war.

Er sah mich so gleichgültig an, als sei er gelangweilt von mir. »Du weißt schon, dass du verloren bist, sobald du das Eisenschwert herausziehst, oder? Sobald ich wieder Zugriff auf meine Magie habe, werde ich die Wachen rufen. Ihr werdet nicht weit kommen. Ich werde euch überallhin verfolgen und euch *beide* vernichten.«

»Dann sollte ich wohl mal unsere Fluchtchancen verbessern, wie?« Ohne hinzusehen, beschwor ich ein Schattentor herauf. Es pulsierte, als es aufging, und die Schatten begannen zu wirbeln.

Komm schon, Osha. Hol dir Solace zurück. Sie brauchte ihr Götterschwert. Saeris weinte, als sie es herauszog, und würdigte Belikon keines Blickes mehr, der über ihre Trauer grinste.

»Ich hoffe, du bist bereit«, knurrte der König.

»Und *du*?«

Als Faeling hatte ich mich vor Belikon gefürchtet und so oft wie möglich im Palast vor ihm versteckt. Doch im Lauf der Jahre – vor allem, seit ich mit silberumrandeten Augen aus dem Quicksilver gestiegen war – hatte ich begonnen, die Wahrheit zu begreifen: Obwohl ich damals noch ein Kind und er ein Erwachsener war, der über ein ganzes Königreich herrschte, hatte er Angst vor *mir*. Dass er damit recht gehabt hatte, würde ich ihm jetzt beweisen.

Es gab immer noch einen Ort, an den er mir nicht folgen konnte, und es war Fügung, dass wir uns sowieso dorthin begeben mussten. Das war die einzige Möglichkeit, um der Fäulnis Einhalt zu gebieten. Zuerst hatte ich den Plan kurzerhand abgelehnt, aber diesen Luxus konnten wir uns jetzt nicht mehr erlauben.

Ich ergriff das Heft von Nimerelle und begann von drei rückwärts zu zählen.

Zwei …

Eins …

Die Klinge streifte Knochen, als ich das Schwert herausriss. Belikon bewegte sich sofort, als er von dem Eisen befreit war, das seine Magie blockierte, aber ich war auch nicht untätig. Ich hob Nimerelle an und ließ sie kraftvoll mit quergestellter Klinge über mir kreisen. Mit einem einzigen sauberen Hieb schnitt sie Belikon de Barras Hals durch, und sein Kopf flog zwischen die Bäume und rollte in die Dunkelheit.

Tot war der König deshalb nicht. Die dunkle Magie in seinen Adern würde ihn am Leben erhalten. Aber kopflos würde es ihm verdammt schwerfallen, seine Männer herbeizurufen und uns zu verfolgen.

49

WENN WIR SIE AM MEISTEN BRAUCHEN

SAERIS

Ein Schattentor nach dem anderen tauchte auf. Kaum hatten wir das eine hinter uns gelassen, sprangen wir in ein neues, und währenddessen rief Fisher bereits das nächste und zog mich hindurch.

Fünfhundert Meilen. So weit konnten wir reisen, ohne dass Belikon Fishers Magie spüren und uns folgen konnte. Aber beim zwölften Schattentor reichte es mir. Ich brauchte eine Pause. Ich musste zu Atem kommen. Ich musste mich hinsetzen und in Ruhe *weinen.* Als ich weichen Pulverschnee unter meinen Sohlen spürte, zupfte ich an Fishers Hand und schüttelte den Kopf. »Bitte«, flehte ich. »Bitte. Ich …«

Er zog mich an sich und umarmte mich fest. Unter dem Brustpanzer spürte ich sein heftig pochendes Herz. »Alles gut, Osha. Wir sind angekommen.«

Wo, war mir gerade scheißegal. Ich setzte mich in den Schnee und ließ die Finger durch Onyx' dickes Fell gleiten. Es war entsetzlich, dass er schon kalt wurde. »Ich hätte auf dich hören sollen«, flüsterte ich. »Als du im Winterpalast gesagt hast, er tauge nichts als Haustier. Er hätte in all das gar nicht hineingeraten dürfen. Er hätte *frei* sein sollen.« Ich schniefte und wischte mir mit dem Handrücken die Nase.

Fisher ließ sich neben mir in den Schnee fallen und legte behutsam eine Hand auf Onyx' Kopf. »Wir glauben«, begann mein Gefährte, verstummte aber wieder. Er blickte zum Himmel auf, an dem unzählige Sterne funkelten – mehr als ich jemals gesehen hatte –, und atmete tief ein. Die Nacht war so kalt, dass man die Luft kaum noch spüren konnte. Weiße Wölkchen bildeten sich aus Fishers Atem. »Wir glauben, dass Tiere zu rein für dieses Leben sind. Sie sind Wesen, die ins Jenseits eingegangen sind und dort weiterleben. Dort ist alles wunderbar, es gibt keinen Schmerz, kein Unglück, kein Leid. Doch manchmal spähen die Tiere durch den Schleier zwischen diesem und dem nächsten Leben. Und wenn sie uns dann sehen, gefangen von unserem Kummer, wählen sie jemanden aus. Eine Seele, die sie besonders unterstützen wollen. Sie kommen zu uns als … liebe Freunde.« Fisher räusperte sich. »Wenn wir sie am meisten brauchen. Du hast Onyx *gebraucht*, Saeris, als du hierherkamst. Das hat er vielleicht bemerkt, und er hat sich dir angeschlossen. Aber jetzt …«

Ich schüttelte den Kopf, blind vor Tränen, wollte die Worte meines Gefährten nicht hören. »Nein. Ich brauche ihn *immer noch*. Ich …« Die Stimme versagte mir. Der Schmerz war zu schlimm.

Fisher beugte sich zu mir, begleitete mich in meiner Trauer. Seine Hand, so viel größer als meine, ruhte weiterhin auf dem

Kopf des kleinen Fuchses, während Sternschnuppen strahlende Lichtbahnen am Himmel zogen. In jeder anderen Nacht hätte ich das als wundervollen Anblick empfunden. Aber in *dieser* war alles auf der Welt nur schrecklich.

Ich hielt Onyx' Pfote fest, bis mir die Kälte in die Knochen kroch und sich in meinen blutverkrusteten Haaren Raureif bildete. »Ich dachte, er sei in Ballard«, flüsterte ich. »Ich hatte gehofft …«

»Es tut mir so leid, Saeris.«

Ich schüttelte den Kopf und schluckte heftig, um weitersprechen zu können. »Es war nicht deine Schuld, Fisher. *Belikon* ist schuld daran. Es war …«

Pech?

Ein grausamer Schicksalsschlag?

Furchtbares Timing?

Doch all das half auch nicht mehr.

Ich streichelte den kleinen reglosen Körper und wünschte mir so intensiv etwas, wie ich es seit dem Tod meiner Mutter nicht mehr getan hatte. Dabei versank ich immer tiefer in der Verzweiflung und hoffte, ich würde den Grund bald erreichen. Doch dann fiel mir plötzlich etwas auf, und ich starrte auf meine Hand, die in Onyx' Fell ruhte.

Eine der Runen auf dem Handrücken flimmerte. Sie hatte noch nie zuvor geleuchtet. Nicht, als ich meine Magie bei Taladaius angewendet hatte. Auch nicht, als ich damit die Kraft auflöste, die an Fishers wahren Namen gebunden war. Aber … bildete ich mir das ein? Oder war da wirklich eine schwach leuchtende blaue Linie am Umriss der Hazrax-Rune? Mir blieb fast das Herz stehen. Ich hob die Hand und betrachtete sie genauer.

»Siehst du das?«, hauchte ich.

»Was denn?«

Natürlich erlosch das Licht prompt, als ich es Fisher zeigen wollte. Ich biss mir auf die Unterlippe und versuchte es durch Willenskraft wieder zu rufen, aber nichts tat sich. Doch ich wusste, was ich gesehen hatte. Es *war* da gewesen. Mein Gehirn würde mich nicht austricksen, nur weil ich etwas unbedingt wollte. Auf gar keinen Fall. »Hier, halte ihn bitte mal.« Vorsichtig legte ich Onyx in Fishers Arme und versuchte ruhig zu atmen, während ich aufsprang und mich umsah.

»Ich … *oh.*« Fuck! Wir befanden uns an einem Berghang. Einem besonders steilen. Auf dem Gipfel des Berges leuchtete strahlend eine Stadt mit zwei weißen Türmen, die so hoch waren, dass ich den Kopf in den Nacken legen musste, um ihre Spitze zu erkennen. Die Szenerie sah wunderschön aus. Das war …

»Ajun«, sagte Fisher leise und blickte über seine Schulter. »Wir sollten uns aufmachen zum Stadttor. So weit oben im Norden geht die Sonne später auf, aber es wird dennoch bald so weit sein.«

Ajun.

Ajun-Himmel.

Jetzt wusste ich auch, weshalb dieser Ort so genannt wurde: Die leuchtende Stadt war in die Wolken gebaut. Ich hatte sie immer schon sehen wollen, aber jetzt, als ich davorstand, war ich noch nicht bereit hineinzugehen. Ich wirbelte herum, fühlte mich schrecklich hilflos, während ich in die Dunkelheit um uns her starrte. »Wo *seid* Ihr?«

Wo seid Ihr?

… seid Ihr?

Wo seid Ihr?

Die Frage kehrte als Echo zurück, weit entfernt zuerst, dann nah und wieder fern.

»Komm schon! Ich weiß, dass Ihr da seid. Ihr habt Euren Willen doch gekriegt, nicht wahr? Ich habe Euch erlaubt, mich zu beobachten!«

Beobachten.

Beobachten …

BEOBACHTEN!

»Osha, was tust du?«

»Los doch!«, brüllte ich. *»Zeigt Euch!«*

Noch das letzte bisschen Hoffnung in mir erstarb, während ich darauf wartete, dass die Gestalt aus dem Dunkeln angeschwebt kam. Ich hatte schon fast aufgegeben, als es plötzlich vor uns an dem verschneiten Bergabhang auftauchte.

Das Hazrax.

Fisher griff sofort nach Nimerelle, aber ich trat vor ihn und schüttelte den Kopf. »Nein. Tu nichts. Es ist okay.«

»Was macht es hier?«, zischte er.

Ich hatte meine Abmachung mit dem Hazrax nicht absichtlich vor meinem Gefährten geheim gehalten. Als es mich in der Schmiede aufgesucht hatte, war er nicht da gewesen, und in dem Traum, den ich in Cahlish heraufbeschworen hatte, war keine Zeit für Berichte gewesen.

Ich erkläre dir alles, versprochen, teilte ich ihm stumm mit. Und zum Hazrax sagte ich: »Ich muss Euch eine Frage stellen.«

Unter dem funkelnden Sternenhimmel wirkte die Kreatur noch fahler und unheimlicher als sonst. Die kohlschwarzen Augen schienen wie immer bodenlos. Mit der geschlitzten Nase, den Kiemen am Hals und der haarlosen wächsernen Haut sah es aus wie etwas, das in der Dunkelheit am Meeresboden haust. Ein ganz ähnliches Wesen hatte ich in einem von Foleys Büchern gesehen. Normalerweise merkte man dem Hazrax seine Stimmung nicht an, aber jetzt strahlte es ganz deutlich hitzige Wut aus. »Unsere Abmachung besagt, dass ich dich beobachten kann, wann mir der Sinn danach steht, Saeris Fane. Nicht, dass du mich *herbeirufen* und mir Fragen stellen kannst.«

»Warum seid Ihr dann jetzt hier?«, erwiderte ich. »Wieso seid Ihr dann hergekommen?«

»Das werde ich nicht noch einmal tun. Ich bin hergekommen, um das zu verdeutlichen. Ich bin keiner deiner Untertanen, du kannst mich nicht herumkommandieren …«

»Bitte. Nur eine einzige Frage! Danach rufe ich Euch auch nie wieder herbei, das schwöre ich Euch.« Ich war bereit, auf die Knie zu fallen und zu flehen. Sogar dazu wäre ich mir nicht zu schade. Ich würde mich auch auf eine neue Abmachung einlassen. Von mir aus könnte mich das Hazrax die nächsten *zehn* Jahre beobachten. Ich musste nur diese eine Sache erfahren.

»Warum sollte ich dir helfen, Kind? Ich habe keinerlei Interesse daran, deine Fragen zu beantworten.«

Ich hätte den Mund halten sollen. Aber es gelang mir nicht. »Ihr lügt.«

Vorsicht, Saeris, warnte mich Fisher. *Es hat mehr Kraft als wir beide zusammen, spürst du das nicht?*

O doch, das spürte ich. Die Energie des Hazrax erfüllte die Luft mit elektrischer Spannung und starkem Ozongeruch. Es war kaum größer als ein durchschnittlicher Fae, aber der durchdringende Geruch fremder Magie war so intensiv, dass mir flau im Magen wurde. Doch was sollte ich sonst tun? Ich musste es einfach probieren. »Wenn Euch alles egal wäre, dann wärt Ihr nicht in meinem Cahlish-Traum aufgetaucht. Und hättet mir auch nicht klargemacht, dass ich mir einen anderen Gefallen aussuchen soll.«

Darüber sann das Hazrax stumm nach.

»Bitte antwortet mir. Ich *bitte* Euch. Könnt Ihr die Seelen der Toten sehen?«

Seltsame Schatten zuckten auf dem Gesicht des Hazrax, als es grimassierte und die gebogenen, spitzen Zähne zum Vorschein kamen. »So etwas zuzugeben, wäre Götterlästerung«, zischte es.

»Das ist mir egal. Ich will etwas über meinen Fuchs wissen. Ist er noch da? Jetzt im Moment. Ich muss wissen, ob er schon …« Manchmal waren Worte wie steile Berge, so scheußlich schwer zu erklimmen. »Wenn er schon fort ist, werde ich ihn in Frieden lassen. Aber wenn er noch da sein sollte …«

Das Hazrax klackerte merkwürdig mit den Zähnen, was irgendwie verächtlich wirkte. »Was soll das denn so oder so für eine Rolle spielen, Kind? Der Fuchs ist tot und wird irgendwann weiterziehen.«

Die winzige Hoffnung, die ich bereits verloren geglaubt hatte, erstand aus der Asche meiner Trauer und erglühte. »Ihr könnt ihn also *sehen*? Er ist noch *da*?«

»Ich werde nicht darüber sprechen …«

»Bitte.« Ich hatte das leise Wort nicht ausgesprochen. Fisher war aufgestanden, mit dem leblosen Onyx in den Armen. Jetzt trat mein Gefährte zu uns, das Kinn an die Brust gedrückt, und verbeugte sich respektvoll vor dem Hazrax. »Ihr kennt mich nicht«, sagte er. »Ich werde Euch keine Versprechen geben und mich auch nicht auf Abmachungen einlassen. Aber wenn es in Eurer Macht steht, meiner Gefährtin die Information zu geben, die sie sich wünscht, wäre ich Euch auf ewig dankbar. Das bedeutet Euch wahrscheinlich wenig, aber …«

»Gut«, sagte der einstige Lord der Mitternacht, ohne den Blick von mir zu wenden. »Wenn es dir *so* viel bedeutet, werde ich die Frage beantworten. Aber nur, wenn ich auch eine Antwort auf eine Frage bekomme.«

»Selbstverständlich. Fragt!«

Das Hazrax erzeugte wieder dieses nervige Klicken. »Wie *fühlt es sich an* … etwas zu verlieren, das man so sehr liebt?«

Was für eine absonderliche Frage! Hatte das Wesen noch nie einen Verlust erlebt? Hatte es sein Leben so abgeschirmt verbracht, dass es nie jemanden verloren hatte, der ihm etwas bedeutete? Das war eigentlich ausgeschlossen, vor allem, wenn man bedachte, wie alt das Hazrax war. Ich dagegen wusste nur allzu gut, wie die Antwort lautete, weil ich schon so viele geliebte Personen verloren hatte. Meine Mutter. Meinen Vater. Die wenigen Freunde, die ich mir dummerweise in meiner Kindheit zugelegt hatte, damals noch im Dritten. Mein Gedächtnis war das reinste Mausoleum, in dem sich Tote stapelten. »Es fühlt sich an, als versuche man die Körnchen in einer Sanduhr zu stoppen. Als sei man die einzige Person in einem Raum voller Leute, die keine Luft zum Atmen hat. Es ist wie Ertrinken in einer Wüste. Es ist ein zehrender Schmerz, weil man weiß, dass ab jetzt etwas, das man kannte, nie mehr da sein wird. Der Schmerz ist so schlimm und unheilbar, dass Poetinnen, Piraten und Politikerinnen gleichermaßen daran sterben. Und er endet nie.«

Die Roben des Hazrax flatterten in dem schwachen eisigen Wind. Es blieb stumm, schwieg eine lange Zeit. Dann: »Die Seele des Fuchses ist noch bei dir. Im Moment sitzt sie zu deinen Füßen. Es hat den Anschein, als habe das Tier noch nicht verstanden, dass es tot ist. Es folgt dir wie ein kleiner verlorener Schatten. Fühlst du dich jetzt besser?«

Onyx war nicht fort. Er war immer noch hier bei mir. Ich blickte auf meine Stiefel hinunter und wusste genau, wie er dort aussehen würde – die schimmernden schwarzen Augen so voller Vertrauen und Liebe … Ich schüttelte den Kopf. »Nein. Ich fühle mich nicht besser. Aber ich hoffe, es wird mir das erleichtern, was ich jetzt tun muss.«

Gib ihn mir bitte, Fisher. Ich brauche ihn.

Was willst du tun?, fragte Fisher. Er klang leicht beunruhigt, legte mir Onyx aber in die Arme, und ich sank auf die Knie.

»Belikon und Madra haben Angst vor Alchemisten«, antwortete ich, »weil es vor mir welche gab, die Dinge vollbracht haben, zu denen die beiden nie imstande sein werden. Die Alchemisten suchten nach allumfassendem Wissen und verfügten über erstaunliche Beherrschung der Elementarmagie. Ich möchte niemanden unsterblich machen. Aber wenn ich imstande bin, schreckliche

Verbrennungen und ein riesiges Loch in meiner Brust selbst zu heilen, sollte ich auch einen kleinen Fuchs heilen können.«

Das Hazrax hatte sich bereits zuvor kaum bewegt, aber jetzt wurde es so reglos wie eine Marmorstatue.

Fisher legte mir eine Hand auf die Schulter und sank neben mir im Schnee auf die Knie. »Saeris, das ist nicht …« Doch in dem Augenblick, in dem wir uns ansahen, vollendete er seinen Satz nicht mehr. »Egal. Wenn du meinst, dass du das tun kannst, glaube ich dir«, sagte er.

»Dergleichen ist unmöglich«, bemerkte das Hazrax. »Seit Jahrhunderten haben die Alchemisten versucht, geliebte verstorbene Fae wiederzubeleben, und sind immer wieder daran gescheitert.«

»Und sie haben sich bestimmt sehr angestrengt«, presste ich hervor, während ich bereits meine Magie sammelte. »Aber sie haben versucht, Fae zurückzubringen. Onyx ist klein. Ich *weiß*, dass es mir gelingen kann.« Die Energiereserve in mir schwoll an und schwappte über. Ich zog trotzdem noch mehr Magie in mich, während die Worte, die Taladaius in seiner Schenke zu mir gesagt hatte, in meinem Kopf widerhallten: *Und die Tatsache, dass deine Hände jetzt verheilt sind, nach den Verletzungen, die ich vorhin gesehen habe, weist darauf hin, dass du auch regenerative Magie besitzt. Physische Magie. Macht über den Körper. Irgendwann könntest du in der Lage sein, andere mit deinen Fähigkeiten zu heilen.*

»Keine noch so große Menge Magie kann den Tod trügen«, sagte das Hazrax in mitleidigem Tonfall.

»Das ist wahr.« Ich hob eine Hand und zeigte dem Hazrax die schwach glimmende Linie am Rande der Rune, die es mir gegeben hatte. »Aber mit diesem Geschenk von Euch kann ich ihn für einen Moment auflösen.«

»Du willst den *Tod* auflösen?«, fragte es fassungslos.

»Ganz genau.« Mir wurde von der großen Magiemenge schwindelig. Wie eine gewaltige Flut strömte sie in mich, nahm an Fahrt auf und füllte mich komplett aus. Ich ließ sie ein, hieß sie willkommen, erlaubte, dass sie allen Raum in mir einnahm, bis ich fast das Gefühl hatte, sie nicht mehr bremsen zu können.

»Das alles für einen Fuchs?«, spottete das Hazrax. »Sprich zu ihr, Kind der Schatten. Bring sie zur Vernunft. Sie bringt sich noch selbst um, bevor sie dieses Tier zum Leben erweckt.«

Eigentlich wollte ich Fisher sagen, dass er mich nicht aufhalten solle, aber die Energie in meinem Körper war jetzt zu massiv. Ich war nicht mehr klar genug im Kopf, um zu sprechen, nicht einmal stumm. Fishers Hand ruhte in meinem Nacken – stark, warm, tröstlich. Ich wartete auf seinen Vernunftappell …

Doch Fisher sagte nur entschieden: »Onyx ist nicht nur ein Fuchs, sondern ein Verwandter. Und wenn Saeris sagt, dass sie ihn retten will, dann wird sie es auch tun.«

»So viel blindes Vertrauen?«, sagte das Hazrax.

»In *sie*? Immer.«

»Und wenn sie während dieser sinnlosen Handlung stirbt?«

Ich spürte, dass mein Gefährte die Schultern zuckte. »Es ist ihr Leben. Ihre Entscheidung. Ich respektiere sie.«

Die riesige Energiemenge verursachte jetzt Schmerzen, krallte sich in meine Eingeweide wie ein Tier, das aus einem Käfig entkommen wollte. Das konnte ich nicht mehr lange durchhalten. Ich konzentrierte mich darauf, sie in der Mitte zu teilen, indem ich einen Teil von mir anrief, den ich noch nie zuvor eingesetzt hatte – eine Rune, die ich noch nicht einmal besaß –, und hoffte inständig, dass das funktionieren würde.

»Sieh mich an, Kind«, befahl das Hazrax. »Jede Magie hat ihre Grenzen. Wenn du weitermachst, wirst du die Rune zerstören, die du von mir bekommen hast. Du wirst sie danach nicht mehr verwenden können, um andere zu retten. Du wirst sie nicht mehr benutzen können, andere Freunde von ihrem Eid zu befreien, wie du es bei deinem Gefährten getan hast.«

Das war mir egal.

Es gab bestimmt andere Wege, um unsere Freunde zu befreien. Ich würde diese finden. Oder *erschaffen*, wenn nötig. Jetzt wollte ich Onyx heilen. Ich spürte das Flirren seiner Seele, die neben mir im Schnee saß und zusah, wie ich meine Hände über den kalten Körper hielt.

»Tu es, Osha«, flüsterte Fisher.

Die Hazrax-Rune strahlte auf, erhellte die Nacht. Die Kreatur hatte es als »stille Rune« bezeichnet und gesagt, sie besäße nicht die Magie der anderen. Aber sie reagierte prompt, als ich meinen Magiestrom *hinein*lenkte.

Weh tat sie auch.

Es schmerzte fürchterlich, als meine Hände in Licht aufflammten, das in Onyx' gebrochenen und blutigen Körper floss.

So viel Magie. Eine gigantische Welle wogte durch mich hindurch, unaufhaltsam … und ich fand mich in Dunkelheit wieder. In einer Leere, die so endlos war, dass es sich absurd anfühlte, sie füllen zu wollen.

Kälte kroch mir in die Fingerspitzen, in die Hände, dann langsam die Arme hinauf zu den Ellbogen. Diese Qualen zerschmetterten mich – meinen Körper, Geist, meine Hoffnung – und ließen nur meinen Willen unangetastet. Ich würde nicht aufgeben. Selbst wenn ich es gewollt hätte – ich hätte es wohl gar nicht mehr gekonnt.

Ich öffnete eine Tür, und auf der anderen Seite stand der Tod. Wenn ich den nicht wegdrängte und mein Ziel erreichte, würde er eintreten und stattdessen *mich* mitnehmen.

Höher.

Höher. Die Kälte der ewigen Dunkelheit erfasste meine Achseln.

Komm schon, Osha. Du schaffst es.

Wind zerrte mir an den Haaren. Meine Augen waren geschlossen oder blind, das konnte ich nicht mehr unterscheiden. Ich steckte in einem Tauziehen fest, beförderte meine Magie in ein bodenloses Gefäß, das nicht gefüllt werden wollte …

Mach weiter!, drängte Fisher in meinem Kopf.

Die Kälte schloss sich um meinen Hals, blockierte meine Atemwege. Sie winkte verlockend, versprach mir friedlichen Schlaf …

Ich übte noch mehr Druck aus, feuerte Magie in die Hazrax-Rune. Blasen entstanden auf beiden Handrücken, füllten sich mit Flüssigkeit und platzten binnen Sekunden. Das Fleisch darunter war roh und versengt.

Ja! Gut so, Saeris. Weiter! Weiter!

Ein letzter Stoß. Ein gewaltiger Schub … und die Tür zwischen diesem und dem nächsten Leben knallte zu.

Die Kälte wich aus meiner Brust.

Ich … ich …

Onyx' Augen waren noch immer geschlossen. Er blieb reglos. Er …

Seine Pfote. Eine Pfote bewegte sich. Da! Ich hatte es ganz genau gesehen! Sie hatte sich bewegt!

Doch er war noch immer schwer verletzt. Der Bauch war aufgerissen, und frisches Blut quoll heraus. Ihm blieb nicht viel Zeit. Ich hatte ihn in seinen Körper zurückgeholt, konnte ihn aber nicht versorgen. Der kleine Fuchs hatte vielleicht noch eine Minute Lebenszeit. Oder nur Sekunden. Ich suchte nach der Magie, auf die ich alles gesetzt hatte, und fand … *nichts.*

Ich hatte sie komplett aufgebraucht. Nichts war übrig. Ich hatte so viel Energie in mich gezogen, und jetzt war sie weg.

Verzweifelt suchte ich noch einmal, fand aber wieder nichts. Dann fiel ich durch die Luft, schwerelos, mein Magen brodelte, ich versuchte mich irgendwo festzuhalten, den Fall irgendwie zu *stoppen*, aber es war nicht möglich.

Panik …

Nein. Dafür hatte ich keine Zeit.

Ich tastete an der Magie vorbei, über die Runen hinaus und auch über das Band, das mich mit meinem Gefährten verknüpfte. Fieberhaft suchte ich alles ab, Millimeter um Millimeter, bis ich endlich entdeckte, wonach ich gesucht hatte.

Ich kannte keine Worte dafür.

Sollte ich überhaupt *sprechen*?

Gab es irgendeinen Pakt oder … ach, scheiß drauf, meine guten Absichten mussten ausreichen. Der Tod rüttelte an der Türklinke, ich spürte ihn. Er kam zum zweiten Mal, um Onyx zu holen. Blitzschnell schnappte ich mir die kleine Menge der Energie, die ich gefunden hatte, und drückte sie nach oben, vorbei an meinem Band mit Fisher und an dem leeren Energiereservoir, wo meine Magie hätte sein sollen, in meinen Körper, in den Alchemia-Schild, der auf meiner Hand Rauch ausstieß … und in den kleinen weißen Fuchs hinein.

Dann erbebte die Welt, eine Schockwelle erschütterte den verschneiten Abhang, und aus dem Nichts brach über den gezackten Bergen von Ajun ein kalter weißer Morgen an, der die Dunkelheit verdrängte.

50

KRIEGER

SAERIS

Sterngucker, auch bekannt als Königsfischer, gibt es zuhauf in den Gilaria-Bergen bis hinunter zu den Küstenstädten Marinth, Bodish und Inishtar. Bei den Fae, Selkies, Elementargeistern und dem Satyrvolk gelten sie als Symbol der Hoffnung.

Aus: *Fae-Wesen der Gilaria-Berge*, einem verschwundenen Werk aus der königlichen Bibliothek des Winterpalastes

»Bitte! Bitte!«

Der Schrei brannte in meinem Hals. Auch meine Haut brannte.

Alles tat weh.

Ich wurde durchgeschüttelt.

Getragen.

Kingfisher rannte.

»Halt durch, kleine Osha. Gleich da«, murmelte er. Der Himmel war rosa gestreift, als habe jemand Farbe mit einem dicken Pinsel auf eine wellige Leinwand geschmiert. Ich drehte den Kopf und versuchte mich zu erinnern, wo bei allen fünf Höllen wir waren – und was wir hier *taten*. Und die Details der letzten vierundzwanzig Stunden fanden sich mit erstaunlicher Klarheit wieder. Eine dunkle Gestalt stand reglos am Berghang. Das Hazrax sah uns nach, als wir flüchteten. Seine Umrisse wirkten so verwischt, als sei es nur noch zur Hälfte da.

Mein Kopf schmerzte mörderisch.

Ich blickte auf den Schnee, der unter mir vorbeiflog. Fishers Stiefel hinterließen tiefe Abdrücke in dem strahlend weißen Teppich, und ... da waren noch andere Spuren. Nicht mal annähernd so tief. Viel kleiner und ganz bestimmt nicht von Fae.

Es waren *Pfotenabdrücke*.

Plötzlich wurde alles in mir hell, und der Nebel im Kopf lichtete sich. »Lass mich runter, Fisher!«

»Nein. Du warst ohnmächtig«, knurrte er.

»Bitte! Es geht mir wieder gut, ich schwöre!«

Er war zweifellos nicht einverstanden, bewegte sich nun aber langsamer. Kaum hatte er mich abgesetzt, hörte ich ein aufgeregtes Quieken, und ein kleiner weißer Fuchs hüpfte in meine Arme.

Er lebte.

Er *lebte*!

Onyx zappelte so wild herum, dass ich ihn um ein Haar fallen ließ. Er *schrie* geradezu vor Begeisterung und wackelte mit dem gesamten Körper, während er mein Kinn und die Wangen ableckte. Sein winziges Herz pochte unter den geheilten Rippen, und er strahlte eine unbändige Freude aus, als er den Kopf drehte und auch Fisher mit Fuchsküssen bedeckte.

»Ich weiß, Kleiner, ich weiß. Wir sind auch sehr glücklich, dass du wieder da bist«, sagte mein Gefährte mit rauer Stimme.

Ich starrte ihn verwundert an. »Hat es wirklich funktioniert?« Konnte ich meinen Augen tatsächlich trauen? War Onyx real?

Fisher nickte. »Ja. Du hast es geschafft.« Sein Gesichtsausdruck war unglaublich – Stolz und Staunen zeichneten sich darauf ab. »Du hast etwas vollbracht, was noch niemandem je gelungen ist.«

»Und was auch nie wieder gelingen wird«, fügte ich hinzu und blickte auf meine Hand hinunter. Die Hazrax-Rune war nicht nur verblasst – sie war komplett *verschwunden*. Meine anderen Runen waren blutig, wo die Haut fehlte und das rohe Fleisch zu sehen war. Sogar die Götterbindungen, die sich um Handgelenk und Arm wanden, pochten vor Schmerz. Aber der hätte auch noch tausendfach schlimmer sein können, es hatte sich dennoch gelohnt.

Onyx lebte. Er wimmerte, stupste wie wild meine Wange an und rieb den Kopf an meinem Kinn. Ich hatte ihn gerettet. Es war mir gelungen. Aber zu welchem Preis …

»Du hältst mich jetzt bestimmt für völlig verrückt.« Ich wagte es kaum, meinen Gefährten anzusehen. Aber als ich es dann doch tat, entdeckte ich weder Empörung noch Zorn im endlosen Grün seiner faszinierenden Augen.

Er lachte ein wenig atemlos. »Ja. Du *bist* völlig verrückt. Du hast nach mir gesucht. Du bist ganz allein gegen Belikon angetreten und hast ihn auch noch bezwungen. Und du hast ein immenses Opfer gebracht, um einen Freund zu retten«, fügte er hinzu. »So etwas macht doch nur, wer völlig verrückt ist. Aber *ich* hätte die gleichen Entscheidungen getroffen, Saeris. Deshalb finde ich, dass wir echt gut zusammenpassen.«

»Hey, ihr Besucher am Berg!«

Der laute Ruf hallte von den anderen Bergen rundum wider. Fisher und ich fuhren beim Klang der Stimme gleichzeitig herum und blickten den Abhang hinauf.

Dabei fiel mein Blick auf einen gigantischen Knochenhaufen, der im Schnee aufragte.

Gebogene Rippen, so riesig, dass sie sich vor dem Himmel abzeichneten.

Monströse Teile einer Wirbelsäule von der Höhe eines kleinen Hauses.

Es war nicht verwunderlich, dass die Überreste des Drachen noch hier herumlagen. Fisher und seine Freunde hatten ihn getötet und seine Tyrannei beendet. Belikon hatte sich den Kopf als Trophäe angeeignet, obwohl er ihm nicht zustand. Aber das Skelett war zu gewaltig, um es zu entfernen. Die Ajun-Fae hatten es nicht angerührt, und nun erhob sich der urtümliche Knochenberg hier fast so monumental wie die Stadt Ajun-Himmel selbst.

Auf den Zinnen der Stadtmauer tauchten immer mehr Leute auf. Jemand winkte wild und schrie erneut: »Hey! Beeilt euch! Da kommt eine schwarze Welle!«

Fisher drehte sich schnell um und fluchte, und dann sah ich es auch. Das Hazrax war verschwunden, aber stattdessen bewegte sich von unten ein Heer aus Bogenschützen und Schwertkämpfern mit erschreckender Geschwindigkeit auf uns zu.

»Scheiße«, zischte Fisher. »*Belikon.* Er hätte uns eigentlich nicht finden dürfen. Nicht so schnell jedenfalls. Los, nichts wie weg hier.«

Das brauchte er mir nicht zweimal zu sagen. Meine Energie reichte aus, um auf das schwarze Stadttor zuzusprinten, aber gewiss nicht für eine zweite Begegnung mit Belikon. Und ganz gewiss würde ich Onyx kein weiteres Mal verlieren. Ich sauste so schnell wie der Wind. Falls der kleine Fuchs merkte, dass wir in Gefahr waren, schien ihn das nicht weiter zu stören; er quiekte und leckte mir unbeirrt das Gesicht ab, und das machte er auch noch, als wir vor dem hohen schwarzen Metalltor standen, das uns den Zugang zu Ajun gewähren sollte.

Es war verschlossen.

»Hey!«, schrie Fisher. »Lasst uns ein!« Seine Stimme hallte in dem leeren Hof dahinter wider.

Belikons Wachen waren immer noch an die hundert Meter entfernt, rückten aber schnell näher und würden uns bald erreicht haben.

»Hallo?«, schrie Fisher erneut.

Hallo …

Hallo?

Hallo!

Plötzlich ruckelte das schwarze Tor, und mit einem ohrenbetäubenden metallischen Rattern begann es sich sehr langsam zu bewegen. Das Geräusch schwerer Ketten auf Zahnrädern ging mir durch Mark und Bein, doch dann öffnete sich das alte Tor für uns.

Wie viele Seelen mochte Ajun-Himmel wohl beherbergen? Die Stadt war weit in den Berg hineingebaut und wirkte mit ihren glitzernden Türmen aus Quarz und Kalzit, als könnten dort Tausende leben. Vielleicht sogar Zehntausende.

Doch nur eine *einzige* Person kam jetzt die Treppe zu dem Innenhof heruntergeschritten, mit einem dreisten Grinsen, das sogar das von Carrion Swift in den Schatten gestellt hätte. Dann blieb die Person vor uns stehen.

»Ihr hättet uns Bescheid sagen können, dass ihr zu Besuch kommen wollt«, sagte er mit diesem weichen, melodiösen Akzent. »Denn die Bewohner von Ajun sind stolz darauf, dass dieses Tor für *dich immer* offen steht, Bruder.«

Renfis.

Als Belikons Soldaten Ajun erreichten, waren wir schon unterwegs.

Wütende Schreie hallten von den Mauern wider, seltsam verzerrt in der bitterkalten Luft. Blaue und grüne Magiesalven prallten von dem unsichtbaren Wall ab, der die Stadt schützte. Auch Pfeile und Speere wurden zurückgeschleudert und flogen in andere Richtungen oder zersplitterten beim Zusammenstoß.

Der Berg bebte während der Attacke auf die Befestigung, doch die hohen Eisengitter blieben unversehrt. Belikons Wachen waren Fae, sie würden das Metalltor nicht berühren.

»Wie sicher können wir sein, dass die nicht eindringen?«, fragte ich. Der Wind war so heftig, dass er mir die Worte vom Mund riss. Ich wusste nicht, ob Fisher mich überhaupt gehört hatte, bis er sprach.

»Sehr sicher. Die Stadt ist noch nie eingenommen worden. Und da draußen sind höchstens etwa tausend Soldaten. Viel größere Heere haben schon versucht, in Ajun-Himmel einzudringen. Es gibt aber nur diesen einzigen Eingang, und Belikon hat hier keine Freunde. Niemand, der bei Sinnen ist, würde ihn einlassen.«

»Wir müssen uns dennoch beeilen«, sagte Renfis. »Die Zeit drängt.«

Lorreth hatte mir davon berichtet, was in Ajun geschehen war, vor allem mit Mirelle, Renfis' Zwillingsschwester, aber das war noch nicht alles gewesen …

Ajun-Himmel war aus Stein erbaut, das tief liegende Fundament stabil. Die schönen hohen Reihenhäuser mit ihren eisverzierten Fassaden schimmerten rosafarben im frühen Morgenlicht. Ren eilte voraus, nicht ohne jedoch rotwangigen Faelings, die angerannt kamen und ihn spielerisch an seinem makellos weißen Umhang zupften, der ihn als orithianischer Krieger – einem sehr bedeutenden Titel – auszeichnete, durch die Haare zu wuscheln.

Ich hatte oft gehört, wie er mit diesem Namen angesprochen wurde – Renfis der Orithianer –, hatte mir aber nie überlegt, was dies bedeutete. Jetzt, während Renfis uns durch die Bergstadt führte, erklärte er uns, was sich ereignet hatte, nachdem er aus Cahlish verschwunden war, und plötzlich ergab alles Sinn.

»Die Gilaria-Fae haben mir zugehört, dank den Göttern. Sie haben schon Vorbereitungen getroffen, als ich aufbrach. Ich war fast am Rand des Waldes angekommen und hätte Ballard bei meinem Tempo innerhalb eines Tages erreichen können. Aber kaum dass ich am Fuß des Shallow-Gebirges ankam, spürte ich ein Brennen in der Brust, das mir den Atem raubte, und stürzte vom Pferd. Ich dachte, ich würde attackiert, hätte irgendeinen Schutzzauber ausgelöst, aber …« Er schüttelte den Kopf. »Als ich meinen Brustpanzer abnahm und das Hemd aufriss, sah ich es.«

Kingfisher hatte grummelnde unzufriedene Laute von sich gegeben, seit die beiden aufgehört hatten, sich zu umarmen und gegenseitig auf den Rücken zu klopfen – und das hatte eine *ganze Weile* gedauert. Wir waren innerhalb der Stadtmauer und warteten, bis sich das schwere Eisentor hinter uns geschlossen hatte. Jetzt jedenfalls machte sich mein Gefährte hörbar Vorwürfe, dass er das Verschwinden des Generals nicht früher hatte aufklären können.

»Dein Eidmal.« Er seufzte kopfschüttelnd.

Renfis nickte. »Ja, das Eidmal. Ich wurde zum Dienst einbestellt. Und mir blieb nichts anderes übrig, als zu gehorchen.«

Ich folgte ihm eine schmale, in den Berg geschlagene Treppe hinauf und gab mir verdammt Mühe, nicht nach unten zu blicken oder auf dem glitschigen Eis auszurutschen. Onyx flitzte vor dem braunhaarigen General die Stufen hinauf, mit hängender Zunge und so energiegeladen, als sei der kleine Fuchs nicht vor kaum einer Stunde noch tot gewesen.

Ich grinste zwar vor Glück, schaffte es aber dennoch mahnend zu bemerken: »Lasst mich nicht außen vor, ihr zwei. Was für ein Eidmal? Was für einen Eid hast du geschworen, Ren?«

Der General wirkte peinlich berührt, während er mit wehendem Umgang voranging. »Erklär du es, Bruder«, sagte er und entledigte sich so der Aufgabe. »Ich rede nicht gern darüber.«

Kingfisher hatte darauf bestanden, hinter mir zu gehen. Dabei hatte er mir stumm irgendetwas Obszönes zugeraunt – über meinen Hintern und allerhand skandalöses Zeug, das er mit ihm veranstalten wolle. Ich wusste aber, dass er die Nachhut bildete, um sicherzugehen, dass ich nicht auf der schmalen Treppe ausrutschte und in den Tod stürzte. Da ich so erschöpft war und das selbst befürchtete, hatte ich keinen Aufstand gemacht.

Jetzt grunzte er leise. Der Wind pfiff mir um die Ohren, aber Fisher musste nicht mal lauter sprechen, mein Gehör war dieser Tage ebenso scharf wie seines. »Nachdem wir den Drachen erledigt hatten, verzog sich die Horde und trat den Abstieg an. Die Bewohner der Stadt kamen heraus, um ihre Toten zu bestatten, unter denen auch Renfis' Schwester war. Weil Mirelle Ajun immer geliebt hatte, fragte Ren die Stadtobersten, ob sie hier begraben werden könne. Sie bekam dann einen Ehrenplatz auf der Spitze des Berges. Zum Dank für das Opfer, das sie gebracht hatte, um die Ajun-Fae zu schützen.

Nachdem wir Mirelle zur letzten Ruhe gebettet hatten, spürte Renfis plötzlich einen brennenden Schmerz in der Brust, genau den gleichen, den er gerade beschrieben hat. Wir waren auf dem Weg nach unten zur Stadt, als er auf die Knie fiel und ein schreckliches Gebrüll von sich gab.«

»So schlimm war es nun auch wieder nicht«, warf Renfis ein.

»Es war so laut, dass es eine *Lawine* auslöste«, erwiderte Fisher mit Nachdruck. »Die anderen Trauernden, die ihre Toten auf dem Berggipfel bestattet hatten, fielen neben Ren auf die Knie und begannen zu beten. Niemand hatte eine Ahnung, was los war. Aber die Ajun-Fae sagten uns, wenn das eigene Blut mit dem Berg vereint sei, gehöre man zu ihm. Und weil Ren eine Blutsverwandte hier begraben habe, sei er jetzt ein Ajun-Fae.«

»Und nur als Ajun-Fae wird man in den Orden der Orithianer aufgenommen, der das Tor bewacht«, fügte Ren hinzu.

»Du bist hierhergerufen worden, um … das *Tor* zu bewachen?«, fragte ich.

»Nicht das Stadttor, Osha«, antwortete Fisher. »Das *andere* Tor.«

Adrenalin schoss durch meine Adern, und Aufregung packte mich, als ich das hörte. Lorreth hatte mir auf dem Marktplatz von Inishtar von diesem anderen Tor erzählt. Nachdem ich ihm versprochen hatte, nicht im Alleingang eine Irrsinnsmission zu starten, um an den Brimstone zu kommen, den wir brauchten, um die Fäulnis ohne Fisher zu stoppen. Und im Gegenzug hatte Lorreth mir offenbart, wo der Brimstone *zu finden war*.

»Hier gab es schon immer eine Stadt«, erzählte Fisher weiter. »Weil es immer ein Tor gab. Ein Portal zwischen dieser Welt und einer anderen.«

»Wie ein Quicksilver-Portal, aber anders«, flüsterte ich und spürte Fishers Ärger, weil Lorreth geplaudert hatte. Aber mein Gefährte sprach einfach weiter.

»Ja, manches daran ist gleich, aber eben nicht alles. Die frühen Alchemisten konnten es nicht beherrschen, nicht einmal die stärksten unter ihnen. Die meisten wurden wahnsinnig. Das Portal ging von selbst auf und schloss sich nicht wieder. Üble Kreaturen nutzten es als Zugang zu diesem Reich und verbreiteten Chaos und Terror in ganz Yvelia. Da niemand dieses Tor schließen konnte, wurde der Orden der Orithianer gegründet. Die Berufenen sind mit einer alten, besonders mächtigen Form von Magie ausgestattet. Sechs von ihnen stehen immer an diesem Tor und lassen ihre Magie in Schutzwälle einfließen, die alles Böse aus dieser Welt fernhalten. In wechselnden Schichten schützen die Ritter nicht nur Ajun, sondern ganz Yvelia.«

»Als das Quicksilver hier erstarrte und uns von den anderen Reichen abschnitt«, ergriff jetzt Renfis das Wort, »blieb das Portal von Ajun offen. Belikon sah das als Zeichen. Er sagte, weil es das einzige offene Portal sei, würde es uns Ruhm und Reichtum bescheren. Er brachte einen Faeling, der fast noch ein Kind war, hierher nach Ajun, um es zu besichtigen. Belikon drückte ihm ein Schwert in die Hand und sagte, er solle als Erster durch das Portal gehen und das Paradies betrachten, das uns auf der anderen Seite erwartete.«

»Er meinte, da dieses Becken sich von den anderen unterschied, würde ich die Reliquie von meiner Mutter nicht brauchen«, sagte Fisher leise.

Moment mal! *Davon* hatte Lorreth mir nichts erzählt.

Die Treppe war steil und die Luft eiskalt, aber beides war nicht der Grund dafür, dass mir jetzt der Atem stockte. »Was redest du da, Fisher?«

Als er antwortete, sprach er langsam, seine Stimme klang tonlos. »Ich war elf Jahre alt und mit einem Eid gebunden an Belikon. Er sagte, in seinen Augen sei ich schon erwachsen und bereit dafür, ein Krieger Yvelias zu werden, dem an seinem Hof Ruhm und Ehre zuteilwerde. Der Tod meiner Mutter lag gerade mal eine Woche zurück, als Belikon mich zum Niederknien vor diesem Stein und zum Eid zwang. Danach hatte er leichtes Spiel. Er befahl mir, ihm die Reliquie zu geben, und schickte mich dann in dieses Becken.«

Der Wind heulte immer lauter, je höher wir kamen. Er wurde auch noch kälter, schlug seine Zähne in meine empfindlichen Ohrspitzen. Ich versuchte zu verarbeiten, was ich da hörte, aber es war so grausam, dass mir das kaum gelang. *Hier* war Kingfisher also in das Quicksilver-Becken hineingeraten. *Hier* hatte es ihn infiziert und fast zum Wahnsinn getrieben.

»Ich habe getan, was mein König von mir verlangte«, fuhr er fort. »Ich betrat das Becken. Als meine nackten Füße das giftige Erz berührten, wusste ich, dass ich sterben würde. Ich wurde in ein anderes Reich transportiert. Einen Ort …« Fisher brach ab, als fehlten ihm plötzlich die Worte, um den Satz zu vollenden.

»Der König und seine Leute warteten zwei Stunden auf die Rückkehr des Faelings«, sprach Renfis an seiner statt weiter. »Und als er nicht zurückkam, gab der König vor, sein Stiefsohn sei ums Leben gekommen, das einzige Bindeglied zu seiner verehrten Edina. Er hatte Cahlish bereits seinem Seneschall vermacht, als das Becken explodierte und den Faeling ausspie. Seine Augen waren von einem silbernen Rand umgeben, der glitzerte wie die Sterne.«

»Ich habe mich selbst nicht mehr wiedererkannt«, bemerkte Fisher stockend. »Es hat lange gedauert, bis ich zurückkam … seelisch. Belikon war frustriert, weil er geglaubt hatte, mich auf diese Art mühelos loswerden zu können. Einer der Orithianer gab mir meine Reliquie zurück, und Belikon schickte mich weg, damit ich in seinen Kriegslagern das Kämpfen erlernte.«

Ren war auf der obersten Stufe angekommen. Als er sich zu uns umdrehte, sah er ernst aus. »Unerklärlicherweise schloss sich das Ajun-Tor an diesem Tag«, fügte er hinzu. »Seither hat es sich dreimal ohne Vorankündigung geöffnet und geschlossen. Die auserwählten Krieger haben es zur Sicherheit immer weiter bewacht. Bislang war es noch nie nötig, einen von ihnen zu ersetzen. Bis jetzt.«

Diese Worte … Wo hatte ich die schon einmal gehört? Sofort fiel es mir wieder ein. In Cahlish, in Everlaynes Zimmer. Fishers Schwester hatte sich auf dem Bett hin und her geworfen, und diese furchtbare, leblose Stimme war aus ihrem Mund gedrungen. *Das Portal ist offen. Es kann nicht geschlossen werden. Das Portal ist offen. Das Portal ist offen …*

»Es ist wieder aufgegangen, oder?«, flüsterte ich, als ich zu ihm trat.

Ren nickte und ließ die Hand auf dem Griff des Schwerts an seinem Gürtel ruhen. »Ja. Und die Bestie, die hindurchgekrochen kam, hat alle sechs Orithianer getötet und ihre Leichen mitgeschleppt, als es wieder verschwand. Danach wurde ich herbeigerufen. Und seither hat sich das Portal jeden Tag für drei Stunden geöffnet. Wir vermerken die Zeiten. Und warten.«

»Worauf?« Ich wünschte mir sofort, nicht gefragt zu haben.

»Darauf, dass die Schutzwälle endgültig brechen«, antwortete Ren und blickte auf seine Stiefel. »Darauf, dass die alten Ungeheuer wiederkehren und Chaos und Verwüstung in Yvelia anrichten. Es ist nur eine Frage der Zeit.«

Ich hatte nicht gefragt, wohin Ren uns brachte, während er durch die Stadt schritt und die Treppe zu den Wolken hinaufstieg. Doch jetzt wusste ich es. Ich fühlte, wie es siedete, ganz in der Nähe. Zu nah. Es befand sich hinter der kunstvoll verzierten Holztür, vor der Renfis stand.

Es war eiskalt – bitter und gleichgültig.

Ein schwarzes Portal.

Es war schon seit sehr langer Zeit durch und durch böse. Es wollte Yvelia brennen sehen, und genau das würde geschehen, wenn die zerstörerischen Mächte, die sich auf der anderen Seite gesammelt hatten, ihren Willen bekamen.

Onyx wimmerte und sprang an mir hoch, wollte auf den Arm genommen werden. Ich hielt den kleinen Fuchs fest umschlungen und begann zu zittern, als Ren die Hand auf den Türknauf legte und ihn langsam zu drehen begann.

»Warte! Wir gehen *jetzt* da rein? Fisher, was sollen wir tun?«

»Das Portal wird sich bald schließen«, erklärte Ren. »Ihr könntet warten, bis es sich morgen wieder öffnet. Aber …« Er verzog zweifelnd das Gesicht.

»Einen weiteren Tag zu warten, könnte katastrophal sein«, erkannte Fisher. »Die Fäulnis breitet sich viel zu schnell aus, Leute sterben, und nur die Götter wissen, wann weitere infizierte Fresser auftauchen. Wir müssen deine Brimstone-Rune versiegeln. Und Brimstone gibt es nur an einer einzigen Stelle.«

Ich hatte es gewusst. Schon als Lorreth mir auf dem Platz gesagt hatte, was wir tun mussten, um auch nur die kleinste Menge Brimstone zu ergattern, ohne unsere Koboldfreunde zu töten, hatte ich *gewusst*, dass wir irgendwie hier enden würden. Das Schicksal aller stand erneut auf dem Spiel. Renfis war aus gutem Grund nach Ajun gerufen worden. Und das galt auch für uns.

Angst umschlang mich und schien meine Brust zu zerquetschen. Fishers Blick wurde weich, als spüre er die Furcht, die in meinen Adern zu Eis kristallisierte. Er legte mir beruhigend die Hand auf den Nacken. »Aber wenn du noch nicht bereit bist …«

»Ich *muss* bereit sein.« Mehr sagte ich nicht. Das war auch nicht nötig. Ren hatte keine Wahl gehabt. Fisher ebenso wenig. Sie hatten Pflichten. Es ging um Ehre. Beide taten, was getan werden musste, weil es das Richtige war. Und ich würde das genauso machen.

»Und du?«, fragte Ren, seinem Freund zugewandt. »Bist du dir sicher? Es wird nicht ohne Folgen bleiben. Und weitere Opfer verlangen.«

Kingfisher nickte feierlich. Aber … nein. Während ich ihn ansah, verschob sich etwas in meinem Kopf. Er war nicht länger Kingfisher. Er war *Khydan*. Der Name passte gut zu ihm. Es kam mir vor, als sei ein verloren geglaubtes, fehlendes Puzzle-Stück plötzlich gefunden worden. Als vervollständige es ein Bild, das erst jetzt in seiner Gesamtheit verständlich wurde.

Für mich konnte er ab jetzt nur noch *Khydan* sein. Und er *war* bereit, sich allem zu stellen, was uns hinter dieser Tür erwartete.

»Also gut. Dann los. Haltet die Luft an.« Ren drehte den Knauf und öffnete die Tür. »Der *Gestank* ist ziemlich extrem.«

Drinnen dauerte es einen Moment, bis meine Augen sich an die Dunkelheit gewöhnten. Dann verstand ich, was ich sah, und wollte umkehren. Onyx gab ein panisches Jaulen von sich und verbarg sein Gesicht in meiner Achselhöhle. Dieses Becken war nicht wie die anderen. Es gab keinen Steinrand. Auch kein Steinbecken, keinen festen Ort. Es war organisch wie … eine schwärende Wunde. Und die brodelnde Flüssigkeit darin war *schwarz*.

»Wohin kommen wir?«, fragte ich. »Wie heißt dieses Reich?«

Nur Fisher kannte die Antwort auf meine Frage, weil er als Junge schon dort gewesen war. Sein angespannter Gesichtsausdruck verhieß nichts Gutes, als er sagte: »Es hat nie einen offiziellen Namen bekommen. Im Pantheon der Untergötter und der Drachen, die hier gezüchtet werden, heißt es Diaxis. Aber ich persönlich … habe es immer *Hölle* genannt.«

51

DAS OFFENSICHTLICHE …

KHYDAN GRAYSTAR FINVARRA

Fuck, ich HASSE Drachen.

52

VERSPRECHEN UND HOFFNUNG

SAERIS

Zäh. Klebrig. Stinkend.

Das Quicksilver perlte normalerweise von Kleidern, Haaren und Haut ab, wenn wir aus einem der Becken stiegen. Hier nicht. Woraus diese übelriechende Substanz im Becken von Ajun auch bestand – sie hatte keinerlei Ähnlichkeit mit dem Quicksilver. Der Geruch stieg mir in die Nase, haftete auf meiner Zunge, erfüllte den ganzen Mund mit einem fauligen Geschmack. Hindurchzuwaten fühlte sich an wie Ertrinken. Namenlose Panik tobte in meiner Brust, als meine Lunge verzweifelt nach Luft rang und zu schreien schien: *Atme! Atme! Atme!*

Mein Kopf tauchte aus dem Becken auf, und was ich sofort einsaugte, war …

SCHMERZ.

Ich atmete Klingen ein.

Ich …

Konnte nicht mehr …

Ruhe bewahren, Osha. Keine Panik. Khydan war dicht hinter mir.

Ich stieg eigentlich nicht aus dem Becken, sondern wurde vielmehr ausgespien. Auf allen vieren kroch ich vorwärts, keuchend und würgend, während ich zu begreifen suchte, was meinen Körper attackierte.

Glühende Hitze und der Gestank von Schwefel schlugen mir ins Gesicht. Bis vor kurzer Zeit hatte ich in einer Wüste gelebt. Ich hätte nie vermutet, dass es etwas Heißeres geben konnte als den Dritten während des Helllichts … aber das hier? Das war unvorstellbar.

Ich stand unter Schock. Panik raste meinen Rücken hinauf, als Adrenalinwellen mir warnend mitteilten, ich solle mich bewegen, *aus* dem Feuer treten, mich in Sicherheit bringen. Aber es gab nirgendwo Sicherheit. Nur stockfinstere Dunkelheit und Luft, die so heiß war, dass sie meine Lunge zu schmelzen schien.

Meine Augen brannten – ob vom Schwefel oder von der Hitze, wusste ich nicht. Eigentlich hätten sie tränen müssen. Vielleicht taten sie das auch, und die Feuchtigkeit war die Ursache des unerträglichen Stechens.

»Osha? Kannst du aufstehen?« Khydan sprach leise, klang aber so besorgt, dass es mir vorkam, als schreie er.

Ich spürte eine Hand auf meinem Rücken, dann auf dem Arm. Er half mir auf die Beine, während ich versuchte, die teerähnliche zähe Masse aus dem Hals herauszuhusten. »Gut so. Spuck es aus. Du darfst es auf gar keinen Fall schlucken.«

Oh, bei den Göttern! »Was ist das?«, röchelte ich.

Khy brauchte viel zu lange, um zu antworten. »Ist besser, du stellst diese Frage nicht«, sagte er dann. Seine Stimme klang so tonlos, als werde sie vom Wind davongetragen. »Bist du okay?«

Seine Hand fand die meine und drückte sie, was meine Nerven so weit beruhigte, dass meine Stimme nur ein klein wenig zitterte, als ich sprach. »Ja, alles okay. *Glaube* ich. Ich sehe nichts. Und fühle mich, als sei ich gekocht worden.«

Hellgrünes, beinahe weißes Licht leuchtete plötzlich neben mir auf. In Khydans Hand sah ich eine seltsame dünne Röhre, aus deren oberem Teil Equinox-Licht glomm. Er reichte sie mir, förderte dann aus einer Tasche eine weitere zutage, die er schüttelte, um sie zu aktivieren.

Die Augen meines Gefährten waren so dunkel wie tiefe Teiche, das leuchtende Grün sah fast schwarz aus. Die widerliche Flüssigkeit aus dem Becken hinter uns troff ihm aus den Haaren und haftete fleckig in seinem Gesicht und auf dem Brustpanzer. Mein eigenes Haar klebte mir am Kopf, und die schreckliche Brühe hatte sogar meine Lederrüstung aufgeweicht.

Ich hätte liebend gern den Sturz in den See vor Gillethrye noch einmal erlebt, trotz der gebrochenen Rippen und allem, wenn ich damit dieses Zeug hätte abwaschen können. Es fühlte sich grauenvoll an.

Khydan warf mir ein schiefes Lächeln zu, das vermutlich beruhigend sein sollte, und sagte: »Zwei Stunden. Länger können wir nicht hierbleiben, sonst wirst du wirklich *gekocht.* Dein Körper ist nicht für diesen Ort geschaffen.«

»Dann los. Aber … wohin?« War ich wirklich so bescheuert? *Du musst in Ajun durch das Portal gehen,* hatte Lorreth gesagt. *Dann musst du mit den Kreaturen dort verhandeln, um Zugang zum Brimstone zu bekommen.* Ich hatte angenommen, dass das enorm gefährlich sein würde, war aber nicht auf die Idee gekommen zu fragen, wo diese Kreaturen zu finden seien. Ich hatte keine Ahnung, wo wir nach ihnen suchen sollten … oder wo wir überhaupt waren. Mit unseren Equinox-Lampen konnten wir nur einen Umkreis von etwa zwei Metern beleuchten. Dahinter lauerte absolute Schwärze.

Und dort spürte ich etwas Lebendiges, das kalt und grausam war. Khydan wischte sich übers Gesicht und verschmierte dabei das schwarze Zeug, anstatt es zu entfernen. Er spähte angestrengt in die Dunkelheit. In dem Moment, als er den Mund öffnete, um zu antworten, erschütterte ein mächtiges Grollen die stinkende Luft, zwei orangerote Lichtkugeln erstrahlten in der Nähe und durchdrangen den Schleier der Finsternis.

Sie sahen aus wie Feuerbälle. Waren sie aber nicht, denn es handelte sich um *Augen*, und blanker Hass loderte in ihnen. Der Boden erbebte unter unseren Füßen, als eine Stimme dröhnte: *»Drrreist.«*

Die Dunkelheit wich, und zum Vorschein kam eine höhlenartige Felsenhalle, in der Schatten zuckten und überall Knochen herumlagen. Als die Bestie das gigantische Maul aufriss, kamen rotglühende Drüsen in seinem blutigen Rachen zum Vorschein, und die Luft stank so sehr nach Schwefel, dass es mir beinahe den Magen umdrehte.

Ich wusste, was wir hier vor uns hatten.

Der Name des Ungeheuers schwirrte in meinem Kopf herum.

Doch ich wagte nicht, ihn auszusprechen. Von seinen gewaltigen Krallen bis zum Rist maß es an die zwanzig Meter. Der lange schuppige Hals war gebeugt, weil der Kopf sonst an die zerklüftete Felsendecke gestoßen wäre. Allein die Götter wussten – oder *fürchteten* –, wie groß die Bestie gewesen wäre, wenn sie sich zur vollen Höhe aufgerichtet hätte. Mir stockte der Atem, als ich sie anstarrte.

Schimmernde goldene Schuppen? Nein … schwarz. Ließ sich aber schlecht sagen, da es die einzige Lichtquelle war. Eine gehörnte Stirnplatte erhob sich auf dem mächtigen knochigen Schädel wie eine Krone. Riesige ledrige Flügel waren seitlich des Leibs eingeklappt. Und die *Zähne* … Die waren etwa einen Meter lang und so gezackt wie eine von Elroys Sägen.

Ich hatte schon über den Schädel gestaunt, der im Winterpalast hinter Belikons Thron aufragte, mir aber nicht vorstellen können, wie groß der Rest einer solchen Kreatur sein musste, wenn bereits der Kopf so gigantisch war. Jetzt wusste ich es … und namenlose Panik erfasste mich.

Es wurde noch heißer, Schweiß floss in Strömen, verdampfte aber sofort wieder in der Hitze. Der Drache stützte sich auf seine dornigen Ellbogen und richtete sich langsam auf. »Wirklich *drrreist*«, grollte er.

Nicht … wegrennen. Khydans Bemerkung kam im rechten Moment, denn genau das hatte ich gerade erwogen. Das widerwärtige Becken hinter uns war noch geöffnet. Wie viele Sekunden würde ich brauchen, um mich umzudrehen und wieder unter die brodelnde Oberfläche zu tauchen? Zwei? Höchstens drei? Doch so wie sich mein Gefährte anhörte, wäre *keine* Zeit genug. Aus dem Augenwinkel sah ich, wie Khy langsam die Hand über eine Schulter bewegte und sein Schwert zog.

Soll ich …

Ein entschiedenes Kopfschütteln. *Fass deine Schwerter nicht an. Wenn er wütend auf jemanden ist, sollte ich das sein. Beweg dich nicht, Osha. Bleib … einfach genau da, wo du bist.*

Rauch stieg aus Nimerelle auf, dicht und wütend. Dem Drachen war nicht anzumerken, was er davon hielt. Wie ein Hund, der aus tiefem Schlaf erwacht war, schüttelte er den gigantischen Kopf hin und her. Funken flogen aus den geblähten Nüstern. Die Hörner auf dem Schädel knallten gegen die Decke, und große Brocken brachen aus dem Felsen heraus, zerschellten am Boden rund um die Bestie.

Renn, drängte mein Herz. Was *bei allen fünf Höllen machst du hier, Fane? Hau ab, verflucht!*

Aber ich blieb stehen, die Füße fest in den Boden gestemmt, und hörte auf Khydans Anweisungen.

»Zweitausend Jahrrre lebe ich schon. Noch nie ist mir mein Essen in den Rachen spazierrrt«, grollte der Drache. Sein Maul bewegte sich nicht, obwohl die Worte laut ausgesprochen wurden, sonst hätten die Wände nicht so schrecklich gewackelt. Er schien auf andere Weise zu sprechen als Fae und Menschen. Die Zunge, schwarz und gespalten, züngelte zwischen den Zähnen, als wolle sie die Luft schmecken. Das hatte ich in Zilvaren oft bei Wüstenvipern beobachtet. Ich hatte allerdings noch nie erlebt, dass eine Schlange sich damit über meterlange Zähne leckte.

»Ihr seid nicht von hierrr.«

»Nein, sind wir nicht.« Khydans Stimme hallte in der Höhle wider, klar und kraftvoll. Er klang nicht ängstlich, aber ich spürte seine Furcht. Er versuchte nicht, sie vor mir zu verbergen. »Wir sind aus …«

»Ich kenne den Namen eurer Heimat«, unterbrach ihn der Drache. »Sprecht ihn nicht aus.« Er schien sich zu beruhigen, der lange Hals näherte sich der breiten glänzenden Brust. »Warum seid ihr hier?«

»Wir …«

»Die *andere* soll reden!«

Damit war zweifellos ich gemeint. Aus irgendeinem Grund sollte ich die Frage beantworten. Aber ich war nicht so versiert wie mein Gefährte. Seine Hand schloss sich fester um Nimerelles Heft. Die Klinge stieß jetzt so viel Rauch aus, dass er fast das Licht unserer Lampen verdunkelte. War das Khydans Sorge, die sich auf das Götterschwert übertrug? Oder der Funke, der noch immer in dem Schwert weilte, von Rens Schwester, die Angst um mich hatte? *Gib nicht viel preis,* warnte Khydan. *Sag ihm, wir müssen mit …*

»Ich kann dich hören, Junge«, knurrte der Drache. »Hier gibt es keine dunklen Ecken, in denen du dein Geflüster vor mir verstecken kannst.«

Junge? Wie kam die Bestie auf die Idee, Khydan als »Junge« zu bezeichnen? Und wie ärgerlich, dass sie unseren stummen Austausch hören konnte. Womöglich auch unsere *Gedanken*? Unsere …

»Ich höre das Knirschen der Räderwerke, die das Universum in den Untergang ziehen. Ich höre alles. Ich weiß …« Die Zunge tastete zwischen gesplitterten Zähnen umher, schnellte dann aus dem Maul hervor. »… *alles.*«

Der Boden bestand aus sechseckigen Kacheln, übersät mit trockenen Blättern und allem möglichen Schutt. Während der Drache redete, bebte der Boden so heftig, dass die Kachel vor mir in drei Stücke zerbrach.

Die Bestie stieß stinkenden Rauch aus, als sie sich langsam vorwärtsbewegte. »*Du* weißt gar nichts, Namensbrecherin. Dein Geist ist zu jung, um sich *selbst* zu kennen.«

»Du hast recht.« Ich spürte meinen Puls überall. In den Fingerspitzen. Am Gaumen. In den Schläfen. Fuck, ich würde bestimmt gleich kotzen. Meine erste Begegnung mit einem mythischen Ungeheuer, und ich würde meinen Mageninhalt ausspucken wie ein verfluchter Feigling. Nein, ich würde mich nicht einnässen. Einfach … *nein.* »Ich bin jung, ja. Aber ich verstecke mich zumindest nicht im Dunkeln und bin meinem Meister hörig.«

»Saeris.« Diesmal kam die Warnung sofort. Laut ausgesprochen. Dem Tonfall nach zu urteilen, dachte Khydan, ich hätte den Verstand verloren. Was vielleicht auch stimmte. Aber vielleicht war ein bisschen Wahnsinn genau das, was ich brauchte, um diese Situation zu überleben. Wer konnte das schon wissen? Das mit Vernunft anzugehen, fand ich absurd. Eine vernünftige Person wäre gar nicht erst in dieses Becken gestiegen.

»Was glaubst du denn, welchem Meister ich gehorche, Mädchen?«, fauchte der Drache. Lorreth hatte mir auf dem Platz in Inishtar nicht gesagt, wer über Diaxis herrschte. Ren auch nicht, als er uns die Treppe hinauf in den Tod führte. Vielleicht kannten beide den Namen der Gottheit gar nicht, deren Reich diese düsteren, leblosen Hallen waren. Vielleicht wollten sie ihn aber auch nicht aussprechen, weil man einem Namen dann Macht verlieh, wie ich nur allzu gut wusste. Aber Khydan sprach ihn jetzt aus, kalt und ungerührt.

»Styx. Herr der kohlschwarzen Aery. Gott der Schatten. König der Drachen. Er ist dein Gebieter. Er ist derjenige, dem du gehorchen musst.«

Der Drache kroch langsam vorwärts, mit winzigen geschmeidigen Bewegungen. Aber er war natürlich viel zu groß, als dass wir seine Absicht nicht bemerkt hätten. Doch jetzt blieb er abrupt stehen und grollte wütend.

»Wer bist du, dass du es wagst, *seinen* Namen auszusprechen?«

»Ich bin Kingf…« Khydan unterbrach sich. Alte Gewohnheiten streift man schwer ab. Mir allerdings war es leichtgefallen, zu seinem wahren Namen zu wechseln, was gewiss daran lag, dass er sich einfach richtig anfühlte. Sein ganzes Leben lang hatte Khydan sich selbst nur als Kingfisher gekannt. Wie viel der eigenen Persönlichkeit wohnte einem Namen inne? Wie viel der eigenen Seele? Ein seltsamer Gedanke. Khydans Seele war dieselbe wie zuvor. Auch seine Persönlichkeit. Aber … etwas in ihm hatte sich grundlegend verändert. Es war eine subtile Veränderung, doch sie war entstanden, weil er jetzt *frei* war.

»Ich bin Khydan Graystar Finvarra. Vor vielen Jahren bin ich schon einmal hier gewesen …«

»Kaum mehr als ein Faeling warst du damals. Du bist hier gefoltert worden. Ich erinnere mich. Willst du nun Rache an diesem Ort nehmen? Meinesgleichen und alle vernichten, die hier zu Hause sind?«

»Nein. Ich komme als Botschafter meines Reichs, ebenso wie meine Gefährtin. Wir erbitten eine Audienz bei Styx, auf Basis der Verhaltensregeln unserer Reiche. Die Etikette …«

Urplötzlich brach ein Strahl stinkender, glutheißer Luft aus dem Maul des Drachen hervor, gefolgt von einem Flammenstoß und glühenden Felsbrocken. Wir hatten keine Zeit, zu reagieren. Keine Zeit für gar nichts. Da war nur noch Feuer und Hitze und unser bevorstehender Tod. Zu spät erschuf ich einen Schutzwall, größer und leuchtender denn je. Er flackerte und erlosch, als der Brimstone ihn durchdrang.

Wir waren tot.

Fuck, wir waren tot.

Wir waren …

… gekrümmt, umklammerten uns, atemlos keuchend, aber irgendwie noch am Leben. Die Flammen schossen über unsere Köpfe hinweg, loderten blau und grün, als sie in die Wand hinter uns brachen. Der Drache hatte uns verfehlt. Wie es schien, vorsätzlich. Er hätte uns mühelos vernichten und zu Asche verbrennen können, wenn er gewollt hätte, aber er schien es mit Absicht nicht getan zu haben.

Khydans Herz sang in meinen Ohren. Er hielt mich fest an sich gedrückt, während Angst und Adrenalin durch sein Blut jagten. Ich roch es an der Halskuhle; sogar jetzt, als der Tod mit uns die Luft teilte, trieb der Duft von Khydans Blut mich zur Raserei.

Ich hätte von ihm trinken sollen. Dann wären wir zumindest ekstatisch aus der Welt geschieden. Aber der Gedanke war natürlich absurd. Egoistisch. Es war uns gar nicht *erlaubt* zu sterben. Wir trugen viel zu viel Verantwortung. Khydan und ich hielten die Zukunft von Yvelia in unseren Händen. Mehr noch. Wenn man Zareth Glauben schenkte, sogar die Zukunft von Millionen von Reichen. Von Milliarden *Leben*.

Wir standen an einem Verknüpfungspunkt der Schicksalsfäden. Einen Moment lang dachte ich, dass der Drache *das* in unseren Gedanken gelesen und uns deshalb mit seinem Feuerstrahl gemieden hatte. Denn wenn er uns tötete, wäre es schließlich mit ihm auch bald aus und vorbei.

Ich umklammerte Khydan so fest, dass meine Hände taub wurden. Dann begannen sie zu kribbeln. Nein … hm. Merkwürdig. Nur meine rechte Hand kribbelte. Das Gefühl war weder angenehm noch schmerzhaft. Es wurde immer stärker und wanderte dann den Arm hinauf, über die Schulter und kribbelte am Kinn weiter.

Die Luft wurde lebendig, als umschwirrten tausend Fliegen eine Leiche. Der Brimstone kam angeflogen, zerplatzte an der Wand, glühende Klumpen aus geschmolzenem Felsen und Metall flogen in alle Richtungen.

Khydan erstarrte, seine Finger gruben sich in meinen Rücken, aber er ließ mich nicht los.

In mir pochte ein dumpfes Trommeln. Ein Hämmern an einer Tür. Ein zweiter Puls, der keinem Zweck diente. Magie. Fremd und neu.

Der Brimstone. Mein Körper reagierte darauf. Ich wurde hingezogen zu ihm, wusste aber nicht, was ich tun sollte. Er war außer Reichweite. Und selbst wenn ich ihn hätte ergreifen können, hatte ich keine Ahnung, was ich damit machen sollte.

Wir würden in Kürze sterben. Was gab es da noch zu tun? Meine Macht über das Quicksilver war mir hier keine Hilfe. Khydan war stärker als die meisten Fae, aber auch seine Schatten würden die Bestie nicht besiegen können. Die Luft brannte, versengte meine Atemwege, aber wir konnten nur ausharren.

Irgendwann endete der Feuersturm.

Gnade. Das Nachlassen der Hitze allein war eine Gnade …

»Ich bin Arissan, Hüterin dieses Portals«, grollte der Drache. »Und ich habe euch *nicht* aus Gnade verschont. Dieses Wort existiert hier nicht. Ich habe euch aus einem einzigen Grund verschont.«

»Warum?« Meine Stimme erzeugte ein Echo in der Drachenhöhle.

Khydan ergriff jetzt meine Hand. Die Muskeln an seinem Kiefer zuckten, als er finster zu dem urzeitlichen Ungeheuer aufblickte. Flammen und Rauch tanzten um die gewaltigen Zähne, als es den Kopf senkte und fauchte: »Dein Gefährte kennt die Antwort auf diese Frage. Nicht wahr, Khydan Finvarra?«

Er nickte langsam. »Du hast uns verschont, damit dein Herr und Gebieter *mich* verurteilen kann.«

»Und dein Verbrrrechen?« An Arissans Zunge flackerten bläuliche Flammen, während sie durch die Luft peitschte.

»Ich habe kein Verbrechen begangen. Ich habe nur mein Volk und mein Land verteidigt. Aber du hast meine Gedanken gesehen … und meine Vergangenheit. Du hast mich auf dem Berg von Ajun gesehen. Die Untergötter von Diaxis werden mich wegen Mordes verurteilen …«

»Des Mordes an meinem Nachwuchs!« Arissan brüllte. Wut war in dem ohrenbetäubenden Donnern zu hören, aber auch Angst. Ein Flammenschwall schoss jetzt aus dem Drachenmaul, der ganz anders aussah als der massive geschmolzene Brimstone zuvor. Das hier war weißglühendes Höllenfeuer, das zur Decke hochschlug, über die rußigen Felsen leckte und sich rasend schnell überall ausbreitete.

Die Hitze war überwältigend. Zu heiß. Zu brutal. Ich war physisch so stark wie nie zuvor, doch auch für meinen neuen Körper gab es Grenzen des Erträglichen.

Als mir die Sinne schwanden, hörte ich Khydans Stimme in meinem Kopf.

Nicht sprechen. Bei der Liebe zu allen Göttern, sag kein einziges Wort, wenn du zu dir kommst.

Metall.

Heißes Metall.

Ich kannte den Geruch gut. So gut, dass ich ihn im Schlaf hätte identifizieren können. Ich war wieder in der Schmiede. Elroy schalt mich, weil ich die Metallspäne am Boden nicht entfernt hatte. Ich …

Fuck!

Ich hing kopfunter! Über einer Halle, die zehnmal so groß war wie die in Ammontraíeth. Und schwang auch noch hin und her, verdammt …

Blut rauschte mir in den Ohren. Und ich hörte ein donnerndes, anschwellendes Geräusch, so laut, dass mir schwindelig wurde. Aber das war nicht mein Blut, sondern die *Menge*.

Unter mir tobte und schrie eine unüberschaubare Menge. Und dem Jubelgeschrei und dem enthusiastischen Luftboxen nach zu schließen, waren sie dabei, einen großen Anlass zu feiern.

Khydan.

Wo bei allen fünf Höllen war mein Gefährte?

Ich konnte mich nicht selbst umdrehen. Meine Arme hingen herab, und Schmerz durchzuckte jeden einzelnen Nerv, als ich sie anhob, um die Hüften zu betasten. Meine Kurzschwerter. Die Messer. Waren sie noch da?

Erleichterung durchflutete mich, als eine Hand auf warmes Metall stieß. Die Hefte meiner Götterschwerter waren fast zu heiß, um sie zu berühren, aber sie waren noch vorhanden. Und das galt auch für Khydan. Als ich die Arme angehoben hatte, war ich in eine leichte Drehung geraten – und sah, dass er ebenfalls kopfüber neben mir hing. Sein Brustpanzer saß fest, Nimerelle steckte noch in der Scheide. Khys Gesicht war bleich und schweißüberströmt. Die Augen hatte er geschlossen, die Wimpern ruhten mitternachtsschwarz auf seiner Haut. Sogar ohnmächtig sah er beunruhigt aus und runzelte die Stirn, als hämmere er an die Tür seines Bewusstseins und verlange, wieder in seinen Körper eingelassen zu werden.

Eine dicke Kette mit orangeroten Rostflecken war um seine Knöchel geschlungen, ebenso wie um meine. Sie schnitt mir das Blut ab. Über uns hielt eine riesige Statue einer Figur, die eine lange Robe trug, das Ende dieser und weiterer Ketten in einer gewaltigen steinernen Hand. Einige waren kürzer, andere länger als unsere. Und nur an einer hing jemand.

In der anderen Hand hielt die Statue eine Kette, an der eine Leiche befestigt war, die sich im fortgeschrittenen Zustand der Verwesung befand. Die Haut war violett und aufgedunsen, die geschwollene Zunge hing aus dem Mund. Die zerfetzten Überreste eines weißen Umhangs hingen herab, verdeckten einen Teil des Kopfes. Im Brustkorb steckte ein schwarzer Speer mit gezähnter Klinge – eindeutig die Todesursache.

Das Jubelgeschrei wurde lauter, fiebrige Aufregung schien die Menge zu erfassen.

Khydan? Wieso bei allen fünf Höllen flüsterte ich? *Khy!*

Nichts. Er hörte mich nicht. Konnte nicht antworten.

Ein Mahlstrom an Energie wirbelte und quirlte unter meinem Brustpanzer, drängte darauf, freigelassen zu werden. Die mit meiner Quicksilver-Rune verbundene Magie war hier nicht nur erwacht, sondern *hellwach.* Sie würde antworten, wenn ich sie rief, das stand außer Zweifel. Aber fuck, wen sollte ich hier angreifen? Da unten waren Tausende …

»Ruhe!«

Schlagartig verstummte der Lärm. Ich hörte nur noch meinen stockenden Atem.

Die Menge war so still, als sei sie plötzlich verschwunden. Doch die Leute standen alle stocksteif da, die Arme an der Seite, und starrten geradeaus, nicht nach oben zu uns neuen Gefangenen.

Die Stimme ließ sich erneut vernehmen, sie klang hallend und nicht menschlich. Kein Wesen – Mensch, Fae oder anderer Art – konnte eine so dunkle Stimme haben. »Holt sie herunter«, lautete der Befehl.

In der Menge rührte sich niemand. Aber in den Schatten am Rand mussten noch andere Personen gewartet haben, denn kurz darauf ruckten und klirrten die Ketten und ließen uns fallen. Wir fielen nur einen halben Meter, dann spannte sich die Kette wieder an, doch mir gefror vor Grauen fast das Blut in den Adern. Ich schrie jedoch nicht. Es war eigentlich kaum machbar, den Schrei in meinem Mund einzusperren, aber es gelang mir irgendwie.

Mit mehr Klirren und Ruckeln senkten uns die Ketten langsam zum Boden ab.

Ich verfluchte die Scharfäugigkeit der Fae. Ich hatte schon erkannt, was sich dort unten abspielte, aber jetzt nahm ich immer mehr Details wahr.

Die ungesunde blasse Gesichtsfarbe der Leute.

Ihre kalten, seltsam blitzenden Augen.

Die fadenscheinige Kleidung, die abgewetzten Lederrüstungen und die Waffen, an Brust, Rücken oder Hüften geschnallt.

Es waren etwa ebenso viele weibliche wie männliche Gestalten, sowohl mit spitzen als auch mit runden Ohren – Menschen und Fae gleichermaßen.

»Khydan?«, sagte ich laut. *»Khy!«* In seinen Geist zu sprechen, hatte nichts gebracht. Vielleicht würde der Klang meiner Stimme ihn aufwecken. »Hier passiert total seltsame Scheiße. Ich könnte dich jetzt *echt* gut gebrauchen!«

Er regte sich nicht. Feuchte Haarsträhnen hingen ihm ins Gesicht. Obwohl er sich nicht rührte, taten es aber die Tattoos auf seinen Handrücken – sie wirbelten wild, bildeten Formen und geometrische Muster, die ich nicht erkannte.

Zwei Drittel der Strecke zum Boden hatten wir schon hinter uns.

»Khydan!« Jetzt ließ ich meine Angst durchsickern. Was hier ablief, konnte ich nicht allein stemmen. Ich *brauchte* ihn. »Bitte, Khy. *Wach. Auf.*«

Im nächsten Moment sahen mich Augen an, die so leuchtend grün waren wie das hohe Gras in Ballard. Ein Silberrand wand sich um die Pupille des rechten Auges, umrahmte den schwarzen Teich mit einem stabilen Quicksilver-Band. Es bewegte sich nicht. Ich spürte jedoch, dass es aufmerksam war und die Situation deutete. »Saeris«, flüsterte Khy. Wir hingen an einem unbekannten sonderbaren Ort kopfüber an Ketten, und am Boden erwartete uns Gefahr. Doch mein Gefährte sah mich unverwandt an. »Atme regelmäßig«, sagte er. »Alles wird gut. Ich lasse nicht zu, dass dir etwas geschieht.«

Erst nachdem er das geäußert hatte, ließ er den Blick über unsere Umgebung schweifen. Er presste die Lippen zusammen, als er die Lage erfasste.

Es gab nirgendwo ein Podium, sondern inmitten der Menge standen zwei Gestalten auf einer kreisförmigen freien Fläche. Als der Boden näher kam, wappnete ich mich und zog so gut es ging die Schultern hoch, um Kopf und Hals zu schützen. Was nicht viel nützte. Mein Kopf knallte auf Stein, und dann stürzte ich und fiel hart auf die Seite.

Stiefel und schmutzige nackte Füße – das sah ich als Erstes. Ich versuchte mich aufzusetzen, die Beine von den Ketten zu befreien, aber da packten mich auch schon Hände unter den Armen und zogen mich … zogen mich hoch.

Links von mir durchschnitt eine schwarze Rauchspur die Luft. Ein Mann hatte dort gestanden, der jedoch jetzt aus drei blutigen Teilen bestand, die am Boden qualmten. Die Frau rechts von mir trat vor, packte mich an der Schulter, aber im nächsten Moment fiel ihr gesamter Arm ab. Khydan schwang Nimerelle durch die Luft, beide bewegten sich so fließend wie flüssiger Rauch. Er bewegte sich zu schnell, um alles zu erkennen, aber ich wusste, was als Nächstes kommen würde. Die Frau, die keinen Arm mehr hatte, würde ihren Kopf einbüßen. Aber …

»Schluss damit!« Das war eine andere Stimme. Etwas weniger tief, aber nicht minder gebieterisch.

Mir wurden die Beine weich.

Ich sank auf die Knie, und ein höllischer Schmerz durchfuhr mich, als sie auf den Stein prallten. Khydan zischte, während ihm neben mir das Gleiche widerfuhr. Ich konnte mich nicht mehr rühren. Ein unsichtbarer Druck kapselte meinen Körper ein, keine Bewegung war mehr möglich. Meine Hände waren steif, die Arme wurden an meine Seiten gepresst. Meine Brust fühlte sich so beengt an, dass ich kaum noch einatmen konnte.

Aber um mit Khy zu sprechen, musste ich mich nicht bewegen. *Was bei allen fünf Höllen passiert hier?*

Es ist okay. Keine Panik. Versuche, ruhig zu bleiben.

Bist du ruhig? Du hast gerade eine Person getötet *und einer anderen den Arm amputiert!*

Trotz unserer Lage zuckten Khydans Mundwinkel. *Amputiert? Versuchst du jetzt auch zu witzeln wie Carrion?*

Im Ernst! Du hast gerade zwei Leute angegriffen!

Das Grinsen verflüchtigte sich, und stattdessen sah ich Wut und finstere Entschlossenheit in seinen Augen, als er auf die Fremden ringsumher blickte. *Nun ja. Die hätten dich eben nicht anfassen sollen, wenn sie noch länger leben wollten, nicht wahr?*

Der Mann hatte keinen Mucks von sich gegeben, als er starb. Und auch von der Frau war kein Laut zu hören gewesen, als Khydan ihr den Arm abschlug. Aus dem Augenwinkel sah ich jedoch, wie sie litt. Sie hielt den blutenden Stumpf heftig zitternd, Tränen strömten ihr übers Gesicht, aber sie biss die Zähne zusammen, als *wage* sie es nicht zu schreien.

Beine kamen in mein Blickfeld. Ein Oberkörper. Ein großer

dürrer Mann mit dunklen, eingesunkenen Augenhöhlen. Im nächsten Moment gesellte sich ein weiterer Mann zu ihm, der ihm ähnelte, abgesehen von den Augen, die aussahen wie rotglühende Kohlen. Beide hatten langes schwarzes Haar, das auf dem Rücken zu den kunstvollsten Kriegerzöpfen geflochten war, die ich jemals gesehen hatte. Sie trugen beide Kampfausrüstung.

Der Mann mit den schwarzen Augen sprach zuerst. Zu ihm gehörte die tiefe Stimme. »Sieh nur, Githrand. Die alte Echse hat uns neues Spielzeug gebracht. Warmblüter. Yvelianer.«

Der Rotäugige schnüffelte und verzog angewidert das Gesicht. »Die da ist keine Yvelianerin.«

»Ach nein? Wirklich?« Der andere Mann betrachtete mich mit einer Neugier, die im Widerspruch zur Verachtung des Rotäugigen stand. Doch bei den Göttern, sahen die beiden sich ähnlich! Sie mussten Brüder sein. »Aber was denn sonst?«, sinnierte er.

»Das weiß ich nicht, Crave. Aber sie verströmt einen Geruch, der mir missfällt.«

»Das nennt man Seife. Solltest du vielleicht mal ausprobieren.« Khydan hatte mich gewarnt, dass ich schweigen solle, und jetzt brachte er hier so etwas? Er war doch nicht dumm. Bestimmt führte er etwas im Schilde. Eine Taktik, um … was?

Die beiden sahen uns nicht an, sondern tauschten nur einen Blick, der darauf schließen ließ, dass Khydan unsere Lage gerade erheblich verschlechtert hatte. Ein alberner Gedanke, wenn man sich überlegte, wie schlimm sie ohnehin schon war.

Khydan straffte sich neben mir, richtete den Oberkörper auf. Er hielt Nimerelle noch immer in der Hand, die Spitze ruhte auf dem Boden. Das Götterschwert rasselte, als bemühe sich der Rest von Mirelles Seele, die Magie zu zerschmettern, die uns fesselte, um endlich mit dem Töten fortzufahren.

Die glühenden roten Augen richteten sich langsam auf das Schwert. »Wo hast du *das* denn her, Herzchen?« Crave hörte sich betont desinteressiert an, aber *verdammt*, war der interessiert daran! Er legte den Kopf schräg und verengte die Augen, während er das Götterschwert betrachtete, und ging schließlich sogar einen Schritt darauf zu. Der Frau mit dem Armstumpf entfuhr ein winziges Wimmern, und sie wich einen Schritt zurück. Viele in der Menge rissen die Augen auf, als den Leuten klar wurde, was sie getan hatte. Andere blickten zu Boden, als könnten sie nicht ertragen, was als Nächstes passieren würde.

Crave warf der Frau ein kaltes Lächeln zu. Dann ging er ganz langsam in die Hocke, bis er Khydan direkt ins Gesicht blicken konnte. »Ich wiederhole«, sagte der Rotäugige eisig. *»Woher hast du dieses Schwert, Herzchen?«*

In den Augen meines Gefährten brodelte Zorn, das war nicht zu übersehen, und an seinem Kinn zuckte ein Muskel, als Khydan zähneknirschend antwortete: »Es war ein Geschenk der Götter.« Er konnte immer noch nicht lügen, nicht einmal hier. Ihm blieb nichts anderes übrig, als die Wahrheit zu sagen.

»Hmm.« Crave zog eine Augenbraue hoch, als er auf Nimerelle blickte, und einen Moment lang trat die Gier deutlich zutage. »Siehst du das, Bruder?« Er sprach laut, damit alle ihn hören konnten. »Eine Waffe aus einem der toten Häuser. Älter als die Hallen deren und dieses Königreichs zusammen, und er erwartet, dass wir glauben, er hätte es von den verräterischen Göttern *geschenkt* bekommen.«

»Es ist nur ein Schwert«, knurrte Khydan.

Crave schnaubte und sah ihn mit säuerlichem Lächeln an. »In den richtigen Händen könnte dieses Schwert Welten vernichten. Wenn es das ist, was ich glaube, dann ist es eine der verlorenen Waffen unserer Vorfahren … und *du* hast ganz gewiss nicht das Recht, sie zu besitzen.«

»Ach ja?« Khydans Lächeln war spöttisch. »Dann solltest du sie wohl an dich nehmen.«

»Mm. Ja.« Crave nickte nachdrücklich. »Das würde dir gefallen, nicht wahr?«

»Ja, durchaus.«

Crave gab ein Schnalzen von sich und richtete sich ruckartig auf. An den Riemen seiner Lederrüstung saßen Goldschnallen, die so makellos glänzten, als bringe jemand Stunden damit zu, sie zu polieren. Der Rotäugige stieß ein bellendes Gelächter aus und zog dann sein eigenes Schwert aus der Scheide am Gürtel. Von meiner Position aus betrachtet, hatte es viel Ähnlichkeit mit Nimerelle. Es war vielleicht etwas kleiner und weniger erlesen geschmiedet, also so etwas wie eine klägliche Nachahmung von Nimerelle. Crave zeigte mit der Spitze auf Khydans Götterschwert. »Ich rieche die Magie in dieser Waffe. Sie riecht nach Tod.«

»Dann hast du also Angst, sie mir wegzunehmen?«, fragte Khydan. Sobald er die Provokation ausgesprochen hatte, stieß Githrand einen erbosten Schrei aus und wollte sich auf meinen Gefährten stürzen, aber Crave packte seinen Bruder am Arm und hielt ihn fest.

»Mach nichts. Er weiß nicht, wie er mich beleidigt. Der kennt seinen Platz nicht. Noch nicht.«

»Ach, doch, ich kenne meinen Platz hier«, erwiderte Khydan. »Und ich weiß auch, was als Nächstes passieren wird.«

Githrand gab ein spärliches Lachen von sich. »Ich bezweifle, dass du dir die Qualen vorstellen kannst, die dich erwarten. Wenn du diesen Ort überleben willst, hättest du deine Zunge besser hüten sollen. Arissan hat gesehen, was du ihrem Kind angetan hast. 'Shacry war ihr einziger Nachkomme. Du hast seinen Leib entweiht und zugelassen, dass dein König den Schädel wegschleppt. Allein dafür wirst du mit dem Tod bestraft. Aber du hast auch den Botschafter unseres Vaters umgebracht. Hast seinen einzigen Machtstrang in Yvelia durchtrennt und ihn geschwächt …«

Welcher Botschafter? Wovon redete er? Khydan hatte keinen Botschafter getötet. Er …

Oh.

O nein.

Er meinte doch nicht etwa …

»Ereth war ein Verräter an seinem Volk«, sagte Khy. »Schon allein seine Taten, die Yvelia schadeten, bedeuteten sein Todesurteil. Aber er hat meine Gefährtin angegriffen. Natürlich habe ich ihn getötet. Niemand wird ihr jemals etwas antun, solange ich atme.«

Ereth. Der Lord der Mitternacht, der mich bei der Krönung angegriffen hatte. Er war irgendein religiöser Anführer gewesen. Hatte Khy gesagt, dass er zu verschiedenen Gottheiten betete. Zu *Untergöttern …*

»Aufsässiger Narr«, höhnte Githrand. »Du vergießt Blut für deine kostbare Gefährtin, bringst sie aber *hierher*? Damit hast du sie in die Höllen verdammt, Khydan Finvarra. Du wirst Stück für Stück zerlegt werden. Sie wird dabei zusehen, und wenn wir mit dir fertig sind, machen wir sie zu einer unserer Konkubinen. Wir werden sie zur Aufzucht benutzen, bis sie daran stirbt oder bis wir sie satthaben. Sie wird hier nichts als Demütigung und Scham erleben und nie wieder den Himmel sehen …«

Schatten und Rauch schossen aus Khydan hervor – ein so gewaltiger Magiestoß, dass glitzernde Dunkelheit einen Moment lang sogar das Licht der flackernden Fackeln im Raum schluckte. Es geschah blitzschnell. Als die Schatten zurückwichen, war zwischen uns und den schaulustigen Diaxianern eine hohe, halb durchsichtige Wand entstanden. Selbst wenn Githrand oder Crave einen Befehl zum Angriff geben würden, könnte niemand handeln. Zumindest vorerst nicht.

Khydan dehnte die Schultern und schüttelte die Arme aus, befreite sich von der Magie, die mich immer noch am Boden festhielt. Wie? *Wie* gelang ihm das?

Entschuldige, Osha. Arissan hat Diaxis seit jeher bewacht. Ich habe jahrhundertelang geübt, Informationen hinter verschlossenen Türen in meinem Kopf zu verbergen. Bei mir hat Arissan nur zu sehen bekommen, was sie sehen sollte. Aber bei dir? Ich wusste, dass sie in deinen Kopf blicken würde. Du hättest nichts vor ihr verstecken können. Aber ich hatte einfach keine Zeit, dich vorzubereiten. Khydan klang bedauernd.

Mein Herz hatte schon die ganze Zeit heftig gepocht, doch jetzt hämmerte mein Puls so laut in meinen Ohren, dass ich meine eigenen Gedanken nicht mehr hören konnte. Ich stoppte meinen Herzschlag komplett und fragte dann: *Vorbereiten auf was?*

Khydan biss die Zähne zusammen. *Ich verspreche, dir alles zu erzählen, sobald wir in Sicherheit sind. Dann erkläre ich dir alles.* Er sah mich nicht an, sondern ließ die beiden Männer nicht aus den Augen.

»Unmöglich«, flüsterte Crave. »Du kannst nicht … Du bist nicht …« Er schüttelte den Kopf, schien nicht begreifen zu können, was er gerade erlebt hatte. »Schattenmagie gehört nicht in dein Reich. Woher hast du diese Macht?«

»Von dem Ort, an dem ich auch das Schwert erhalten habe«, knurrte Khydan. Schattenfäden schossen aus seinen Händen. Gleichzeitig quollen auch aus Crave und Githrand Schatten hervor, doch die Magie der beiden Männer konnte sich nicht mit der von Khy messen. Sie war blasser. Irgendwie schwächer. Weniger … physisch. Die Schatten meines Gefährten durchschnitten deren Magie so mühelos wie eine Klinge, die Wasser zerteilt.

Die beiden Männer flogen durch die Luft und landeten mit knochenzerschmetterndem Krachen auf dem Steinboden. Mit Nimerelle in der Hand schritt Khydan auf sie zu und drückte Githrand die Schwertspitze an die Kehle. »Gib sie frei«, befahl er. *»Sofort!«*

Der Druck, der mich festhielt, ließ ruckartig nach. Ich fiel nach vorn, stützte mich aber schnell ab, damit ich nicht auf dem Gesicht landete. Khydan war im nächsten Moment bei mir und half mir auf. Er strich mir durchs Haar, umfasste mein Gesicht, und seine wunderschönen Augen tasteten beunruhigt meinen ganzen Körper ab, hielten Ausschau nach Verletzungen.

»Ich bin okay«, sagte ich. »Mach dir keine Sorgen um mich. Erklär mich einfach nur, was hier *passiert.*«

Mein Herz zog sich zusammen, als er meine rechte Hand ergriff, sie auf seine Brust presste und dort festhielt. »Vertraust du mir?«, fragte er.

»Ja. *Immer.* Ja.«

Für den Bruchteil einer Sekunde erschien ein hinreißendes Lächeln auf seinem Gesicht. »Ich liebe dich, Saeris Fane.« Er küsste mich leidenschaftlich, und dabei wurde so viel Unausgesprochenes zwischen uns ausgetauscht. Versprechen und Hoffnung. Gelöbnisse und Reue.

Dann ließ er mich los und wandte sich ab.

Mit vier großen Schritten war er bei Crave, packte ihn an seiner Rüstung und riss ihn vom Boden hoch.

»Wer … *bist* du?«, ächzte Crave. »Nur … Halbgötter beherrschen Schattenmagie.«

Khydan atmete tief ein, beantwortete die Frage nicht. »Ich bin hier wegen eines Drachen, wie es mir zusteht. Ruf deinen Vater herbei. *Sag ihm, ich will einen Handel vorschlagen.*«

Der große internationale Romantasy-Bestseller

Noch mehr gute Bücher, Inspirationen und Information unter penguin.de und auf den Penguin-Social-Media-Kanälen

**MAGIE. DRACHEN. ROMANCE.
DAS FANTASY PHÄNOMEN DES JAHRES**

Noch mehr gute Bücher, Inspirationen und Information unter
penguin.de und auf den Penguin-Social-Media-Kanälen

Doch sie
UNTE